KB123937

후원의 목적

Purpose Of Sponsorship

1

감초비
장편소설

후원의 목적 1

2020년 8월 24일 초판 1쇄 인쇄
2020년 8월 27일 초판 1쇄 발행

지은이 감초비
발행인 이종주

기획 편집 이은정 송영경
경영 지원 배진경
마케팅 김정수

발행처 (주)로크미디어
출판등록 2003년 3월 24일
주소 서울시 마포구 성암로 330(상암동) DMC첨단산업센터 B동 318호
편집 문의 (02)6365-5156 **구입 문의** (02)3273-5135
홈페이지 rokmedia.blog.me
E-mail romance@rokmedia.com

ⓒ 감초비, 2020

값 10,000원

ISBN 979-11-354-8606-7 04810 (1권)
ISBN 979-11-354-8605-0 04810 (세트)

"지금까지 난
빨간 구두를 신고
살아온 것 같아

감초비
장편소설

1

후원의 목적

Purpose of Sponsorship

ROCOCO

CONTENTS

1부:
아젤리아

Prologue

통유리에 비친 밤은 보석 상자처럼 화려했다.

끝없이 이어지는 가로등 불빛. 달리는 차들이 일제히 발하는 헤드라이트. 휘황한 빛을 등짐처럼 진 한강 다리가 금방이라도 휘어질 듯하다.

서울 강남의 이브닝에메랄드 호텔 라운지 바. 인근의 고층 빌딩들이 촘촘히 불을 밝혀 불야성은 최절정에 달했다.

간접등이 창가의 자리들을 은은히 비추고 있었다. 이 라운지 바의 최대 자랑거리인 리버뷰를 생생하게 감상하라는 안배이리라.

아름다운 야경을 곁에 두고도, 성진의 눈빛은 착잡하기만 했다.

'남자 쪽은 올드패션드, 여자는 피나콜라다인가. 그 옆은…… 아니다, 그만하자.'

남들이 시킨 칵테일 이름을 맞춰 보다 성진은 고개를 저었다. 홀로 자리를 지키는 뻘쭘함을 견디겠답시고 옆 테이블을 흘낏거리는 건 아무래도 이곳의 격을 떨어뜨리는 짓 같다.

약속 시간보다 1시간이나 일찍 온 건 순전히 제 잘못이었다.

딴 딴딴딴—

아슴푸레한 밤을 휘젓는, 다소 친숙한 음색의 피아노 소리. 손님들의 시선이 일제히 무대를 향했다. 클래식 슈트를 입은 피아니스트가 피아노 건반을 두드리기 시작했다.

"웬 결혼행진곡?"

"누가 프러포즈라도 하려나 봐."

"아, 저기 봐. 남자가 반지케이스 가지고 간다!"

옆 테이블에 앉은 부부가 프러포즈 이벤트를 하는 연인을 흐뭇한 얼굴로 지켜보았다. 자신들의 좋았던 때도 떠올려 보는 듯이.

그러나 성진은 악령의 웃음소리라도 들은 듯 안색이 싸느랗게 변했다. 애꿎은 핸드폰을 꽉 거머쥐었다.

'전' ㈜선샤인주류 기획개발팀 대리 복성진. 불과 한 달 전만 해도 그는 세상에서 가장 행복한 남자였다.

쟁쟁한 동료들과 경쟁하며 수년간 밤잠을 설쳐 만든 신제품 기획안이 채택됐다. 올봄, 그 술이 전국 대형마트와 백화점 주류 코너에 깔릴 예정이었다.

뿐만 아니라, 오랜 사랑의 결실도 이루려던 참이었다.

14세에 운명의 여자를 만났고, 그때까지 살아온 세월보다도 더 오래 그녀를 사랑했다. 15년의 연애 끝에 동갑내기 연인이 프러포즈링을 받아 줬다.

한 달 전 일요일이 바로 그녀와의 결혼식이었다.

그러나 성진은 버진로드를 단 한 발짝도 밟아 보지 못했다.

결혼식 날, 신부는 끝내 나타나지 않았다. 뿐만 아니라 그날을 기점으로 죽도록 노력해서 일군 것들이 모래성처럼 무너져 내렸다. 성진은 결혼행진곡 멜로디만 들어도 창자가 뒤엉키는 지독한 후유증을 얻었다.

꼴사나운 결혼행진곡 공포증보다 더 뼈아픈 건.

'네가 옆에 있으면 온몸에 염증이 생기는 것 같았어. 끔찍했어.'

15년간 일편단심으로 가꾸어 온 사랑의 결실이 어쩌다 염증이 된 것인지, 어쩌다 끔찍해진 건지, 그녀에게 제대로 된 설명조차 듣지 못했다.

연주가 끝나고도 귓가를 맴도는 잔혹한 멜로디에 성진은 몸서리쳤다. 그토록 초조하게 기다린 사람이 바로 옆에 온 것도 알아채지 못한 채.

"성진아. 일찍 왔네."

양처럼 온화한 여성의 목소리. 성진은 얼른 자세를 고쳐 앉아 그녀와 눈을 마주쳤다.

"너무 오래 기다린 건 아니지?"

그녀가 1시간 이상 늦었대도 기다렸으리라. 여자도 약속 시간보다는 5분 일찍 왔다. 그녀는 제가 속한 모임에서 시간 약속을 가장 착실하게 지키는 사람이었다.

역시 그녀 정도 되는 집안이면 그런 부분은 철저히 훈육하는 걸까?

"아냐, 나도 방금 왔어. 오느라 고생 많았지? 얼른 앉아."

성진은 여자가 앉을 의자를 빼 주었다.

"어…… 고마워."

그의 배려가 낯설었던지, 여자의 목소리가 살짝 떨렸다.

의자에 앉은 여자는 풍성한 치마를 정리했다. 꽃 자수 패턴이 촘촘한 밝은 톤 스커트는 어스름한 바에서도 눈에 확 띄었다.

"뭐 좀 마실래?"

그녀의 밤도깨비 같은 패션 센스에 정신 팔릴 때가 아니었다.

"여기 칵테일이 그렇게 맛있대. 여기 오너 바텐더가 국제대회 수상자거든."

메뉴판을 대강 넘겨 보다가, 여자는 이내 눈을 깜박이며 성진을 보았다.

"음…… 이중에 우유 들어가는 게 있을까? 난 뭐가 뭔지 잘 모르겠어서…….."

"도수가 낮으면서 우유가 들어가는 칵테일이라면 일단 깔루아 밀크가 있고. 커피가 싫으면 베일리스 밀크는 어때? 베일리스란 크림 리큐어에 우유가 들어간 건데…….."

성진이 메뉴리스트를 손가락으로 짚어 내리며 찬찬히 설명하는 동안, 여자는 메뉴판의 활자보단 그의 손가락을 눈으로 좇으며 어렴풋하게 미소 지었다.

"베일리스 밀크로 할게. 역시 넌 술에 대해 잘 아는구나."

"그럼 이대로 주문할게. 너 오늘 마시고 싶은 거 다 시켜."

"저기, 계산은 내가…….."

"아냐! 넌 그냥 앉아 있어."

명품 백을 뒤적이는 여자를 만류하고 성진은 서버를 호출했다.

"베일리스 밀크랑, 진피즈 설탕 뺀 걸로 한 잔 부탁합니다."

잠시 뒤 서버가 테이블 위에 칵테일 두 잔과 빌지를 사분히 내려놓고 갔다.

성진의 칵테일은 얼음 사이에 낀 레몬까지 고스란히 비칠 만큼 무색투명했다. 반면 여자의 잔은 뿌옇고 불투명해서 속이 잘 안 보였다.

"성진아. 내 제안 말야, 정말 받아들이기로 한 거 맞지?"

그녀는 얼른 본론으로 들어가고 싶어 하는 듯했다. 피아노 연주가 주변의 소리를 지우는 이 라이브 카페에서 단둘이 만나기로 한 이유.

"그래. 내 쪽에서 먼저 거절해 놓고 이제 와서 염치없지만."

성진은 진피즈를 단숨에 반 잔이나 들이켰다. 한나절 넘게 아니, 그보다 훨씬 긴 시간 동안 목마름을 견뎠다.

"그러면 내일 네 계좌로 보낼게."

한 모금, 두 모금. 여자는 베일리스 밀크를 느릿하게 마셨다. 입술에 살짝 묻은 우유 방울이 순진한 인상을 더욱 맹해 보이게 했다. 그러나 그녀의 말 한마디는 어마무시한 위력을 담고 있었다.

이제 성진은 재계약 석 달 전 집주인이 터무니없이 올린 억 소리 나는 전세금을 맞춰 줄 수 있게 됐다. 고3 쌍둥이 남동생이 중요한 시기에 전학을 가지 않아도 된다. 그리고 더는…… 홀어머니가 식당 주방에서 처참하게 쓰러지는 일도 없겠지.

자신의 실책. 그것을 눈덩이처럼 불린 불운. 이 이상 애먼 가족들까지 휘말리게 할 수는 없었다.

"정말…… 고맙다."

성진이 잠긴 목소리로 감사를 표하자 여자는 목걸이를 매만졌다.

핑크 에나멜 강아지가 매달린 화이트골드 목걸이. 액세서리를 잘 모르는 성진도 그 목걸이가 아가타의 스코티 라인임을 알아보았다.

여자가 15세 이후 그 목걸이에 집착했다는 사실을 굳이 물어보지 않아도 알 수 있었다.

"최선을 다해서, 일할게."

성진의 말에 여자의 흐리멍덩한 눈이 동그래지며 초점을 되찾았다.

"솔직히 이렇게 큰 도움 받아도 될 만큼 내 능력이 출중한 것 같진 않지만. 네가 추진하려는 '사업'에 뭔가 도움 될 만한 데가 있으니 날 써 주는 거겠지."

성진은 제 심장에 말뚝을 박듯 말했다.

"금유리. 지금 이 순간부터 넌 나의, 사장님이야."

"……."

"너도 알다시피 난 식품공학을 전공했고, 주력 분야는 음료개발 쪽이야. 우리 회사…… 아니다, 내가 다녔던 회사가 라거비어랑 희석식 소주를 주로 취급하긴 했지만, 크래프트 주류 일이라도 괜찮아. 대학 다닐 때 브루어리랑 칵테일 바에서 파트타임을 나름 오래 해 봐서, 주장 관리나 바텐딩도 웬만큼은 할 수 있거든. 일단 조주기능사 자격증도 있고."

여자는 연신 눈만 깜박였다. 그의 입에서 청산유수처럼 흘러나오는 미지의 세계를 반도 못 알아들은 탓이다. 허나 그 리액션을 '어디 들어나 보자' 정도로 받아들인 성진은 끈기 있게 자기 PR을 펼쳤다.

"영어권 나라나 일본 정도면 해외 출장도 문제없어. 단……."

성진이 착잡한 표정으로 잠시 숨을 골랐다.

"나한테 맡기려는 일이 혹시라도 호빠 선수 같은 거면, 네가 투입한 비용 대비 효용이 제로에 가까울지도 모르⋯⋯."

"쿨럭, 켁!"

"어어, 괜찮아?"

칵테일을 들이켜다 사레가 들린 여자를 보고 성진은 얼른 주머니에 손을 넣었다.

"자, 여기."

눈앞에 내밀어진 희고 깨끗한 면 손수건. 여자는 두 손으로 입을 틀어막은 채 그것을 뚫어져라 바라보았다. 역시 남자의 바지 주머니에서 나온 손수건은 비위에 맞지 않는 건가.

성진이 냅킨을 대신 건네려던 찰나, 여자는 그의 손아귀에서 손수건을 쏙 빼 갔다. 입가를 닦아 내는 것도 모자라 순면의 온기까지 알뜰히 취한 다음, 그녀는 꽤 심각한 표정으로 말했다.

"일단, 그런 쪽은 절대 아니야."

"어⋯⋯. 알았어."

너무 앞서갔군. 민망함을 느끼는 한편 성진은 내심 안도했다.

눈앞의 여자와 같은 중학교, 같은 고등학교를 나왔다. 심지어 같은 반이었던 적도 있다. 하지만 그녀는 중고교 동창이었단 이유만으로 쉽게 범접할 수 있는 존재가 아니었다.

금유리. 40년 역사를 자랑하는 유리 용기 전문기업 ㈜황금글라스로 대표되는 대한민국 최대 화학 그룹 회장 금규석의 금지옥엽 고명딸.

성진은 그녀가 재벌이란 이유로 편견을 품거나 지나친 호의로 대한 적이 없었다. 그러나 오늘은 그녀 앞에서 모든 자존심을 내버리기 위해 이 자리에 나왔다.

고등학교 졸업 이후 거의 교류가 없던 여사친에게 1억 5천만 원이란 거금을 빌리는 일. 그 대가로 영혼을 저당 잡히는 일. 개천에 도로 처박힌 이무기의 운명이란 이토록 얄궂은 것이었다.

허나 스스로의 비굴함에 몸서리치는 건, 오늘로 끝내리라.

"무슨 일이든 부담 없이 맡겨 줘."

성진은 쨍하니 맑은 눈에 유리를 담고 말했다.

"지키지도 못할 약속은 안 해. 하지만, 안 될 일도 되게 할 각오로 임하겠다고, 감히 말해도 될까?"

이 시련의 끝을 보는 것이 몇 년 후가 될지는 모르지만, 성진은 늘 그래 왔듯 최선을 다하기로 결심했다. 그래서 최대한 빨리 금유리에게서 영혼을 되찾기로 했다.

"너라면 뭐든 잘 할 거야."

유리가 나지막이 입을 열었다.

"근데 성진아. 미안한데, 실은 내가 저번에 너한테 미처 말 못한 게 있어. 특약 사항이라고 해야 하나."

"특약 사항? 그게 뭔데?"

"음……."

할 말은 이미 한참 전에 생각해 놓은 듯한데, 그녀는 묘하게 뜸을 들였다.

"뭔데 그래? 난 괜찮으니까 말해 봐."

특약 사항. 그게 뭐든 아무래도 좋을 것 같았다. 정말 말도 안되게 큰 호의를 받은지라, 그녀가 주는 고통이 오히려 마음의 짐을 덜어 줄지 모른다.

15년 사귄 연인이 결혼식장에 나타나지 않은 일. 다 된 프로젝트가 하루아침에 갈아엎어지고 부당해고에 가깝게 회사에서 잘린일. 그 두 가지가 동시에 일어나는 일.

설마 그보다 더 심한 괴로움과 수치심을 느낄 일이 있을까 하는, 다소 안일한 확신도 있었다.

그러나 금유리는 순해 빠진 얼굴로 성진에게 폭탄을 투척했다.

"나와 함께 일하는 동안 절대, 결혼하면 안 돼."

"……뭐?"

"그리고 가벼운 연애도."

잘못 들은 게 분명하다. 하다못해 한 번 되묻기라도 해 봐라. 이성이 속삭였다.

그러나 성진은 눈덩이처럼 불어나는 의문을 입안에 꾹 가둬 둔 채, 유리의 눈을 직시했다. 그의 직감은 부질없이 헤매는 법 없이 엄정한 판단을 내렸다.

이 여자는 진심이었다. 물릴 생각이 지독하게도 없는.

1.
15년 짝사랑의 청첩장

한 달 전, 3월.

새순이 돋아나다 만 가로수 아래, 사람들이 연신 코트를 여몄다. 떠나려다 말고 봄의 문턱에 한 발을 고집스레 걸쳐 둔 겨울이 얄궂었다.

신사동 가로수길의 인생샷 명소로 정평이 난 카페 철쭉예찬. 들어오는 이들마다 카페 한복판에 우뚝 선 인조 철쭉나무에 시선을 빼앗겼다.

원목으로 만든 몸체는 여느 조잡한 인조목들과는 질적으로 달라 보였고, 만개한 꽃잎은 진짜 철쭉처럼 화사했다.

「눈으로만 보세요.」

진짜인지 가짜인지 확인해 보려 극성스레 만져 대는 사람이 많아서였을까. 웃지 못할 안내판이 나무에 걸렸다.

아름답지만 향기가 없는 철쭉나무 아래, 나비처럼 우아한 여자들이 모였다.

두견중학교 겸 나리고등학교 동창회. 서로에게 익숙한 눈빛만큼 오래된 모임이었다. 친구들은 만나자마자 뜨거운 포옹을 나누고, 따뜻한 커피를 호로록 마시며 웃음꽃을 피웠다.

허나 이 자리에서 가장 닳고 닳아 본 여자, 우경민은 생각했다.

멀리서 보면 희극이요, 가까이서 보면 비극이라. 이 자리에 이보다 더 어울리는 말이 있을까?

"미영아. 그 백 저번에 단톡방에 올렸던 거 맞지?"

"후후, 영국 다녀오는 김에 면세점에서 질렀지."

경민은 머그 안의 쓰리 샷 카페인을 섭취했다. 매번 날씨보다 더 변덕스럽게 바뀌어 날씨 얘기를 대신하는 그놈의 가방. 이제 시작이라는 게 슬프다. 이 밥맛없는 자리가.

"힝. 나도 이참에 백 하나 지를까? 이거 넘 오래 들고 다닌 거 같애."

한 친구가 칭얼대는 목소리로 앞머리를 쓸어 넘겼다. 손목에 찬 팔찌 시계가 카페 조명을 현란하게 반사했다.

"오! 그거 탄생석 시계잖아. 그것도 오빠가 사 준 거야?"

"네 남친 이번에 서울중앙지법으로 발령 났다며. 우리 다윤이 이제 판사 부인 되는 거야?"

"히힛, 아마두? 다 좋으니 오빠가 살 쫌만 빼면 좋을 텐데. 난 오빠 위해 맨날 다욧하구 영혼을 갈아서 관리하는데 말야."

손으로 얼굴을 받치고 교태를 떨어 대는 여자 옆에서 경민은 대놓고 트림을 했다.

애 지방흡입술 해 준 병원은 얼마 안 남은 양심까지 흡입해 가고, 코 수술해 준 병원은 듣기 거북한 콧소리를 옵션으로 붙여 준 모양이지. 이 기집애 원판을 알면 그 서울중앙지법 예비 판사도 진지하게 2세 걱정이 들지 싶은데.

"다윤이도 조만간 좋은 소식이 있겠네. 근데 오늘의 주인공은 언제 등장하려나?"

"방금 톡 왔는데 거의 다 왔대."

오늘의 주인공, 윤수영이 중대 발표를 한댔다. 허나 이 자리에 앉은 모두는 그 내용을 뻔히 짐작하고 있었다.

"드디어 그 둘이 부부의 연을 맺는구나. 대체 언제 가나 싶더만."

"그야말로 살아 있는 화석 커플이지. 걔네 한 10년 사귀지 않았냐?"

"15년 됐어."

경민이 건조한 목소리로 바로잡았다.

"아, 맞다. 걔네 중1때부터 사귀었으니까. 대박……. 우리 언제 이렇게 늙었니?"

"하아, 내년에 서른이라니. 이젠 그렇게 오래 사귀는 연애는 못 하겠다."

"지겨워. 나라면 그렇게 길게 못 만나. 15년이면 부부지 그냥."

예비 판사 부인이 탄생석 시계를 만지작거리며 딴죽 걸듯 중얼거렸다.

"그래도 성진이는 여전히 수영이만 보면 눈에서 꿀 떨어지는 거 같던데? 걔네 인스타에 올라온 커플샷 보니까 속 달다 못해 심장이 저릿저릿하더라."

친구들이 차례차례 돌아가며 앓는 듯한 한숨으로 간증을 이어

갔다.

"성진이가 잘생기고 공부도 잘하고, 또 되게 착했잖아. 내 주변에 복성진 좋아하는 애 은근 많았는데, 걘 진짜 수영이밖에 모르더라. 비유하자면 수영이가 골키퍼인 게 아니라, 걔를 벤치에 모셔놓고 지가 알아서 뻥뻥 차 버린 느낌?"

"그렇게 둘이 손잡고 S대 가고, 대기업도 가고, 이젠 결혼까지……. 성진이는 아마 다음 생에도 태어나자마자 수영이부터 찾을 거 같다."

같은 반 훈남. 캠퍼스에서 오피스까지 이어지는 일편단심 첫사랑. 순정만화의 마지막 페이지 같은 결혼식.

"하아, 부와 권력을 쥔 남자도 좋지만, 죽기 전에 그런 사랑을 받아 볼 수만 있다면……."

오늘따라 아득히 먼 데서 아른거리는 봄날에 좌중이 한숨짓고, 예비 판사 부인은 토라진 듯 입술을 삐죽거렸다.

경민은 커피로 잠자코 입을 축였다.

윤수영 다음으로 복성진의 인생을 질기게 따라가 본 사람을 꼽으라면, 아마 자신일 터다. 중학교 3년 내내 같은 반 회장 부회장을 번갈아 해 먹었고, 같은 고등학교를 거쳐 S대 동기가 되었고, 사회 나가서도 업무 영역이 겹쳐 일 관계로 가끔 만난다.

복성진 난사람인 거, 저까지 굳이 나서서 떠들 필요는 없지만.

"인간적으로 그 자식은 진짜 잘돼야 해. 그 누구보다 정직하고, 최선을 다해 살았으니까."

오늘은 복성진을 쭉 지켜본 세월을 갈무리해야 하는 날이다. 예전 한때건 혹은 지금까지건, 그를 좋아했던 세상의 모든 여자 사람 친구들 모두.

"아, 저기 수영이 왔다! 수영아, 여기야!"

오늘의 주인공, 윤수영이 단아한 몸짓으로 걸어오고 있었다.

"다들 일찍 왔네. 내가 너무 기다리게 했나?"

"아니야. 우리도 방금 왔어."

"성진이도 잠깐 들른대. 오랜만에 너희들 얼굴 본다고."

"오오, 정말? 그러고 보니 성진이는 졸업 후 처음 보는 거네."

"아, 맞다. 경민이는 최근에 성진이 만났다며?"

한 친구의 말에 경민과 수영의 시선이 부딪쳤다.

"다음 달에 출시되는 첫이슬 참꽃 홍보용 기획 칼럼 써 달라고 우리 회사에 의뢰가 들어와서. 윤수영 넌 몰랐냐?"

"물론 알지. 성진이가 실시간으로 톡 보내서. 그렇게까지 안 해도 되는데."

수영이 보란 듯 입꼬리를 올려 웃어 보였다.

"내 말이."

경민도 턱을 괸 채 시건방지게 입꼬리를 올렸다. 오늘은 오랜 남사친의 결혼을 축하해 주러 나온 자리다. 좀 띠꺼워도 좋게 좋게 넘어가자.

"다들 왔으니까 이제 청첩장 나눠 줄게."

수영이 핸드백을 꺼냈다. 깨끗하지만 세월의 흔적이 다소 묻어나는 가죽 가방이었다.

"너 그 가방 진짜 오래 들고 다닌다."

친구의 말을 한 귀로 흘린 듯 수영은 말없이 크림색 봉투를 한 장씩 돌렸다.

"어? 결혼식 가평에서 해? 좀 거리가 있네."

"우리 회사 제휴 예식장이야."

"너희 회사 선샤인주류잖아. 서울에도 제휴 예식장 있지 않아?"

"공기 좋은 데서 가까운 지인들만 불러 오붓하게 하려고. 하우스웨딩홀이라 많이 협소해."

수영이 찰기 없게 덧붙였다.

"성진이도 좋다고 했어."

한차례 숨을 고른 다음, 수영이 친구들을 향해 덤덤히 말했다.

"부담스러우면 꼭 오지 않아도 돼. 오늘 시간 내 준 것만도 정말 고마워."

"아, 아니야! 꼭 갈게! 우리끼리 호젓하고 좋지 뭐."

"난 오빠랑 같이 가야징. 이참에 성진이 보고 자극 좀 받으라구."

친구들이 호들갑을 떠는 가운데, 경민은 눈동자를 또록또록 굴리며 수영을 응시했다.

예나 지금이나, 이 기집애는 꼭 방송 카메라를 눈앞에 둔 아나운서처럼 말한다. 설마, 성진한테도 여전히 이러나?

"요새 스물아홉이면 빠르지도 늦지도 않은 거라지만, 너희라면 더 빨리 할 줄 알았는데."

"맞아. 수영이 네가 성진이한테 너무 튕긴 거 아냐?"

친구의 농담에 수영은 그저 고고히 커피를 마셨다.

"누구는 뜬금없이 과속스캔들을 찍던뎅……."

이젠 유탄이 예까지 튀는 거 보소. 경민이 날카로운 시선을 팍 쏘자, 친구들은 고개를 슬쩍 딴 데로 돌렸다.

10년 전만 해도 눈도 똑바로 못 마주치던 것들이다. 왕년 지하 여장군 우경민과 눈을 똑바로 마주칠 수 있는 사람은 전교에 몇 없었다.

그러나 대학 때 속도위반 결혼을 하고 빛보다 빠른 속도로 돌싱맘이 된 뒤로, 사람 꼴이 참 우스워졌다.

"너희 아직 계산 안 했지?"

"응. 여기 후불제 카페잖아."

"성진이 기다려 봐. 와 줘서 고맙다고 오늘 자기가 산대."

그 순간, 이제야 떠올랐다는 듯 한 친구가 불쑥 말했다.

"잠깐! 그러고 보니 오늘 '물주'는 안 오는 거야?"

계산 얘기가 나오자 수면 위로 떠오른 물주의 부재. 약속이라도 한 듯 모두의 눈빛이 은근해졌다.

"걔 지금까지 모임 한 번도 안 빠졌잖아. 우리가 안 말해 줄 때 빼곤."

"항상 제일 일찍 오더니 오늘은 웬일이래?"

"풉, 그러게. 걔 당연히 올 줄 알고 타르트 종류별로 다 시켰는데."

경민은 빈 머그를 입술에 꾹 갖다 붙였다. 카페인이 과했나. 가슴이 울렁거린다.

"수영아. 걔한텐 갠톡으로 보낸 거 아니었어? 걘 청첩장 안 줄 거야?"

'걔'가 이 말을 듣는다면, 저만 빼놓고 따로 판 단톡방의 존재를 알게 될지 모른다. 본인이 실은 이 모임의 은따라는 사실과 함께.

"물론 걔도 불렀지. 약속 시간을 1시간 뒤로 알려 주긴 했지만."

"진짜? 왜?"

수영이 일부러 약속 시간을 틀리게 알려 주는 만행을 저질렀다는데도, 친구들은 오히려 흥미롭다는 표정을 지었다.

"너희한테 재미있는 걸 보여 주려고."

수영이 머리칼을 귀 뒤로 쓸어 넘겼다. 이지적이고 잔혹한 웃음이 드러났다. 대체 무슨 짓을 하려는 거냐. 경민이 물으려던 찰나, 카페 문이 열렸다.

"어⋯⋯."

자신이 제일 늦게 온 상황이 낯선 듯, 여자는 머뭇머뭇 다가왔다.

"풉."

여자의 차림새를 보고 일행은 웃음을 참거나 대놓고 키득거렸다. 다른 손님들도 여자에게 당혹스런 시선을 던졌다.

찻잔을 뒤엎은 듯 둥근 플라워패턴 치마. 허리춤에서 부담스런 존재감을 과시하는 리본. 분홍 지붕집의 색조 화장품 신상 화보를 뜯어다 붙인 듯 튀는 메이크업.

"우리 약속 시간 12시⋯⋯ 아니었어?"

그야말로 걸어 다니는 인형 같은 29세 여자, 금유리가 어눌하게 물었다.

"아니 맞아, 유리야. 우리가 오늘 좀 일찍 왔지? 그나저나 오늘도 옷이 풉, 정말 멋지구나."

"어⋯⋯ 고마워. 근데 자리가 없네. 어디 남는 의자 없⋯⋯."

꽉 찬 테이블을 난감한 듯 보다가, 유리는 경민과 눈이 마주쳤다.

"⋯⋯."

꼴깍. 유리의 목에서 침 넘어가는 소리가 나는 듯했다.

다른 친구들이 엉덩이가 무거운 척 딴청을 부리는 가운데, 경민 혼자 분연히 일어섰다. 남는 의자를 가져와 예비 판사 부인 옆을 쾅 소리 나게 찍었다. 그 박력에 쫀 기집애가 얼른 제 의자를 옆으로 당겼다.

"앉아."

"어……. 고, 고마워."

황급히 의자에 앉는 유리는 더 쫀 표정이었다.

"다들 벌써 주문했네. 혹시 계산도 다 했어?"

누가 물주 아니랄까 봐, 유리는 지가 먼저 계산 얘기를 꺼냈다. 수영이 바람 빠지는 웃음소리를 냈다.

"오늘은 내가 살 테니 너도 얼른 주문해. 아무리 네가 우리랑 비교가 안 되는 부자라도 매번 얻어먹으니까 미안해져."

"어, 아니야. 난 진짜 괜찮아! 아직 계산 안 했으면 내가 살게. 커피 한 잔씩 더 마실래? 디저트도 더 시키고……."

얻어먹는 쪽은 당당하고 외려 사는 쪽이 절절맨다. 경민은 관자놀이를 꾹꾹 누르며 치솟는 불편한 감정을 억눌렀다.

예나 지금이나, 이 기집애는 너무 대놓고 티를 내 버린다. 물주라도 해서 이 모임에서 희미한 지분이나마 유지해야겠단 절박함을.

"아니 됐어. 너만 시키면 돼."

남들이 다 마신 자리에서 혼자 뻘쭘하게 커피를 마시라는 말을 수영은 아무렇지도 않게 했다.

"그럼 난 바닐라 라떼나 먹어야겠다. 어, 근데 이 봉투들은…… 뭐야?"

"얘기 못 들었어? 수영이가 오늘 중대발표 한댔잖아."

"중대발표? 아니. 난 그냥 평소대로 만나는 줄……."

"미안. 너한테는 깜박 잊고 말 안 했나 봐. 자."

은색 스티커로 봉해진 크림색 봉투. 누가 봐도 용도가 뻔한 디자인에 유리의 얼굴이 새하얗게 질렸다.

"어서 열어 봐."

유리는 흑마술에 조종당하는 사람처럼 봉투를 열었다. 그 순간, 일행들이 갑자기 문 쪽을 보며 몸을 반쯤 일으켰다.

"저 남자 성진이 아냐?"

"야, 복성진! 여기야, 여기!"

장신 미남이 시원스레 팔을 흔들며 이리로 오고 있었다. 그 광경에 유리는 호흡하는 법을 잊었다.

"다들 오랜만이네."

부드러우면서 음전한 중저음이 심장에 얹어졌다.

"어머, 성진아! 완전 멋있어져서 너 아닌 줄 알았어."

"하하, 10년 전엔 안 멋졌냐. 너희도 진짜 많이 예뻐졌다. 나도 못 알아볼 뻔했어."

그 말에 몇몇 친구들이 괜히 머리칼을 정돈했다.

성진이 나타나니, 세상이 한 톤 밝아졌다.

그에게서 풍기는 스킨 향은 상쾌하면서도 농도가 안정적이었다. 철저한 자기관리로 다져진 다부진 체격에 슈트와 울코트의 핏이 환상적으로 살아났다.

남성적으로 뚜렷한 이목구비. 날렵한 턱선. 무슨 표정을 지어도 매혹적으로 보일 얼굴로, 그는 쾌활한 웃음을 지었다. 다정함이 밴 입술이 기분 좋은 설렘을 안겨 주었다.

무엇보다, 쨍하니 맑은 눈이 인상적이었다. 스물아홉. 동년배 남자들이 슬슬 지친 티를 내는 시기에, 그는 일이든 사랑이든 동력이 충만해 보였다.

든든함. 다정함. 진실됨. 세상에 존재하는 온갖 긍정적인 에너지가 그를 휩싸고 있었다.

"이렇게 보니까 정말 반갑다. 옛날 생각도 나고."

성진은 수영의 곁에 붙어 선 채 친구들을 보았다. 고루 퍼지지만 맺고 끊음이 확실한 시선. 내 여자의 심금은 울리면서 다른 여자의 가슴은 미어지게 하는 시선이었다.

그러다 성진과 유리의 눈이 마주쳤다. 그녀의 손에 들린 크림색 봉투를 보고 그가 멋쩍게 웃었다.

"이거 다들 본 거지? 이렇게 보니까 괜히 쑥스럽다. 당사자인 주제에 실감이 안 나고."

유리의 눈꺼풀이 잘게 떨렸다. 창백한 손으로 봉투의 내용물을 끄집어내어 펼쳤다.

"아름다운 봄날, 소중한 인연들을 초대합니다."

무언가에 홀린 듯 소리 내어 읽었다.

"복성진, 윤수영. 14세의 봄날 처음 마주 잡은 손, 15년 동안 단 한 순간도 놓지 않았습니다."

"꺄아!"

유리의 목소리가 깨질 듯 떨리는 와중에 동창들은 환호했다.

"이제…… 저희 두 사람, 부부가 되어…… 평생을 함께……."

"내용 다 아니까 그만 읽어."

경민이 유리의 손에서 청첩장을 빼앗았다. 하지만 유리는 머릿속에 각인된 날짜를 공허하게 되뇌었다.

"4월 1일 토요일……."

"유리야, 혹시 어디 아파?"

상황을 까맣게 모르는 성진이 유리의 파리한 안색을 보고 걱정스럽게 물었다.

"어, 아니……. 아…… 맞아. 몸이 좀 안 좋은 거 같아. 미안해. 먼저 가 볼게."

"괜찮겠어? 우리가 데려다줄까?"

"아니야. 나 기사님 불러서 가면 돼."

성진이 당혹스러운 표정으로 유리를 살피는 가운데, 수영이 냉연하게 말했다.

"얘들아, 미안한데 우리 먼저 일어날게. 알다시피 결혼이 2주밖에 안 남아서. 요즘 회사도 한정판 소주 출시 임박해 가지고 정신이 없네."

"그렇겠다. 얼른 가 봐. 나중에 집들이 꼭 하고. 주류회사 부부한테 맛난 술 얻어먹어야지."

"결혼식 때 보자! 다들 와 줘서 고마워."

성진은 커피값을 계산한 후, 몇 걸음 앞서가는 수영에게 얼른 따라붙어 팔짱을 꼈다. 예비부부는 빠르게 멀어져 갔다.

"신사역 8번 출구 쪽으로 와 주세요."

운전기사를 불러낸 유리는 작별 인사도 없이 카페를 나섰다. 경민은 그녀 앞에 드리워진 길이 보이는 듯했다. 다른 사람들의 모습이 까맣게 지워지고, 세상의 모든 소리와 움직임이 멎은 길.

"푸흡, 대박. 방금 금유리 봤지? 누가 보면 나라라도 잃은 줄 알겠다."

"쟤 진짜 하나도 몰랐나?"

"수영이가 쟤한텐 오픈 안 했나 보지. 설마, 수영이가 오늘을 위해 큰 그림 그렸나?"

"근데, 우리 좀 심한 거 아냐? 유리 진짜 멘탈 깨진 거 같은데."

"우리가 뭐 어때서? 남의 결혼 준비 굳이 보고할 의무도 없고."

친구들이 경멸과 비웃음 가득한 눈빛을 공유했다.

"애초에 친구의 남친을 좋아하는 게 잘못이지."

칼에 베인 듯 경민은 손가락을 힘주어 오므렸다.

친구의 연인에게 품은 금지된 감정. 저도 한때는 그런 감정을 품는 것 자체가 죄악이라 생각했다.

하지만 제 마음을 왜곡하여 말과 행동을 비겁하게 꾸며 내느니 차라리 온전히 인정하고, 대신 답답할 정도로 가슴 깊이 묻어 끝까지 도의를 지킨 금유리의 지난 15년이, 이 정도로 비웃음거리가 될 만한 것이었나?

"젖비린내 나서 더는 못 봐 주겠네. 우리 집 초딩도 이 꼬라지 보면 유치해 죽으려 하겠다."

최소한 남의 감정을 빌미로 이런 잔혹한 장난을 치는 것보단 덜 역겹겠다.

"뭐? 우경민. 너 설마 그거 우리한테 하는 말이야?"

"왜. 내가 닥치고 앉아 있으니 새삼 요조숙녀라도 된 줄 알았냐? 아니. 걸레 물고 있었어. 사람 그렇게 쉽게 안 변해."

경민은 핸드백을 메고 자리에서 일어섰다. 한 친구가 적개심 어린 목소리로 말했다.

"우경민. 너 혼자만 잘난 척하지 마. 금유리 가장 싫어한 거, 너 였잖아."

경민은 속으로 탄식했다.

그래. 이게 다 내가 못되게 산 업보다. 친구란 인간들이 하나같이 못돼 처먹은 게. 남의 행복을 은근히 시기하고, 남의 가치를 멋대로 깎아내리고, 그 자리를 나 잘난 얘기로 채우는 그런 인간이 나였기 때문에, 주변에 똑같은 인간만 남은 거다.

40대가 자기 얼굴에 책임져야 할 나이라면, 30대는 자기 인간관계에 책임져야 할 나이가 아닐까. 꼴랑 1년도 안 남은 시점에 크게 달라질 것도 없겠지만, 그래도 아직 20대니까.

"사랑도 움직이고, 우정도 움직이고, 존나 싫어하는 감정도 움직인다. 됐냐?"

이제부터라도 양심에 스크래치를 내는 년들은 그만 보고 살련다. 요즘 관계 피로 청산이 대세라지?

"오늘부로 너네 다 차단할 테니 다신 나 불러내지 마. 길에서 만났을 때 알은척하면 머리털 다 뜯어다 국수 말아 니들 입에 쑤셔버린다."

중학생 때 얘기긴 하지만. 경민이 움킴 한 번으로 머리카락 한 줌을 수확해 3반 국수장인의 별호를 얻은 전적이 있음을 아는 동창들은 오싹한 침묵으로 그녀를 배웅했다.

카페를 나서며 경민은 쓸쓸히 하늘을 올려다보았다. 창백하고 차가워 도저히 봄날 같지 않은 하늘이 금유리의 슬픈 얼굴을 연상시킨다. 15세로 돌아가, 두견중학교 교복 차림으로 잠에서 깰 수만 있다면.

'너도 설마 복성진 좋아하는 건 아니지? 미치지 않고서야.'

유리한테 그런 심한 말은 하지 않을 텐데.

❖　❀　❖

아버지는 ㈜황금글라스의 대표이사였다. 그게 얼마나 대단한 사실인지 유리는 잘 몰랐다.

'지방 공장 다섯 곳에 물류창고도 두 개나 있어요.'

'10년 연속 포장유리용기 점유율 1위에, 메이저 식음료 회사에 유리병을 납품하지요.'

아버지의 개인비서 오 실장이 기다란 팔을 쫙쫙 펼치며 설명해도, 유리는 아기사슴처럼 눈만 깜박였다.

답답함을 느낀 오 실장은 유리를 근처 편의점으로 데려갔다. 냉장고 안의 수많은 주스와 술병들을 가리키며 그가 말했다.

'이 유리병들이 전부 다 아버님 회사에서 만든 거랍니다.'

그제야 유리는 함지박만 하게 입을 벌리며 눈을 반짝였다.

수십만 원짜리 인형. 예쁜 옷. 큐빅이 잔뜩 박힌 머리핀. 갖고 싶다고 말하기도 전에 모두 산더미처럼 쌓였다.

당연하게 누리는 것들에 새삼스레 행복을 느끼지는 않았지만, 부족한 게 없다는 건 알았다. 하지만 오래지 않아 유리는 이 화려한 생활의 이면과 맞닥뜨렸다.

온 가족이 새벽 5시에 일어나 6시까지 식탁에 모여 시작하는 하루. 젓가락질 하나조차 거푸집으로 찍어 낸 듯 엄격한 가풍. 가정교사에게 붙들려 또래 친구들보다 2~3년은 빨리 진도를 빼는 공부.

그 모든 혹독함이 지금 누리는 특권을 유지하기 위한 것이었다.

금 회장은 유리에게 특별한 기대를 걸었다. 자신의 고명딸이, 그녀를 낳자마자 세상을 뜬 제 부인처럼 훌륭한 커리어 우먼으로 성장하기를.

그러나 유리는 그 기대의 반절도 부응하지 못했다.

'특목고요? 이 성적으로는 인문계고 무사히 입학한 걸 다행으로 아셔야죠.'

'SKY요? 차라리 대리 시험 브로커를 알아보십쇼!'

내로라하는 대치동 스타 강사와 족집게 과외 선생들의 얼굴에 단단히도 먹칠을 했다.

서울 중위권 음대에 기둥 하나 세워 주고 간신히 인서울을 했다. 순전히 고졸자를 면하기 위한 대학 생활을 한 유리는, 졸업 후 백화점 쇼핑을 소일거리처럼 하는 애물단지 아가씨로 전락하고 말았다.

금유리의 케이스는 세상에 돈 처발라서 안 될 일은 없으며 자녀 교육도 그렇다고 믿던 재계의 뭇 부모들에게 경종을 울렸다.

결국 금 회장은 딸이 대학 졸업하는 대로 황금글라스의 적당한 낙하산 보직에 앉혀 승계가도를 걷게 하려던 계획을 슬그머니 철회했다.

이제나저제나 그가 유리에게 건 마지막 기대는.

"이번 맞선 상대는 남자인 제가 봐도 정말 보통 미남이 아니더군요."

유리가 태어나기 전부터 금 회장 일가를 보필해 온 오 실장이 입에 침이 마르도록 열변을 토했다.

"샤프한 눈매 하며 베일 듯한 콧날. 여자 여럿 울리고 다녔을 것 같은 치명적인 미소. 햐……. 사진만 봐도 한숨이 나올 정도로 잘생기셨습니다."

오 실장의 브리핑은 문학 강사 못지않은 딜리버리와 표현력을 자랑했다. 그러나 유리는 시큰둥한 얼굴로 중얼거렸다.

"인상이 별로 안 좋은 분인가 봐요. 여자 여럿 울리게 생겼다니."

"넷? 아뇨! 그분이 실제로 그러고 다니신다는 게 아니라……."

"베일 듯한 콧날…… 코에 칼이라도 꽂고 다니시나요."

"아하하, 아가씨. 그런 뜻이 아니라……."

"그리고 사진만 봐도 한숨이 나올 정도라니. 맞선 보기도 전에 힘이 빠지네요. 어차피 끝나고 나면 한숨이 나올 텐데."

"……."

눈치가 비상한 오 실장은 이 어처구니없는 대화의 맥락을 금방 짚어 냈다.

아가씨의 지력이 대한민국 재계 영애 평균 수준에 한참 못 미치는 건 사실이지만, 중학교 수준의 비유법 교육이 새삼 필요할 정도는 아니다.

수백 번의 맞선에서 만신창이가 된 아가씨지만, 적어도 남에게 괜한 화풀이를 한 적은 없었으니.

이런 말대답이 나올 정도면, 심기가 꽤나 복잡하다는 징조였다.

"제가 너무 난해하게 설명 드렸나 봅니다. 연예인 박준서 아시죠? 요새 시청률 30프로 찍는 드라마에도 나오잖아요. 걔랑 닮았으면서, 그보다 더 고급진 느낌이랄까……."

"저 박준서가 누군지 몰라요. 요새 드라마 잘 안 봐서요."

벙찐 오 실장 앞에서 유리는 코트 단추를 느리게 채웠다.

오 실장은 무거운 한숨을 내쉬었다. 지난 29년, 정확히는 이 아가씨가 태어난 순간부터 연마해 온 한숨이었다.

"아가씨. 이번 맞선, 회장님께서 각별한 관심을 가지고 추진하신 건입니다."

"……."

"물론 아가씨 혼사 문제치고 회장님 관심이 없던 건이 있었겠습니까만, 제가 감히 살피건대 이번엔 정말 마음의 준비를 하셔야 할 듯합니다."

맞선을 추진하며 그 어느 때보다도 근엄하고 싸늘했던 금 회장의 얼굴. 30년 넘게 곁에서 보좌한 오 실장조차 추상같은 분부를 메모하며 오금이 저렸다.

"이번 도련님은 선샤인그룹 총회장님의, 대외적으로 공표되지 않은 막내 아드님입니다. 나이는 아가씨와 동갑입니다."

사생아. 질겁하며 되묻는 일 없이 유리는 허공에 공허한 시선을 붙박았다.

"그래도 실질적인 로열패밀리의 일원으로 대접받고 계시고, 조만간 입적도 할 예정이랍니다. 스펙은 물론이고 인물도 아주 빼어나다고, 회장님께서 흡족해하시며 맞선을 수락하셨어요. 아시다시피 선샤인그룹이 우리 30년 지기 거래처이기도 하고……."

그리고 아가씨가 이 정도는 감수해야 할 만큼 급이 떨어졌단 건 아니고…….

굳이 덧붙여야 하나 오 실장이 망설이는 찰나, 유리가 대뜸 물었다.

"오늘 제 일정이 어떻게 되죠?"

"옷, 구두, 주얼리 전부 다 새로 맞추셔야 합니다. 회장님께서 연예인 전속 코디네이터까지 불러다 친히 고르셨어요. 압구정 갤러리 백화점 명품관에 연락 넣어 뒀으니, 매장에 가셔서 피팅해 보시면 됩니다. 따로 맘에 드는 게 있으면 여분으로 사셔도 되지만……."

유리의 코트 밑으로 거품처럼 삐져나온 풍성한 치마를 보고 오 실장이 말끝을 흐렸다.

"회장님께서, 이번 맞선에 입고 갈 옷은 반드시 검사받고 가라 하셨습니다."

내일모레 서른인 과년한 딸에게 너무도 민망한 지시.

하지만 지난 세월 딸의 행보를 생각하면 회장님도 참 할 말이 많으신 분이다. 부녀 사이에 끼어 '할많하않'이 된 오 실장만 나날이 주름살이 늘어 갔다.

"쇼핑을 마치시면 김 기사가 신사동 에스테틱으로 모실 겁니다. 2시간짜리 풀코스 관리가 예약되어 있습니다. 아가씨가 제시간에 맞춰 가는지 회장님이 확인 전화 해 보신다네요. 하, 뭘 그렇게까지. 무슨 초딩 학원 땡땡이 감시하는 것도 아니고……. 크흠!"

속마음을 숨기지 못해 기어이 사족을 단 오 실장이 헛기침을 했다.

"하아."

덤덤히 듣고만 있던 유리도 짤막하게 한숨을 쉬었다. 작은 돌멩이를 깊게 삼킨 호수처럼 그녀의 표정은 금방 적막해졌다.

"걱정 마세요. 아버지가 잡은 일정 다 소화할 테니까."

"아가씨. 혹, 저번 동창회에서 무슨 일 있었나요?"

금방이라도 눈물이 번질 듯 촉촉한 눈. 슬픔을 씹어 하얗게 깨물린 입술. 그 동창회 이후로 며칠간 유리의 상태는 이 모양이었다.

"아무 일도 없었어요."

유리는 허허롭게 대답했다. 더 아플 일도 없다고 말하는 듯 공허한 눈과, 주변의 불신에 무디어진 메마른 입술로.

"이제 가시죠. 차 대기시켜 놓았습니다."

오 실장은 확신했다. 지난 동창회에서 분명 '아무 일'이 아닌 일이 있었으리라.

대충 소설을 써 보면 그런 자리에서 의가 상할 만한 일은 한정돼 있다. 학창시절 시시콜콜한 우정 문제라든지, 혹은.

"설마 첫사랑……."

오 실장은 미간에 살짝 주름을 잡았다.

아가씨의 성장 과정을 쭉 지켜봤지만 제가 본 게 전부는 아니란 걸 안다. 자신도 첫사랑을 해 봐서 알지만, 대다수의 첫사랑이 마음속에서 가장 깊숙하고 어두운 방에 가두어진다.

아가씨의 학창시절 우정, 혹은 첫사랑. 뭐가 됐든지 간에.

"모르는 척하는 게 낫겠지."

오 실장은 허공에 손바닥을 맞대어 탁탁 털어 버렸다.

서로에 대한 실망과 힘겨움으로 점철된 회장님과 아가씨의 지난 29년. 벼랑 끝에 몰린 부녀관계만큼 위태로운 건 없으며, 이번 맞선만큼 중요한 일은 없다.

설마하니 큰 사고는 안 터질 거라 믿었다. 돌발 상황을 우려해야 할 만큼, 금유리가 제 인생에 적극적이었던 적은 없으니.

❖ ✳ ❖

장장 2시간 동안 억센 손가락에 온몸을 꼬집혔다. 향과 점도가 각기 다른 화장품으로 샤워하다시피 했다. 피부가 진정되고 나면 나타날 미관적인 변화와 상관없이 유리는 극심한 피로를 느꼈다.

피부 관리를 받고 귀가하니, 갓 지은 밥 냄새와 생선 냄새가 풍겼다. 임연수어 구이가 식탁에 오른 모양이다.

식구 중에 그 생선을 유별나게 좋아하는 사람이 있었다.

치이익.

임연수어 지지는 소리, 혹 끼치는 비린내에 유리의 얼굴이 새하얘졌다. 나이를 먹으면서 가리는 음식이 꽤 줄었지만, 이 생선만은 도무지 좋아할 수 없었다.

"어머, 아가씨. 피부 관리는 잘 받으셨어요?"

입주 가정부 김 씨 아주머니가 반색을 하며 유리를 맞아들였다.

"사모님들 사이에서 입소문이 자자한 샵이라더니, 어쩜. 얼굴이 진주처럼 반질반질 빛이 나네요."

아주머니의 눈빛은 결혼식 전야의 딸을 보듯 흐뭇했다.

"얼른 손 씻고 들어가 보셔요. 회장님께서 기다리고 계셨어요."

유리는 화장실로 들어가 세면대 앞에 섰다. 물때 한 점 없이 맑은 거울이 그녀의 얼굴을 눈썹 한 올까지 선명히 비추었다.

김 씨 아주머니 말대로 거울 속 여자는 진주처럼 반질반질했다. 코는 평소보다 오똑하고 입술은 자몽 과육처럼 탱글탱글하다.

벽에 걸린 스파티필럼 화분이 배경처럼 더해지니, 제가 봐도 한 폭의 명화 같다.

정말이지, 기만이 가득한 공간이었다. 두 눈 가득한 울적함마저 아련함으로 비쳐 보이니.

쏴아아.

유리는 얼굴에 비눗물을 확 끼얹었다. 우울할 때조차 아름다워 보이길 바라는 게 여자 마음이건만. 그녀의 마음은 며칠째 그 본능을 거스르고 있었다.

식탁으로 향한 순간, 유리의 얼굴은 더욱 굳었다.

상석에 앉은 아버지 금 회장과 오른편에 앉은 남성. 유리는 반사적으로 눈을 내리깔았다. 남자도 껄끄러운 기색으로 금 회장 쪽으로 고개를 돌리며 말했다.

"아버지, 유리 왔습니다."

금 회장이 유리의 얼굴을 뚫어져라 보았다.

"세수까지 하고 온 게냐. 내가 피부미용 쪽은 잘 모르지만, 집에 가자마자 씻어 버리라고 했을 거 같진 않은데."

"유리도 샵에서 시키는 대로 한 거겠지요. 피부 관리도 사후 관리법이 다 다르지 않겠습니까."

남자가 슬그머니 유리의 역성을 들었다. 하지만 유리는 그가 자신을 언급하는 것 자체가 불편한 듯 식탁에 시선을 고정했다.

"몇 달 만에 보는 큰오빠한테 인사도 안 해? 회사 일 한다고 요새 제 와이프 얼굴도 제대로 못 보는데 너 보러 온 거다."

아버지가 10을 기대하면 20을 해내고 100을 이룬 초엘리트. 명실상부한 후계자가 된 완벽한 장남. 큰오빠 금규진은 허리를 곧게 펴고 앉은 모습까지 아버지와 판박이였다.

"기다리게 해 드려서 죄송한데 두 분이서 드세요. 저는 속이 안 좋아서……."

"속이 어디가 어떻게 안 좋은데?"

금 회장이 대번에 언성을 높였다. 딸의 용태를 살피는 말이라기엔 노골적으로 추궁하는 투였다. 규진이 얼른 말했다.

"그러면 이만 올라가서 쉬어라. 아주머니, 유리 소화제 좀 챙겨 주시죠."

"알겠습니다, 부회장님."

규진이 유리를 걱정스레 보았다. 그러나 유리는 그의 면전에서 고개를 확 돌려 도망치듯 제 방으로 올라갔다.

"우욱……."

방문을 닫자마자 헛구역질을 했다. 임연수어의 비린내가 가슴 깊이 꽂혔다. 한숨 돌릴 새도 없이 날카로운 노크 소리가 났다.

"금유리."

방문을 벌컥 열어젖히는 금 회장 뒤로 안절부절못하는 김 씨 아주머니가 보였다.

"규진이한테 뭐 죄졌어? 오랜만에 여동생 얼굴 한번 보겠다고 바쁜 시간 쪼개서 온 큰오빠한테 그게 뭔 태도냐?"

"……."

"나이라도 어리면."

쯧 하고 혀를 차고 금 회장은 방문을 닫았다.

"거기 앉아 봐. 얘기 좀 하자."

유리는 금 회장이 지목한 원목 스툴에 앉았다.

"내가 골라 준 옷들 빠짐없이 입어 봤겠지? 전문가 도움 받아 가며 고른 거니 썩 괜찮을 거다. 적어도 네 옷장에 있는 인형 옷 같은 것들보단."

그 인형 옷에는 지금 유리가 입고 있는 옷도 포함되었다.

아버지의 못마땅한 눈초리 앞에서 유리는 탁자 언저리에 시선을 걸쳤다. 딸의 불손한 시선 처리가 이젠 새삼스럽지도 않은 듯 금 회장은 말을 뱉었다.

"내 지기인 은화증권 회장의 막내딸 말이다, 이번에 동철제강 대표 맏아들과 결혼한다더구나. 고등학교도 월반하고 스탠포드 경영대학원까지 나온 재원이니 혼처도 아주 좋은 데로 잡았지. 은 회장 그 친구, 입만 열면 딸자식 자랑이 나올 만도 해."

귀에 딱지가 앉도록 들은 아빠 친구 딸 얘기. 유리는 한 귀로 줄

41

줄 흘려 넘겼다.

3년 동안 개와 함께 서당에 처박아 두면 개보다 풍월을 못 읊고도 남을 딸. 30년 가까이 소 귀에 경 읽다 지친 아버지는, 결국 경전을 집어던지고 말았다.

"오 실장한테 얘기는 들었지? 그 청년 정도면 네 걱정은 그만 접어 둬도 되겠다 싶다."

유리의 입술이 옴찔거렸다. 그녀가 무어라 말하기도 전에 금 회장은 통보식으로 말했다.

"너도 알겠지만 정계든 재계든 네 평판이 썩 좋지가 않아. 딸 가진 애비로서 남의 말 함부로 지어내는 작자들에게 피가 끓기도 한다만, 그 전에 네가 남의 집 귀한 아들들에게 최소한의 격을 차리고 대했는가도 생각해 볼 때가 되었다. 그래. 이게 다 내 불찰이기도 하다."

"……."

"스펙이 인생의 전부는 아니다만, 결혼할 상대의 성실함을 가늠할 때 그만큼 객관적인 지표도 없지. 특히나 돈 없어서 좋은 대학 못 보냈단 핑계도 못 대는 우리 같은 사람들한텐 말이다."

"……."

"지금 네 나이에 네 스펙에 다시없을 아까운 자리다. 내게 참 과분한 사윗감이고, 너한테 아까운 남편감이야."

솔직한 심정으로, 발끈해서 대들기라도 해 보라고 한 말이었다. 그러나 유리는 그저 입을 봉한 채 이 순간이 끝나기만을 기다렸다.

"허."

금 회장은 치미는 감정을 토하듯 뱉어 냈다.

"이 아까운 자리마저 그따위 옷과 태도로 깽판을 놓는다면, 날

애비 취급도 않는 걸로 알겠다. 인형 옷을 사건 개 목걸이를 사건, 서른부터는 남편 돈으로 사."

아니면 네가 직접 번 돈으로 사든지. 금 회장이 빈정거리듯 덧붙였다.

"이 애비는 이제 네 뒤치다꺼리 할 만큼 한 거 같다. 오죽하면 요새 네 엄마가 내 꿈에 나와 그러더구나. 당신, 그만하면 할 만큼 했다고."

돌아가신 어머니를 언급하는 순간엔 아버지의 단호한 목소리도 살짝 갈라졌다.

문이 굳게 닫힌 뒤, 유리는 베개 밑에서 무언가를 끄집어냈다.

손을 많이 타서 흐린 유리 액자. 열 살 소녀와 까만 개가 한 몸처럼 붙어 앉은 사진. 소녀는 품에 안은 반려견이 천사의 옷깃 한 자락인 듯 세상 포근하게 웃고 있었다.

사진을 보며 유리는 목걸이를 움켜쥐었다. 스코티 펜던트가 손바닥에 아프게 박혔다.

가족. 사용인. 몇 안 되는 지인. 그들조차도 모르는 사실이 있었다. 반려견 수리가 무지개다리를 건넌 지도 어언 14년. 아직도 수리의 사진만 보면, 유리는 베갯잇에 뜨거운 눈물을 묻게 되었다.

❖ ❀ ❖

'네 엄마는 천사 같은 사람이었지. 얼굴만 고운 게 아니라 마음씨도 예뻤어.'

아버지 손잡고 어머니가 잠든 추모공원에 처음 가 본 날. 사진

속에서 활짝 웃는 아름다운 여자가 이 세상 사람이 아니라는 사실에, 어린 유리의 가슴이 술렁였다.

'유리야. 아빠는 이 세상에 엄마가 없다는 사실이 마냥 슬프고 허전하지만은 않아. 네가 엄마 같은 천사가 될 거라 믿으니까.'

아버지의 꿈결 같은 목소리를 가슴에 품고, 열심히 살고 싶었지만.

'어째서 엄마 몫만큼 열심히 살지 못하는 거야? 너까짓 것 때문에…….'

열 살. 유리의 세상은 온통 어둠에 잠겼다.

'선생님. 제발 우리 수리 꼭 좀 살려 주세요! 혹시라도 수리가 죽으면…… 전 정말로 의지할 데가 없단 말이에요.'

열다섯. 유리는 태어나서 처음으로 눈물범벅이 되어 기적을 구걸했다.

남들이 보기엔 터닝포인트 운운하기에도 하찮은 기억일지 모른다. 그러나 기억을 지우는 약을 마신대도, 유리에겐 최후의 최후까지 뇌리에 남을 기억들이었다. 잊을 만하면 꿈에 나오니까.

처음에는 꿈속에서나마 화를 내고 억울함을 토로해 봤다. 그러나 현실에선 입도 뻥끗 못 하고 주눅만 드는 자신을 겪고 나면, 꿈속에서 몸부림치는 자신이 추하게 느껴졌다.

결국 유리는 심해 밑바닥에 발 묶인 새처럼 날갯짓을 포기했다.

그저 나쁜 꿈만 이어졌다면, 진즉에 꿈속에서 익사했을지 모른다.

'야! 여기 내 비밀 아지튼데. 거기서 뭐 해?'

14년째, 소년의 말은 토씨 하나 안 틀렸다.

'너도 진달래꽃 보러 들어온 거야?'

그 말에 고개를 들어 보면, 진달래나무 한 그루가 어김없이 눈앞에 나타나곤 했다. 성화처럼 따사로이 빛나며 슬픔과 절망으로 가득한 마음을 밝혀 주는 나무가.

소년이 겨우내 검게 삭은 낙엽투성이 언덕에 교복 재킷을 깔아 주었다. 그 위에 살포시 앉으면 그는 부드러운 목소리로 물어봐 주었다.

'마음이 편해질 때까지 얘기해 봐. 비밀 꼭 지킬게.'

고등학생 때도, 대학생 때도, 비교적 최근에도. 유리는 열다섯 살 모습에서 멈춘 소년에게 속에 맺힌 말을 털어놓았다.

'난 왜 항상 이 모양일까?'
'앞으로 어떻게 살아가면 좋을지 모르겠어.'

마음이 조금이라도 대담해지는 날엔 이런 말도 했다.

'행여나 네가 내 옆에 있어 준다면…… 무언가 달라지지 않을까?'

소년이 입을 여는 순간, 사방이 어둠에 잠겼다.
"……."
어둠 속에서 유리는 눈을 떴다. 짓무른 눈이 무겁게 끈적였다.
소년의 대답을 들을 때까지 꿈이 이어지는 날은 드물었다. 사실
그의 꿈을 꾸는 것만도 감지덕지였다.
다시 눈을 감으면, 아무것도 없는 어둠만 펼쳐지겠지. 앞으로의
인생도, 한밤중에 꿈에서 깨어난 뒤 억지로 다시 청하는 잠과 같을
지 몰라.
저녁때 아버지가 했던 말이 귓가에 맴돌았다.

'네 엄마가 내 꿈에 나와 그러더구나. 당신, 그만하면 할 만큼 했
다고.'

다시 눈을 감기 전, 유리는 꿈속의 그에게 미처 하지 못한 말을
되뇌었다.
"난 아직…… 할 만큼도 하지 못했는데."

❖ ✻ ❖

간밤의 꿈까지 더해, 유리는 아직 치러지지도 않은 성진의 결혼
식에 세 번이나 가 봤다.

순백색 웨딩드레스를 입은 수영의 왼손 약지에 결혼반지를 끼워 주며, 성진은 가슴이 아릴 만큼 행복한 미소를 지었다.

성진이 수영의 면사포를 걷어 내 맹세의 키스를 한 순간, 수영은 숨겨 둔 날개를 활짝 펼치며 그를 낚아 올렸다. 두 사람은 천국보다 높고 달콤한 둘만의 보금자리를 향해 훨훨 날아올랐다.

유리는 하늘을 우러러보며 하염없이 눈물을 흘렸다. 두 사람의 모습이 눈부신 햇살과 자신의 눈물에 가려졌다.

❖　✳　❖

시리도록 푸르던 꿈속 하늘과 다르게, 현실의 하늘엔 잿빛 구름이 먹먹하게 깔렸다.

선샤인그룹 회장 막내아들과 맞선을 보기로 한 날. 금 회장은 매의 눈으로 딸의 용태를 점검했다.

과하게 비치지 않는 크림색 시스루 블라우스. 무릎을 조신하게 덮으면서도 잘록한 허리 라인을 드러내는 H 스커트. 은갈치색 해수진주 귀걸이.

검은 재킷 코트는 꽃샘추위가 맹위를 떨치는 날씨에 입기엔 이른 감이 있지만 크게 문제 될 건 없었다. 대문을 나서는 즉시 고급 세단에 몸을 실을 테니.

"그래, 이렇게 입으니 제법 태가 나잖느냐. 단아해서 좋다. 역시 전문가에게 맡기니 확실히 다르군."

진즉 한번 보였으면 좋았을 것을. 금 회장이 감탄 어린 한탄을 덧붙였다.

"알찬 시간 보내고 와."

유리의 눈은 겨울잠에서 덜 깬 곰처럼 게슴츠레했다. 살색 스타킹을 신은 발가락이 뻐끔대는 붕어처럼 꼼지락거렸다. 그 작태를 포착한 금 회장이 강다짐을 주었다.

"그 사람이 하는 얘기 잘 경청하고. 딴생각하지 말고. 대답 안 해?"

"네……."

"목석처럼 가만히 앉아 있다 오지 말고 적극적으로 대화를 주도해 봐. 좋아하는 음식은 뭔지, 취미는 뭔지. 무슨 얘기 했는지 이따 저녁에 확인할 테다."

"네."

"그리고 제발 가서는 웃어. 그렇게 죽상을 하고 앉으면 어느 남자가 말 붙일 마음이 나?"

그 말에 유리는 입꼬리를 꼬집어 올린 듯 부자연스러운 미소를 지었다.

못미더운 마음을 다 토로하자니 제시간에 딸 못 보내게 생겼다.

"잘해 봐. 이번이 마지막 기회라고 생각하고."

현관에 단아함을 완성해 줄 소품이 놓였다. 블랙 스틸레토 힐. 명품관 쇼박스에서 나와 고급스런 자태를 뽐내는 새 구두를 유리는 묘한 시선으로 보았다.

"아가씨. 김 기사 지금 문 앞에 대기 중입니다."

김 씨 아주머니의 말에 떠밀려 유리는 구두에 작은 발을 꿰었다.

또각.

길들지 않은 새 구두의 건조한 울림이 났다.

❖ ✳ ❖

　식음료 업계에서 강세를 보이는 대한민국 굴지의 기업집단 선
샤인그룹.

　계열사 호텔의 스카이라운지는 공중 정원처럼 우아했다. 정재
계 유력 인사들의 비즈니스 미팅이나 맞선 장소로 애용되는 레스
토랑 특실은 돈만 갖다준다고 예약할 수 있는 곳이 아니었다.

　아찔할 정도로 높고 깊숙한 방에 들어서니, 한 남자가 하늘을
등지고 선 채 유리를 맞았다.

　"금유리 씨죠?"

　"네. 그……."

　맞선 상대에게 무례를 범할 마음은 요만큼도 없었지만, 애석하
게도 유리는 꽤 잦은 빈도로 상대 남성의 이름을 까먹었다.

　"강두현이라고 합니다. 다소 복잡한 가정사가 있는지라, 곧 김
두현이 될 예정이지만요."

　강두현이라는 남자는 소탈한 인상은 아니었다. 은제 만년필을
연상시키는 깔끔하고 세련된 외양이 철두철미한 느낌을 풍긴다.

　"오시느라 고생하셨습니다. 여기 앉으시죠."

　생판 처음 만나 서로의 가문, 사업 연관성, 학연지연 같은 피상
적인 조건으로 케미를 쥐어짜 내야 하는 맞선의 어려움은 남자든
여자든 마찬가지일 텐데. 유리를 응시하는 두현의 얼굴은 퍽 여유
로웠다.

　"저랑 동갑이시라 들었습니다. 두견중학교 나오셨다고 들었는
데, 맞나요?"

　"네……."

"저도 두견중학교 갈 수도 있었는데, 초등학교 졸업하자마자 영국으로 갔거든요. 유리 씨랑 동창이 됐으면 재밌었을 텐데, 아쉽군요."

학창시절 내내 아득히 먼 땅에 있던 남자는 몇 마디 말로 거리를 성큼 좁히려 들었다.

"유리 씨 아버님, 제가 정말 존경해 온 기업가 중 한 분입니다. 미개척지였던 우리나라 유리제품 40년 역사를 맨손으로 일구신 자수성가의 표본 아닙니까."

"아, 예……. 감사합니다."

유리는 얼떨떨한 목소리를 냈다. 지금까지 맞선 상대를 예습할 의지를 다진 적이 없지만, 선샤인그룹의 연혁 정도는 보고 올 걸 그랬다.

"저…… 선샤인그룹 계열사에서 일하신다고 들었는데요. 어디서 일하시나요?"

"선샤인주류 기획개발팀에서 일하고 있습니다. 현 직급은 대리고요."

"어? 선샤인주류 기획개발팀이면……."

유리의 눈이 화악 뜨였다.

"혹시, 윤수영이랑 복성진을 아시나요?"

"윤 주임이랑 복 대리? 물론 알죠. 같은 팀 친구들인데요. 유리 씨도 그 둘을 아시……. 아, 그러고 보니 유리 씨도 나리고등학교 나왔죠?"

"네. 걔네랑 중고교 동창이에요. 중학교 1학년 때 같은 반이기도 했고……."

"상당히 오래된 인연이시네. 그럼 셋이 엄청 친하겠군요."

"엄청……까지는 아니지만 수영이하고는 동창회에서 종종 만나요."

"그럼 그 둘이 다음 주에 결혼하는 것도 아시겠군요."

기분 좋은 온도로 맞추어진 방 안에서 유리는 서릿바람을 한 모금 들이켰다.

고작 일주일밖에 안 남은 결혼식이니 직장 동료까지도 아는 건 당연한데. 제3자의 입으로 전해 들으니 반쯤은 꿈같던 일이 서늘한 현실로 와닿는다.

"유리 씨도 청첩장 받으셨죠? 윤 주임이 최근에 고등학교 동창 만났다던데."

"물론 받았죠. 다음 주 토요일이잖아요."

유리는 가까스로 미소 지었다. 굳이 이런 얘기까지 안 해도 이 남자는 충분히 현실을 일깨워 줄 거다. 단아한 투피스 정장, 진주 귀걸이, 그리고 검은 새 구두에 어울리는 현실을.

"정신없이 얘기하느라 식사 주문하는 걸 까먹었네요. 우리 맛있는 것 좀 먹죠."

덜컥 튀어나온 두 사람 결혼 얘기는 애피타이저처럼 냉큼 삼켜졌다.

❖ ❀ ❖

여느 맞선처럼 점심 식사 후 커피 한잔 했다. 학창시절 얘기, 직장 얘기, 대외관계용 취미. 대화 주제는 여느 맞선의 매뉴얼을 크게 벗어나지 않았다.

예상대로 대화는 상대가 리드했다. 명문 학교, 좋은 직장 다닌 얘기. 두현의 언변은 오늘 먹은 코스 요리만큼 다채로웠다.

유리는 중간중간 눈을 맞추고, 고개를 끄덕이고, 적당히 첨언하는 선에서 따라갔다.

두현의 에스코트를 받으며 호텔 문을 나선 순간, 유리는 목을 움츠렸다. 꽃샘바람이 그녀의 재킷 코트를 꿰뚫었다.

"유리 씨 코트가 예쁘긴 한데 좀 얇아 보이네요."

두현이 입김을 옅게 뿜으며 유리를 위아래로 훑었다.

"구두도 참 예쁘네. 사이즈는 한 230정도 신어요?"

"네…… . 신발에 따라 225가 맞기도 해요."

유리는 턱을 덜덜 떨어 가며 말했다. 원래도 추위를 많이 타는 편이지만 민망함 때문에 평소보다 갑절은 떨렸다.

"기사님이 빨리 오셔야 할 텐데. 오늘따라 주차장이 교통정리가 잘 안 되나."

"괜찮아요. 곧 오겠죠 뭐…… ."

유리는 입술을 문 채 검은 구둣발을 꽉 붙였다.

"유리 씨는 복 대리 결혼식에 가시겠네요."

두현이 또 그 얘기를 불쑥 꺼냈다.

"가야……겠죠. 두현 씨도 가시지 않나요?"

"애석하게도 전 그날 회사 당직이라."

"아, 정말요?"

"원래 그날이 복 대리 차례거든요. 대직 서 줄 사람이 저밖에 없어서요. 후속 업무도 봐주기로 했고."

"후속 업무요?"

"유리 씨, 첫이슬 아시죠?"

"네. 선샤인주류에서 나오는 소주 말씀이시죠?"

누적 판매량 수백억 병이라는 부동의 점유율 1위 희석식 소주. 대한민국에 선샤인주류를 모르는 사람은 있을지언정 첫이슬을 모를 사람은 없었다.

"복 대리가 신행 가 있는 동안 저희 회사가 첫이슬 봄 시즌 한정판을 출시할 예정이거든요. 그게 바로 그 친구 작품이에요."

"우와, 성진이가 만든 술이라고요?"

"네. 시즌 상품이라 한정 수량만 생산할 예정이지만, 소비자 반응이 좋으면 고정이 될 수도 있겠죠."

"와……. 진짜 궁금해요. 무슨 맛이에요? 술병 디자인은 어때요?"

성진이 만든 게 신형 감기약이었대도 유리는 지금처럼 두 손을 모으고 눈을 빛냈으리라.

"올봄 여심을 사로잡을 야심작의 깜짝 등장을 위해 출시 전까지 대외비입니다."

"와아……."

유리는 황홀한 미소를 지었다. 아직 세상에 나오지도 않은 술이 상상 속에서 갖출 수 있는 가장 유려한 자태로 눈앞에 아른거렸다.

"유리 씨 술에 관심이 많은가 보네요? 오늘 본 표정 중에 제일 생동감이 넘쳐 보여."

"아……. 그래 보였나요? 사실 전 술은 잘 몰라요."

"에이, 술 잘하는 사람이 꼭 이런 말 하던데요. 하, 유리 씨가 이렇게 기대할 줄 알았으면 더 분발할 걸 그랬네."

"분발……요?"

유리가 묻자 두현이 쓰라리다는 듯 머리를 쓸어 넘겼다.

"한정판 소주 기획을 두고 사내 공모전이 열렸었거든요. 복 대리랑 제 기획안이 최종 결선까지 올라갔는데, 간발의 차이로 그 친구 게 채택된 거예요. 하, 내가 5표만 더 얻었어도…….”

“그래도 성진이는 두현 씨 같은 훌륭한 동료가 있어서 든든하겠어요. 휴일 당직도 대신 서 주시고 남은 일들까지 봐주시고. 또……서로의 발전에 도움이 되고.”

유리가 격려차 건넨 말에 두현이 입꼬리를 비죽 올려 중얼거렸다.

“맞아요. 여러모로 좋은 친구이자 동료죠.”

오랜 기다림 끝에 유리를 실어 갈 차가 왔다. 도어맨이 문을 열어 주고 유리는 뒷좌석에 몸을 실었다.

유리는 잠시 차창을 내려 두현과 작별 인사를 나눴다.

“오늘 정말 즐거웠습니다. 조심히 들어가세요.”

“저도요. 두현 씨도 잘 들어가세요.”

차창이 닫히고 차에 시동이 걸리는 순간, 유리의 입가에서 미소가 가셨다. 오늘 한 일이라곤 밥 한 끼 먹으며 대화한 게 전부인데, 피로가 물밀 듯 밀려왔다.

유리는 검은 구두를 침침한 눈으로 내려다보았다. 두 발이 부르튼 듯 욱신거렸다.

한바탕 꼭두각시 춤이라도 춘 거 같다. 그렇게 생각하는 찰나, 핸드폰이 울렸다.

[강두현]

좀 전에 저장한 이름이 폰 화면에 떴다.

– 유리 씨. 사실 더 하고 싶은 말이 있는데, 지금 말해도 돼요?

“아, 네……. 말씀하세요.”

– 제 아버지가 일전에 저한테 당부하셨어요. 밖으로 나돈 세월이 적지 않으니, 올해엔 꼭 자리 잡으라고. 아마 결혼을 서두르란 말씀이겠죠.

“네에…….”

– 물론 서두른다고 될 일은 아니긴 해요. 대학 갈 때도, 진로를 선택할 때도, 마음 가는 곳을 찾는 데 적잖은 시간이 걸렸는데. 평생을 함께할 동반자를 그렇게 빨리 찾으라니.

"그렇……죠."

유리는 차분한 목소리로 응대했다. 역시. 자신이 황금글라스 회장 딸로 태어나지 않았다면 만나 보지도 못했을 남자는 금세 계산을 끝마친 모양이다.

맞선남이 좋은 말로 하는 거절을 이리도 친근하게 느끼는 여자가, 대한민국에 또 있을까?

그러나 차가 커브 길을 도는 순간.

– 그래도 오늘 유리 씨를 만나 보니까.

강두현도 급작스레 턴을 했다.

– 솔직히, 서두르고 싶어졌습니다.

그가 마지막으로 덧붙인 말에 섣부른 마음의 평화가 깨졌다.

– 다시 연락해도 되죠?

빠르게 달리는 차 안에서 유리의 마음은 둔탁해졌다.

오늘 자신이 달랐던 점이라고는 아버지가 골라 준 옷을 입은 것뿐이다.

대체 자신의 어떤 면이 그의 애프터신청을 이끌어 낸 건지 모르겠지만. 아버지께 전하면 그게 뭐가 중요하냐고 하시겠지.

정말 중요한 건 앞으로의 일이라 하시겠지.

유리는 무릎을 움켜잡았다. 최상의 승차감을 자랑하는 고급 세단 뒷좌석에 몸을 파묻은 채로 가는데, 두 발이 자꾸만 욱신거렸다.

결국 유리는 참지 못하고 기사를 불렀다.

"기사님. 여기서 저 좀 내려 주시고 먼저 가세요. 좀 걷고 싶어요."

"네? 5분이면 도착할 텐데요? 바깥에 지금 많이 춥습니다!"

기사의 만류에도 유리는 차가운 거리로 나섰다. 몸은 오들오들 떨려 왔지만 기분은 좀 나아졌다.

제 발로 걸으니, 검은 구두가 제멋대로 춤을 추는 듯한 주술적인 울렁임이 조금이나마 가라앉는 듯해서.

극심한 꽃샘추위보다 괴로운 감정을 억누르며, 유리는 황량한 가로수길을 걸었다.

그런데, 눈앞에 믿기지 않는 광경이 펼쳐졌다.

맞은편에서 걸어오는 키 큰 남자.

지난주 주말, 10년 만에 딱 한 번 얼굴을 봤지만. 그 희박한 기시감만으로 유리는 거리의 수많은 사람들 가운데 복성진을 알아보았다.

그가 한 걸음씩 가까워질수록, 뜨겁게 달궈진 돌이 심장을 파고드는 듯했다.

2.

이제 나도…… 잘해 보려고

극히 짧은 순간에 성진을 알아보고도, 유리의 판단은 늦었다.

알은체를 해도 될까?

"어!"

거리가 다섯 보 이내로 좁혀진 순간, 성진이 짧은 탄성을 내며 멈춰 섰다.

"금유리, 맞지?"

그가 성큼 거리를 좁혀 왔다.

"야! 맞다고 대답 좀 해 줘. 나 설마 사람 잘못 본 거 아니지?"

청명하게 귀에 꽂히는 목소리. 장난기 어린 인사조차 심장에 무겁게 담기는 목소리.

그냥 미치도록 좋은 소리.

"어……. 오랜만이야. 성진아."

그의 목소리에 온 신경이 쏠려, 제 목소리가 어떻게 나오는지도 모를 지경이었다.

"어디 가는 길이야?"

"너는?"

입술이 멋대로 움직여 질문을 되물음으로 받아쳤다.

"동생 놈들 과자 좀 사다 주려고. 올해로 둘 다 고3이야. 내 동생 쌍둥이잖아. 하하, 요새 당 충전을 빙자해서 대놓고 이 큰형님을 과자 셔틀 시킨다. 근데 너 그렇게 입고 안 추워?"

성진이 말하다 말고 눈을 휘둥그레 뜨며 물었다. 그의 사려 깊은 시선은 유리의 작은 떨림도 금방 알아보았다.

"안 되겠다. 이거라도 좀 쥐고 있을래?"

성진이 코트 주머니에서 핫팩을 꺼내 유리에게 건넸다. 한 줌만한 물건에 유리의 마음이 무거워졌다.

"너는?"

"난 오히려 더워지려던 참이야."

성진이 보란 듯이 팔을 휘둘렀다. 핫팩을 건네받으며 유리는 물끄러미 그를 보았다.

아주 예전부터 기상캐스터가 수십 년 만의 한파라고 유난을 떠는 날 성진은 오히려 덥다고 했고, 그의 코트는 어김없이 수영을 포근히 감쌌다.

"저번에 봤을 때 너 몸이 좀 안 좋아 보이던데. 지금은 괜찮아?"

"으응, 그날 속이 좀 안 좋았어. 이젠 괜찮아."

"다행이다. 추운 날 괜히 나오게 해서 감기라도 든 건가 걱정됐어."

안도하듯 웃고 성진이 또 물었다.

"집으로 가는 길이야?"

그렇다고 말하고 이대로 엇갈려야 한다. 마땅히 그래야 하건만.

"아니…… 산책 나왔어."

따지고 보면 아주 틀린 말도 아니라고, 유리는 스스로를 조금 기만했다.

"가다 보니 이쪽 길은 재미가 없는 것 같아서…… 반대로 걸어 보려고."

궁색하다 못해 처연한 구실을 덧붙였다.

"하하, 맞아. 이쪽 방향이 확실히 재미있지. 특히 지금은 꽃도 많이 폈고."

성진의 말에 유리는 두 눈으로 빠르게 주변 풍경을 쓸어 담았다. 골목 어귀에 핀 하얀 목련. 돌담 밖까지 노란 꽃가지를 뻗은 개나리. 그 많은 꽃들이 마치 성진의 말이 떨어지고 나서야 흐드러지게 피어난 듯한 착각이 일었다.

"어디까지 가? 난 여기까지 온 김에 우리 학교 좀 둘러보고 갈까 하는데."

꽃길로 들어서며 성진이 미소 지었다. 유리는 마른침을 한 번 삼키고 대답했다.

"나도……."

14년 만에 이 세상에 단둘이 남겨졌다. 적어도 유리에겐 그랬다.

"일주일만 지나면 수영이랑 부부가 되는구나."

"그러게. 와아, 일주일 뒤면 내가 유부남이 된다니!"

성진은 환호성에 가까운 소리를 냈다.

"난 예전부터 수영이가 정말 부러웠어."

"왜?"

성진의 물음에, 유리는 오른손에 쥔 핫팩을 왼손으로 옮기며 어렴풋하게 웃었다.

"그냥…… 뭐든 다 잘하고, 예쁘니까."

"맞아. 나 같은 놈한텐 정말 아까운 여자야. 그러니까 네가 잘해야 돼 자식아, 라고 말하려는 거지?"

"어? 아, 아니야. 그런 뜻으로 말하려던 게……."

유리가 마구 손을 내저었다.

"너도 뭐든 다 잘하잖아. 게다가 너도…… 잘생겼고."

그냥 웃자고 해 본 말인데. 생각 외로 당황하는 모습에 성진은 장난기를 거뒀다.

"앞으로 진짜 그렇게 되고 싶어."

점퍼 후드의 끈을 죄는 성진의 눈빛이 더없이 진지했다.

"요새 내가 너무 들떠 보였는지 유부남 선배 아재들이 한 소리 하더라. 결혼해서 이런저런 일 겪다 보면 머리부터 발끝까지 예뻐 죽겠는 여자라도 달라 보일 거라고. 어디 넌 안 그러는가 보자고."

"말씀이 좀 심하시다. 결혼 일주일 앞둔 사람한테."

"그러게나 말이다. 그 아재들은 그걸 뭉뚱그려서 현실이라 하더라, 하지만."

성진이 진지하게 숨을 들이쉬었다.

"그래도 끝까지 최선을 다해 잘해 주고 싶어. 수영이한테."

그 말에 유리의 심장은 반으로 갈렸다.

한쪽은 10년 만에 더욱 멋진 남자가 되어 나타난 그에게 고마움을 품었고, 나머지 한쪽은 그대로 잘라 내 버리고 싶을 만큼 한심스럽고 비참한 감정을 품었다.

"성진아. 실은 나…… 오늘 맞선 봤어."

"오, 정말? 어쩐지 오늘 되게 단아해 보이더라."

유리는 쓰게 웃었다. 단아해 보인다. 오늘 꽤 많이 들은 말인데도 귓가에서 겉돌기만 했다.

"남자분은 어땠어?"

"……."

"혹시 별로였어?"

물음에 답하는 대신 유리는 다른 얘기를 했다.

"성진아. 옛날 동화 중에 빨간 구두 이야기 혹시 기억나?"

"어……. 대충은."

한 소녀가 할머니께서 교회에 신고 갈 검은 구두 사라고 주신 돈으로 빨간 구두를 샀지. 그 바람에 저주를 받은 빨간 구두가 저절로 움직여 소녀는 강제로 춤을 추게 됐고. 목수가 두 발을 잘라 주고 나서야 멈출 수 있었다는 이야기였지.

"오늘따라 그 이야기 생각이 났어."

"왜?"

성진이 유리의 구두를 살피며 의아하게 물었다. 그녀가 신은 구두는 그런 잔혹동화와 엮기엔 마냥 예쁘기만 해서.

"지금까지 난 빨간 구두를 신고 살아온 거 같아."

유리는 고해성사를 하는 사람처럼 한탄했다.

"아버지가 그렇게 좋은 선생님들을 붙여 줘도, 지지리도 공부 못하고."

토할 정도로 공부하지 않았다. 진짜로 문제집에다 토한 적은 있지만.

"아버지가 그렇게 좋은 남자들 소개해 줬는데도, 잘해 보려 노력하지 않았고."

재계 평균에 한참 못 미치는 제 스펙에 노력한다고 될 일이었는지 의문이지만, 양심에 떳떳할 만큼 최선을 다하지 못한 건 사실이다.

"단아하게 입고 다니지도 않고. 맨날 인형 옷 같은 거만 입고."

정확히는 인형 옷이 아니라 나름 마니아층이 있는 값비싼 오더 메이드 드레스지만. 정재계 정서상 용인되지 않을 게 뻔한 옷차림을 고집했다.

"오늘 처음으로 아버지가 시키는 대로 입고 맞선을 봤어. 오늘 만난 분과 잘 안 되면, 집에서 쫓겨날지도 몰라."

성진이 대번에 정색을 했다.

"그런 게 어딨어? 아무리 집안이 좋아도 사람이 괜찮은지가 먼저……."

"괜찮은 사람이었어. 내가 주눅이 많이 들 만큼."

상대가 성진의 직장 동료라는 건 안 밝혔다. 강두현과 결혼하게 될지 아직은 확실치 않으니까.

"그쪽은 좀 서두르고 싶은 모양이야. 우리 아버지가 아시면, 내가 너보다 빨리 결혼할지도 몰라."

"에이, 설마."

"나치고는 되게 잘된 건데. 그러니까 나도 너처럼…… 잘해 주고 싶어야 하는데."

"오늘 처음 만난 사람한테 너무 부담 가지지 마."

"아냐. 인간적으로 난 이 정도 부담은 가져야 해. 지금까지 너무 철없이 이기적으로 살아와서."

"그 사람 의사만 중요한 게 아니잖아. 정말 중요한 건 네 마음 아니야?"

성진의 진지한 물음에 유리는 힘없이 고개를 저었다.

"내 마음만 고집하려 하면…… 내 인생이 더 이상 진전이 없을 거 같아."

황금글라스 회장의 딸. 그마저도 아니라면 스물아홉 살 백수에 취집 실패자에 불과한 자신.

오갈 데 없는 처지에 분에 넘치는 남자가 청혼을 해 온다면. 못난 딸 때문에 적잖은 세월 속 썩은 아버지가 그토록 지지하는 혼담을 받아들이는 것이 도리라면. 결혼을 해야만 할 것 같다.

도리라도 따르지 않으면, 인생이 더 이상 굴러가지 않을 것 같아서.

"그래서 검은 구두를 신었는데. 아직도…… 제멋대로 춤추는 기분이 들어."

하아. 유리의 입에서 물거품 같은 입김이 퍼졌다. 애잔하게 생긴 입술이 서글프게 휘었다.

"정말…… 두 발이라도 잘려야 정신 차리려나 봐."

두 사람은 가던 걸음을 멈추고 우두커니 섰다. 저 멀리 모교가 보였다.

두견중학교. 복도에서 서로 스치기만 해도 가슴이 술렁이던 곳. 봄날 뒷산에 만개한 진달래나무가 참 예뻤던 곳.

특히, 14년 전 뒷산에서의 추억을 잊으려야 잊을 수 없는 곳.

유리는 차가운 숨을 코로 훅 뱉으며 입술을 꾹 물었다. 너는 아주 예전에 잊었을 테고, 나에게는 여전히 특별한 그날. 앞으로도 그래야만 하겠지.

"괜히 칙칙한 얘기 꺼내서 미안. 이제 가 봐야겠다. 성진아, 잘 들어가. 핫팩 고마워."

"유리야."

뒤돌아서려는 그녀를 성진이 불러 세웠다.

"내가 무슨 말을 해도 주제넘겠지만, 널 만나면 꼭 하고 싶었던 말이 있어."

유리는 핫팩을 꼭 쥔 채 성진을 가만히 보았다.

"너랑 난 같은 반을 한 적도 있고 같은 고등학교도 나왔지만, 솔직히 너에 대해 잘은 몰라. 그렇게 친하진 않았으니까. 하지만 우리 전에 한 번, 길게 대화해 본 적 있었잖아."

유리의 눈이 크게 뜨였다. 서로 처음이었다. 14년 전 그 일을 다시 입 밖에 내는 것이.

"너는 모든 게 자기 탓이라 하고, 원망스러운 것보단 미안한 것만 잔뜩 있었지."

"……"

"그때 너랑 얘기하면서 느꼈어. 사람이 이렇게도 순수하고 여릴 수 있구나, 하고."

유리를 보는 성진의 시선이 따스함과 안타까움을 함께 담았다.

"그 남자분은 알아본 건지도 몰라. 네가 얼마나 놓치면 아까운 사람인지."

"……"

"그러니 자신을 가지고 만나. 다만, 너한텐 놓쳐도 그만인 남자면 과감하게 놔 버려. 누가 뭐라 하든지."

지금의 저에겐 어쭙잖은 자존심 정도에 지나지 않는 말인지도 모른다. 하지만 다른 누구도 아닌 그가 말해 주니, 빼앗긴 보물을 돌려받은 기분이었다.

"사실 그 뒤로도 너 괜찮은지 묻고 싶었는데, 어떻게 다가가면 좋을지 모르겠더라고. 졸업한 뒤론 만날 기회도 없었고. 이제 와서 내가 괜한 말을 꺼내는 건가 싶기도 하고."

"아니야. 좋은 말 해 줘서 고마워. 정말로."

"그렇게 생각해 주니 나도 고맙다."

성진이 머쓱하게 웃었다.

"이제 슬슬 가 봐야겠다. 동생 놈들이 형 과자 사러 갔다가 얼어 죽은 줄 알겠다."

"응…….. 나도 이제 가 봐야겠어. 집에서 걱정할 테니까."

"조심히 들어가. 아, 유리야. 혹시 우리 결혼식 와?"

기대 만발인 성진에게 유리는 미어지는 미소로 답했다.

"꼭 갈게."

"거리가 좀 있으니까, 그날도 이렇게 추우면 무리해서 안 와도 돼. 마음만으로도 고마워."

"성진아."

할 수 있는 한 또렷하게, 유리는 그의 이름을 불러 보았다.

"오늘 정말 고마워. 이제 나도……. 잘해 보려고."

지금이 아니면 다신 기회가 오지 않을 말, 안 하면 평생 후회할 말을 전부 쏟아 냈다.

"결혼 축하해, 성진아. 넌 잘할 거야. 행복해질 거야. 잘 살아야 해."

유리의 진심을 고스란히 느낀 성진이 활짝 웃었다.

"고맙다, 골든글라스! 너도 꼭 잘돼라!"

오랜만에 학창시절 별명을 불러 주는 성진 앞에서 유리는 먼저 뒤를 돌았다.

몇 걸음 가지 않아 참았던 눈물이 왈칵 터졌다. 혹시라도 그가 아직 보고 있을까 봐 앞만 보고 걸었다.

그날, 금유리는 복성진 없이도 잘해 볼 결심을 했다. 일주일 뒤면 그가 세상에서 가장 행복한 남자가 될 거라, 믿어 의심치 않았으니까.

❖　❀　❖

선샤인그룹 계열 종합 주류 회사 선샤인주류. 그 역사는 대한민국 부동의 1위 희석식 소주 첫이슬의 역사이기도 했다.

대한한국의 술자리 문화는 끊임없이 변화해 왔다. 그럼에도 사람들은 회식 하면 가장 먼저 삼겹살과 소주를 떠올리고, 소주 하면 첫이슬을 떠올렸다.

과실주 열풍과 막걸리 붐도 한때의 바람처럼 지나가고, 사람들은 다시 녹색병 소주에 충성을 바치게 되었다.

그러나 선샤인주류는 날로 섬세해지는 소비자들의 입맛을 의식하지 않을 수 없었다.

수입 맥주의 대두로 휘청거리는 국산 맥주 시장이, 좋은 술을 향한 국민들의 차고 넘치는 욕구를 입증했다. 소주 시장 역시 앞으로 어떤 거대한 시류에 휘말릴지 모를 일이다.

그래서 선샤인주류는 매해 누적 몇억 병 판매 기념 타이틀을 내걸고 첫이슬 한정판을 출시해 왔다. 첫이슬의 건재함을 과시하는 한편 변화의 지점을 가늠해 보기 위함이었다.

익숙한 맛과 새로운 맛. 술꾼들은 그 두 가지를 동시에 원하니까.

대한민국 술 문화를 주도하는 선샤인주류 기획개발팀. 술을 늘 가까이 하면서도 정신을 바짝 차려야 하는 곳.

사무실 밖 비상계단에서 두현이 누군가에게 전화를 걸었다.

- 여보세요?

유순한 목소리가 흐르자 냉철한 얼굴에 의미심장한 미소가 감돌았다.

"유리 씨, 강두현입니다. 지금 바빠요? 잠깐 통화 가능할까요?"

- 네. 제가 바쁠 일이 뭐가 있겠어요…….

"하핫, 바쁠 수도 있죠 뭐. 그럼 나 유리 씨에게 시도 때도 없이 전화해도 돼요?"

두현이 젠틀한 목소리로 말했다.

"다음 주 토요일 저녁에 시간 좀 내줄 수 있어요?"

- 다음 주 토요일이면…….

"네. 복 대리 결혼식 날이죠. 제가 주간 당직이라 저녁에는 자유의 몸이 되거든요. 괜찮으시면 그날 저녁 식사 함께하는 거 어때요? 제가 집까지 모셔다 드릴게요."

저쪽에서 잠시 침묵이 흘렀다.

"미안해요. 갑자기 전화해서 졸라 대니 좀 당황스러우시죠? 친한 동료 결혼식에 못 가는 것도 안타까운데 그날 시간이 조금이라도 날 것 같으니까 어떻게든 유리 씨랑 보내고 싶어져서…….."

- 가능할 거 같아요.

"오, 정말요?"

- 네. 결혼식 끝나고 제가 선샤인주류로 갈게요. 주말에 고생하시는데 커피라도 사 드려야죠.

"우와, 유리 씨. 진짜 고마워요."

통화를 마친 뒤 두현은 핸드폰을 보며 입꼬리를 휘었다.

"두현. 뭐 좋은 일이라도 있어? 입꼬리가 귀에 걸리려 하네?"

두현이 치뜬 눈으로 소리가 난 쪽을 올려다봤다.

"왜 그렇게 놀라? 누구랑 통화했길래. 설마, 썸녀?"

비상계단에 나타난 성진이 흥미롭다는 듯 두현을 보았다. 두현은 핸드폰을 주머니 속에 파묻었다.

"나도 봄날을 찾아 떠나야지. 새 신랑 곁에서 서러워서 살겠어?"

"오, 진짜 썸녀인가 보네? 어쩐지 표정이 네가 만든 소주보다 스윗하더라."

"앞으로 더 스윗해지려고. 좀만 더 감미를 높였으면 올봄에 복성진의 첫이슬 참꽃이 아니라 나의 첫이슬 엘더플라워가 출시됐을지도 모르는데."

작년 가을, 첫이슬 한정판을 주제로 사내 공모전이 열렸었다. 봄 시즌을 겨냥한 상품이니만큼 대부분의 참가자가 향긋한 꽃이나 과일을 소재로 내세웠다.

그 결과, 성진이 충남 당진의 진달래꽃을 소재로 삼아 기획한 가향 소주 '첫이슬 참꽃'이 최우수작으로 당선됐다.

"진달래꽃이라는 독특한 재료를 채택하고도 첫이슬과 가장 궁합이 맞는 에센스를 만들어 냈잖아. 향수처럼 인위적이지 않으면서 자연스러운 꽃 향을 대체 어떻게 구현한 건지. 난 기존 엘더플라워 리큐어 따라잡기에도 급급했는데 말이지."

"하하, 너한테 그 소리 벌써 한 열 번은 들은 거 같다. 쑥스럽게 자꾸 비행기 태우지 마."

"곧 있으면 진짜 비행기도 탈 거잖아."

두현이 선선히 웃으며 창문을 응시했다. 날이 흐렸다. 금유리와 맞선 본 날처럼.

"비행기 태울 소식 하나 더 있어. 우리 팀 과장 자리, 대리급 중에 한 명 특별승진 시켜서 채운다더라."

"그래? 근데 우리 팀 대리급 중엔 아직 연차가 된 사람이 없잖아. 너랑 나만 해도 대리 단 지 얼마 안 됐고. 그 정도 승진가도면 거의 숨겨진 재벌 3세급인데……."

고개를 갸웃거리는 성진에게 두현이 눈을 흘겼다.

"복 대리. 설마 일부러 모르는 척하는 거 아니지?"

"내가 뭘?"

"숨겨진 재벌 3세급으로 과장 달게 될 사람이, 너인 거 몰라?"

"뭐라고?"

성진이 비상계단이 울리도록 큰 소리를 냈다.

"하, 이 친구 일만 잘했지 회사 돌아가는 사정은 까맣게 모르네. 이번 공모전의 숨겨진 상품이 사실상 차기 과장 자리였는데. 진짜 몰랐던 거야, 모르는 척하는 거야?"

"설마! 뭔가 잘못된 정보 아냐? 다른 선배들도 많은데 어떻게 내가?"

"창립기념일 행사 때 사장님께서 말씀하셨잖아. 회사 혁신에 기여한 직원은 연차에 상관없이 인사에서 파격대우를 하겠다고."

"혁신이란 게 어느 한 사람만 잘해서 나오는 결과가 아니잖아. 회사 방침도 이해는 가지만, 내가 그 파격대우를 받아도 되는 건지 모르겠다."

"복 대리 능력에 맞는 자리를 찾아 가는 것뿐이야. 짬만 찬 무능한 상사보다야, 열정적이고 능력 있는 동년배 상사가 훨씬 낫지."

성진의 어깨에 올라앉은 꽃가루를 손가락으로 집어내며 두현이 비죽 웃었다.

"뭐, 확실한 건 아니니까 난 마음 비우고 있어야겠다. 굳이 숨겨진 재벌 3세가 되지 않아도, 난 지금 천장 뚫을 것처럼 행복하거든."

아직 뜬구름 잡는 감은 있지만, 좋은 게 좋은 소식. 조그만 창문 너머로 천국이 보이는 듯해 성진은 만면에 웃음을 띠었다.

흐린 하늘도 마냥 밝게 느껴지는데, 신행지인 하와이의 하늘은 얼마나 눈부실까? 환한 햇살 아래 날 보며 웃어 주는 내 여자는 상상초월로 예쁘겠지?

성진이 달콤한 상념을 만끽하던 차, 비상문이 열렸다.

"오, 이젠 와이프까지 왔네?"

비상계단에 나타난 여자를 보고 두현이 한마디 했다.

성진의 콩깍지를 굳이 안 빌려도, 다소곳이 선 윤수영은 재색이 넘쳤다. 도회적인 단발. 하이힐을 신은 채 꼿꼿이 허리를 편 늘씬한 몸. 스마트하고 세련된 말만 골라낼 것 같은 입술. 보세 투피스 차림이어도 그녀의 모든 것은 광천으로 닦아 낸 진주처럼 우아했다.

"난 이만 자리를 비켜 주는 게 좋겠지? 둘이 천천히 쉬다 들어와."

수영은 자신을 스쳐 지나가는 두현을 곁눈으로 훑었다.

단둘이 남으니 적막하리만치 조용해졌다.

"수영아, 혹시 나 찾았어?"

"그냥, 머리 좀 식히러 나왔어."

그녀가 입술을 일자로 문 채 벽을 본다. 성진은 수영의 꿀꿀한 기분을 금방 알아챘다.

"왜 그래? 또 뭐 안 좋은 일이라도 있어?"

"그냥 별거 아니야."

"그냥이 아닌 거 다 알거든? 또 뭔데? 얼른 털고 힘내자. 내가 다 풀어 줄게."

성진의 손이 수영의 손과 맞닿기 전에, 그녀의 새치름한 입술이 먼저 움직였다.

"역시, 청첩장에 네 어머니 이름이라도 넣을 걸 그랬나 봐."

"누가 그거 가지고 뭐라 그래?"

"누구라고 콕 집어 말을 못 해. 다들 그런 눈치니까. 청첩장 보면서 우리 이름 뚫어지게 보는 거 있지? 당연히 있어야 할 게 없다는 듯이."

있어야 하는데 없는 것. 그건 바로 양가 부모님 성함이었다.

성진의 부친은 그가 중학교 입학하기 전 불의의 사고로 돌아가셨다.

아버지 없이 자랐다는 사실이 부끄러워 부모님 성함을 청첩장에서 뺀 건 아니다. 성진은 지금껏 사랑과 희생으로 저를 뒷바라지해 주신 홀어머니가 자랑스러웠다.

진짜 문제는 수영 쪽에 있었다.

수영은 불과 재작년에 연이어 부모상을 당했다. 희생까지는 아니어도 사랑이 있었다면, 하다못해 불의의 사고라도 있었다면, 적어도 부끄럽지는 않았으리라.

그러나 수영에게 부모의 죽음은 악연의 끝일 뿐이었다.

사업 실패, 외도, 가정폭력 따위로 얼룩진 지긋지긋한 과거. 마지막 가는 길까지도 추잡스러워, 수영은 회사 인트라넷 경조사란에 부모상을 올리지도 않았다.

결국 둘째가라면 서러운 효자 성진은, 자기 어머니 이름까지도 청첩장에서 빼는 어려운 결단을 내렸다. 그건 예비 며느리의 입장을 생각한 어머니의 배려이기도 했다.

성진은 숨을 한번 고르고 살포시 수영을 끌어안았다.

"남들 시선 신경 쓰지 마. 누가 뭐래든 일주일 뒤면 우린 부부가

71

되는 거야."

듬직하고 따스한 품. 그보다도 너른 마음으로 성진은 수영을 품고 속삭였다.

"내가 태어나서 가장 다행스럽게 여기는 일은, 네가 기쁠 때나 슬플 때나 함께해 온 거야."

"······."

"앞으로 내가 더 잘할게. 이제부턴 우리 둘이 행복하게 살아갈 생각만 하자. 남들이 청첩장을 어떻게 보든 간에, 세상에서 네가 제일 예쁘다는 사실은 안 변해."

성진의 목소리는 영혼을 남김없이 담아 열감을 띠었지만, 그의 품에서 수영은 미모사 잎처럼 몸을 움츠렸다.

원래 이런 갑작스런 스킨십은 좋아하지 않지. 성진이 수영을 놓아주는 순간 핸드폰이 울렸다.

"아, 드레스샵이다. 여보세요?"

몇 마디 주고받은 뒤 성진이 수영에게 핸드폰을 넘겼다.

"네가 한번 받아 봐. 결혼식 일정 체크하려고 연락했대."

수영은 성진에게서 핸드폰을 건네받아 드레스샵 실장과 통화했다.

결혼 비용을 한 푼이라도 더 아끼겠다고, 수영은 남들 다 낀다는 웨딩플래너 없이 스드메 업체를 직접 골랐다.

잘 알지도 못하는 분야에 괜히 끼어 본들 수영의 똑소리 나는 결정에 훼방만 놓을 것 같아, 성진은 스드메 문제만큼은 전적으로 그녀에게 맡겼다.

물론 웨딩드레스를 고를 때만큼은 그녀를 따라가, 뭘 입어도 예쁜 모습 중 간신히 하나를 골라냈다.

수영이 통화를 마치자 성진이 넌지시 말했다.

"퇴근하고 간만에 맥주 한잔 할까?"

"미안, 오늘 선약이 있어. 결혼하기 전에 친구들이 호텔에서 브라이덜 샤워를 해 준대."

"아, 그렇군. 고등학교 친구들이야?"

"대학 동기들. 이름 말해도 넌 잘 모를 거야. 동아리 사람들이라."

"그럼 오늘은 호텔에서 자고 오겠네."

"응. 그러니까 오늘은 일찍 자. 괜히 잠 안 자면서 내 연락 기다리지 말고."

"그럼 난 오늘 두 다리 쭉 뻗고 잘 테니 재미있게 놀다 와."

성진은 새침하게 말하는 수영의 머리칼을 사랑스럽다는 듯이 매만졌다.

❖ ✳ ❖

– 우경민. 전화했었어?

"그래. 요새 정신없지? 잠깐 통화 가능하냐?"

성진이 부재중 전화를 이제야 본 모양이다. 핸드폰을 귀에 댄 경민은 마감을 치느라 치열하게 구겼던 미간을 폈다.

– 안 그래도 나도 너한테 전화하려던 참인데. 우경민. 칼럼 잘 봤어. 역시 네 글발은 우주최강이야.

경민이 피쳐 에디터로 참여하는 '여우본색'은 대한민국 3대 여성 종합지로 꼽혔다. 다음 호에 경민이 집필한 첫이슬 참꽃 홍보용 칼럼이 실릴 예정이었다.

"영혼을 갈아 썼지. 선샤인주류의 야심작을 소개하는 글이니까."

네 피나는 노력의 결실을 세상에 알릴 글이니까.

– 우경민, 언제 한번 시간 내. 내가 진짜 맛있는 거 사…….

"너희 결혼 후에도 당분간 각자 집에서 살기로 한 거, 사실이야?"

경민이 불쑥 물은 말에, 성진의 쾌활한 목소리가 잠시간 끊겼다.

– 응. 신혼집을 좀 더 신중하게 알아보는 게 나을 거 같아서.

정확히는 윤수영, 그 기집애 판단이겠지. 복성진 네 지분이 9할 이상인 결혼 자금으로 마련하는 집인데도 말이야.

뻔한 사실을 모르는 척, 경민은 심드렁하게 말했다.

"하긴, 네가 저축을 안 한 것도 아니고. 어설픈 투룸 전세 얻어 돈 버리는 것보단 낫겠지."

그래도 신혼부터 각방도 아니고 각자 집인데 속상하지도 않냐? 그 기집애는 너한테 미안한 표정을 짓기는 하냐?

이렇게 물은들 이 남자는 허허 웃으며 윤수영의 방패가 되려고만 할 게 뻔하다.

경민은 고춧가루처럼 치미는 말들을 꾹 누르고 쓰게 웃었다.

"이번 술 대박나면, 대한민국 넘버원 주류회사 기획개발팀의 젊고 잘생긴 '과장' 인터뷰 따러 가도 되냐?"

– 세상에, 그 얘기가 벌써 거기까지 들어갔어?

"지금까지의 네 실적과 헌신을 생각하면 팀장 시켜 줘도 모자라지. 그리고 인터뷰 따러 간다는 거 농담 아니니까 그렇게 알아."

– 하하, 내가 그 유명 잡지에 나온다니 괜히 긴장되는데? 혹시 화보 같은 것도 찍어야 돼?

"당연하지. 대문짝만한 미남 사진이야말로 여성지의 꽃인데."

– 하여간 우경민, 역시 너무 솔직해서 할 말이 없다.

"복성진. 넌 행복하게 살 자격이 차고 넘치는 놈이야."

마냥 웃기만 하는 그에게, 경민은 진지하게 말했다.

"내가 아는 그 누구보다도 열심히, 정직하게 살았으니까, 결혼 생활도 잘할 거야."

경민의 진심 어린 격려에, 저편의 그도 묵직하게 화답했다.

– 좋은 말 많이 해 줘서 고맙다.

성진과의 통화를 마친 뒤, 경민은 한숨을 길게 뱉었다.

윤수영, 집안 형편만 빼면 여자로서 뭐 하나 빠질 데가 없긴 해. 예쁘지, 스펙 좋지, 야무지지.

그럼에도 나는 왜, 네가 윤수영 같은 기집애 남편 노릇 하기엔 뼈저리게 아까운 걸까. 왜 자꾸 찜찜한 기분이 드는 걸까?

네가 평생토록 네 여자 하나만 바라보고 사랑할 걸 아니까.

마찬가지로 너 하나만 보면서 더 큰 사랑을 돌려줄 여자를 만났으면 하는 아쉬움이 여전히 큰 탓일까?

이를테면 차라리…… 네 얘기만 나오면 얼굴에 생기가 돌고, 애절한 눈빛이 되고, 십수 년이 지난 지금도 여전히 그렇게 되는…….

……금유리 기집애 같은…….

"우경민, 다음 달에 결혼하는 애야. 우주 망상 집어 치워."

경민은 볼펜으로 제 관자놀이를 조금 세게 찔렀다.

❖ ❀ ❖

"복 대리, 이제 퇴근해야지?"

두현이 지나가며 성진의 상념을 깼다.

"시간이 벌써 이렇게 됐네. 두현이 넌 오늘 약속 있어?"

"응. 친구랑 한잔하러 가."

"그 친구가 서얼마 그 여성분은 아니시겠지?"

짓궂은 물음에 두현은 그저 모호한 미소만 남겼다.

성진은 손거울을 보며 화장을 고치는 수영에게 다가갔다.

"친구들이랑 어디서 만나기로 했어?"

"차 있는 친구가 픽업하러 와 줬대."

"친구 올 때까지 같이 있을까?"

단 몇 분이라도 함께 있으려는 성진에게 수영은 손을 내저었다.

"그냥 먼저 가. 퇴근 시간대라 걔 많이 늦을 거야. 너까지 같이 기다린 거 알면 불편해할 거야."

"그래, 알았어. 재미있게 놀고 혹시 무슨 일 생기면 나한테 연락해."

성진은 수영에게 손가락 하트를 만들어 보이고 떠났다.

모든 직원이 썰물처럼 빠져나간 후. 성진이 어렵사리 떠난 자리에 누군가가 다가와 수영에게 그림자를 드리웠다.

남들이 헤실헤실 웃으며 가방을 대충 둘러메고 집으로 향하는 시각. 이 순간까지 머리카락 한 올 흐트러지지 않은 강두현을, 수영은 도발적으로 응시했다.

"가지."

두현의 담백한 말 한 마디에, 예비신랑의 말에도 요지부동이던 수영이 움직였다. 이윽고 선팅된 벤츠 한 대가 지하 주차장에서 나와 칠흑 같은 저녁을 주파했다.

❖　❀　❖

4월 1일 토요일. 디데이가 되었다.

구름 한 점 없이 맑은 날이면 좋았으련만, 봄과 겨울이 여전히 싸우고 있어 날이 궂었다.

그나마 비는 오지 않아 다행이다. 추적추적 내리는 비 때문에 우울함이 배가되는 것도 싫고, 그 두 사람의 행복이 반감되는 것도 원치 않으니.

유리는 사람들이 복작이는 경기도 시외버스에 난생처음 몸을 실었다.

옆에 앉은 아저씨는 고개를 뒤로 젖혀 입을 헤벌쭉 벌린 채 한 잠이 들었다.

버스가 덜컹거릴 때마다 육중한 고개가 휘어지며 유리의 가녀린 몸을 툭툭 쳤다. 물리적인 불쾌감보다 남루한 점퍼에서 진동하는 퀴퀴한 냄새가 더 참기 힘들었다.

혼미해지려는 정신을 다잡으려 유리는 오감을 다른 데 집중했다. 힘주어 차려입은 옆자리 여인들에게 자연스레 시선이 갔다.

"언니! 오늘따라 왜 이렇게 예뻐?"

"너야말로 못 알아볼 뻔했잖아. 누가 보면 네가 결혼하는 줄 알겠어!"

"오늘 결혼하는 커플, 중학생 때부터 지금까지 쭉 사귀었다면서요?"

"이제 알았어? 기획개발팀에서 엄청 유명한 커플이잖아."

크르렁.

옆자리 아저씨의 코 고는 소리가 날카로이 높아졌다.

유리는 무릎 위에 손을 겹쳐 올린 채 고개를 떨어뜨렸다. 오늘 그녀는 꿀꿀함의 극치를 찍었다. 기분은 물론이고 옷차림마저도.

'결혼식에 입고 가면 실례가 될 만한 옷이 뭐가 있을까요?'

며칠 전 유리가 물었을 때, 오 실장은 모골이 송연한 표정을 지었다.

'하하, 그 동창분 결혼식에 뭐 입고 가면 좋을지를 물으시는 거죠? 전 또, 아가씨가 그렇게 말씀하시니 순간적으로 그…… 민폐하객 쪽으로 접근하시려는 줄 알고.'

디데이가 가까워질수록 죽상이 되는 아가씨를 보며 혹여 뭔 일이라도 칠까 두려움을 키우던 차다. 허나 양순한 얼굴과 마주한 순간, 역시 그럴 위인은 못 된다는 결론이 나왔다.

'일단 흰색은 피하시는 게 좋겠고, 과도하게 장식이 많은 옷도 남들 보기 좋지 않겠죠. 아가씨의 그런 옷들 같은…….'
'그럼 무채색으로 입는 게 나으려나요.'
'그렇다고 너무 칙칙하게 입고 가시면 안 되죠! 저녁에 강두현 씨 만나기로 하셨잖아요!'

아버지가 준 플래티넘 카드로 명품관에서 가장 예쁘고 값비싼 옷을 살 수도 있었다. 그러나 유리가 고른 건 심플하다 못해 심심한 다갈색 재킷 원피스였다.
15년 짝사랑에 종지부를 찍는 날. 화사한 봄꽃 나무 아래 삭아 없어지는 낙엽처럼 잊힐 옷을 어렵사리 골랐다.
이 세상에 돈으로 할 수 있는 일은 참 많지만, 그렇지 못한 일도 더러 있다. 그 몇 안 되는 일을 겪을 때마다, 유리는 뼈저리게 느꼈다.

나는 가진 게 정말 돈뿐이라고.

❖　�֍　❖

29년을 살아오면서 유리는 자신의 촉이 좋다고 생각한 적이 별로 없었다.

직감 혹은 육감 운운하며 남의 일을 근거 없이 예단하는 수단. 그런 게 촉이라면 그다지 갖고 싶지 않기도 했다.

그러나 버스에서 내린 순간, 느낌이 스산했다.

4월의 바람은 첫 느낌이 서늘할지언정 속은 따사로워야 하는데, 오늘 부는 바람은 얼음송곳처럼 차갑고 따가웠다.

흐린 하늘 아래 그림자를 덧바른 듯 어두운 웨딩홀을 본 순간, 가슴이 과도하게 울렁거렸다. 비이성적인 감각들을 억누르려 유리는 스스로 되뇌었다.

'이 결혼식 때문에 흘린 눈물이 얼만데, 울렁거리지 않는 게 오히려 이상하겠지?'

마음 한편에선 또 다른 속삭임이 흘렀다.

'못된 심보구나, 금유리. 뭔 일이라도 일어나길 바라?'

물론 그건 말도 안 된다. 웨딩홀에 들어가자마자 보고 싶은 건, 행복하게 웃는 새신랑이니까.

복잡한 머릿속을 환기하듯 유리는 웨딩홀 유리문을 활짝 열었다. 본식이 진행되는 야외 테라스의 모습이 오른편 문 너머로 훤히 비쳤다.

버진로드 양쪽에 깔끔하게 세팅된 하객 테이블. 자릿수는 넉넉지 않으나 하객들이 살뜰히 채워 앉았다. 천장에 깔린 순백의 천이 순결하고 성스러운 분위기를 자아냈다.

신랑 신부만 들어서면 누가 뭐래도 완전해질 공간이었다.

오늘의 새신랑, 복성진이 테라스 입구에 반듯하게 선 채 하객들을 맞이하고 있었다. 턱시도를 입은 그는 꿈속에서 봤던 모습보다 훨씬 늠름하고 멋졌다.

유리는 핸드백에 손을 넣어 축의금 봉투를 찾았다. 잠시나마 재수 없는 생각을 한 만큼 배로 축복을 빌어 줘야지.

성진에게 다가가려는 찰나, 한 여자가 불쑥 앞을 가로질렀다. 등줄기가 바짝 굳었다.

'아…… 우경민.'

버건디 재킷 차림에 아찔한 킬힐을 신은 경민은 뒷모습만으로도 위압적인 포스를 풍겼다.

성진과 자신의 사이를 가로막듯 선 그녀. 14년 전 일이 오버랩되는 구도였다.

'너도 설마 복성진 좋아하는 건 아니지? 미치지 않고서야.'

유리는 축의금 봉투를 말아 쥐었다.

경민은 새신랑을 오래도 점령하고 있었다. 그녀와 얘기하는 성진의 미소 띤 얼굴에서 간간이 경직감이 엿보였다. 자세히 보니 그가 오른쪽 장갑을 벗어 둔 채 핸드폰을 쥐고 있었다.

유리는 마른침을 한번 삼키고 그들에게 다가갔다. 성진이 먼저 눈을 크게 뜨며 그녀를 알아보았고, 뒤이어 기척을 느낀 경민도 고개를 홱 돌렸다.

"저기…… 나 왔어."

"어…… 어어, 안녕! 금유리!"

경민이 어색하게 웃으며 괴상한 손짓으로 알은체를 해 왔다. 서늘하게 흘겨보며 시크한 목례를 하는 편이 훨씬 어울렸을 그녀가 말이다.

"아……. 유리야. 일찍 왔네."

반색을 하며 맞는 주는데, 성진에게서도 묘한 당혹감이 엿보였다.

"혹시 무슨 문제라도 있어?"

"아니야! 그냥, 일 관련 얘기를 좀 하다 보니."

"아, 그래! 내가 이번에 우리 잡지에 선샤인주류 특집 칼럼을 실으려고…….."

사회생활을 거의 안 해 본 유리에게도 다분히 의아하게 느껴지는 말이었다. 잡지 에디터가 제아무리 시간을 쪼개 일하는 사람이라도, 40분 뒤에 결혼하는 새신랑을 이렇게까지 오래 붙잡지는 않을 것 같은데.

"유리야, 저쪽에 우리 동창들이 자리 맡아 놓은 테이블이 있거든. 다른 사람들이 앉기 전에 얼른 들어가. 복성진, 애 식권 좀 줘라."

"괜찮아. 약속 있어서 밥은 못 먹을 거 같아. 근데 신부 대기실은 어디야? 수영이 얼굴은 보고 가야지. 아, 저긴가?"

"잠깐만!"

경민이 유리의 팔을 붙들었다. 다급함이 느껴지는 악력에 놀라 유리가 휘둥글게 눈을 떴다.

"지금 가도 윤수영 못 만나."

81

"왜? 수영이 벌써 예식장 입장 대기하고 있어?"

물론 그럴 리는 없었다. 본식 시간보다 40분이나 일찍 왔는데.

"아니, 그건 아니고……. 실은, 걔가 어딜 잠깐……."

유리가 아는 우경민은 이렇게 떠듬떠듬 말할 사람이 아니었다. 학창시절에 뛰어난 연설로 두견중, 나리고 전교 회장직까지 연이어 꿰찬 앤데.

유리가 의구심 가득한 눈빛을 하자, 경민은 어쩔 수 없다는 듯 한숨을 토해 냈다.

"하, 쪽팔려서 말 안 하려 했는데, 너한테만 얘기할게. 글쎄 어떤 년이 커피 들고 신부 대기실 들어와서 사진 찍는다고 설치다가 수영이 드레스에 엎었지 뭐야."

"허억, 정말? 세상에……."

유리가 벌어진 입을 두 손으로 가렸다. 이만하면 얼굴을 시뻘겋게 물들인 채 말을 더듬는 경민도, 치미는 곤혹감을 애써 누르는 듯한 성진의 모습도 납득되었다.

"그럼 수영이 드레스는 어떻게 해?"

"어……. 내가 아는 패션계 지인한테 부탁해 놔서 급히 공수한 예비 드레스로 갈아입는 중이야."

"그러면 지금은 수영이 만나기 힘들겠네."

"그렇……지. 혹시라도 예비 드레스까지 망가지면 진짜 노답이니까."

그 말을 끝으로 세 사람 사이에 침묵이 찾아왔다.

솔직히 유리가 여기 온 건, 이번이 마지막이 될 성진과의 인연을 갈무리하고 싶어서였다.

무엇보다도 두 사람이 맹세의 키스를 나누는 모습을 보고도 괜찮을 거란 오만은 품지 않았다. 어쩌면 지금이 추하지 않게 떠날 수 있는 때인지도 모른다.

"성진아, 미안한데 나 약속 있어서 바로 가 봐야 해. 결혼 축하해. 행복하게 잘 살아."

"응. 먼 길 와 줘서 고맙다. 수영이한테도 대신 안부 전할게. 모처럼 왔는데 경황이 없어서 미안해."

"아니야. 수영이가 많이 속상할 테니까 잘 달래 줘. 그리고……."

유리는 경민을 물끄러미 보았다. 오늘 마지막으로 볼 사람은 성진만이 아니었다. 오늘부로 두건중 겸 나리고 동창 모임에 나갈 이유가 완전히 사라져 버렸으니까.

"그래도 다행이다. 경민이 덕에 큰 사고는 막았잖아."

이걸로 다 끝이라 생각하니, 그토록 무서웠던 친구 앞에서도 사근사근 웃음이 났다.

"난 예전부터 수영이가 부러웠어. 경민이처럼 든든한 친구가 있어서. 마치, 사랑의 수호자 같은."

낭랑하게 말하는 유리 앞에서 경민은 묵묵부답이었다. 유리가 기억하는 한 가장 잠잠한 모습이었다.

하긴, 그녀 역시 더 이상 장판교의 장비처럼 서슬 퍼런 눈초리로 제 앞을 가로막을 필요는 없겠지. 14년 전 그날처럼.

"안녕."

유리는 꿈의 끝자락을 벗어나 현실의 들머리로 향했다.

유리가 예식장을 나선 뒤, 졸지에 사랑의 수호자 칭호를 수여받은 경민은 얼굴을 험악하게 일그러뜨렸다.

"윤수영 이 기집애가 정말, 정신이 나갔나!"

성진이 보는 앞이라 쌍시옷은 겨우 뺐지만 그녀는 일촉즉발이었다.

사실 수영은 예식장에 오지도 않았다.

예정대로라면 헬퍼 이모와 함께 밴을 타고 진즉에 예식장에 도착했어야 했다. 그러나 드레스샵에서 청천벽력 같은 연락이 왔다. 셀렉한 드레스가 업체 부주의로 망가져 도저히 입을 상태가 못 된다는 것이었다.

'다른 드레스 골라서 최대한 빨리 갈게.'

부리나케 드레스샵으로 향한 후, 수영은 2시간 넘게 감감무소식이고 전화도 받지 않았다.

"드레스샵도 연락이 안 돼?"

"너희 얘기하는 동안에도 걸어 봤는데 계속 통화 중이야."

"아오, 망할 놈의 장사치들!"

경민은 야외테라스에 앉은 사람들이 죄다 쳐다볼 만큼 큰 소리를 내질렀다.

"아니, 얼마나 샵을 개막장으로 관리하길래! 무슨 결혼식 당일에 드레스가 망가져? 싸구려인 데는 다 이유가 있다니까! 이러니 좀 비싸더라도 믿을 만한 델 갔어야지! 그럴 안목이 못 되면 첨부터 플래너를 끼든가!"

업체의 신뢰도를 생각지 않고 수전노처럼 셀렉한 수영에 대한 원성도 없지 않았다. 그러나 얼굴이 점점 흙빛이 되어 가는 성진을 보자니, 일단 해결책을 찾는 게 급선무였다.

"수영이한테 다시 한 번 전화해 봐. 식이 30분도 안 남았는데 아직도 드레스를 고르고 앉았으면 어쩌자는 거야? 속상해도 어떡해? 대충 입고 입장해야지! 결혼 안 할 작정인가!"

이 기집애는 정말 끝까지 성진이 네 입장은 생각도 안 하는구나.

이미 충분히 참담해하는 성진 앞에서 수영을 비난한들 사태 해결에 도움 될 게 없었다.

"일단 수영이 당장 이리로 튀어오라고 해. 내 지인이 급한 대로 셀프웨딩용 드레스 사이즈별로 챙겨 왔다니까, 한 벌 정도는 얼추 맞을 거야."

"정말 고마워. 아, 제발 좀 받아라……."

성진은 다시 드레스샵에 전화를 걸어 보았다.

─ 여보세요. 아, 윤수영 씨 신랑분?

담당 실장이 불친절하게 전화를 받았다. 지금은 받아 준 것만도 감지덕지였다.

"맞습니다. 제 신부 아직도 거기 있나요?"

─ 어휴…….

대답 대신 상대방이 짜증스러운 한숨을 뱉었다.

"급합니다. 30분 뒤면 예식 시작하는데, 저희 쪽에서 드레스 준비했으니 제 신부한테 지금 당장 몸만 와도 된다고 해 주십시오."

─ 이보세요. 신랑님은 아직도 어떤 상황인지 몰라요?

"저기요, 계약 얘기라면 나중에 하시고……."

─ 아, 환장하겠네. 드레스고 뭐고 다 소용없게 됐다니까?

"네?"

성진의 미간이 구겨졌다.

─ 그래. 드레스 관리 못한 건 우리 과실 맞아요. 그래서 다른 드레스로 준비해 드리려 했고요. 그런데 신부님이 그냥 나가 버렸다고요.

"……뭐라고요?"

귀에서 무언가 펄떡펄떡 뛰어 대는 섬뜩한 느낌이 났다.

─ 신부님이 전화 한 통 받더니, 대체 뭔 얘길 들은 건지 갑자기 막 울면서 다 내팽개치고 나가 버리더라니까?

"무슨 말씀을 하시는 건지 알아듣게 좀……."

─ 여하튼 신부님은 더 이상 진행 안 한다 하고 가셨으니깐, 그쪽에 직접 물어봐요.

"잠깐만! 아직 끊지 말아 보세요!"

핸드폰에 대고 성진이 다급하게 외쳤다.

"무슨 일인지 정말 말 한 마디도 없었습니까? 갑자기 왜 그러는지 물어보……."

─ 아, 시팔! 나도 모른다니까? 가뜩이나 우리도 스케줄 다 꼬여서 짜증나 죽겠는데. 우리한테 그만 따지고 그쪽에다 좀 알아보쇼!

드레스샵 실장이 고성을 내지르고 일방적으로 전화를 끊었다. 뺨을 세차게 맞은 듯 얼굴 한편이 시뻘게진 성진을 보고 경민이 눈을 홉떴다.

"야. 방금 그 새끼 너한테 시팔이라고 했냐? 적반하장도 유분수지! 윤수영은? 거기 없대? 성진아! 야, 야! 복성진?"

경민에게 대꾸하는 대신, 성진은 떨리는 손으로 핸드폰 단축키를 연타했다.

─ 전화기가 꺼져 있어 소리샘으로 연결됩니다.

"뭐야, 윤수영. 핸드폰은 갑자기 왜 *끄고* 지랄이야?"

같이 전화를 걸어 본 경민이 경악스러운 표정을 지었다.

"얘가 진짜…… 미쳤나 보다. 성진아, 집에도 한번 전화해 봐."

그렇게 말하는 경민의 목소리도 떨리기 시작했다.

이 와중에도 성진은 수영을 걱정하는 마음이 더 컸다. 최대한 빨리 온다던 그녀가 갑자기 울며 드레스를 내팽개치고 떠났다면……. 아주 큰일이 생긴 게 분명하다.

그러나 성진이 수영의 집에 전화를 걸기도 전에, 핸드폰이 먼저 울렸다.

익숙한 번호였다. 지금쯤 회사에서 주말 당직을 서며 첫이슬 참꽃의 라벨 시안을 확인하고 있을 두현의 사무실 번호.

- 복 대리. 혹시 예식 시작했어? 미안한데 잠깐 통화 괜찮아?

묻는 목소리가 민망함을 감추지 못했다. 두현은 공사 구분이 확실한 친구라 업무 시간 외에 결코 연락하는 법이 없었다.

정말 어지간히 급한 일이 아니고서는.

"아니, 아직. 왜……. 혹시 무슨 문제라도 생겼어?"

- 미안한데 지금 회사에 큰일이 났다. 그게, 첫이슬 참꽃이랑 관련된 일이라…….

두현과의 기나긴 통화가 끝난 후. 성진의 손에서 핸드폰이 미끄러져 내렸다.

대리석 바닥으로 수직 낙하한 핸드폰이 탁 하고 단말마를 뱉으며 깨져 나갔다. 성진에게 약속되었던 온갖 달콤한 행복처럼.

3.
참꽃과 개꽃

여심을 끌어당기는 꽃 향과 새콤달콤한 맛. 투명 주병에 비치는 관상용 진달래꽃으로 보는 즐거움을 더한 가향 소주.

첫이슬 참꽃의 시제품을 본 순간, 선샤인주류 직원들은 너도나도 입을 모아 말했다. 선샤인주류 40년 역사에 한 획을 그을 최고의 한정판이 될 것이라고.

그러나 4월의 어느 날, 그토록 향기로운 술을 만들어 낸 남자는 차가운 의심의 눈초리를 한 몸에 받는 중이었다.

"지금쯤 한창 신혼여행을 즐기고 있어야 하는데 유감스럽게 됐군요. 하지만 이번 일 때문에 우리도 일주일 넘게 집에 못 들어갔다는 걸 알아줬으면 합니다."

선샤인주류 소회의실. 감사팀 차장이 감정이 결여된 목소리로 말했다.

"지금부터 진상조사위원회를 진행하겠습니다. 복성진 대리는 질문에 성실하게 답변하기 바랍니다. 이 자리에서 한 진술은 본인 신상에 영향을 줄 수 있다는 점을 염두에 두기 바랍니다."

"……네."

"우리 회사는 4월 23일을 기해 복 대리가 주도적으로 기획하고 개발한 첫이슬 참꽃 제품을 출시할 예정이었습니다. 그런데 지난 3월 31일 금요일, 일부 직원들이 해당 제품의 시제품을 집으로 가져갔고."

감사팀 차장의 서늘한 눈초리가 성진에게 칼처럼 꽂혔다.

"음용한 사람 대다수가 빈혈, 설사, 구토 등의 증세를 호소하며 응급실 진료를 받았습니다."

성진은 탁상 밑에서 경련하는 손을 가까스로 무릎에 고정했다. 자신이 결혼식장에서 수영을 애타게 기다리던 시각, 수많은 사람들이 자신이 만든 술을 먹고 고통스러워했다.

"하필이면 불금이라고 직원들이 가족들이나 지인과 함께 음용하는 바람에, 외부인까지 해당 제품의 유해성을 인지하게 된 겁니다."

모두가 나름의 즐거움을 누려야 할 주말. 믿기지 않는 악재가 행복을 까뒤집고 왔다.

"지난 토요일에 긴급 간부 회의가 열렸고, 사장님께서 우리 감사팀에 진상조사위원회를 구성할 것을 지시하셨습니다. 우선 피해자들의 진술을 청취했고, 오늘은 복 대리 차례입니다."

"네."

"해당 제품이 아직 시판되지 않았다고는 하나, 이번 일로 첫이슬 브랜드 이미지가 실추되고, 소비자의 신뢰도 또한 하락했다 할 수 있습니다. 조사 결과에 따라 우리 회사는 책임자를 엄중 문책할 예정입니다."

"네……."

성진은 그저 죄스럽게 네네 할 수밖에 없었다.

"우리는 위탁기관에 해당 시제품의 성분 분석을 의뢰했고, 금일 오전에 그 결과를 통보받았습니다. 다량의 그리야노톡신이 검출되었다는군요."

"예? 그리야노톡신이라면……."

성진은 하마터면 자리에서 벌떡 일어날 뻔했다.

"죄송합니다만, 진달래가 함유된 첫이슬 참꽃에서, 어떻게 철쭉의 그랴아노톡신이 검출된 거지요?"

진달래꽃에도 미량의 독성은 있지만 수술을 제거하면 무난히 식용으로 쓸 수 있다.

하지만 벌마저 중독시킨다는 유독물질 그라야노톡신을 다량 함유한 철쭉은 사정이 달랐다. 오죽하면 예로부터 진달래는 참꽃, 철쭉은 개꽃이라 불렸겠는가.

"질문에 답이 있지 않은가요."

감사팀 차장이 신랄한 투로 반문했다.

"술에 진달래 대신 철쭉이 들어갔으니까."

"그럴 리가 없습니다!"

"이봐요, 식품공학 전공한 사람이 성분검사 결과를 듣고도 발뺌을 합니까?"

성진의 목소리가 높아지자 차장도 목소리를 높였다.

"피해자들의 증상도 그라야노톡신의 전형적인 중독 증상과 일치했어요. 그리고 충남 공장 창고에 보관 중이던 건조 진달래를 전수 조사한 결과, 8할 이상이 진달래가 아닌 철쭉이더군요."

"그게 정말입니까?"

"직접 한번 봐요."

차장이 성진 앞에 첫이슬 참꽃 시제품을 탁 소리 나게 내려놓았다. 성진은 제 눈을 의심했다. 병에 가라앉은 건 정말로…… 주근깨 가득한 철쭉이었다.

"꽃을 납품한 농가 측 해명도 필요할 것 같군요. 전부 복 대리 동향인들이죠?"

첫이슬 참꽃이 선택받은 이유는 맛만 좋아서가 아니었다. 진달래는 국내 소비자들의 정서에 긍정적으로 어필할 수 있는 소재지만, 문제는 어떻게 조달하느냐였다.

성진의 기획안은 그 해결책까지 구체적으로 제시했다. 충남 당진 출신인 성진의 주선으로, 충남 농가는 선샤인주류에 진달래꽃을 신속하게 공급하기로 했다.

선샤인주류는 진달래의 산지를 라벨에 명기하고 제품 홍보시 지역 이미지를 활용할 것을 약속했다. 대기업이 지방 영세 농가와 협업한다는 점에서 대외적인 이미지 상승까지 꾀할 수 있었다.

그러나 좋은 그림은 물 건너갔고, 이 봄에 다 함께 진흙탕에 빠졌다.

"제 지인이지만 정말 믿을 만한 농가입니다. 진달래와 철쭉을 구별 못 할 분들이 아닙니다. 제가 며칠 작업을 거들어 드리기도 해서 압니다. 식용으로 재배한 진달래 군락에서 꽃을 채취하고 말리는 걸 분명히 보고 왔습니다."

"그래서 더 문제라는 겁니다."

감사팀 차장이 잘라 말했다.

"농가에서 진달래꽃을 채취한 것까진 사실이라 칩시다. 충남 공장 CCTV를 확인해 본 결과 공장 내부에서 물건이 바꿔치기 됐을 가능성은 없더군요. 그렇다는 건, 공장에 도착한 물건 자체가 진달래가 아니라 철쭉이라는 말이 되죠."

"뭐 하러 그렇게까지……."

"그야 돈 때문이지 않겠어요? 단가가 비싼 진달래꽃 대신 관상용으로 대량 식재되는 값싼 철쭉을 공급한 거지."

"시기상으로도 철쭉이 혼입될 여지가 없습니다! 인근의 철쭉들은 아직 피지도 않았……."

"그래서 미리 준비했겠죠."

"네?"

"복 대리가 연구를 진행할 때 해당 농가에서 구한 건조 진달래를 진공 포장해서 사용했다고 들었어요. 철쭉도 그런 식으로 장기 보관이 가능하겠죠."

성진은 심문에 깔린 전제를 알아챘다.

"설마 차장님께선 이렇게 생각하시는 겁니까? 제가 철쭉을 미리 준비해 뒀다가 농가에서 납품한 진달래와 바꿔치기하고 그 차액을 착복한 것처럼……."

"본인이 직접 한 건지, 아니면 농가 측에서 그리하는 걸 묵인하고 리베이트를 챙겼는지는 더 봐야 알겠지만, 한 가지는 확실하군."

상석에 앉아 심문을 지켜보던 감사팀장이 입을 열었다.

"이번 사건은 자네가 금전적 이득을 편취하기로 마음먹고, 사전에 치밀한 계획을 세운 정황이 있어."

"제 목숨을 걸고 말씀드립니다. 저는 결코 그런 사실이 없습니다!"

사람이 먹는 걸로 장난칠 생각, 꿈에도 한 적이 없단 말입니다!

"본인이 정 그렇게 결백하면 내일이라도 당진으로 가서 확인해 보는 게 어떨까? 계약 농가들 중 누가 장난을 친 건지."

"소명기한은 다음 주 월요일까지입니다. 그때까지 증빙제출 및 추가진술 기회를 드리죠."

그렇게 진상조사위원회는 일단락됐다.

기획개발팀 사무실로 향하는 길. 성진의 보폭은 평소보다 반 이상 좁아졌다.

본래 그의 정신력은 강인한 편이었다. 굴지의 대기업 주류회사에 3년 넘게 근무하며 크고 작은 풍파를 겪었지만, 스쳐 가는 바람처럼 잘 넘겨 왔다. 오히려 위기를 발판 삼아 기획개발팀 에이스로 거듭났다.

무슨 일이든 간에 언제나 제 자신에게 떳떳했기 때문이다. 이번 일 역시 그랬다.

그러나 지금은 생존에 필요한 최소한의 이성마저 마비되어 가고 있었다.

"수영 씨는 오늘도 출근 안 한 거야?"

"응. 집에 틀어박혀서 전화도 안 받는대."

"아무리 그래도 결혼식장엔 왜 안 왔을까? 복 대리님이 정말 횡령한 건지 아직 확실치도 않은데."

"모르지. 철쭉 사건 외에 우리가 모르는 둘만의 뭔가가 있는지."

남직원들도 여직원들처럼 무리지어 수군댔다.

"그럼 우리 봄 시즌 한정판은 어떻게 되는 거지? 이제라도 진짜 진달래를 가져오면 안 되나?"

"그건 무리지. 지금 우리 회사에 분홍 꽃만 봐도 경기하는 사람이 한둘이 아닌데."

"위에선 올해 한정판을 아예 스킵하든지, 강두현 대리의 기획안으로 대체하자는 쪽으로 논의 중이래. 에센스만 바꾸면 라인 가동할 수 있을 거 같대."

"아, 그런 방법이 있구나. 난 또 전 직원이 이제라도 산으로 뛰어가 진달래 뜯어 와야 되는 줄 알았잖냐."

"에라이, 산 주인한테 뚜드려 맞을 일 있냐? 그 전에 오 주임은 담배로 산불이나 안 내면 다행이지!"

"푸핫! 그럼 술 이름도 바꿔야 하는 거 아니냐? 첫이슬, 오 주임이 불맛을 입힌 참꽃으로!"

"하하하!"

뼛속까지 타들어 가는 사람 앞에서 동료 직원들은 왁자하게 웃어 댔다.

"헉……."

개중 한 명이 뒤늦게 성진을 발견하고 새된 소리를 냈다.

직원들이 싸한 얼굴로 흩어지는 가운데, 두현만이 성진에게 다가왔다.

"복 대리…… 괜찮아?"

비상계단에서 두현이 조심스레 묻자 성진은 허허롭게 웃었다.

"하하……. 나 지금 현실감이 하나도 없어. 너한텐 괜찮다고 말하기도 미안하다. 나 때문에 괜히 너까지 고생하게 해서."

결혼식 날, 두현에게 술병 라벨 최종 시안의 오탈자 확인하는 일 하나 염치 불고하고 부탁했었다. 그러나 사건 보고를 받은 임원진이 회사에 들이닥치는 바람에, 애꿎은 두현이 비상근무를 했다고 들었다.

"복 대리가 미안할 게 뭐 있어. 그보다 나야말로 미안한 일이 있어."

"또 왜."

"실은 그날 수영 씨한테 전화한 게 바로 나야."

"……정말?"

흐릿하던 성진의 눈에 곧바로 초점이 돌아왔다.

"그날 임원들이 들이닥쳐서 이것저것 알아보라고 성화여서, 어쩔 수 없이 전화 걸었어. 직원들한테 첫이슬 참꽃 시제품 나눠 준 게 수영 씨였거든. 난 수영 씨가 차라리 전화 안 받길 바랐는데……."

"그랬구나."

수영이 그런 전화를 대충 넘길 성격이 아니지.

"역시 내가 못 할 짓을 했어. 예식 앞둔 사람한테 그런 전화 못 한다고 딱 잘랐어야 했는데. 수영 씨 우는 목소리가 자꾸만 귀에서 맴돌아. 나도 괴로워 미치겠어. 너희 결혼식을 망친 게 내 잘못 같아서."

"아냐! 다 내가 부족해서 벌어진 일인데."

성진이 오히려 위로하자 두현은 얼굴을 감쌌던 손을 떼어 냈다.

"대응 잘 해서 무사히 넘기길 바랄게. 수영 씨랑도 잘 풀길 바라."

"그래. 내 걱정은 말고 이제 들어가. 난 한 15분만 더 쉬다 갈게. 감사팀 직원들한테 하도 기를 빨려 가지고."

그러나 성진은 한참 동안 층계참 벽에 기대어 있었다.

그의 핸드폰에는 수백 번 통화를 시도한 흔적이 있었다. 단축키 연타를 한 건 물론이고, 번호를 새로 쳐서 전화를 걸어 보기도 했다.

그러나 수영은 끝내 전화를 받아 주지 않았다.

성진은 비상계단 창문을 올려다보았다. 낙조가 비친다. 얼마 전에 본 흐린 하늘과는 비교도 안 되게 아름다운 하늘이건만, 그의 표정은 망연했다.

종일 철쭉 독 얘기만 해서 그런가. 발그스름한 독약이 담긴 병에 빠트려진 기분이다.

"정신 차려, 복성진."

스스로를 다독이며 성진은 입술을 지그시 물었다. 마음으로라도 구명줄을 끈질기게 붙들어야, 이 독 같은 상황에서 빠져나올 수 있으리라.

내일 첫차로 당진으로 내려갈 참이다. 그 전까지 할 수 있는 일은 다 해 봐야지.

수영의 집 앞에서 전화와 노크로 그녀를 부르는 일. 하지 않은 잘못이라도 빌어 그녀의 마음을 두드리는 일.

오늘 밤이라도…… 그녀의 마음이 열리는 기적을 바라는 일.

❖ ❀ ❖

'유리 씨. 정말 미안해요. 회사에 급한 일이 생겨서 오늘 약속을 취소할 수밖에 없게 됐어요.'

나름 각오를 다졌던 만남이 파투 나니, 유리로선 김이 새 버렸다.

"두현 군한테 아직도 연락이 안 왔어?"

집에서 얼굴 마주칠 때마다 아버지는 그것만 물었다.

"네……."

"너도 연락해 봤어?"

"아뇨, 아직……."

"카톡이라도 보내 봐."

남극 한복판에서 간신히 피워 낸 모닥불과 맞먹는 혼담이 꺼질세라, 금 회장은 조급했다.

"혹시, 그 일과 관련이 있는 건가?"

유리의 방에서 꿀벌처럼 맴돌던 금 회장이 문득 생각난 듯 말했다.

"이번에 선샤인주류가 우리한테 첫이슬 한정판에 쓸 유리병을 주문했는데 말이다."

"첫이슬 한정판이라면……. 첫이슬 참꽃 아닌가요?"

"그래. 안에 들어간 진달래꽃이 잘 보이게 투명한 병으로 해 달라더군."

성진이 술 얘기다! 유리는 곧장 허리를 펴고 귀를 쫑긋 세웠다.

"두현 군이 선샤인주류 기획개발팀에서 일하는 건 알지?"

"네! 이번에 사내 공모전에서 우승한 술이 출시된다고…… 두현 씨한테 들었어요."

술을 거의 입에 대지 않는 유리가 눈을 빛내며 말했다.

평소 같았으면 딸의 반응을 기이하게 여겼을 테지만, 금 회장은 딱히 지적하지 않았다. 이미 더 심상찮은 일이 벌어지고 있기에.

"갑자기 주병 납품을 연기해 달라는 요청이 들어왔어. 라벨 시안을 바꿀 거라고."

"네에?"

유리의 눈이 크게 벌어졌다.

"라벨뿐만 아니라, 안에 들어가는 내용물 자체를 완전히 바꾸려는 모양이던데."

"그럼……. 선샤인주류는 첫이슬 참꽃을 만들지 않는 건가요? 이번 달에 출시한대 놓고 왜 갑자기……."

"라벨도 아직 안 부착했고 병 규격이 바뀐 것도 아니니 우리 쪽이야 별 상관은 없다만, 선샤인주류는 엄청 난리가 난 듯해."

석연찮은 표정으로 금 회장이 덧붙였다.

"기존 제품에서 중대한 결함이 발견된 모양이지."

유리의 가슴이 스산하게 울렁였다. 성진의 결혼식장으로 향하던 날처럼.

❖　❀　❖

"허허……. 성진아. 농담이면 거기까지 혀고 술이나 마시러 가자. 동주 엄마가 너 온다니까 저 먹고 죽으려도 없다던 탁주까지 풀었어."

자초지종을 듣고 나서도 정 씨 아저씨는 그저 허허 웃기만 했다. 성진이 아주 오랜만에 동네 개구쟁이 노릇을 하려 든다고 믿었다.

말똥말똥하게 저를 보는 순박한 얼굴들 앞에서 성진은 괴롭게 고개를 숙였다.

"죄송합니다. 저도 차라리…… 농담이었으면 좋겠습니다."

성진이 온다는 소식에 고향 사람들은 벌써부터 축제 분위기였다.

또래 애들과 활발하게 뛰놀면서도 제 부모에게 깍듯하고 마을 어른들에게 예발랐던 소년. 불의의 사고로 아버지를 여의었을 때도 제 슬픔보단 홀어머니와 어린 동생들의 마음부터 살피던 의젓한 녀석.

성진이 서울로 이사 가던 날. 고향 사람들은 석별의 정을 나누는 한편 그의 앞날을 기대했다. 가뜩이나 영특한 녀석이 말로만 듣던 서울 강남에서 공부하면 얼마나 출세할까 하고.

역시나 성진은 플래카드를 걸어도 될 만큼 어마어마한 회사에 취직했다. 착한 심성도 그대로라 고향 사람들도 덕 좀 보게 해 주겠다고 나섰다.

선샤인주류에서 당진의 명물인 진달래꽃을 괜찮은 가격으로 매수해 준댔다. 그렇게 큰 회사에서 겸사겸사 지역 홍보까지 떠들썩하게 해 준댔다. 제 논밭 챙기기에도 한없이 벅찬 농번기지만, 앞날을 내다보면 결코 놓칠 수 없는 기회였다.

마을에 좋은 일 해 보잔 마음으로 충남 농가 네 곳이 뭉쳤다. 귀하디귀한 일손들이 산에 올라 일주일 넘게 진달래꽃 따는 일에 매달렸다.

침침한 눈으로 조그만 꽃을 뚫어져라 들여다보며 수술을 일일이 따냈다. 작업이 끝난 후엔 다들 며칠씩 앓아누웠을 정도였다.

들인 정성 이상의 보상은 바라지도 않았건만.

"그러면…… 내일 너희 회사에서 주기로 현 돈은 어떻게 되는겨?"

동주 어머니의 물음에 성진은 차마 입을 열지 못했다.

"허어."

이 자리에서 가장 고참인 정 씨 아저씨의 입에서 탄식이 흘렀다. 개선장군을 맞이하던 분위기가 한순간에 나락으로 떨어졌다.

"아니. 뭐 빠지도록 꽃 따다 바쳤더니 기껏 한다는 소리가, 진달래가 철쭉으로 변했어? 개자식들이 워디서 귀신 개꽃 처먹은 소릴 혀고 자빠졌어?"

"뻔하죠. 이제 와서 돈 안 줄려고 되도 않는 트집을 잡는 거여."

"아이고……. 대기업이 이런 식으로도 사람 통수를 치고 갑질을 하네."

핏발 선 눈으로 고래고래 악을 지르고, 서릿발 같은 냉소를 흘리고, 서 있을 힘조차 사라져 버린 듯 휘청거리고⋯⋯. 극에 치달은 분노와 억울함이 동시다발적으로 표출되었다.

성진은 피바다 앞에 선 것처럼 속이 울렁거렸다.

"다들 진정 좀 하세요! 지금 가장 난처한 사람은 성진이일 텐데⋯⋯."

성진의 고향 친구인 동주가 마을 사람들을 진정시키려 했다.

"그려. 여기서 이러기만 해 봤자 해결되는 게 뭐 있어? 쳐들어가서 다 때려 부수든지!"

"아유, 그런 대책 없는 소린 아예 허질 마요. 갯값 물어줄 돈이 있으면 소송이나 걸든지요."

"크흠⋯⋯. 이거 변호사를 찾아가 봐야 하나? 찾아가면 알아서 다 해주나? 동주야. 넌 좀 뭐 아는 거 없어?"

사람들의 시선이 일제히 동주에게 쏠렸다. 지방의 S대로 통하는 농대를 나온 동주는 첨단농법의 선구자였다. 마을 사람들은 조금이라도 복잡한 일이 터지면 동주부터 찾았다.

"그게요⋯⋯. 제 느낌상으론 변호사를 찾아간대도 어려울 거 같아요."

"아니, 동네 똥개한테 물어봐도 답이 빤한 일인디 그 머리 좋은 사람들이 해결을 못 헌다고?"

"선샤인주류 정도 되는 대기업이니 어지간한 법률 다툼에는 미리 대비를 해 놨을 거예요. 끝까지 해 보겠다면 서울에 있는 대형 로펌 정도는 찾아가야 할 텐데⋯⋯. 수임료가 엄청나겠죠. 섣불리 덤볐다간 배보다 배꼽이 커지는 수가 있어요."

마을 사람들은 허탈한 표정을 지었다. 가장 배웠다는 동주조차도 저리 어두운 표정을 짓는데, 자기들이 이 이상 골 아프게 궁리

해 본들 답이 안 나올 게 뻔하다.

"허긴 그런 공룡 같은 데 싸움 잘못 걸른 가만히 있느니만 못하겠지? 소송에서 지면 그 비싼 변호사비도 못 건지고. 차라리 꽃값이나 날리고 끝낼 걸 모두가 길바닥에 나앉을지도……."

지렁이도 밟으면 꿈틀한다지만. 상대는 꿈틀거릴 틈이나 허용할까 싶을 만치 거대하고 잔혹한 발을 가졌다.

"이 한창 바쁠 때 어떻게 서울을 왔다 갔다 하나. 농사 말아먹고 다 굶어 죽어."

흥분이 맥없이 가라앉으니 서늘한 현실감이 밀려오기 시작했다.

"아이고, 산 주인에게 꽃값을 지급해야 할 날이 다가오는디……. 고생만 뭐 빠지게 혀고 중간에서 우리만 생돈 나갈 판이네……."

대한민국 한 계절 수요를 대기 위해 산을 하나 쌓을 만큼 꽃을 따 버렸으니, 치러야 할 대가도 산더미였다.

"이럴 줄 알았음 그냥 하던 대로 양조장에나 넘길걸. 그랬음 인건비라도 건지는 걸……."

한 아주머니가 성진을 슬그머니 흘기며 한탄했다.

"어쩌겠어요. 일단 십시일반 해서 산 주인한테 대금은 치러야지요. 하아……. 이럴 줄 알았으면 공장에 인계하기 전에 사진이라도 찍어 둘 걸 그랬어요. 전 그 진달래가 성진이가 만든 술이 된다는 생각에 마냥 들떠 가지고……."

자기 트럭으로 진달래꽃을 실어다 선샤인주류 충남 공장에 인계한 게 동주였다. 마을 사람들을 위해 아무 대가 없이 한나절 수고를 자처하고도, 그는 괜히 스스로를 책망했다.

캄캄하게 닥쳐온 현실 앞에서 정 씨 아저씨가 울먹였다.

"이번 일 잘되면 우리 은정이가 그렇게 노래 부르던 미술학원

보내 주려 했는디······."

"은정이가 올해로 몇 살이죠?"

"올해로 고등학생이야. 허어, 그렇게 호언장담을 했는데······. 딸애 용돈도 못 줄 판이 됐어······."

성진이 처음 말 꺼냈을 때 가장 신이 나 일손을 모았던 정 씨 아저씨가 끝내 주저앉았다. 황소처럼 씩씩하게 마을 대소사를 이끌던 그가 무너지자, 마을 사람들은 차마 못 보겠다는 듯 고개를 돌렸다.

"죄송합니다. 모든 게 다····· 제 잘못입니다."

바람 앞의 등불처럼 성진의 목소리가 꺼져 갔다. 슬프도록 순백한 고향 사람들의 얼굴을 보니, 잠시나마 그들을 의심한 제 자신이 더욱 끔찍하게 느껴졌다.

이럴 때일수록 침착해야 하는데. 저부터가 정신을 차려야 모두가 살 텐데. 지지대를 잃은 마음이 속절없이 허물렸다.

어젯밤에도 수영은 끝내 문을 열어 주지 않았다.

❖ ❀ ❖

툭 치면 흙먼지가 부스스 떨어질 듯 낡은 벽. 전단을 붙였다 뗀 자국으로 얼룩덜룩한 쇠문. 재건축을 앞둔 주공아파트 호실 대다수는 소유자와 실제로 사는 이가 따로였다.

그중에서도 유난히 깔끔한 집이 있었다. 마치 허름한 건물과 싸잡히기 싫은 듯.

집 안이 지나치게 깨끗하면, 정작 매일같이 쓸고 닦는 이의 마음속은 궂은 경우가 많다.

103

수영은 부재중통화로 가득한 핸드폰을 메마른 눈으로 보았다.

복성진.

자기가 윤수영의 남편이 되리라 믿어 의심치 않았을 남자. 이만하면 서로의 관계가 잘려 나가고 그 절단면에 기름칠까지 되었을 텐데, 여전히 현실을 못 받아들이는 남자.

어리석은 남자.

수영은 침실로 시선을 돌렸다.

한쪽으로 젖혀진 이불. 가운데가 푹 꺼진 낡은 매트리스. 침대 밑에 널브러진 그녀의 이너웨어. 볼펜 한 자루까지 제자리를 지키는 집 안에서 다분히 이질적인 광경이었다.

눈을 떴을 때, 상대는 제 흔적을 말끔히 정리한 뒤였다. 언제나처럼.

쏴아아—

욕실 겸 화장실에서 남자가 체액을 바삐 씻어 내는 소리가 들렸다.

"일어났네."

욕실에서 나온 두현이 수영을 보고 웃었다. 입은 웃어도 눈은 언제나 서늘한 사람. 이 저속한 관계가 이어질수록, 그 혼자만 얄미울 정도로 담백해지는 것 같다.

"이만하면 충분한 거 같은데."

"뭐가?"

"회사 공금을 횡령한 전 약혼자에게 실망하고 분노한, 청렴결백한 비운의 여자 연기."

두현이 수영의 굳은 표정에도 아랑곳 않고 말을 뱉었다.

"복성진 그놈, 여전히 너랑 화해할 수 있을 거라 철석같이 믿더

라. 이제 그만 결정타를 날려 줘. 질질 끌면 복성진 동정론 생기고 너만 역풍 맞는 수가 있어."

사랑의 기쁨을 못 느끼면서도, 사랑에 빠진 눈빛은 귀신같이 알아보는 사람이 있다. 사랑만큼 이용해 먹기 좋은 것도 없으니까.

"내가 복성진 정리하면, 당신도 정리할 거야?"

"뭐를?"

"당신이랑 맞선 본 대단한 기집애 말이야."

"아하."

이제야 알아들은 척 두현이 난감한 웃음을 머금었다.

"별 기대 안 하고 만났는데 너 못지않은 미인이더군. 학벌은 별로지만 그 미모에 그 집안이면 괜찮지."

"강두현. 너 뭔가 착각하나 본데."

수영이 쉿소리를 냈다.

"나한테 뻔뻔하게 구는 선을 지켜. 너 아직 그렇게 전부 다 가진 표정 지어도 될 상황 아니야. 내가 입 한 번 뻥끗하면, 회사 사람들이나 그 대단한 공주님이 널 어떻게 볼까?"

"아, 너랑 그 여자를 비교할 의도는 아니었는데, 그렇게 들렸다면 사과하지."

두현이 머리에 얹은 수건을 쓰레기 버리듯 떨어뜨렸다.

"근데, 내 보험을 해지하라 말하기 전에, 네 보험부터 해지해야 하지 않을까? 여기까지 일 벌려 놓고, 이제 와서 같이 망하면 너무 아깝잖아."

두현이 수영의 양 어깨를 부여잡아 꽉꽉 주물렀다. 수영은 날카로운 갈고리에 꿰인 듯 이를 사리물었다. 그래. 고작 같이 망하자고 시작한 관계는 아니니까.

"오늘 중으로 복성진 정리해. 믿고 기다릴게."

수영의 귓가에 속삭이고서, 두현은 시계를 보며 덧붙였다.

"우리 이렇게 같이 있는 거 복성진한테 들켜도 상관없는 날이 빨리 오길 바라."

두현이 훌쩍 떠나간 뒤, 수영은 굳게 닫힌 문을 허전하게 응시했다.

'수영 씨. 미안해요. 동료의 연인에게 이런 감정을 품다니. 내가 정말 어디가 어떻게 됐나 봐. 하지만 어떡해. 술을 마시지 않아도, 당신 얼굴이 자꾸 눈앞에 아른거리는데…….'

온도가 변했다. 강두현의 구애를 받아 주기 전과 후가.

'사랑해요, 수영 씨.'

끝내 마음의 장벽을 허물리고 만 건, 반쯤은 사랑한단 말 때문이었는지도 모른다.

그러나 고작 이거 하나 서운하다고, 저 남자를 놓칠 생각은 없다.

곧 있으면 선샤인그룹 총수의 후계자 후보로 공표될 남자. 성진을 제물 삼아 선샤인주류 기획개발팀 과장직을 달고, 금방 더 높은 곳으로 훌쩍 뛰어오를 남자.

강두현은 껍데기만 가져도 훨씬 이득이 될 남자였다. 그놈의 지겹고 구질구질한 사랑 말곤 줄 게 없는 복성진에 비하면.

❖ ❖ ❖

충남에서 올라온 성진은 수영의 집 앞에서 힘없이 벽에 기대었다.

이젠 정말, 한계가 왔다.

수영의 이름만 봐도 감정이 울컥 치밀어 통화 버튼을 누를 수 없었다.

그녀를 애타게 부르는 소리가 이웃들의 잠을 방해할까 봐, 그게 또 그녀를 수치스럽게 할까 봐, 차마 소리 내어 그녀를 부르지도 못했다.

카톡, 문자, 또 카톡, 또 문자……. 피 같은 심정으로 적은 말들이 허공에 흩뿌려지는 일이 수백 번 반복되면, 누구라도 맥이 빠질 수밖에 없다.

굳게 닫힌 문 앞에서 할 수 있는 일이 더는 생각나지 않았다.

처음에는 진심에 의지했지만, 나중엔 신에게 빌게 되었고. 이제는 신에게 건 믿음마저 희미해졌다.

먹지로 눈을 싸맨 듯 캄캄한 세상. 불현듯 반짝이는 핸드폰이 성진의 정신을 밝혔다.

"수영아!"

전화를 받자마자 성진은 다급하게 외쳤다.

— 지금 어디야.

수영의 목소리는 냉랭했지만 성진은 핸드폰을 부여잡고 열띠게 물었다.

"지금 너희 집 앞이야. 넌 지금 어디……."

성진의 말을 자르듯, 도어록이 해제되었다.

자정을 훌쩍 넘긴 시각인데도 수영은 잠옷을 입지 않았다. 그 모습만으로도 성진은 못내 안타까웠다. 이 시간까지 잠을 못 이루고 있었구나. 나 때문에.

"저쪽으로 가서 얘기해."

수영이 근처 놀이터를 가리켰다.

두 사람은 메마른 모래밭 위에 마주 섰다. 성진이 마구 말을 쏟아 냈다.

"수영아. 그동안 잘 지냈어? 몸은 좀 어때?"

'수영아. 나 지금 너무 힘들어서 죽을 거 같다.'

"나에 대한 얘기는 전부…… 들은 거지? 너까지 부끄럽게 해서 정말…… 미안해."

'설마 너마저도 내가 정말 그런 부끄러운 짓을 저질렀다고 생각하는 건 아니지?'

"내가 어떻게든 해결할게. 지금 최선을 다하는 중이니까, 조금만 참고 기다려 줘."

'너만이라도 나 좀 믿어 주라. 제발.'

위로에 목마른 마음과 다르게, 성진은 수영의 마음부터 어루만지려 했다.

"됐어."

수영이 매몰차게 말했다.

"수영아. 네가 얼마나 마음고생 심한지 알아. 회사는 당분간 휴직계 내고 쉬는 게 어때? 생활비는 내가 책임질게. 아니면…… 내가 회사에서 나갈게. 우리 결혼은, 네 마음 아물고 나면……."

"아니, 이젠 그럴 필요 없어."

수영을 위해 애써 지은 미소가 성진의 얼굴에서 사악 가셨다.

"아, 미안. 이런 상황에서 할 말이 아닌데. 내가 또 눈치 없이……."

"나한테 이런 창피, 모멸감을 주고도 아직도 잘해 보자고 할 마음이 나?"

"그건……. 그래, 맞아. 내가 백번 잘못했어. 근데 나도 이렇게 될 거라곤 상상도……."

"집에 갇혀 지내는 동안 생각해 봤어. 내가 왜 결혼식장에 가지 않았는지."

성진은 하려던 말들을 삼키고 수영을 직시했다.

"결혼식을 앞두고 도망가고 싶어지는 마음 누구나 한 번쯤은 느낀다잖아. 나도 처음엔 그런 감정 기복인 줄 알았어. 우리가 만난 세월이 몇인데, 어지간한 변덕으로 깰 사이는 아니니까."

그렇게 말하며 수영은 입꼬리를 살며시 올렸다. 그 미소에 성진은 섬뜩함을 느꼈다. 난생처음 처해 본 상황이지만 본능으로 알아챘다.

그녀가 지금, 모든 걸 정리하려 한다는 걸.

"수영아. 네가 프러포즈 받아 줬을 때 나 정말 기뻐서 날아갈 것 같았어. 원하던 대학 합격했을 때보다, 꿈의 직장 취직했을 때보다, 백만 배는 더 행복했어."

성진의 피 같은 진심 앞에서도 수영은 냉랭했다.

"그랬니? 솔직히 그땐 분위기에 휩쓸려서 신중하지 못했어. 너랑 내가 정말 평생 함께 살 수 있는지. 널 끝까지 믿고 가도 될지."

지금은 그렇지 못하다는 말로 들렸다. 아니, 그렇게 말하고 있다.

"운명이란 게 존재하긴 하나 봐. 결혼식 전날까지 도망치고 싶은 마음이 들었던 게, 괜히 그런 게 아니었어. 심지어 결혼식 당일에 드레스까지 망가진 건, 어떤 계시였던 게 아닐까?"

"수영아. 저기……. 내 말 좀……."

"네가 옆에 있으면 온몸에 염증이 생기는 것 같았어. 끔찍했어."

수영의 목소리가 돌연 날카로워졌다.

"그동안 말로 안 해서 그렇지, 네 옆에서 내가 얼마나 비참했는지 알아? 그럼에도 더러운 게 정이라고, 참고 넘겨 왔어. 오래된 연인 사이에 이 정도쯤은 감안하고 산다는 생각에, 참아 왔던 거야. 복성진. 너한테 난 그 정도밖에 안 됐어. 제발 눈치 좀 있어 봐!"

눈 뜨고 심장을 통째로 베인 성진으로선 서 있기조차 힘들 지경이었다. 그럼에도 끝까지 안타까운 마음으로 수영에게 물었다.

"왜…… 말을 안 했어? 나도 모르게 널 힘들게 한 게 있다면, 말을 하지."

수영은 아랫입술을 잘근 물었다. 강두현과 복성진. 사람이 너무 뻔하단 점 하나는 소름 끼칠 만큼 닮았다. 강두현이 욕망을 의인화한 존재라면, 복성진은 그 지겨운 사랑을 의인화한 존재 같다.

"지금이라도 얘기해 줘. 내가 고칠게."

세상의 수많은 여자들이 연인 간의 갈등을 무성의하게 모면하려는 남친 때문에 서운해한다고들 하지만. 성진은 언제나 먼저 대화를 청했다. 늘 자기가 져 주려 했다.

그래서 주변에선 더욱 수영을 고깝게 보았다.

'세상에 그런 남자가 어디 있니?'

'전생에 나라를 구했나 보네. 너도 성진 씨에게 잘 좀 해.'

충고를 넘어 지탄에 가깝던 주변인들의 말. 그 와중에 성진은 우리 둘이 사랑하면 된다고 했다.

그러나 수영은, 15년 사귄 연인보다 강두현에게 먼저 몸을 허락하는 순간부터 깨달았다. 자신은 사랑만 먹고는 살 수 없는 여자라고.

"우리 이제 그만 끝내."

4월이 거의 다 지나고 장미가 뜨겁게 피어오를 준비를 하는 밤. 놀이터에 을씨년스러운 공기가 감돌았다.

"그럼 대체 왜……."

영겁과 같은 찰나 후, 성진이 힘겹게 운을 뗐다.

"내 프러포즈를 받아 준 거야? 그리고 결혼식 날 드레스가 망가졌을 때도 왜…… 최대한 빨리 오겠다고 한 거야?"

왜 사람을 하늘까지 들어 올렸다 떨어뜨린 거냐. 그로선 정당한 물음이었다.

"나쁜 년이든 뭐든 마음대로 욕해. 대신."

성진을 외면한 채 수영은 한숨 쉬듯 말했다.

"그 나쁜 년 하나 살리는 셈 치고 꺼져 줘."

성진은 놀이터에 홀로 남아 한참을 우두커니 서 있었다. 밤이 깊어 감에 따라 더 짙은 어둠에 잠기는 세상 속에서, 마음은 온통 백지가 되었다.

15년간 가꾸어 온 사랑이 그렇게 끝이 났다.

❖ ❀ ❖

'복성진 씨. 이제 그만 자수하고 광명 찾읍시다. 경찰서에서 자수하게 되면 광명도 못 찾을 텐데.'

'선샤인주류 법무팀, 우리가 봐도 질릴 정도로 사람 잡거든. 회사에서 너그럽게 봐줄 때 떠나는 게 낫지 않겠어요?'

111

적으로 돌아선 순간, 남부럽지 않던 대기업 직장은 세상에서 가장 야비하고 치사스러운 직장으로 돌변했다.

'이런 엄청난 일을 벌였는데도, 윗분들은 복 대리가 지금까지 회사에 기여한 것들을 최대한 감안하여 처분하라 하시더군요.'

회사를 위해 헌신한 시간들이, 신뢰 대신 어르고 빰치는 말로 돌아왔다.

'그나마 제품이 전국에 깔리기 전에 밝혀진 게 천만다행이지. 안 그래요?'

누군가의 피나는 노력이 끝내 빛을 못 본 걸 천만다행이라 했다.

처음에 성진은 회사를 상대로 끝까지 싸워 볼 마음도 품었었다.

매년 봄 당진으로 내려가 직접 채취하고 손수 말려 얻은 진달래꽃. 거기서 얻으려던 건 모두를 황홀하게 할 술의 향기였지, 악취 나는 횡령금 따위가 아니었다.

그 진실이 가슴속에 명백히 살아 있는 한 부당한 오해는 얼마든지 뒤집을 수 있는 것이었다.

무엇보다, 반드시 오명을 벗어야만 하는 이유가 있었다.

다른 사람도 아닌 수영이 그 결과를 지켜볼 테니까. 이번 일을 깨끗한 모습으로 넘어서야지만, 그녀가 다시 저를 믿어 줄 테니까.

그랬지만. 이제 성진의 눈에선 일체의 의지가 사라졌다.

선샤인주류 마지막 출근일. 박스에 짐을 챙겨 담는 성진의 뒤편에, 사내 공고문이 떡하니 붙어 있었다.

「지난 4월 1일 첫이슬 *꽃 시제품 중독사건 관련하여 조사한 결과를 알려 드립니다.

성분분석 결과 그라야노톡신 등 유해 물질이 검출되어, 해당 제품은 전량 폐기되었습니다. 금년 첫이슬 한정판은 기존 공모전에 제출된 우수작을 재선정하여 상반기 중 출시 예정입니다.

관련 농가는 계약금을 반환한 점, 영세 농가인 점을 감안하여 추가적인 민형사상의 조치는 취하지 않기로 하였습니다.」

기획개발팀 직원들은 성진과 눈을 마주치길 꺼렸다.

「해당 책임자에게 엄중한 책임을 물어, 권고사직 조치하였음을 알립니다.」

공고문에 쓰인 무시무시한 처분보다, 성진의 텅 빈 얼굴이 더 두렵게 느껴져서.

"저기, 복 대리는 능력이 좋으니까 더 좋은 데 갈 수 있을 거야. 힘내고……."

한 남직원이 안 하느니만 못한 위로를 했다.

"그동안 감사했습니다. 이렇게 떠나게 돼서 죄송합니다."

짐 정리를 마치고, 성진은 수영의 자리를 바라보았다. 그녀의 빈자리는 여전히 냉랭함이 감돌았다.

내가 여길 떠나야 저 자리가 다시 따스해지겠지? 이 순간까지도 성진은 그런 생각을 했다.

"이만 가 보겠습니다. 안녕히 계세요."

성진은 수년간 정든 사무실을 등졌다. 진실과 사랑을 남겨 둔 채, 억울함과 슬픔만 챙겨서 나왔다.

계절의 여왕 5월. 보드랍고 산뜻한 바람이 불었다. 화려한 장미 덩굴 같은 게 없어도 거리의 모든 게 화사하게 빛났다. 옷가게 마네킹이 걸친 연하늘색 린넨 원피스만 보아도 가슴 설레는 날씨였다.

그러나 성진의 세상에선 모든 바람이 사라졌다. 짐을 택배로 부치지 않은 건 궁상을 떨고 싶어서가 아니라, 뇌에 산소가 돌지 않아서였다.

Trrr−

불현듯 주머니 속 핸드폰이 울렸다. 성진은 감전된 듯 박스를 내려놓고 핸드폰을 확인했다.

[기쁨 공인중개사사무소]

성진은 김빠진 얼굴로 전화를 받았다.

"안녕하세요. 먼저 연락 못 드려 죄송합니다. 그 집은 사정이 생겨서 계약 못 할 것 같습니다. 네, 수고하세요."

수영과 함께 신혼집을 알아보며 많은 집들을 봤었다. 근처에 한강공원이 있는 마포구의 작은 아파트가 가장 마음에 들었다. 수영은 강을 바라보며 좋아하는 커피를 마시고, 자신은 좋아하는 운동을 마음껏 할 수 있을 것 같았던 집.

꿈에 그리던 보금자리를 영영 떠나보냈다.

"하하……."

성진은 메마른 입술로 허망하게 웃었다.

대학생 때부터 수영과의 미래를 그리며 꽤 괜찮게 저축을 했다.

돈 쓸 보람이 있는 일이 너무도 많아서, 역시 돈은 많을수록 좋은 거라 생각했다.

그러나 지금은 수중의 돈이 휴지 쪼가리만도 못했다.

성진은 고향 정 씨 아저씨의 집으로 전화를 걸었다. 한 소녀가 여보세요 하며 전화를 받았다.

"네가 은정이구나."

올해 고등학생이고 미대 가는 게 꿈이라던. 그래서 당장 학원비가 절실하게 필요하다던.

"아버지 지금 집에 계시지? 좀 바꿔 줄래?"

❖　✳　❖

"성진아. 어제 입은 정장에 뭐가 묻었길래 다른 옷 다려 놨어. 오늘은 그거 입고 가."

옆에서 어머니가 한 말에, 손에 뿌린 스킨이 주르르 새어 나갔다.

"제 옷 안 다리셔도 된다니깐 왜 또 그러셨어요. 제가 알아서……."

성진이 거울 가장자리를 응시하며 말했다.

"이럴 때일수록 더 깔끔하게 입어야지. 옷차림이 당당해야 기운도 나는 거야."

어머니의 음성은 귀하디귀한 약재만 골라 극진하게 우려낸 보약 같았다.

"우리 아들만큼 정직한 직원이 어디 있냐고, 내가 너희 사장님 찾아가 하소연이라도 해 볼 수 있으면 좋을 텐데……."

자신보다도 더 자신을 믿어 주는 당신.

"엄마가 해 줄 수 있는 게 이런 거밖에 없네……."

그러고도 늘 이렇게 말을 맺는 당신.

"오늘은 일찍 들어올 수 있니? 저녁에 너 좋아하는 고등어 구워 줄게."

눈앞에서 미소 짓는 어머니의 얼굴빛이 검었다.

아들의 신부가 결혼식장에 나타나지 않았다. 설상가상으로 아들이 직장에서 억울한 누명을 썼다. 가뜩이나 몸이 약한 어머니는 잔혹한 현실을 버티지 못해 며칠간 몸져누웠다.

하지만 의지대로 몸을 가누는 게 불가능했던 며칠이 지나자, 어머니는 의연히 자리를 떨치고 일어났다.

나보다 아들이 더 아프다. 지금 난 아플 수도 없는 몸이다. 그런 마음으로 당신은 힘겹게 몸을 가누셨으리라.

성진은 중학교 사회 시간에 IMF 사태를 배운 기억을 떠올렸다.

당시 수많은 가장들이 가족들에게 실직 사실을 차마 알리지 못해 거짓 출근을 했다고 들었다.

왜 그랬을까? 어려운 일 생기면 한시라도 빨리 가족들한테 털어놓고 함께 해결할 생각을 해야지. 혼자 끙끙거리고 숨기다가 들켜 버리면, 가족들에게 오히려 더 상처 주지 않을까?

딱하기는 한데 솔직히 어리석다고, 중학생 때 생각했었지.

어른이 되어 비슷한 처지가 되어 보니 알겠다. 겪어 보지 않은 자의 폭력적인 발상이었음을.

매일 새벽같이 일어나 깔끔하게 다린 정장을 내미는 어머니를 볼 때마다, 성진은 생각했다.

한시라도 빨리 재취직을 해야 한다. 그렇게라도 충격적인 진실을 완화해 놓지 않으면, 어머니가 정말 어떻게 될지 모른다.

"오늘은 일찍 들어올게요."

"그래. 너랑 긴히 상의하고 싶은 것도 있고……."

어머니가 혼잣말처럼 중얼거린 말에 성진은 바로 물었다.

"뭔데요?"

"아, 아니야. 이따 얘기하자. 짧게 얘기할 수 있는 게 아니라서……. 회사 늦겠다. 얼른 가."

"좀 있다 가도 안 늦어요. 그리고 지금 안 들으면 제가 계속 신경 쓰일 거 같아서요."

하루 이틀 고민한 게 아닌 듯한, 그러고도 아직 털어놓을 준비가 안 된 어머니의 표정을 그냥 지나칠 수 없었다.

"휴……. 그러면 잠깐만 좀 앉아 볼래?"

성진은 어머니와 식탁에 마주 앉았다.

"너도 알다시피 네 동생들 이제 고3이잖아. 비싼 학원은 못 보내더라도 신경 쓰일 일은 최대한 없게 해야 할 텐데. 고3은 전학도 잘 안 시켜 주고……."

"전학이라뇨. 집에 무슨 일 있어요? 아, 맞다. 그러고 보니 우리 집 재계약할 때 됐죠? 내가 왜 그걸…… 까맣게 잊고 있었지?"

어머니가 운을 뗀 것만으로 성진은 정신이 번쩍 났다.

"우리가 이 집에서 오래도 살았지. 나도 가끔 이 집이 완전한 내 집이라 착각한단다."

"혹시 전세금을 올려 달라고 하던가요?"

성진의 뜨악한 물음에 어머니는 힘없이 고개를 끄덕였다.

"1억 5천을 올려 달래."

"……."

"우리가 그동안 너무 싼 보증금으로 버티긴 했어. 주변 아파트들은 최소 2억 이상 올랐으니. 집주인도 우리니까 그 정도 올려 달란 거지, 우리가 나간다면 다음 세입자부턴 주변 시세대로 받겠대."

쿵 하고 심장이 발등에 떨어졌다.

혼이 나간 성진의 모습에 어머니는 어쩔 줄 몰라 했다.

"성진아, 정말 염치없는 말이지만……. 네 신혼집 사기로 했던 돈 올해만…… 동생들 좀 도와주면 안 될까? 수능 칠 때까지만이라도 아무 걱정 없이 학교 다닐 수 있게. 성재랑 성혁이가 너처럼 단번에 원하는 대학 붙을지 모르겠지만, 고등학교 졸업한 후엔 애들도 알아서 할 테니……."

어머니의 눈가에 물기가 비쳤다.

"이런 얘기까지 해서 정말 미안해. 가뜩이나 너 힘든데 도와주지는 못할망정 짐만 되고……."

"아니에요! 진작 말씀하시지. 제가 어떻게든 방법을 생각해 볼게요."

입으로는 어머니를 안심시키면서도 뒷걸음질이 쳐졌다.

"다녀오겠습니다."

대문을 나서니, 세상에서 해가 지워진 듯 눈앞이 캄캄했다.

❖ ✻ ❖

홍대의 한 몰트 바. 카운터 자리에 앉은 성진은 얼음물을 앞에 두고 넋을 놓았다.

지금 제 입에 들어갈 건 소주 한 방울도 아깝지만, 친구의 부름을 사양할 명분이 없었다.

"복성진."

떨궜던 고개를 드니, 핸드백을 맨 채 눈썹을 치켜 올린 우경민이 보였다.

"표정이 왜 그래? 벌써 한잔했어?"

평소 같으면 인사도 유쾌한 만담처럼 주고받겠지만, 성진은 멍하니 물컵만 응시했다.

"어휴, 얼굴이 완전 반쪽이 됐네."

경민이 옆자리 의자를 뺐다.

"이러고 있을 거 같아서 오늘 내가 한잔 사려 한 거야. 뭐 마실래?"

"난 그냥 진피즈……."

"여기 조니워커 블루라벨 온더록으로 한 잔요. 전 콜드브루 네그로니 주시고요."

고개를 번쩍 쳐든 성진이 뭐라 하기 전에 경민이 딱 잘라 말했다.

"사람이 한 잔 쏜다고 할 때 꼭 진피즈 같은 거만 골라 먹지 말지? 모처럼 몰트 바에 왔는데."

바텐더가 아이스볼이 담긴 온더록스 잔에 조니워커 블루 1샷을 계량하여 넣었다. 잔에 담긴 호박색 액체를 들여다보며 경민이 물었다.

"너 요새 괜찮긴 한 거야? 겁나서 뭘 물어볼 수가 있어야지. 너희 회사에 딱히 아는 사람도 없고. 너랑 윤수영 말고는."

윤수영. 자기가 그 이름을 들먹여 놓고 경민의 눈에서 시퍼런 스파크가 튀었다.

"아오, 생각만 해도 열 뻗치네."

순전히 성진을 봐서 아직까지 그년을 살려 두었다. 성진만 아니면 애초에 미워할 가치도 없는 기집애지만.

성진은 위스키를 억지로 한 모금 머금었다. 뜨거운 기운이 단숨에 목까지 차올랐다.

"경민아, 조니워커 보틀에 있는 신사 로고 알지?"

"응, 스트라이딩맨이잖아."

"스트라이딩맨이 비즈니스 술자리에서 가장 선호되는 이유는 신사 이미지인 것도 있지만, 조니워커의 킵 워킹keep walking 정신을 상징해서거든."

성진은 칸 국제광고제에서 황금사자상을 수상한 조니워커 홍보 영상을 떠올렸다.

스트라이딩맨으로 분장한 남배우가 산중턱에서 끝없이 이어지는 길을 간다. 남자는 끊임없이 걸으며 조니워커의 200년 역사를 이야기한다.

'조니워커는 여전히 진보하고 있고, 결코 멈출 생각이 없습니다.'

마무리 멘트를 던진 후에도 끊임없이 걸어가는 신사의 모습이, 기나긴 여운을 남겼다.

"나는 스트라이딩맨처럼 되고 싶었어."

멈추지 않고 걸어가며 한국 주류역사의 바통을 이어받고 싶었어.

"분수에 넘치는 꿈이었지. 나처럼 어리석고 한심한 인간이 무슨 주제로."

"너답지 않게 왜 이리 자존감이 바닥을 쳐? 윤수영 그깟 기집애가 뭐라고!"

"아니. 꼭 그거 때문만이 아니라……. 아니다, 미안."

"그거 때문만이 아니라니? 너 설마……. 윤수영 말고 또 다른 문제 터진 거야?"

"……."

경민의 추궁을 피하려 성진은 술을 연거푸 들이켰다. 허나 그것
이 오히려 자백제 구실을 하고 말았다.

"실화……야? 정말 네 저축금, 고향 사람들한테 거의 다 줘 버
린 거냐고!"

모든 이야기를 들은 뒤, 경민이 창백하게 질린 얼굴로 되물었다.

"아니, 그 사람들도 참 웃긴다. 돈은 진달래꽃을 바꿔치기한 범
인한테 받아 내야지, 진실을 밝힐 노력도 안 하고 너한테만 독박을
씌워? 일이 잘 됐음 이득은 다 챙겼을 거면서!"

"처음부터 내가 얘기 안 꺼냈으면, 그분들까지 휘말리지 않았을
테니까."

지금이라도 네 돈 돌려 달라고 하면 안 돼? 경민은 방금 마신 비
싼 위스키가 역류할 말을 할 뻔했다.

"그럼 대체 너희 집 전세금은 어떡해야……. 보증금 빼서 이사
간대도 너희 동생들 학교 근처에 매물이 있을까? 입학 시즌 다 지
나서 괜찮은 집은 다 나갔을 텐데. 전세금 추가대출도 지금 상황에
선 힘들 테고……."

말을 너무 아끼려다 보니, 성진이 이미 충분히 염두에 두고 있
을 고민거리밖에 안 나왔다.

"어머니가 나한테 그 얘길 꺼내실 때까지, 정말 참고 또 참으셨
을 텐데……."

유리잔 안에서 무력하게 녹아 가는 얼음이 어머니의 눈물을 닮
았다.

"난 고작 양심의 가책 따위에서 벗어나려다, 내 가족을 까맣게

잊고 말았어."

"네 가족 물론 중요하지! 근데, 네 양심도…… 고작을 붙여 말할
건 아니잖아."

경민은 망연자실하게 중얼거렸다. 어느 쪽을 선택했더라도, 이
착해 빠진 남자에겐 지옥만이 기다리고 있었으리라.

정말이지 서글프고 짜증이 나서 죽을 맛이었다. 세상은 왜 언제
나, 정직하게 사는 사람에게만 잔혹한 선택지를 던져 주는지.

❖　✿　❖

－ 금유리 양이죠? 호홋, 목소리가 참 곱네. 나 두현이 엄마 되는
사람이에요.

며칠 전, 유리는 두현의 어머니로부터 걸려 온 전화를 받았다.

－ 두현이가 회사에서 엄청 중요한 프로젝트를 맡게 되는 바람
에, 지금 눈코 뜰 새 없이 바빠서 유리 양한테 연락할 짬이 안 난다
네요. 아유, 내가 다 안타까워서 대신 전화했어요.

중견배우인 그녀는 요새 시청률 30프로를 찍는 인기드라마에
출연 중이었다. 아무리 TV 속 연기라지만, 내 아들과 헤어지라며
여주인공에게 물 뿌리는 모습이 섬뜩할 만큼 리얼했다.

그 장면이 자꾸만 떠올라 유리는 목을 움츠린 채 네네 하고 전
화를 받았다.

– 유리 양이 괜찮다면 조만간 점심이라도 함께하고 싶은데요.

눈 뜨고 코 베이듯 두현의 모친과 점심 약속이 잡혀 버렸다.

"사부인께서 그렇게 말씀하시는 거 보니 두현 군이 정말 바쁜 모양이구나. 난 또 혼담이 물 건너간 줄 알았네."

금 회장은 벌써부터 두현의 모친을 사부인이라 칭했다. 한술 더 떠 딸의 등을 떠밀었다.

"두현 군에게 커피라도 한 잔 전해 주고 와. 남자들은 그런 사소한 거에도 감동한다."

기사가 모는 차를 타고 선샤인주류로 향하는 길에, 유리는 두현에게 가장 먼저 묻고 싶은 말을 떠올렸다.

성진이는 요새…… 잘 지내는 건가요?

두현에게 줄 커피를 사러 선샤인주류 본사 옆 카페에 왔다. 점심시간 막바지라 테이크아웃 주문이 밀렸다.

비는 테이블에 앉아 순서를 기다리던 중, 유리는 예상치 못한 사태를 맞았다.

이쪽에서 대각선 테이블에 턱 하니 앉아 버리는 여자. 헛것을 본 걸로 넘기는 게 불가능한 존재. 이름하야 우경민.

"여보세요. 점심시간 중에 죄송한데요. 혹시 윤수영 씨 오늘 출근 했어요?"

지하여장군의 목소리가 쩌렁쩌렁 울린다.

맙소사. 또 우경민……. 쟤 왜 요새 마주칠 때마다 버건디 레드 재킷에 킬힐인 거고.

"아하, 그러니까 지는 멀쩡하게 출근했다 이거죠?"

왜 매번 살벌한 걸까?

"죄송한데 윤수영 주임 당장 바꿔 주시겠어요? 우경민이라 하면 받을 거예요."

비꼬듯 사근사근 말하는 경민의 눈에 살심이 가득했다.

"윤수영. 지금 당장 카페 노블로 나와."

갑작스런 요구에 수영도 분명 항의를 했을 터다. 그러나 경민이 딱 잘라 말했다.

"내가 굳이 선샤인주류 로비에서 네 이름을 부르짖으며 깽판을 쳐야지만 기어 나올 거니? 그거 말고도 너 끌어낼 방법은 많아. 여우본색 다음 호 특집에 널 출연시켜 줄까? 이니셜만 적어도 거기 사람들은 다 알아보겠지?"

그걸로 만남이 성사된 모양이었다.

"오후 1시에서 1초라도 늦으면 나 그냥 간다."

경민은 굉음이 날 정도로 핸드폰을 세차게 내려놓았다.

유리는 창가 쪽에 몸을 바짝 붙여 다리를 오므렸다. 카페는 수많은 사람들 때문에 어수선했고 경민은 이쪽을 등지고 앉아 있지만, 숨소리라도 내면 들킬 것 같았다.

오후 1시. 회사원들이 썰물처럼 빠져나갔다.

도망갈 타이밍을 완전히 놓쳐 버린 유리가 보는 앞에서, 윤수영과 우경민이 만났다.

4.
운명의 제안

"야아, 상판대기 상태 아주 양호하네. 똑같이 결혼 파투 나고 다 죽어 가는 누구와는 다르게. 하기야 칼 쑤신 쪽이랑 맞은 쪽이 같겠냐만."

삐딱하게 기울인 얼굴을 수영에게 들이밀며 경민이 입꼬리를 비죽 휘었다.

"하고 싶은 말이 뭐야 용건만 말해, 따위의 말은 하지도 마. 내 용건이 뭔진 너도 잘 알지?"

나른하게 쏘아붙이는 말조차 가히 일반인의 2배 볼륨이었다.

카페 점원들의 조마조마한 시선이 두 여자에게 모여들었다.

한편으로는 대각선 뒤편에 앉은 유리에게 동정의 시선을 보냈다. 커피도 주문하지 못한 채 벽에 철썩 달라붙은 그녀가, 창문 벽을 통과하고 싶어 하는 것처럼 보인 모양이다.

살벌한 분위기에 움츠린 와중에도, 유리는 온 신경을 귀에 집중했다.

수영이 냉연한 얼굴로 말했다.

"그래. 오늘 하루 시간 내줄 테니까, 하고 싶은 말 있으면 해. 사람은 원래 자기 보고 싶은 거만 보고 듣고 싶은 거만 듣지."

경민이 기가 차다는 듯 웃었다.

"마치 너한테 다른 애잔한 진실이라도 존재하는 것처럼 말한다? 좋아. 하나만 묻자. 왜, 성진이한테 파혼하자고 미리 말 안 했어? 아니, 애초에 그따위로 굴 거면 프러포즈는 왜 받아들여? 결혼식이 애들 장난이야?"

"성진이랑 손잡고 식장 들어가려 했었어. 결혼식 당일에 그런 전화를 받게 만들기 전까진."

"그렇다는 건, 넌 그때 성진이 걱정보단 아 씨 쪽팔려 이딴 생각부터 했단 거네?"

"……."

"요새 결혼서약엔 평생의 동반자에 대한 굳건한 믿음 혹은 신뢰, 이런 문구 안 들어가니?"

"그럼 나더러 횡령으로 회사에서 잘린 남자를 끝까지 믿으라고? 복성진, 구제신청 안 하겠다는 서약서까지 쓰고 나갔어. 결국 자기 잘못을 인정한 거지."

'내가 조용히 나가면 수영이라도 회사 계속 다닐 수 있을 것 같아서…….'

어젯밤에 만난 성진은 자신이 공유하지 못할 수영의 미래까지 걱정했다. 그럼에도 눈앞의 여자는 성진과 헤어진 게 벌써 10년도 더 된 일인 것처럼 말한다.

15년을 함께한 남녀의 섬뜩한 온도 차에 경민은 아연해졌다.

"우경민. 네 일 아니라고, 다 아는 것처럼 말하지 마. 한 번 갔다 온 아줌마 티 다 나니까."

그 순간, 유리는 생각했다. 틀림없이 경민이 수영의 뺨을 올려 붙일 거라고.

그러나 예상과 달리, 경민은 고개를 꺼덕이며 푸스스 웃었다.

"왜 웃어? 뭐가 그렇게 웃겨서?"

"이 아줌마가 자존심이 참 상해서. 기생충과 인간의 대화를 나누려니."

"내가 기생충이란 거야?"

"그럼 아니야? 너 지금까지 복성진 숙주 삼아 살아온 년이잖아."

고등학교 때 집안이 망해 멘탈 나간 널 복성진이 케어해 주지 않았더라면, 과연 네가 S대 갈 수 있었을까? 복성진의 조언과 도움이 없었다면, 주제에 눈만 높아 코딱지만 한 회사 면접까지 다 떨어진 네가 과연 선샤인주류 뚫을 수 있었을까? 결혼할 때까지도 저축 한 푼 안 한 주제에.

"너 같은 개악질 기생충을 복성진한테서 진작 떼어 내지 못한 게, 한 번 갔다 온 것보다 더한 내 인생의 오점……."

촤악.

경민의 얼굴에서 차가운 커피가 뚝뚝 떨어졌다.

"이야, 이 집 커피 맛나네? 네 입에 들어가기엔 아깝긴 하다."

경민이 혀를 날름 내밀어 입술을 핥으며 킬킬거렸다. 이번에야 말로 그녀가 수영의 머리채를 잡을 거란 유리의 예상이 빗나갔다.

"여기요."

"아, 네!"

경민의 손에 실이라도 달린 듯 알바생이 부리나케 다가왔다.

"여기 생맥주도 팔죠? 피처로 갖다 주시겠어요?"

"죄송한데 그렇게 큰 단위는 안 팔고요……. 커피랑 같은 페트 컵에 제공해 드립니다."

"그럼 그거라도 줘요."

"저기 손님. 행주 드릴 테니까 일단 얼굴부터 닦으시고……."

"필요 없으니 지금 당장 맥주 줘요."

경민에게 맥주를 건네며, 알바생은 세계를 멸망시키러 온 마왕에게 엑스칼리버를 쥐여 주는 듯 조마조마한 표정을 지었다.

맥주 컵을 손에 쥔 경민의 눈이 번뜩였다. 수영도 맥주 세례를 예상한 듯 눈을 질끈 감았다.

다시 눈을 떴을 때, 수영의 미간에 주름이 잡혔다.

경민의 손에 들린 맥주가 바닥으로 수직 낙하하여 수영의 구두 옆을 적시고 있었다. 바닥에 튄 맥주 방울이 스타킹에 자잘한 얼룩을 만들었다.

"옛날 서양 사람들은 맥주를 신의 선물이라 불렀다지."

경민이 의미심장하게 중얼거렸다.

"정수 기술이 발달하지 않아서 물은 더러웠고. 우유는 귀할뿐더러 사람에 따라 소화를 잘 못 시키고. 그에 비하면 맥주는 마시는 빵이라 할 만큼 영양이 풍부하고 흥까지 돋우는 음료였으니까."

이 이야기도 성진이 들려준 것이었다. 그토록 제 일과 직장을 신성하게 여겼던.

"그래서 지금 이게 뭐 하는 짓인데."

"네 입에는 한 방울도 아깝다는 말을 하려는 거야, 이년아."

경민의 눈에서 불꽃이 일었다.

"대학이든 직장이든, 성진이는 자기가 생각하는 가장 좋은 곳에 널 데려가고 싶어 했어. 그래서 늘 두 사람 몫의 노력을 했어."

복성진의 인생을 단 두 마디로 요약하라면 술과 윤수영이라 해도 좋을 만큼.

"성진이야말로 너한텐 신의 선물 같은 존재잖아. 15년이나 걔 옆에 바짝 붙어 있었던 네가 더 잘 알 텐데."

왜, 무책임하게 남의 일인 것처럼 지껄여?

"네가 그러고도 진짜…… 사람이냐?"

찔러도 피 한 방울 안 나올 것 같은 사람의 표본이었던 우경민의 눈시울이 벌게져 있었다.

수영은 재생용지 티슈로 다리를 닦아 냈다.

"신의 선물이라. 글쎄, 선물이란 건 원래 받는 사람이 즐거워야 가치 있는 거 아닌가?"

"뭐라고?"

"그래. 나 대학 갈 때랑 취직할 때 성진이 도움 받은 건 사실이야. 하지만 난 단 한 번도 먼저 도와 달라고 한 적 없어. 그냥 언제나 성진이가 지 멋대로 나선 거야."

"이게 말이야 막걸리야……."

"아, 우경민 넌 직접 안 겪어 봐서 모르나? 지나친 친절이 계속되면 어떤 기분인지. 처음에야 고맙지. 근데 점점 성가시고, 부담되고, 끝에 가선 사람 무력감까지 느끼게 해."

"그래서, 성진이가 고작 너한테 성가시고 부담 되는 존재밖에 안 됐단 거냐?"

"그래."

수영이 딱 잘라 말했다.

"너 같은 복성진 광신도들 꼴 보기 싫어서라도 내가 복성진 인생에서 나가 주겠다는데. 해 줘도 지랄이네."

"네가 앞으로 복성진 없이 얼마나 잘 먹고 잘 살지는 모르지만. 성진이는 너 없으면 어떻게 될지…… 정말 요 만큼도 생각 안 해 본 거냐?"

"물론 해 봤지."

수영은 옷매무새를 고치며 중얼거렸다.

"한동안 밥도 제대로 안 먹고 궁상을 떨겠지. 자길 채찍으로 때리면서 나도 모르는 본인의 고칠 점을 찾겠지. 그렇게 고행이라도 하면 내 마음 돌릴 수 있을 거라고 착각하겠지. 끝까지 나만 나쁜 년 만들겠지."

"윤수영, 너……."

"막말로 내가 지금이라도 전화해서 복성진, 우리 다시 잘해 볼래 하면, 좋다고 꼬리 흔들며 달려올 애야."

자리에서 일어난 수영이 경민의 곁을 서릿바람처럼 스치며 내뱉었다.

"그래서 더 지긋지긋해."

수영이 카페를 나서고 난 뒤, 경민은 수습되지 않은 몰골로 카페에서 나왔다.

"하하……."

포근한 5월에 경민은 칼바람 같은 웃음을 흘렸다.

"이년 정말 여우본색 다음 호에 실어 버릴까?"

물론 말로만 할 수 있는 일이다. 자신이 사람을 망하게 하는 방법을 이보다 100가지는 더 안다고 해도, 저 밉살스러운 기집애를 건들 수는 없었다.

아직까지도, 윤수영을 찌르면 성진의 심장까지 다칠 테니까.

"성진이 직장이랑 전세금 정말 어떡하지? 그 녀석 성격에 가족들한텐 당연히 말 안 했을 테고. 어머님이 아시면 난리 날 텐데……."

자신을 탈탈 털어 줄 수 있는 처지라면 그렇게 하겠지만. 복성진 베프이기 전에 돌싱맘인 우경민, 집에 있는 초등학생 딸보다 우선해야 할 존재는 없었다. 탈탈 턴다 한들 저한테 그 돈이 나와 줄지도 미지수고.

"아……. 세상 정말 뭐 같네."

야속한 하느님더러 들으라고 경민은 위를 보며 악을 썼다.

"펜은 칼보다 강하다고? 웃기네! 세상에서 가장 강한 건 돈이지! 암!"

자신이 졸부가 아니란 사실이 오늘만큼 한이 된 적이 없었다.

사거리 횡단보도에 보행자 신호가 들어오자 경민은 길을 건넜다.

그녀의 통한의 외침이 하늘까지 닿았을지는 모를 일이지만. 적어도 거기까지 숨죽여 뒤따라간 유리의 귀엔 고스란히 들어갔다.

❖ ✳ ❖

카페에서 있었던 일을 떠올리며 유리는 가슴을 움켜쥐었다.

'왜, 성진이한테 파혼하자고 미리 말 안 했어?'

그날 자신이 결혼식장에 끝까지 남았더라면, 좀 더 빨리 진실을

131

알았을 텐데…….

물론 성진으로선 한 명이라도 그 광경을 덜 보길 바랐을 거다. 저까지 그의 비참함을 보태지 않은 게 차라리 다행인지도 모른다.

하지만…… 이성적인 헤아림과는 별개로 미어지는 가슴을 주체할 수 없었다.

성진의 미래가 무너져 내릴 때, 자신은 다른 남자와의 미래를 향해 나아가려 했다. 그것만으로도 엄청난 배덕을 저지른 듯했다.

'아, 우경민 넌 직접 안 겪어 봐서 모르나? 지나친 친절이 계속되면 어떤 기분인지. 처음에야 고맙지. 근데 점점 성가시고, 부담 되고, 끝에 가선 사람 무력감까지 느끼게 해.'

악에 받쳐 말하던 수영의 모습이 몇 번을 떠올려도 낯설었다.

세상에 성진과 수영만큼 완벽한 커플은 없다고 생각했다. 저뿐만 아니라 두견중과 나리고 출신이라면 누구나 그렇게 생각할 거다.

'그래서 더 지긋지긋해.'

그러나 수영이 토로한 두 사람의 관계는 충격적일 만큼 곪아 있었다.

'성진이 직장이랑 전세금 정말 어떡하지?'

게다가 그가 잃은 건 사랑뿐만이 아닌 것 같다.

"하아⋯⋯."

유리는 착잡하게 벽에 머리를 기댔다. 심장이 쇠심줄로 꽉 조여진 것 같다.

분명, 이렇게 가만히 있을 때가 아닌데. 하지만 이대로 뭘 어떻게 해야 할까? 이런 사실조차 우연으로 겨우 접할 만큼, 자신과 그의 물리적 심리적 거리가 아득한데.

Trrr─

핸드폰 소리가 유리를 현실로 끌어냈다.

강두현. 머잖아 남편이 될지 모를 남자한테서 근 한 달 만에 걸려 온 전화인데, 김샐 정도로 감흥이 없었다.

─ 유리 씨. 잘 지냈어요? 그동안 연락 못 해서 정말 미안해요.

"아니에요. 요새 회사 일이 많이 바쁘시다고 들었어요."

─ 제가 입이 열 개라도 유리 씨한테 할 말이 없습니다.

"회사 일 하다 보면 그럴 수도 있죠. 괜히 저한테 미안해하지 않으셔도 돼요."

두현이 미안하다는 말을 입에 담을수록 유리는 부담스러웠다. 자신이 애타게 그를 기다렸다고 믿는 것 같아서.

─ 며칠 전에 저희 어머니랑 통화했다고 들었어요. 언제 밥 한번 먹자고 하셨다던데.

"네⋯⋯. 맞아요."

─ 실은 저도 며칠 전에 금 회장님이랑 통화했어요. 서로 바쁜 사람들이고 하니, 아예 다음 주 중에 날을 잡아 근사한 데서 점심 먹자시더군요. 저랑 제 어머니. 유리 씨랑 회장님. 이렇게 넷이서.

"⋯⋯."

─ 상견례 같은 무거운 자린 아니니 부담 없이 만나자셨어요. 하하, 사실

전 유리 씨랑 단둘이 오붓한 시간을 보내고 싶은데, 저희 어머니가 곧 있으면 또 차기작 촬영 들어가시는지라.

상견례가 아니라도 분명, 미래의 한 지점에 쐐기를 박을 자리다. 부담스럽다는 핑계 한 마디로 피할 수 있을 자리도 아니다.

아버지가 먼저 말 꺼냈다니 오늘 중으로 엄포를 놓으시겠지. 그날 다른 약속 잡을 생각 말라고.

– 이런, 팀장님이 부르시네요. 유리 씨, 나중에 다시 전화할게요.

강두현과 그의 모친 그리고 아버지. 유리를 빼놓고 모두가 바쁜 사람들이었다. 그들은 바쁜 와중에도 유리의 인생을 숨 가쁘게 회전시켰다.

냉수 한 컵 마시려 유리는 방에서 나왔다.

아래층에 사용인들이 모여 있었다. 유리의 기척을 못 들었는지 그녀를 화제로 한 대화를 이어 갔다.

"그럼 이제 유리 아가씨 혼담은 쐐기를 박은 셈이네요?"

"그렇지 뭐. 알 만한 분들끼리 괜히 만나시겠어. 주변 이목도 있는데."

"약혼식도 하실까요?"

"양쪽 회장님들께서 간소하게 하길 원해서 약혼은 패스할 거 같아. 뭐, 말로는 간소하게 한대도 본식은 최소한 5성급 호텔에서 하겠지."

"아가씨 결혼식은 언제쯤이 될까요?"

김 씨 아주머니의 물음에 오 실장이 턱을 문지르며 답했다.

"회장님을 슬쩍 떠봤는데 말야, 늦어도 올해는 안 넘길 것 같더군."

유리는 소리 죽여 뒷걸음질 쳤다. 공기가 일시에 사라진 듯 숨이 막혔다.

"근데……. 아가씨는 그쪽 도련님이 괜찮으시대요?"

"괜찮다 못해 차고 넘치지! 스펙 좋지! 젠틀하지! 잘생겼지! 아가씨가 죽도록 싫지만 않으면 되는데, 그럴 이유가 전혀 없잖아."

오 실장이 검지를 허공에 콕콕 찍으며 강조했다.

"그래도 전 괜히 마음이 그러네요. 요새 아가씨 얼굴이 복잡해 보여서……."

"이 사람아, 자네는 시집갈 때 안 그랬어? 결혼 앞두면 원래 다들 싱숭생숭하잖아."

김 씨 아주머니의 불안한 중얼거림을 오 실장이 일축했다.

"애초에 우리 같은 일반인의 감정놀음 가지고 범접할 수 있는 영역이 아니야. 이건, 사업이니까."

유리는 방문을 닫아 외부의 소리를 차단했다. 못 들은 말로 한다고 피할 수 있는 것도 아니지만.

"사업……."

침대에 걸터앉아 망연자실하게 중얼거렸다.

저 같은 부류의 결혼이 사업이 된다는 건 이렇게나 공공연한 사실이다. 새삼 팔려 간다는 생각을 하는 건 어리석다. 오 실장 말대로, 결혼을 목전에 둔 사람이 흔히 겪는 번잡스런 마음인지도 모른다.

이……. 토할 것 같은 울렁임이.

영겁과도 같은 1시간 동안 유리는 감정을 억눌렀다.

그에게 품은 연정을 추억으로 묻어 두기로 한 결심. 제 감정보다 아버지의 뜻을 따르기로 한 결심. 근래에 다지고 또 다진 결심을 되새기려 노력했다.

한참을 번민하고 또 번민했지만.

"이 결혼…… 도저히 못하겠어."

끝내 자신을 속일 수 없었다.

나가서 바람이라도 쐬며 용기를 모아야겠다. 이제라도 이건 아니라고 말할 용기. 꼭 해야만 할 일을 해낼 용기.

유리가 결연한 얼굴로 침대에서 일어난 순간, 핸드폰이 울렸다.

"여보세요. 아……. 경민아, 웬일로 전화했어?"

몇 마디 주고받은 뒤, 유리는 차분하게 말했다.

"알았어. 지금 그리로 갈게."

스코티 목걸이를 목에 걸며, 유리는 그동안 가둬 둔 빨간 구두를 떠올렸다.

❖　✳　❖

경민이 불러낸 곳은 어제 수영과 싸운 그 카페였다. 하루 만에 출입문에 안내문이 붙었다.

「음료는 피부에 양보하지 말고 입으로 즐겨 주세요. 드라마 촬영 장소 아님! 부탁드립니다ㅠㅠ」

"왔어."

"응……. 안녕."

서로 짤막한 인사를 주고받고 마주 앉았다.

"내가 불러냈으니까 커피는 내가 살게. 너 바닐라 라떼 좋아했던가?"

"허브티 마실게. 지금 속이 좀 울렁거려서."

"알았어. 그러면 라벤더 차는 어때? 아이스?"

"아니, 따뜻한 거."

쓰리 샷 아이스 아메리카노와 김이 모락모락 피어오르는 허브 티를 사이에 두고, 두 여자는 10여 분간 침묵했다.

"그 옷…… 좋아해?"

먼저 운을 뗀 건 자리를 만든 경민이었다.

"그냥……. 예전부터 한번 물어보고 싶었어."

"이렇게 입으면 마음이 편안해지거든."

"그래? 일반적으로 화려한 옷은 자신의 개성을 강하게 표출하기 위해 입는 거잖아. 네가 주목받는 걸 편안하게 느끼는 타입으로 보이진 않는데……."

"주목을 끌 것 같지만, 이렇게 입으면 오히려 잊혀져 갔어."

지금까지 자신의 이런 모습을 본 사람들은 비웃으며 거리를 두거나, 두 번 다시 연락하지 않았으니까.

아버지는 무조건 고쳐야 할 철없는 버릇 정도로 치부하셨고.

"혹시…… 소개팅이나 맞선 때도 이렇게 입었던 거야?"

"응."

유리의 담담한 대답에 경민의 표정이 복잡해졌다. 어떤 무거운 유추를 떨쳐 내려는 듯 그녀는 고개를 가로저었다.

"하아……. 미안해. 이런 얘기나 하려고 불러낸 게 아닌데."

"맞아. 더 중요한 얘길 할 거잖아. 대체 무슨 얘긴지, 궁금해 죽을 거 같아서 나왔어."

경민과 눈을 맞추며 유리는 씁쓸하게 웃었다.

"우리 솔직히, 이렇게 단둘이 볼 만큼 친한 사이는 아니잖아."

경민이 바닥이 꺼져라 한숨을 쉬었다.

"네 말이 맞아. 실은 구차한 부탁을 하려고 불렀어. 거절당해도 할 말 없고, 너한테 말 꺼내는 것 자체가 개뻔뻔한 거 알지만……."

경민이 티슈로 이마를 닦았다. 기나긴 고민의 흔적이 묻어났다.

"금유리. 정말 미안한데……. 나 돈 좀 빌려줄 수 없어? 내가 필요해서는 아니고……."

"성진이 때문이지?"

유리는 깜박이도 안 켜고 바로 들어갔다.

"그걸 어떻게……."

경민이 얼빠진 표정을 지었다.

"누구한테 들었어?"

동창회 멤버 중에 남 얘기 떠드는 거 좋아하는 애들이야 널렸다. 그러나 돈 빌려 달란 말에 곧바로 정곡을 찔러 올 만큼 속사정을 알 만한 사람은 아직 없었다.

"실은 나 어제 여기 왔었어."

"아……."

"근처에 커피를 가져다줄 사람이 있어서 들렀는데……. 본의 아니게 들었어."

경민은 입 벌릴 타이밍조차 놓쳤다. 고약한 우연이랄지. 전후 사정을 설명하기도 전에 대화 전개 양상이 예상에서 아득히 벗어났다.

"그때 수영이는 결혼식장에 아예 안 온 거지?"

"……거짓말해서 미안해. 그땐 조금만 기다리면 윤수영이 올 거라 생각해서……."

너와 내 관계는 고작 그 정도이지 않느냐 힐난으로 들려 경민이 변명처럼 말했다.

"아냐. 성진이 입장 생각하면 잘한 거야. 성진이도…… 조금만 기다리면 될 거라 생각했을 텐데."

기대치 않은 부분까지 헤아려 주는 말에, 경민은 급박했던 그날의 순간을 떠올렸다.

1분 1초가 살을 저몄다. 예정된 시각을 넘기자, 미친년이라 욕하던 수영에게 오히려 하느님처럼 빌게 되었다.

이제라도 제발 좀 와 줘, 이 나쁜 기집애야. 결혼식 당일 파혼이라는 최악의 결론만은 내지 말아 줘.

제 심정이 그 정도였으니 당사자인 성진은 어땠을지 헤아리기조차 두렵다. 운명은 그 애타는 마음을 골리듯 갑절의 악재를 던져 주고 갔다.

그날을 한차례 되감기한 것만으로 경민의 얼굴은 금방 퍼석해졌다. 유리의 눈치를 살살 보아 가며 짐스럽게 풀어낼 줄 알았던 말을, 숫제 하소연하듯 털어놓게 되었다.

"결혼 깨진 것도 문제지만, 성진이가 회사에서 억울하게 누명을 썼어."

"성진이가 누명을?"

"첫이슬 참꽃이라고, 성진이가 진달래 소주를 개발했거든. 근데 시제품에서 독성 물질이 검출됐나 봐. 누가 진달래꽃을 철쭉으로 바꿔치기했대. 하필 그 진달래꽃을 매수하는 일에 성진이가 관여해서……. 회사에선 성진이가 중간에서 돈을 착복하려 꽃을 바꿔치기했다고 몰아갔어."

"그래서 성진이 술이 안 나왔던 거구나……."

"너도 알고 있었어? 그 술 출시 취소된 거."

"응. 우리 아버지 회사가 선샤인주류에 술병 공급하거든."

"아……. 황금글라스가 선샤인주류 술병도 만드는구나. 이제 알았어."

경민이 새삼스레 감탄했다.

"많이 기대하고, 기다렸어. 난 술에 대해선 잘 모르지만. 성진이가 만들었다고 하니 왠지 아주 좋은 향이 날 것 같고, 꽃병처럼 참 예쁜 술일 것 같아서……. 한 병 사서 간직하고 싶었는데."

유리의 눈빛과 목소리에서 진득한 감정이 묻어났다. 안타까움이란 말조차도 그 앞에선 깃털처럼 가볍게 느껴지는, 사람 심란하게 하는 감정. 고작 술병 하나만으로도 이만한 감정.

"선샤인주류는 제대로 조사해 보지도 않고 복성진을 권고사직 처리했어."

경민의 말에 유리는 제 심장이 잘린 듯 입술을 떨었다.

"내가 사회생활을 거의 안 해 봤지만……. 요샌 해고를 그렇게 함부로 할 수 없지 않아?"

"그렇지만도 않아. 사람 하나 자르기로 작정하면 갖다 붙일 구실거린 얼마든지 만들어 낼 수 있거든."

경민이 한숨을 쉬었다.

"내 생각에, 그놈의 회사는 처음부터 작정하고 성진이를 자른 거 같아. 고작 그따위 허접한 자체 조사로 유야무야 사건 덮고, 경찰에 고발도 안 했어."

"왜 그랬을까?"

"일단 사건이 공론화되길 원치 않은 거겠지. 직원 하나 감방 보내려다 언론에 흘리기라도 하면 그날로 선샤인주류 매출이 뚝 떨어질 테니까. 아직 시판도 안 한 신제품 때문에 그런 막대한 손해를 보느니, 차라리 어느 선에서 조용히 덮고 싶었을 거야."

유리는 무겁게 고개를 끄덕였다. 경민 앞에 놓인 쓰리 샷 아메리카노가 불편한 진실처럼 써 보였다.

쓴 커피를 연거푸 들이켠 뒤 경민이 한탄했다.

"하……. 아무튼 복성진 이 착해 빠지다 못해 혼이 나간 자식은 지 결혼 자금을 이번 일로 손해 본 고향 사람들한테 홀랑 다 줘 버렸고, 사고 치고 나니 집주인이 전세금을 1억 5천이나 올려 달란다. 어머니랑 동생들과 다 같이 사는 집인데……."

'동생 놈들 과자 좀 사다 주려고. 올해로 둘 다 고3이야. 내 동생 쌍둥이잖아.'

유리는 일전에 길에서 마주친 성진의 모습을 떠올렸다. 수험생 동생들을 생각하던 자상한 미소가 아직도 눈에 선했다.

"동생들이 한창 중요한 시기잖아. 다른 데로 이사 가긴 힘들겠지?"

"이것저것 다 감수한대도 여력이 없어. 그 집도 이미 융자 낀 거란 말야. 아오!"

경민이 주먹으로 테이블을 쾅 소리 나게 내리찍었다. 갑갑한 가슴에 구멍이라도 뻥 뚫고 싶은 심정이 여실히 드러났다.

"그 정도면, 내가 도움을 줄 수 있을 거 같아."

뜸도 안 들이고 나온 말에 경민은 외려 곤혹스러운 눈빛을 했다.

"정말…… 괜찮겠어?"

"성진이 도와주라고 나 부른 거 아냐? 다른 문제라도 있어?"

의아하게 되묻는 유리 앞에서 경민이 눈을 내리깔았다.

"아니, 솔직히 너랑 난 그렇게 친한 사이도 아니고. 예전에 내가 못되게 군 일도 있었고. 그 후에도 그다지……."

유리만 쏙 빼놓고 따로 판 동창 단톡방. 주도한 건 윤수영 그 기집애였지만 자신도 그 단톡방에 들어가 있었다.

유리가 동창들의 커피, 디저트, 밥값 다 계산할 때, 자신은 아예 안 먹거나 제몫이라도 따로 계산하곤 했다. 그러나 그녀가 호구 잡히는 걸 묵인한 것도 사실이다.

"솔직히 나, 너한테 무릎 꿇을 생각까지도 했어. 그런데 막상 네가 이렇게 별로 묻지도 않고 선뜻 도와준다고 하니까, 오히려 염치를 생각하게 돼서……."

경민이 근심 가득한 얼굴로 말했다.

"내가 이 정돈데 성진이는 어떨지……. 사실 이번 일, 본인한텐 묻지도 않고 내 멋대로 너한테 오픈한 거거든."

"……."

"그 녀석 성격에, 10초 뒤에 숨 막혀 죽는다 해도 네 도움을 받으려 할지……."

"맞아. 그러니까 네가 좀 도와줘."

신경 안정 효과가 있다는 라벤더 티를 한 모금 머금고, 유리는 차분히 말을 이어 갔다.

"그동안 성진이가 얼마나 많은 걸 베풀었는지, 우리 동창 중에 모르는 사람은 없을 거야. 나만 해도 성진이한테 갚아야 할 게 있고."

"진짜? 뭔데 그게?"

"나한테 정말 큰 위로가 되고 힘이 된 일. 성진이는 별로 대단한 일도 아니라 생각하겠지만."

경민은 순간적으로 생각에 잠겼다.

확실히 성진은 자신이 베푼 친절을 자잘하게 기억하는 성격이 아니었다. 남들에게 베푸는 호의의 태반이 그한테는 기본적인 도리의 범주에 들어가니.

그렇다고 해도, 부족할 거 하나 없는 황금글라스 금 회장 고명딸이 10년 넘게 절절한 고마움을 간직할 만한 일이 뭐였을까?

"나랑 같이 성진이 만나. 넌 성진이랑 많이 친하니까 마음 안 다치게 얘기할 수 있을 거야."

"알았어. 네가 도와만 준다면 나도 같이 설득해 볼게."

"하아, 제발 잘 돼야 할 텐데⋯⋯."

성진과 만날 순간을 고대하는 유리의 눈빛이 깊어졌다. 그 모습이 경민의 심금을 울렸다.

유리가 성진의 사정을 안 건 불과 어제다. 24시간은 누군가의 인생에 관여할지 말지 결정하기에 충분한 시간은 아니다. 한때의 불구경 정도로 넘길 수도 있는 일이었다.

그럼에도 불과 하루 만에, 금유리는 이리도 분명한 눈빛으로 나타났다.

어쩌면. 자신이 성진을 도울 방법을 미치도록 생각한 끝에 마지막으로 유리의 얼굴을 떠올린 순간보다도 먼저, 유리는 마음을 정했던 건지도 모르겠다.

"정말⋯⋯ 고마워. 이 은혜 잊지 않을게."

유리의 하해와 같은 선의는 감동스러우나, 경민의 마음은 여전히 첩첩산중이었다.

그 마음을 성진이 받아들이기가, 그녀 같은 천사 후원자를 두 번 만나기보다 어려울 테니.

　　　　　❖　　✳　　❖

　　매일 아침, 알람이 울리기도 전에 성진은 잠에서 깼다.

　　예전엔 꿈을 향한 열정으로 눈을 떴지만, 요샌 좌절된 꿈의 파편이 심장을 찔러 드는 고통에 눈이 절로 뜨였다.

　　재취직이 되지 않았다.

　　그의 경력과 스펙 정도면 모셔 갈 중소기업에까지 이력서를 넣었는데도, 면접 제의가 단 한 건도 오지 않았다. 마치 누가 손이라도 쓴 것처럼.

　　당장 생활비를 걱정해야 할 판에 이르렀으니 집 문제는 말할 것도 없다.

　　온오프라인 부동산을 다 뒤져 봐도 마땅한 집을 찾을 수 없었다. 입학시즌이 한참 지나 버린 탓에, 동생들이 다니는 학교의 통학권에 속하는 괜찮은 매물은 죄다 빠지고 없었다.

　　정말 무신경하게 고른다면 재건축을 앞둔 주공아파트를 택할 수는 있었다. 그러나 며칠 전 집 보러 갔다가 더 암담해졌다.

　　검은 곰팡이가 패턴처럼 낀 벽지. 싱크대와 화장실 하수구에서 올라오는 물쿠린내. 어딘가에서 들끓어 밥그릇까지 달라붙는 나방 파리 떼.

　　어릴 때부터 깔끔한 대단지 아파트에서 살아온 두 동생이 그런 환경에 적응할 수 있을까?

　　못난 형의 실책 때문에 동생들이 최악의 수험생활을 하게 될지도 모른다. 인생의 중요한 기회를 놓쳐 버릴지도 모른다. 오래된 아파트의 역함보다 자기혐오 때문에 비위가 상했다.

　　성진은 침침한 눈으로 천장을 보았다.

수영도 그런 아파트에서 살지. 하루라도 빨리 거기에서 나오게 하고 싶어서 프러포즈했던 건데……. 이젠 자신이 그녀보다 더한 시궁창에 처박혀 허공에 손을 휘젓는 처지가 되었다.

감상에 빠져 있을 때가 아니다. 오늘도 한 곳이라도 더 입사지원 서류를 부치고 살 집을 물색해 봐야, 우리 가족이 살 길을 트리라.

그때까지 거짓 출근은 계속될 수밖에 없었다.

"어머니, 다녀오겠습니다."

"으응, 잘 다녀오렴……."

성진이 집을 나선 뒤. 그의 어머니는 닫힌 현관문 앞에서 한참을 우두커니 서 있었다.

그토록 활달하던 맏아들이 예전 같지 않았다.

회사 일을 물을 때마다 잘돼 간다, 걱정 마시란 말만 무작정 반복했다. 정성들여 다려 준 옷을 부담스럽게 보고, 눈을 아래로 굴리는 순간이 많아졌다.

어미 눈에 생생하게 포착되는 단서들을 숨기려는 듯, 아들의 입술은 자꾸만 억지 미소를 만들어 낸다.

"휴……."

성진의 어머니는 한숨을 푹 쉬었다.

통일신라시대, 한 여자가 노모를 봉양하기 위해 남의 집 종살이를 했다. 여자는 그 사실을 숨겼지만, 불과 며칠 만에 어머니가 물었다.

'예전엔 거친 밥이어도 맛이 좋았는데, 요즘은 좋은 밥을 먹어도 창자를 찌르는 듯하구나.'

오늘따라 이런 설화가 문득 떠올라 마음에 깊은 자국을 남기는 것이, 조짐이 안 좋다.

"안녕하세요, 은정이 아버지. 저 성진이 엄마예요."

성진의 모친이 가장 먼저 전화를 건 상대는 고향의 정 씨 아저씨였다.

"면목이 없지만 걱정돼서 전화 드려 봤어요. 은정이 아버님께서 이번에 성진이 많이 도와 주셨는데 일이 그렇게 돼서……. 네? 뭐라고요?"

그간의 사정을 반도 몰랐던 성진의 어머니는 1시간 넘게 통화했다. 통화가 끝난 뒤, 핸드폰을 쥔 가냘픈 손목이 아래로 툭 떨어졌다.

❖ ✻ ❖

"벌써 11시네."

성진이 핸드폰 시계를 보며 혼잣말을 했다. 오전 내내 PC방에 틀어박혀 구인사이트를 서칭하고 몇 군데 입사지원서를 넣었다.

처음에 성진의 검색 영역은 다른 대기업 식음료분야의 채용 정보에 머물렀다. 하지만 날이 갈수록 그가 검색창에 쳐 넣는 키워드는 주력 분야에서 조금씩 멀어져 갔다.

꿈은 이제 무의미했다. 어머니를 안심시켜 드릴 수 있고 고3 쌍둥이 동생 뒷바라지를 충실히 할 만큼의 수입이 보장되는지가 더 중요했다.

오늘 점심은 편의점에서 대충 때울까. 괜히 국밥집에 들어가 봐야 더부룩한 속 때문에 반 이상 남기고 말 것 같다.

컵라면을 떠올리며 가는 길, 불현듯 핸드폰이 울렸다.

- 복성진, 지금 어디야?

우경민이었다.

"청담동. 오전에 볼일 보고 이제 점심 먹으러 가려는데, 왜?"

– 다행이다. 아직 점심 안 먹었구나. 그러면 우리랑 같이 먹자.

"우리라니? 너 지금 누구랑 같이 있어?"

– 일단 이리로 와. 위치는 내가 카톡으로 보낼게.

"어……. 그래."

워낙에 거절을 거절하는 친구임을 잘 알기에 성진은 일단 수락했다. 그러나 경민이 카톡으로 보낸 장소를 확인한 순간, 저도 모르게 크게 소리 내어 읽고 말았다.

"이브닝에메랄드 호텔 7층 이즈미 별실?"

이브닝에메랄드 호텔이면 강남에서, 아니 대한민국에서 톱을 달리는 5성급 호텔이다. 고층에 입점한 레스토랑들은 하나같이 최상의 서비스와 사악한 가격으로 명성이 자자하다.

아무리 힘든 상황이어도 파스타 정도면 제가 살 요량이었던 성진은, 이제라도 못 가겠다고 말해야 하나 고민했다.

안 그래도 며칠 전 경민에게 마음의 빚을 졌다.

초등학생 딸이 있는 친구에게 손이나 벌리려고 속사정을 털어놓은 건 아니었다. 단지 그날은 힘겨움이 극에 달한 나머지 술기운이 생각보다 빨리 돌았다. 지금은 그녀에게 말만으로도 부담을 지운 걸 후회하는 중이다.

– 꼭 와라. 우리가 사는 거니까. 기다릴게.

역시, 모든 사정을 아는 상황에서 비싼 밥이나 사 달라고 불러낼 친구는 아니었다. 일단 가서 한 사람분 식사는 취소하는 한이 있더라도 얼굴도장은 찍어야겠다.

별수 없이 약속 장소로 향하다가, 문득 불거지는 의문에 성진은 고개를 갸웃거렸다.

"근데, 누구랑 같이 있는 거지?"

오늘따라 별스럽게 하늘이 파랗고 바람이 많이 불었다.

성진은 거대한 유리 상자 같은 호텔 엘리베이터에 몸을 실었다. 빠른 속도로 몸이 두둥실 떠오른다. 저 아래서 행인들이 거리를 걷는 모습이 딴 세상 광경처럼 보였다.

어쩌면 기절초풍할 일이 벌어질지도. 7층에 다다르고 나서야 선득한 예감이 들었다.

"우경민 님 일행이시죠? 이쪽으로 안내해 드리겠습니다."

정갈한 투피스 차림의 여직원이 성진을 복도 끝 별실로 이끌었다.

"즐거운 시간 보내세요."

성진은 창호문을 살살 밀었다. 묘한 긴장감이 드는 것이, 즐거운 시간을 보낼 수 있을 것 같지 않았다.

"어…… 왔어?"

좌식테이블에 앉은 경민이 답지 않게 조곤한 투로 인사했다. 성진의 시선이 곧바로 그 옆에 앉은 사람에게 꽂혀 들었다.

"성진아…… 안녕?"

그녀를 알아본 순간, 성진은 벙찐 얼굴로 멈춰 섰다.

레이스 칼라 블라우스에 자갈색 뷔스티에 드레스를 입은 가녀린 몸체. 검붉은 리본이 달린 헤어밴드를 하여 더 인형 같아 보이는 얼굴.

동화 속 장미 정원에서 튀어나온 비주얼로, 금유리가 어색하게 인사를 건넸다.

"안녕, 오랜만이다. 근데……."

일단 유리에게 손 인사를 하면서, 성진은 경민을 직시했다.

상황 설명을 요구하는 단호한 눈빛. 경민은 앞에 놓인 녹차를 슬그머니 홀짝이며 운을 뗐다.

"일단 식사부터 시키자. 유리랑 나는 A정식 먹을 건데, 너도 그걸로 할래?"

"미안한데 나 지금 속이 별로 안 좋아. 일단 너희부터 먹어."

성진은 룸에 선뜻 발을 들이려 하지 않았다.

"죄송한데요, 식사 주문은 좀 이따 할게요."

경민은 문 앞에 대기하던 직원을 물리고 난 뒤, 땅이 꺼져라 한숨을 쉬었다.

"이래 가지곤 숨만 쉬어도 얹히겠네. 복성진. 일단 들어와서 문 좀 닫아 볼래?"

성진이 문을 닫고 들어와 맞은편에 앉자, 경민은 비로소 이 자리의 내막을 실토했다.

"곁다리는 생략하고 말할게. 유리한테 네 사정 전부 얘기했어. 상의도 없이 그래서 미안해."

순간, 눈앞이 핑 도는 느낌에 성진은 눈을 가느스름하게 찡그렸다. 치솟는 수치심을 심호흡으로 삭이는 그를 보며, 유리는 테이블 아래 감춰 둔 손을 떨었다.

"너도 알다시피 유리가 어디 가서 남 얘기 함부로 옮기는 애는 아니잖아. 당연하지만, 비밀 꼭 지켜 준다 했어."

경민이 미안함과 안타까움을 무릅쓰고 말했다.

"유리가 널 꼭 돕고 싶대."

"성진아……."

유리도 머뭇머뭇 입을 열었다.

149

"이번 일 때문에 정말 힘들 거 같아. 가족분들도 그럴 거고…….
너무 부담스럽게 생각하지 않았으면 좋겠어. 그냥 잠깐 빌린다고
생각하고…… 받아 주면 안 될까?"

"……."

"어차피 너라면 금방 갚을 수 있을 거야. 아, 무슨 기한 같은 걸
정하겠단 건 아니고…….

마음속 진심은 더없이 뜨겁건만, 말은 처참할 정도로 어눌하게
나왔다.

"이대로 사양하면 내 마음이 너무 안 좋을 거 같아. 우린…… 같
은 반도 해 봤잖아."

제가 생각해도 너무나 빈약한 인연 구실이라, 유리는 얼른 덧붙
였다.

"너한테 신세 진 일도 있고……. 이 기회에 너한테 꼭 보답하고
싶어서 그래."

신세 진 일. 그 한마디에 성진은 희미한 기억을 뒤적여 보았다.

정말 이게 맞나 싶은, 10년도 더 된 해묵은 추억이 하나 있긴 하
다. 그 추억의 가치를 떠나, 금유리한텐 1억 5천쯤은 먼 친구에게
도 쾌척할 수 있는 액수일지도 모른다.

그러나 성진은 지난번에 유리가 울적한 표정으로 한 말을 떠올
렸다.

'오늘 만난 분과 잘 안 되면, 나 집에서 쫓겨날지도 몰라.'

만약 유리가 그때의 맞선남과 한창 혼담이 오가는 중이라면. 자
신이 경솔하게 이 도움을 받았다간 결코 있어선 안 될 오해를 불러

일으킬 수 있음이다.

'자신을 가지고 만나 봐. 네가 보기에 놓쳐도 그만인 남자면, 과감하게 놔 버려. 누가 뭐라 하든.'

그날 자신이 그런 말도 했던가.

참, 같잖은 위로였다. 그때만 해도 제가 감히 그녀를 위로할 수 있다 생각했으니.

답은 금방 나왔다. 성진은 애써 부드러운 미소를 만들어 냈다.

"유리야. 진짜 고맙다."

"아……."

"경민이 너도. 괜히 신경 쓰이게 해서 미안해."

"그럼……."

제안을 받아들이겠단 거지? 유리와 경민의 얼굴에 순간 화색이 돌았다.

"난 정말 운이 좋은 놈이네. 딱히 베푼 것도 없는데 도와주려는 사람이 이렇게나 많고."

그 특유의 장난기 어린 미소에 슬픈 기색이 감돌았다.

"그래서 더 미안하지만, 마음만 받을게."

"아니, 왜!"

경민이 몸을 반쯤 일으켰다. 유리의 얼굴에서도 미소가 사악 가셨다.

"자고로 계속 웃으면서 보고 싶은 사람끼리는 절대, 금전 관계로 얽히지 말라잖냐."

"그거야 케바케지! 지금 그런 속 편한 소리를 할 상황이 아니……."

"아무리 힘든 상황이라도, 난 최소한의 선은 지키고 싶어."

단호하게 떨어지는 성진의 목소리에 경민은 입을 다물었다.

"자존심 내세우는 거 아냐. 허세 부리는 것도 아니고."

사실 자존심 내세우는 것도 맞고, 이 상황에선 명백히 허세의 범주에 드는 결정이다.

"솔직히 좀 힘든 건 사실이야. 하지만 방법을 찾는 중이고, 잘 해결될 거 같아."

그리 말하며 성진은 서류 가방을 힘주어 쥐었다.

"유리야. 미안한데, 정말 필요하게 되면 다시 연락해도 될까?"

물론 이 자리까지 나온 그녀의 면을 세워 주려 한 말이었다.

"성진아……."

유리는 차마 말을 잇지 못했다.

"난 이만 가 볼게. 오늘 보기로 한 집도 있고, 서류 부칠 것도 있고 해서."

"아니, 그래도 밥이라도 먹고 가지……."

"나 지금 진짜로 속이 안 좋아서 그래. 부담스러워서 그러는 거아냐. 나 원래 일식 무지 좋아하는데 아쉽네."

경민에게 손사래를 치며 성진은 몸을 일으켰다.

"그럼 유리야, 잘 지내. 도와주려 해서 정말 고맙고……."

웃으며 작별 인사를 입에 담는 성진 앞에서, 유리의 마음은 뭍으로 끌려나온 금붕어처럼 헐떡였다.

안일한 생각이었던 걸까? 지금의 그라면 별로 안 친한 여자 사람 친구의 도움도 마다하지 않을 거란 생각. 수영이 더 이상 곁에 없는데도 성진은 여전히 친절하고, 완강했다.

그래도, 널 이대로는 절대 못 보내.

"그냥 빌려주겠다는 게 아니야."

제가 알던 그녀치고 분명한 음성에 놀라, 성진은 나가려다 말고 휙 돌아서서 유리를 보았다.

"돈을 빌려주는 대가로, 네가 필요해."

이대로 보내면 매일 밤 꿈에 나타나 내 눈앞에서 고통스럽게 죽어 갈 네가.

"그게 무슨 말이야?"

성진이 웃음기 빠진 얼굴로 물었다.

"왜냐면 내가……."

어떻게 하면 그를 붙잡을 수 있을까?

스스로에게 물음을 던진 찰나, 마음속 어딘가에서 답이 튀어나왔다.

이 커다란 물고기를 낚으려면, 고작 1억 5천 따위가 아니라.

"사업을 해 보려고 하거든."

모든 걸 걸어야 한다고.

성진은 물론이고 경민 역시 한참 동안 말없이 유리를 쳐다보았다.

사업. 어떻게 그런 엄청나고 감당 안 되는 말을 입에 담을 생각을 했는지. 훗날 유리는 몇 번을 곱씹어 봐도 제 자신에게 현기증이 났다.

하나 확실한 건, 그건 이성이나 감성 따위에서 나온 말이 아니었다.

때로는 잔혹하고, 때로는 너그럽고, 늘 얄궂은…… 운명이. 겁 많고 나약한 자신의 입을 잠시 빌려 한 말인 게 분명했다.

그 한마디가 모두의 인생을 바꾸어 놓았으니까.

5.
후원의 특약사항

결국 유리와 경민은 일본인 셰프의 손맛으로 유명한 일식 레스토랑에서 빈속으로 나왔다.

성진의 거절이야 어느 정도는 예상한 일이지만. 호텔을 나서자마자 경민은 똥그란 눈으로 유리에게 물었다.

"무슨 사업?"

"그, 글쎄……. 그게……."

유리는 맹한 얼굴로 우물거렸다. 아까 성진을 똑바로 보며 경영후계자 포스를 풍기던 여자는 온데간데없었다.

"나도 일단 해 본 말이라……. 성진이가 친구한테는 돈을 안 빌리겠다고 하니까……."

"그래서, 대출금이 아니라 노동의 대가라고 하면 걔가 받아들일까 봐 그런 말을 한 거야?"

경민의 적확한 표현에 유리는 순진하게 고개를 끄덕였다.

"하……."

경민이 황당한 얼굴로 혀를 내둘렀다.

"너도 참. 성진이가 사업 내용을 세세히 물어보기라도 했음 어쩌려고 그랬어? 그렇게 말할 거면 나랑 미리 말이라도 맞춰 보든가!"

"미안……. 거기까진 미처 생각 못 했어."

유리가 민망한 기색으로 핫핑크색 명품 파우치백을 만지작거렸다.

"사업이라니! 1억 5천이 대출금이 아니라 연봉이 돼 버리면 얼마나 판이 커지는데!"

경민이 골반에 손을 착 걸치고 열띠게 말했다.

"1억 5천이면 그 선샤인주류에서도 성진이한테 제시한 적이 없는 연봉이야. 막말로 네가 사업을 하려고 성진이를 스카웃한다 치자. 그 정도 연봉을 선지급할 정도로 너에게 엄청 중요한 사업이어야 성진이도 네 제안을 납득할 거야. 무엇보다 성진이가 잘할 수 있는 일이어야 하고. 어설프게 말을 꾸며 댔다간 금방 들통나고 말걸?"

한바탕 일장연설을 늘어놓고 나서 경민이 싱겁게 픽 웃었다.

"에라이, 나도 모르게 진지를 잡쉈네. 야, 우리 딴 데 가서 밥이나 먹자. 여우본색 다음 호에 소개할 스시 맛집이 있는데 이 호텔 후려치게 맛있으면서 가격까지 착해."

너무 앞서간 것이 민망하여 경민은 괜히 유리의 허리를 쿡 찔렀다.

그러나 유리는 미동도 하지 않았다. 어느 순간부터 그녀는 눈을 반쯤 접은 채 골똘히 생각에 잠겨 있었다.

"경민아, 성진이가 주류 관련된 일을 하잖아."

"응. 정확히는 기획이랑 연구 개발 분야지."

"주류 관련된 사업이 뭐가 있을까?"

"어…… 그야. 일단은 술을 파는 일이겠지?"

광범위한 질문에 경민은 미간에 주름을 모아 생각을 짜냈다.

"종합 주류 도매업도 있고. 주류 소매상도 있고. 양조장이나 주류 연구소도 있고……."

경민이 가넷이 박힌 은귀걸이를 만지작거리며 중얼거렸다.

"크게 보면야 바Bar도 주류 사업이라 할 수 있겠네. 몰트 바나 칵테일 바 같은 데 말야. 저번에 성진이랑 간 바에서 마신 콜드브루 네그로니 맛있었는데. 하, 생각하니까 또 당기네."

경민은 일전에 마신 칵테일 맛이 생각나 사족처럼 중얼거렸다. 자신이 한 말이 불러올 파장을 전혀 예상치 못한 그녀가 덧붙였다.

"그러고 보니 성진이가 대학 때 등록금 번다고 칵테일 바에서 파트타임을 오래 뛰었어. 여러 가지 술을 공부할 수 있다는 이유로. 걔가 워낙 사교성이 좋다보니 팁도 잘 받고, 메뉴 개발에도 단단히 재미를 붙였지."

"칵테일 바라……."

경민이 추억의 나래를 펼치는 사이 유리는 나직이 곱씹었다.

"야, 금유리 넌 칵테일 바 가 봤어? 술 잘 못 마셔도 논 알코올 칵테일이 있으니깐. 우리 이따 저녁에 한번 가 볼래?"

"미안. 저녁까지 있기는 힘들 거 같아. 아버지가 해 지기 전에 들어오라고 하셔서……."

"뭐야. 설마 이 나이에 통금 시간이 있는 거야?"

이래서 뼈대 있는 집안은. 경민이 질렸다는 듯이 혀를 내둘렀다.

'내일 점심 두현 군이랑 사부인이랑 같이 먹기로 한 거 잊지 않았겠지?'

오늘 아침에도 아버지 금 회장은 유리에게 거듭 강조했다.

'두말할 필요 없이 중요한 자리다. 사부인이 너에게 뭔가 물어보시거든 예의 바르게 말씀드려야 한다. 목소리는 너무 크거나 작지 않게. 시선은 눈과 턱 사이쯤에 적당히 맞추도록 해.'

금 회장은 유리가 외줄타기 공연이라도 앞둔 듯 틈만 나면 잔소리를 했다. 그러다가 오늘 아침 문득 떠오른 듯 말씀하셨다.

'혹시라도 사부인이 신혼집은 어디로 하고 싶은지 묻거든, 넌 그냥 가만히 있어라. 그건 내가 알아서 설명할 테니.'
'제 통장에 있는 돈을 쓰시려는 거죠?'
'그래. 이날을 위해 네 앞으로 들어 둔 적금.'

설마 만기가 되고도 5년이 지나도록 묵히게 될 줄은 몰랐다만. 아버지는 공연히 쓴소리를 곁들였다.

'그 돈만은 한 푼도 허투루 쓰면 안 돼. 네 혼수니까.'

"사업을 하려면야 일단 그럴싸한 건물이 있어야 하지 않겠어?"
아버지의 신신당부가 우연찮게 경민의 가벼운 사담과 겹쳐졌다.

유리는 눈을 내리깔았다. 아주 신중한 저울질이 필요한 순간이 왔다. 어느 쪽을 택하든, 평생 품고 갈 마음의 짐이 무거울 테니.

❖ ✳ ❖

요 근래 하던 대로 성진은 저녁 8시쯤 집에 들어왔다. 점심때 있었던 일 때문에 그의 어깨는 다소 처져 있었다.

"형, 어디 갔다 오는 거야?"

올해로 고3인 쌍둥이 동생, 성재와 성혁. 지금쯤 학교에서 야자를 하고 있어야 할 녀석들이 교복도 안 갈아입고 현관에서 성진을 맞았다.

"어디 갔다 오긴. 당연히……. 근데 너희 지금 여기서 뭐 해? 야자는 어쩌고?"

"아니, 형. 지금 이 상황에 우리가 공부가 머리에 들어오겠냐고!"

"무슨 소리야? 이 상황……이라니."

끝까지 둘러대면서도 성진은 목소리의 떨림을 완전히 감추지 못했다.

"큰형. 우리 다 알아 버렸어."

삼형제 중 가장 낙천적인 성혁이 성진과 차마 눈을 마주치지 못하고 말했다.

"큰형, 회사…… 그만뒀잖아."

그만둔 게 아니라 해고당했다. 그 차이를 모르지 않을 테지만 사려 깊은 성혁의 성격상 순화해서 말했으리라. 그만큼 큰형을 배려와 동정으로 대해야 하는 상황이라고, 두 동생은 명확히 인지하고 있었다.

"너희들 대체 어떻게……."

금유리가 알아 버린 때와는 비교도 안 되는 충격이 성진을 강타했다.

"어머니가 오늘 고향에 있는 어른들한테 전화해 보셨대. 그분들 손해 본 거 형 결혼 자금으로 메꿨다며. 그리고……."

성혁이 차마 말을 잇지 못하자, 성재가 한숨지으며 마저 덧붙였다.

"어머니가 형 회사에도 전화해 보셨어."

깔끔하게 다려진 세미정장을 입은 성진은 브리프케이스를 든 채 고개를 떨구었다.

오래 숨기지 못하리란 건 알았지만, 가능하면 활로를 먼저 찾고 나서 밝히고 싶었다. 그래서 매일 아침 어머니께서 다려 주신 옷을 입을 때마다 온몸에 가시처럼 박혀 드는 죄책감을 견뎌 왔건만…….

"저기, 형. 혼자서만 너무 무리하지 마. 우리가 알바라도 해서 도울게!"

"맞아. 큰형 지금까지 우리 집 가장 노릇 하느라 힘들었잖아. 우리도 이제 가만히 있지만 않을 거야."

두 주먹 불끈 쥐고 말하는 쌍둥이를 성진은 심란한 얼굴로 번갈아 보았다.

손이 많이 가는 녀석들이었음 말이나 안 한다. 성재는 타고난 밝음과 끼 덕에 모두에게 사랑받는 아이였다. 얼마 전에는 유명 연예기획사 연기자 연습생 오디션에 1차 합격을 했다.

그리고 학창시절 성진처럼 전교 1등을 놓치는 법이 없는 우등생

성혁의 꿈은 법조인이었다.

저들 잘되면 다 큰형 덕, 어머니 덕으로 돌려 온 착한 동생들이다. 그렇기에 내일 당장이라도 제 꿈 내팽개치고 생활전선에 뛰어들고도 남을 녀석들이다.

뜨겁게 미어지는 가슴과 달리 성진은 차갑게 말했다.

"쓸데없는 소리 말고 내일부턴 야자 빼먹지 마. 지금이 어느 땐데. 너희 고3이야. 그리고 미성년자 알바한테 제대로 돈 주는 데가 몇이나 된다고. 돈 벌기가 그렇게 만만한 줄 알아?"

워낙에 유쾌하고 우애가 깊은 형제지간이라, 성진의 엄한 꾸지람은 지극히 드물었다. 두 동생은 숙연하게 고개를 숙였다. 맏형의 심정을 어렵지 않게 헤아릴 만큼 쌍둥이의 속은 이미 어른이었다.

"어머니는 어디 계셔?"

"아까부터 안방에서 안 나오셔."

성재의 말대로 안방 문이 굳게 닫혀 있었다.

"어머니, 주무세요? 저 왔어요. 잠깐만…… 문 좀 열어 주실 수 없을까요?"

대답 대신 무거운 정적이 앞을 가로막았다.

안방에 틀어박힌 어머니는 자고 있지 않았다. 5월에 극심한 오한이 들어 방구석에 웅크린 채 하루를 보냈다. 바깥에서 맏아들의 애타는 목소리가 들려와도 차마 문을 열 수 없었다.

"어머니. 정말…… 죄송해요."

직장에서 내쳐지고 사랑하는 여자한테 버림받은 지 한 달. 맏아들은 이제야 억눌린 울음소리를 내기 시작했다.

문 하나를 사이에 두고, 성진의 모친 역시 입을 틀어막은 채 뜨거운 눈물을 왈칵 쏟았다.

당신을 속인 맏아들에게 일말의 괘씸함도 품지 않았다. 매일 아침 치성 드리듯 해 온 다림질이 공염불이었단 사실도 허무하지 않았다.

고작 해 줄 수 있는 게 그것뿐이었는데, 오히려 아들의 가슴에 대못을 박은 격이 되어…… 무슨 얼굴로 아들을 마주해야 할지 몰랐다.

❖　✳　❖

천장에 낙조가 번져 가는 오후. 성진의 모친은 천근만근 무거운 몸을 일으켰다.

간밤에 안방 문에 기대어 새우잠을 청했는데, 깨어나 보니 곱게 깔린 이불 위였다. 혹여나 어미가 안 좋은 생각이라도 할까 봐 걱정됐던지, 아들들이 열쇠로 문을 열고 들어와 이리해 준 모양이다.

거실로 나와 보니, 쌍둥이 형제는 등교했고 성진 역시 어딘가로 나가고 없었다.

거짓 출근을 한답시고 마냥 놀고 있었을 맏아들이 아니다. 오늘도 혼자서 이 모든 사태를 짊어지겠다고 사방팔방 뛰어다닐 테지.

관자놀이를 꾹 짚어 누른 채 어머니는 집 안을 둘러보았다. 집 안 곳곳에 놓인 액자에 아들들의 성장 과정이 고스란히 담겼다.

성진이 인생의 중요한 관문을 거칠 때마다 주변에서는 부러움 일색이었다.

'어머, 성진이 엄마 축하해. 너무 좋겠다! 하긴, 성진이가 아니면

누가 그 대학을 가니!'

'성진이 선샤인주류 합격했다면서요? 좋으시겠어요. 요새 좋은 대학 나와도 취직 못 해서 노는 애들이 좀 많아야지.'

자식이 좋은 대학 가고, 좋은 직장 들어가면.

'이 집 아들들은 어쩜 하나같이 그렇게 천사 같아요?'

거기다 천사 같기까지 하면, 자식 걱정이 끝날까?

스스로 생각하기에도 복 터진 여인네인 성진의 모친은 고개를 가로저었다.

아니. 결코 그렇지 못하다. 사람이 성실하고 바르게 살아갈수록, 세상은 오히려 많은 짐을 지우는 법이다.

성진은 그 짐을 당연한 듯 짊어지면서 늘 웃었다. 남들은 몰라줄지 몰라도 어미는 안다.

이 순간마저도 듬직해서 더 안타까운 맏이의 모습을 떠올리며, 성진의 모친은 쓴웃음을 지었다. 집이 빈 둥지가 될 때 비로소 어머니의 진짜 표정이 나오는 법이다.

"휴⋯⋯."

이젠 한숨만 쉬어도 심장이 딸려 나오는 듯 아려 온다.

처녀 적에는 이루고 싶은 소원이 참 많았던 것 같은데, 가정을 이룬 뒤론 그저 온 가족이 무탈하길 바랐다. 헌데 이제 무사한 가정을 지킬 힘마저도 부친다. 그래서 세월이 야속한 것이다.

불현듯 핸드폰이 울렸다. 집주인. 가뜩이나 갈피를 못 잡는 성진 어머니의 눈빛이 흔들렸다.

"사모님, 죄송합니다. 저희가 아직 어떻게 할지 결정을 못 해서…….
저희가 계약만료일까진 집을 비워 드려야 하는 거죠? 네…….."

집주인과 통화하던 중, 그녀는 눈을 크게 떴다.

"반전세도 가능하시다고요? 그러니까 저희 보증금 그대로 가는
대신…….."

왜 그 생각을 못 했을까?

"알겠습니다. 가족들하고 한번 상의해 보겠습니다."

어머니는 곧바로 외출 준비를 했다. 성진이 언제쯤 재취업을 하
게 될지는 모르지만, 그동안만이라도 마음 놓고 푹 쉬게 해 주고
싶다.

성실하고 정직해서, 혼자 짊어지려 하는 사람. 성진의 그런 면
은 전적으로 어머니에게서 물려받은 것이었다.

❖　❀　❖

"호텔에 기자가 와 있을지 모르니 괜히 두리번거리지 말고 애비
곁에 바짝 붙어라."

일찍 자라는 말을 초저녁에 해 놓고, 금 회장은 또다시 잠옷 바
람으로 유리의 방에 불쑥 들어와 잔소리를 했다.

"규진이 상견례 때보다 신경 쓰여서 머리가 다 지끈거리는군.
생각 같아선 한잠 자고 일어났을 때 다 끝나 있었으면 좋겠다."

화기애애한 분위기와 평화로운 웃음소리로 가득해야 할 예비
상견례. 모든 변수가 배제된 완벽한 순간을 프로그래밍하여 끼워
넣을 수만 있다면, 기꺼이 그렇게 하고 싶었다.

"아버지. 혹시요……. 두현 씨 어머니가 저를 마음에 안 들어 하

실 수도 있지 않을까요?"

"그렇진 않을 거다. 그쪽에서 먼저 약속 잡은 거만 봐도 알잖아."

금 회장은 은근히 자부심을 느끼는 듯 말했다.

"두현 씨가 진지하게 저와의 결혼을 원하는지, 솔직히 저는 잘⋯⋯."

"너 자꾸 무슨 말을 하는 거냐?"

아버지의 목소리가 대번에 딱딱해져서 유리는 입을 다물었다.

"확실하게 진행할 거 아니면 여기까지 오지도 않아. 그 정도 룰도 모를 사람들 같더냐?"

"제 말은 그런 뜻이 아니라⋯⋯."

"그 사람들 의중은 너무 걱정 말고 우리가 잘 할 생각을 해야지. 그것만 생각해도 벅차."

유리는 우울한 기색을 비치지 않으려 노력했다. 아버지랑 말을 섞을 때마다 부딪히는 마음의 벽이 요즘 들어 더 견고해진 느낌이었다.

황금글라스 회장의 딸로서 충분한 믿음을 주지 못한 세월이 만든 벽. 자신이 만든 벽.

"네가 얼마나 긴장되는지 이 애비도 모르는 건 아니야."

오랜만에 듣는 아버지의 부드러운 음성에 유리는 놀랐다.

"나도 네 어머니 처음 만날 때 그랬어. 집안이나 학력, 심지어 미모가 덜해도 좋으니, 내가 잘 아는 사람과 찬찬히 시작할 수는 없는가 하고."

딸의 눈동자에 비치는 번민을 금 회장은 십분 헤아렸다. 그것이 전적으로 혼사 때문이라는 치명적인 착각을 했을 뿐.

"지금은 하루라도 더 함께 살지 못한 게 두고두고 한이 될 만큼,

네 엄마는 세상에 둘도 없는 배우자가 되어 줬어."

아버지의 시선이 이 세상에 없는 어머니를 아스라이 향할 때, 자식들 중 열에 아홉은 눈물을 글썽이며 그 모습을 보게 되리라.

허나 아버지가 그런 눈빛을 할 때면 유리의 마음엔 별개의 감정이 더해졌다.

근원적인…… 죄악감.

"너무 걱정 말고 일찍 자려무나."

아버지는 유리를 향해 희미하게 미소 짓고 퇴장했다.

이윽고 청담동 금 회장 본가의 수많은 창문들이 어둠에 잠겼다. 그 가운데 유독 빛이 새어 나오는 방이 하나 있었다.

유리는 밤새도록 인터넷의 파도를 헤엄쳤다. 타자 소리가 나지 않게 자판을 살살 눌렀다. 행동 하나하나 소리 죽여 하는데도 속이 미친 듯이 울렁거렸다. 숨을 내쉴 때마다, 침대가 폭풍이 몰아치는 날 출항을 앞둔 범선처럼 흔들리는 느낌이었다.

폭풍 같은 시간이 지나갔다. 밤을 꼴딱 새운 유리의 눈엔 비장한 결심이 서려 있었다.

창문에 비치는 새벽빛에 의지해 옷을 갈아입었다. 외출 준비를 마친 유리는 경민에게 카톡을 보냈다.

[경민아. 혹시 지금 일어났니?]

수초 후에 답문이 떴다.

[ㅇㅇ]

유리는 미세하게 미소 지으며 핸드폰을 터치했다.

[이 건물 어떤지 좀 봐 줄래?]

유리가 경민에게 보낸 링크는 홍대의 한 상가였다. 잠시 뒤 경민이 답문을 보냈다.

[홍대역에서 가깝긴 하네. 이 정도 접근성이 있으면 꽤 비쌀 텐데 급매물이라 매매가도 괜찮아 보이고. 이 정도면 금방 나가겠다.]

[근데 지하네.]

[칵테일 바 하기에 어떤 거 같아?]

유리의 물음에 이번에도 적당한 답이 떴다.

[칵테일 바면 뭐 나쁘지 않을 듯? 건물 구조가 너무 이상하지만 않으면 인테리어로 뜯어고치면 되겠지. 자세한 건 직접 가 봐야 알겠지만.]

그렇게 답변한 직후 1분. 문득 정신이 번쩍 난 듯 경민이 물었다.

[근데 너 이거 왜 물어보는 거야?]

곧바로 핸드폰이 울렸다. 유리는 식겁을 하며 통화 거절 버튼을 누르고 핸드폰을 무음으로 돌렸다.

[이따 설명할게. 나 지금 나가야 해서.]

[야. 잠깐만. 금유리. 너 지금 뭐 하려는?]

[야.]

[????????????????????]

경민이 물음표를 연타하는 순간 유리는 핸드폰을 껐다.

모두의 핸드폰 알람이 새벽의 고요를 몰아내기 전, 유리는 집을 나섰다.

❖　❀　❖

해산물의 풍미가 살아 있는 볶음쌀국수로 유명한 베트남 레스토랑. 그 맛깔난 볶음면 때문에 주방은 불지옥이었다.

"으이그, 이 망나니 새끼. 그새 또 물을 쳐 끄고 지랄이야!"

주방장 아주머니가 욕설을 내뱉으며 수도꼭지를 후려쳤다. 콸콸, 물이 폭포수처럼 쏟아졌다. 워낙에 바쁘니 잠시라도 물이 잠겨 있으면 주방 사람들은 바로 짜증을 냈다.

성진의 어머니는 조마조마하게 주변을 살폈다. 방금 망나니 새끼라 불린 가게 사장은 다행히 근처에 없었다.

"아오, 이 웬수! 에어컨까지 끄고 갔어. 내가 못 산다, 정말! 기름에 확 튀겨 죽일 수전노 새끼!"

오히려 사장더러 들으라는 듯 주방장은 한층 더 목소리를 높였다. 그녀의 격정과 함께 프라이팬이 활활 불타올랐다.

성진의 어머니는 수건으로 얼굴을 닦았다. 이미 바지까지 흥건히 젖어서, 쉴 새 없이 눈앞을 가리며 일을 방해하는 땀만 겨우 걷어 내는 정도였다.

식당 일을 만만히 본 건 아니다. 지난 30년간 혈기왕성한 세 아들을 부족하지 않게 먹이면서 반찬 하나 대충 사서 때운 적 없으니, 며칠이면 적응할 수 있을 줄 알았다.

그러나 천장까지 치솟는 불길에 프라이팬을 넣어 단숨에 국수를 볶아 내는 솜씨는, 고작 며칠 만에 배워질 게 아니었다. 자신이 주부 9단이면, 이 주방에서 얼굴이 새카매지도록 일한 여자들은 90단이었다.

"연희 씨."

주방장이 그녀의 이름을 불렀다.

"사람은 참 좋아. 맘 같아선 계속 같이 있고 싶어. 하지만 이대로는 우리 다 못 버텨. 연희 씨 생각해서 하는 말이니까 잘 생각해 봐."

같이 버틸 사람을 구하게 그만둬 달란 말이었다.

"죄송해요. 시원치 않아서……."

기어들어 가는 목소리로 사과하는 중에도 연희는 계속 손을 움직였다.

"누구 병수발이라도 하려고 이런 일을 하는지는 모르겠지만. 이러다간 자네가 오히려 병나."

"여기 5번에 팟타이 두 개요!"

딱한 사연 들을 새도 없이 서버가 외쳐 댔다.

"제가 한 번만 더 해 봐도 될까요?"

"놔둬. 그냥 보기만 해요."

주방장이 프라이팬을 잡는 순간, 사장이 주방에 들어와 눈을 부라렸다.

"아니. 무슨 5월에 에어컨을 틉니까?"

"댁이 한번 여서 일해 봐요. 여기가 지금 5월인지!"

주방장이 아들뻘 되는 남자에게 분통을 터트렸다.

"참 나. 쌀국수 팔아서 전기료랑 수도료만 갚으라는 겁니까?"

"그럼 자네가 직접 여기서 에어컨이랑 물 아껴 가며 지지고 볶든가! 그럴 재주가 없어서 사람 쓰는 주제에 꼴랑 세 명으로 여길 굴리려 들어?"

"아줌마, 지금 말 다했어요? 아줌마 돈 주는 사람 누군지 몰라?"

부모한테 가게를 물려받을 때만 해도 황금알이 쉽게 나오는 줄 알았던 젊은 사장은 싱크대를 힘껏 걷어찼다.

"에이 시팔! 짜증나게 하네, 진짜!"

"뭐 하는 짓거리야! 거치적거리니까 썩 꺼져!"

급기야 주방장 아주머니가 사장과 대거리를 했다.

"5번 팟타이 대체 언제 나와요!"

바깥에선 서버가 신경질적으로 고함을 질러 댔다.

세상 더없는 불협화음 속에서 연희는 팟타이 조리를 시도했다. 프라이팬에 무언가를 넣을 때마다 불길이 코앞까지 훅 끼쳐 왔다.

'성진이가 지금까지 한 마음고생에 비하면, 이깟 것쯤······.'

무시무시한 화마 앞에서 마음은 오히려 결연해졌다.

너무 집중한 나머지, 연희는 저를 덮치는 육중한 몸뚱이를 미처 피하지 못했다.

"아이고!"

사장에게 떠밀린 주방장 아주머니가 연희와 부딪쳤다. 하필이면 그녀가 프라이팬을 들어 올린 찰나였다.

팟타이가 공중에 떠올랐다. 외마디 비명이 터지기도 전에, 불덩이와도 같은 것들이 연희를 덮쳤다.

❖　✳　❖

한 어머니의 살이 타들어 갈 때, 한 아버지는 가슴이 타들어 갔다.

딸이 모습을 감췄다. 예비 사돈과의 점심식사를 앞둔 아침에.

금 회장이 미친 듯이 전화를 걸어 봤지만, 유리는 오전 내내 핸드폰을 꺼 놓았다.

결국 약속 시간 30분 전에 두현에게 전화를 걸어, 딸의 몸 상태가 갑자기 안 좋아졌다는 뻔하고 궁색한 변명을 할 수밖에 없었다.

두현은 이해한다고 했지만, 곧이곧대로 믿어 줄 것 같진 않다. 금 회장부터가 딸에게 정상 참작할 만한 일이 생겼다고는 믿지 않았으니.

유리의 방은 평화로울 정도로 가지런했다. 천하의 금규석의 저택에서 아무런 사투의 흔적 없이 누군가를 납치하는 건 불가능하다.

거창한 프로파일링을 펼치지 않아도 진정한 적은 내부에 있었다.

유리는 야심한 밤에 집에 돌아왔다.

사용인들이 양옆으로 도열했다. 아침 댓바람부터 아가씨를 찾아 헤매느라 피로에 찌들었지만, 누구도 감히 앉아서 쉴 생각을 못했다.

금 회장은 유리를 등지고 서 있었다. 그 완고한 뒷모습이 너무도 많은 걸 말해 주어, 그 누구도 불필요한 말을 하지 않았다.

침묵이 이어지길 30분. 유리가 먼저 입을 열었다.

"죄송해요."

"얼마나 중요한 자린지, 입이 닳도록 말했을 텐데."

금 회장이 무감한 목소리를 냈다.

"이젠 뭐라 말해야 할지도 모르겠다. 내 딸이지만 원체 답이 있어야 말이지."

그 순간 유리가 무릎을 꿇었다. 금 회장은 여전히 뒤돌아선 채 신랄하게 말했다.

"석고대죄라도 하려는 게냐. 할 거면 그따위 인형 옷 입고 할 게 아니라 소복이랑 멍석이라도 가져와 보든가."

금 회장의 가슴은 수시간도 전에 잿더미가 되었다. 그러나 그 속을 까 보면 불씨가 완전히 사그라지지는 않았다.

이번 일은 워낙 사안이 중대하니 쉽사리 노여움을 풀어선 아니 된다. 그래도 딸이 충분히 뉘우치고 잘못을 빈다면 봐줄 참이었다. 겉만 스물아홉 살인 딸을 따끔하게 혼내고 타이른 연후에, 다음을 기약할 생각이었다.

그러나 무릎 꿇은 유리는 돌이킬 수 없는 말을 했다.

"저, 통장에 있는 돈 썼어요."

금 회장은 뒤를 돌지 않을 수 없었다.

"……뭐라고?"

유리는 가방을 뒤졌다. 핑크색 명품백과 전혀 안 어울리는 허름한 서류 봉투가 나왔다.

「상가건물매매계약서」

제목만 봐도 내용이 일목요연한 서류였다. 금 회장의 동공이 지진을 일으키며 계약서의 빽빽한 글씨를 읽어 냈다.

「목적물: 서울특별시 마포구 양화로 19길 지혜빌딩 지하1층」

한창 떠오르는 홍대거리의 초역세권 상가 건물. 지하라도 면적이 꽤 넓었다. 금 회장이 점찍어 둔 청담동 아파트만큼은 아니어도 제법 한 몸값 했다.

10% 계약금은 오늘 날짜였고, 잔금은 입주할 때 치르기로 되어 있었다.

계약서 말미에 유리의 인감이 선명하게 찍혀 있었다. 이날 이때까지 유리가 직접 만질 일이 거의 없었던 도장이다.

"갑자기 이 건물은 왜…… 계약한 거냐?"

"사업을 해 보려고요."

유리는 허무할 정도로 간명하게 대답했다.

"내일 당장, 계약 취소하고 와. 계약금 떼이는 한이 있더라도."

계약금도 어린애 푼돈은 아니지만, 아직은 십년감수한 셈 치고 넘길 수 있는 선이었다.

"죄송해요. 그럴 수는 없어요."

믿기지 않을 정도로 딸의 목소리는 단호했다.

"네가 지금…… 제정신인 거냐?"

계약서를 쥔 금 회장의 손이 파르르 떨렸다. 그 떨림만으로도 계약서를 반으로 찢어 놓고 말 기세였다.

하지만 그리한들 아무 소용이 없다. 상가 건물주는 이미 유리의 계인까지 찍힌 계약서의 반쪽을 고이 보관하고 있을 터다.

짜악!

계약서가 흡사 뺨 때리는 듯한 소리를 내며 유리 옆에 패대기쳐졌다.

"회, 회장님! 고정하십쇼! 오늘은 이만하시고 내일 다시……."

오 실장이 총대를 메고 금 회장을 진정시키려 들었다. 그러나 금 회장은 두 눈에 시퍼런 불꽃을 품고 걸걸하게 외쳤다.

"대체 왜, 한마디 상의도 없이 이따위 짓을 벌여! 그 돈이 어떤 돈인데! 네 엄마가 생전에 내게 부탁한 거였다. 너 시집갈 때 예쁜 집 마련해 주라고……."

유리의 얼굴에 암운이 몰려왔다. 그 돈의 의미를 이제야 알았다고 변명할 생각은 없었다.

"상의 드릴 수 있는 일이 아니었어요. 왜냐하면 저는 절대, 두현 씨랑 결혼할 수 없으니까요."

"두현 군이 어디가 어때서? 너한테 큰 실수한 적이라도 있더냐?"

"아뇨, 아버지 말씀대로 제 나이에 제 스펙에 다시없을 과분한 사람이에요. 하지만……."

일전에 본 성진의 얼굴을 떠올리며 유리는 눈을 질끈 감았다 떴다.

"이런 마음으로 전 도저히…… 결혼을 못 하겠어요."

이대로 아무하고나 결혼해 버리면, 애써 웃음 짓던 그의 아픈 얼굴이 영영 심장에 달라붙고 말 테니까요.

"혹시 너, 따로 만나는 남자라도 있는 거냐?"

금 회장의 추궁에 유리는 음울한 눈빛으로 입을 봉했다. 무언의 시위로밖에는 안 보이는 침묵. 금 회장도 할 말이 없어졌다.

호동왕자와 낙랑공주의 설화가 떠오르는 밤이다.

이루어질 수 없는 남녀의 사랑이 부각되는 이야기지만, 적국 왕자 때문에 자명고를 찢은 딸을 친히 베어 죽인 그 아비의 심정에 오늘따라 마음이 간다.

부모는 자식의 잘못을 어디까지 용서할 수 있을까? 아니, 어디까지 용서해야 할까?

자명고가 부모 자식 간 용서의 마지노선을 상징하는 것이라면. 금 회장에게는 그것이, 믿음이었다. 오늘 아침만 해도 딸에게 쏟아부었던 최후의 믿음.

결국 금 회장은 냉엄한 얼굴로 유리를 쏘아보며 말했다.

"가족이든 남이든, 이미 줘 버린 걸 도로 빼앗는 것은 내 철칙에 어긋난다. 그러니 지금까지 네게 결혼 자금 조로 넣은 돈은 빼지 않겠다. 대신 너, 오늘부로 이 애비가 해 주는 거 딱 여기까지다. 물론 의식주도 포함해서."

"……."

"그래도 좋다면, 그 계약 진행해 봐라."

아버지의 최후통첩에, 유리는 서글픔 가득한 얼굴로 답했다.

"차라리…… 혼자 살게 해 주세요."

"너 혼자 살 수 있을 것 같았으면, 애비가 이럴 거 같으냐?"

이제 더 이상 다그칠 기력이 없었다. 뭔가를 바랄 기력도 없었다.

"이 집에서 나가서 어디 혼자 살아 봐. 그 사업도 뭐가 됐든지, 어디 한번 해 봐."

금 회장은 쭈뼛쭈뼛 선 오 실장에게 말했다.

"날 밝는 대로 애 짐 싸서 내보내게. 내가 내일 퇴근했을 때 이 집에서 안 보이도록 해."

"저, 저기 회장님! 잠시만……."

황급히 따라붙는 오 실장에게 금 회장이 성가시다는 듯 손을 휘저었다.

짙게 깔린 어둠 속에서, 자택의 모든 사람들은 당연한 듯이 바랐다. 날이 밝는 대로, 철모르는 아가씨가 자신의 무모함과 어리석음을 인정하며 용서를 빌기를.

그러나 동이 트기 전에 유리는 커다란 캐리어를 끌고 나왔다. 목에 걸린 아가타 스코티가 새벽빛을 받아 작게 반짝였다.

풍족하고 안락하고, 무기력하기 그지없던 생활을 뒤로하고, 유리는 간신히 제 영혼만을 챙겨 나왔다.

❖ ❀ ❖

"일단 응급처치는 해 드렸습니다만 화상이 워낙 심하시고 환부도 커서……."

의사는 말하는 중간중간 눈살을 찌푸렸다.

"한동안 드레싱을 계속하셔야 할 텐데. 좀…… 많이 아프실 거예요."

오른팔을 거의 까뒤집어 놓은 2도 심재화상. 누구라도 대경실색

할 광경이지만, 연락 받고 달려온 중년 부인의 아들은 무서울 정도로 대꾸가 없었다.

"너무 힘들어하셔서 수면드레싱을 해 드렸습니다. 웬만하면 깨우지 마세요. 조금이라도 주무시는 편이 나을 테니."

의사가 굳이 당부 안 해도, 성진은 죽은 듯이 잠든 어머니를 퀭한 눈으로 보기만 하였다.

열 길 우물보다 깊은 속을 가졌다 한들, 사람의 마음은 결국 한정된 크기의 그릇에 담긴다. 어머니의 처참한 몰골을 본 순간, 성진의 마음은 커다란 물건을 욱여넣은 그릇처럼 깨졌다.

입원수속을 마친 뒤 무작정 바깥으로 나왔다. 제가 어디로 향하는지조차 몰랐다. 무정할 정도로 화려하게 빛나는 밤거리를 헤집어 놓듯 걸었다.

병원에서 다섯 정거장이나 떨어진 버스 정류장에 이르러서야, 성진은 벤치에 털퍼덕 앉았다.

시내버스 한 대가 잠깐 멈추어 섰다. 버스 옆면에 붙은 광고가 섬광처럼 눈에 들어왔다.

'첫이슬 프리미엄 에디션. 그 다섯 번째 story.'

시체처럼 풀린 성진의 눈에 초점이 돌았다. 맞은편 고층 건물 옥외광고판이 때맞추어 번뜩였다.

– 나는 향기로워. 난 달콤해. 그리고 넌, 낭만적이야.

국민 첫사랑으로 주가를 한참 올리고 있는 20대 여배우가 꽃같이 웃었다. 그녀는 소주병에 살포시 입을 맞추며 감미롭게 속삭였다.

– 첫이슬 엘더플라워. 6월에 만나요.

광고 문안도, 모델도. 전부 성진의 기획안에 들어 있던 것이었다. 분홍빛 진달래꽃이 창백한 엘더플라워로 뒤바뀐 것빼고는.

성진은 도둑맞아도 싼 사람처럼 공허하게 웃음 지었다.

"내가 뭐 그리 잘났다고."

국민 첫사랑이 내 술에 입을 맞춰 주길 바란 건지.

"내 자존심이 뭐 그리 대단하다고……."

국민 첫사랑보다 아름다운 내 어머니 몸에 흉을 지운 건지.

성진은 두 손으로 얼굴을 감싸 쥔 채 몸을 웅크렸다. 자존심이 파산을 고한 순간, 한 여자의 말이 채권단처럼 뇌리를 파고들었다.

'돈을 빌려주는 대가로, 네가 필요해.'

'왜냐면 내가…… 사업을 해 보려고 하거든.'

금유리가 바로 옆에 앉아 귓가에 대고 속삭이는 듯했다.

성진은 얼굴에서 손을 떼고 서서히 허리를 폈다. 만약 두 동생까지 저를 돕겠다고 몰래 알바를 뛴다면, 그러다 다치기라도 한다면…… 도무지 살아갈 수 있을 것 같지 않다.

절친한 사람에게도 전화를 걸기 망설여질 시각, 성진은 핸드폰을 들었다.

"금유리. 나야, 복성진."

빛이 죽은 눈으로 성진은 그녀에게 말했다.

"미안한데. 일전에 네가 나한테 한 제의, 아직 유효해?"

풍족하고 안락하지 못해도, 최선을 다했던 삶이었다. 그럼에도 성진은 끝내 영혼을 챙기지 못했다.

❖ ✳ ❖

신사동 카페 철쭉예찬. 윤수영의 중대 발표를 들었던 그 자리에서, 경민은 유리의 중대 발표를 듣게 됐다.

"이 건물 정말로 계약했단 말이야? 그것도 네…… 결혼 자금으로?"

손에 식은땀이 배어나고 간이 콩알만 해지는 진짜배기 중대 발표를.

"옆에 있는 캐리어는 또 뭐야! 너 설마……."

"응. 나 집에서 쫓겨났어."

수초간 경민은 필사적으로 생각해 내려 했다. 이 상황에 대체 무슨 말을 하면 좋을지. 그러나 보살처럼 평온한 유리의 표정을 마주한 순간, 신의 자비에 감복한 악한처럼 팔다리가 축 처졌다.

"지금 내가 무슨 말을 해도 변명밖에 안 된다는 걸 알아. 하지만……."

계약서에 이름을 남긴 유리의 앙증맞은 필체를 보며 경민이 먹먹하게 중얼거렸다.

"난 네가 성진이한테 1억 5천만 빌려주면 된다고 생각했어. 그래, 솔직히 너한테 그 정도 여력은 있다고 생각했어."

윤수영에게 청첩장을 받았던 날. 그거 하나 때문에 눈물을 참는 네 모습을 보고.

이용하려 했다. 여전히 복성진한테 한없이 약해지는 너를.

"성진이가 거절했을 때 답답하기야 했지만, 그래도 넌 정말 차고 넘치게 해 준 건데……."

너까지 눈 깜짝할 사이에 올인을 해 버리면 어쩌자는 건데!

178

"당장 너희 아버님한테 가자! 너한테 이따위 바람 넣은 게 나라고 말씀드릴게. 계약금도 내가 물어줄게. 지금이라도 용서를……."

"이 계약 안 물릴 거야."

오늘도 유리는 인형 같은 차림새였고, 옆에 둔 핑크빛 캐리어는 우스꽝스럽게 컸다. 그러나 그런 것들이 그녀의 굳은 결심까지 우습게 만들지는 못했다.

"네가 바람 넣어서 결정한 거 아냐. 너 아니었어도 난 똑같은 결정을 했을 거야. 그러니 네가 계약금을 물어줄 필요도 없고, 우리 아버지한테 잘못을 빌 이유도 없어. 어디까지나 내 판단이고, 아버지께 죄지은 것도 나니까."

유리의 차분한 말에 경민은 오히려 울컥했다. 친구의 인생을 구한답시고 염치없고 뻔뻔한 사람이 될 각오를 했다. 하지만 그렇다고 다른 친구의 인생까지 망칠 각오를 한 건 아니었다.

자신은 마음조차도 다 걸지 못했는데, 눈앞의 여자는 모든 걸 걸어 버렸다. 그러고도 오히려 후련하다는 듯 말갛게 웃는다.

"정말……. 넌 미쳤어. 돌아 버리겠네 정말……."

내가 무슨 낯짝으로 널 봐야 하니? 라고 말할 걸, 괜히 앵돌아진 말이 나왔다.

"경민아, 설마…… 울려는 건 아니지?"

"미쳤니? 너무 기가 막혀서 눈물은커녕 콧물도 안 나오거든!"

버럭 성을 내면서도 경민은 빠르게 눈가를 훔쳤다.

"일단 사고는 쳤는데 솔직히 이제 뭘 해야 할지 모르겠어. 6월 초에 상가 입주하기로 했는데……."

유리는 물가에 내놓은 아이처럼 헤매는 눈빛을 했다.

"이렇게까지 했는데 성진이가 안 오면……."

유리가 푸념하는 순간, 파우치 안에서 핸드폰이 울렸다. 화면에 뜬 이름을 확인한 순간, 유리는 핸드폰을 귀에 붙이며 황급히 카페 밖으로 나갔다.

잠시 뒤, 유리가 상기된 얼굴로 돌아와 환호성을 질렀다.

"경민아! 나 방금 성진이랑 통화했어!"

"뭐라고? 그게 정말이야? 뭐래? 혹시 네 제안 다시 생각해 본대?"

"응! 한번 만나서 무슨 사업인지 설명해 달래."

불행 중 천만다행이지만, 사업이라는 단어에 경민은 마냥 기뻐할 수만은 없었다.

"이젠 진짜 빼도 박도 못하게 됐네."

이 아가씨, 이제부터가 진짜 시작이다. 사업뿐만 아니라 그놈 마음 잡기도.

"금유리. 일전에도 말했지만, 사업은 대출과는 비교도 안 되게 큰 판이야."

"으응……."

"나도 사업은 잘 모르지만, 할 수 있는 한 최선을 다해서 널 도울게."

경민은 머릿속으로 자신의 인맥을 총동원했다. 인테리어를 합리적인 가격에 해 줄 사람. 경영컨설팅 잘하는 사람. 그리고 또…….

"내가 아는 언니 중에 베테랑 바텐더가 있거든. 개인 사정으로 한동안 일을 쉬다가 이번에 복직할 바를 알아보는 중이랬어. 어떻게든 이리로 모셔 볼게."

"우와……. 그분이 오시면 정말 든든할 거 같아. 경민아, 정말 고마워. 안 그래도 어떻게 해야 하나 되게 막막했는데, 너랑 얘기하니까 그나마 속이 좀 트이는 거 같아."

유리는 가슴에 손을 모은 채 해맑게 웃었다. 비장한 결심에 비해 너무 순진한 얼굴을 보자니 경민은 걱정이 태산 같아졌다.

금유리. 복성진을 위해 자신의 모든 걸 덜컥 걸어 버린, 착해 빠지고 뇌가 다소 청순한 여자.

그녀를 거꾸로 뒤집으면 딱 윤수영이 아닐까. 복성진의 모든 걸 빼앗아 버린, 이기적인 셈법에 유리한 뻔뻔함과 두뇌를 가진 여자.

경민은 수영이 했던 몸서리쳐지는 말을 떠올렸다.

'내가 지금이라도 전화해서 복성진, 우리 다시 잘해 볼래 하면, 좋다고 꼬리 흔들며 달려올 애야.'

만에 하나, 윤수영이 이제라도 가증을 떨며 못 이기는 척 돌아온다면, 성진이 과연 그녀를 마다할 수 있을까?

뻔뻔하고 똑똑한 그 기집애를 완전히 떨쳐 내려면, 이렇게 마냥 순진해선 안 된다.

"금유리. 내 말 잘 들어. 다음에 복성진을 만나면 특약 사항을 하나 걸어."

"특약…… 사항?"

"너와 함께 있는 동안, 윤수영 절대 만나지 말라고 해."

얼떨떨하게 웃는 유리에게 경민은 농담이 아니라는 듯 강하게 말했다.

"걔뿐만 아니라 딴 여자도 만나면 안 된다고 해. 그게 싫으면 이 사업 관두자고 해."

"꼭…… 그렇게까지 말해야 할까?"

181

떨떠름하게 중얼거리는 유리에게 경민은 진지하게 충고했다.

"유리야. 모든 걸 다 걸기만 하고 끝내면, 모든 걸 다 잃고 말아."

그렇게 되면, 지금은 후련하게 버린 것들이 뼈저리게 아까워질 날이 올지도 몰라.

"혹시라도 윤수영이 다시 성진이한테 집적거리면 어떻게 될 거라 생각해? 내 판단으론, 복성진 100프로 걔한테 돌아가. 그렇게 돼도 너 괜찮아?"

상상해 본 것만으로도 유리의 얼굴이 새하얗게 질렸다.

"너 이만하면 그 정도 요구할 자격, 충분히 있어."

카페 마감 시간 즈음 두 사람은 밖으로 나섰다.

"근데 너 오늘 밤에 어디서 잘 거냐?"

"글쎄. 당분간은 호텔에서 자야겠지?"

다른 친구였으면 돈이 썩어 나느냐고 등짝을 후려 팼겠지만, 금유리한텐 모텔 같은 데서 자라고 하는 게 오히려 지랄 맞을 것 같다.

"……당분간 우리 집에서 지낼래?"

"아니, 괜찮아. 네 애기도 있는데. 근데 딸 이름이 뭐야? 나 아직까지 그것도 모르고 있었네."

"유진이야."

처음으로 딸의 이름을 알려 주며 경민은 미안한 웃음을 지었다.

"어, 잠깐만……. 여보세요?"

유리의 핸드폰에 모르는 번호로 전화가 걸려 왔다.

"여긴 신사역 근처의 철쭉예찬이란 카페인데요……. 네? 이리 오신다고요? 어……. 일단 알겠어요."

"이번엔 또 누구야?"

경민의 물음에 유리는 고개를 마구 저었다.

잠시 뒤, 카페 앞에 떡하니 멈춰 서는 고급 세단을 보고 두 사람 모두 눈을 휘둥글게 떴다. 말쑥한 정장 차림의 남성이 유리에게 깍듯이 고개를 숙였다.

"처음 뵙겠습니다. 유리 아가씨는 저를 잘 모르시겠지만, 전 아가씨 어머님 수행비서로 일하던 사람입니다."

"아······. 우리 어머니의 비서님이셨다고요?"

"네. 오늘 금 회장님 댁 직원한테서 아가씨의 근황을 전해 들었습니다. 마땅히 주무실 데가 없으실 것 같아 급히 왔습니다. 이거 받으시죠."

남자가 유리에게 수첩을 건넸다. 마포구 망원동 아파트 주소와 도어록 비번이 적혀 있었다.

"당분간 여기서 지내시지요. 급한 대로 정리는 해 두었습니다만, 금 회장님 댁에 비하면 다소 지내시기 불편할 수 있습니다."

"저기····· 절 이렇게 도와주시는 분은 제 외가 친척분인가요?"

"맞습니다만, 정확히 밝히는 건 원치 않으십니다. 지금 당장 금 회장님의 진노가 워낙 크신지라."

"그렇군요······."

"어쨌든 잘됐네. 혹시 모르니 내가 같이 가 줄게."

유리는 경민과 함께 남자의 차를 타고 수첩에 적힌 아파트로 향했다.

"901호로 가시면 됩니다. 불안하시면 도어록 비밀번호를 변경하셔도 좋습니다. 급한 일이 생기면 이 번호로 연락 주시지요."

남자가 건넨 명함엔 핸드폰 번호만 있을 뿐, 이름도 소속도 적혀 있지 않았다. 하룻밤 새 아파트 한 채를 전달한 남자는 검은 세단과 함께 홀연히 사라졌다.

귀신에 홀린 듯한 기분으로 유리와 경민은 901호에 들어가 봤다.

"우와, 미친……."

집안에 들어서자마자 경민은 욕설 섞인 탄성을 내뱉었다.

"리버뷰 보소! 손 뻗으면 강물이 만져질 거 같네."

경민의 말대로 발코니 창에 찬연한 야경이 비쳤다. 도로와 한강 다리가 훌륭한 액자 틀이라면, 가로등과 빌딩의 불빛을 받아 반짝 거리는 강의 물결은 한 폭의 명화였다.

밤이 되면 야음에 묻히는 청담동 저택의 정원과는 다르게, 보란 듯이 밤빛을 반사하며 흐르는 강. 역동적인 밤의 모습에 유리의 심장이 요동쳤다.

"살림살이는 얼추 다 있는 거 같네. 근데…… 혼자 잘 수 있겠어? 미안하지만 나는 내일 당장 애 학교 보내고 출근해야 해서……."

"괜찮아. 나 호텔에서 몇 번 혼자 자 보기도 했어. 그러니까 내 걱정은 말고 돌아가."

"……그래. 알았어. 혹시 무슨 일 있으면 연락 줘."

경민마저 떠나고 나니, 창밖 도로를 달리는 차들의 소리가 선명 하게 들릴 만큼 주변이 적막해졌다.

캐노피로 안온하게 둘러싸인 침대. 유리는 난생처음 와 보는 나라의 들판에 누운 듯 말똥말똥 눈을 깜박였다.

며칠 사이 너무나 많은 일이 벌어졌다. 아니, 벌였다.

모 아니면 도가 될 것 같은 미래. 가슴이 달콤하게 두근거리기 도 하고, 토할 것처럼 속이 울렁이기도 했다.

유리는 제 미래의 열쇠를 틀어쥔 사람에게 카톡을 보냈다.

[성진아. 지금 자? 우리 언제 만날까?]

그도 자신처럼, 오늘 밤 잠을 못 이룰 것 같다. 그 확신은 틀리지 않았다.

[네가 편한 시간에 맞출게.]

[그러면 내일모레 저녁 9시에 이브닝에메랄드 호텔 라운지 바에서 만나.]

유리는 아침까지 카톡 창에서 눈을 떼지 못했다.

❖ ❉ ❖

그것이 지난 한 달간 벌어진 일이었다.

유리는 처음으로 성진과 단둘이 마주하게 되었다. 휘황한 밤이 만경유리처럼 펼쳐진 이브닝에메랄드 호텔 라운지 바에서.

사실 유리는 약속 시간보다 1시간 일찍 왔다. 그녀가 온 지 얼마 되지 않아 성진도 왔다.

성진은 주변 테이블을 흘끗거리며 초조하게 핸드폰을 보았다. 그 모습에 가슴이 미어질 듯했지만, 유리는 섣불리 다가가지 못했다. 그때까지도 경민의 충고를 실행에 옮길지 말지 마음을 못 정했기 때문이다.

'너와 함께 있는 동안, 윤수영 절대 만나지 말라고 해.'

'개뿐만 아니라 딴 여자도 만나면 안 된다고 해. 그게 싫으면 이 사업 관두자고 해.'

가뜩이나 상처 많은 그에게 그런 냉혹한 말을 하라니…….

185

'역시 그런 말은 좀……. 그래. 하지 말자.'

유리가 그렇게 결심한 찰나.

딴 딴딴딴− 딴 딴딴딴−

선량한 마음을 기만하듯 결혼행진곡의 변주가 울렸다.

먼발치에서도 성진의 안색이 싹 변하는 게 보였다. 사람들을 행복하게 해 주기 위해 작곡된 멜로디에, 그는 숨 막혀 죽으려 했다.

"성진아. 일찍 왔네. 너무 오래 기다린 건 아니지?"

양처럼 온화한 목소리에, 그를 어루만지려는 필사적인 마음을 실었다.

"아냐, 나도 방금 왔어. 오느라 고생 많았지? 얼른 앉아."

그는 거짓말을 하며 의자를 빼 주었다.

"여기 칵테일이 그렇게 맛있대. 여기 오너 바텐더가 국제대회 수상자거든."

일단 음료를 마시며 서로 긴장을 푸는 게 좋겠지. 메뉴 리스트를 본 순간 유리는 난감해졌다.

'까만 건 글씨고 하얀 건 종이네…….'

"음…… 이중에 우유 들어가는 게 있을까? 난 뭐가 뭔지 잘 모르겠어서…….."

"도수가 낮으면서 우유가 들어가는 칵테일이라면 일단 깔루아 밀크가 있고. 커피가 싫으면 베일리스 밀크는 어때? 베일리스란 크림 리큐어에 우유가 들어간 건데……."

그의 굵직한 손가락과 울림 좋은 음성이 미지의 세계를 찬찬히 밝혀 주었다.

유리는 어렴풋하게, 그리고 서글프게 웃었다. 그의 입장에선 불운한 만남이지만, 자신은 이런 순간조차도 설레서.

"그러면 내일 네 계좌로 보낼게."

"정말…… 고맙다."

성진의 잠긴 목소리에 유리는 괜스레 목걸이를 매만졌다. 어쩔 줄 모르는 상황에 처할 때마다 무의식적으로 취하는 제스처였다. 예전에 무지개다리를 건넌 수리의 따스한 품을 찾듯이.

"최선을 다해서, 일할게."

성진의 목소리엔 단단한 각오가 실려 있었다.

"금유리. 지금 이 순간부터 넌 나의, 사장님이야."

마음만은 결코 빚지지 않겠다는 의지가 느껴졌다.

"나한테 맡기려는 일이 혹시라도 호빠 선수 같은 거면, 네가 투입한 비용 대비 효용이 제로에 가까울지도 모르……."

"쿨럭, 켁!"

심지어 요상한 쪽까지도 각오한 그 때문에, 유리는 칵테일을 마시다 사레가 들렸다.

"자."

성진이 희고 깨끗한 손수건을 내밀었다.

14년 전에도 이렇게 온기를 내어 준 손. 인생에서 가장 죽도록 아팠던 날 유일하게 건네진 위로. 손수건으로 입가를 닦으며 유리는 솟구치는 감정을 자근자근 눌렀다.

"일단, 그런 쪽은 절대 아니야."

내가 미쳤다고 널 딴 여자한테 내돌리겠니.

"무슨 일이든 부담 없이 맡겨 줘."

성진의 눈빛이 다시 살아난 건 기뻤지만, 한편으로 마음이 불안해졌다.

뭐든지 잘하는 그라면, 1억 5천쯤은 금방 갚아 버릴지 모를 일이다. 그러지 못하더라도, 그의 동생들이 고등학교를 졸업하고 나면 지금 사는 집 보증금을 빼서라도 갚으려 하겠지.

결국 돈만으로 그를 붙들어 놓을 수 있는 기간은 한정돼 있다.

"미안한데, 실은 내가 저번에 너한테 미처 말 못 한 게 있어. 특약 사항이라고 해야 하나⋯⋯."

"특약 사항? 그게 뭔데?"

"음⋯⋯."

"뭔데 그래? 난 괜찮으니까 말해 봐."

대답을 재촉하는 성진에게, 유리는 어렵게 작심한 말을 꺼냈다.

"나와 함께 일하는 동안 절대, 결혼하면 안 돼."

"⋯⋯뭐?"

"그리고 가벼운 연애도."

솔직히 그가 자신과 함께하는 동안만이라도, 다른 여자를 만나지 않기를 바라는 마음도 있었다. 하지만 단순히 그의 인생을 저당 잡고 싶은 욕심 때문만은 아니었다.

다시는 그가 모든 걸 잃고 숨막혀하는 모습을 보고 싶지 않아서.

한참 만에 성진이 침묵을 깨트렸다.

"나, 수영이랑 결혼 준비할 때 단 하루도 연차를 낸 적이 없었어."

쓴웃음이 걸린 입술을 비집고 나오는 차가운 말에, 유리는 흠칫 몸을 떨었다.

"결혼 준비하느라 업무를 소홀히 한다는 오해 안 받으려고, 공사 구분 확실히 했어. 어쩌다 보니 공사가 한날한시에 꼬였지만."

치미는 말들이 많은데, 성진은 간신히 눌러 참는 듯 보였다.

"어차피 이번 일 겪으면서 연애 세포가 사멸해서, 당분간 그런 쪽은 전혀 생각할 거 같지 않아. 그럴 생각이 나면, 내가 미친놈이지."

자조하는 말이 칼보다 날카로웠다.

"등 떠밀면서 하라고 해도, 절대 안 해. 연애든 결혼이든. 공중까지 하라면 기꺼이 할게. 적어도 그런 부분 때문에 업무 효율이 저하될 일은 없을 테니, 마음 푹 놔도 돼."

성진이 상처받은 미소를 지었다. 15년 연인과 결혼식장에도 못 들어간 마뜩잖은 남자에게, 이 정도 요구는 당연한 것일지도.

"이제 됐지?"

오늘부로 복성진의 발을 묶은 끈이 금유리의 손아귀에 들어갔다.

하지만 역시, 윤수영이 떨어져 나갔다 하여 복성진이 금유리의 차지가 된 건 아니었다. 배신감과 불신이 먼저 그의 옆자리를 꿰차고 말았다.

만약 성진의 오늘 결심이 평생 이어진다면, 그가 연애나 결혼을 절대 하지 않을 대상에 자신도 포함될지 모른다.

유리는 서러운 마음도, 필사적인 연정도, 아슴푸레한 밤에 모조리 숨겨 버린 채 말했다.

"나는 칵테일 바를 차리려 해. 인테리어 공사 끝나고 6월 초에 개업할 거야."

그렇게 두 사람은 사업을 시작했다.

6.

Bar Azalea

5월의 끝자락에 이른 어느 날 오후. 한 여자가 홍대입구역 3번 출구에 모습을 드러냈다.

하얀 민소매 티를 입은 여자는 양팔을 자유롭게 휘두르며 걸었다. 가무잡잡한 팔목에 각양각색의 가죽 매듭 팔찌가 휘감겼다.

쫀쫀한 스키니진을 입고도 무결점에 가까운 다리 라인은 댄스 스포츠로 다져진 것이다. 날개 뼈까지 내려오는 머리칼이 초여름 바람에 시원스레 나부낀다.

보폭이 넓은 여자는 금방 목적지에 도달했다.

동교동 번화가에 즐비한 상가 가운데서도 독보적인 규모를 자랑하는 건물. 여자는 선글라스를 밀어 올리며 중얼거렸다.

"엎어지면 코 닿을 데라더니. 여기였네."

1층부터 7층까지, 내로라하는 프랜차이즈 상점들이 탑을 쌓듯 입점해 있었다. 추억 속 1층 서점과 2층 악기 가게는 어딘가로 떠

내려 간 모양이다.

"홍대를 너무 오랜만에 왔어."

여자의 나른한 목소리에 섭섭한 감정이 언뜻 비쳤다.

그녀의 시선이 지하로 향하는 계단 길에 닿았다. 마술카드 문양의 철제 난간이 비밀스러운 느낌을 풍긴다.

"여기도 내가 알기론 원래……."

무언가 말하려다 말고 여자는 목을 한 바퀴 돌렸다.

"너도 늙었구나, 유다희. 꼰대만은 되지 않기로 해 놓고선."

과거에 어떤 일들이 있었든지 간에, 오늘은 지하 1층에 볼일이 있다.

한 걸음, 두 걸음. 음미하듯 계단을 내려갔다. 지하에 작은 정원이 조성되어 있었다. 소소한 조경 덕인지 어두운 가게 문이 앙증맞은 느낌을 풍기기도 했다.

다희는 흥미로운 웃음을 머금었다. 역시 바 입구의 정석은 신비주의지. 그렇다고 해도.

"간판도 없는 건 너무 신비주의인데."

문을 여는 찰나, 다희의 귀에 매달린 자수정 귀걸이가 풍경 대신 짤랑였다. 인테리어 공사를 갓 마친 듯 페인트 냄새와 나무 냄새가 물씬 풍겼다.

냄새 빠지게 문 좀 열어 놓지. 다희가 생각하는 찰나, 안쪽에서 사람이 나왔다.

"어머, 언니 일찍 왔네! 유리야, 바텐더님 오셨어."

우경민. 다희가 모 호텔 라운지 바에서 일하던 시절의 단골이었다.

다희는 몇 년 동안 일을 쉬다가 올해 복귀하려던 참이었다. 그러다 최근에 한 몰트 바에서 경민과 조우했다. 새 일터를 알아보는 중이라 밝혔더니 대뜸 이곳에 와 달라 성화였다.

급작스런 면접 제의에 선뜻 응한 건 순전히 경민과의 옛정 때문이다.

"안녕하세요. 금유리입니다."

고용주가 될 사람을 본 순간, 다희는 저도 모르게 선글라스를 획 벗어 젖혔다.

'어머 깜짝이야. 난 또.'

내 선글라스에 세상을 이상한 나라의 앨리스풍으로 보이게 하는 기능이라도 달린 줄 알았네.

"안녕하세요. 유다희라 합니다. 바 캡틴을 구한다 하셔서 와 봤습니다."

'이걸 뭐라 해야 한다? 빅토리아풍? 로코코?'

다희의 입과 사고가 제각각 돌았다. 5월부터 한여름 모드에 돌입한 자신도 남의 패션 가지고 뭐라 할 주제는 못 되지만, 긴팔 레이스 블라우스에 찻잔을 엎은 듯 화려한 스커트를 입은 사람을 이 계절에 맞닥뜨리게 될 줄은 몰랐다.

"인테리어는 얼추 마무리된 듯 보이네요. 다른 직원들도 다 구하셨나요?"

"네……. 매니저를 맡을 남직원 한 명, 홀 서버 한명, 음향 DJ 한 분, 요리사 한 분. 이렇게요."

유리는 허공을 응시하며 가게의 인적 구성을 우물우물 설명했다.

"요리사가 있다면 다이닝 바를 추구하신단 거네요. 칵테일과 다이닝 중 어디에 중점을 두실 건가요?"

"아……. 일단은 칵테일 위주로 생각하고 있어요. 근데 이왕이면 맛있는 안주도 있으면 좋겠다 싶어서……."

이번에 유리는 바닥을 내려다보며 얼버무렸다.

"그러시구나. 전 칵테일 안주로는 체리나 땅콩이 제격이라 생각하지만. 뭐, 개취니까요."

나른하게 중얼거리며 다희는 가게를 죽 훑어보았다.

검색창에 '소자본 창업'이나 쳐 보는 자영업자는 얼씬도 못 할 규모다. 주방도 널찍하고 벽걸이형 TV와 체스판, 음향 장치 등의 오락 콘텐츠도 풀옵션이다.

이 정도 구색을 갖출 정도의 재력이면, 술을 진열하는 백 바 역시 보물창고 수준으로 풍족하게 채울 수 있을 터다.

그런데도 왜일까. 다희의 눈엔 이 가게의 모든 것이 휑해 보였다.

"이 바의 콘셉트는 뭔가요?"

인형 같은 오너의 모습에서 미루어 짐작하건대, 일본에서 한때 유행하다 한물간 메이드 술집 같은 건 아니겠지?

"바의 콘셉트라 하시면……. 어, 음……. 일단, 칵테일 바인데요……."

"칵테일 바도 여러 갈래가 있죠? 격식을 중시하는 클래식 바. 미국 서부개척시대에서 유래한 자유분방한 느낌의 웨스턴 바. 이 두 가지 바가 시류에 맞추어 수없이 변형되고 발전되어 나온 몰트 바, 재즈 바, 와인 바 등등……. 어머나, 죄송. 저도 모르게 직원 교육하던 시절의 버릇이."

다희의 일장연설에 유리는 만화경을 한 바퀴 돌려 본 듯 얼빠진 얼굴이 되었다.

"사실 그런 구분이 큰 의미는 없긴 하죠. 요샌 워낙 많은 바리에이션이 존재하니까. 어쨌든 제가 궁금한 건 이 바의 콘셉트, 즉 사장님이 추구하는 바입니다."

칵테일 바. 일단, 칵테일을 파는 곳. 여기에 어떤 설명을 더 갖다 붙여야 콘셉트란 것이 되는 걸까? 유리는 창백한 얼굴로 실토했다.

"저…… 죄송한데……. 실은 제가 아직 이쪽 분야를 잘 몰라서요."

"……."

"그래서 바텐더님께 완전 기초부터 배워야 하는 입장이에요. 부족한 점이 있거나 필요한 게 있으시면 전부 말씀해 주세요. 일하시는 데 최대한 불편하신 점 없게 하겠습니다."

부족한 점이 있으면 전문가의 조언을 구하는 건 너무나 당연한 것이다. 그렇다고 해도, 베이스가 너무 없어 보인다.

"술은 다 주문해 놓으신 거죠?"

"아, 네……. 그건 성진이, 매니저가 도와줘서……."

"그리고 사장님, 이 바 상호는 뭔가요? 들어올 때 보니 아직 간판이 없어서요."

"죄송합니다. 그게…… 실은 아직 못 정했어요."

"언니. 혹시 추천할 만한 상호 없을까요? 나도 머리를 쥐어짜 봤는데 이거다 싶은 게 퍼뜩 안 떠오르더라고."

유리가 표 안 나게 뚜드려 맞는 광경을 보다 못한 경민이 슬쩍 끼어들었다.

"흐음, 사장님. 혹시 사귀는 사람 있어요? 아님 좋아하는 사람이라든지."

"네? 가, 갑자기 그건 왜요?"

"바 이름 짓는 데 참고가 될 수 있으니까요. 나중에 시그니처 칵테일의 이름을 지을 때도 써먹을 수 있고. 실제로도 연인의 이름을 딴 유명한 칵테일이 있죠."

차분하게 설명하는 중에 유리를 보는 다희의 눈이 첨예하게 빛났다. 별 사심 없이 한 말인데 심장이 쿡 찔린 표정을 지을 것까지야.

"정 없으시다면, 좀 더 단순하게 가 볼까요? 특별히 좋아하는 물건 있어요? 동물이라든지. 아니면 꽃 같은 것도 좋고."

유리의 목에 걸린 스코티 목걸이랑 그녀가 입은 플라워 패턴 치마를 보고 즉흥적으로 한 말이었다.

그러나 유리는 마치 품에 간직한 소중한 보물을 꺼내듯 진지하게 답했다.

"꽃이라면……. 진달래꽃이요."

"그러면 '아젤리아'는 어떠세요?"

다희의 제안에 경민이 손뼉을 쳤다.

"아! 그러고 보니 진달래꽃이 영어로 아젤리아죠. 나는 괜찮은 거 같은데?"

"물론 결정권은 사장님께 있습니다. 조촐하게나마 아이디어를 내야 할 타이밍 같아서."

"아젤리아……. 좋은 거 같아요. 뭔가 여성스럽고, 고급스러운 느낌도 들고……."

"한번 생각해 보시고. 전 오늘 이만 가 봐도 될까요? 근처에 사는 지인과 약속을 잡아 놔서."

"앗, 바텐더님. 그럼 저희 바에서 일해 주시는 거…… 맞죠?"

"네."

다희는 선웃음을 지었다.

"언니 최고! 진짜 고마워요!"

"정말 감사해요. 바텐더님, 앞으로 잘 부탁드릴게요."

천군만마를 얻은 듯 기뻐하는 두 여자에게 씩 웃어 주고, 다희는 돌아섰다.

아젤리아Azalea.

진달래속 식물의 총칭. 그 어원은 그리스어 azaleos에서 왔으며 '건조하다'라는 뜻도 지녔다.

저 해맑은 여자들에겐 여유로움 정도로 비쳤을 모습들이, 다희에게는 사막 바람처럼 건조한 마음의 표현이었다.

지상으로 올라온 다희는 한숨짓듯 중얼거렸다.

"돈 세탁하는 곳인가."

말 그대로, 돈을 세탁기에 돌려서 버려 버리는 곳.

바가 넓다고 능사는 아니다. 넓을수록 그만큼 채워야 하기에.

바에 오는 손님은 어두우면서도 편안하고, 비밀스러우면서도 활기찬 분위기를 기대한다. 그 기대가 충족되지 못할 것 같으면, 손님은 입구에서 쭈뼛거리며 발길을 돌리고 만다. 그렇기에 바는 아무렇게나 채워서는 안 된다.

주방과 요리사. 오락 콘텐츠와 DJ. 기왕 있으면 좋을 것 같아도, 뚜렷한 기준 없이 욱여넣으면 오히려 공간을 정신 사납게 만들 수 있는 요소들이다.

손님들은 한눈에 알아볼 것이다. 바가 채워진 건지, 그저 난잡한 건지.

그래서 바가 넓을수록 오너의 역량도 중요해지는 법인데. 이 바의 오너는, 글쎄. 술의 신 바쿠스와는 영 인연이 없어 보인다.

"그래도 재미는 있겠는데."

유리의 인형 같은 차림을 떠올리며 다희는 참았던 웃음을 터트렸다.

뭐, 입지 하난 끝내주게 좋으니 출퇴근하기 좋고. 토킹 바나 모던 바처럼 성가시고 퇴폐미 넘치는 부류의 바는 아닌 듯하고. 곧 있으면 뜨거운 여름도 오고 축축한 장맛비도 쏟아질 테니.

"한 철 빗줄기 피하긴 좋겠네."

❖ ❀ ❖

아직 이름조차 정해지지 않은 칵테일 바로의 첫 출근. 성진의 표정은 영 개운치 못했다.

"아무리 생각해도, 그날 내가 유리한테 너무 까칠하게 군 거 같은데."

일주일 넘게 품은 생각이 혼잣말이 되어 튀어나왔다.

'나와 함께 일하는 동안 절대, 결혼하면 안 돼. 그리고 가벼운 연애도.'

가뜩이나 수치심을 무릅쓰고 나간 자리에서 그런 황당한 요구를 들으니, 사람을 대체 뭘로 보나 싶어 욱 하고 올라왔던 건 사실이다.

'형. 그 누나 정말 고마운 분이다. 그렇게 큰돈도 빌려주고, 형

직장도 마련해 주고.'

쌍둥이 동생은 맏형의 고민거리가 말끔히 해결되었다는 사실에
마냥 기뻐했다.

그게 어떤 직장인지, 또 그 누나가 어떤 조건을 달았는지, 머리
에 피도 안 마른 동생들이 몰라도 될 사실은 굳이 밝히지 않았다.

'그랬구나.'

성진이 무거운 진실을 가감 없이 털어놓자, 어머니는 그저 쓰게
웃었다.

'성진아. 빚을 갚아야 한다는 의무감만으로 그 아가씨를 대하지
는 않았으면 좋겠다. 그 아가씨도 분명 이루고자 하는 바가 있어서
널 불렀을 거야.'

'몸이 나으면 그 아가씨한테 감사 인사라도 하고 싶어. 큰돈을 빌
려줘서가 아니라…… . 널 필요로 하고 믿어 주는 게 너무 고마워서.
네가 그토록 헌신했던 회사도, 수영이도 야속하게 등을 돌린 마당
에…… .'

복받치는 감정을 억누르고, 어머니는 심지 곧은 목소리로 당부
했다.

'이제 가족 걱정은 말고, 앞만 보고 가. 그 아가씨와 함께.'

안 그래도 성진은 점점 유리에게 마음이 쓰였다.

사회생활 경험이 전무한 그녀의 첫 사업이다. 이것저것 알아보러 다니느라 선 고운 얼굴이 요 며칠 새 눈에 띄게 수척해졌다.

업무적인 면에선 최선을 다해 돕고 있지만, 아직 격려의 말을 따로 건네지는 못했다.

성진은 아직 간판이 없는 바의 문 앞에서 마음을 다졌다. 이제 제 마음에도 간판을 달아야 할 때다. 일단 오늘 해야 할 일을 마치고 나서.

"유리한테 사과해야겠다."

바 안으로 들어서니 선객이 있었다. 테이블에 턱을 괴고 앉아 있던 키 큰 여자가, 성진을 보자마자 오 하고 입술을 오므렸다.

"유다희 바텐더님이시죠? 처음 뵙겠습니다. 복성진이라고 합니다."

"아하, 매니저님이군요."

다희가 성진에게 대뜸 악수를 청했다.

"원래 이 바닥에 필요한 게 서비스 마인드랑 체력, 그리고 비주얼이라지만. 연예인이라도 온 줄 알고 깜짝 놀랐네."

"과찬이십니다. 바텐더님의 전설적인 이력은 익히 들었습니다. 저희가 부족한 점이 많습니다. 많은 가르침 부탁드립니다."

"아하하, 전설적일 것까지야."

한가로운 웃음과 깍듯한 인사말 사이에 치열한 탐색이 오갔다.

"오늘 유리 만나 보셨나요? 일찍 와서 바텐더님께 이것저것 배우겠다고 했는데."

"그게 말이지, 내가 사장님 머릿속을 너무 복잡하게 해 드렸나 봐."

"네?"

의아하게 되묻는 성진 앞에서 다희가 멋쩍게 머리를 쓸어 넘겼다.

"아니 그냥. 이 정도 규모 바 운영하려면 이러저러한 기물이 더 필요하다, 사람을 더 쓰셔야 한다, 여러 가지 충고의 말씀을 드렸더니 멘붕이 왔나 보더라고. 내가 너무 몰라서 잔소리했나. 어쨌든 경민이랑 저녁 약속 있다면서 좀 전에 나갔어요."

말인즉, 팩폭으로 멘탈을 깨부쉈다는 거다. 그토록 애쓰고도 여전히 산적한 과제 앞에 하얗게 질렸을 유리의 얼굴이 눈에 선했다.

"사업이 처음이라 많이 힘든가 봅니다. 노력은 정말 많이 하고 있으니 이해해 주셨으면 합니다."

"사장님이랑 중고교 동창이라 하셨죠?"

다희가 가느스름한 눈으로 물었다. 뉘앙스가 마치 같이 말아먹을 작정이냐 묻는 듯했다.

"저랑 유리, 여기선 동창이 아니라 사장과 직원입니다. 그러니 저희 관계에 개의치 마시고 충고를 아끼지 않으셨으면 합니다. 쓴약을 주시면 달게 먹겠습니다."

얼핏 들으면 선을 긋는 것 같지만.

"그래도 당분간은 저한테 먼저 먹여 주셨으면 좋겠습니다. 제가 중간 역할 잘 하겠습니다."

끝까지 들으니 이만한 충성 맹세도 없다. 여린 사장님 마음 안 다치게 흑기사를 하겠다니.

"그러면, 시작해 보죠."

"예?"

"업무 말입니다."

다희는 한결 누그러진 미소를 머금었다.

2시간 동안 두 사람은 메뉴 리스트를 짜 보았다. 하루 만에 끝날 일은 아니었지만 의외로 손발이 맞아 기대 이상으로 일이 진척됐다.

"매니저님도 한 내공 하네. 바 경력 3년 이상이라 해도 믿겠는데?"

성진보다 2살 연상인 다희는 조금씩 말을 놓았다.

"대학 등록금 벌려고 방학 때마다 바에서 일했습니다. 대학 연합 칵테일 동아리 활동도 했고요."

"대학 졸업한 후에는 무슨 일 했어?"

"선샤인주류 기획개발팀에서 3년 근무했습니다."

"와아, 엄청 좋은 데 다녔네. 그러면 직장은 유리 씨랑 동업하려고 관둔 거야?"

"그냥 적성에 안 맞아서요."

다희는 성진의 쓴웃음에 서린 회한을 읽어 냈다. 딱 봐도 직장에 등골을 족히 열 번은 빼 준 듯 보이는데. 고작 적성 문제는 아니었을 듯하다.

성진이 곧바로 화제를 돌렸다.

"유리랑 경민이 어디 갔는지 아시나요?"

"이브닝에메랄드 호텔 라운지 바에서 한잔할 거라던데. 우리도 저녁 먹으러 갈까?"

"죄송한데 다음에 먹어도 될까요? 오늘 유리에게 꼭 해야 할 말이 있어서요."

"나야 뭐 이 근처에 부르면 튀어나올 사람 많으니 편하신 대로."

두 사람은 바 문을 걸어 잠갔다. 다음 달에 개업하고 나면 새벽까지 열려 있을 문이다.

"오늘 정말 수고 많으셨습니다. 저녁 맛있게 드시고, 내일 뵙죠."

성진이 바람처럼 떠나간 뒤, 다희는 기묘한 시선으로 아젤리아를 돌아보았다.

❖　✳　❖

"표정이 왜 그래? 무슨 일 있었어?"

"아니야. 그냥……. 좀 피곤해서 그래."

경민의 물음에 대충 둘러대는 유리의 표정은 어두웠다.

이브닝에메랄드 호텔 라운지 바. 이곳에 오니 그날 밤의 일이 생생히 떠올랐다.

'등 떠밀면서 하라고 해도, 절대 안 해. 연애든 결혼이든.'

다신 그 어떤 여자에게도 곁을 내어 주지 않겠다는 환멸이 가득하던 얼굴. 늘 환하게 웃던 성진만 알았던 유리로선 적잖이 충격받았다.

성진이 그런 표정을 짓게 되기까지 정말 많은 일들이 있었을 테지만, 자신의 터무니없는 요구가 결정타가 된 듯하여 괴로웠다.

"역시 괜한 말을 한 거 같아."

"복성진한테 딴 년 만나지 말라고 한 거? 아니, 잘했어. 너나 그놈이나 죽 쒀서 개 줄 일은 없어야지."

"그치만……. 사업도 이대로 괜찮을지 모르겠어. 이렇게까지 복

203

잡하고 어려운 줄은……."

"사업이란 게 원래 쉽지 않지. 그래도 너무 걱정하지 마. 그 언니가 워낙 일당백이라 적어도 망할 일은 없을 거야. 그리고 누구보다 성진이가 있잖냐."

'사업이란 게 원래 쉽지 않다.'

그 말을 원론적으로만 인지하고 있었음을 요새 들어 뼈저리게 느낀다. 사업뿐만 아니라 사람의 마음도 너무 안일하게 생각했다.

불현듯 유리가 자리에서 일어섰다.

"어디 가? 화장실?"

"아니, 간만에 한 곡 쳐 보고 싶어서."

그 시각, 성진 역시 라운지 바에 도착했다. 이 밤에 딱히 가 있을 데도 없고 해서. 아예 이곳에서 유리를 기다리려던 참이었다.

라운지 바에 들어선 순간, 가랑비 같은 음색이 성진의 가슴을 적셨다.

클래식 음악에 특별히 관심이 있지 않고선, 피아노 연주를 듣고 무슨 교향곡 몇 번 몇 악장이니를 알아맞히는 사람은 별로 없다. 대다수 사람들은 그저 느낀 대로 간명하기 그지없는 곡명을 갖다 붙이곤 한다. 신나는 곡. 혹은 슬픈 곡.

지금 연주되는 곡은 후자에 속했다.

연주자를 확인한 순간, 성진은 우뚝 멈추어 섰다. 금유리가, 어스레한 라운지 바의 파르스름한 조명을 한 몸에 받으며 이름 모를 슬픈 곡을 연주하고 있었다.

피아노 건반에 감정을 모조리 빨린 듯 그녀는 무표정했다. 그러나 곡의 음색은 새의 눈물보다 처연하고, 밤보다 짙푸르게 고조되어 갔다.

짝짝짝.

그녀의 연주가 끝나자 사람들이 짤막하게 박수를 쳤다.

자리로 돌아가는 유리의 얼굴은 공허해 보였다. 피아노 건반을 두드리면서 자신이 텅 비고 보잘것없는 존재임을 재차 확인한 것처럼.

얼핏 보인 그녀의 표정에, 성진은 적잖은 충격을 받았다. 유리가 저런 표정을 짓게 되기까지 정말 많은 일들이 있었을 테지만. 며칠간의 제 무정한 태도도 한 짐 보탠 것 같아 마음이 아파 왔다.

'그 아가씨도 분명 이루고자 하는 바가 있어서 널 불렀을 거야.'

어머니의 당부를 되새기며, 성진은 주먹을 굳게 말아 쥐었다.

❖ ❀ ❖

"내가 도울 수 있는 건 여기까진 거 같아."

저녁을 먹고 헤어지면서 경민이 아쉬운 듯 중얼거렸다.

"이럴 땐 몸이 두 개였으면 좋겠어. 하나는 나 대신 마감하고, 하나는 아젤리아에서 서빙이라도 하고. 아, 젠장. 난 애 볼 사람도 필요하니 셋이어야 되네!"

"경민이는 정말 대단해. 일도 잘하고 아이도 키우고, 그 와중에 주변까지 꼼꼼히 챙겨 주고."

"앞으론 자주 오기 힘들 거 같아. 요 근래 칼퇴를 남발해서 직장에서 꼴이 말이 아니거든. 최소 일주일간은 밤샘해야 일의 공백을 메꿀 판이야. 하이고……. 벌써 눈앞이 핑핑 도네."

일. 가정. 거기에 친구까지 더해 챙기느라 경민은 근 한 달 만에 10년은 늙은 듯 보였다. 일주일간 푹 쉬어도 모자랄 듯 보이는데 오히려 밤을 새워야 한다니…….

"고마워, 경민아. 이렇게 무리하면서까지 많이 도와줘서."

"무슨 소리야. 고마운 건 오히려 나지."

경민이 유리의 손을 맞잡았다.

"네 덕에 무리라도 해 볼 수 있는 거지, 너 아니었어 봐. 아무것도 못 하고 손가락만 빨면서 친구 죽어 가는 꼴 보느니 무리하는 게 백만 배 나아. 이게 바로 절망과 희망의 차이인가 봐."

더할 나위 없이 도와주고도 마음이 놓이질 않는지, 경민은 떠나려다 말고 뒤돌아 유리를 보았다. 그녀가 비장하게 말했다.

"금유리. 모든 걸 걸었으니까, 꼭 모든 걸 가져가. 알았지?"

홀로 남은 유리는 밤하늘을 물끄러미 올려다보았다. 경민이 떠나고 나니, 동굴 속에서 길을 비추던 손전등이 꺼진 느낌이었다.

이제부터는 제 힘으로 출구를 찾아가야 한다.

술이라곤 소주, 맥주밖에 모르는 제 앞에 더더욱 까마득하게 펼쳐질 술의 세계. 그보다도 더 어려운 성진의 마음. 깜깜한 동굴에서 깊은 물웅덩이나 뾰족한 종유석을 피하는 일보다 더 어려울지 모른다.

모든 걸 걸었을 때만큼 담대해져야 하는데. 그래야 모든 걸 가질 텐데. 캄캄한 밤하늘 아래 마음이 자꾸만 심약해진다.

'내가 정말 할 수 있을까?'

실처럼 희미해도 좋으니, 맞은편에서도 빛이 보이면 좋겠다. 유리가 그렇게 생각하는 찰나.

"유리야!"

섬광 같은 목소리가 들렸다.

목소리의 주인공을 확인한 순간, 어둠에 잠겼던 유리의 눈에 환한 빛이 고였다.

"성진아……."

성진이 성큼성큼 다가와 유리와 마주 섰다.

때마침 두 사람을 잔잔히 휘감는 초여름 바람처럼, 성진의 표정은 부드러웠다. 며칠간의 서먹함을 단숨에 녹여 내는 얼굴이었다. 이런 우연을 만들어 준 밤이 너그럽게 느껴졌다.

"이런 데서 다 만나네. 이런 우연이……."

기분 좋은 쑥스러움에 작게 중얼거리는 유리에게 성진이 웃으며 말했다.

"우연은 아니고, 내가 널 찾아온 거야."

"아, 정말?"

"유다희 바텐더님한테 너 어디 있는지 물어보고 찾아온 거야."

"그랬구나……."

"실은, 너한테 오늘 꼭 하고 싶은 말이 있어서."

"뭔데?"

"크음, 그렇게 대단한 말은 아니긴 한데……."

성진이 무안한 기색으로 헛기침을 했다.

"나 이제 좀 알겠어. 네가 칵테일 바를 차린 이유가 뭔지."

"저, 정말?"

유리의 얼굴이 빠르게 달아올랐다.

"그걸 어, 어떻게 알았어? 호, 혹시 경민이한테 뭐 들은 거라도……."

당황하여 마구 말을 더듬는 유리 앞에서, 성진은 짐짓 고개를 완강히 저었다.

"경민이한테 슬쩍 물어보기야 했지. 그랬다가 자력으로 알아내라고 면박만 들었다."

"그러면……."

유리는 두 손으로 뺨을 감쌌다. 경민이가 밝힌 게 아니라면 대체 어떻게 이렇게 빨리 들켜 버린 걸까? 설마 나 그렇게…… 티가 났나?

"유리 네가 칵테일 바를 차린 목적은."

목소리를 착 깔며, 성진이 유리와의 거리를 성큼 좁혔다. 그의 수려한 입술에 달린 짓궂은 미소가 생생히 보일 만큼 서로 가까워졌다.

성진이 유리의 코앞까지 다가와 서서히 고개를 기울였다. 더운 숨결이 그녀의 여린 피부에 와 닿았다. 지난 15년간 유리가 수천 번도 더 상상했던 순간의 도입부와 너무 유사한 전개였다.

이건 서, 설마…….

벌써 이럴 리가 없지만. 이럴 리가 없어도…… 어쨌든 좋지만!

심장이 철로를 이탈한 기차처럼 가슴에서 튀어나올 것만 같아, 유리는 질끈 눈을 감았다.

그녀가 다시 눈을 떴을 때.

"바로 이거지?"

눈앞에 성진의 입술 대신 그의 핸드폰이 들이밀어져 있었다. 한 달 전 인터넷 기사가 화면에 떠 있었다.

<황금글라스, 아트글라스 전격 인수 결정>

"아트글라스라면, 디자인 유리 식기 전문 기업이잖아. 유수의 주류회사에서 술병 디자인 의뢰도 받는다고 들었어."

"……으응."

"그런 아트글라스를 인수했다는 건, 황금글라스가 앞으로 칵테일 잔이나 디자인 주병 쪽으로 영역을 넓힌단 뜻이겠지?"

"어……. 그, 그렇지."

"그래서 내가 도출해 낸 결론은."

성진은 의미심장하게 웃었다.

"네가 칵테일 바를 차린 이유는, 황금글라스에서 출시한 유리잔들을 바에 구비해 놓고 간접적으로 홍보하면서 시장 반응을 살피기 위함인 거, 맞지?"

성진은 페르마의 마지막 정리라도 증명한 사람처럼 뿌듯해 보였다.

유리의 심장은 고요하고 적막하기 그지없는 제자리로 돌아왔다. 차라리 현실이었으면 좋겠다 싶을 만큼…… 체계적인 헛다리였다.

"그래, 성진아. 네 말이 맞아……."

내일 당장 그릇 도매상에 전화해서 주문해 놓은 잔들을 모조리 취소해야겠다. 별수 있나. 아버지 회사에서 나온 잔들로 대신 주문해 놓아야지.

진짜 목적을 들키지 않아 다행이란 생각이 들면서도, 한편으로 김이 확 새 버렸다. 괜히 과제만 하나 더 늘어난 느낌이다.

허무한 표정을 짓는 유리에게, 성진이 다시 진지한 얼굴로 말했다.

"유리야. 사실 진짜 하고 싶었던 말 따로 있어. 나 일단 너한테 사과하고 싶어."

"왜……."

"저번에 라운지 바에서 내가 말을 좀 심하게 한 거 같아서. 미안해. 그땐 내가 너무 과민했어."

"아니야! 나야말로……. 저기, 성진아. 내가 그때 그런 말을 한 건……."

"특약 사항은 꼭 지킬게. 어차피 난 앞으로 다른 거에 눈 돌리지 않고, 너만 볼 작정이거든."

성진의 결연한 말에 유리의 눈썹이 파르르 떨렸다.

"내가 잘은 모르지만, 너에겐 나름 이번 사업이 중요한 시험 무대인 것처럼 보여. 이 칵테일 바가 잘 돼야 아버님께 인정받고 요직으로 갈 수 있는 거지?"

유리는 서글프게 웃었다. 뜨거운 감동과 차가운 자책이 동시에 가슴으로 밀려들었다.

"너에게 진 빚은 하루빨리 갚도록 노력할게. 하지만 그때까지 채무를 변제한다는 생각보단, 네 사업에 조금이라도 힘을 보탠다는 생각으로 일하고 싶어. 그래야지만, 나도 나답게 일할 수 있을 거 같아."

그리 말한 순간, 성진은 제 심장이 뜨겁게 뛰는 걸 느꼈다.

역시. 어머니는 그 누구보다도 자신을 잘 아셨다. 나 하나뿐만 아니라 다 함께 잘되길 바라는 마음. 그 마음가짐으로 일을 할 때 비로소 자신의 진가가 나온다.

"우리 진짜 잘해 보자, 금유리."

성진이 유리에게 손을 내밀었다. 악수를 청하는 손에 유리는 새끼손가락을 내밀었다.

"하하, 이거 뭐야? 혹시 새끼손가락 걸고 복사 쓱 사인 쫙, 이거야? 이거 중딩 때 이후로 처음 보는 거 같은데."

성진이 깜찍하다는 듯 웃음을 터트렸다.

"응. 좀 유치하지? 그래도 너 아니면, 그때 생각이 나게 하는 사람도 없어."

성진은 유리를 물끄러미 보았다.

"솔직히 네가 방금 한 말만은 절대 취소하지 말아 줬으면 하는 바람도 있고……."

그를 올려다보는 그녀의 다갈색 눈이, 소원을 이뤄 주는 달을 보듯 간절했다.

"알았어. 나도 악수는 이제 지겹고 하니 새끼손가락 걸자."

굵직한 손가락이 작은 새끼손가락을 굳세게 휘감았다.

"걱정 붙들어 매라, 골든글라스. 인간 복성진, 이거 걸고 한 약속치고 과자 부스러기 하나도 어긴 적 없으니까."

밤거리를 나란히 걸어가는 남녀의 눈이 별처럼 반짝였다.

❖ ❀ ❖

"성진아. 우리 바 이름 아젤리아로 정했어. 진달래꽃이란 뜻에서."

"아, 그래?"

왜인지 성진이 미묘한 반응을 보였다.

"혹시 이상해?"

"실은 나도 신제품 이름 짓느라 진달래꽃 관련 영단어들 찾아봤거든. 'Korean rosebay'가 우리나라 진달래에 근접한 단어더라고.

아젤리아도 진달래속 꽃을 총칭하는 말이긴 한데, 그쪽은 서양 철쭉에 더 가깝달까."

"아젤리아가…… 철쭉이란 뜻이었어?"

철쭉. 겉모습은 진달래와 흡사하지만 속은 너무나도 다른 꽃. 성진에게 좌절을 안긴 꽃.

요 며칠간 애정을 붙이고 되뇐 이름이 갑자기 찜찜하게 느껴졌다.

"지금이라도 가게 이름 바꿀까……."

"아냐! 난 좋기만 한데 뭘. 어감도 예쁘고 사람들 기억에도 잘 남을 것 같아. 아무튼 우리의 아젤리아가 내일이면 드디어 영업 개시구나."

성진이 황금글라스의 유리잔들을 보며 비장하게 말했다. 어찌나 공들여 닦았는지 잔들이 다이아몬드처럼 반짝거렸다. 전시 효과를 높이자고 천장에 잔걸이를 손수 설치한 것도 그다.

"성진아. 굳이 이렇게까지 안 닦아도 될 것 같은데……."

"아니. 열 번을 닦아도 과하지 않아. 칵테일의 5대 요소는 색, 향, 맛, 장식, 글라스거든. 글라스가 맑고 깨끗해야 칵테일 비주얼이 제대로 살지."

말하는 도중에도 성진은 앞에 놓인 유리잔 귀퉁이를 마른 천으로 스윽 닦았다. 유리의 눈에는 좀체 안 보이는 먼지가 그에겐 보이는 모양이었다.

6월. 막연한 걱정 때문에 뜬눈으로 지새운 밤이 무색할 만큼, 바 아젤리아의 개업 첫날은 성황을 이루었다.

홍대입구역 3번 출구 도보 2분 거리. 퇴근 후 유흥거리를 찾아 나서는 2, 30대 직장인들이 집중되는 상권. 물 반 고기 반인 강에 그물이라도 벌려 놓은 듯 손님들이 모였다.

세상 물정 모르는 사람이 보면 대뜸 감탄할 법한 광경이었다. 여기 사장, 조만간 돈 방석에 앉겠구나.

"헉, 헉……."

아젤리아 오너 금유리는 바 입구에서 받은 숨을 뱉으며 헐떡거렸다. 여러 날에 걸쳐 만반의 준비를 했건만, 막상 영업을 개시하니 틀어막아야 할 구멍이 속출했다.

손님이 이렇게 많이 올 줄도 몰랐고, 레몬이 그렇게 많이 필요한 줄도 몰랐다. 유리는 인근 마트로 달려가 부족한 것들을 양손 가득 챙겼다.

유리는 택시에서 내리자마자 전력 질주했다. 몸이 고생하는 건 사장인 제가 부족한 탓이었다.

"뭐 하러 뛰기까지 해."

성진이 안타까운 표정으로 유리를 맞았다.

"숨넘어가겠다. 얼른 이리 줘."

굵직한 손이 유리의 가녀린 손아귀에서 무거운 짐들을 번쩍 덜어 갔다. 그 짧은 순간 유리는 넋 놓고 그를 보았다.

어스름한 인테리어에 맞추어 톤 다운된 옷을 입고도, 성진은 단연 돋보였다. 수려한 이목구비. 한창 일하느라 소매를 걷어붙여 드러난 건장한 팔뚝.

선샤인주류에 다닐 때에 비하면 캐주얼해진 차림새지만, 그의 행동거지는 여전히 음전하고 각이 잡혔다. 딱딱한 슈트에 가려졌던 아우라가 성진의 훤칠한 몸에 달무리처럼 어렸다.

그의 사소한 움직임에 여성 고객들의 시선이 우르르 따라붙는 건 지극히 당연해 보였다.

"내가 포스기라도 볼까?"

"괜찮아. 손님들 나갈 때마다 내가 잠깐 보면 돼."

아까 유리가 카드 결제 취소를 할 줄 몰라 당황하던 모습이 떠올라, 성진은 얼른 손을 내저었다.

"그러면 설거지라도……."

"그것도 괜찮아. 헬퍼가 하고 있……."

성진이 만류하기도 전에 유리는 싱크대로 향했다.

싱크대는 바텐더들의 뒤편에 있다. 그리로 들어가려다 유리는 난감해졌다.

바 카운터 뒤쪽에 한 단 낮은 높이의 작업대가 붙어 있고, 그 위에 술병과 기물이 한가득 쌓여 있었다.

가게는 이렇게나 넓은데, 바텐더들의 공간은 생각보다 비좁았다.

"저, 사장님…… 잠시만요."

칵테일 잔을 양손 가득 쥔 바 헬퍼가 유리를 위아래로 보며 난감한 표정을 지었다. 유리의 풍성한 치맛자락이 동선을 차단하고 있었다.

"아, 미안해요."

유리는 황급히 뒷걸음질 쳐서 길을 터 주었다. 지금은 그저 가만히 있는 게 도와주는 거였다.

유리는 바 카운터 중앙에 자리 잡은 다희를 관찰했다. 한 여성 손님의 주문을 받는 중이었다.

"아재스러운 올드패션드로 해 달라구요? 나랑 코드가 딱 맞으시네. 오케이, 만들어 드리죠."

다희는 백 바에 진열된 수많은 술들 가운데 위스키 한 병을 빠르게 골라냈다. 오렌지, 각설탕, 핫소스 크기의 병을 가져다 놓고, 온더록스 잔을 작업대에 올렸다.

"어머, 잔이 되게 예쁘다."

"그죠? 황금글라스 사 제품이라네요."

성진이 주입한 모범 답안임이 분명하다. 유리는 화끈거리는 볼을 양손으로 감쌌다.

다희는 온더록스 잔에 각설탕을 까 넣고 핫소스 크기의 병을 기울였다. 정체불명의 갈색 액체가 방울방울 떨어지며 각설탕을 물들여 갔다.

작은 막대로 각설탕을 잘게 부수고, 맑고 큼직한 얼음을 넣었다. 고깔 2개가 맞붙은 것처럼 생긴 기구로 위스키를 계량하여 넣고, 길쭉한 스푼으로 휘저었다.

작은 컵 안에 정연한 규칙과 까다로운 정성이 담기는 듯 보인다. 그냥 모든 재료를 한꺼번에 넣고 휘젓는 거랑 뭐가 다른지, 유리는 감히 의문을 품지 못했다.

마무리로 다희는 비단 조각처럼 얇게 발라낸 오렌지 껍질을 비틀어 넣었다.

"주문하신 아재버전 올드패션드 나왔습니다."

얼굴에서 치열함을 거두고 다희는 싱긋 웃었다. 한 모금 머금은 순간, 시크한 인상의 손님 얼굴에 화색이 돌았다.

"어머, 진짜 맛있다."

"진짜…… 멋있다."

유리는 손님과 동시에 중얼거렸다.

다희가 잠깐 자리를 비운 새, 유리는 무언가에 홀린 듯 그 자리로 가 보았다. 핸드 스퀴저가 작업대에 반쯤 걸쳐져 있었다.

"이걸로 레몬을 짜는 건가?"

무심코 집어 올린 핸드 스퀴저의 그립감이 참 좋았다.

내려놓기 마땅한 곳을 찾으려던 순간, 누군가가 유리의 손에서 핸드 스퀴저를 확 낚아챘다.

"여기서 뭐 해요?"

다희가 심기 불편한 표정으로 유리를 흘겼다. 마치 핸드 스퀴저의 비명이라도 들은 것처럼.

"아……. 이대로 놔두면 떨어질 거 같아서……."

"사장님. 잘 모르셔서 하시는 일이니 이번 한 번만 설명을 드릴게요."

유리가 우물우물 변명하자 다희가 한숨 섞인 음성으로 말했다.

"웬만하면 남의 기물에 손대지 말아 주세요. 저뿐만 아니라 다른 바텐더들 것도요. 바텐더 아니라도 자기 물건 손대는 거에 민감한 사람들 많잖아요? 특히, 이 핸드 스퀴저는 예전에 지인이 절 위해 주문 제작한 거라서요."

다희는 살짝 굳은 얼굴로 핸드 스퀴저를 세척했다.

"죄송해요. 앞으로 주의하겠습니다."

유리는 바텐더들의 공간에서 도망치듯 나왔다.

정신없는 하루가 지나가고, 아젤리아의 마감 시간인 새벽 3시가 되었다.

"첫날 소감 어때? 오늘은 다행히 진상은 없었네."

새벽까지 일하고도 성진은 쌩쌩해 보였다. 손님들이 기대 이상으로 많이 와서 신나 보였다.

"이거 봐 봐! 가게 인스타에도 댓글 많이 달렸다."

성진이 유리에게 핸드폰을 내밀었다. 'BAR_azalea' 계정의 인스타그램에 피드 수와 팔로워 수가 상당했다.

"우와, 성진아. 이런 건 언제 다⋯⋯."

"트위터, 페이스북, 블로그도 팠어. 가게 소식란은 내가 꾸준히 관리할 테니까, 너도 황금글라스 신상 이미지 부지런하게 올려."

유리는 함박미소를 지었다. 술도 사업도 아는 바가 전무한 자신의 몫까지 메꿔 가며 오픈 준비를 도와준 그의 노고도 충분히 고마운데, 미처 생각지 못한 부분까지 살뜰히 챙겨 주고⋯⋯. 그가 곁에 있어 생기는 일들이 하나같이 꿈만 같다.

돈방석보단 가시방석에 앉은 듯한 신고식이었지만, 오늘 하루는 나름 뿌듯하게 마무리할 수 있을 듯했다.

"어? 이 댓글은 뭐지?"

아젤리아 블로그에 달린 댓글을 보던 성진이 눈썹을 치켜올렸다. 별 내용 없이 웹페이지 링크만 달아 놓은 댓글이 있었다.

"광고면 삭제해야겠다."

무심코 링크를 눌러 본 순간, 성진이 표정이 굳어졌다.

"성진아, 왜 그래? 뭐 이상한 거야?"

"유리야. 이거⋯⋯ 한번 읽어 볼래?"

장문의 블로그 포스팅이 떠 있었다. 그걸 전부 읽은 뒤, 유리는 어두운 바에서 화이트 아웃을 맞았다.

❖ ✳ ❖

유리가 집을 나간 후. 주변 사람들이 화해를 권하면, 금 회장은 화염 브레스를 뿜어 댔다.

"그 돼먹지 못한 건 더 이상 내 딸이 아니니 입 밖에 내지도 말게!"

그러나 금 회장의 시선은 안에서나 밖에서나 딸의 근황을 좇았다. 푹신한 중역의자 놔두고 금 회장은 선 채로 태블릿 PC를 보았다.

<청년 예술가의 성소. 15년 만에 역사의 뒤안길로>

오늘 포털사이트 메인에 실린 칼럼이었다.

<예술가들이 내몰린 자리, 금수저가 BAR 개업>

금수저가 누굴 지칭하는지는 일목요연했다.

얄궂게도 바 아젤리아가 개업한 터는, 청년 예술가들의 작업 공간 겸 전시회 장소로 이름난 곳이었다. 그것도 무려 15년 역사를 자랑하는.

수년 전부터 홍대 상권이 뜨면서 상가 임차료가 급격히 인상되었다. 수많은 예술가들이 마음의 고향을 지키고자 하였으나, 끝내 건물주와의 협상에 실패했다.

<청년들의 예술혼이 가꾼 공간을 가진 자가 고스란히 앗아 가는, 젠트리피케이션의 전형을 보여 주는 사례다.>

유리로선 단지 좋은 입지에 혹해 그 상가를 계약했을 뿐, 그런 복잡한 사회 문제와 엮이게 될 줄은 꿈에도 몰랐으리라.

<이제 그곳에선 소박한 시를 노래하는 젊은 시인의 음성 대신, 향락적인 웃음소리만이 들려올 것이다.>

"아버지……."

규진이 기사에 줄줄이 달린 악플들을 보고 눈살을 찌푸렸다.

"유리 심정이 많이 복잡하겠군요."

"어디 복잡하다 뿐일까? 억울할 테지. 여기다 막말 써 놓은 사람 하나하나 붙잡고 변명하고 싶겠지. 전혀 몰랐다. 그럴 의도는 없었다. 제 가게 그런 곳 아니다, 식으로. 하지만 알고 밟은 꽃이나 모르고 밟은 꽃이나, 남들 보기엔 가련하기 그지없는 법이다."

"그래도 사람들 참 너무들 하는군요. 자세한 사정 알지도 못하면서 어떻게 이런 심한 말을……."

"가까운 사람 몇몇끼리야 그놈의 자세한 사정 헤아려 주고 바다처럼 품어 주지."

그러나 사람이 여럿 모이면 오히려 편협해지는 법. 그래서 세상이 가혹한 것이다.

"그리고 술집에 무슨 꽃이 피건 간에, 남들 보기엔 똑같이 천해 보이는 법이다."

술집에도 나름의 스펙트럼이 존재함을 안다. 딸의 가게가 적어도 퇴폐업소는 아니리란 것도 안다. 하지만.

"곱게 키워 놨더니, 고작……."

술집 여자. 딸의 현재 위치를 달리 부를 말이 생각나지 않았다.

금 회장의 연배와 사회적 지위로는 도저히 감내하기 힘든 현실이었다. 차가운 노여움이, 이제라도 딸에게 손을 내밀고픈 마음을 저 멀리 밀어냈다.

"동정할 가치도 없다. 온실 속의 화초로 살아갈 팔자도 아무나 타고나나."

금 회장이 집무실을 뜬 후, 금규진은 창밖의 흐린 하늘을 착잡한 눈빛으로 바라보았다.

"유리야……."

여동생의 이름을 부르짖는 큰오빠의 표정이 더없이 죄스러웠다.

❖　✳　❖

유리는 혼이 나간 얼굴로 바 테이블에 앉아 있었다.

자고 일어나니 새벽에 보았던 블로그 포스팅이 기사화되어 있었다. 글을 퍼 나른 기자들은 남의 글을 제 것처럼 보이게 하려고 더욱 자극적인 양념을 쳐놓았다.

<여기가 바로 예술인의 성지를 싹 밀고 술집 차린 금수저가 있는 곳인가요?>

<이래서 홍대 점점 노잼 되는 듯. 예술 공간은 밀려나고 프렌차이즈랑 술집만 생기고.>

성진이 정성 들여 만든 아젤리아 SNS 계정마다 비꼬는 댓글이 달렸다.

새로운 정책을 두고 격론을 벌이는 정치인. 오늘 결혼 발표를 한 인기 연예인. 유명한 사람들의 굵직한 문제들은 오늘도 차고 넘친다. 이 정도 일은 사람들이 오래도록 열을 올릴 만한 이슈는 아니다.

그렇지만 유리는 차마 고개를 들 수 없었다.

'내가 누군가의 소중한 추억을 깔아뭉개 버렸구나.'

유리는 묵묵히 개점 준비를 하는 성진의 뒷모습을 하염없이 바라보았다.

아직도 실감이 잘 안 난다. 그가 눈앞에 있는 게.

물리적으로 이렇게나 가까워졌지만, 여전히 그는 멀다. 금방 깨어날 꿈처럼. 아득한 추억처럼.

백번 잘해도 그에게 닿을 수 있을까 싶은 마당인데. 잘해 보려는 마음은 번번이 실수가 되고, 예기치 못한 데서 자신의 어리숙함만 뼈저리게 깨달아 버린다.

실망시키고 싶지 않은데. 나도 이젠 잘 좀 하고 싶은데.

아직까지 잘한 게 하나도 없어서……. 이런 일만 생겨도 널 잃을까 봐 더럭 겁이 나.

그런데 별안간 성진이 몸을 홱 틀었다. 성큼 다가온 그가 더운 날숨을 뱉으며 속삭였다.

"이러다 우리 사장님 돌이라도 될까 봐 겁나네."

그가 뒤도 안 보고 일만 하길래 저와 말 섞기도 싫어진 줄 알았는데, 아니었다. 오히려 불안감 때문에 돌처럼 굳은 제 심장까지 들여다보고 있었다.

성진이 테이블에 무언가를 착 올려놓았다. 마른 수건이었다.

"사장님. 술병 닦는 거 좀 거들어 주십쇼."

"네에!"

유리는 기쁜 마음으로 성진을 따라갔다.

"술병도 이렇게 매일같이 닦아 줘야 하는 거야?"

"잔여 술 체크도 되고 청결도 면에서도 미미한 효과가 있지만, 난 기분적인 이유 때문에 해. 이렇게 하다 보면 잡념이 사라지거든."

마른 수건으로 술병을 감싸듯 닦던 중 성진이 나직이 말했다.

"나도 미처 몰랐어. 이 장소에 그런 히스토리가 있는 줄은. 네가 재력가다 보니 사람들이 괜히 더 고깝게 보는 듯도 해."

"응…… . 내가 더 잘 알아보고 계약했어야 했는데…… ."

"그래도 난, 우리 아젤리아가 예전에 있던 곳에 비해 결코 가치가 떨어진다고 생각 안 해."

성진은 단호할 만큼 진지했다.

"헤밍웨이는 모히또를 마시면서 노인과 바다를 집필했어. 헤밍웨이 말고도 수많은 작가들이 술의 힘으로 작품 활동을 했다고 공공연히 인정해 왔어."

이태백은 술을 한 말 마시면 시를 백 편 지었다고 하며, 로마 시인 호라티우스는 술을 마시지 않는 시인의 시는 사람들을 오래도록 즐겁게 할 수 없다는 말까지 남겼다.

술과 예술의 떼려야 뗄 수 없는 관계를 인정한 작가들이 무수히 많다.

"술은 사람의 마음을 위로하고 인생에 영감을 주거든. 좋은 글이나 그림처럼, 좋은 술은 그 자체가 예술의 원천이 된다고 생각해."

백 바에 빼곡히 들어찬 술병들을 둘러보며 성진이 말했다.

"이곳을 원래대로 되돌리는 건 불가능해. 도의적인 책임을 묻는 사람들을 전부 다 이해시킬 수도 없어. 우리에게 남은 최선은, 좋은 술을 파는 거야. 그러니까 그 기사랑 댓글들 너무 마음에 담아 두지 마."

그렇게 말해 놓고 성진은 돌아서서 투덜거렸다.

"뭐? 향락적인 웃음소리가 들려와? 술만 팔면 다 유흥업소인 줄 아나. 뭐? 노잼? 직접 와 보고 그딴 소릴 하든가!"

신경 쓰지 말라고 해 놓고 정작 그가 실컷 뒤끝을 부렸다.

"금수저가 칵테일 바 차리면 뭐 어때서? 여기가 나중에 어떤 곳이 될 줄 알고!"

그렇게 그는 유리의 마음을 옥죄던 말들을 차례차례 걷어찼다.

"중요한 건 술맛이지. 안 그래?"

유리를 불쑥 돌아보며 성진이 도전적인 미소를 지었다.

"우리 아젤리아도 좋은 술을 팔 수 있을까?"

유리의 조심스러운 물음에 성진은 당연하다는 듯이 말했다.

"당연하지. 네가 사장님인데."

그의 자상한 웃음이 햇살처럼 가슴에 쏟아졌다.

"우리 심기일전해서, 꽉 막힌 세상에 본때를 보여 줍시다, 사장님."

성진이 팔을 쭉 뻗어, 유리의 손이 닿지 않는 높이에 있는 술병을 빼냈다. 그 사소한 움직임 하나에 가슴이 뻐근할 만큼 든든해졌다.

"성진아. 나 이따 포스기 다루는 법 좀 알려 줘. 오늘부터 계산대는 내가 지킬게."

"오, 사장님이 이렇게까지 신경 써 주니 든든한데? 역시 이 바, 대박 나겠어."

쾌활한 목소리와 조곤한 목소리가 도란도란 섞였다. 15년 전 한 교실에 있었던 때보다도 다정하게.

7.
샛별처럼 살아난 진심

"오늘도 수고 많았어요. 내일 봅시다."

"고생 많으셨습니다, 바텐더님. 안녕히 가세요."

아젤리아 마감 시간. 유리는 다희를 배웅한 뒤 성진을 보았다. 그는 아까부터 빈 테이블에 앉아 관자놀이를 괸 채 우두커니 앉아 있었다.

"성진아. 퇴근해야지?"

불러도 대답이 없었다. 그는 10여 분 넘게 자세를 고치지 않았다.

유리는 성진에게 다가갔다. 서로의 그림자가 맞붙을 정도로 가까워진 순간, 기척을 느낀 성진이 고개를 번쩍 들었다.

"방금 나 불렀어? 다들 퇴근한 건가."

"응……. 우리도 이제 가게 문 잠그고 가야지."

"그래. 지금 나가자."

전철도 시내버스도 끊기는 시간. 성진의 서민적인 예상대로 유리는 매일 본가에서 보낸 기사님의 차를 타고 귀가했다. 그러나 아직까지 그 모습을 직접 본 적은 없었다.

"유리야. 기사님 아직도 안 오셨어?"

"으응……. 지금 오고 계신대. 너 먼저 가."

"기사님 오실 때까지 같이 있자. 주변도 컴컴한데."

"아니야, 너 피곤하잖아. 내 걱정은 말고 가. 행인들 많아서 괜찮아."

인근 클럽에서 놀던 사람들이 쏟아져 나오는 시각이라 주변이 으슥하지는 않았다.

"그래도……."

아무리 한순간이라도 새벽 거리에 여자 혼자 남겨 두는 건 마음에 걸렸다. 성진이 난색을 표하자 유리는 다른 곤란함을 내세웠다.

"기사님이 우리가 같이 있는 모습 보면 오해하실 수도 있어서 그래. 우리 아버지가 좀 많이 보수적이시거든……."

"아니, 우리끼린데 뭐 어때서? 위험할까 봐 잠깐 곁에 있는 게 그렇게 이상한가? 그럴 거면 기사님이나 일찍 좀 보내든가."

어떻게 돼먹은 건지 재벌가 운전기사가 아가씨의 귀가 시간에 맞춰 오는 법이 없었다.

퇴근 시간만 되면 꼭 이제 출발했거나 오고 있는 중이라 하고, 결국 유리는 성진을 먼저 보내 버리고. 일주일 넘게 그런 식이었다.

"너무 그러지 마. 기사님도 나 때문에 이 새벽에 나와 주시는데……."

"네가 노느라 이 시각까지 나와 있는 것도 아니잖아. 황금글라스의 중요한 임무를 수행하는 중인데 더욱 칼같이 모셔야지. 안 그래?"

성진의 열띤 볼멘소리에 유리는 난감하게 웃음 지었다.

"난 괜찮으니까 얼른 가. 매번 이러면 내가 미안해서 안 돼."

본인이 괜찮다는데. 그리고 곤란하다는데. 이 이상은 어쩔 수 없는 노릇이었다.

"알았어. 집에 잘 들어가고 내일 보자. 무슨 일 있으면 바로 전화해."

성진은 근처 대로변에서 택시를 잡아탔다.

푸릇한 새벽 도로를 달리는 택시 안에서 성진은 창문에 머리를 기대었다. 차창 밖으로 노르스름한 가로등이 끝없이 이어졌다. 단조로운 풍경과 다르게, 성진의 사고는 복잡한 미로 속으로 걸어 들어갔다.

자신이 더 이상 선샤인주류 기획개발팀 복 대리가 아니라는 사실. 그리고 윤수영의 연인이 아니라는 사실이 실감이 안 날 때가 있다.

되돌릴 방법이 없다는 걸 알기에 마음을 비우려 노력하는 중이다. 적어도 운명에는 승복했다.

그러나 최근 들어 성진은 날카로운 의문에 빠져들었다.

리큐어Liqueur. 증류주에 과일이나 약초의 맛과 향을 녹여 낸 술. 시중의 과일 맛 소주, 그리고 성진이 개발한 첫이슬 참꽃이 리큐어의 분류에 든다.

리큐어를 제조하는 방법은 크게 세 가지다.

첫 번째는 침출법. 술에 재료를 직접 담가 우려내는 방법으로 매실주 같은 담금주가 이에 속한다. 재료 본연의 맛과 향을 충실히 살린다는 장점이 있지만, 숙성에 최소 6개월이 소요된다.

두 번째로 증류법. 원료를 술과 함께 증류하는 방법이다.

세 번째로, 에센스법이 있다. 천연재료에서 추출하거나 화학적으로 만든 에센스를 사용하면, 극미량으로도 무색무취의 소주를 손쉽게 과실주로 만들 수 있다.

성진이 채택한 방식 역시 에센스법이었다. 술을 효율적으로 양산하는 선샤인주류의 공장 인프라는 에센스법에 최적화되어 있다.

2년여의 연구 끝에, 성진은 꽃 향의 최대 단점으로 꼽히는 '화장품 맛'이 나지 않으면서 소주에 은은하고 달콤한 향을 부여하는 진달래 에센스를 개발해 냈다.

그 에센스가 첫이슬 한 병에 들어가는 양은, 0.1%도 채 되지 않는다.

관상용 건조 진달래가 한 송이 들어가기는 하지만 대세에 영향을 미칠 만한 요소는 아니다. 고작 꽃 한 송이 바꿔치기 된 정도로, 사람을 응급실 보낼 정도의 그라야노톡신이 술 한 병에 들어간다는 게 도무지 말이 되는가?

'그땐 왜 이런 당연한 걸 생각 못 한 거지?'

성진은 관자놀이를 꾹 짚어 눌렀다.

그 당시엔 범인 취조하듯 몰아붙이는 선샤인주류 감사팀에 맞서느라, 그 와중에 수영의 마음까지 돌리려 애쓰느라 제정신이 아니었다. 이성이 뒤늦게 제 구실을 하면서 당시 상황을 하나하나 재조명하기 시작했다.

결혼식 전날 성진은 관습대로 연차를 냈다. 그러나 수영은 굳이 출근했다. 신제품 출시를 앞두고 기획개발팀 직원이 둘이나 빠질 수는 없다는 이유였다.

그날 수영은 직원들에게 첫이슬 참꽃 시제품을 나눠 줬다. 성진의 전용 냉장고와 캐비닛을 자유롭게 열 수 있는 건 그녀뿐이었다.

수영이 사람들에게 나눠 준 술은 대체 뭐였을까? 그게 정말, 복성진이 2년의 시간을 들여 개발한 첫이슬 참꽃이었을까?

만에 하나, 수영이 병에 손을 댔다면…….

"야, 복성진. 아무리 그래도 그건 아니지."

"네? 손님, 방금 뭐라고 하셨어요?"

"아, 죄송합니다. 그냥 혼잣말 좀 했습니다."

성진은 어두컴컴한 택시 안에서 고개를 마구 흔들었다.

복성진의 인생에서 정녕 윤수영을 떠나보내야 한대도, 확실치 않은 사실로 그녀를 나쁜 년으로 몰아가면서까지 정 떼는 건 차마 못 할 짓이었다.

아직까지도 성진은 수영만 생각하면 가슴이 찢어질 듯했다.

❖　❀　❖

선샤인주류 본사 로비. 사내 공고란에 구름 같은 인파가 몰렸다.

「기획개발팀 과장 강두현. 대리 윤수영.」

예고에도 없던 수시 인사 공고답게 파격적인 내용이었다. 점점 후텁지근한 날씨처럼 불만스러운 처사에 수군거림이 많았다.

"아니, 두현 씨야 첫이슬 엘더플라워 기획안이 채택됐으니 그렇다 치고, 윤 주임은 갑자기 뭔데? 걔 한 게 뭐 있다고?"

"쉿, 저기 온다."

여직원들이 로비에 나타난 윤수영을 발견하고 잠시 입을 봉했다.

깜짝 승진을 한 당사자는 별 감흥이 없어 보였다. 수영은 시크하게 고개를 홱 돌려 사무실로 올라갔다.

"방금 봤지? 지 승진한 게 되게 당연하다는 듯이……. 특별 승진을 하더라도 이번엔 강 주임 차례 아닌가?"

"별꼴이야. 복 대리님 그렇게 됐는데 지는 아무렇지 않게 회사 다니고. 남의 승진이나 밀어내고."

평소에 성진을 시기한 몇몇을 제외하고, 대다수 직원들은 악명 높은 감사팀이 내린 결론보단 성진이 평소에 쌓은 신망을 믿었다.

그런 성진을 안면 몰수한 수영을 곱게 보지 않던 차, 이번 인사로 그녀는 더더욱 뒤가 구린 불여우가 되었다.

"강 대리. 승진 축하해. 아, 이제 강 과장님이라 불러 드려야지!"

"저도 잘 좀 봐주시죠, 과장님! 이대로 팀장까지 가즈아!"

두현의 자리는 아첨하는 직원들로 문전성시를 이루었다.

"하하, 쑥스럽게 너무 이러지들 마세요. 이게 다 여러분이 도와주신 덕분입니다."

승리감에 도취된 두현은 벌써부터 머릿속에서 말끔히 지워 버린 듯 보였다. 진짜 도와준 사람이 누군지.

"아. 윤 주임도 승진 축하해요."

고작 그 말만 하고, 두현은 퇴근 시간까지 수영과 단 한 마디도 나누지 않았다.

"윤 이사님, 저 이제 출발합니다. 곧 뵙죠."

두현은 통화를 마치며 지하 주차장에 파킹해 둔 차에 시동을 걸

230

었다. 고속 승진을 한 만큼 밥을 사야 할 사람이 많았다.

보다 진득한 탐욕을 달성하는 데 여념이 없는 그 앞에 누군가 난입했다.

"강두현. 이 문 열어."

수영이 선팅된 차창을 매섭게 두드렸다.

두현은 날카로운 눈빛으로 주변을 살폈다. 아무도 없는 걸 확인하고 잠금 장치를 해제하니 수영이 조수석을 점령했다.

"뭐 하는 짓이야. 누가 보면 어쩌려고."

"나랑 한 약속 따윈 까맣게 잊었나 봐? 복성진이 회사 나가면……."

매일 날 이 벤츠에 태우고 퇴근하겠다는 약속 말이야.

"미안하지만 오늘은 안 돼. 거래처 중역들과 저녁 약속 잡혔어."

수영은 입술을 짓씹었다. 두현이 했던 약속 중엔, 승진 날 단둘이 호텔 레스토랑에 가서 근사한 저녁 식사를 하자는 내용도 있었다.

"당신도 우리 팀 여직원들한테 밥이라도 한번 사. 이번 승진 내 정자 겨우 밀어내고 만든 자리야. 너무 당신만 잘난 듯 새침하게 굴면 민심 다 잃어. 여직원들이 돌아서면 꽤 성가셔져."

두현은 언제나처럼 상황과 처지를 들어 수영을 힐난했다.

"윤수영, 스마트하게 좀 굴어. 마스터플랜의 세부사항은 그때그때 상황에 맞게 수정해야지. 그래야 앞으로 서로에게 좋지 않겠어?"

"나와의 약속은 고작 세부사항이다 이거야?"

"오늘따라 왜 이러는 거야. 모처럼 승진도 해 놓고."

"내가 이깟 대리 달자고 그 짓거리 한 줄 알아!"

231

수영이 날카롭게 소리 질렀다.

두현의 표정은 한때의 풀벌레 소리를 들은 듯 무덤덤했다. 그는 지갑을 꺼내 수영의 허벅지 위에 카드를 하나 얹어 놓았다. 수영이 어이가 없다는 듯 혀를 찼다.

"이거나 먹고 떨어지라는 거야? 백화점에 가서 명품백이나 하나 질러라?"

"말 한번 잘 했네. 그 궁상맞은 가방은 언제까지 들고 다닐 거지?"

두현의 일침에 수영의 미간에 금이 갔다.

"그 가방에 얽힌 짠한 사연을 복성진한테 들은 적 있지. 우리 회사 인턴 시절에 받은 쥐꼬리만 한 월급 모아서 여친에게 갖다 바친 역사적인 백이라며?"

"안 그래도 이깟 싸구려 백 조만간 버리려던 참이야."

"윤수영."

두현이 입술 끝을 비죽 올렸다.

"근사한 데 가서 저녁 먹는 거, 우리 관계 공식화하는 거, 다 좋아. 근데, 그 전에 나랑 격을 좀 맞춰 봐. 가방도 네 마음도 여전히 케케묵은데, 내가 어떻게 널 내 여자라고 당당히 내보일 수 있겠어?"

수영의 얼굴이 끓어오르는 모멸감으로 새하얗게 질렸다.

"저녁은 조만간 같이 먹도록 하지. 그때까지 새 가방이나 장만해. 알았으면, 내려."

수영을 지하 주차장에 덩그러니 남겨 두고 두현은 힘껏 액셀을 밟았다. 신선미 떨어지는 여자가 사이드 미러 속에서 점점 작아져 간다.

윤수영을 처음 만났을 때, 두현은 한눈에 그녀의 모순점을 알아보았다.

보세옷으로 간신히 연출된 단아함. 화려하기보다 치열한 느낌을 주는 이력. 커리어우먼의 가면을 썼지만 세상의 부조리를 향한 경멸로 가득 찬 눈.

마른 장작 같은 여자는 작은 불씨만 던져 줘도 척척 잘 타들어갔다.

덕분에 그 화력 잘 써먹었다. 일차적 목표도 이뤘고, 내친 김에 눈엣가시 같던 복성진도 눈앞에서 걷어 냈으니.

어쨌든 윤수영은 자신이 그릴 큰 그림의 희미한 연필 선에 지나지 않는다. 강두현의 인생에 본격적인 색을 입혀 줄 대상은 따로 있다.

"아젤리아라. 홍대입구역 3번 출구 근처라고."

며칠 전, 두현은 금유리가 본가에서 나와 홍대에 술집을 차렸다는 정보를 입수했다. 눈살이 찌푸려지는 행보지만 그 정도로 포기하긴 아까운 여자다.

두현의 어머니가 세계 4대 영화제에서 여우주연상까지 수상한 대배우라도, 재계에선 첩년에 지나지 않았다. 정부인의 자식들에 비하면 두현은 그룹 내 지위도 지분도 한참 부족했다.

황금글라스. 선샤인그룹의 심장이나 마찬가지인 선샤인주류의 30년 지기 알짜 거래처. 금규석 회장의 딸 금유리는 자신에게 실리를 줄 것이다.

무엇보다, 맞선 날 본 그녀의 눈빛이 마음에 들었다.

무료하고 무기력한 눈빛. 목줄 채우면 별 저항 없이 순순히 끌려올 듯한 눈빛.

곱게 자란 여자답게 얼굴도 몸매도 잘 가꾼 듯 보였으니 낮에는 조신한 와이프 역할, 밤에는 여자구실 잘 할 거다. 윤수영 같은 계룡녀 따위가 제아무리 똑똑한 척 고고한 척 다 해도 그녀와는 비교 대상 자체가 될 수 없다.

주제 자체가 높아 주제넘은 걸 바랄 일도 없는 여자. 이런 여자가 진짜 귀족이지.

"금유리 씨. 내일 얼굴 비출 테니 기대해."

아젤리아의 주소와 영업시간을 머릿속에 입력해 두며 두현은 저열하게 웃었다.

❖ ❃ ❖

"성진아, 노트북으로 뭐 해?"

"세금 신고하는 방법 알아보고 있어. 다음 달 25일까지 우리 부가가치세 신고해야 되거든. 이번엔 한 달 치만 신고하면 되니까 내가 직접 해 보려고. 매출 부분은 포스기 조회하면 되는데 매입은 적격증빙을 따로 챙겨야 되네. 하하, 재무 쪽은 내 분야가 아니라서 역시 어렵다."

"아 맞다. 세금도 내야지. 이런 건 내가 챙겨야 하는데……."

유리가 찔리는 표정을 짓자 성진이 짐짓 목청을 돋우었다.

"됐습니다! 우리 사장님은 더 중요한 대의를 챙기셔야죠. 근데 아버님이 뭐 좀 안 물어보셔? 아젤리아 일 매출이 얼마냐, 라든지."

"……아직은 별말씀 없으셔. 우리 개업한 지 얼마 안 됐잖아."

"에이, 아쉽네. 완전 잘돼 가는 중인데. 내가 직장 다닐 때도 꼭 일이 잘돼 갈 땐 관리자가 안 물어봐 주더라."

다시 세금 신고 방법을 공부하는 성진을 보며 유리는 쓴웃음을 머금었다.

굴지의 주류 대기업 선샤인주류. 학벌 좋고 우수한 사람들 가운데서도 늘 인정받았던 그. 주력 분야에서 다소 벗어난 일을 하는데도 그 능력과 성실함이 어디 안 간다.

성진이 이보다 더 잘해 줄 수 없다는 걸 아는데, 그와 말을 섞을수록 유리는 지독하게 아쉬웠다.

'역시…… 우리 대화의 9할은 일 얘기구나.'

성진이 저를 여자로 보지 않는다는 건 안다. 앞으로 그렇게 될 가능성이 희박하다는 것도. 하지만 사랑의 말이 아니어도 좋으니, 아주 가끔은 다른 얘기를 하면 좋을 텐데…….

"참, 유리야. 글라스 구입처를 물어보는 사람이 있으면 어디로 연결시켜 주면 돼?"

"그런 분이 있으면 나한테 보내 줘. 내가 알아서 할게."

"알았어. 혹시 아버님이 근황 보고를 하라시면 나한테 말해. 내가 보고서 꾸밀게."

"됐어, 성진아. 가뜩이나 일도 제일 많이 하면서…….."

"선샤인주류 다닐 때 비하면 이건 일도 아니다. 오히려 이렇게 일을 조금 해도 되나 싶어 불안할 정도야. 이래 봬도 각종 멀티플레이에 단련된 몸이니 부담 없이 굴리시죠, 사장님."

부지런함과 성실함으로 무장한 성진 때문에 유리는 나날이 불안해졌다.

이대로 가다간 진짜…… 얼마 안 가 모든 게 탄로 날 거 같아서.

"유리야. 글라스 관련해서 나 또 물어볼 게 있는데."

그가 이 이상 가까이 파고들면, 그의 숨 한 줌에 얄팍한 거짓말이 홀러덩 벗겨지고, 모종의 진실이 알몸을 드러내고 말 것 같다.

Trrr—

그와 일 말고 다른 얘기를 하고 싶다는 유리의 바람은, 예상치 못한 타이밍에 이루어졌다.

— 유리 씨. 오랜만이에요.

강두현. 그의 음성을 마지막으로 들은 지 그리 오래되지 않았지만, 마음속에서 빠른 속도로 희미해져 가던 차다.

— 잠깐 볼 수 있을까요? 지금 아젤리아 앞입니다.

올해 안에 남편이 될 수도 있었던 남자의 목소리에, 유리의 마음은 써늘히 위축되었다.

"성진아. 나 바깥에서 잠깐 누구 좀 만나고 올게."

"어……. 알았어."

성진은 문밖으로 나가는 유리의 뒷모습을 석연찮게 응시했다. 전화 한 통에 생기가 날아가 버린 그녀의 얼굴이 심상찮았다.

계단을 오르며 유리는 무거운 침을 삼켰다.

예비 상견례나 마찬가지인 점심 약속을 파투 낸 일. 몇 번을 돌아가도 똑같은 선택을 하겠지만, 두현에겐 마음의 빚으로 남은 건 사실이다.

이 기회에 정중히 사과하고, 더 좋은 인연을 찾아가란 말도 해야겠다.

"유리 씨."

두현이 갓길에 세워 둔 벤츠를 등진 채 유리를 반겼다.

"최근에야 알았지 뭐예요. 유리 씨 여기서 사업 시작한 거."

"네……. 그렇게 됐어요."

"좀 의외네요. 유리 씨라면 오빠분들처럼 황금글라스에서 경영 수업을 받을 줄 알았는데."

두현은 아직 세세한 사정까진 모르는 듯 보였다. 그가 자신이 칵테일 바를 차린 이유를 독특한 경영 수업의 일환 정도로 받아들였다면, 그렇게 알게 놔두는 편이 서로 속 편할 테지.

"저번 점심 식사 못 가서 정말 죄송해요. 아직까지 제대로 사과도 못 드렸네요."

"아닙니다. 오히려 제가 무리하게 약속 잡은 거 같아서 더 미안한걸요."

두현이 연민의 말과 눈빛으로 유리의 마음속 짐을 눈덩이처럼 불렸다.

"가게는 몇 시까지 운영하시나요?"

"새벽 3시까지 해요. 마감은 2시 30분이고요."

"그럼 유리 씨는 몇 시에 퇴근해요? 설마 그 시간까지 자리 지키는 건 아니죠?"

무언가를 당연한 듯 기대하는 말에 유리는 입안이 썼다.

"저도 영업 종료 시간까지 일하는데요."

"정말로요? 직원들에게 맡기지 않고요?"

"네. 그래도 제가 사장인데 저 혼자만 일찍 가 버릴 수는 없으니까요."

지금의 자신이라면 차라리 없는 게 도와주는 건지도 모르지만.

"아니, 어떻게……."

놀란 정도를 넘어 어이가 없는지, 두현은 한동안 벌어진 입을 다물지 못했다.

"미안합니다. 순간 놀라서. 하긴, 개업 초기니까 당분간은 사업장을 지키고 싶으시겠죠."

"이해해 주셔서 고마워요."

"그래도 너무 무리는 하지 마요. 나한텐 유리 씨의 건강이 최우선적으로 중요합니다."

유리는 어색한 미소 아래 피로한 감정을 감췄다. 차라리 두현이 저번 점심 약속 파투 사건을 빌미로 화를 내는 편이 대하기 쉬웠을 것 같다.

"그러면 유리 씨는 당분간 사업에 전념하시겠네요."

"그렇죠."

"그러면 우리 결혼은……."

두현의 중얼거림에 유리는 목이 죄어 드는 듯했다. 부담스러워하는 낌새를 챘는지 그가 쓰게 웃으며 말을 돌렸다.

"유리 씨도 결혼 전에 나름 경험해 보고 싶은 게 많겠죠. 아쉬워도 기다려 보겠습니다. 그래도 저 가끔 손님으로 놀러 와도 되죠?"

유리는 침을 꼴깍 삼켰다.

두현이 이런 식으로 자꾸 찾아오다가 성진과 마주치기라도 하면 어떻게 될까?

자신의 맞선남이 두현이었다는 사실을 성진이 알게 되는 건 물론이고. 둘이 말을 맞춰 보다가 아젤리아가 황금글라스와 무관하다는 사실이 드러나기라도 한다면?

더 나아가, 자신이 아젤리아를 차린 진짜 목적을 성진이 알아 버린다면?

"저, 두현 씨. 저 이제 들어가 봐야 할 거 같은데요."

스멀스멀 밀려오는 불길한 예감에 유리가 서둘러 두현을 보내려는 찰나.

"유리야, 왜 이렇게 늦…….."

지하에서 올라온 성진이 유리의 등 뒤에서 훤칠한 존재감을 드러냈다.

"어?"

"너는…….."

사이가 퍽 좋았다던 전 직장 동료 겸 동갑내기 친구의 해후 현장. 유리 혼자만 가슴에 바위가 떨어진 듯 숨이 턱 멎었다.

"복 대리, 진짜 오랜만이다. 잘 지냈어?"

처지가 화려해진 쪽이 선수를 쳤다. 두현이 입을 함지박만 하게 벌리며 성진에게 손을 내밀었다.

"어, 두현아. 오랜만이다."

무방비한 마주침에 성진이 어색한 미소를 띠고 악수에 응했다.

"여긴 웬일이야? 칵테일 한잔 하려고?"

"아니. 나 여기서 일해."

"그게 정말이야?"

두현의 눈빛이 이채롭게 변했다. 성진이 이곳에서 일하는 게 그토록 의외라는 느낌을 굳이 숨길 마음이 없어 보였다.

"그럼 유리 씨가 복 대리를 고용하신 건가요? 무슨 업무를 하죠? 홀 서빙이나 하기엔 이 친구 그래도 나름 고급 인력인데."

"그게……."

너무나도 무신경한 질문에 유리는 한없이 난감해졌다.

"근데 둘이 어떻게 아는 사이야?"

기어이 성진이 유리와 두현을 쨍하니 번갈아 보며 물었다.

"올봄에 맞선 봤었어. 유리 씨랑."

두현의 말에 성진이 곧바로 유리를 보았다. 정말이야? 하고 묻듯.

"설명하자면 꽤 길어질 것 같은데, 유리 씨?"

"아, 네."

"영업시간에 미안합니다만, 여기 고급 인력 딱 1시간만 빌려 가면 안 될까요?"

성진이 뭐라 하기 전에 두현은 유리 앞에서 최대한 애잔한 표정을 지어 보였다.

"제가 작별 인사도 제대로 못 하고 이 친구 떠나보냈거든요. 이렇게 다시 볼 줄은 상상도 못 한지라 반가움이 사무쳐서 말입니다. 잠시나마 회포를 풀고 싶은데, 어떻게 안 될까요?"

"그러세요. 그럼……."

성진은 오너의 마지못한 결정에 따를 수밖에 없었다.

❖ ✳ ❖

코앞에 있는 칵테일 바 놔두고 두현은 다른 몰트 바로 향했다. 성진은 직감했다. 놈이 유리 모르게 제게 따로 하고 싶은 말이 있음을.

"오늘은 내가 살게. 뭐 마실래?"

"돌아가서 일해야 하니까 술은 됐어. 그냥 탄산수나 먹지 뭐."

성진의 담백한 대답에 두현이 비릿하게 웃었다.

"복 대리, 왜 갑자기 약한 척하고 그래? 어차피 한 잔 정도론 끄덕도 안 하면서. 그리고 적당한 취기는 오히려 업무에 도움이 되지 않을까? 원래 술장사가 맨정신으로 하기 힘들잖아."

성진은 굳은 얼굴로 두현을 보았다.

선샤인주류에서 술 만드는 일을 했지만, 일 관계가 아니면 점심

시간에 가벼운 반주도 입에 대지 않았다. 다른 사람도 아니고, 자신의 반듯한 직장 생활을 바로 곁에서 지켜본 두현이 이런 말을 하다니.

"그럼, 진피즈."

성진은 상대와 감정의 농도를 맞췄다.

"나 발렌타인 30년 보틀을 시키려는데, 너도 생각 있으면……."

"아니, 됐어."

성진의 딱딱한 대답에 두현은 기분이 좋아졌다.

"복 대리는 취향 참 한결같네. 첫잔은 꼭 진피즈더라."

"진과 탄산만큼 상쾌한 조합이 없으니까. 우리 가게도 첫 잔으로 진토닉이나 진피즈 시키는 손님들 많아."

'우리 가게'라는 말에 두현의 눈썹이 일순 꿈틀거렸다.

"진의 상쾌한 향은 주니퍼베리 때문에 나는 건데, 잘 모르는 사람은 진에 솔잎이 들어간다 생각하지. 그래서 진 마니아를 지칭하는 별칭 중에 꽤 재미있는 말도 있잖아?"

두현이 눈웃음을 치며 덧붙였다.

"송충이. 솔잎만 먹고 사는."

별칭이란 본인이 자칭할 땐 유쾌해지고, 남이 불순한 의도로 부르면 험악해지는 법이다.

분위기가 후자로 기운 순간, 서버가 테이블 위에 코스터를 깔고 음료를 올렸다.

두현이 흡족한 미소를 띠고 황금빛 위스키가 담긴 온더록스 잔을 들어올렸다.

"복 대리. 내가 왜 발렌타인 30을 골랐을 거 같아? 비싼 거 마신다는 유세 떨려고?"

두현이 잔을 너무 세게 부딪치는 바람에 성진의 진피즈가 넘칠 뻔했다.

"설마 내가 너 상대로 그런 치졸한 발상을 할까. 어차피 너한텐 그리 비싼 술도 아니지 않나."

유세랄 것까진 없지만, 신경을 긁으려는 의도는 있어 보인다.

성진은 곤혹스러운 한숨을 뱉었다. 지금까지 나눈 우정을 생각하면, 모처럼 만나서 이렇게 가시 돋친 말만 해 댈 녀석이 아닌데.

"곧 있으면 우리 둘 다 서른이니까 고른 것도 있고."

금세 한 잔을 비운 두현이 우아하게 보틀을 기울였다.

"발렌타인이 발렌타인데이를 연상시키는 네이밍 덕에 사랑을 상징하는 술처럼 됐잖아. 요새 블렌디드 위스키 중에 이게 가장 혀에 감기더라고. 하하, 결혼할 때가 돼서 그런가 봐."

변죽을 울리는 말에 성진은 실소했다. 굳이 이렇게까지 사람 깔아뭉개지 않아도, 녀석이 무엇을 원하는지는 충분히 알아챘다. 아젤리아 앞에서 삼자대면한 그 순간부터.

"네가 봄에 비상계단에서 통화하던 그 썸녀가, 유리였구나."

"맞아. 네가 윤 주임이랑 결혼 준비할 때쯤이었지 아마."

성진은 몇 달 전 일을 떠올렸다. 단아한 차림으로 맞선을 보러 나온 유리와 우연히 마주쳤던 날.

'괜찮은 사람이었어. 내가 주눅이 많이 들 만큼.'

그때 유리는 자기 상대를 낯설어하고 두려워하는 듯 보였는데, 지금은 사정이 많이 달라졌나 보다.

"우리 결혼, 원래 올해 가을 정도로 가닥 잡았었어. 내가 유리 씨 놓치기 싫었거든."

성진은 진피즈를 단숨에 반 이상 들이켰다. 왜일까, 목구멍으로 벌컥벌컥 넘어가는 탄산방울이 쇠구슬처럼 거칠다.

"그래도 유리 씨가 결혼 전에 해 보고 싶은 일이 생긴 듯하니, 존중해 줘야지."

두현이 허공을 흘끗 보며 웃음 지었다. 몸은 떨어져 있어도 우리는 이어져 있다고 말하고 싶은 듯.

"뭐, 잠깐 기다린다고 유리 씨가 어디 날아가겠어. 오히려 이참에 확실하게 증명할 수 있게 됐으니 잘됐어. 유리 씨를 향한 내 마음이 얼마나 각별한지."

품 안의 여자를 보듬듯, 두현은 발렌타인 30년산 보틀을 은근한 손길로 어루만졌다.

"나 이거 키핑하고 간다. 발렌타인 생각나면 와서 내 이름 대고 마셔."

서버를 불러 보틀 키핑을 요청하는 두현을 보며 성진은 생각했다. 강두현에게 사랑이란, 키핑해 둔 위스키와 같은 건지도 모른다. 자기 이름표 붙여 두고 기분 내킬 때마다 조금씩 따라 내어 즐기는.

"복 대리, 우리 유리 씨 잘 보필해 줘. 유리 씨가 본인 목적을 빨리 달성해야 결혼 생각도 날 거 아냐. 뭐, 일 하나는 기막히게 잘하는 복 대리니까 기대해도 되겠지?"

주제넘게 내 여자 넘볼 생각 마.

뻔한 속내를 장황하게도 주절거린다는 생각이 들었다.

"그래. 우리 사장님 내가 최선을 다해 보필할 테니까, 쓸데없는 걱정 붙들어 매셔. 난 이만 간다. 곧 피크타임이야."

자리에서 일어난 성진이 덧붙였다.

"그리고 앞으론 복 대리라 부르지 마. 회사도 관뒀는데."

"아, 미안. 습관이 돼 가지고 나도 모르게. 참, 나 이번에 과장 진급했어."

"축하한다. 다음번에 만나면 제대로 쏴."

가까스로 머금은 미소가 사라지기 전에 성진은 자리를 파했다. 아젤리아로 돌아오니 딱 8시였다.

"성진아!"

유리가 헐레벌떡 다가왔다.

"두현 씨랑 무슨 얘기 했어?"

어두운 바 안에서도 그녀의 하얀 얼굴이 티 나게 발갰다. 두현 이 한 말이라면 한 토씨도 놓치기 싫은 듯 보였다.

"그냥 이런저런 얘기 했어."

"혹시……. 두현 씨가 나에 대해 얘기한 거 없어?"

"그냥 너 잘 챙겨 달라던데."

"정말 그 말만 했어?"

유리가 가슴에 손을 얹은 채 물었다.

그녀의 속을 들여다볼 길이 없는 성진으로선, 그 모습을 보고 이런 생각이 들 수밖에 없었다.

집안 대 집안은 물론이고, 남자 대 여자로서도.

"자식이 아주 너 좋아 죽으려 하더라. 차라리 너랑 좋은 시간 보낼 것이지, 뭐 하러 재미없게 나랑 노닥거리다 가냐."

강두현과 금유리는 꽤나 진전된 사이라고.

"아냐, 성진아. 난 딱히……."

"자자, 사장님도 이제 그만 제 위치로! 저기 손님 들어오시거든?"

244

바 카운터에 자리 잡은 성진은 바 스푼을 힘주어 쥐었다. 좀 전에 마신 진피즈 때문에 약간의 열기가 온몸으로 퍼져 나갔다.

평소 같으면 기분을 적당히 업시켜 주는 정도의 취기건만. 오늘따라 사소한 데 시선이 가고, 별거 아닌 거에 감정이 솟구쳤다.

유리의 목에 걸린 아가타 스코티 목걸이는 오늘도 바뀌었다. 어떤 날은 금 강아지. 어떤 날은 핑크 에나멜 강아지. 또 어떤 날은 큐빅 박힌 강아지.

'금유리는 자기한테 목걸이가 몇 개나 있는지 기억이나 하려나?'

그거 말고도, 몇 개나 있는지도 기억 안 나는 것들이 그녀에겐 참 많겠지.

살면서 성진은 자신의 형편을 저울질한 적이 없었다. 세상의 부자들을 굳이 불편하게 생각할 이유도 없었다.

허나 오늘따라 금유리의 부富가 불편하게 느껴지는 건, 아까 두현에게 송충이란 말로 후려치기 당한 탓일지도 모른다.

며칠 전 퇴근길에 유리가 한 말이 뇌리를 스쳤다.

'기사님이 우리가 같이 있는 모습 보면 오해하실 수도 있어서 그래.'

급이 맞는 사람끼리 어울리는 세상 당연한 이치가, 새삼 쌀쌀맞게 되새겨진다.

성진은 선샤인주류 인턴 시절에 수영에게 선물한 가방을 떠올렸다. 헤어지기 전까지 수영은 그 가방만 들고 다녔다. 자신이 더 좋은 가방을 사 주지 못한 탓에.

'만약에 내가 더 좋은 가방을 사 줄 수 있는 남자였다면, 뭔가 달라졌을까?'

손님 앞에서 제아무리 웃어도, 성진은 심장 깊이 배어 드는 울적함을 걷어 내지 못했다.

정말 송충이가 되어 버린 듯 기분 더러운 날이었다.

❖ ✣ ❖

바 아젤리아의 정기 휴무일은 월요일이다.

여전히 과거를 잊고 싶고 그럴 수단이 일뿐인 성진으로선, 월요일이 오면 붕 뜨는 느낌을 받았다.

원래 오늘 할 일을 생각해 두었다. 부가가치세 신고를 마무리하고, 여력이 되면 시그니처 칵테일도 개발하려 했다.

그러나 예정과 달리, 성진은 2호선 전철을 타고 홍대입구의 정반대편으로 향했다.

강남역 인근의 웨딩드레스샵. 웨딩드레스를 입은 아름다운 수영의 모습을 처음이자 마지막으로 보았던 곳.

"이게 무슨 궁상인지."

허탈하게 웃는 성진의 눈에 회한이 가득했다.

'아, 시팔! 나도 모른다니까? 가뜩이나 우리도 스케줄 다 꼬여서 짜증나 죽겠는데.'

아직도 귀에 생생히 맴도는 이곳 실장의 욕설. 쇼윈도에 비치는 순백의 웨딩드레스와는 괴리감이 느껴졌다.

성진은 쓴웃음을 머금었다. 이곳과도 참 안 좋게 끝이 났지.

수영과 함께 고른 드레스가 결혼식 당일 망가지는 일만 없었다면, 불운이 하나라도 덜 겹쳤다면, 무언가 달라졌을까?

이제 와서 의미 없는 헤아림인 건 알지만, 오늘 성진의 마음 온도계는 최저점을 찍었다. 이성이 꼼짝없이 얼어붙고, 뒤끝 작렬하는 감정이 솟아났다.

"어서 오세요. 어……. 올봄에 오셨던 신랑분 아니신가요?"

샵 원장이 성진을 한눈에 알아보았다. 수없이 거쳐 가는 예비 신랑 중에서도 단연 군계일학인 그를 생생히 기억하고 있었다.

성진은 샵을 빙 둘러보았다. 그날 자신과 통화했던 한 성깔 하는 남자 실장으로 추정되는 사람은 안 보였다.

"무슨 일로 오셨어요? 결혼식은 잘 치르셨죠?"

성진은 원장을 기가 막힌 듯 바라보았다.

드레스를 고르던 날, 원장은 엄마처럼 사려 깊게 수영을 챙겨 줬다. 그녀의 서비스에 감동한 성진은 드레스샵만큼은 탁월한 선택을 한 줄 알았다.

원장이 이리도 친절하니, 수영을 통해 명함만 받아 놓은 담당 실장도 괜찮은 사람이려니 했다.

하지만 결론적으로 최악의 선택이 됐고, 특히 실장의 적반하장 격 태도가 처참함을 보탰다.

"그날, 제 신부가 어떤 모습이었는지 물어보러 왔습니다."

성진은 감정을 삭이느라 극도로 낮은 목소리를 냈다.

"이제 와서 피해보상을 청구한다거나 서비스 품질 가지고 따지려는 건 아닙니다. 다만 제 신부였던 사람이 그날 어땠는지……. 사소한 거라도 듣고 싶어서 왔습니다."

"아니, 신랑님. 지금 무슨 말씀을 하시는 건가요? 저는 잘……."

"4월 1일 토요일 정오 타임 기억 안 나십니까? 저희가 셀렉한 드레스가 이곳 부주의로 망가지는 바람에 저희 결혼 망쳤는데. 원장님은 그날 부재중이셨던 건가요?"

"아뇨! 그럴 리가요. 주말은 예식이 몰려 있기 때문에 제가 한시도 자리를 안 비우는데요?"

"그러면 대체 왜 기억을 못……. 하아, 됐습니다."

성진은 한숨을 푹 쉬며 고개를 가로저었다. 넌더리가 난다. 연기력이 뻔뻔할 정도로 좋은 원장에게. 그리고 이 와중에 사막에서 오아시스의 신기루를 쫓듯 수영의 사소한 흔적에 허덕이는 저에게.

"잠시만요, 신랑님. 혹시 다른 업체랑 착각하신 건 아닌지요?"

"제가 이곳 실장 명함 아직도 가지고 있는데요."

성진이 카운터 위에 명함을 올려놓았다. 샵 원장이 눈을 끔벅이며 그것을 집어 들었다.

"신부님한테 이 명함을 받으셨다고요? 저희 샵 소속 실장이라고?"

"그렇습니다만."

"이 직원을 저희 샵에서 직접 보신 적은 있으시고요?"

"아뇨. 제 신부가 원장님한테 받은 거라며 제게 전달했습니다. 우리 담당이라고……."

성진이 말끝을 흐리며 원장을 살폈다. 눈을 연신 크게 깜박이는 모습이 마치 귀신이라도 본 듯했다.

심상찮게 돌아가는 분위기 속에서 원장이 심각한 표정으로 말했다.

"우선은요, 저희 샵엔 이런 이름을 가진 직원이 없어요."

"뭐라고요?"

"그리고 신랑님이 아직 모르시는 듯한 사실이 하나 더 있는데……."

샵 원장이 월별로 정리된 파일 철을 뒤져 계약서를 찾아내 성진에게 내밀었다.

"두 분이 드레스 셀렉하고 가신 다음 날, 신부님 혼자 저희 샵에 다시 오셔서 계약 취소하셨어요. 다른 업체랑 진행하시게 됐다면서……."

"그게…… 정말입니까?"

뒷머리를 얻어맞은 충격이 성진을 강타했다.

"신부님께 뭔가 다른 사정이 있었던 것 같네요."

지난 수십 년간 말 많고 탈 많은 예비부부를 겪어 본 베테랑답게, 원장은 침착한 위로의 눈빛을 보냈다.

❖　✳　❖

'신부 드레스를 망가뜨리다뇨. 생각만 해도 끔찍한 일이죠. 저희 샵은 인생에 단 한 번뿐인 결혼식에 그런 무성의한 짓 안 합니다.'

'고객더러 씨 뭐라고 했다고요? 어머머, 그렇게 상스러운 사람이 이 업계 사람이라는 게 도무지 믿어지지 않는군요.'

'저기…… 신랑님. 괜찮으신가요?'

따사로운 여름 햇살 아래, 성진의 안색은 얼음물에서 건져진 듯 파리하게 질렸다.

249

수영이 거짓말을 했다. 고급 누브지에 인쇄된 가짜 실장의 명함만큼이나 교묘하게.

　성진은 파혼의 책임을 전부 제게로 돌렸고 모든 짐을 떠안았다. 저도 사람이다 보니 가끔은 남에게 화살을 돌리고 싶을 때가 있다. 그러나 마음이 무법천지가 될 때조차도 수영에게만은 활을 겨누지 않았다.

　윤수영은 그야말로 성역이었다. 차라리 제 심장에 화살을 도로 꽂을지언정, 수영을 원망하거나 의심하는 건 있을 수 없는 일이었다.

　그러나 우리 이별에 거짓말이라는 중대한 불순물이 끼어 있었음을 알아 버린 순간, 무한한 신뢰의 바다에 잠겨 있던 의혹들이 모조리 수면 위로 떠올랐다.

　'수영아. 드레스숍 원장님 명함 혹시 갖고 있어? 이상하다. 분명히 코트 주머니에 넣어 놨던 거 같은데.'

　'원장님한테서 담당 실장 명함 따로 받아 놨어. 드레스는 내가 알아서 할게.'

　'아, 우리 담당 실장이 따로 있었어? 잠깐 보여 줘 봐. 나도 번호 저장해 놔야지.'

　성진이 명함에 적힌 핸드폰 번호를 입력하는 동안 수영은 잠잠했다.

　'어제 그 드레스 진짜 예쁘더라. 네가 입어서 그래 보이는 걸까? 아, 빨리 다시 보고 싶다! 수영아, 너도 마음에 쏙 들지?'

'성진아.'

수영은 성진의 들뜬 목소리를 애매한 타이밍에 끊고 말했다.

'나 오늘 오후에 두현 씨랑 출장 가. 강릉 공장에 볼일이 있어.'
'그래, 잘 다녀와.'

그녀의 말이라면 팥으로 메주를 쑨대도 믿었다. 목적불명의 출장마저도 무심히 들어 넘겼다.

거짓 행선지를 댄 그날, 수영은 함께 고른 드레스를 취소했다.

성진은 머리를 마구 흔들었다. 하지만 귀신 들린 TV처럼 치직, 또 다른 기억이 머릿속에서 재생되었다.

'성진아. 연구실 냉장고에 남은 첫이슬 참꽃 시제품들, 회사 사람들 나눠 줬어. 달라는 사람이 하도 많아서.'

볼펜 하나 가져갈 때조차 굳이 허락을 구하던 수영이, 그날은 웬일로 돌발행동을 했다.

'뭐…… 괜찮겠지. 어차피 제조 공정은 확정됐으니까. 근데 정식 제품을 맛보면 되지 뭐 하러 그걸 굳이 가져가냐?'
'주변에 유세 떨고 싶은가 보지. 아직 안 나온 신제품을 맛보게 해 준다고.'

수영은 묘한 미소를 지었고, 성진은 대수롭지 않게 따라 웃었다.

251

그날 수영이 시제품을 하나도 남겨 놓지 않은 탓에, 성진은 결백을 입증할 핵심적인 증거물을 송두리째 잃고 말았다.

설마, 그것도 우연이 아니었단 말인가?

"하."

벼락 맞은 사람처럼 성진은 단말마를 뱉었다. 온몸이 떨리는 와중에 손이 제멋대로 움직여 핸드폰을 대령했다. 아직 지우지 못한 수영의 번호가 통화 버튼을 내밀었다.

"아냐, 됐어. 됐다고!"

성진은 거칠게 소리치며 핸드폰을 눈앞에서 치웠다.

4월 1일이 오기도 전에 수영의 사랑이 끝났다. 거기까지 알아 버린 것만으로도 강남역에 온 게 미치도록 후회스러웠다.

❖　✳　❖

8월 말. 아젤리아가 개업한 지 두 달여가 되었다. 한증막 같은 무더위 속에 시간이 바르작거리며 흘렀다.

피크 시간대엔 만석이 되고, 그 외 시간대에도 일정한 수의 손님들이 자리를 채웠다. 일 매출만으로 따지면 바 아젤리아는 여전히 순항 중이었다.

그러나 왜일까? 가게 분위기가 오픈 초기보다 어수선해진 느낌이었다.

바의 분위기는 바텐더와 고객이 함께 만들어 나가는 것이다. 특히, 단골 고객은 바의 중심을 잡는 주요한 존재다.

바텐더에게 편하게 말을 건네는 단골을 보고 다른 손님도 말문을 트게 된다. 처음 방문한 손님은 단골의 행동을 은연중에 관찰하며 자연스레 바의 분위기와 매너를 익힌다.

단골은 충고를 아끼지 않는다. 이곳을 다시 찾는 이유를 말해 주어 바가 고수할 가치가 뭔지 일깨워 준다. 바는 그런 단골을 하나둘 늘리며 정체성을 확립하고 자리를 잡는다.

그러나 개업한 지 두 달이나 되었음에도, 아젤리아엔 단골이라 부를 만한 고객이 없었다.

일 매출, 객단가의 수치만으론 설명이 되지 않는 불편한 진실. 성진은 그 원인을 대략적으로나마 파악했다.

주방에서 물씬 풍겨 오는 조리 매연에 손님들이 이따금 재치기를 했다. DJ의 마구잡이식 선곡에 바의 분위기가 급변하기 일쑤였다.

성진이 너무 요란한 음악은 틀지 말라고 주의를 줘도 DJ는 손님의 요구대로 할 뿐이라며 난색을 표했다.

"오, 나이스!"

과녁 정중앙에 다트를 꽂아 넣은 남성 손님이 걸걸하게 환호성을 질렀다. 카운터에 앉은 여성 손님이 칵테일을 머금으려다 말고 그쪽을 흘겼다. 불편한 시선을 의식한 듯 다트 하던 손님 역시 흥이 깨진 표정을 지었다.

요리, 음악, 오락, 그리고 칵테일. 이렇게나 넓은 바 안에서 콘텐츠가 조화되지 못하고 서로 치받았다.

"콜록."

포스기 앞에서 유리가 작게 기침했다. 목구멍에 뭐가 걸린 듯 자꾸 목을 매만졌다.

"여기 주문이요."

"네에!"

손님의 호출에 유리가 얼른 목을 가다듬고 다가갔다. 손님이 메뉴판을 손가락으로 짚으며 물었다.

"여기 퀘스천Question엔 뭐뭐 들어가요?"

퀘스천……. 유리는 칵테일의 이름을 한번 되뇌어 보았다.

"어…… 거기엔 갈리아노, 삼부카, 디사론노, 바카디151이 들어갑니다."

"바카디151은 알겠는데 디사론노는 뭐예요? 무슨 맛이 나죠?"

"아, 네……. 디사론노가……."

손님의 물음에 오히려 유리가 물음표를 한가득 띄웠다. 성진은 얼른 그리로 가 신속하게 유리를 구출했다.

"디사론노는 이탈리아산 아마레또Amaretto입니다. 살구 씨를 침지한 브랜디에 허브랑 아몬드 향을 가미한 리큐어죠. 아마레또가 들어가는 칵테일은 아몬드 느낌이 강하게 납니다."

미소 띤 잘생긴 남자가 친절하게 설명해 주자, 가자미눈을 뜨려던 여자의 표정이 누그러졌다.

"아몬드는 딱 질색인데. 딴 거 시켜야겠다."

"괜찮으시다면 제가 추천 드려도 될까요? 어떤 느낌을 좋아하시는지 말씀해 주시면 주문 도와드리겠습니다."

"그러죠, 뭐."

손님이 유리를 흘끔 보았다.

'화려한 행색을 보니 오너 같은데. 넌 자기 가게에서 파는 칵테일이 뭔 맛이 나는지도 모르니?'

한 소리 하는 듯한 눈빛. 살그머니 물러서는 유리의 표정이 어두웠다.

"콜록."

254

그녀가 또 한 차례 기침을 한다. 성진은 걱정 어린 표정으로 유리를 보았다.

'여름 감기에 걸린 건가…….'

마감 시간이 가까워지자 가게가 휑하니 비었다. 민망할 정도로 손이 노는 상황을 예상한 듯, 다희는 카운터 위에 읽을 책을 올려놓았다.

성진은 핸드폰으로 '홍대 아젤리아'를 검색해 보았다. 아젤리아 방문 후기가 여러 페이지에 걸쳐 나왔다.

상위 노출된 맛집 블로거들의 리뷰는 여론 형성에 결정적인 영향력을 행사한다.

<칵테일 맛은 준수하다. 특히 다희라는 여성 바텐더분이 만들어 주는 칵테일이 맛있다.>

<연예인처럼 잘생긴 남자분이 있는데 술에 대해 엄청 잘 알고 친절하다.>

좋은 말들도 있었지만.

'2% 부족한 느낌이 드는 건 왜일까?'

성진이 내심 걸려 하던 것들이 노골적인 불만으로 드러나 있었다.

<바 카운터랑 다트장이 너무 가까이 붙어 있어서 칵테일 마시기 불편했다. 카운터는 원래 바텐더와 칵테일에 집중하기 위한 자리인데.>

<주방에서 음식 냄새가 너무 심하게 풍긴다. 다이닝 바라고 다 이러진 않던데.>

<포스기를 지키는 분이 사장님 같은데, 정작 그분은 술에 대해 잘 모르는 거 같았다.>

<바 콘셉트가 뭔가 애매하다. 계속 앉아 있기엔 뭔가 불편한 느낌?>

블로거들은 쓰디쓴 총평으로 리뷰를 마무리했다.

<재방문 의사 없음.>

"콜록⋯⋯."

유리가 무거운 기침을 터트리며 바를 나섰다. 그녀가 두고 간 핸드폰에도 아젤리아 리뷰가 떠 있었다. 하필이면 아젤리아 오너의 어정쩡한 포지션을 정면으로 지적한.

성진은 유리의 핸드폰 화면을 포털사이트 메인으로 돌려놓았다.

무더위도 매미의 울음소리도 절정에 달한 8월. 유리는 아젤리아와 함께 지독한 몸살을 앓기 시작했다.

❖ ❀ ❖

"케흑!"

유리는 쥐어짜 내듯 기침을 했다. 기침을 연신 토해 내도 목에 걸린 무거운 덩어리 같은 게 내려가지 않았다. 새벽 홍대 거리가 뭉개져 보였다.

"콜록⋯⋯."

시원하게 터져 주지도 않는 한심한 기침이 꼭 저 같았다.

자기 전에 레시피 암기를 더 해 보려 했는데. 보고 또 봐도 이 바보 같은 머리에 들어올까 말깐데. 자기 가게 칵테일이 무슨 맛이 나는지도 모르는 주제에, 이젠 감기 바이러스까지 퍼트릴 판이라니.

민폐 오너, 정말 가지가지 하는구나…….

"유리 씨! 왜 이렇게 기침을 심하게 해요? 감기 들었어요?"

유리는 놀랄 기운도 없었다.

"두현 씨. 이 시간에 또 왜……."

"왜긴요. 유리 씨 생각나서 왔죠. 근데, 설마 지금 유리 씨 혼자 있는 건가요? 이 밤에?"

"어차피 택시 금방 와요. 어플로 예약했거든요."

"유리 씨가 왜 택시를 타죠?"

"……."

간담을 서늘하게 하는 지적에 유리의 얼굴이 굳었다.

"이러니 금 회장님이 반대를 하시죠. 그러게 왜 굳이 본가를 나와서……."

유리가 고개를 번쩍 치켜들자, 두현은 아차 하는 표정을 지어 보였다.

"이런, 미안해요. 유리 씨가 워낙 열성적으로 사업에 매진하는 거 같아 최대한 모른 척하려 했는데……."

"죄송해요. 모처럼 이 늦은 시간에 오셨는데, 대화 나누기엔 제 컨디션이 너무 안 좋네요. 그럼 전 이만……."

도망치듯 벗어나려는 유리를.

"솔직히 유리 씨 이런 일 할 사람 아니잖아요."

두현이 고조된 목소리로 붙잡았다.

"칵테일 바에 편견이 있어서 이러는 건 아닙니다. 저도 주류업계 종사자고, 가끔 칵테일 바에 와서 지친 심신을 달래요. 어쩌면 칵테일 바야말로 가장 오아시스 같은 곳인지도 모릅니다. 하지만 지난 두 달간 해 보셨으니 유리 씨도 아시지 않나요? 저처럼 생각하는 사람이 드물다는 걸."

"……."

"밤일에 물장사라고 쉽게 보는 사람도 많고. 취객 주정 다 받아 줘야 하고. 밤을 꼬박 새워서 일하니 바이오리듬 다 망가지고."

"콜록!"

얄궂은 타이밍에 기침이 터졌다. 나는 아직 괜찮다고 우길 수도 없게.

"유리 씨 이런 모습을 보니 정말, 화가 나."

두현이 쓸어 담을 듯한 눈빛으로 유리에게 속삭였다.

"당신 처음 본 날 내가 어떤 마음이었는지 알아요? 당신이 타고 온 차보다 더 좋은 차에 태우고 싶다. 더 예쁘고 비싼 옷과 주얼리로 당신을 감싸고 싶다. 정말 손에 물 한 방울 안 묻게 해 주고 싶다. 남자가 여자에게 왜 그런 허황된 마음을 품는지, 유리 씨 만나고 나서 이해하게 됐어."

몸살기까지 가세하는 바람에 유리는 강력한 오한을 느꼈다.

"유리 씨 처음 만났을 때도 이렇게 떨었잖아요. 가뜩이나 추위 많이 타는데 한여름까지 이렇게 떨어야 하나? 다신 이런 일이 없었으면 좋겠군요."

두현이 애잔한 미소로 꾀었다.

"이제 그만 다 내려놓고, 나한테 기대면 안 됩니까?"

오늘따라 주변이 한적해서 더욱 궁지에 몰리는 기분이었다.

"두현 씨는, 제가 아젤리아를 접길 바라는 거군요."

"네. 지금 유리 씨 몸 상태를 보니, 확실하게."

끔찍한 오한과 두통 속에서 유리의 정신은 오히려 맑아졌다. 저를 품 안에 가두려는 남자에게 끌려 들어가지 않으려면 정신 바짝 차려야 한다.

일말의 미안함 때문에 지금껏 그의 방문을 막지 않았다. 하지만 이젠 더 이상 미안한 일, 여지 줄 일을 만들면 안 될 것 같다.

"전, 그럴 마음 없어요."

단호한 말에 두현의 눈빛이 흐트러졌다.

"아버지 뜻을 어기고 집 나온 건 입이 열 개라도 할 말이 없어요. 너무 죄송스럽고 지금도 마음이 너무 괴로워요. 사업이 처음이라 직원들한테 완전 민폐만 끼치고 있어요. 내 몸 하나 제대로 관리 못 하고……. 그래도 난 절대, 아젤리아 접을 마음 없어요."

두현은 내심 당황했다.

두 달. 손에 물 한 방울 안 묻히고 살아온 여자가 녹록잖은 현실을 깨닫고도 남았을 시간. 그녀가 조만간 백기 투항 하리라 믿어 의심치 않았기에, 다소 느긋하게 기다렸던 시간.

그러나 두현이 내심 정한 유예기간이 끝난 날, 유리가 내보인 마음은 질긴 억새풀과도 같았다.

"왜 하필, 칵테일 바인 겁니까? 경영 수업의 일환이라면 이런 일 아니어도 해 볼 만한 사업 많잖아요."

"그나마 제가 할 수 있는 게 이거밖에 없어서요. 주류 관련해서는……."

주류 관련해서는, 이라고?

유리가 내건 단서에 두현의 눈빛이 날카로워졌다.

지금까지 그녀가 칵테일 바를 차린 동기가 뭔지 진지하게 생각해 보지 않았다. 그저 저와의 혼담을 회피하기 위한 일종의 시위라고 생각했다. 그게 아니면 철모르는 금수저 아가씨의 한때의 여흥거리려니 했다.

그런데 무언가 다른 이유가 있는 모양이다.

여자가 이런 눈빛을 할 만한 일이 뭐가 있지? 여자가 이렇게까지 처절한 모험을 감행할 만한 일이 뭐지?

생각의 방향을 튼 순간, 속이 뒤틀리는 가설이 하나 떠올랐다.

"유리 씨. 전부터 궁금했는데, 복 대리는 어쩌다 여기서 일하게 된 거죠? 회사 잘렸으니 여기서 일하게 해 달라고 조르던가요?"

"아, 아뇨! 오히려 제가 졸랐어요. 저 좀 도와 달라고."

"하, 왜 하필 복성진인가요? 유리 씨 설마 몰랐나요? 그 자식이 왜 우리 회사에서 해고당했는지. 다른 사건도 아니고, 횡령 때문이었다고요. 한때 친하게 지냈던 동료라 이런 말까진 안 하려 했는데. 솔직히 그 녀석, 유리 씨가 믿고 곁에 둘 만한 사람이 아니……."

"그런 식으로 말씀하실 거면, 가세요!"

새하얗게 질린 얼굴로 유리가 역정을 냈다.

"성진이, 제 부탁 어렵게 수락했어요. 관리뿐만 아니라 손님 대접, 직원 관리, 재무 관리에 SNS 관리까지……. 제가 해야 할 일까지도 걔가 전부 다 해요. 그래서 전 요새 오히려 후회해요. 이런 데서 일할 사람이 아닌데 괜히 끌어들인 거 같아서……. 너무 미안해서 죽을 거 같다고요!"

콜록, 콜록. 말을 마치고 유리는 입을 틀어막았다. 숨이 고갈되도록 뇌까리는 바람에 기침이 더 심하게 터졌다.

유리가 열에 들뜰수록 두현은 스산하리만치 차가워졌다. 그녀와 맞선을 본 날이 떠올랐다.

첫이슬 신제품 얘기. 정확히는 성진이 만든 술 얘기에 극적인 생동감이 돌던 그녀의 얼굴.

"유리 씨, 원래 술에 그렇게 큰 관심이 있지도 않다면서요."

"……"

"제가 괜한 의심을 품은 거라면 사과드리겠지만. 칵테일 바를 차린 이유가 설마, 복성진 때문입니까? 둘이 그 정도로 친한 사이였어요?"

"보통은…… 학창시절 우정 때문에 이렇게까지는 안 하죠."

유리가 힘없이 웃음 지었다. 지금은 진심을 숨길 기운도 없었다.

"유리 씨. 혹시…… 그 녀석 좋아합니까?"

"네. 저 성진이 좋아해요. 두현 씨 만나기 훨씬 오래전부터."

혼곤한 와중에도 유리는 일말의 흔들림도 없이 답했다.

"성진이한텐 비밀로 해 주세요. 걔가 알면 당장 일 그만둘지도 몰라요. 사정이 좀 복잡하지만 어쨌든, 두현 씨라면 비밀 지켜 주시리라 믿으니까 솔직하게 말하는 거예요."

유리는 두현을 직시하며 나직이 덧붙였다.

"두현 씨. 이제 여긴 그만 오셨으면 좋겠어요. 저 같은 여자는 잊어버리세요. 두현 씨라면 저보다 훨씬 좋은 분 만날 거예요. 아니다, 어차피 재계에서 저보다 떨어지는 여자 찾기가 더 힘들겠죠?"

농담처럼 말하는 순간에도 유리의 눈은 새벽 가로등처럼 선연한 빛을 발했다.

유리가 어플로 부른 택시를 타고 떠난 뒤. 두현은 아젤리아로
향하는 길을 송두리째 내려앉힐 듯 노려보았다.

❖ ✽ ❖

지난 새벽에 마주한 금유리는 충격 그 자체였다.

밀면 밀쳐지고, 잡아끌면 끌려올 여자인 줄 알았는데. 맞선 날
흐리멍덩하던 그녀의 눈빛을 보고 그렇게 확신했는데.

다른 남자를 향한 연정을 고백하는 순간 샛별처럼 살아나던 눈
빛이, 두현에겐 어딘가 섬뜩하기까지 했다.

가뿐하게 짓밟고 올라선 줄 알았던 발판이, 마스터플랜을 가로
막는 암초로 돌아왔다.

강두현이 황금글라스 금유리를 단념해야 하는 이유가 복성진이
돼야 한다고? 물론 그래선 안 되지.

"복 대리. 아니, 성진아."

아젤리아 정기휴무일 전날, 두현은 성진에게 전화를 걸었다.

"내일 한잔하지 않겠어? 네가 꼭 알아야 할 일이 있다."

❖ ✽ ❖

월요일 밤. 성진과 두현은 아젤리아 근처의 몰트 바에서 다시
만났다.

"내가 꼭 알아야 하는 일이란 게 뭔데?"

성진이 심드렁하게 물었다.

"일단 주문 먼저 하지. 넌 이번에도 진피즈 할 거지? 난 이번

엔⋯⋯. 아하."

메뉴판을 살피던 두현이 의미심장하게 입매를 올렸다.

이번에 두현이 주문한 칵테일은 B−52였다. 커피 깔루아, 베일리스, 그랑 마니에르. 손바닥보다 작은 셰리 글라스 안에서 세 개의 리큐어가 균일한 층을 이루었다.

"B−52 같은 슈터 칵테일을 파는 바는 은근 보기 드문데."

"아무래도 우리나라 술 문화하곤 잘 안 맞는 스타일이니까."

슈터Shooter. 한 입에 마실 수 있는 분량의 칵테일. 한 번에 털어넣어야 층층이 분리된 리큐어가 입안에서 섞이며 제맛이 난다.

슈터 칵테일의 가격에는 선명한 층을 내기 위한 바텐더의 피나는 노력도 포함되지만, 술잔을 계속 기울이며 대화하는 데 익숙한 한국인에겐 양에 비해 비싼 칵테일로 비쳐진다.

"불도 붙일 거야?"

"아니. 오늘은 그냥 단출하게 마시려고."

단숨에 B−52를 털어 넣는 두현을 성진은 꺼림칙한 시선으로 보았다. 이번에도 무언가 저의가 있는 주문 같다.

B−52는 베트남 전쟁에 사용된 미국 폭격기 이름이다. 표면에 바카디 151 같은 고도주를 미량 띄워 불을 붙이면 발화탄의 염화와 같은 불꽃이 올라온다.

올해 들어, 두현은 우연찮게 줄기찬 폭격을 가했다. 결혼식 날 청천벽력 같은 소식을 처음 전했고, 첫이슬 한정판을 대신 출시하고, 선샤인주류 과장 자리도 대신 꿰찼고.

최근에는 맞선녀와 함께 있는 제게 노골적인 경계의 시선을 내쏘았지.

성진은 허허롭게 웃었다. 자식. 쓸데없는 걱정을 사서 하는군.

나랑 금유리? 언감생심…….

"유리 씨는 잘 있지?"

"설마 그거 물어보려고 날 불러낸 거야?"

성진이 괜스레 무뚝뚝하게 되물었다.

"미리 말하지만, 네 연애 사업 얘기면 굳이 내가 알 필요는 없는 거 같다."

성진이 진피즈를 쭉 들이켰다. 두현은 날카로운 시선으로 그 모습을 관찰했다. 탄산방울이 알알이 비치는 진피즈가 그의 맑디맑은 속마음을 보증하는 듯했다.

복성진은 아직 꿈에도 모르는 듯 보인다. 금유리가 그 좋은 혼처 마다하다 집안에서 쫓겨난 이유. 호화로운 생활이 엉망진창이 되면서까지 바 아젤리아를 차린 이유.

모종의 진실을 전부 다 알면, 이 서민 자식은 어떤 반응을 보일까?

'성진이한텐 비밀로 해 주세요. 걔가 알면 당장 일 그만둘지도 몰라요.'

지난 새벽 절절하게 부탁하던 유리의 모습이 떠올랐다.

물론 두현이 이 순간 그 비밀을 지키는 이유는, 그녀의 눈물겨운 순정을 지켜 주기 위함이 아니었다.

'황금글라스 회장의 고명딸, 일개 주류회사 직원을 위해 올인하다.'

그 사실을 제 입으로 밝혀 복성진을 감동시킬 마음은 눈곱만큼도 없었다.

굳이 그렇게 안 해도, 복성진이 당장 아젤리아 그만두게 할 방법도 찾았고.

"오늘 만나자고 한 건 이거 때문이야. 너에게는 나름 희소식이랄까."

두현이 지갑에서 명함을 꺼내 성진 앞으로 주욱 미끄러뜨렸다. 중견 주류회사의 인사팀장 명함. 선샤인주류 같은 대기업은 아니지만 업계에서 나름 내실 있기로 정평이 난 곳이었다.

"개인적으로 잘 아는 사이라 부탁 좀 했어. 한 달 인턴 거치고 레귤러로 채용한대. 선샤인주류 경력 인정해서 대리 직급부터 달아 준다더라. 이번 주 금요일에 면접 보러 가 봐. 얘기는 이미 돼 있으니 부담 가지지 말고."

예상치 못한 전개에 성진은 벙찐 얼굴로 두현을 보았다.

"참고로 목돈이 급히 필요한 상황이면 연봉 선지급도 가능하다더군. 너 정도면 한…… 1억 5천까진 사정 봐줄 용의가 있는 모양이야."

"강두현."

성진이 뜨겁게 목청을 돋우었다.

"내 뒤라도 캐고 다녔냐? 너 정도면 내 사생활 알아내는 것쯤 일도 아니었을 테지만."

"너에게 최선의 조건을 제시하기 위해서야."

두현이 냉연한 말로 받아쳤다.

"솔직히 칵테일 바 매니저 노릇 하는 거, 1억 5천 구할 데가 없어서잖아. 내 말이 틀려?"

"그래. 네 말이 맞아."

성진이 자조적으로 입술 끝을 올렸다.

"1억 5천도 없는 주제에 그깟 양심 챙기다가, 고3 쌍둥이 동생들 강제 전학 보낼 뻔했어. 그깟 자존심 세우다가, 내 어머니 2도 화상 입게 만들었어. 발버둥 쳐 봤자 내 주제는 거기까지밖에 안 됐어. 변명해도 소용없는 거 알아. 누가 봐도 지금의 난 그저, 돈 많은 동창에게 빌붙어 간신히 숨통을 튼 한심한 놈이니까."

"이제라도 벗어나면 돼."

두현은 성진의 거친 호흡에 아랑곳하지 않았다.

"네 주력 분야 기획개발이잖아. 앞으로 한 몇 년, 아니 어쩌면 평생 칵테일만 말면서 썩을 거야? 우리 한창 커리어 쌓아야 할 나이야. 중간에 맥 끊기면 앞으로 하고 싶어도 못 해."

"……"

"그래도 3년간 함께 일한 정이 있으니까, 내가 너 헤어날 수 있는 길 마련한 거야. 모처럼 마련해 준 기회 놓치지 마. 선택할 수 있을 때 선택해."

달콤한 제안에 교묘한 말솜씨까지 더해지니 성진도 한순간 눈앞이 어두워졌다.

선샤인주류에서 내쳐진 뒤, 전공을 살릴 수 있는 직장을 찾기 위해 얼마나 분투했던가? 진작 이런 제의가 왔다면 두말할 것 없이 붙잡았을 터다. 아직도 전국 백화점 마트 주류 코너에 첫이슬 참꽃이 깔리는 꿈을 꾼다.

그러나 성진은 이내 허상을 끊어 내듯 완강히 고개를 저었다.

"내가 선택할 문제가 아니야."

"왜?"

"이 일 하기로 결정하면서 유리랑 약속한 게 있어."

'채무를 변제한다는 생각보단, 네 사업에 조금이라도 힘을 보탠다는 생각으로 일하고 싶어.'

그 말에 유리는 가느다란 새끼손가락을 내밀며 말했지. 방금 한 말만은 취소하지 않았으면 좋겠다고.

"내 자존감이 바닥을 칠 때, 유리는 날 필요로 해 줬어."

너라면 잘할 거야. 역시 너는 뭐든 잘하는구나.

눈만 마주치면 잘한다 잘한다 해 준 그녀 덕에, 피투성이였던 심장이 스스로도 놀랄 만큼 많이 아물었다.

"어쩌면 난, 유리한테 돈만 빌린 게 아니라……."

영혼까지 빌렸는지도 몰라.

"지금 나한텐 아젤리아에서의 커리어가 그 어떤 커리어보다 중요해."

마음속 결심을 또박또박 되뇌니, 두현이 헤집어 놓은 속이 차분히 가라앉았다.

"강두현. 날 위해 프라이버시 조사까지 해 줘서 눈물 나게 고맙다. 허나 그 제안, 거절한다."

산뜻한 미소로 약간의 비꼼을 곁들이고 성진은 자리에서 일어섰다. 제가 마신 진피즈 값을 계산하고 자리를 뜨려는데.

"복성진. 네가 거기서 계속 일하면, 유리 씨가 위험해질 수 있어."

두현이 무시할 수 없는 말로 붙잡았다.

❖ ❋ ❖

"유리야, 오늘은 나오지 말고 병원 가 보라고 했잖아."

다음 날 저녁. 아젤리아에 나타난 유리를 보고 성진이 싸한 표정을 지었다.

"어제 감기약 먹고 푹 잤더니 괜찮아졌어. 걱정하지 마. 계산대 정도는 볼 수 있을 거 같아. 헤헤, 어차피 그거밖에 못 하지만……."

"그래도 오늘은 좀 쉬지. 잠깐 괜찮아졌다고 무리하면 감기는 더 심해져."

"아니야. 진짜 괜찮아. 오늘은 기침도 별로 안 나오고……."

그러나 유리의 얼굴은 핼쑥하기 그지없었다. 양 볼에 핑크빛 블러셔를 펴 발랐는데도 핏기 가신 피부가 감춰지지 않았다.

"근데 성진아. 혹시 무슨 일 있어?"

"아니, 왜?"

"오늘따라 네 표정이 별로…… 안 좋아 보여서."

그녀의 동그란 눈에 제 어두운 얼굴이 거울처럼 비치는 듯했다.

"그냥, 네가 걱정돼서."

솔직하고 무거운 심정을 말했다.

"나 진짜 괜찮아! 혹시라도 안 좋아지면 알아서 일찍 갈게."

그러나 유리는 그 말을 지키지 않았다.

시간이 지날수록 그녀의 상태는 눈에 띄게 안 좋아졌다.

뽀얀 이마에 식은땀이 송골송골 맺히고. 희미해지는 정신을 다잡으려는 듯 자꾸만 눈을 치뜨고, 간신히 웃고, 손님이 스쳐 가며 일으킨 바람에도 살이 에이는 듯 가녀린 몸을 흠칫 떨었다.

영업시간 내내 성진의 불안한 시선이 유리에게 그림자처럼 따라붙었다. 밤이 깊어 갈수록 정성스러운 정도를 넘어 미련해 보였다.

지난밤 두현과 나눴던 대화가 머릿속에서 이어졌다.

'그게 무슨 소리야? 유리가 위험해질 거라니?'
'유리 씨가 이대로 계속 아젤리아에서 일하면, 건강을 해칠 거야.'

두현의 냉정한 말에 성진은 말문이 막혔다.

'너, 유리 씨가 원래 몇 시에 아침 식사 하는지 알아? 세수하고, 옷 갈아입고, 화장도 하고. 당장 남들 앞에 나서도 될 상태로 식탁에 앉는 시간이, 아침 6시야.'
'맙소사. 그렇게 하려면…… 새벽 5시에는 일어나야 할 텐데.'

매일 새벽 5시에 일어나던 사람이, 이제는 새벽 5시에 잠자리에 든다. 그래서 날이 갈수록 유리의 눈이 침침해졌던 건가?

'유리 씨 요새 얼굴이 말이 아니더라. 사업하느라 원래 다니던 피부관리샵에도 잘 안 간대.'

그러고 보니 유리의 얼굴에서 감돌던 진주알 같은 광택이 많이 바래진 듯도 하다.

'전용 영양사가 짜 준 식단대로 식사하던 사람인데. 요샌 밥도 제때 못 챙겨 먹는 거 같더군.'

두현에게서 유리의 생활 양식을 전해 들을수록 성진의 속은 꺼멓게 타들어 갔다. 그녀에 대해 간과하고 방치한 것들이 심각할 정도로 많았다.

'유리 씨가 그 지경이 되니까, 금 회장님도 아젤리아는 이제 다른 사람 손에 맡기고 유리 씨가 손 떼길 바라는 모양이야. 하지만 유리 씨가 끝까지 해 보겠다고 고집부리는 상황인 거지.'

어째서 이렇게까지……. 그녀에게 묻고 싶어 성진은 유리를 망연히 보았다.

힘겨운 시간이 흘러 폐점 시간인 새벽 3시가 되었다.

"매니저님. 사장님 살아 있는 거 맞지?"

다희가 테이블에 엎드린 유리를 보고 혀를 내둘렀다. 언제나 보모 노릇을 자처하는 건 아니지만, 오늘만큼은 택시라도 같이 타 줘야 할 것 같은 상태다.

"제가 유리 챙길 테니 먼저 가세요."

성진은 잠든 유리의 곁에 바짝 붙어 섰다. 일자로 입매를 굳힌 그는 어딘지 화나 보였다.

"알았어. 그럼 매니저님이 사장님 잘 좀 챙겨 주고. 내일 봅시다."

뭐, 어련히 알아서 잘 하겠지. 다희는 두 남녀에게 회심의 눈빛을 뿌리고 돌아섰다.

성진은 유리의 어깨를 살살 흔들었다.

"유리야, 일어나. 퇴근 시간 됐어."

"으응……."

눈꺼풀이 천근 바위라도 되는 듯 유리는 힘겹게 눈을 떴다.

"다들 집에 갔어?"

"응. 지금 여기 우리 둘만 남았어."

"우리 둘만? 아…… 그러네."

텅 빈 아젤리아를 빙 둘러보고 나서 유리가 배시시 웃었다.

저와 눈이 마주치자 곧바로 마음을 놓아 버리는 눈빛. 봄눈 녹듯 포근한 눈빛에 성진은 외려 억장이 무너지는 듯했다.

'유리 씨가 아젤리아에서 손을 못 떼는 결정적인 이유는, 바로 너 때문이야.'

두현에게 그 말을 들었을 때, 도무지 납득할 수 없었다.

'나 때문이라고? 어째서.'

'유리 씨 입장은 이거야. 아버지랑 친구에게 사업 잘 해 보겠다고 큰소리쳤는데, 막상 해 보니 보통 힘든 일이 아닌 거지. 근데 이제 와서 아젤리아에서 손을 떼면 네 입장이 애매해지니까. 힘들어 죽겠는데도 부끄러워서 차마 못 그만두는 거지.'

부끄러워서 못 그만둔다. 한 달 동안 가족에게 실직 사실을 숨기고 거짓 출근을 해 본 성진으로선 뼈저리게 이해되는 심정이었다.

'네가 유리 씨를 진심으로 위한다면.'

책망하는 목소리가 성진을 뒤흔들었다.

'유리 씨가 아젤리아에서 자연스럽게 손 뗄 수 있게, 네가 먼저 그만둬. 그러면 유리 씨도 다른 사람에게 아젤리아 인계하고 다시 편하게 지낼 수 있을 거야.'

"유리야. 많이…… 힘들지?"

저도 모르게 그만 손을 뻗어 그녀의 엉겨 붙은 머리칼을 쓸어 넘길 뻔했다.

"미안. 나도 모르게 깜빡 잠이 들었네."

유리가 부끄러운 듯 손부채질을 했다. 부채질을 할 게 아니라, 당장 두꺼운 이불 속에서 웅크리고 싶을 텐데도.

"근데, 오늘도 기사님은 늦어?"

어쩔 수 없이, 화가 치밀었다. 아무리 그녀의 뜻에 반대해도 그렇지, 두 달째 그녀의 밤길을 위태롭게 하는 집안이라니.

"아마도……. 괜찮아. 익숙해졌어."

유리는 오늘도 이 문제를 대충 넘기려 했다.

벌써 두 달이나 됐다. 그녀가 굳이 견디지 않아도 되었을 고난이.

"유리야. 나 너한테 할 말이 좀 있는데. 잠깐 시간 내줄 수 있어?"

"으응, 기사님 오려면 시간 좀 걸릴 테니까. 혹시 나한테 충고할 게 있어서 그러는 거면 솔직하게 말해 줘."

유리가 약간 긴장한 얼굴로 맞은편 자리를 두드렸다.

금방이라도 이슬처럼 증발해 버릴 것 같은 그녀에게, 성진은 무겁게 입을 열었다.

"내가 솔직하게 느끼기로는, 너한테 이 일이 좀 버거운 거 같아."

예상대로 유리의 표정이 심각해졌다.

"네가 일을 못한다는 건 아니야. 직원들한테도 친절하고, 손님들한테 하나라도 더 잘하려고 노력하고, 메뉴 리스트도 열심히 공부하고. 누가 뭐래도 넌 최선을 다했어. 하지만 난, 네가 꼭 이렇게까지 힘들게 이 일을 해야 하나 싶어."

유리의 눈동자가 심하게 일렁였다. 그녀는 눈을 내리깐 채 스코티 목걸이를 움켜쥐었다.

이곳에서 일하지 않았다면 그 목걸이를 얼마나 더 사들였을까? 영양 관리, 피부 관리는 물론, 쇼핑할 거리도 꽤 밀려 있겠지.

"네가 바에서 일하는 건 마치, 백조가 올빼미가 되려는 느낌이랄까."

그녀가 누려 온 것들은 환한 햇살 아래 있다.

"물론 너도 나름의 포부를 가지고 시작한 일일 거야. 아버님 사업에 도움도 드리고, 네 능력도 증명하고. 하지만 굳이 이런 일 아니어도 네 능력을 보여 줄 방법이 있을 거야. 이렇게 건강까지 해칠 바엔 그만두는 게……"

"아니야. 나 정말 괜찮은데……."

유리가 입술을 떨며 횡설수설했다.

"그리고 내가 그만두면 성진이 네가…… 곤란해지잖아."

"내 걱정은 마. 다른 일 알아보면 돼."

그 말에 유리의 눈이 화악 벌어졌다.

"나도 마침 괜찮은 회사를 찾았어. 여기만큼 즐거울지는 모르겠지만…… 잘하면 너한테 빌린 돈도 바로 갚을 수 있을 거 같아. 이

273

제 난 진짜 신경 안 써도 돼. 정치인이나 연예인 걱정보다 쓸데없는 게 내 걱정이니까. 응?"

성진이 애써 명랑하게 말할수록 유리의 표정은 급속도로 어두워져 갔다.

"이제 아젤리아는 다른 사람에게 맡기고, 넌 좀 쉬어."

이 말에 그녀가 조금이나마 마음의 짐을 덜었으리라 기대했다. 그러나 수초 뒤, 성진은 제 생각이 단단히 잘못되었음을 깨달았다.

"싫어……."

유리가 비수에 찔린 듯 얼굴을 한껏 일그러뜨렸다.

"약속했잖아. 나 도와준다고. 내 사업에 힘을 보태 주겠다고……."

"유리야. 그건……."

"내가 못 미더워서 그러는 거지? 1억 5천 가지고는 커버하기 힘든 수준이라 그러는 거지?"

"아냐! 난 그런 뜻으로 한 말이 아니……."

"나도 알아. 공부해도 티도 안 나고, 자꾸 까먹고, 실수하고……. 그나마 할 줄 아는 거라곤 돈 쓰는 거뿐이고. 돈마저도 없었으면 난 진짜 아무 쓸모도 없지. 도대체, 어디서부터 손대야 할지 모를 정도로 한심한 사람이 나인 거 알아."

성진은 황당했다. 아니, 내가 뭔 말을 했다고 이렇게까지 자기 비하를 하는 건데! 생각 같아선 그녀의 어깨를 붙잡아 마구 흔들어 버리고 싶다.

"그래도 노력하고 있으니까, 한 번만 참아 주면 안 돼? 조금만 더 기다려 주면 안 돼?"

유리는 울지는 않았다. 스스로에게 내린 비정하고 처참한 평가에 너무도 익숙해진 듯.

"그게 아니라니까? 난, 네 건강이 걱정돼서…….."

"내가 진심으로 걱정되면, 여기 절대 그만두지 마."

자신이 알던 사람이 맞나 싶을 만큼 유리는 격정적이었다.

"감기는 기다리면 낫겠지만, 네가 여길 그만두면 난 정말 죽어 버릴지도 몰라."

극단적이기까지 한 말에 성진은 입매를 굳혔다. 오늘은 이만 서로 머리를 식혀야겠다. 이대로는 그녀의 화만 돋울 뿐이고, 그녀를 더 아프게 할 것 같다.

"당장 결정한 건 아니니까 일단 진정해."

성진은 탄식하듯 말했다.

"서로 천천히, 진지하게 생각해 보자."

❖ ✳ ❖

다음 날, 아젤리아에는 초상집 같은 침울함이 감돌았다.

몸살기가 더욱 도졌는데도 좀비처럼 출근한 오너. 스마일 포커페이스가 가출한 바 매니저. 바의 핵심 인물들이 양 축에서 긴장감을 조성하는 탓에, 아젤리아의 직원들은 연신 무거운 침을 삼켰다.

각자의 위치에서 암흑의 기운을 수습하기에 벅찼던 탓에, 오늘 밤 아젤리아에 투하될 폭탄의 존재를 아무도 예감하지 못했다.

"여기가 그 금수저 칵테일 바란 말이지?"

귓불에 해골 피어싱을 박은 센 언니. 허나 찬찬히 뜯어보면 어딘가 위화감이 드는 언니였다.

검은 아이라이너를 너무 두껍게 칠한 나머지 스모키하다 못해 저승사자 같은 눈매. 눈썹도 자세히 들여다보면 마스카라가 뭉쳤고, 입술은 그야말로 쥐를 잡아먹은 비주얼이다. 그럼에도 본인은 자기 메이크업에 확신을 가지는 듯 보였다.

"어디 한번, 다 같이 망해 보자고."

센 언니 분장을 한 소녀는 서늘한 미소를 지었다. 그녀는 초상집에도 불을 지를 기세였다.

8.
거짓말의 꼬리가 밟힐 때

8월과 함께 여름이 저물어 가던 밤. 열아홉 강미나는 아젤리아에 입성했다.

미나가 청소년보호법상 떳떳하게 술집에 입장하려면 앞으로 넉 달은 더 있어야 했다. 그러나 눈속임용 스모키 화장을 한 그녀의 때 이른 바 출입엔 명백한 고의가 엿보였다.

미나 아니어도 갖은 잔꾀를 부려 술맛 한번 보려 드는 미성년자는 많았다. 친구들에게 내세울 자랑거리 하나 만들겠다고. 혹은 학창시절의 추억 하나 남긴답시고. 본인에겐 짜릿한 모험일지 몰라도, 업주들 입장에선 하나같이 열통 터지는 명분이다.

미나가 아젤리아에 침입한 동기도 딱히 숭고하진 않지만, 그런 한가로운 이유는 아니었다.

지금 그녀를 지배하는 감정은 호기심이 아닌, 분노였다.

미나는 맨 구석 테이블에 자리를 잡았다.

"어서 오세요!"

막내 바 헬퍼가 메뉴리스트를 들고 쫄래쫄래 달려왔다.

"리스트에 없는 메뉴라도 원하시는 칵테일이 있으시면 주문 도와 드리겠습니다!"

미나는 20대 초입 정도로 보이는 여성을 흘겨보았다.

같은 반에 바텐더가 될 거라고 떠벌리는 애가 하나 있었다. 뭐하나 열심히 하는 법이 없는 그 애를 지켜보며, 미나는 바텐더란 직업에 크나큰 편견을 품게 되었다.

공부하기 싫은 애들이 쉽게 덤비는 직업. 하기야 술과 주스를 섞어 파는 게 뭐가 그리 어렵겠어.

"저어, 고르기 힘드시면 추천 도와 드릴……."

"이거요."

미나는 매니큐어를 검게 칠한 손톱으로 메뉴리스트를 톡 찍었다.

'드라이 마티니Dry Martini.'

"선호하시는 진이랑 버무스(Vermouth. 와인에 약초를 넣은 술. 식전주로 마시거나 칵테일 재료로 쓴다)가 있으실까요? 저희 바 드라이 마티니에는 기본적으로 고든스 진, 마티니사 버무스가 들어가는데……."

"그냥 기본으로 줘요."

미나는 손을 내저었다. 길게 말 섞어 봐야 추가요금이 붙는 비싼 술을 권하려 들겠지? 어차피 뭔 말인지 하나도 모르겠고.

"그러면 드라이 마티니 한 잔 가져다 드리겠……. 헙, 매니저님!"

신바람 나게 주문을 받아들고 가던 헬퍼가 심장을 토해 내는 듯한 탄성을 뱉었다. 어느새 다가온 한 남자.

"할 만해요?"

278

"아, 네, 넵!"

옅은 미소로 나직이 묻는 성진 앞에서, 바 헬퍼가 수줍게 얼굴을 붉혔다.

미나는 눈동자를 굴렸다. 어쩐지, 초짜 티가 팍팍 나더라. 주문 받으면서 쓸데없이 열의를 불태우는 모습이.

그래도, 그녀의 홍조만큼은 참작이 되었다.

눈앞의 남자는 꽤 잘생긴 데다 지적인 느낌까지 물씬 풍긴다. 연예인이라면 꾸준히 인텔리 역에 캐스팅될 것 같다.

이런 데서 일하는 사람들은 하나같이 골 빈 양아치들일 줄 알았는데.

어딘지 녹록잖아 보이는 사람도 있기는 있구나.

"저어, 매니저님. 저희 바 드라이 마티니에 기본적으로 고든스 진 들어가는 거 맞죠? 제가 손님께 제대로 설명 드린 거 맞는지⋯⋯."

"그건 잘했는데, 손님 신분증 확인도 했을까요?"

"⋯⋯헉! 맞다⋯⋯."

헬퍼가 아차 하는 표정으로 미나를 돌아보고 다시 성진을 애타게 보았다. 이번 한 번은 적당히 넘어가면 안 될까요, 묻듯.

"일단 저쪽 테이블 주문 받아 줘요. 앞으로는 신분증 확인부터 꼭 하고."

성진은 초짜 알바생 대신 불편한 자리를 대신했다.

"손님, 죄송합니다만 신분증 좀 보여 주시겠습니까? 오늘 처음 출근한 직원이라 미숙했던 점 양해해 주셨으면 합니다."

정중하게 말하면서 예리하게 훑는 시선. 미나는 그가 친절하면서도 칼 같은 원칙주의자임을 눈치챘다.

미나는 지갑을 열다가 헉 하고 뒤적이는 시늉을 했다.

"어? 이상하다? 내 민증 어디 갔지?"

"……."

"아까 클럽 들어갈 땐 분명히 있었는데? 와, 씨……."

"……."

"걍 페북 보여 드리면 안 돼요? 대학생 계정 있는데. 저 딱 봐도 미자는 아니지 않나요?"

"어르신이 오셔도 신분증을 지참하신 분에 한해 주류 메뉴를 제공해 드리는 게, 저희 가게 원칙입니다."

성진은 더 들을 말이 없다는 듯 잘라 말했다.

"저기요, 근데 기분 되게 나쁘네요? 그깟 민증 없다고 사람 범죄자 취급하는 거야, 뭐야?"

목소리를 높이고 보면 어지간한 쫌생원도 움찔한다. 미나는 다년간의 경험을 통해 알고 있었다.

"신분증 검사할 거면 처음부터 하든가. 사람 되게 만만해 보이나 봐요?"

"불쾌하셨다면 죄송합니다. 손님을 의심하는 건 아닙니다."

성진은 정중히 사과했다. 그러나 무섭도록 진중해졌다.

"손님 말고도 간혹 신분증을 깜박하는 분들이 많으십니다. 심지어 단체손님 중 딱 한 분이 없기도 하고요. 하지만 제 주관적인 기준에만 의지해서 손님들 편의를 무한정 봐 드리면, 언젠가 한 번은 제 기준이 틀리는 날이 오겠지요."

성진의 우직한 설득이 미나의 독 벌침을 요령 좋게 빼냈다.

"단 한 번의 실수로, 제 친구의 소중한 가게를 망칠 수도 있다는 걱정을 늘 하게 됩니다."

필사적일 만큼 단호한 남자의 눈빛에, 미나는 비틀린 웃음을 머금었다.

나한테도…… 반드시 지키고 싶었던 소중한 사람의 가게가 있었는데.

"주문까지 받아 놓고, 너무한다. 손님 가려 받을 거면 문짝에 아예 써 붙여 놓지? 진짜 웃기는 가게다."

"손님, 너무 곡해하지 마시고……."

"성진아, 잠깐만."

유리가 가냘픈 목소리로 신경전에 끼어들었다.

"손님, 저희 매니저가 걱정되는 마음에 한 말씀 드린 거 같습니다. 저희 바는 손님을 가려 받거나 하진 않지만요, 그래도 손님과 저희 모두를 위해 한번 확인을 하고, 다음에도 서로 웃는 얼굴로 뵙길 바란답니다. 마음 상하셨다면 죄송합니다."

말이 아 다르고 어 다르다지만, 그녀의 입으로 옮겨진 말들은 이슬비처럼 촉촉하게 와닿았다.

"당신이 여기 사장이에요?"

"네."

미나는 유리의 차림새를 머리끝부터 발끝까지 훑었다.

긴팔 시폰 블랙 블라우스에 장미 코사지 패턴의 치마. 미들부츠에 검은 스타킹. 이 여름에 쪄 죽는 한이 있어도 패션을 완성하겠다는 의지가 엿보인다.

여자의 얼굴이 워낙 조막만하고 눈코입도 오밀조밀 예뻐서 어울리긴 했다.

걸어 다니는 인형 같은 여자다. 여자아이가 갖고 노는 몇 만 원짜리 미미가 아니라, 수백만 원을 호가하는 작품 개념의 바비.

미나는 인형을 싫어하진 않았다. 예쁜 여자는 같은 여자로서 동경의 대상이다.

그러나 지금 중요한 건 그녀의 미모가 아니라, 그녀가 걸친 것들이 하나같이 비싸 보인다는 사실이었다.

"이번 한 번은 저희가 실수했으니, 드라이 마티니 준비해 드리겠습니다."

유리는 창백한 얼굴로 간신하게 웃었다.

쐐기풀도 웃으며 감싸 안을 것 같은 여자. 구부리는 대로 휘어질지언정, 꺾이지는 않을 것 같은 여자. 상황이 주는 힘겨움을 내면의 인자함으로 승화해 내는 여자.

한순간, 인형 같은 얼굴에 보살이 겹쳐 보였다.

미나는 가슴이 선득해졌다. 여기 온 목적을 까맣게 잊을 뻔했다.

"알았으니까 마티닌지 뭔지 주세요."

"성진아. 이분께 마티니 준비해 드려."

"유리야, 잠깐만. 내 생각엔……."

"괜찮을 거야."

나무처럼 커다란 남자 매니저에 비해, 여자 오너는 가지에 앉은 새처럼 작다. 162cm인 자신과 대 봐도, 저쪽이 손가락 하나 정도 작을 것 같다.

미나는 아랫입술을 잘근 물었다. 여기 오기 전만 해도 자신이 세상에서 가장 작은 줄 알았는데, 막상 와 보니 헷갈리려 한다.

"하……."

미나는 스스로에게 비틀린 웃음을 흘렸다. 세상에서 가장 쓸데없는 게 연예인 걱정이고, 그보다도 더한 게 재벌 걱정이랬다. 더욱이 저 여자는 지금 망해도 3대는 갈 부자 아닌가.

황금글라스 회장의 딸 금유리. 소문대로라면 15년 된 홍대 예술가의 성지를 하루아침에 몰아내고 그 자리에 칵테일 바나 차린, 돈이 썩어나고 비정한 여자.

마티니가 만들어지는 동안, 미나는 미움의 불씨에 풀무질을 가했다. 그녀의 과거는 이곳의 과거와 쌍둥이처럼 닮은꼴이었다.

❖　❀　❖

미나의 어머니는 집보다 병원에 있을 때가 많았다. 평범한 회사원이던 아버지가 병원 근처에 고깃집을 차린 이유도, 병원비를 마련할 겸 아내의 손을 한 번이라도 더 잡아 주기 위함이었다.

미나의 예쁜 옷을 살 돈도 전부 어머니 병원비로 들어갔다. 그것이 못내 미안하다고 아버지는 늘 말씀하셨다.

미나는 매일같이 학교 끝나기 무섭게 식당으로 와서 일을 거들었다. 어지간한 대학 알바생보다 미나의 불판 가는 솜씨가 더 야물었다.

살에 냄새가 배도록 고기를 구웠지만, 부녀는 팔다 남은 밥을 물에 말아 풋고추, 김치와 함께 끼니를 때울 때가 많았다.

그래도 사는 재미가 있었고, 무엇보다 희망이 있었다.

결국 어머니를 하늘나라로 떠나보내고 말았지만, 서로를 보듬으며 견딘 세월이 남겨진 부녀를 한층 더 애틋하게 만들었다.

식당이 대학가 근처이다 보니 대학생이나 대학병원 임직원 손님이 많았다. 병원 직원들이 오면 우리 아내 잘 좀 부탁드린다고, 학생들이 오면 잘 먹고 열심히 공부해서 좋은 일 하라고, 아버지는 불판에 고기 한 점 더 얹어 주었다.

정성에 후한 인심이 더해지니, 아버지의 돼지갈비는 대학가에서 최고 맛있기로 소문이 났다.

SNS의 발전에 힘입어 식당은 해를 거듭할수록 유명해지고, TV 프로에도 나왔다. 아버지의 식당은 명실상부한 맛집이 되었다.

가게 문 앞에 장사진을 이룬 손님들을 보고 꿈인가 생시인가 싶었다. 아버지는 미나더러 그동안 못다 한 공부도 하고 친구들이랑 놀러도 다니라 하셨다.

하지만 미나는 여전히 식당 일을 도왔다. 가게는 생계를 위한 일터만이 아니라, 아빠와 함께 일군 꿈의 터전이었으니까.

미나가 고3이 된 올봄, 건물주가 재계약을 거부하면서 비상이 걸렸다. 건물주는 부녀가 10년 가까이 피땀으로 일군 대박 맛집 터를 제가 차지하겠다 했다. 보증금을 올려 주겠다고 하고 인정과 도리에 호소해 보기도 했다. 그러나 끝내 협상하지 못했다.

대박 고깃집이 문을 닫는다는 소문이 퍼지자 사회고발 프로그램 PD가 접근했다. 그는 석연찮아 하는 아버지를 설득해 건물주의 갑질을 이슈화했다.

그것이 화근이었을까?

여름이 시작될 즈음, 한 무리의 남자들이 아버지 가게에서 거나하게 술판을 벌였다. 그날따라 약속이라도 한 듯 경찰이 들이닥쳤다.

적발된 인원이 여럿이란 이유로 담당 검사는 아버지에게 과도한 책임을 물었다. 남의 가게를 망친 양아치들은 미성년자란 이유로 아무런 처벌도 받지 않았다.

어딘가에 각본이라도 존재하는 듯, 모든 상황이 미나 부녀에게 불리하게 돌아갔다.

구청에서 2개월 영업정지 사전통지 공문이 날아온 날, 아버지는 가게 냉장고에 있던 소주를 있는 대로 꺼내 입안에 들이부었다.

소주 반병도 못 마시던 분이 횟술을 하고 나서야 건물주에게 따지러 갈 용기를 냈다. 물증은 없지만 심증이 분명했으니까.

법 없이도 살 것 같았던 분. 만취한 상태에서도 아버지는 착실하게 보행자 신호를 지켜 횡단보도를 건넜다. 그러나 신호위반 차량에 치여, 영영 돌아오지 못할 길을 가셨다.

아버지의 장례식 날. 생전 처음 보는 먼 친척들이 찾아와 미나에게 알랑방귀를 꼈다. 그들은 부녀가 10년 가까이 식당 일하면서 돈방석에 앉은 줄 알았다.

건물주는 한술 더 떠서 퇴거시한까지 가게를 말끔히 비우라고 으름장을 놨다.

일주일 전. 식당은 아버지와 함께 영원히 세상에서 사라졌다. 벽에 걸린 연예인 사인 액자들을 밤새 누군가 다 걷어 가 버렸다.

특히 벽에 큼직하게 휘갈겨진 한 7080 밴드의 사인은 아버지가 가장 아끼던 것이었다.

그들이 우연히 가게에 들어와 식사를 하고 흔쾌히 벽에 사인을 남기고 간 날, 열혈 팬이었던 아버지는 아이처럼 기뻐하셨다. 그것은 도배사의 칼에 처참히 뜯겨 나가 새 벽지에 가려졌다.

어느 한 구석 시선 둘 데 없는 더러운 세상. 미나는 핏발 선 눈을 치떴다. 묻지 마 살인마의 심정이 이런 걸까? 아무나 붙잡고 같이 죽어 버리고 싶어졌다.

❖ ❀ ❖

칵테일 한 잔이 만들어지는 시간. 노래 한 곡보다 짧은 시간에 모든 기억이 흘러갔다.

여자 오너가 드라이 마티니를 직접 들고 왔다. 돌아나가지 못할 빛이 동굴 안으로 새어 들어오려 한다. 눈먼 박쥐의 마음으로 미나는 그녀를 기다렸다.

"주문하신 드라이 마티니 나왔습니다."

유리에게서 풍기는 복숭아 향이 또다시 마음을 흩뜨려 놓는다.

정말, 눈먼 화풀이를 해도 될까? 이렇게 부드럽고 선량해 보이는 사람한테.

미나는 얼른 혀끝을 깨물었다. 저 상냥한 미소와 부드러운 향기도, 결국은 여유 덕에 가질 수 있었겠지. 우리 같은 서민들을 짓밟아서 취한 여유.

다시 마음의 날을 세워, 구상해 둔 작전을 떠올렸다. 이 칵테일을 마시고, 112에 신고할 거다. 방금 미성년자에게 35도짜리 알코올음료 판 술집 여기 있다고.

그럼 마셔 볼까.

미나는 가는 잔 허리를 쥐었다. 차라리 이 음료가 망각의 샘이라면 서로에게 좋게 끝날 텐데. 한순간 덧없는 아쉬움도 들었다.

음울한 마음으로 잔을 들여다본 순간.

"엥? 오, 올리브?"

잔 아래 가라앉은 그린올리브를 본 미나의 눈이 동공지진을 일으켰다.

"원치 않으시면 가니시 빼 드릴까요?"

"아니! 원래 마티니엔 그…… 사과 조각 들어가는 거 아니었어요?"

"그, 글쎄요? 드라이 마티니 가니시는 올리브 맞는데. 내가 잘못 알고 있나……."

유리는 바 카운터로 쪼르르 달려가 성진에게 이것저것 물어보았다. 잠시 뒤 그녀는 새 칵테일을 가져다주었다.

　"혹시, 이 칵테일 말씀하시는 건가요?"

　이번 칵테일은 초록빛 음료에 사과 슬라이스가 예쁘게 끼워져 있었다.

　"아……. 이거인 거 같은데."

　"이건, 애플 마티니예요."

　"애플 마티니? 처음 것도 마티니고, 이것도 마티니예요?"

　"네. 처음에 드린 건 드라이 마티니예요. 원래 그게 원조지만, 워낙 인기가 좋다 보니 다양한 마티니가 생겼대요. 지금은 200가지가 넘는 마티니가 있다네요. 저희 바만 해도 에스프레소 마티니, 스트로베리 마티니. 그리고 음, 또 뭐가 있더라……."

　유리는 열심히 설명하다가 막판에 손가락셈을 했다.

　"아, 됐어요! 무슨 배스킨라빈스도 아니고……."

　미나는 화끈거리는 양 볼을 감쌌다. 오늘 밤 대한민국에서 가장 삐뚤어진 날라리가 되고 싶었는데, 아주 제대로 숙맥이 되어 버렸다.

　"애플 마티니는 제가 사는 걸로 할게요."

　눈 깜짝할 사이에 짐스러운 호의를 베풀고, 유리는 자리를 뜨려 했다.

　"잠깐만."

　미나는 얼결에 유리를 불러 세웠다.

　"혹시, 바빠요? 손님도 별로 없는 거 같은데. 사장님은 손님이랑 얘기 같은 거 안 하나?"

　"아뇨. 저라도 괜찮으시다면……."

서로 다른 마티니를 사이에 두고 두 사람은 마주 앉았다. 미나
는 차가운 손으로 발긋한 뺨을 꾹꾹 누르며 변명처럼 말했다.

　"내가 왜 마티니에 사과가 들어가는 줄 알았냐면요. 울 아빠가
그렇게 얘기해서예요."

　"아버님이 칵테일을 좋아하시나 보네요."

　"그 정돈 아니었고, 엄마랑 연애할 때 딱 한 번 칵테일 바에 가
보셨대요. 알코올 데이트는 처음이라 혹시라도 실수할까 봐 아빠
는 논 알코올 칵테일을 드셨고, 엄마는 마티니를 주문했대요."

　마티니는 어떻게 생겼어요? 무슨 맛이 나요?

　어린 미나의 물음에 아버지는 웃으며 말씀하셨다. 초록빛깔에
사과 조각이 들어간, 아주 예쁘고 달콤한 칵테일이었다고.

　"아빠랑 약속했었어요. 나중에 함께 칵테일 바에서 마티니를 마
시자고."

　내가 스무 살 성인이 되는 날에요. 미나는 뒷말을 목구멍 안으
로 삼켰다.

　"그 약속을 지키기 전에 돌아가셨어요. 어머니는 예전에 돌아가
셨고, 이젠 나 혼자죠."

　"아……."

　유리의 고운 입술에서 외마디 탄식이 흘렀다.

　"아버지가 살아 계시는 세상의 모든 사람이 부럽네요. 특히, 이렇
게 목 좋은 곳에 가게 차려 주는 아버지가 있으면 참 좋겠다. 그죠?"

　유리는 숙연히 눈을 내리깔았다. 무슨 비난도 들을 준비가 된
사람처럼. 그 반응에 미나는 오히려 울컥했다. 싸우자고 한 말에
차라리 마음껏 때려 달란 표정이라니. 사람 맥 빠지게.

　"다음 생에는 울 아빠가, 돈 많은 아버지로 태어나면 좋겠어요."

미나가 그녀를 몰아붙이듯 을렀다.

"평생 병든 와이프랑 딸 뒷바라지한다고 뼈 빠지게 고생만 하다 돌아가시지 말고……. 하고 싶은 거 다 할 수 있는 부자로 태어났으면 좋겠어. 내가 다음엔 아빠 딸 아니어도 좋으니까."

슬픔이 고집을 허물지 않도록 노력했건만, 미나의 눈가가 살짝 촉촉해졌다. 눈앞에 있는 금수저를 할퀴려 한 말들이, 결국 제 마음만 긁어 놓고 말았다.

"아버지를 정말 사랑하셨군요. 뭐라고 위로의 말씀을 드려야 할지."

"하지 마요. 어차피 이해하지도 못할 거면서 입만 산 위로, 필요 없거든요."

남이 정성과 애정으로 가꾼 자리를 하루아침에 빼앗은 당신이, 이제 와서 혼나는 표정을 짓는 건 반칙이야.

"사장님은 듣기만 할 거예요? 주정 부리는 손님에겐 침묵이 약이다. 이건가?"

미나의 빈정거림에 유리는 깊게 숨을 내쉬었다.

"마티니 하면, 007을 떠올리는 분들이 많죠."

아까보다 핏기가 가신 얼굴로 유리가 말문을 텄다.

"드라이 마티니엔 원래 진이 들어가는데, 제임스 본드는 마티니를 주문할 때마다 진 대신 보드카를 넣고 '젓지 말고 흔들어서' 만들어 달라고 하죠."

"젓는 거랑 흔드는 게 뭐가 달라요? 그 말이 뭐가 그리 멋있다고 난린지 몰라."

"전자는 바 스푼으로 휘젓는 기법이고, 후자는 셰이커에 넣고 흔드는 기법이에요. 셰이킹으로 만든 칵테일이 공기방울이 많이 들어가기 때문에 맛이 더 부드럽죠."

"그 말은, 제임스 본드가 오히려 부드러운 마티니를 찾는다는 거예요?"

뭐든 마초 스타일로 먹어 치울 거 같은 그 카리스마 양반이?

"네. 마티니는 원래 남성적인 술의 대명사지만, 제임스 본드의 마티니는 사실 보드카티니라 부르는 게 맞는, 부드러운 칵테일이죠."

남성적인 카리스마의 대표격인 제임스 본드가 어째서 보드카티니를 주문하는 걸까?

"제임스 본드가 부드러운 보드카티니를 부러 주문하는 것이, 내면에 숨은 부드러움 혹은 나약함을 암시하는지도 모른다는 해석도 있대요."

유리의 입가에 드라이 마티니처럼 쌉싸름한 미소가 맺혔다.

"손님이 아시는 대로, 저는 진짜 과분한 아버지를 만났죠. 항상 감사해도 모자를 일인데, 전 언제나…… 죄송한 마음뿐이었어요."

"왜요?"

"당신이 해 주신 것만큼 기대에 부응하는 딸이 못 돼서요. 언제나 실망만 안겨 드리고."

예전에 누군가가 유리에게 말했다.

'넌 죄인 같은 마음을 가져야 해.'

다른 이들도 유리를 볼 때마다 그런 시선을 던졌다.

세상엔 네가 가진 것의 반의반도 못 가진 사람이 많아. 그러니 다 가지고 태어난 값 좀 해.

"제게 오빠가 둘 있어요. 둘 다 좋은 대학 나와서 아버지 회사에서 중책을 맡고 있죠. 그리고 다들 좋은 사람 만나 결혼도 했는데. 나만……."

나만 어디서 굴러온 걸까요?

"우리 어머니도 뭐든 잘하는 분이었다는데, 전 얼굴 빼곤 닮은 게 하나도 없다는 소릴 들어요."

유리의 한탄을 듣던 중, 미나는 선득한 위화감을 느꼈다.

"혹시…… 어머니가 지금 안 계시나요?"

"네."

"언제 돌아가셨길래……."

어머니랑 말 한 번 섞어 본 적 없는 사람처럼 말해요?

미나의 물음에 유리는 쓴웃음으로 답했다.

"제가 태어난 날에요."

쨍.

카운터 쪽에서 금속음이 울렸다. 미나가 놀라 돌아보니, 성진이 황망히 바 스푼을 줍고 있었다.

밀려오는 현기증에 유리는 눈을 질끈 감았다. 눈을 질끈 감고 연신 입술을 짓씹으며 울먹임에 가깝게 중얼거렸다.

"오빠들은 아버지 닮아서, 어머니 닮아서, 다들 그렇게…… 멋있게 잘 사는데. 받은 것들을 세상에 베풀면서 사는데……. 나는 제대로 알아보지도 않아서…… 남의 소중한 추억이나 빼앗고……."

"저기요, 사장님. 혹시 어디 아프세요?"

"금유리, 넌 아플 자격도 없어. 지금까지 한 게 뭐가 있다고."

열에 들뜬 유리는 더 이상 미나를 상대하고 있지 않았다.

"오빠들은 황금글라스라는 배경을 당당히 그림자로 삼아서 다니는데. 나는 항상 파묻히기만 하고……. 못났다 정말……."

그 말을 마지막으로 유리는 꽝 하는 굉음과 함께 테이블에 얼굴을 파묻고 말았다.

"유리야!"

성진이 부리나케 달려들어 유리의 몸을 일으켰다. 다희도 황망히 다가왔다.

"뭐야? 설마 같이 술 마셨어?"

"아니, 이건 몸살 때문이에요. 유리야, 정신 차려!"

"으응……."

어깨를 두드리자 유리가 신음을 흘렸다. 이마에 식은땀이 송송 맺히고 얼굴이 백금처럼 싸늘했다.

"바텐더님, 저 유리 데리고 응급실 갈게요. 죄송한데 가게 마감 좀 해 주실 수 있을까요?"

"그러죠. 안 따라가 봐도 돼?"

"괜찮습니다. 그럼 부탁드립니다. 유리야, 걸을 수 있겠어?"

유리는 고개를 애매하게 움직였다. 젓는 건지 흔드는 건지 알 수 없었다.

"안 되겠다. 나한테 업혀."

유리를 둘러업은 성진이 빠르게 아젤리아를 나섰다.

잠시 후, 미나 역시 도망치듯 아젤리아를 빠져나왔다. 핸드폰을 꺼낼 마음 따윈 나지 않았다. 밤 깊은 홍대 거리를 배회하며 미나는 망연히 중얼거렸다.

"무슨 금수저가 저래……."

모두가 길을 잃은 밤이었다.

※　※　※

새벽 2시에 응급실로 실려 온 유리는 39.5도까지 열이 치솟아 있었다.

해열진통제 주사를 맞고 1시간 동안 링거를 맞았다. 유리는 제 몸에 주삿바늘이 들어가는 것도 모른 채 까무룩 정신을 놓았다.

유리가 눈을 뜬 건 해가 중천에 뜬 정오 즈음이었다.

"성진아. 미안해……."

입이 떨어지자마자 유리는 그 말부터 했다. 의식이 저 밑으로 떨어진 중에도 밤새 제 곁을 지킨 그의 존재를 고스란히 느꼈다.

"이제 정신이 좀 들어? 열 좀 내렸나 보자."

성진의 손이 유리의 앞머리를 조심스레 걷어 내 희고 둥근 이마를 덮어 눌렀다. 초점이 풀려 있던 다갈색 눈에 빛이 고여 들었다.

"지금은 차갑네."

성진이 손길을 거두며 쓴웃음을 머금었다. 그를 보는 유리의 눈에도 씁쓸한 빛이 돌았다.

이마를 짚어 준 건 순전히 걱정하는 마음일 터인데. 수초 남짓 옮겨 온 온기가 그의 의도와 전혀 다른 작용을 했다.

흐릿하던 세상이 또렷해지고, 더운 피가 머리부터 발끝까지 주파하면서 심장이 튀어 올랐다. 이런 제 마음이 한없이 경박하게 느껴져도 어쩔 수 없는 일이었다.

"의사 선생님이 며칠 입원하는 게 나을 수도 있겠다고 하셨는데, 그렇게 할래?"

"아니야. 입원까진 안 해도 될 거 같아."

"정말 괜찮겠어? 하긴, 열도 내린 거 같고. 편안하게 쉬려면 너희 집이 병실보다 훨씬 나을 것 같긴 하다."

"아…….."

"그럼 이제 가자. 내가 집까지 데려다줄게. 주소 좀 불러 줘."

성진은 당연한 수순처럼 유리에게 말했다.

"저기, 성진아. 내가 알아서 갈게. 넌 이제 가도 돼."

"왜."

성진의 고저 없는 목소리가 횡설수설하는 유리에게 제동을 걸었다.

"아니 그냥…… 내가 기사님 불러서 가면……."

"두 달 동안 단 한 번도 네 퇴근 시간에 맞춰 오는 법이 없는 그 느림보 기사님?"

"……."

"너 자는 동안 네 폰 쭉 지켜보고 있었는데, 아무한테도 연락 안 오더라."

성진이 유리에게 핸드폰을 넘겼다. 내내 손에 쥐고 있었던지 기기가 뜨끈했다. 그의 목소리는 더 뜨거웠다.

"새벽까지 일하는 사람이 아무런 연락도 없이 늦는데, 왜 전화도 카톡도 한 번을 안 오냐. 나였어도 우리 집은 지금쯤 난리가 날 텐데. 너희 집은 원래 그래?"

감히 그녀의 집안을 폄하하는 말이 되리란 건 알지만. 솔직한 심정으로 지금은 이보다 더한 말을 들어도 할 말 없는 집안이다.

자는 동안에도 얼굴이 하얗게 질려 가던 그녀. 잠결에 이불을 그러쥐며 애타게 온기를 찾던 그녀.

그 애타는 모습에 중고교 동창 겸 직장 동료조차 잠이 싹 달아나 날을 꼬박 새우게 되던데. 어떻게 가족이란 작자들이 그녀의 부재를 이리도 무심히 넘길 수 있단 말인가?

그리고 이 여자는 왜, 자기 집 가자는 말에 마치 함정에 빠진 듯한 표정을 지어 보이는가?

"성진아, 난 정말 괜찮아. 너도 내 옆에 있느라 잠도 제대로 못 잤을 거 아냐. 그러니까……."

"내가 미안해서 안 된다? 또 그런 말 할 거면, 하지 마."

꾹 눌러 참는 성진의 목소리에 유리는 더 할 말이 없어졌다.

"오늘만큼은 그 느림보 기사님한테 믿고 맡길 상태가 아니야, 너. 혼자 보낼 상태는 더더욱 아니고. 그러니까 나랑 같이 가. 얼른 주소 알려 줘. 콜택시 부르게."

이제까지 유리의 의사에 토를 단 적이 없지만. 서로 간에 그어진 선을 철저히 지켜 왔지만. 이 상황을 평소처럼 넘기는 건 존중이 아니라 무정함이라고, 성진은 확고히 판단한 듯했다.

"성진아, 저기…… 그게……."

두 달간 늘어진 거짓말의 꼬리가 밟힐 때가 됐다.

❖　✼　❖

서울 마포구 망원동. 성진의 예상을 아득히 벗어난 주소를 대고 난 뒤, 유리는 급속도로 기운이 빠졌다. 목적지에 도착할 즈음엔 다시 부축이 필요한 상태가 됐다.

그 바람에 성진은 생각보다 깊이 발을 들이게 되었다.

"유리야, 도어록 암호 좀."

901호 문 앞에서 멍하니 정지한 유리를 성진이 일깨웠다. 유리는 한숨지으며 비번을 눌렀다.

"침실은 어디……. 콜록!"

집 안에 들어서자마자 성진은 재채기를 했다.

"윽, 왜 이리 공기가 탁하지?"

일단 침실부터 찾았다. 여우 굴처럼 둥글게 뭉친 이불을 걷어내고 침대에 유리를 눕혔다. 그 과정에서 침대 머리맡에 놓여 있던 사진 액자를 떨어뜨릴 뻔했다.

"헉!"

성진은 간발의 차로 액자를 붙잡았다.

어린 소녀와 까만 개가 한 몸처럼 붙어 있는 사진. 평온하게 미소 짓는 창백한 소녀는 딱 봐도 어릴 때의 유리였다. 그리고 그 옆에 있는 까만 스코티시테리어…….

"이 개는 설마…….."

성진이 의미심장하게 중얼거렸다.

액자를 안전한 곳에 놔두고 다시 유리를 보았다. 백 년 전부터 잠들어 있었대도 믿을 만큼 그녀는 깊은 잠에 빠졌다.

미처 갈아입지 못한 화려하고 예쁜 옷 때문일까. 잠자는 숲속의 공주 같아 보인다.

성진은 저도 모르게 유리의 얼굴에 빨려들었다.

지금은 아픈 사람 얼굴이라 안쓰러움이 더해지지만, 예나 지금이나 우유 생각이 날 만큼 뽀얀 피부다. 이마는 둥글고 코는 오뚝하고.

눈이 감기며 드러난 속눈썹이 한 올 한 올 덧그리고 싶을 만큼 길었던가?

그리고 입술 모양이…… 이렇게 애잔하게 생겼던가?

그 어떤 절세미녀라도, 성진에겐 수영 이외의 여자는 주물로 찍어 낸 비너스상에 불과했다. 잘 만들어졌다는 생각은 들지만, 스쳐 가는 순간 곧바로 감흥이 사라지는 그런 존재.

두 달 동안 아젤리아에서 여성 손님들의 대시도 제법 받았지만, 성진은 친절한 서비스의 맥락을 벗어나는 액션은 취하지 않았고, 그럴 마음이 나지도 않았다.

'나와 함께 일하는 동안 절대, 결혼하면 안 돼. 그리고 가벼운 연애도.'

유리가 내건 조건은 굳이 상기하지 않아도 자연스레 지켜졌다.

허나 지금 이 순간, 성진은 미술관에서 발길을 잡아 두는 명화를 만난 듯 한 여자를 정신없이 바라보았다.

"응……."

유리가 가늘게 신음하며 몸을 뒤척였다. 성진은 퍼뜩 정신을 차렸다.

나 왜 이렇게 얘를 뚫어져라 보고 있냐?

"옷이라도 편한 걸로 갈아입으면 좋을 텐데."

말만으로 실현될 수 있는 행위면 모를까, 자신이 손대서는 안 될 영역이다.

"이 와중에 아주머니는 놀러 나갔나? 유리네 집에 전화해야겠다."

이 집의 존재를 안 직후에도, 성진은 유리가 출퇴근 편의상 본가에서 나온 거려니 했다. 그녀의 수발을 드는 입주가정부도 당연히 있지 싶었다.

그녀 정도 되는 집안의 사용인은 아가씨를 위해 24시간 대기하고 있을 줄 알았는데. 이럴 바엔 퇴근할 때마다 어머니가 어김없이 반겨 주는 제 집이 백배는 나아 보인다.

유리의 어머니가 안 계시다는 사실은 중학교 때부터 알았지만.

'언제 돌아가셨길래…….'
'제가 태어난 날에요.'

과거를 더욱 새까맣게 하는 진실이 존재하는 줄은 미처 몰랐다.

"유리 집에 어떻게 연락하지? 깨워서 물어볼 수도 없고. 아, 황금글라스 본사에 전화하면 어떻게든 되겠지? 어디, 대표번호가…….'

통화를 위해 거실로 나와 본 순간, 성진은 경악을 금치 못했다.

"허…….'

남향으로 난 유리창으로 비쳐 드는 오후 햇살에, 자욱한 먼지가 수조 속 물방울처럼 부유하고 있었다.

싱크대에 컵들이 줄지어 늘어져 있고, 설거지한 그릇마저도 피사의 사탑처럼 아슬아슬 위태롭게 쌓였다. 밥솥엔 먼지가 쌓여 있고 쓰레기통에 햇반 껍데기가 가득했다. 음식물 쓰레기통은 근방의 냄새만 맡아도 피폭당하는 느낌이었다.

드레스룸. 아니, 그걸로 추정되는 방은 숫제 폭격을 맞은 꼴이었다. 유리의 값비싼 옷들에 세탁소 택이 차압 딱지처럼 붙어 있고, 몇 개는 방바닥에 낙엽처럼 우수수 떨어져 있었다.

옷으로 만든 산이 세탁기에 들어갈 날을 애타게 기다리며 바구니에 쌓여 있었다. 정남향 한강뷰 아파트가, 웬만한 고스트파크보다 무시무시했다.

"아주머니는 대체 뭐 한…….."

혼잣말을 마치기도 전에 생각의 방향이 틀어졌다.

"설마, 유리 혼자?"

쌓이고 쌓인 빨랫감, 설거지거리, 쓰레기들이 숨길 수 없는 진실을 말했다. 이건 집안일을 거의 해 본 적이 없는 사람의 어설픈 손길이 쌓이고 쌓인 끝에 나온 그림이다.

처음부터 아주머니는 없었던 거다. 그리고 어쩌면…… 느림보 기사님도.

"하…….."

머릿속에서 견고한 성 하나가 와르르 무너지며 자욱한 먼지를 일으켰다. 성진은 거센 숨을 뱉으며 황금글라스로 전화를 걸었다.

"여보세요. 황금글라스 본사죠? 바 아젤리아에 근무하는 직원입니다. 금유리 씨, 금 회장 따님 일로 전화 드렸습니다."

그때까지도 성진은 철석같이 믿었다. 금유리랑 아젤리아. 두 가지 키워드를 대는 것만으로도 황금글라스 측과 모든 커뮤니케이션이 되리라고.

행여나 유리의 아버님과 연결된다면 주제넘게 고할 생각까지 했다. 지금 당장, 강제로 끌고라도 당신 따님 데려가시라고.

이러다 얘 정말 죽겠다고.

통화가 끝난 뒤. 성진은 혼이 나간 얼굴로 청소기를 잡아끌었다. 유리의 건강을 갉아먹는, 사람 억장 무너지게 하는 먼지부터 몰아내기로 했다.

청소기 전원을 누르기 전, 경민에게 전화를 걸었다.

"우경민. 저녁에 시간 되면 만나서 얘기 좀 해."

❖ ✳ ❖

"유리 상태는 좀 어때? 나아지는 거 같아?"

근처 카페에서 만나자마자 경민이 오히려 따지듯 물었다.

"일단 열은 내렸지만 기운이 없어 보여서 죽 좀 먹이고 나왔어. 금방 다시 잠들었어."

"잘했네. 걔도 참! 무슨 한여름에 감기 몸살이래."

"우경민, 넌 다 알고 있었지?"

경민은 무섭도록 굳은 성진의 얼굴과 마주했다.

낮에 황금글라스에 전화를 걸었을 때, 받는 이들마다 뚱딴지같은 반응을 보였다. 아젤리아 얘기를 하니 금시초문이란 듯 굴고, 유리의 이름을 대니 껄끄러운 듯이 목소리를 낮췄다.

수차례 전화가 돌아간 끝에, 성진은 진실에 도달하고 말았다.

"난……. 유리가 황금글라스의 신사업 때문에 아젤리아를 차린 줄 알았어."

"어이고 그러셨구만."

경민은 덤덤히 추임새를 넣고 쓰리 샷 아메리카노를 들이켰다.

"알고 보니 그게 아니더라고!"

성진이 미간을 팍 구겼다.

"유리와 강두현, 원래 올해쯤 결혼하는 걸로 얘기가 거의 진행됐었다며? 근데 유리가 결혼 자금으로 아젤리아를 차렸고, 그 바람에 유리 아버님이 크게 노하셔서……."

"맞아. 그래서 지금 부녀가 거의 절연 상태야. 내가 알기론 집안에서 모든 지원을 끊었다더라. 의식주도, 돌봐 줄 사람마저도."

경민은 성진이 차마 말을 못 잇는 사실을 마무리했다.

"그래, 두 달 동안 알아낸 게 그게 다야?"

경민은 올 것이 왔다는 표정을 지었다.

"대체, 왜 이렇게까지 하는 건데?"

한 입도 대지 않은 커피 페트컵을 성진이 꽉 구겨 쥐었다.

"유리가 아젤리아를 차린 이유가 경영 승계의 일환도 아니었고. 내가 곁에서 지켜보기엔, 호기심이나 재미로 바를 차린 건 더더욱 아니야."

차라리 호기심이나 재미로 시작했다면 한 달 채우기도 전에 나가떨어졌을 터다. 이토록 가슴이 선득한 상황도 오지 않았을 테고.

"우경민. 뭐라 말 좀 해 봐. 넌 알 거 아냐. 유리가 대체 왜 아젤리아를 차린 건지. 왜 이렇게까지…… 고집을 부리는지."

경민은 빨대로 최후의 커피 방울을 쪽 빨아들이며 할 말을 생각했다.

'두 달 동안 진짜 지독하게 일만 했나 보구나, 너.'

돌려 말하면 이 정도이겠고.

'진짜 더럽게도 눈치 없네.'

실은 이 말이 가장 하고 싶었다.

두 달 전엔 유리가 아젤리아를 차린 것만으로도 큰 사건이라는 생각이 들었다. 하지만 이 시점이 되니, 그건 정말 시작에 불과했다. 성진의 마음은 여전히 견고하고 유리의 마음은 더욱 검질겨졌다.

일이 이 지경이 되도록 부추긴 제 책임도 그만큼 커져 버렸다.

책임을 통감하는 이 시점에 인간 우경민이 할 수 있는 일은, 이 둔탱이가 모로 가도 서울이길 바라는 마음으로 벽에 구멍 하나 뚫는 거려나.

"나 얼마 전에 유리랑 같이 저녁을 먹었어. 이런저런 얘기 하다가 두견중 시절 얘기도 했지. 우리 다, 1학년 때 같은 반이었잖아."

성진은 석연찮은 표정을 지었다. 그땐 온 세상이 윤수영으로 꽉 찼던지라.

"내가 그냥 꺼내는 이야기 아닌 거 알지?"

집중하라는 뜻이다. 성진은 무겁게 고개를 끄덕였다.

"솔직히 나 중딩 때 금유리 별로 안 좋아했거든. 유리도 계속 날 피해 다녔고."

"혹시 둘이 싸웠어?"

"딱히 싸운 건 아니지만. 그땐 진짜 못돼 처먹었잖냐, 내가."

경민은 씁쓸하게 웃어 보였다.

"복성진. 넌 혹시 아냐? 금유리가 왜 맨날 강아지 목걸이를 하고 다니는지."

"글쎄. 정확히는 잘……."

유리의 집에서 본 액자 속 검은 개가 문득 떠올랐지만, 성진은 대답을 보류했다.

"저번에 그 구구한 사연을 들었는데. 하마터면 이 나이에 눈물이 찔끔 날 뻔했지 뭐냐."

카페 마감 시간 직전까지 경민은 그 시절 이야기를 풀었다. 반 정도는 성진도 익히 아는 이야기였다.

하지만 10여 년 만에 듣게 된 이야기의 숨겨진 반쪽은, 그 시절을 낯선 모습으로 바꿔 놓았다.

9.
유일하게 건네진 위로

    그 당시의 우리는, 얼핏 보면 크게 다를 게 없어 보이는 존재였다.

    옆 학교보다 안 예쁜 교복. 교칙이 정해 준 머리 기장, 가방, 양말 종류, 구두 색깔. 이따금 재킷 안감이 남들과 다른 체크무늬라며 뒤집어 입고 까부는 남자애도 있었고. 교문만 통과하면 작은 귀걸이를 몰래 꽂는 여자애도 있었지만.

    "야. 들었어? 우리 반에 황금글라스 회장 딸이 있대."

    "진짜? 누구야? 힌트 좀 줘 봐."

    "황금글라스를 한글로 번역해 봐."

    "아, 누군지 알겠다."

    강남 8학군 한 교실에 앉아 있어도 서로의 집안 수준은 천차만별이었다. 언제 재건축할지 모르는 아파트에 융자로 간신히 세를 얻은 강남 하우스푸어가 있는가 하면.

"쟤 S클래스 벤츠 타고 다니잖아. 운전기사도 따로 있던데."

대각선 앞쪽에 모인 여자애들의 수군거림이 괴로울 만큼 잘 들린다. 유리는 창 너머 뭉게구름에 정신이 팔린 척을 했다.

"우린 신경도 안 쓰는 거 봐. 역시 도도하다."

입학 직후 삽시간에 퍼져 나간 비하인드 스토리만 아니었다면, 두견중 1학년 3반 금유리는 전교에서 가장 얼굴이 뽀얗고 조용한 여자애 정도로 통했을 거다.

"너희가 중학생이 된 지 벌써 일주일이 됐다. 소감이 어때? 아직도 실감이 안 나지? 으이그, 요 병아리 같은 것들."

담임 선생님이 학생들을 보며 귀여워 죽겠다는 듯 웃었다.

"한 학기 동안 우리 반을 이끌어 갈 임원을 선출하도록 하겠다. 반 친구들을 위해 봉사하는 마음으로 일할 자신 있는 사람?"

수십 쌍의 눈이 일제히 돌아갔다.

"내 경험상, 이런 건 자신 있게 먼저 입후보하는 사람이 유리하던데……."

그 순간, 두 사람의 손이 번쩍 올라갔다.

교실 뒤쪽에 앉은, 남자 키 끝번과 여자 키 끝번. 기묘한 우연의 일치를 자각한 두 사람은 짐짓 서로에게 눈을 흘겼다.

"푸하하하!"

교실이 한바탕 웃음바다가 되었다.

"그만 웃어, 이것들아. 얼마나 용기가 대단하냐. 키순대로 앉다 보니 맨 뒤에 앉아서 그렇지, 쟤네 공부도 엄청 잘하는 애들이야."

"오올!"

교칙 앞에 모두가 평등한 중학교 교실에서 선망 어린 시선을 받는 경우는 크게 세 가지다.

첫 번째는 알 만한 정재계 인사의 자녀로 태어나는 것. 두 번째는 교복이 아니라 누더기를 입어도 빛을 발하는 외모와 기럭지를 타고나는 것. 그리고 세 번째는, 뭐니 뭐니 해도 학생의 본분인 공부를 잘하는 것.

반장 선거에 입후보한 남학생과 여학생은, 두 번째와 세 번째 조건을 충족했다.

"두 사람이 거의 동시에 손을 든 거 같은데, 누가 먼저 연설할래? 레이디퍼스트니까 경민이 먼저?"

"아닙니다, 선생님. 쟤가 좀 더 빨랐어요."

우경민이 큰 목소리로 또박또박 말했다. 딱히 스피치 순서에 부담을 느낀 건 아니다. 무언가를 쉽게 양보하는 성격도 아니고.

그럼에도 발표 순서를 양보한 이유는, 그녀를 포함한 이 자리의 모두가 남학생의 연설에 큰 기대를 걸고 있어서다.

"엥? 내가 봤을 땐 네가 더 빨랐……."

"잔말 말고 먼저 하셔, 복성진."

"복성진! 복성진!"

학생들이 남학생의 이름을 연호했다.

남학생은 두 팔을 흔들며 교탁을 향해 성큼성큼 걸어갔다. 그가 스쳐 지나가며 사부작 일으킨 바람이 유리를 휘감았다.

교탁에 선 성진은 급우들에게 화끈하게 90도 인사를 한 뒤 당차게 목청을 돋우었다.

"안녕하십니까, 1학년 3반 여러분! 충남 당진에서 상경한 복성진입니다. 서울 올라온 지 얼마 안 돼서 사투리가 조금 튀어나올 수 있으니 양해 좀 부탁혀!"

"하하하!"

익살맞은 충청도 사투리에 선생님까지 포복절도했다.

클래스메이트 대부분이 두견초 출신이어서, 충남 당진 출신 남자애는 꽤나 이색적이었다.

"저에게 우리 3반 반장을 맡겨 주신다면, 중간고사 시험 범위를 반으로 줄여 드리……지는 못하겠지만!"

"하하하하!"

"여러분에게 어려운 일이 생기면, 절대 그냥 지나치지 않겠습니다."

다른 반 반장 후보도 지금쯤 거의 똑같은 말을 하고 있을 테지만.

"한 사람도 빠짐없이, 함께 완주하겠습니다."

우레와 같은 박수와 함성이 터져 나왔다. 자신에게 쏟아지는 갈채가 아닌데도 유리는 제 볼이 뜨거워지는 걸 느꼈다.

중학교 1학년 첫 학기에 누가 반장을 했었는지 기억하지 못하는 사람도 많겠지만. 그해 3월. 두견중학교 1학년 3반은 충남 당진 출신의 키 크고 잘생긴 남학생에게 흠뻑 빠졌다.

유리는 그의 명찰에 시선을 주었다.

복성진.

명찰에 수놓아진 이름 석 자까지 특별해 보였다. 그가 멋있다고 생각되는 건 당연지사였고.

'부럽다.'

그가 발하는 광채의 반만 가져도 이 세상에 더는 바랄 게 없겠다는 생각을 했다.

돌이켜 보니, 그것이 모든 감정의 씨앗이었던 것도 같다.

❖ ✳ ❖

"얘들아! 수학 과제 다 했어?"

성진이 말할 때면 선생님이 말씀하실 때보다 빠르게 이목이 모였다.

"뭣? 수학 숙제가 있었……나?"

"저번 시간에 쌤이 준 프린트! 풀이 과정까지 다 써 오라 하셨잖아. 그거 태도 점수에 반영된다고."

성진의 말에, 말뚝박기로 하나의 거대한 생명체가 된 남학생들이 후다닥 사람으로 돌아갔다.

"오, 쓰바! 하나도 안 풀었는데!"

"난 답은 썼는데 풀이 과정 하나도 안 썼어."

"어, 나 잣 된 듯. 집에 두고 왔다. 하하하!"

자랑하듯 말하는 녀석들 앞에 성진은 제 프린트를 탁 내려놓았다.

"빨랑 배껴, 짜식들아!"

"우오오오!"

남학생들이 텅 빈 프린트를 휘날리며 성진의 책상에 벌떼처럼 달려들었다.

"역시 복성진. 존나 멋있는 새끼."

"글씨도 개 이쁘다."

일대 소란이 일어나는 와중에 여학생 진영은 마냥 평화로웠다. 간밤에 본 드라마 얘기, 연예인 얘기, 옆 반 누가 누굴 좋아한다는 얘기. 모여 앉아 웃음꽃을 피우던 자세 그대로 자연스럽게 프린트를 펼쳤다.

"수영아, 넌 10번 풀었어? 다른 건 다 풀었는데 이거만 모르겠더라."

"나도 좀 봐도 돼?"

눈을 말똥말똥 뜬 여자애들 앞에서, 수영은 못 이기는 척 프린트를 내놓았다.

"……그래서 B수도꼭지로 물을 19분 더 받아야 한다는 결론이 도출돼."

윤수영이 설명할 때면 수업 시간보다 고요해졌다.

"우와, 쌩유! 이제 어떻게 푸는지 이해됐어."

"수영아. 이 딸기우유 먹을래?"

한쪽에선 부반장인 경민이 한 무리를 구제하는 중이었다.

"수학시간 끝나고 레쓰비 사 와 이것들아! 맨날 배끼기만 하고!"

우경민이 외칠 때면 학주가 떴을 때보다도 모골이 송연해졌다.

유리는 프린터를 앞에 두고 우두커니 앉아 있었다. 어제 과외 선생님의 도움으로 9번까진 간신히 풀었지만.

'아이가 스스로 풀게 내버려 두시오. 선생님이 자꾸 대신 풀어 주니 실력이 안 늘지.'

불시에 들이닥친 아버지의 따끔한 말씀과 함께 과외 시간이 끝나 버렸다.

유리는 무인도에 홀로 갇힌 조난자처럼 먼 시선으로 친구들을 바라보았다.

성진의 자리에 시커멓게 몰려 어깨를 치대는 남자애들 틈바구니에 낄 엄두는 안 나고, 노는 애들 위주로 모인 경민의 무리에 끼기에도 좀 그랬다. 방금 수영의 설명을 귀동냥했지만 끝내 이해하지 못했다.

'남들 다 하는 선행 학습도 못하면, 자기 학년 문제라도 제대로 풀 것이지.'

아버지의 한탄이 귓가에 메아리치는 듯했다.

때마침 성진이 돌아다니면서 한 명씩 숙제를 봐 주고 있었다. 유리는 그가 저를 그냥 지나칠 줄 알았다. 제 프린트는 얼핏 보기에 다 푼 것처럼 보이니까.

그리고 별로…… 친하지도 않으니까.

그런데 성진이 유리를 그냥 지나치려다 말고 멈춰 서서.

"어? 10번 안 풀었네?"

빈 곳을 정곡처럼 찔렀다.

"몰라서 못 푼 거지? 시간 없으니까 일단 내가 대신 좀 쓸게!"

"아……."

유리가 어버버하는 사이 성진이 옆에 의자를 끌어다 앉았다.

사각사각.

그의 샤프는 신속하면서도 정연하게 풀이 과정을 써 냈다. 자신의 1, 2, 3은 온갖 망설임과 괴로움 끝에 겨우 쓰였는데, 그의 1, 2, 3은 자신감과 명료함을 한껏 발산했다.

"푸는 법은 이따가 설명해 줄게."

성진은 곧바로 한 문제도 안 푼 옆자리 남자애한테 옮겨 갔다.

10번을 채운 낯선 글씨가 마법의 문자라도 되는 듯, 유리는 한참을 뚫어져라 보았다.

❈ ❃ ❈

하굣길에 삼삼오오 짝지어 가는 교복 무리가 보였다.

같은 학원, 같은 PC방, 같은 방향에 있는 집. 학창시절의 순수한 우정을 축복하듯 깨끗하고 연한 벚꽃잎이 학생들 사이에 나풀나풀 내렸다.

S클래스 벤츠에 몸을 실은 유리는 오늘도 쏜살같이 그들을 지나쳤다.

저 꽃잎이 실어오는 기류는 얼마나 포근할까? 평소 같으면 차창으로 가로막힌 저 너머를 하염없이 보며 상상했으리라.

하지만 오늘만큼은 차 안에서도 가슴께에 휘도는 꽃잎을 느낄 수 있었다.

'반장은 언제 봐도 정말 멋있어.'

언제나 친한 남자애 무리에 둘러싸여 있어 좀처럼 말 붙일 기회가 안 오지만, 성진이 발산하는 맑고 쾌활한 기운은 멀찍이 앉은 자리에도 전해져 왔다.

'여자애들한테 왜 인기 많은지 알겠어.'

근래엔 윤수영이랑 정답게 얘기하는 모습이 종종 보였다.

'수영이는 예쁘고 공부도 잘하니까…….'

"아가씨, 집에 도착했습니다."

봄날을 만끽할 시간은 길지 않았다.

현관 타일을 점령한 커다란 군화를 본 순간, 유리는 심장을 거세게 짓밟힌 듯 입술을 꾹 씹었다.

"규진 도련님 포상휴가 나오셨어요. 지금 거실에서 쉬고 계세요."

복층에 있는 제 방으로 가려면 거실을 지나쳐야만 한다. 유리는 거실 소파에 앉은 군복 차림의 남자와 눈이 마주쳤다.

누가 먼저랄 것도 없이 서로를 외면했다. 큰오빠는 고대 파라오 상처럼 정면만 보며 입을 굳게 닫아걸었고, 유리는 더부살이하는 종처럼 소리 죽여 계단을 올랐다.

"하아……."

침대에 쓰러지듯 누운 채 유리는 한숨지었다.

일주일. 생각만 해도 숨이 막혔다.

❖ ❀ ❖

4년 전, 가정교사는 초등학교 3학년 유리한테 5학년 수학 문제집을 풀어 보라 했다.

'하나도 모르겠어요…….'

유리는 지레 겁을 먹었다.

'오빠 분들은 아가씨보다 한 살 어릴 때 푸셨던 문제들입니다.'

두 오빠를 담당한 가정교사는 냉정하게 핀잔을 줬다.

'황금글라스의 임원이 되려면 오빠들 진도의 반이라도 따라가

야죠.'

채찍으로 맞는대도 도저히 소화할 만한 영역이 아니었다. 유리가 수업을 전혀 알아듣지 못하자 가정교사는 히스테리를 부렸다.

'수업을 들을 의지가 있기는 한가요? 다 풀기 전엔 못 나갑니다.'

삼면이 가로막힌 책상이 교도소 독방 같았다. 문제들을 하염없이 쳐다본들 답이 나와 줄 리 없었다.

어느 순간 종이 위의 숫자들이 머릿속에서 뒤엉키며 멀미를 유발했다.

'우욱!'

토 나오도록 문제를 푼다는 말은 들어 봤지만, 유리는 단 한 문제도 못 풀고 문제지에 구토를 했다. 숱한 정재계 자녀들 목줄 채워 명문대로 인도한 호랑이 교사는 그저 황당해했다.

'아래층에서 김 씨 아주머니 좀 불러올게요.'

그러나 유리의 방에 들어온 사람은 김 씨 아주머니가 아니었다.

'큰오빠…….'

입가에 묻은 토사물을 미처 닦지 못한 채 유리는 오빠를 불렀다.

금규진. 여섯 살 위 큰오빠. 가는 곳마다 환영받고 칭찬이 자자한 존재. 유리가 앞으로 넘어야 할 허들을 터무니없이 높여 놓은 존재.

그래도 유리는 단 한 번도 큰오빠를 원망하지 않았다. 이 모든 수난은 너무나 잘난 오빠 탓이 아니라, 너무도 못난 제 탓이니까.

큰오빠는 나중에 크게 될 사람이라 했다. 동생인 제게도 그 너른 품을 내어 주지 않을까 하는 막연한 믿음이 있었다.

하지만 중학교 3학년 큰오빠는 열 살 여동생을 차갑게 쏘아보았다.

'정말, 넌 언제나 사람 속 뒤집어지게 하는구나.'

규진이 구역질 난다는 표정을 지었다. 얼음으로 뼈를 맞는다 한들 그 얼굴과 마주하는 것만큼 시릴까?

'머리가 나빠서 이따위라는, 우리 부모님 욕되게 하는 변명은 하지 마. 넌 그냥 공부하기 싫은 거야. 의욕이 없는 거야.'
'아니…… 오빠. 공부하기 싫은 게 아니라…….'

선생님 말씀에 귀 기울였어. 이해가 안 되면 억지로 외우려고도 해 봤어. 나도 오빠들처럼 아버지한테 칭찬받고 싶고, 사랑받고 싶으니까!

하지만…… 내가 오빠들이랑 다른 걸 어떡해. 오빠들만큼 똑똑하지 못한 걸 어떡해. 덜 자란 날개로 아뜩한 나뭇가지 끝에 선 아기 새처럼, 두렵기만 한 걸 어떡해.

온갖 하소연이 머릿속을 맴돌았지만, 난생처음 직면하는 큰오빠의 분노에 턱이 덜덜 떨려 왔다. 규진은 그런 여동생이 가증스럽기 그지없는 듯 입매를 비틀었다.

'어째서 엄마 몫만큼 열심히 살지 못하는 거야? 너까짓 것 때문에⋯⋯.'

뿌득. 이를 으스러뜨릴 듯 씹으며 큰오빠는 눈먼 분노를 퍼부었다.

'우리 어머니는 돌아가셨는데.'
'⋯⋯.'
'너만 아니었으면, 어머니는 계속 우리 곁에 있어 주셨겠지. 여전히 아름다우시겠지. 아버지 혼자 외롭고 힘들게 우리를 키우지 않아도 됐을 거야.'
'으흑⋯⋯.'

입에서 질질 새는 침을 닦지도 못하고 유리는 소리 내어 흐느꼈다.
어머니가 어떻게 돌아가셨는지 아무도 설명해 주지 않았다. 다만 피부에 와닿는 몇 가지 단서를 통해 불길한 진실을 감지했다.
오빠들의 생일날엔 온 식구가 근사한 곳에서 생일파티를 했다. 하지만 유리의 생일날엔 아무도 밖에 나가지 않았다.
유명 파티셰가 만든 2단 케이크에 사용인들이 한껏 솜씨를 부린 요리들이 놓여 호텔 뷔페 못지않은 생일상이 차려지긴 했지만, 아버지와 오빠들은 먹음직스런 음식을 앞에 두고 만감이 교차하는 표정을 지었다. 입으로는 생일 축하 노래를 부르면서 눈은 웃지 않았다.

특히 규진은, 유리가 작은 볼을 부풀려 케이크 촛불을 끌 때면 생각하고 싶지 않은 것이 떠오르는 듯 고개를 돌려 버리곤 했다.

왜 내 생일만 되면, 이 세상에 웃음이 존재하면 안 되는 것처럼 행동하는 걸까?

아버지의 손을 잡고 봉안당에 모셔진 어머니를 뵈러 간 날, 유리는 그 이유를 알아 버렸다.

사진 속 아름다운 여인의 마지막 날이, 자신의 생일과 같았다.

'어머니 목숨 바꿔서 태어났으면, 그 몫만큼 열심히 살아야 하는 거 아니야?'

바꿔 말해, 넌 어머니 목숨값을 못 하고 있단 뜻이었다.

'넌 죄인 같은 마음을 가져야 해.'

솔직히 말해, 너 같은 건 태어나지 말았어야 한단 뜻이었다.

유리의 날개를 열성껏 쥐어뜯어 놓고, 큰오빠는 휙 돌아서서 방문을 쾅 닫았다.

눈물이 말라붙을 즈음, 유리의 얼굴은 유령과도 같이 변했다. 큰오빠의 속마음을 확인하고 난 감정의 끝맛은 비참하기보단 허탈했다.

아니길 바랐건만. 제발 아니기를 헛되이 희망했건만.

울 오빠는 역시…… 날 미워해.

❖   ❖   ❖

눈을 뜨니 사방이 어두컴컴했다. 아주 잠깐 눈을 붙일 생각이었
는데 깜박 잠이 든 모양이다.

하교하자마자 침대에 누워 잠든 저를 발견하고 누군가 혀를 차
며 방 불을 껐을 테지. 그렇게 몰려든 어둠이 저를 4년 전 그 지옥
같은 날로 끌고 들어간 것이었다.

유리의 눈가는 그날처럼 흥건했다. 가슴이 아리고 토할 것 같던
그때.

"멍."

어둠 속에서 빛을 발하는 소리가 들려왔다.

"수리야……."

나직이 속삭이듯 우는 스코티시테리어가 있다고 하면, 자신을
가장 필요로 하는 존재를 알아보는 개가 있다고 하면, 사람들은 믿
을까?

수리는 정말 그런 개였다.

유리가 다섯 살 때 입양된 수리는 항시 그녀의 곁을 지켰다. 주
말엔 산책 가자고 유리를 졸랐고, 잘 때는 늘 그녀의 품을 고집했
다. 언제나 이렇게, 유리를 악몽에서 꺼내 줬다.

"수리야. 이리 들어와."

유리가 두 팔을 펼치자 수리는 와락 안겼다. 생명의 따스한 온
기. 수리를 부둥켜안은 채 유리는 안도의 미소를 지었다.

울다가도 웃게 만드는 스코티시테리어. 수리는 금유리에게 유

일무이한 존재였다.

❖　❀　❖

"집에 가기 싫다……."

"네? 아가씨. 방금 뭐라고 하셨어요?"

유리의 혼잣말에 운전기사가 목소리를 높였다.

"아뇨. 그냥…… 해 본 말이에요."

집으로 향하는 S클래스 벤츠 안에서 유리는 도살장 끌려가는 기분을 느꼈다.

오늘은 아버지가 일찍 퇴근하신다고 했다. 군 휴가를 나온 큰오빠와 간만에 외식을 하기 위해서라는데, 그 자리에 자신도 부르실 거다.

요즘 수학 과외 진도가 어떤지, 정확히는 얼마나 형편없는지 물으시겠지. 큰오빠 보는 앞에서…….

차창 너머로 하교하는 같은 반 친구가 보였다. 아까 보니 학원 가기 싫다고 몸을 비틀던데, 지금 상황에선 부러워 미칠 것 같았다.

차도로 쏟아져 나오는 학생들이 많아 차는 천천히 굴러갔다. 창밖을 바라보던 중, 유리는 보기 드문 광경을 보았다.

남색 책가방을 멘 훤칠한 남학생의 뒷모습.

"복성진……."

성진은 복도에서든 하굣길에서든 언제나 한 무리의 친구들과 함께였다. 그런 그가 오늘은 웬일로 혼자였다.

"기사님. 저 앞에 잠깐 세워 주세요."

"예? 어디 가시려고요?"

"저…… 잠깐 누구 좀 만나려고요."

유리는 얼른 둘러댔다.

"물건을 빌렸는데, 깜박 잊고 돌려주지 못해서요."

그날따라 혼자 있는 성진을 발견한 것이 흔치 않은 행운처럼 느껴졌다.

"어?"

유리를 보자마자 성진은 눈을 휘둥그레 떴다.

"금유리 맞지? 너 아까 차 타고 집에 간 거 아니었어?"

"으응, 그냥…… 꽃구경 좀 하고 싶어서. 너야말로 오늘은 친구들이랑 안 가?"

"하하, 오늘은 따로 들를 데가 있어 가지고. 어머니 생신이라 케이크랑 선물 사 가야 돼."

"아, 오늘이 어머니 생신이구나."

동네 빵집 케이크 하나만 달랑 놓여도 화기애애한 웃음이 가득한 생일상. 자신의 생일파티와는 180도 다른 광경이 자연스럽게 상상되었다.

"꽃구경하려면 저기서 저기까지가 볼만할 거야. 나도 마침 그쪽으로 가는 중인데 같이 갈까?"

학교 바깥에서도 성진은 친절했다.

"어……. 그래도 될까?"

한두 마디 인사만 주고받아도 좋겠다고 생각했는데, 그와 함께 꽃길을 걷게 되었다.

"저기, 성진아. 나 너한테 궁금한 게 있는데……."

"뭔데?"

"어떻게 하면 너처럼 그렇게……."

매사 자신감이 넘치고, 항상 밝게 웃을 수 있고.

"수학을 잘할 수 있어?"

"글쎄. 개인적으로 수학을 좋아하긴 해."

"그렇구나……."

역시, 너처럼 되려면 타고나야 하는구나 싶었다.

"넌 3학년 문제도 풀 줄 알지? 우리 오빠들도 그랬다던데, 난 학교 진도도 따라갈 자신이 없어. 그렇다고 다른 과목을 잘하는 것도 아니고. 어떻게 하면 너처럼…… 공부를 좋아할 수 있을까?"

대답을 바라고 한 말은 아니었다. 단지 푸념 좀 해 본 거니까.

하지만 성진은 꽤 진지한 표정으로 물었다.

"유리 넌 장래희망이 뭐야?"

"장래희망? 글쎄……."

아무도 이렇게 물어봐 주는 사람이 없었다. 나중에 아버지 회사에서 일하게 될 테니 무조건 잘해야 한단 말들뿐…….

"성진이 너는 있어?"

"생각해 둔 건 있어. 아직 확실히 정한 건 아니지만."

성진은 기분 좋은 웃음을 지었다.

"솔직히 나도 가끔 공부하기 싫을 때가 있어. 그럴 때마다 즐거운 미래를 상상해 보는 거지. 원하는 대학 붙어서 가족들이랑 한우 먹으러 간다든지. 내가 들어가고 싶은 회사의 빌딩 최상층에서 도시의 야경을 감상한다든지…….."

"와……. 뭔가 되게 구체적이다. 넌 벌써 그런 생각을 다 하는구나."

"하하, 좀 많이 앞서가는 느낌이긴 한데, 난 미래의 행복을 구체적으로 떠올려 보면 힘이 나더라고."

"그렇구나……."

"어른이 된 미래가 너무 멀게 느껴지면, 내년에 어떤 일이 생기면 좋을지 상상해 봐. 내가 올해 열심히 노력하면, 내년에 그 일도 이루어질 거란 암시를 거는 거야."

"아……."

"어? 얘기하다 보니 금방 왔네. 나 여기서 케이크 사야 돼."

빵집 문을 열어젖히며 성진이 손을 흔들었다.

"금유리, 집에 잘 들어가고 내일 보자! 화이팅!"

"어……. 고마워."

그날 유리는 간만에 즐거운 마음으로 수학 문제집을 풀었다. 성진의 충고는 의외로 효과가 있었다.

어른이 되면, 수리를 데리고 이 집에서 나가 큰오빠와 떨어져 살았으면 좋겠다. 그 전에, 내년에도 복성진이랑 같은 반이 되었으면 좋겠다.

행복한 미래를 하나하나 떠올려 보니 입가에 웃음이 걸렸다.

❖　❋　❖

1년 후.

조용히 자리만 지켜도 설레었던 1학년 3반 교실을 떠나게 되었다.

성진을 비롯한 클래스메이트 다수가 2학년 3반으로 올라갈 때, 유리는 8반에 배정받았다. 이동 수업을 할 때조차 만날 일이 거의 없었다.

성진과 아득히 멀어지게 된 이유는 단지 반이 갈려서만이 아니었다.

그해 봄부터, 하교 때마다 손을 맞잡고 후문을 나서는 2학년 커플이 보였다.

복성진과 윤수영. 둘이 사귀면 대박 어울릴 거란 무수한 뒷말이 결국 현실이 됐다.

차도로 어지러이 쏟아지는 학생들. 간간이 경적을 울리며 느리게 가는 차, 갑갑한 S클래스 벤츠 안에서, 유리는 스쳐 지나가는 두 사람의 모습을 보았다.

수영은 작년보다 더 예쁘고 똑똑해 보였고, 성진은 세상을 다 가진 표정이었다.

유리는 시선을 아래로 떨어뜨렸다. 작년 겨울에 성진이 수영에게 공개 고백을 할 때 그 자리에서 박수도 쳤건만. 둘이 붙어 있는 모습을 볼 때마다 가슴이 꽉 막혔다.

"수리야!"

집에 오자마자 유리는 습관처럼 수리를 찾았다.

그날따라 수리가 이상했다. 유리의 발소리만 들어도 몸보다 마음을 앞세워 달려오던 아이가, 입을 벌린 채 헥헥거리고 있었다. 유리는 동물이 그런 식으로 호흡하는 걸 처음 보았다.

"수리야? 너 왜 그래?"

열 살. 수리도 이젠 노령견 축에 드는 나이였다. 하지만 유리가 아는 개의 평균 수명은 그보다 더 길었다.

수리는 세상에서 가장 활발하고 똑똑한 개니까. 심지어 먹는 사료도 최상급이니까……. 아직은, 상상만 해도 끔찍한 이별의 순간을 떠올리지 않아도 된다고 생각했다.

동네 동물병원에 수리를 데려갔다가, 24시간 동물병원 응급실에서 밤을 맞았다.

"수리의 병을 굳이 정의하자면 '특발성 유미흉'이라 할 수 있습니다."

"유미흉은 뭐고, 특발성⋯⋯이 뭐예요?"

"유미라는 림프액이 흉관에서 새어 나와 흉강, 즉 폐와 가슴을 둘러싼 공간에 가득 차는 증상입니다. 원인은 세균이나 종양 때문일 수도 있지만, 수리의 경우는 뚜렷한 원인을 알 수 없기 때문에 특발성이라 표현하는 겁니다."

수의사는 수리의 흉수가 담긴 바가지를 보여 줬다.

"수리의 가슴을 천자해서 뽑아낸 겁니다. 이런 액체가 폐를 짓눌러서 숨을 못 쉬게 되는 거죠. 좀 더 뽑아야 하는데 심정지가 와서 일단 중단했습니다."

"아⋯⋯."

붉은 기가 도는 싯누런 액체를 보고 나서야 유리는 사태의 심각성을 절감했다.

"선생님, 뭔가⋯⋯ 방법이 없을까요?"

"말 그대로 특발성이기 때문에 뚜렷한 처치 방법이란 건 없습니다. 임시방편으로 흉수가 찰 때마다 뽑아 주는 수밖에 없는데, 계속하다 보면 감염 위험도 있고, 수리 나이도 있고⋯⋯."

그리 말하며 의사는 교복 차림의 유리를 위아래로 훑었다.

"수술비라면 얼마든지 낼 수 있어요."

유리는 처음으로 남에게 자신의 재력을 어필했다.

"선생님. 수리는 저희 아가씨에게 정말 소중한 아이랍니다. 인력으로 가능한 일이라면 뭐든 할 테니, 너무 어려워 마시고 방법을

322

알려 주세요."

아가씨라는 호칭에 의사가 눈을 끔벅이며 유리와 김 씨 아주머니를 번갈아 보았다. 모녀지간이려니 여겼던 두 사람의 관계가 한순간에 달리 보였다.

"아직까지 케이스가 그리 많지 않아서……. 그나마 제 은사님이 국내에서 흉관 삽입 시술 경험이 가장 많으십니다. 지금까지 수술한 애들 예후도 대체로 괜찮았고. 원하신다면 의뢰서를 써 드리죠."

의사가 애매하게 던진 말을 유리는 지푸라기처럼 붙들었다.

"선생님, 제발 우리 수리 꼭 좀 살려 주세요! 혹시라도 수리가 죽으면……."

유리는 영혼이라도 팔 것 같은 표정으로 덧붙였다.

"전 정말로 의지할 데가 없단 말이에요."

수리가 없는 세상은 상상도 할 수 없었다. 거기다 돈이 없는 것도 아니었다.

그래서 그땐, 최고의 의사가 최선의 길인 줄 알았다.

❖ ✻ ❖

국내 최고의 수의학 권위자에게 수리를 인계하던 날.

"수리야. 수술 잘 받아."

이동장 망사 너머로 수리가 흠뻑 젖은 눈망울을 내비쳤다. 수리가 바라는 건 낯선 사람들로부터 풀려나 유리의 품에 안기는 것이었다. 10년을 함께한 유리가 그 눈빛을 몰라볼 리 없었다.

목이 죄는 느낌을 꾹 참고 유리는 수리를 달랬다.

"선생님께 수술받으면 괜찮아질 거래."

숨도 편안하게 쉴 수 있게 되고, 다시 주말마다 산책을 나갈 수 있을 거래.

"그러니까 우리 수리 조금만 참고, 다시 건강해져서 만나자."

슬픔이랑 불안은, 우리가 앞으로 함께할 시간들에 비하면 아주 잠깐일 거야. 수리를 기다리는 유리의 믿음은 굳건했다.

그러나 수리의 수술 날 비보가 닥쳤다.

"아가씨. 방금 병원에서 연락이 왔는데, 수리가 수술받고 나서 그만⋯⋯."

노란 삼베 수의에 싸여 나무토막처럼 굳은 수리. 수리가 한 줌이 되어 담긴 작은 항아리.

눈에 보이는 건 물론이고 귀에 들리는 것까지, 유리는 어느 것 하나 믿을 수 없었다.

"수술은 잘 됐는데 회복 중에 갑자기 쇼크가 왔대."

"그게 수술이 잘 된 거냐. 의사가 책임 회피하려고 핑계 대는 거지."

수리의 유골함 앞에서 오빠들이 툭툭 던지듯 말했다.

"아버지는 유골함을 그냥 여기 두고 가실 생각인가 봐."

유리가 조금이라도 정신을 차릴 수 있는 상황이었다면 그 결정에 반발했을지도 모른다.

"유리라면 수리를 자기 방에 두고 싶어 할지도 모르는데. 걔 의견도 한 번 물어보는 게⋯⋯."

"누구 마음대로."

작은오빠의 말을 큰오빠 규진이 칼같이 잘랐다.

"우리 어머니도 경기도 봉안당에 혼자 외롭게 계시는데, 그깟

개 유골함을 집 안에 들이자고?"

"휴……. 그런가. 아까 아버지도 그런 말씀은 하시더라. 수리 유골함을 집에 뒀다간 유리가 더 마음을 못 잡을 거라고. 하, 수술비도 엄청 깨지고 강원도까지 왔는데 일이 이렇게 되다니."

"솔직히 난 이렇게 될 줄 알았어."

수리의 유골함에 대고 규진은 봄 소나기처럼 써늘한 말을 퍼부었다.

"나이도 적지 않은 개 몸에 칼 댄다고 할 때부터 알아봤어. 대증치료를 하다가 편안하게 보내 주는 편이 수리 입장에선 백배 나았을지도 몰라. 우리가 일반인이었다면 돈이 없어서라도 이런 결정은 안 했겠지. 수리는 우리가 죽인 거나 마찬가지……."

거기까지 말한 뒤에야, 규진은 몇 걸음 떨어진 곳에 서 있는 유리를 발견했다.

"……."

유리의 퀭한 눈과 규진의 찌푸려진 눈이 마주쳤다. 그의 얼굴이 당혹감으로 물든 걸로 보아, 유리더러 들으라고 한 말은 아니었던 모양이다.

규진의 얼굴에 떠오른 감정은 재빠르게 변했다.

'내가 틀린 말 한 건 아니잖아.'

"너무 오래 있었다. 가자."

규진은 작은오빠를 끌고 그 자리를 떴다.

결국 수리는 강원도의 반려견 화장터에 남겨졌다. 서울과 강원도. 유리의 마음속에서 그 거리는, 지구별과 하늘에 희미하게 찍힌 별 사이 못지않았다.

325

'마음은 이해한다만, 하루빨리 마음 추슬러라.'

유리의 침울한 표정이 수주째 이어지자, 아버지는 평소처럼 엄해지셨다.

'언제까지 그렇게 죽상을 할 거냐? 수리 때문에 평생 그러고 다닐 거야?'

사용인들도 더 이상 수리 얘기를 하지 않았다.

'수리는 이 세상에 존재한 적도 없었던 거야.'

다들 그렇게 말을 맞춘 것처럼.
"다음 문단은 22번이 읽어 보자. 22번! 금유리?"
뒷자리에 앉은 친구가 어깨를 툭 쳤다. 그제야 유리의 눈에 초점이 돌았다.
"유리야! 방금 어디 갔다 왔어? 미국?"
"하하하하!"
2학년 국어 선생님은 유머러스한 분이었다. 국어 시간이 되면 가끔씩 교실이 웃음바다가 되곤 했다.
사방에서 울려 퍼지는 웃음소리에 멀미가 올라왔다.
"유리야. 혹시 어디 아프니?"
심상찮은 낌새를 채고 국어 선생님이 물었다. 수십 개의 시선이

들이부어지듯 모였다.

"어…… 유리야. 몸이 안 좋으면 양호실 가 보는 게 어떨까?"

선생님의 어색한 미소를 보고 유리는 눈을 내리깔았다.

"아뇨. 전 괜찮아요. 죄송합니다."

"자자, 23번이 다음 문단 읽어 보자!"

즐거운 국어 시간이 이어졌다. 반 친구들은 고개를 떨군 유리를 흘끗 보며 수군거렸다.

"쟤 요새 왜 저래?"

"몰라. 학교에선 딱히 별일 없지 않았어?"

"무슨 일인지 한번 물어볼까?"

그러나 온정적인 질문을 건네기 전에 반 친구들은 안색을 바꾸었다.

"설마 황금글라스가 망한 건 아니겠지?"

"에이 설마."

일정 수준을 웃도는 부(富)란 세상 모든 걱정을 덜어 줄 법한 것이었다. 금유리는 용돈 걱정도, 심지어 공부 걱정도 할 필요가 없어 보이는 애였다.

그녀에게 걱정이란 게 존재한다면 재수 없을 정도로 사소하거나, 혹은 자신들이 알아 봤자 별 도움도 안 될 문제일 터였다.

"야, 우리 매점이나 가자."

모두가 민들레 홀씨처럼 흩어졌다. 2학년 8반에서 금유리는 교실 한구석에 단기 전시된 난해한 미술품 같은 존재였다.

'이 세상 사람들 모두…… 내 슬픔이 안 보이길 바라는구나.'

그 사실을 깨닫고 나니, 울 장소를 찾기가 더욱 힘들었다.

❀ ❀ ❀

　모두가 학교 뒷산이라 부르는 곳. 메쉬헨스 뒤로 난 수풀길 어
딘가에 6.25 전쟁 때 묻힌 지뢰가 있다는 소문까지 돌았다. 그러
나 차라리 지뢰라도 밟고 싶은 사람처럼 유리는 안으로 파고들었
다.

　어느 순간 트이는 지점이 나왔다. 유리는 숨을 삼켰다.

　지금까지 본 것 중 가장 큰 진달래나무였다. 모닥불처럼 울긋불
긋한 꽃송이 덕에 늦은 오후에도 주변이 환하게 느껴졌다.

　마치, 무언가가 깃든 것 같은 나무였다.

　유리는 진달래나무 신령에게 15년 짧은 생을 꽉 채운 설움을 토
해 냈다.

　"나는 왜, 오빠들처럼 될 수 없는 걸까요? 돈 없어서 학원 못 가
는 것도 아닌데, 돌멩이도 S대 보낸다는 선생님한테 과외받는
데……."

　황금글라스 회장의 고명딸로 태어난 지 15년.

　"난 왜, 엄마 몫만큼 살지 못하는 걸까요? 엄마는 항상 당당하
고 뭐든 열심히 하는 사람이었다던데. 난 소심해 빠졌고, 열심히
살지도 못하고, 맨날 아버지 실망시켜 드리고……."

　매순간마다 주변 사람들에게 실망만 안겼고, 그런 자신을 점점
좋아할 수 없게 되었다.

　올해는 특히 최악이었다.

　"금유리. 수리 수술은 왜 시켰어? 왜…… 마지막 가는 길이라도
편안하게 해 주지 못했어? 왜 네 멋대로, 이기적으로 판단해
서…… 수리를 죽었어? 왜, 왜……."

자신을 용서할 수 없는, 죽도록 끔찍한 순간. 유일하게 슬픔을 달래 주던 수리는 더는 이 세상에 없다.

1시간 동안 유리는 펑펑 울었다. 울다가 기운이 다 빠져 나무를 붙든 채로 축 늘어져 있는데.

"야! 여기 내 비밀 아지튼데. 거기서 뭐 해?"

가슴이 철렁 내려앉았다. 이 목소리는 설마…….

"금유리 맞지? 진짜 오랜만. 이런 데서 다 만나네."

유리는 뒤를 돌아보았다.

"너도 진달래꽃 보러 들어온 거야?"

눈앞에 있는 사람은 분명…… 성진이었다. 미소 띤 얼굴이 순식간에 당황으로 물들었다.

"금유리, 너 지금…… 울어?"

이 모습을 안 봤으면 좋겠는 사람을 딱 한 명 고르라면, 망설임 없이 성진을 택했으리라. 다 말라 가던 눈물이 끓는 물처럼 뜨겁게 느껴졌다.

"어. 안녕……. 저기, 난…… 이제 가 볼게."

황급히 자리를 벗어나려던 순간, 그에게 팔을 붙들렸다.

"가방 두고 갔어."

성진의 목소리가 낮고 무겁게 떨어졌다.

❖ ❖ ❖

성진이 고향을 떠나온 지도 1년이 넘었다.

교우관계도 원만했고, 성적도 잘 나왔다. 작년 겨울엔 예쁘고 공부 잘하는 여친까지 생겼다.

그런데도 봄만 되면 성진은 마음 한구석이 허전해졌다.

서울에도 진달래는 피었지만, 매해 봄 아버지와 함께 고향에서 보았던 것처럼 심금을 울리진 못했다.

며칠 전 운동장에서 축구를 하다가 뒷산에 핀 진달래꽃을 봤다. 저렇게 외따로이 자란 진달래는 무언가 다를 거 같았다.

그렇게 학교 뒷산의 진달래나무를 자신만의 아지트로 삼은 게 불과 일주일 전인데. 오늘 선객이 있을 줄은 꿈에도 몰랐다.

우연하게 만난 전 클래스메이트 금유리는 울고 있었다. 얼마나 오래 울었던지 금방이라도 쓰러질 것 같았다.

그리 많은 말을 섞어 보지 못한 여학생. 거기다 자신은 3반이고 그녀는 8반이다. 이젠 변변히 얼굴 마주치기도 힘든 사이다.

그러나 이런 데까지 와서 우는 금유리를 그냥 내버려 둘 수는 없었다.

며칠 전 비가 와서 땅이 축축했다. 성진은 교복 재킷을 바닥에 깔고 유리와 눈을 맞췄다.

"마음이 편해질 때까지 얘기해 봐."

망설이는 눈빛을 하는 그녀에게 진지하게 덧붙였다.

"비밀 꼭 지킬게."

그의 재킷을 깔고 앉은 채 눈동자를 흔들다가, 유리는 겨우 입을 열었다.

"10년 동안 키우던 개가 무지개다리를 건넜어."

껍질도 쌀눈도 말끔히 쳐낸 쌀알 같은 말투였다.

"한 3주 됐어. 이제 익숙해질 때도 됐는데. 누가 보면 부모님이라도 돌아가신 줄 알겠다. 그치?"

유리가 자조하듯 웃었다.

"평생 이렇게 울기나 하면 안 되는데. 산 사람은 살아야 하는
데."

아버지가 말씀하신 대로.

"우리 아버지 회사가 망한 것도 아닌데."

반 친구들이 수군거리던 대로.

"나 되게 한심하지?"

가진 거라곤 정말 돈뿐인 애. 심지어 그 돈을 최악의 방법으로
써 버린 애. 나만큼 한심한 금수저가 세상에 또 있을까?

"주변 사람들이 너한테 무슨 말들을 했는지 대충은 알 거 같다."

무거운 침묵을 깨고 성진이 입을 열었다.

"산 사람은 살아야 하는 거 맞아. 평생 울기만 할 수도 없는 노
릇이고. 그 개 이름이 뭐야?"

"수리……."

"그래. 수리가 무지개다리를 건넌 게, 너희 아버지 회사가 망하
는 거에 비하면 낫다고 생각하는 사람도 있을 거야. 하지만 유리
야. 지금 너한텐 이게 가장 힘든 일이야. 네 마음은 지금 아파."

그 말에 유리의 눈이 화악 뜨였다.

너라서 아프면 안 된다. 너라면 아플 거 같지 않다.

그런 식으로 말하는 사람은 많았지만. 이렇게, 제 감정을 있는
그대로 받아들여 준 사람은 없었다.

"너한테는 아직 수리를 보낼 시간이 필요해. 그 시간 동안 충분
히 위로받아야 해."

그의 슬픈 눈빛, 유리로선 처음 보았다. 어쩌면 수영조차도 아
직 못 봤을지 모른다.

"나도 1년 전에 비슷한 일을 겪었어. 경험해 보니 시간이 약인

건 맞아. 하지만 시간 지나면 어차피 괜찮아질 거니까 지금 슬퍼해
봤자 무의미하다, 라는 건 정말 잘못된 위로야."

네 아버지 회사랑 네가 슬픈 거랑 대체 무슨 상관인데.

"주변 사람 말들 때문에 헷갈려하지 마. 네 감정은 네 심장에 붙
어 있는 거야. 네 마음은 네가 가장 잘 알아. 네 아버지 회사랑 전
혀 관계없어. 행복을 돈으로 살 수 있다면 모를까."

약간 열기를 띤 성진의 목소리에, 유리는 따사로운 기운을 느꼈
다. 가지에 붙은 진달래꽃이 진짜 불꽃으로 변한 것처럼.

"네가 오늘 운 건 너한테 꼭 필요한 과정이야. 남들한테 백 마디
위로 듣는 것보다, 며칠 시원하게 우는 게 더 개운해지기도 하니
까. 전혀 한심하지 않아."

"으응……."

"자, 이거 줄게. 오늘 이거 다 젖을 때까지만 울자."

성진이 손수건을 건넸다. 그제야 유리는 어느새 자신이 다시 울
고 있음을 깨달았다.

뽀송뽀송한 천의 감촉이 백 마디 말보다 더 큰 위안을 주었다.
좀 전까지 피를 철철 흘리던 가슴 한구석이 서서히 아물어 갔다.

"성진아. 넌 지금은 어때? 괜찮아?"

"어. 그땐 슬프기도 하고 어이없기도 하고, 나중에는 허무해지
더라. 아버지를 만나서 모든 게 꿈이었구나 하고 기뻐하는 꿈도 꿀
정도였어."

"그랬구나……."

"하지만 지금은 정말 괜찮아. 너도 빨리 괜찮아졌으면 좋겠다.
지금 당장은 무슨 말을 해도 위로가 안 되겠지만……."

"아니야. 네 덕분에 기분이 정말 많이 나아졌어. 오늘 널 만난

걸, 신께 감사드려야겠어…….”

“야. 그렇게 말하니까 갑자기 엄청 부끄럽다. 어, 음……. 요새 8반은 분위기가 어때?”

해가 떨어지기 전까지 성진은 유리의 곁에 있어 줬다. 죽어서도 잊지 못할 시간을 보냈다.

❖ ✻ ❖

다시는 수리의 따스한 온기를 느낄 수 없다. 간직할 만한 사진이 몇 장 되지도 않는다. 유리 액자 속 수리를 볼 때마다 서러움을 느낄 이유는 차고 넘쳤다.

하지만 신기하게도 그 주에는 수리의 사진을 봐도 기분이 괜찮았다.

유리는 깨끗이 빤 성진의 손수건을 책상 위에 놓았다. 보고만 있어도 마음속 얼룩이 말끔히 씻겨 나가는 느낌. 하얀 면수건 하나가 신전에서 가져온 성물 같다.

욕심 같아서는 이대로 평생 간직하고 싶지만, 사흘이면 너무 오래 갖고 있었다. 이러다 성진이 직접 되찾으러 오면 그만한 민폐도 없을 거다.

일단 내일 돌려줄 마음은 먹었는데…….

‘언제 돌려주는 게 좋을까? 조회 시간 끝나고? 쉬는 시간에? 아님 하교 시간에…….’

‘무슨 말을 하면 좋지? 손수건 잘 썼다고? 아니면…….’

고작 손수건 돌려주는 일인데 왜 자꾸 의미부여를 하게 될까? 왜 이렇게…… 가슴이 두근거리는 걸까?

다음 날 수업 시간까지 유리는 구름떼 같은 생각에 폭 빠져 있었다.

"금유리. 다음 문단 네 차례라니까? 이번엔 어디 갔다 왔어? 영국?"

"앗, 선생님⋯⋯."

유리는 또다시 국어 선생님에게 걸리고 말았다.

"그래도 오늘은 기분이 좋아 보이는데?"

"아⋯⋯. 정말요?"

"응. 얼굴에 봄이 왔어. 마치 사랑에 빠진 소녀 같은걸?"

유리가 눈을 휘둥글게 뜨자 선생님이 머쓱하게 웃었다.

"선생님 말뜻은, 그만큼 유리의 기분이 좋아 보인단 거야. 저번엔 무슨 안 좋은 일이라도 있는 거 같아서 마음에 걸렸거든. 지금은 괜찮아 보여서 다행이다."

사랑. 선생님이 그 단어를 콕 집어 말했을 땐 정말이지 심장이 팍 튀어 올랐다.

가슴을 진정시키는 한편, 유리는 제 마음속을 들여다보았다.

그와 같은 반이었을 때, 늘 그가 말을 걸어 줬으면 했지. 어쩌다 사소한 말 몇 마디라도 주고받는 날엔, 온종일 마음이 일렁였지.

지금은, 마음이 그때보다도 더 높이 찰랑거린다.

'내가 성진이를⋯⋯ 좋아하나 봐.'

자신의 마음을 안 순간, 유리의 얼굴에 진짜 봄이 찾아왔다.

수업 시간이 끝나자마자 2학년 3반 교실로 향했다. 후우, 심호흡이 필요했다. 곱게 포갠 손수건이 구겨질세라 끝자락을 조심스레 잡았다.

두근거림이 혼재하는 긴장감을 삼키고, 교실 뒷문에 손을 내뻗은 순간.

드르륵.

뒷문이 벌컥 열리고, 키 큰 여자애가 앞을 가로막고 섰다.

"뭐야. 넌 여기 왜 왔어?"

당시의 우경민은 그야말로 여자 엄석대였다. 남자애들 틈에 끼어도 중키는 되고, 목청에 벼락이라도 박은 듯 목소리가 쩌렁쩌렁 울렸다.

경민이 눈을 내리깔아 저를 볼 때면, 지은 죄도 없이 호랑이 앞의 생쥐가 된 기분이었다.

"아…… 경민아 안녕. 저기, 성진이를 좀 만나러 왔는데 들어가도 될까?"

"복성진을 왜 만나러 왔는데?"

성진의 이름을 대기 무섭게 경민의 목소리에 날이 섰다.

"성진이한테 손수건을 빌려서 돌려주러 왔어."

"그래? 그럼 나 주고 가. 내가 대신 복성진한테 전해 줄게."

그러면서 경민은 유리의 손에 들린 손수건을 뺏으려 들었다. 유리는 반사적으로 손을 오므려 손수건을 사수했다.

"내가 직접 전해 주고 싶어. 성진이한테 잘 썼다는 말도 하고 싶고……."

유리의 소심한 말대답에 경민은 신경질적인 한숨을 쉬었다.

"그 말도 대신 전해 줄 테니 주고 가."

경민의 성미는 익히 알지만 오늘따라 좀 과하다 싶었다. 단지 손수건만 돌려줄 거면 굳이 경민 아니어도 같은 반 아무한테나 넘기면 되었다.

'그날 정말 고마웠어. 덕분에 마음이 정말 많이 나아졌어.'

하다못해 이 말만이라도 하고 싶었다.

'손수건 늦게 돌려줘서 미안해.'

말 한마디 없이 남의 손 거쳐 돌려주면 성진이 저를 어떻게 생각할까?

"내가 직접 말하면 안 될까?"

간청에 가까운 말에 경민이 목을 삐딱하게 기울이며 웃었다.

"너도 설마 복성진 좋아하는 건 아니지?"

경멸 가득한 눈빛이 등골까지 꿰뚫는다. 유리는 하마터면 손수건을 놓칠 뻔했다.

"미치지 않고서야."

유리는 말벌의 독침에 쏘인 것처럼 마비되었다. 그사이 경민은 그녀의 손에서 손수건을 휙 낚아챘다.

"순수한 호의도 보여지는 광경 하나로 오해로 변해 들불처럼 번져 나가는 법이다. 우리학교 신문에 실으려고 생각해 둔 말이거든."

경민은 저명한 언론인의 딸로 말발 좋고 글 잘 짓기로 소문이 자자했다. 학교 신문부에 든 뒤로 그녀의 혀끝과 펜촉은 더욱 예리해졌다.

우경민은 속마음을 들키기 가장 두려운 상대였다. 일망의 요망함이라도 들켰다간 사정없이 폭로당할 것 같다.

"지금 우리 반 분위기 완전 거지 같거든? 괜히 알짱대지 말고 그냥 가라, 좀."

경민의 축객령에 유리는 도망치듯 3반을 떠났다. 활짝 피워 보기도 전에 흉측하게 찢긴 꽃봉오리가 되었다.

그날 종례 시간. 유리는 경민이 왜 그토록 날을 세웠는지 알게 됐다.

"어제 3반에서 큰 싸움 났다며?"

"나도 들었어. 5반 유정아가 복성진한테 고백했다며?"

"아니, 복성진은 윤수영이랑 사귀잖아."

"골키퍼 있다고 골 못 넣냐 이거지."

"대박……. 복성진은 뭐라고 했대?"

"당연히 거절했지. 하필이면 수영이가 그 모습을 봐 가지고 울면서 교실을 나갔대. 성진이가 걔 달래느라 애먹은 모양이야."

"우경민이 유정아 머리채 잡았다며? 걔 머리가 소면만큼 뜯겨나가서 한동안 깻잎머리 하고 다녀야 될 판이래."

"헐. 완전 국수장인이네. 당분간 복성진한테 껄떡대는 애 없겠다."

"아, 근데 국수 하니까 갑자기 국수 땡긴다."

3반 가십거리는 싱거운 국수 얘기로 끝이 났다. 하지만 이야기를 엿들은 유리는 저녁 생각이 완전히 달아났다.

그래. 성진은 이미…… 수영이의 남친이었지.

그 사실을 잊고 있었던 건 아니다. 5반 여자애가 한 것처럼, 예쁘게 잘 사귀는 둘 사이에 끼어 분란을 일으킬 생각은 추호도 없었다.

단지…… 고맙다는 말 한 마디로라도 성진의 사려 깊은 배려에 성의를 보이고 싶었다. 다시 오지 않을 둘만의 추억을 아름답게 마무리하고 싶었다.

하지만 만약 경민이 막아서지 않았다면, 자신의 행동도 오해를 불러일으켰을지 모른다. 수영은 또 상처받고 성진은 또 난처해졌겠지. 손수건 하나 때문에 정말 몹쓸 짓을 할 뻔했다.

유리의 첫사랑은, 자각한 지 하루 만에 죄책감과 한 몸이 되고 말았다.

집에 오니 과외 선생님이 작은 선물 상자를 하나 내밀었다. 수리 때문에 수주간 수업을 듣지 못한 유리에게 주는 복귀 선물이었다.

상자 안에서 은 목걸이가 나왔다. 수리와 같은 견종인 스코티시 테리어를 모티브로 한, 아가타 스코티 목걸이.

유리는 잘 때도 그것을 목에 걸었다. 강아지별에 있는 수리. 그리고 그보다도 먼 성진을 향한 마음에 족쇄를 채우듯.

그 뒤로 중학교 2년, 고등학교 3년. 유리는 복도에서 가끔 성진과 마주쳤다.

성진은 혼자일 땐 유리에게 밝게 인사했지만, 수영과 함께일 땐 대화에 열중하느라 유리를 못 보고 지나쳤다. 물론 성진이 혼자 있는 때는 손에 꼽을 정도였다.

나날이 자란 마음에 비해, 애처로울 정도로 담백한 광경이었다.

❖　❀　❖

14년 후.

"내가 몰랐던 부분이 정말…… 많네."

경민의 이야기가 끝났을 때, 성진의 얼굴엔 착잡한 빛이 어렸다.

"이 얘길 하고 나서 유리가 나한테 뭐라고 했는지 알아?"

경민은 유리의 잔잔한 말투를 본따 말했다.

"나 정말 한심하지? 라고 했어."

성진은 한 대 맞은 표정을 지었다.

"세상엔 이보다 더 힘든 사람도 많을 텐데, 자긴 고작 그 정도일 때문에 이런다고. 이 나이 먹고도 변한 게 하나도 없다고, 다 자기가 못난 탓이라고 하더라. 말본새가 아주 가만 놔두면 지구 내핵까지 뚫고 들어갈 기세더라."

"그래서 넌 유리한테 뭐라고 했어?"

"무슨 말을 해 줬냐고? 당연히 위로를 했지. 이런 식으로."

경민은 누군가의 말투를 흉내 냈다.

"괜찮아. 넌 한심하지 않아. 왜냐하면, 지금 그 일이 네게는 가장 크고 힘든 일이니까."

눈을 굴리는 성진을 보며 경민은 쓰게 웃었다.

"너는 열다섯 살 때도 남에게 위로가 되는 사람이었는데, 난 그때 무슨 짓을 한 걸까. 공부 좀 하고 글 좀 쓴다고 전부 다 아는 양 굴었지. 이 나이 먹고도 여전히 발전이 없어. 아직도 누굴 위로하는 요령이 없어서 열다섯 살 남학생에게 가르침을 구해야 할 정도니. 덕분에 우리 무려 14년 만에 화해했다, 야."

경민과 유리 사이의 서먹함이 해소된 건 다행스러운 일이지만, 성진은 여전히 머릿속이 복잡했다.

"잘됐다. 근데……."

"내 이야기가 네가 지금 당장 알고 싶은 거랑 별 관계가 없는 거 같다고? 그러니까, 금유리가 그 잘난 집안을 뛰쳐나와 아젤리아를 차린 이유."

성진이 고개를 끄덕이자 경민은 한숨을 토해 냈다.

"정말 눈치 더럽게 없는 자식. 그게 다 너 때문이잖아! 인마."

"나 때문이라고?"

"일차적인 계기는 14년 전 네가 유리에게 베풀었던 친절이겠지."

"하지만 그건……."

"설마 고작 그 정도 일 때문이랴 싶지?"

경민의 지적에 성진은 명치를 콕 찔린 표정을 지었다.

"넌 옛날부터 네가 베푼 친절은 말끔히 잊어버렸지. 딱히 보답을 바라고 한 게 아니니까. 하지만 내 입장에선 정말 사소했던 친절이 상대방 인생엔 큰 의미로 남는다면, 어떨 거 같아?"

"……."

"사소한 친절에 목숨 거는 사람이, 네 곁에 정말로 존재한다."

이야기보따리를 후련하게 털어 낸 경민은 자리에서 일어났다.

"내가 해 줄 수 있는 말은 여기까지다. 이봐, 복성진."

복잡 미묘한 표정을 짓는 성진에게 경민은 덧붙였다.

"난 말이다, 15년 묵은 친구 놈이 목적지 주변에서 길 찾기 어플까지는 머저리는 아니길 바라."

❖ ❀ ❖

성진은 잠든 유리 곁으로 돌아왔다.

유리는 이제 몸을 떨거나 얼굴을 찡그리지 않았다. 고른 숨소리를 들으니 한밤중에 또다시 병원으로 업어 갈 일은 없겠다.

곤히 잠든 유리를 내려다보는 성진의 눈빛에 오만 가지 감정이 뒤섞였다.

"그래서 그때, 손수건을 직접 돌려주지 못했구나."

크게 마음에 담아 두진 않았다. 그저 그녀가 그날의 일을 조용히 묻길 원해서 그런 줄 알았다.

"설마 정말로 그 일 때문에, 나 때문에……."

유리의 목에 걸린 스코티 목걸이를 보며 성진이 탄식했다.

자신을 높이 사진 않지만, 경민이 말한 머저리도 아니다. 여기까지 온 마당에 모르는 척 둔감한 척하는 건 죄악이다.

성진은 주머니에서 두현이 준 명함을 끄집어냈다. 그녀에게서 도망칠 기회를 반으로 찢었다. 이것이 정녕 자신과 유리의 앞날에 옳은 판단인지는 알 수 없지만…….

'네가 여길 그만두면, 난 정말 죽어 버릴지도 몰라.'

며칠 전 유리가 그런 말을 한 것이 감기 기운 때문만은 아니라는 걸 알아 버렸다.

"하."

성진은 짤막하게 심호흡을 했다.

옛날이야기에 나오는 술병 생각이 나는 밤이다. 아무리 부어도 술이 떨어지지 않는 마법의 병.

오늘 자신이 개봉한 술병은 콸콸 넘쳐흘러 바다를 이루었고, 자신은 머리끝까지 잠겼다.

홍수 같은 진실 속에서도 확고한 결심이 생겼다.

금유리를 내버려 둘 수 없었다. 14년 전 그날보다도 더.

❖ ❀ ❖

8월이 끝났다는 사실 하나만으로 기승스럽던 대기가 한풀 꺾인 느낌이었다.

간만에 치러진 선샤인주류 기획개발팀의 회식은 화려했다. 대형마트에서 파는 것보다 족히 세 배는 두꺼운 에이징 한우 안심이 불판 위에 올랐다.

종업원들이 부지런히 돌아다니며 고기를 집도하는 덕에 손에 물 한 방울 안 묻혀도 되었다.

"오늘 보도자료 나간 거 다들 봤지?"

팀장이 친히 소맥을 말며 운을 뗐다.

"첫이슬 엘더플라워 매출액 150억 돌파했다는 기사 말씀이죠?"

"첫이슬 참꽃 엎어지는 바람에 걱정이 이만저만이 아니었는데. 우리 강두현 과장 공이 커."

"하하, 전 별로 한 게 없습니다."

이제 강두현은 기획개발팀, 아니 선샤인주류의 실세로 급부상했다.

"에이, 강 과장님! 지나친 겸손은 뭐다?"

아첨의 귀재 오 주임이 목청을 높였다. 여직원들에게 선수를 빼앗겨 두현의 옆자리를 꿰차는 데 실패한 그는 목소리 크기로라도 존재감을 어필하려 들었다.

두현은 저를 겹겹이 둘러싼 여직원들에게 웃는 얼굴로 소맥 잔을 건넸다. 수영에게는 조금도 눈길 주지 않은 채. 그녀의 자리는 오 주임보다도 멀었다.

"상반기에 곤혹스러운 일도 있었지만, 여러분 덕에 무사히 잘 넘겨서 팀장으로서 감사하게 생각합니다. 참고로 이 자리는 강 과장이 협찬 좀 해 줬어."

"워후! 강 과장님 만세!"

오 주임이 목에 핏대를 세워 샤우팅을 했다. 옆에서 대포가 터지는 것 같다. 수영의 눈살이 확 찌푸려졌다.

"건배사는 늘 하던 걸로 갑시다. 자, 선샤인주류 기획개발팀!"

"수고하셨습니다!"

첫 잔을 비우자 두현은 자연스럽게 자리를 리드했다.

"더운 날씨에 다들 정말 고생 많았어요. 부담 가지지 말고 마음껏 드세요."

"과장니임. 쇼핑백 안에 든 건 뭐예요? 아까부터 너무 궁금한데용."

한 여직원이 콧소리를 내며 두현에게 물었다.

"제가 우리 팀을 위해 협찬품을 하나 더 준비했죠."

쇼핑백에서 나온 걸 본 순간 모두가 침을 삼켰다.

흑은색 도자기 주병에 왕홀을 연상시키는 도금 마개. 사자, 스코틀랜드 검, 발포되는 대포가 황금빛 웅위를 떨치는 상표. 그야말로 하나의 예술품에 가까운 술병.

"오! 강 과장님 이것은……. 로얄 살루트 아닌가요?"

"맞아요. 지금은 단종된 로얄 살루트 38년산 '운명의 돌'입니다."

"우오오오! 강 과장님 최고!"

오 주임이 벌게진 얼굴로 박수를 쳤다. 수영은 대놓고 귀를 틀어막았다.

"로얄 살루트는 엘리자베스 2세의 대관식을 위해 기획된 스카치위스키입니다. 여왕이 다섯 살일 때부터 무려 21년의 시간을 들여 숙성된 술이죠. 병 디자인도 대관식 예포를 모티브로 한 겁니다. 이 술을 맛보는 건, 여왕에게 진상된 장인들의 철저한 준비 정신과 피나는 노력을 누리는 거나 마찬가지죠."

두현의 스토리텔링이 곁들여지니 술병이 더욱 광채를 발하는 듯했다.

"첫이슬 엘더플라워가 세상에 나오기까지 저도 많은 준비를 했지만, 제 아이디어가 날개를 달 수 있었던 건 여기 모두가 도와준 덕분입니다."

직원들을 둘러보는 두현의 입가에 의미심장한 미소가 차올랐다.

"저는 이 로얄 살루트처럼, 최고의 순간을 위해 언제나 준비된 사람이고 싶습니다. 그러니 앞으로도 절 많이 도와주셨으면 합니다."

짝짝짝!

우레와 같은 박수가 쏟아졌다. 두현은 직원들에게 로얄 살루트를 1샷씩 따라 주었다.

"강 주임님."

"아, 네."

강 주임은 이번에 수영에게 승진이 밀린 직원이었다.

"강 주임님은 능력도 출중하시고 그 누구보다도 묵묵히 일 열심히 하시는 거 잘 압니다."

"별말씀을. 저야 과장님에 비하면 한참 부족하지요."

"제가 힘은 별로 없지만 위에 잘 말씀드려 보겠습니다. 이번 정기 인사 때 좋은 소식 있을 겁니다."

"과장님이 힘써 주신다면 저야 감사하죠. 이거 잘 마실게요."

강 주임은 털털하게 웃으며 잔을 받았다. 하지만 눈치 좀 있는 사람들은 그녀의 입꼬리에 걸린 미세한 경련을 보았다.

수영 역시 당혹스러운 얼굴로 두현을 쳐다보았다.

'왜 굳이 안 해도 될 말을 하는 거야? 당신이야 친절한 상사 코스프레 하면 그만이겠지만…….'

두현이 겸손함을 뽐낼수록 수영의 방석에는 가시가 돋쳤다.

1차 회식이 끝나 갈 즈음 두현이 팀장에게 귀띔했다.

"팀장님. 죄송한데 저는 이만 일어나겠습니다. RM엔터테인먼트 임원분들 좀 뵙기로 해서요. 오늘 팀 회식이라 말씀드렸는데 늦게라도 보자시니 단호히 거절하기 어려웠습니다."

"RM엔터면 톱스타 권주리 소속사네. 차기 첫이슬 전속모델 건 때문에 그러지?"

"네. 계약 업무는 홍보팀에서 진행 중입니다만, 권주리 정도 되니 역시 돈만으론 움직일 수 없더군요."

"하하, 강 과장이 요새 팀장인 나보다 공사다망해. 아쉽지만 어쩔 수 없지."

"2차 대신 가는 자리이니 만큼 우리 회사를 위해 힘써 보겠습니다. 오 주임."

두현은 오 주임에게 플래티넘 카드를 맡겼다.

"팀장님이랑 우리 팀원들 2차 좋은 데로 모셔. 오 주임의 출중한 안목을 믿어."

"넵! 맡겨 주십쇼!"

"그리고 윤 대리."

그는 오늘 처음으로 수영을 불렀다.

"카톡으로 주소 보내 줄 테니 내 이름으로 네 명 예약 부탁해. 합정역 쪽이야."

두현이 문득 생각난 듯 덧붙였다.

"참, RM 대표님이 윤 대리도 한번 만나 보고 싶다던데."

"……."

수영은 두현을 빤히 쳐다보았다. 만약 성진이 이 자리에 있었다면, 그녀의 두 눈에 도사린 수치심을 읽었으리라.

"예약 바로 좀 부탁해요. 생각 있으면 나랑 동행하고."

"알겠습니다, 과장님."

두현이 말한 곳으로 향하기 전에 수영은 화장실로 향했다. 얼굴에 끼얹을 찬물이 절실했다.

그러나 화장실에서 격앙된 말소리가 들려왔다.

"아니, 왜 잊을 만하면 자꾸 승진 갖고 사람 건드려? 내가 더럽고 치사해서 이 회사 뜨든가 해야지!"

"언니가 참아요. 강 과장님은 언니가 안타까워서 한 말일 거야."

목소리만 들어도 선객이 누군지 훤했다. 강 주임. 그리고 찰싹 붙어 다니는 여사원 하나.

"언니가 먼저 대리 달았어야 하는데. 솔직히 그 붙여시도 가슴에 손을 얹으면 찔릴걸?"

붙여시가 누굴 지칭하는지도 훤했다.

"강두현이야 우리랑 태생이 다르다 쳐. 근데 그년은? 얼마나 대단한 근본이 있다고?"

"그야 꼬리치는 근본이겠죠. 걔 요새 강 과장님 접대 자리 따라다니더라. 오늘도 우리 2차는 빠지고 그리로 갈 모양이던데?"

"이번엔 어떻게 몸 굴려서 어디까지 올라갈지 궁금하네."

"그리고 보니 강 과장님이랑 윤수영 말야, 회사 밖에서 되게 붙어 다니잖아요. 설마 둘이 그렇고 그런……."

"흥, 그래 봤자 엔조이, 그 이상은 못 갈걸."

강 주임이 가당찮다는 듯 코웃음을 쳤다.

"올봄에 강두현이 황금글라스 회장 딸이랑 맞선 봤다잖아. 강 과장 야심이 보통이 아닌데, 그 대단한 집안 아가씨 놔두고 고작 그딴 기집애랑 결혼하겠어?"

"오, 그럼 윤수영은 지가 강 과장님 와이프가 될 거라 착각하고 있는 거예요?"

"풉, 진짜 그렇다면 이제라도 지 주제를 알아야 할 텐데."

경멸 섞인 웃음소리가 수영의 귓전을 때렸다.

"윤수영 그 기집애, 보통 악질이 아냐. 지금까지 내가 본 거만 해도……. 아, 입 근질거려. 이참에 그냥 확 터트려 버려?"

"뭔데요 언니? 윤수영 또 뭐 있어?"

"이제 와서 새삼 느끼는 건데, 복 대리가 진짜 살아 있는 부처였다."

강 주임이 에둘러 한탄했다.

"그런 기집애랑 15년이나 사귀었으니 얼마나 단물이 빨렸을 거야."

"복 대리님 지금 생각해도 참 안됐죠. 횡령 사건 터졌을 때 윤수영이 가장 먼저 생깠잖아요. 다른 사람은 몰라도 걔는 그러면 안 되는 거 아니에요? 복 대리님이 지한테 어떻게 했는데."

"차라리 잘된 건지도 모르지."

강 주임이 조소했다.

"그 재수 없는 기집애한테 평생 코 꿰여 사느니, 다른 착한 여자 만나는 게 억만 배는……."

또각.

구두 소리가 강 주임의 말을 뚝 밟았다.

"어디 더 해 보세요. 제 면전에 대고는 한 마디도 못 할 말."

"유, 윤 대리…… 님."

강 주임과 함께 있는 사원이 꺽꺽거렸다.

"그동안 입이 근질거려서 참 힘드셨겠네."

몇 달 전만 해도 깍듯이 대했던 선배한테, 수영은 삐딱한 얼굴을 들이밀었다.

"저번 인사가 부당하다 생각되면 인사팀에 이의를 제기하셨어야죠. 내가 당신 밀어내기 위해 몸으로 청탁했다는 증거. 내가 당신보다 직무 능력이 현저히 떨어진다는 객관적인 데이터. 내가 이 자리에 오를 만하다고 평가한 윗분들의 안목이 잘못됐다는 근거, 등을 첨부해서."

실현 불가능한 일을 대놓고 열거하는 것만큼 잔혹한 비꼼이 있을까?

"그러한 것들이 입증되면 제 직함 내놓을게요. 하지만 본인 승진 밀렸다고 남의 사생활 가지고 허위 사실을 꾸며 내면 안 되죠. 저는 이런 일로 직원끼리 송사로 얽히고 싶지 않은데. 아까 강 주임을 위해 힘써 보겠다던 강 과장님께 먼저 알릴까요?"

"……"

강 주임이 꽉 말아 쥔 주먹을 치마에 붙였다.

"윤 대리님……. 저기, 죄송합니다. 저희가 술이 좀 과해서……. 한 번만 봐주시면 안 될까요?"

여사원이 황급히 사과했다. 수영도 수영이지만, 흉흉한 눈빛을 한 강 주임이 금방이라도 그녀를 들이받을까 봐 겁났다.

"이번 한 번은 봐 드릴 테니 앞으로 제 귀에 안 들릴 만큼만 하세요."

수영이 뒤돌아 나간 후, 강 주임은 실소를 흘렸다.

"내가…… 허위 사실을 꾸며 냈다고?"

손아귀에서 핸드폰이 진동했다. 이제 그만 2차 갈 준비를 하라는 신호다. 그러나 강 주임은 싹 무시하고 말했다.

"혜리야. 너 복 대리 번호 아직 있니?"

"있긴 한데, 언니. 뭐…… 하게요?"

"내가 승진도 앞두고 해서 웬만하면 남의 일에 휘말리지 않으려고 입 닥치고 있었거든? 근데 오늘부로 이 회사에 깔끔하게 미련이 없어졌다."

강 주임은 거울에 비친 제 모습을 보았다. 내면의 악마가 굴욕의 눈물을 철철 흘리며 싸느랗게 웃고 있었다.

"나갈 때 나가더라도, 저 뻔뻔한 기집애 양파 껍질은 벗기고 가련다."

강 주임은 제 폰에 성진의 번호를 입력했다. 카톡 목록에 그가 추가되자 톡 창에 몇 장의 사진을 전송했다. 곁에서 그 사진들을 본 여사원이 혀를 내둘렀다.

"어머머, 대박! 둘이 이 정도 사이였어?"

그러나 잠시 뒤 그녀는 중대한 무언가를 깨달았다.

"근데 언니. 이 사진 찍은 거…… 언제쯤이에요?"

"유리는 며칠 더 쉬어야 할 것 같습니다."

– 그래도 많이 나아졌다니 다행이네.

"유리 저녁만 챙겨 주고 바로 출근하겠습니다."

성진은 송구한 마음으로 다희에게 연락했다.

유리를 간병하느라 자신까지 내리 이틀 펑크를 냈다. 며칠간 두 사람분 빈자리를 메우느라 다희를 비롯한 바 직원들이 얼마나 고생했을지.

─ 꼭 안 나와 봐도 되는데.

다희는 뜻밖에도 쿨하게 말했다.

─ 지인 찬스를 좀 썼지. 경력 5년 차 바텐더라 실력은 확실해. 이번 주까지 대타로 뛰기로 했어. 발등에 불이 떨어져서 내 멋대로 했는데, 괜찮지?

"그러셨군요. 진짜 잘하셨어요."

─ 그러니까 매니저님은.

저편의 다희가 속삭이듯 못 박았다.

─ 사장님 케어에 전념해. 그래야 다음 주에 서로 프레시한 모습으로 만나지 않겠어?

"아…… 네. 알겠습니다."

─ 후후……. 힘내.

이 다크 초콜릿 같은 웃음의 의미는 대체 뭐지? 성진은 통화가 끊어진 핸드폰을 얼떨떨하게 쳐다보았다.

침실로 들어가니 유리가 얼른 몸을 일으켰다.

"다희 바텐더님이 뭐라셔?"

"대타 구했으니 아무 걱정 말고 쉬래."

"다행이다. 역시 빈틈이 없으셔."

"넌 왜 또 일어나 있어? 편안하게 누워서 자라니까."

"아니야. 너무 많이 자서 그런지 잠이 안 와. 이젠 머리도 안 아프고 속도 괜찮고. 살 만해."

살 만해졌다는 말은 맞는 듯했다. 성진이 잠깐 집에 다녀오는 사이 유리는 샤워도 하고 옷도 갈아입었다.

그러나 여전히 환자답지 않은 차림새다. 편안한 파자마 놔두고 굳이 프릴넥 티와 면바지를 입었다. 그새 드라이까지 했는지 머리카락이 매끄럽게 찰랑인다.

그러고도 뭐가 그리 성이 안 차는지, 유리는 입술을 수줍게 문 채로 성진을 맞았다.

투명 메이크업과 비슷한 맥락의 침대룩 앞에서, 성진은 완전히 할 말을 잃었다.

기가 차기도 하고, 헛웃음이 나오기도 하고. 묘하게 가슴이 술렁이기도 했다.

"성진아, 너 밥은 제대로 챙겨 먹는 거야? 잠은?"

"너 자는 동안 할 거 다 했거든? 우리 집에 잠깐 들러서 씻고 밥도 챙겨 먹었어. 내가 있는 게 정 불편하면 갈게."

"아, 아니! 네가 불편해서 그러는 건 절대 아냐! 진짜로!"

그녀가 쓰러진 이래 가장 높게 낸 목소리였다. 저도 그걸 깨달았는지 유리는 민망한 기색으로 덧붙였다.

"단지 미안해서 그러지……."

"그렇다면 다행이다. 내가 너의 휴식에 별로 도움이 안 되면 어쩌나 했……."

꼬르륵–

유리의 쌀알빛 얼굴이 순식간에 발개졌다. 성진은 옅은 미소로 그녀의 창피함을 수습해 주었다.

"지금 생각나는 음식 있어?"

"어……. 전복죽 생각이 좀 나는데. 편의점에서도 팔지?"

그야 그렇긴 하지만. 그녀가 생각하는 전복죽은 레토르트 식품과는 전혀 다른 음식인 게 분명했다.

"어디 보자. 이 근처에 죽집이……. 아, 합정역에 24시간 죽집 있네."

핸드폰으로 검색을 마친 성진이 지체 없이 몸을 일으켰다.

"쉬고 있어. 전복죽 사 올게."

"응, 고마워. 잘 다녀와."

유리는 감동한 얼굴로 성진을 배웅했다.

마을버스를 타고 합정역으로 향하는 10분. 짧은 시간 동안 성진의 머릿속에 번뇌가 스쳤다.

'내가 언제까지 유리 집에 머무는 게 옳을까?'

여전히 유리는 충분한 휴식이 필요한 상태다. 그래도 이젠 한밤중에 쓰러져 병원에 실려 갈 정도는 아니다. 그런 우려마저 사라지니, 남자가 여자 혼자 사는 집에 머물 구실이 더는 생각나지 않았다.

그런데도 차마 떠날 수가 없다.

성진은 유리와 함께 보낸 오후 시간을 떠올렸다. 그녀는 침대에 누워 있었고 자신은 집에서 가져온 술 관련 서적을 읽었다.

이따금 얼굴이 따끔거릴 만큼 열렬한 시선이 느껴졌다. 반사적으로 그쪽을 보면, 황급히 시선을 딴 데로 돌리는 유리의 모습이 보였다.

유리는 침대에 눕고도 잠들지 못했고, 성진은 책을 펼치고도 활자에 집중하지 못했다.

그런 순간이, 불편하지만은 않았다.

'네가 불편해서 그러는 건 절대 아냐! 진짜로!'

불편해서가 아니면 우리는 왜, 자꾸 서로를 흘끔거리게 된 걸까?
　- 이번 정류장은 합정역입니다. 다음 정류장은…….
"앗! 기사님, 잠깐만요!"
간발의 차로 버스에서 내린 성진은 세차게 뛰는 가슴을 진정시켰다.
금유리가 두 달 넘게 자신을 속였다는 사실은 더 이상 중요치 않다. 하지만 아젤리아에 다시 출근하게 되면, 거기에 있는 모든 것이 미치도록 신경 쓰일 것 같다.
백 바에 있는 오만 가지 술. 작업대에 진열된 황금글라스 사 유리잔. 바텐더와 손님. 그 모든 것들이 존재하게 된 이유가 저 때문이란 걸 알아 버렸으니까.
도무지 감당이 안 되는 스케일의 후원. 그녀의 목적은 대체…….

'사소한 친절에 목숨 거는 사람도 있어.'

경민의 말대로, 단지 유리가 학창시절의 사소한 친절을 깊이 담아 둬서일 수도 있다.
하지만 정말 그뿐일까?
단둘이 있을 때 저를 향하는 그녀의 시선, 행동이……. 그것만으로 설명이 되던가?
"……."
성진은 가슴이 선득해졌다. 왜…… 굳이 다른 이유가 존재할 거라 생각하게 되지?

"하여튼 빨리 죽 사서 들어가자. 유리 배고프겠다."

합정역에 온 본래의 목적을 상기하며 번뇌를 떨쳐 내려는 순간.

그녀를 보았다.

29년 평생의 절반을 한 여자만 알았다. 한밤중에 전혀 예기치 못한 장소에서 마주칠지라도, 복성진이 윤수영을 몰라보는 건 있을 수 없는 일이었다.

가을의 첫 불금을 맞은 합정역 번화가. 올봄에 부부지간이 될 수도 있었던 전 15년 차 연인은 그렇게 조우했다.

10.
그녀의 깊이 모를 마음

서로를 알아보고 속절없이 가까워지는 순간, 성진은 또다시 번뇌에 빠져들었다.

지난 몇 달간 이런 순간을 셀 수 없이 상상해 왔다. 수영과 다시 마주친다면. 만날 수만 있다면.

'잘 지내?'

'혹시 새 남친은 생겼어?'

'말도 안 되는 거 알지만……. 우리, 다시 시작할 수 있을까?'

미련과 그리움이 뚝뚝 떨어지는 말을 하염없이 쏟아 내게 될 줄 알았다.

그러나 막상 실제 상황이 되니, 전혀 다른 생각이 들었다.

'그냥 못 본 척하고 지나칠까.'

남에게 죄지은 일이 없는 성진으로선, 아는 사람을 굳이 피해 간다는 발상 자체가 낯설었다. 심지어 그 상대가 윤수영이 될 거라곤 상상도 못 했다.

　마음의 노선을 정하기도 전에 서로에게 도달했다.

　일단 정지. 약속이라도 한 듯 두 사람은 멈추어 섰다.

　"오랜만이네."

　놀랍게도 수영이 먼저 말을 걸었다.

　"어."

　성진은 어색하고 딱딱하게 인사를 받았다.

　"이런 데서 다 만나네. 잘 지내?"

　"그럭저럭."

　"대답이 많이 짧네? 하긴. 이제 나랑 별로 말 섞고 싶지 않겠지."

　빈정거림보단 쓸쓸한 혼잣말에 가까운 말이었다.

　오랜만에 만난 수영은 피곤해 보였다. 온몸에서 고기 냄새가 진동하고, 입술은 금방이라도 한숨지을 듯 벌어져 있었다.

　"합정역까진 웬일이야?"

　"뭐 좀 사려고. 넌? 회식을 이 먼 데까지 와서 한 거야?"

　성진이 되묻자 수영은 쌀쌀한 미소를 지으며 말을 돌렸다.

　"듣자 하니 금유리 칵테일 바에서 일한다며."

　"어."

　"걔가 돈 몇 푼 벌려고 바를 차린 건 아닐 테고. 딱히 술 마니아도 아니었던 거 같은데, 심심풀이로 차렸나 봐?"

　아까 화장실에서 그 대단한 집안의 아가씨와 비교당한 여파 때문일까. 수영은 이 자리에 있지도 않은 유리에게 가시를 세웠다.

　"그런 거 아냐. 두 달 동안 걔가 얼마나 열심히 했는데."

　연애하는 동안 그 흔한 싸움 한번 한 적이 없다. 팥으로 메주를 쏜대도 수영의 말이라면 뭐든 옳소 했다. 늘 그렇게 수영에게 져 주었다.

15년 내내 그랬지만.

"곁에서 직접 봤으면 그런 식의 말이 도저히 안 나올 만큼 열심히 했어, 금유리는."

성진은 처음으로 수영에게 역정을 냈다. 그가 고성을 지른 것도 아닌데, 수영은 세차게 한 대 얻어맞은 기분을 느꼈다.

"그런가. 하긴, 자세한 사정도 모르면서 이런 말 하면 실례지."

수영은 애써 시크하게 중얼거렸다.

"나 이제 가 봐야 돼. 이 근처에서 만나기로 한 사람이 있어서."

자기가 먼저 그렇게 말해 놓고, 수영은 성진에게 불쑥 물었다.

"나한테 뭐 또 할 말 없어?"

그녀에게 할 말. 두 달 전만 해도 이루 말할 수 없이 많았던 것 같은데. 선뜻 말이 나오는 대신, 수영의 어깨에 매달린 가방에 시선이 갔다.

'가방이 바뀌었군.'

파란만장한 인턴 기간을 거쳐 선샤인주류 정직원 채용이 확정된 날, 그녀에게 가방을 선물했었다. 수백만 원짜리 명품백은 아니지만 당시 인턴 월급 생각하면 무리해서 산 거였다.

꿈의 회사에 입성한 순간, 스스로에게 줄 상 대신 그녀의 생일 선물부터 생각했다.

가방의 가격을 알아낸 수영은 미쳤냐고 당장 환불해 오라고 했다. 하지만 그녀는 수년간 매일 그 가방만 하고 다녔다.

그녀의 어깨 위에서 낡아 가는 가방이 안쓰러운 한편 애틋했다. 그녀 역시도 저를 깊이 사랑한다는 증거 같아서.

이제, 수영의 어깨 위엔 낯선 명품백이 걸쳐져 있었다. 그 가방을 열면, 헤어질 때 수영이 한 가혹한 말들이 쏟아져 나올 것 같다.

'네가 옆에 있으면 온몸에 염증이 생기는 것 같았어. 끔찍했어.'

그런 말까지 해 놓고, 이제 와서 여지를 주려 한다. 이 자리에서 그녀를 향한 간절함을 노래하면 마지못한 척 길을 열어 주겠다는 식이다.

두 달 전만 됐어도 이 상황에 감격했으리라. 하지만 지금은.

'그때 왜, 첫이슬 참꽃 시제품을 다 나눠 줬어? 내 동의도 없이.'

'어째서, 우리가 함께 고른 드레스를 취소했어? 가짜 드레스샵 실장 명함까지 주고.'

'대체 왜…… 나한테 거짓말을 했어?'

따져 묻고 싶은 의혹만이 입안 가득 맴돌 뿐이었다.

"왜 그런 이상한 표정을 지어?"

수영이 의아한 듯 묻는다.

성진은 외려 되물을 뻔했다. 내 표정이 이상하다고? 내가 지금 어떤 표정을 짓고 있길래.

"수영아, 하나만 물어봐도 돼?"

"뭔데? 말해 봐."

"너도 정말 내가 그때 횡령을 했다고 믿어?"

이거와는 전혀 다른 물음을 바랐던 건지, 삭풍이 훑고 지나간 듯 수영의 얼굴이 차가워졌다.

"그 일은 이미 끝났잖아. 이제 와서 그게 무슨 의미가 있어."

"그래."

성진은 무어라 말하려다 말았다.

"얼른 가 봐야 한다며. 나도 기다리는 사람 있어."

"알았어. 그럼 나중에 봐."

나중에 보자는 건 단지 관용적인 의미였을까. 수영은 개운치 못한 여운을 남기고 떠났다.

놀랍게도 성진은 수영이 간 쪽을 한 번도 돌아보지 않았다. 그저 허망한 마음을 가슴에 품은 채 제 갈 길을 갔다.

24시간 죽집에서 전복죽을 테이크아웃해서 돌아가는 길. 성진은 핸드폰을 꺼내 부재중 메시지가 있나 확인했다.

"생각보다 오래 걸렸네. 유리가 나 찾지는 않았겠지?"

그러나 유리 대신, '친구로 등록되지 않은 사용자'로부터 톡이와 있었다.

"누구야, 이건."

무심코 카톡 창을 연 순간, 여러 장의 사진들이 좌라락 펼쳐졌다.

선샤인주류 지하 주차장. 파킹된 벤츠 안에 두현이 있고, 조수석에 한 여자가 앉았다.

두 번째 사진에서 두현과 여자는 서로를 마주 보았다.

세 번째 사진. 남녀의 입술이 깊게 맞붙었다.

사진 속 그녀는…… 수영이었다.

성진은 메두사의 잘린 목을 본 사람처럼 굳어져 갔다.

밑으로 사진이 일곱 장이나 더 있었다. 성진은 떨리는 손으로 핸드폰을 두드렸다.

[누구십니까?]

[오랜만이에요, 성진 씨. 나 강선희 주임인데 기억나죠?]

[이 사진들 대체 뭡니까? 왜 보낸 거죠?]

성진의 물음에 강 주임은 기다렸다는 듯 답했다.

[얘기하자면 좀 복잡한데. 잠깐 통화 가능할까요?]

❖ ✽ ❖

— 그 사진들, 성진 씨가 청첩장 돌리기 전에 찍은 거예요. 그 둘이 자주 가는 데가 제 퇴근길이랑 겹쳐서, 본의 아니게 보게 됐죠.

— 이건 아니다 싶어서 성진 씨한테 알리려 했죠. 그냥 말하면 안 믿을까 봐 증거 사진 몇 장 찍어 둔 거구요. 근데 막상 말하려 하니 성진 씨가 청첩장을 돌려 가지고…….

— 이제 얘기해서 미안해요. 차라리 모르는 게 나을 거란 생각에. 하지만 성진 씨가 그렇게 회사를 떠나니까 너무 마음이 안 좋아서.

그렇게 강 주임은 양심 고백을 빙자한 폭탄 투하를 성공적으로 마쳤다. 물론 그 여파는 고스란히 성진의 몫이 되었다.

"…….."

수분간 성진은 호흡곤란을 겪었다. 근처 편의점 간이 테이블에서 컵라면을 먹던 사람이 그를 이상하게 보았다.

성진은 영혼이 반쯤 나간 얼굴로 편의점 안으로 들어갔다. 냉장고에 있는 술들 사이에 첫이슬 엘더플라워가 보였다.

그것이 출시된 이후, 되도록이면 편의점에 오지 않으려 했다. 그 술을 직접 보면 억장이 무너질 것 같아서. 그런 자신이 더 싫어질 것 같아서.

– 혹시 첫이슬 엘더플라워 드셔 보셨어요? 에센스만 바뀌었다 뿐이지 사실상 성진 씨 기획 그대로 갖다 썼어요. 강두현이 처음에 만든 건 솔직히 밸런스가 안 맞았는데, 성진 씨 베이스랑 조합하니 그것도 상품이 되데요. 사람 횡령사범으로 몰아 놓고 공은 다 가로 채 가고.

강 주임의 귀띔을 떠올리며 성진은 첫이슬 엘더플라워를 움켜 잡았다. 계산을 마치자마자 계산대 앞에서 바로 병뚜껑을 틀었다.

"엇⋯⋯."

외마디 탄성을 내뱉는 편의점 알바생 앞에서, 성진은 첫이슬 엘 더플라워를 병째 들이켰다.

꼴깍꼴깍.

처음 수초간은 낯선 향이 코끝을 맴돌았다. 하지만 코를 막고 마셔 보자 술은 얄팍한 베일을 벗고 진실을 드러냈다.

완벽한 첫이슬 참꽃을 위해 그토록 찾아 헤맸던 최적의 배합. 골백번을 조합하고 시음하고 엎기를 반복한 끝에 찾아냈기에, 평 생 잊지 못할 맛.

완전하게 강탈당한 맛.

"어떻게 이런⋯⋯."

격앙된 혼잣말을 하는 성진을 알바생이 조마조마하게 바라보았 다. 눈앞의 남자는 금방이라도 소주병을 내던질 기세였다.

"저, 손님. 바깥에 짐 챙기셔야 할 거 같은데⋯⋯."

알바생이 가게 밖 간이 테이블 위에 있는 전복죽을 가리켰다. 성진은 퍼뜩 정신을 차렸다.

일단 돌아가서 유리에게 저 죽을 먹여야 한다. 그녀라면 졸음도 참고 저를 기다리고 있을지 모른다.

　건너편 마을버스 정류장으로 가기 위해 성진은 횡단보도 신호를 기다렸다.

　파란불이 켜진 순간, 뒤쪽에서 앙칼진 외침이 들렸다.

　"이거 놔!"

　성진은 반사적으로 뒤를 돌아보았다. 어둠으로 물든 빌딩에서 뛰쳐나오는 수영과.

　"윤수영, 거기 서!"

　뒤따라 나와 그녀를 쫓는 강두현을 봤다.

　두현은 수영의 팔을 우악스레 잡아채 빌딩 옆 실골목으로 몰아넣었다. 벽에 밀쳐진 수영은 거세게 숨을 몰아쉬었다. 몸싸움 때문에 머리칼이 잔뜩 헝클어졌다.

　거기다 대고 두현이 살벌하게 윽박질렀다.

　"윤수영. 너 제정신이야? 오늘 자리에 어떤 프로젝트가 걸려 있는지 알잖아."

　"그럼, 나보고 가만히 있으라고? 나만 한 딸 있다는 노친네가 대놓고 허벅지를 주무르는데?"

　"고작 그 정도도 못 참아? 업소 여자처럼 2차 따라가라고 시킨 것도 아니잖아."

　"하, 차라리 업소 여자를 부르지 그랬어? 내 전공은 그런 아가씨들이랑 달라서, 노친네가 여기저기 더듬는데 방긋 웃어 주진 못하거든."

　두현은 그저 신경질적인 한숨을 내쉬었다. 그 반응이 너무 기가 막혀서 수영은 울먹였다.

　"처음부터 이러려고 나한테 사랑한다고 말했니? 접대 자리에

끌고 다니면서 몸 팔게 하려고?"

"수영아, 그런 게 아니라."

"아니긴 뭐가 아니야. 아, 이건 부차적인 거고, 사실 주목적은 따로 있었지? 날 이용해서 복성진 찍어 내는 거."

두현이 흘겨보자 수영은 악의에 찬 미소를 지었다.

"맞나 보네. 하긴, 선샤인그룹 회장의 사생아를 임원으로 바로 꽂아 넣으면 뒷말이 많을 테니까. 신입사원부터 시작해서 계단을 밟는 그림을 그리고 싶었는데, 입사동기 중에 복성진이란 난놈이 있었던 거야. 매번 성과는 밀리고, 하필 동갑이라 더 비교되고."

"윤수영."

경고음 같은 두현의 부름에 아랑곳 않고 수영은 음산하게 뇌까렸다.

"내가 그라야노톡신에 절은 첫이슬 참꽃 시제품을 직원들에게 뿌리지 않았다면, 지금쯤 성진이가 과장이 됐겠지? 아, 그러고 보니 성진이한테 가짜 명함 주고 심부름업체 번호 알려 주라고 한 것도 당신 아이디어잖아. 아하하, 너 우리 둘한테 아주 작정하고 접근했…… . 꺄악!"

수영의 턱을 붙든 채 두현이 칼날 같은 눈빛을 쏘았다.

"자극하지 마. 여기서 죽고 싶지 않으면."

"우리 여기서 끝내."

수영은 두현의 손을 매섭게 뿌리쳤다.

"다 관둘 거야. 거래처 노친네 비위 맞추는 짓도, 회사에서 당신 하수인 노릇 하는 것도. 눈칫밥 대리도 필요 없어. 아, 이것들도 필요 없으니 도로 가져가."

두현의 발치에 플래티넘 카드와 새 가방이 연타로 내박쳐졌다.

그녀의 모욕적인 패대기 타임이 끝나길 기다린 후, 두현은 심드 렁하게 말했다.

"지금 그것들 다 버리면, 갈 데는 있어? 아. 돌아갈 곳이 있냐고 묻는 게 정확한가."

수영이 살벌하게 두현을 노려보았다.

"회사 그만두는 건 당신 자유야. 하지만 이대로 떠나면 과연 이 업계에 발을 들일 수 있을까? 그 복성진도 겨우 칵테일 바에 눌러 앉았는데?"

"지금 나 협박하는 거야?"

"협박하는 게 아니라 현실을 말해 주는 거야. 복성진이 준 가방 도 이미 쓰레기통에 버렸잖아. 그 자식도 지금쯤이면 너에 대한 마 음 접었을걸?"

"……시끄러."

수영은 실핏줄이 터질 만큼 세게 입술을 깨물었다. 몰릴 대로 몰린 그녀는 고양이를 물고 싶은 쥐 같았다.

이제 완급을 조절할 타이밍이다. 두현은 다정함을 담아 수영을 불렀다.

"수영아. 난 아직도 기억해. 우리가 처음으로 하나가 된 날. 당 신이 내게 털어놓았던 상처 가득한 말들."

"……."

"복성진 때문에 네 존재가 가려지는 기분이라고 했지? 주변 사 람들은 네가 한 노력들은 보려고 하지도 않고, 네가 S대 나오고 선 샤인주류 입사한 게 전부 복성진 덕인 양 깎아내렸지."

수영은 물끄러미 두현을 보았다. 그는 숙련된 조교처럼 야릇하 게 웃었다.

"네 존재를 남김없이 가려 버리는 복성진, 지긋지긋해서 도저히 결혼 못 하겠다고 했잖아. 널 빛나게 해 줄 남자를 원한다고 했잖아."

수영의 눈동자는 탁했고 눈가는 살짝 촉촉했다. 두현에게 품었던 배신감과 원망이 다른 데로 방향을 튼 징후다.

"이런 접대 자리 나한테도 고역이야. 생각 같아선 거래처 노친네 비위 맞출 시간에 우리 둘이 오붓하게 보내고 싶지. 하지만 아직은 시기상조야. 너도 알다시피 내 기반이 아직 완전하지 않아. 당분간은 무리를 해서라도 입지를 다져야 해."

"……."

"내가 설마, 나 하나 잘되자고 이러는 거겠어?"

그래. 개운치는 않지만 굴할 수밖에. 그것이 지금 우리의 처지이고 현실이니까.

수영의 얼굴에 깃든 분노가 토라짐 정도로 옅어지자, 두현은 웃었다.

"내가 반칙이라도 했다는 듯한 표정이네. 당신은 정말 불합리한 여자야. 뭐, 그런 점도 매혹적이지만."

두현은 비릿한 미소를 머금은 입으로 수영의 입술을 훔쳤다. 살짝 버둥대는 그녀의 팔을 벽에 붙박고, 한 손으론 그녀의 턱을 고정한 채 거칠게 입안을 탐했다. 흡사 괴물이 먹이를 물어뜯는 모습 같았다.

"하웃, 이러지 마. 이러다 누가 보면 어쩌려……."

두현을 떠밀고 반사적으로 골목 밖을 살핀 순간, 수영은 숨을 크게 마셨다.

"헙……."

그녀의 얼굴에 고스란히 떠오른 충격을 보고 두현도 고개를 돌렸다.

폭풍을 두 눈에 담은 성진이 두 사람을 지켜보고 있었다.

성진을 꿰뚫듯 보며 두현이 운을 뗐다.

"우리 셋이 이런 데서 보니까, 묘하네."

묘한 정도를 넘어, 스산했다. 골목 밖에 있는 가로등 불빛이 신기루처럼 멀게 느껴졌다.

솟아오른 건물이 하늘의 달마저 찍어 누른 밤. 어둠이 서린 골목 안에는 서로를 향해 번뜩이는 눈빛만 존재했다.

"간만에 이 멤버가 모이니까 옛날 생각 난다. 우리 셋이 맨날 회의실에서 모닝커피 마시면서 기획회의 하고. 일 끝나면 생맥 한 잔 하러 가고. 그때가 참 좋았지."

"……."

"뭐, 과거는 과거고 현재는 현재니까. 복 대리 아니, 성진아."

애잔한 느낌이 물씬 나는 미소를 지으며 두현은 성진에게 물었다.

"오늘 면접은 왜 펑크 냈지? 겨우 마련한 자린데 그러면 내 입장이 난처해지잖아. 모처럼 신경 써 줬더니."

"그렇게 날 신경 써 주느라, 이런 짓까지 했어?"

성진은 두현의 면전에 핸드폰을 들이밀었다.

강 주임이 전송한 사진. 둘만이 아는 장소를 배경으로 두현과 입술을 겹치는 제 모습을 본 순간, 수영은 날카롭게 숨을 들이마셨다.

두 사람이 보는 앞에서 성진은 사진을 한 장씩 넘겼다. 사진 속 남녀는 누가 봐도 한 쌍의 다정한 연인이었다. 사정을 모르는 이들이 보면 누구라도 흐뭇하고 관대한 미소를 지어 줄 만큼.

그 세상 포근한 다정함이, 성진에겐 두 눈을 후벼 파이는 듯한 고통을 안겨 주었다.

사진을 전부 다 넘겼을 때, 성진의 동공은 터진 먹물주머니처럼 풀려 있었다.

그 눈만 봐도 수영은 충분히 알 수 있었다. 그가 지금 눈알이 터져 나갈 듯한 분노를 초인적으로 참아 내고 있음을.

"그 사진들을 입수한 경위를 떠나, 이미 사정을 알 만큼은 아는 거 같네."

온몸의 신경이 철수세미처럼 굳어진 사람 앞에서, 두현은 느긋하게 중얼거렸다.

"내가 너희 둘한테 굉장히 심각한 오해를 하고 있을 가능성은 아예 없는 건가?"

분노, 혼란, 배신감에 이성이 갈려 나가는 와중에도, 성진은 침착하게 물었다.

"방금 너희가 하던 얘기. 너희가 보여 준 행위. 그리고 이것까지도."

성진이 첫이슬 엘더플라워를 좌우로 흔들어 보였다.

수영은 시선을 아래로 떨어뜨렸다. 이제 와서 구차하게 변명할 생각은 없지만. 이 상황까지 와서도 최대한 세심하게 말을 고르는 성진을 보니, 일말이나마 남아 있던 양심이 심장을 찔러 왔다.

조금이라도 덜 잔혹하게 말할 방법은 없을까?

수영이 할 말을 생각해 내기 전에, 두현은 성진에게 무쇠 방망이를 휘두르듯 독설을 퍼부었다.

"진실을 묻는 거야, 아니면 네 알량한 희망사항을 묻는 거야?"

"……."

"지금 네 머릿속에만 답답하게 머무르는 생각, 내가 대신 말해 줄까? 설마, 내 직장 동기가 내 약혼녀랑 놀아났겠어? 설마, 둘이 내 앞에선 출장 간다고 속이고 비밀 데이트를 즐겼겠어? 설마, 둘이 잤겠어?"

수영은 첫이슬 병을 쥔 성진의 손등에 힘줄이 서는 걸 보았다.

"아니다, 성진아. 전부 오해야. 그 사진들 다 조작된 거야. 우린 하늘에 맹세코 너의 무한신뢰를 저버린 적이 없어. 내가 이런 식으로 말하면 믿기라도 할 셈이야?"

"……."

"아. 나는 몰라도 여기 수영이는 믿겠네. 넌 예전부터 수영이 말이라면 뭐든 다 믿었으니까. 당이 아니라 나트륨으로 술을 만든대도."

"……."

"정말이지, 믿음이 지나쳐도 병이야. 수영이가 왜 너한테 질렸는지 알 것도 같다."

이제 그만하라고 수영은 두현에게 외치고 싶었다. 그러나 퍼런 불꽃이 붙은 성진의 눈을 본 순간 차마 입이 떨어지지 않았다.

"우리가 뭘 더 보여 줘야 너의 그 신물 나는 믿음이 깨질까? 이런 데서 키스하는 것보다 노골적인 장면이 필요하다면야……."

쨍그랑.

세상이 깨지는 소리가 났다.

수영은 비명도 못 지르고 눈을 질끈 감았다. 그 소리가 저와 두현이 살해당하는 소리여도 할 말이 없었다.

그러나 다시 눈을 뜨니. 바닥에 산개한 유리 파편. 알코올 냄새를 혹 풍기며 벽을 검게 물들이는 술. 그리고 반 동강 난 술병처럼 공허해진 성진의 얼굴이, 지옥 대신 보였다.

"나는, 너랑 친구가 되고 싶었어. 같은 팀 입사 동기고 나이도 같고, 무엇보다 너도 술을 사랑하는 줄 알았으니까."

언제나 밝고 쾌활해서 여름햇살 같던 성진이, 마른 낙엽처럼 서걱하게 읊조렸다.

"물론 우린 경쟁도 했지. 대중들에게 선택받는 술을 만드는 게 우리 업무니까. 우리 중에 누구의 기획이 채택될지 신경이 아주 안 쓰였다면 거짓말이야. 나도 나름 한 승부욕 하는 놈이니까. 그래도 강두현 이 개자식아."

피를 토해 내듯 성진이 걸걸하게 말했다.

"나는 진심으로…… 네가 같은 팀원이라 든든했고, 친구라서 행복했어."

두현은 유리 같은 눈으로 성진을 넘겨다보았다. 소주 방울이 눈물처럼 뚝뚝 떨어지는 골목 벽이 차라리 인간에 가까워 보일 정도였다.

"네가 과장이 되더라도 진심으로 축하할 자신이 있었어. 또 너에게도 사랑하는 사람이 생긴 거 같아서, 내 일처럼 기뻤는데."

술병을 두현에게 겨누며 성진은 파탄적인 미소를 지었다.

"지금은, 나만 아주 우습게 됐네."

이대로 성진이 손에 든 흉기로 두현의 심장을 꿰뚫는 건 아닐까, 수영은 조마조마했다.

그러나 두현은 심드렁하게 내뱉었다.

"어디 그걸로 찔러 봐. 네 구구절절한 하소연 계속 들어 주느니, 차라리 속 시원하게 한 번 찔려 주는 게 나을 것도 같다."

"강두현."

"왜? 그래도 역시 사람은 못 죽이겠어?"

두현의 도발에 넘어가는 대신 성진은 맑은 눈으로 그를 노려보았다.

"복성진, 난 네가 참 거슬렸어. 처음 만났을 때부터."

두현은 성진을 가느스름하게 보며 입매를 비틀었다.

"동기가 자기보다 먼저 승진하면 부당하다고 투서를 넣고, 묵묵히 일 잘하는 선배 앞지르겠다고 윗사람한테 손 비비는 게 직장 동료야. 현실적으로 도저히 메르헨적인 관계가 될 수 없지."

"……."

"내가 한가하게 우정 놀음이나 하려고 선샤인주류 입사했을 거같아? 나도 여느 기업 총수 자식들처럼 적당히 계단 밟아 올라가는 모양새를 취하다 임원 달 예정이었어. 목표도 급도 완전히 다른데, 애초에 너랑 친구 먹을 생각이 났겠어? 그런데도 굳이 우정을 청해서 사람 입장 애매하게 만든 거, 너야."

더 풀릴 데도 없는 성진의 동공에 심적 충격이 고스란히 비쳤다.

"어차피 선샤인주류는 내 회사가 될 테지만, 나름 모양새 좋게 공적을 쌓아 두려 했는데. 네가 여러 모로 거치적거리더라. 주제도 모르고 설치면서 선의의 경쟁 운운하는 바람에."

두현은 못을 박듯 말했다.

"나한테 넌 모난 돌, 그 이상도 그 이하도 아냐."

"아. 그러셨어."

성진은 무감하게 되받았다. 그러고는 반 동강 난 술병을 벽에 대고 맨손으로 바스러뜨렸다.

"그만해! 손 베잖아!"

수영의 새된 외침을 무시하고 성진은 손안에 든 걸 모조리 부수어 없앴다.

최후의 파편이 핏방울과 함께 뚝 떨어져 내렸다. 제 피 냄새에 성진은 이루 말할 수 없는 역함을 느꼈다.

눈앞의 괴물보다 더 끔찍한 건, 사람 보는 눈이 더럽게도 없는 자신. 저들 대신 스스로의 피를 본 자신이었다.

"그래. 내 기획 가로채고, 날 회사에서 매장시킨 것까진 네 입장의 문제라 치자. 왜 하필, 윤수영이야?"

15년. 내 인생의 반 이상을 함께했고, 결혼해서 평생을 함께하려 했던 여자까지.

"인간적으로 이렇게까지 해야만 했냐?"

성진의 얼굴은 끝내 참담하게 일그러지고 말았다.

"글쎄. 그 문제는 전적으로 내 선택이라기 보단."

두현이 턱짓으로 수영을 가리키며 웃었다.

"여기 윤 대리가 선택한 결과이기도 하잖아?"

성진은 저를 애써 외면하는 수영을 보며 생각했다. 할 수만 있다면 시간을 되돌리고 싶다.

하지만 시간을 되돌린다 한들, 복성진과 윤수영이 되돌려질까?

이 여자를 예전만큼 사랑할 수 있을까?

"윤수영."

그 이름을 입에 담은 수만 번 중, 처음으로 냉랭함이 담겼다. 이 상황에 그게 새삼 놀라운지 수영은 고개를 치켜들어 성진을 보았다.

성진이 그녀를 상처 입히기 위해 취한 행동이라고는 고작……

차갑고 서글픈 미소와.

"잘 살아 봐. 지독하게."

공허한 작별 인사뿐이었다.

❖ ❀ ❖

부연 달이 탁하게 번져 가는 밤. 성진은 합정역부터 망원동 아파트까지 걸어서 왔다.

찢어진 오른손에 편의점 밴드를 붙였지만 금세 새빨갛게 물들었다. 괴기스럽게 피를 뚝뚝 흘리며 걸어갈 수는 없는 노릇이라 손수건으로 손을 싸맸다. 병원에 가 보면 대여섯 바늘 정도 꿰매 주며 3주쯤 쉬라고 말할 터다.

당연하지만 끔찍하게 아팠다. 쓰라린 통증이 팔을 타고 올라와 머리통을 뒤흔들었다.

성진의 얼굴은 피를 한 말은 흘린 사람처럼 하얗게 질렸다. 유령 같은 몰골로 허청허청 걸으며 아까의 일을 복기했다.

복성진. 병신같이 왜, 소주병을 그 연놈에게 휘두르지 않은 거야? 단지 실감이 안 나서?

그들이 나를 기만하는 데 쓴 가짜 실장 명함도 아직 가지고 있고. 그들이 날 배반한 순간들이 내 핸드폰 사진함에 10장 넘게 들어 있고. 그 둘이, 그토록 격렬한 키스를 나누는 모습을 두 눈으로 똑똑히 보았고. 그 두 사람이, 나를 얼마나 하찮은 존재로 여겨 왔는지 알 만큼 뻔뻔한 말들이 심장에 꽂혀 있는데.

병신같이 왜 아무 것도 못 했는지…… 모르겠다.

모든 걸 부식시키는 독약이 정수리에 들이부어져 뇌가 곤죽이 된 것 같다.

아파트 단지에 이르자, 옆길에 붙은 이정표가 눈에 들어왔다.

'한강공원 500M'

한강이 그리 머지않은 곳에 있다는 데 생각이 미쳤다.

성진은 제 마음을 금방 알아챘다. 내가 지금 정말…… 죽고 싶은가 보다.

하지만 아직 저를 기다려 주는 사람이 있다. 많이 늦었지만 전해 줘야 할 게 있다.

왼손에 들린 식은 죽이 아니었다면, 이날 밤 복성진의 운명은 바뀌었을지 모른다.

901호 앞에서 핸드폰을 확인하니 유리한테서 부재중 전화가 몇 통 와 있었다. 마지막으로 온 게 30분 전이었다. 기다리다 지쳐 잠들었을지도 모른다.

성진은 침실 문을 조심스럽게 열었다. 창밖에서 사금파리처럼 부서진 불빛이 한강 물결에 고요히 떠내려가고 있었다.

안으로 발을 들인 순간, 온화한 목소리가 울렸다.

"성진아. 어서 와."

유리는 침대에 앉은 채로 성진을 맞았다. 그녀의 미소가 밤의 연꽃처럼 피어올랐다.

"설마, 나 계속 기다린 거야? 안 자고……."

그녀의 말똥말똥한 눈과 마주한 순간 성진은 가슴이 철렁 내려앉는 듯했다.

"미안해. 너무…… 오래 기다렸지?"

지독하게 미안한 마음이 들면서도, 마음 한구석이 뜨끈해졌다. 오늘 같은 날, 이 늦은 시각까지 저를 기다려 준 사람이 있다는 사실에.

"죽 다 식었겠다. 만들어서 가져온 것도 아니면서 아픈 사람 이렇게 오래 기다리게 하고. 정말 미안해."

"괜찮아. 나 진짜 내일 먹어도 돼. 단지 너한테 무슨 일이라도 생긴 게 아닌가 걱정돼서……. 근데 성진아, 너 손은 왜 그래? 혹시 다쳤어?"

유리가 성진의 오른손을 가리키며 심각한 표정을 지었다. 주머니 속에 꽁꽁 숨은 오른손 상처가 투명하게 비치기라도 하는 듯이. 성진은 별수 없이 주머니에서 손을 뺐다.

"오다가 좀 넘어져가지고."

"어떻게 넘어졌길래 손수건까지……. 병원 가 봐야 하는 거 아냐?"

"어……. 날 밝으면 깁스라도 하러 가야지."

실은 상처가 곪아 터지건 말건 상관없을 것 같았다.

"다음 주부터 일해야 하는데 큰일이다. 다희 바텐더님을 무슨 면목으로 보지."

"어쨌든 당분간 손쓰는 일은 안 하는 게 좋을 거 같아. 내가 대타를 구할게. 성진이 넌 이참에 좀 쉬어. 지금까지 정기 휴무일 빼고 하루도 빠짐없이 일했잖아."

"아냐. 이 정도는 며칠 쉬면 괜찮아져. 손가락을 다친 건 아니니까 굳이……."

유리에게 오른손을 흔들어 보인 순간, 끔찍한 고통이 엄습해 왔다. 성진은 말을 채 잇지 못하고 입술을 꽉 물었다. 괜찮은 척하려고 취한 모션이 외려 역효과를 일으켰다.

"하하, 진짜 손마저 못 쓰게 되니까 나란 인간, 왜 이렇게 쓸모가 없냐."

"성진아. 왜 갑자기 그런 말을……."

"듣기 거북했다면 미안해. 하지만 오늘은 좀 이해해 줘. 아프니까 괜히 짜증이 나는가 봐."

성진은 머쓱한 기색으로 웃어 보였다. 그러나 유리의 시선은 살이 하얗게 되도록 팔목을 부여잡은 그의 손에 머물렀다.

통증뿐만 아니라 감정까지 억누르며, 성진은 한탄스레 중얼거렸다.

"유리야. 내가 전에 말했지. 빚 갚는단 생각보단, 네 사업을 돕는다는 마음가짐으로 일하겠다고. 하지만 너한테 진 빚이 커서, 어느 정도는 강박이 생겼던 거 같아. 열심히 해서 하루라도 빨리 갚아야 한다는."

처음엔 그 돈이 그녀에겐 부담 없는 선의 여윳돈인 줄 알았다. 하지만 이젠 그 돈의 출처가 무려 그녀의 결혼 자금이란 걸 알아 버렸고.

'내가 알기론 집안에서 모든 지원을 끊었다더라. 의식주도, 돌봐 줄 사람마저도.'

얼마나 무서운 대가를 치르고 얻어진 돈인지도 알아 버렸다.

"큰일이다. 내가 얼마나 무능한 인간인지 깨달아 버려서."

믿었던 직장 동료에게 소중한 기획과 15년 연인을 빼앗기고도, 아무것도 못 한 병신 같은 놈.

"하다못해 너까지 망치지는 말아야 할 텐데."

유리의 핼쑥한 얼굴을 보며 성진은 또다시 복받치는 감정을 억

눌렀다.

"이런 때일수록 더 열심히 해야 하는데. 바퀴벌레보다도 악착같이 살아남아야 하는데."

창밖으로 보이는 저 새카만 강물에 삼켜진다면, 이 모든 번민도 함께 끝나리라.

하지만 지금 자신은 죽을 수도 없는 몸이다. 홀어머니, 쌍둥이 동생, 그리고 눈앞의 후원자를 위해서라도, 독하게 살아남아야 한다.

"그동안 정말 마음고생이 심했구나."

유리의 하얀 손이 침대 옆에 앉은 성진에게로 뻗어 갔다.

"네 마음은 지금, 슬픈 거 같아."

성진은 제 어깨에 살포시 얹어진 가느다란 손가락을 보고, 쓰게 웃었다.

"어. 오늘은 조금……."

"무슨 일이 있었는지 나한테 얘기해 줄래?"

유리는 조심스레 덧붙였다.

"14년 전에 너도 그랬잖아. 내 얘기 들어 주고, 내 감정 다 받아 주고. 그 한순간이 내겐 평생 살아갈 힘을 줬어. 그러니까 나도, 조금이라도 네 마음의 짐을 덜어 주고 싶어."

성진이 말없이 저를 바라보자, 유리는 울상을 지었다.

"솔직히 나 지금 너무 무서워. 널 이대로 내버려 두면 뭔가 큰일이 날 거 같아서……."

그리 말하며 유리는 창밖의 한강을 불길한 시선으로 바라보았다.

그 모습에 성진은 작게 웃음 지었다. 자신이 정말 죽을상을 했나 보다. 그녀마저도 자신이 오늘 밤 한강물 온도를 잴지도 모른다는 생각을 다 하다니.

"자세한 얘긴 나중에 할게. 지금 당장은 털어놓기 너무 쪽팔려서. 하지만 걱정 안 해도 돼. 네 1억 5천 갚기 전엔 절대로 허튼짓 안 하니까."

자신을 물끄러미 바라보는 그녀에게 성진은 재차 다짐을 주었다.

"돈 때문만은 아냐. 나 이제 너 놔두고 딴 데 안 가. 진짜로."

그 말 하나에 유리는 아이처럼 기뻐했다.

"참, 너한테 꼭 해야 할 말은 있다."

"뭔데?"

"금유리 너, 강두현 그 자식하고는 절대로 결혼하면 안 된다. 그 자식 진짜 나쁜 놈이거든."

"두현 씨가?"

유리가 의아해하자, 성진은 갖가지 제스처를 곁들여 가며 강두현의 악랄함을 설파했다.

"어, 이건 내……가 아는 친구 얘긴데! 글쎄 그 자식이 지 친구의 여친과 몰래 놀아나질 않나, 뒷공작까지 해서 지 친구 회사에서 잘리게 만들질 않나. 이거 완전히 겉 다르고 속 다른 놈이더라고. 공감능력도 아주 딸리고!"

"성진아. 그거 정말 친구 얘기 맞아?"

"……어쨌든! 그 자식만은 결사반대야. 혹시라도 네가 그 자식과 결혼하겠다면 나부터 도시락 싸 들고 말린다."

"아하하……. 그 정도야?"

"그 자식 아니어도 세상에 남자는 많잖아. 그러니까 내 말은! 강두현 그 자식한테 안 꿇리는 다른 남자 말야."

뭐가 그리 흥이 돋는지 유리는 입을 가린 채 쿡쿡 웃었다.

애가 지금 내가 농담하는 줄 아나?

성진이 좀 더 심각한 화법을 구사해야 하나 고민하는 순간, 유리가 불현듯 물었다.

"성진아. 너 혹시, 내가 강두현 씨를 좋아한다고 생각하는 거야?"

"어……. 아니야? 그 자식이 그래도 와꾸는 제법 잘난 편이고 집안도 짱짱하잖아."

유리라면 내로라하는 남자들 많이 만나 봤을 테지만. 그중에서도 강두현의 외모와 재력만큼은 최상위권일 거라 감히 확신할 수 있다.

"처음에 두현 씨 소개받을 때 오 실장님이 입에 침이 마르도록 칭찬을 했어. 뭐랬더라? 샤프한 눈매, 베일 듯한 콧날, 또 여자 여럿 울리고 다녔을 것 같은 치명적인 미소……였었나."

"푸하, 그 자식을 진짜 그런 소름 돋는 말로 묘사했다고? 진짜 웃겨 죽겠…… 윽!"

성진은 실소하며 무심코 오른손으로 침대 프레임을 치다가 비명을 내질렀다.

"아야야, 너무 웃겨 가지고 나도 모르게……. 또 뭐 없었어?"

"음, 그리고 사진만 봐도 한숨이 나올 정도로 잘생겼다고 했었던 거 같아."

"하하, 그래서 넌 그 자식 사진 보고 어땠어? 한숨 쉬었어?"

"그게……."

유리는 뚱한 표정으로 말했다.

"솔직히 난 두현 씨가 잘생긴 건지 잘 모르겠어. 처음 만났을 때 똑똑하고 깔끔하다는 인상은 받았지만. 그거 말고는 딱히."

"어…… 그래? 내 주변 사람들은 강두현이 연예인 박준서보다 잘생겼다고들 하던데."

"오 실장님도 두현 씨가 박준서보다 낫다는 말은 하셨던 거 같아. 근데 나 연예인하고도 몇 번 소개팅해 봤는데, 어디가 잘생긴 건지 도무지 모르겠더라고."

"하하……."

성진은 어색하게 웃었다. 만인이 잘생겼다고 난리인 강두현도, 심지어 연예인도 잘생긴 걸 모르겠다니. 이 아가씨가 남자 보는 눈이 대체 어느 천장에 달린 건지.

진땀이 나려던 차, 유리는 기습적으로 성진과 눈을 마주치며 해사하게 웃었다.

"사실 난 너 말곤, 누가 잘생기고 누가 못생겼는지조차 모르겠어."

"……뭐?"

그녀의 말뜻이 얼른 이해되지 않아 성진은 눈을 깜박이며 되물었다.

"네 코가 잘생긴 건 알겠는데, 다른 남자 코는 그냥 칼 같아. 여자 여럿 울리고 다니게 생겼다는 말도 널 보면 이해되는데, 다른 남자가 그러면 관상이 안 좋다는 말로 들려. 그리고 네 웃음을 보면 기분이 좋아지는데, 다른 남자가 웃으면 부담스럽기만 한걸."

"금유리, 너……."

성진은 이제 다른 의미로 진땀이 날 것 같았다.

"위로 한번 진짜 고단수로 한다. 기분은 좋아졌는데 대신 얼굴이 뜨거워졌어."

"너 기분 좋아졌다면 다행. 아함……. 너랑 더 얘기하고 싶은데, 갑자기 졸리네. 피곤한가 봐."

"피곤할 만도 하지. 어서 자. 난 거실에서 잘게."

유리는 평온한 얼굴로 침대에 몸을 뉘였다.

성진이 침실을 나서는 순간, 그녀는 꿈결처럼 속삭였다.

"난 옛날부터 생각했어. 세상에 잘생긴 남자는, 너 하나뿐이라고."

그 말 때문에 성진의 잠은 무려 3시간이나 달아났다.

그의 밤을 뒤흔든 건 15년 연인과 직장 동료의 배신보다, 그녀의 깊이 모를 호의였다.

11.
미운 놈 보려면 술장사하라

"어라? 형 출근 안 했네?"

야자 하고 온 성재와 성혁이, 소파에 앉아 왼손으로 책을 받쳐든 성진을 보고 눈을 휘둥글게 떴다.

"오늘은 굳이 출근하겠다고 우기더니. 결국 손 나을 때까지 쉬기로 한 거야?"

"출근 금지당했다. 우리 사장님한테."

성진이 심드렁하게 숨을 내쉬며 읽던 책을 내려놓았다.

"내일부턴 문 앞에 삐끼처럼 서 있는 한이 있더라도 출근하고만다, 내가. 월급 루팡의 기운이 스멀스멀 올라와 견딜 수가 있어야지."

"내가 유리 누나라도 출근 금지령 내리겠다. 그 손으로 무슨 칵테일을 타?"

"맞아. 당분간은 좀 쉬어. 큰형은 어딜 가나 너무 워커홀릭이라

탈이야."

"알았다! 이것들아. 똑같은 얼굴로 10년 늙은 형 협공 좀 하지 말아 주라. 가뜩이나 이 나이 먹고 넘어져서 다섯 바늘 꿰맨 것도 개쪽인데."

성진이 멀쩡한 왼손으로 능청스레 손사래를 쳤다. 허나 어머니는 깁스를 한 맏아들의 오른손을 보며, 얼룩덜룩한 감정이 얼굴에 떠오르려는 걸 억눌렀다.

성재가 성혁을 보며 불쑥 말했다.

"이렇게 온 가족이 화요일 저녁에 모이는 것도 오랜만인데, 우리 간만에 고기 먹으러 갈까?"

"좋지. 큰형 고기는 우리가 구워 주자. 어머니 생각은 어떠세요?"

"그래, 성진아. 간만에 다 같이 외식하지 않을래? 든든하게 먹어야 상처도 빨리 아물지."

다독이는 눈빛을 보내는 어머니에게 성진은 따스한 미소를 지어 보였다.

"근데 성재야. 그 고깃집 아빠 딸 요새도 학교에 안 나오니? 고깃집 하니까 갑자기 생각나서."

"아, 오늘은 왔어요! 담임쌤이 집에 한 번 찾아가셨대요."

"고깃집 아빠 딸? 그건 또 누구야?"

성진이 눈을 끔벅이자 성혁이 야릇한 눈웃음을 치며 설명했다.

"요새 우리 작은형님의 주된 관심사랄까. 아까도 학교 뒷문에서 성재가 걔를……."

모종의 썰을 풀려는 성혁에게 성재가 황급히 암바를 걸어 제지했다.

"그런 거 아니라니까! 학교 잘 다니던 애가 갑자기 그렇게 되니까 좀 신경 쓰여서 그러지."

"호오, 대체 어떤 여자애길래 우리 성재가 연민의 정을 품었을까? 이 형도 좀 알자."

"우리 반 여자앤데, 아버지랑 단둘이 살고 있었거든. 아버지가 고깃집 사장님인데, 몇 달 전에 그만…… 교통사고로 돌아가셨어."

그 얘기에 성진의 얼굴에서 장난기가 사라졌다.

"그럼 그 애는 지금 누구랑 살아? 아직 고3이라 케어해 줄 어른이 필요할 텐데."

"소문에 의하면 같이 살자는 친척은 있었는데 다 거절하고 혼자 사나 봐."

"너랑 같은 반이면 걔도 강남에 살겠지? 물려받은 유산이라도 있다면 그나마 다행이겠지만, 우리 정도 되는 형편이면……."

강남 8학군 한 교실에 앉아 있어도 서로의 집안 형편은 천차만별이다.

정원 딸린 주택에서 사용인까지 부리며 현대판 궁정 생활을 영위하는 진짜배기 부자가 있는가 하면, 언제 재건축할지 모르는 아파트에서 다달이 나오는 대출금 이자를 틀어막으며 턱걸이하듯 버티는 강남 하우스푸어도 있다.

"그러게 말이다. 그나마 우리는 성진이 네가 든든한 기둥이 돼 줘서 걱정이 덜한데, 그 애도 만약에 대출금 같은 걸 갚아야 하는 상황이라면 어쩌려나 몰라. 지금은 아버지 여읜 슬픔도 추스르기 힘들 텐데."

성진과 어머니가 주고받는 말들에 성재의 표정이 복잡해졌다.

"그 고깃집은 어디에 있어?"

"홍대에 있었는데, 아버지가 돌아가신 뒤로 문 닫았대. 거기 건물주 갑질로 TV에도 나왔던 곳이야."

"그 여자애는 이름이 뭐야?"

성진의 물음에 성재는 미묘한 열기를 담아 말했다.

"강미나."

❖ ❋ ❖

미나는 강남이 지긋지긋했다.

지금보다 부동산 투기방지책이 허술했던 시절. 종자돈으로 대출 끼고 강남에 입성해 목돈을 만진 사람도 몇몇 있다고 들었다.

정작 강남 토박이인 미나는 모든 걸 서서히 잃어 간 기억밖에 없었다.

집 잡혀서 대출받은 돈의 반은 어머니 병원비로, 나머지 반은 아버지 창업비로 들어갔다.

홍대 고깃집을 운영할 적엔 다달이 수백만 원씩 나오는 대출이자를 감당할 수 있었지만, 두 달 전부터 아파트 관리비까지 밀렸다. 아버지가 딸 결혼 자금이라도 남겨서 팔겠다고 필사적으로 지켜 온 아파트는 이제 곧 경매로 넘어갈 터다.

만약에 아버지와 함께 오늘을 맞았더라면.

'걱정 마세요! 설마 산 입에 거미줄 치겠어요?'

'딴 동네로 이사 가도, 아파트에서 못 살아도, 진짜 괜찮아요.'

'어딜 가든, 우리 둘이서 다시 시작하면 되니까요.'

캔디 같은 말을 잔뜩 해서 아버지를 웃게 해 드렸을 텐데. 대상을 잃어버린 말들은 이따금씩 허망하게 되뇌어질 뿐이었다.

홀로 남은 미나에겐 굳이 답을 찾고 싶지 않은 의문만이 남았다.

나 혼자서 웃어야 할 이유. 나 혼자서 열심히 살아야 할 이유.

학교에 한 달 넘게 가지 않았더니 엊그제 담임이 집까지 찾아왔다. 공부를 썩 잘하는 편은 아니어도 학교는 꼬박꼬박 다니던 자기 반 학생이 갑자기 그리되니 입장이 난처해진 모양이었다.

마음이 찔려 오늘은 학교에 나와 봤지만. 수업 끝나고 교문을 나서는 순간 미나는 그 선택을 후회했다.

"야. 강미나."

목소리만 들어도 귓속에서 구더기가 들끓는 것 같다.

"사람 말 씹냐? 여기 좀 봐 봐."

퍽 험악한 말에 미나는 신경질적인 신음을 흘리며 그쪽을 보았다.

같은 학교, 같은 학년에 건물주의 자식과 세입자의 자식이 공존하는 우연은 간혹 있을 수 있다. 그러나 서로간의 지독한 원한을 생각하면 길에서 우연히 마주쳐도 안 될 사이였다.

있는 집 자식이 강남 학교 다니는 건 지극히 당연한 거니까. 진즉 떠나지 못한 자신이 잘못한 건지도 모른다.

건물주 아들이 미나를 보며 경멸스럽게 웃었다. 함께 다니는 양아치 서넛이 거울처럼 웃었다. 그냥 무시하고 지나치려 했다면 저들 중 한 놈에게 머리채를 잡혔으리라.

"집에서 얌전히 짜져 있지, 이제 와서 왜 뻔뻔하게 학교에 면상 비치냐. 재수 없게."

놈이 바닥에 침을 탁 뱉었다.

"니들이 돈 없어서 우리 아버지 상가에서 쫓겨난 건데, 마치 우리가 갑질한 것처럼 소문났고, 그리고 너희 아버지 술 처먹고 나대다 지 혼자 뒈진 건데, 마치 우리가 죽인 것처럼 떠들고 다녔지? 너나 네 아버지나 거지 근성 쩔어."

미나는 눈을 옆으로 굴리며 짜증스럽게 웃었다.

온 학교에 소문이 난 건, 저놈이 제 입으로 떠벌리고 다닌 탓이다. 제 얼굴에 침 뱉는 줄도 모르고 남의 불행을 실컷 비웃고 다녔으니까. 정작 자신은 매일같이 가게 일 돕느라, 소문낼 만한 친구 하나 사귀어 두지 못했다.

"너네 집 곧 경매 넘어간다며? 대체 언제 쫓겨나냐?"

"야! 이년아. 여기 안 봐? 저걸 확 씨."

옆에 붙은 놈 하나가 손을 쳐드는 시늉을 했다.

"됐어. 재수 없게 생긴 면상 봐야 우리 눈만 썩지."

눈 마주치지 말자. 반응하지 말자. 상종하지 말자. 의연한 마음가짐이.

"재수 없게 생겼으니까, 인생도 재수 없는 거야."

그들이 내뱉는 폭언에 거칠게 뜯겨 나갔다.

"너희들은 진짜 쓰레기야."

"뭐?"

"너희 집은 삼대가 안 망하고 잘 살 것 같지? 악착같이 열심히 살아도 부자가 될까 말깐데, 우르르 몰려다니면서 여자애 하나 붙들고 개소리나 지껄일 만큼 한가한 자식들이 그 재산 퍽이나 잘 지키겠다."

미나는 건물주 아들을 서늘히 보며 뇌까렸다.

"천벌 받을 거야. 너도 네 비열한 아버지도. 우리가 잃은 것보다 더 많이 잃고, 우리가 겪은 것보다 더 비참하게 당할 거야. 꼭 그렇게 되라고, 네가 뒈질 때까지 빌 거야."

"하, 그래. 어디 하느님한테 실컷 빌어 봐."

미나의 섬뜩한 저주에 건물주 아들의 낯빛이 울긋불긋해졌다.

"너 요새 홍대에서 논다며? 거기 내 친구들 많거든."

놈이 말하는 홍대 친구들이란, 아버지 가게에서 술을 퍼마시고 영업정지를 유도해 냈던 무리. 속은 그 어떤 흉악범보다 시커먼데 미성년자란 이유로 모든 책임을 피해 갔던 놈들이다.

"밤길 조심해라."

건물주 아들의 가학심과 미나의 무력감이 절정에 달한 순간.

"강미나."

누군가가 미나를 불러 주었다. 5초만 지켜봐도 감히 끼어들기 어려운 분위기라는 걸 알 텐데. 건물주 아들이나 미나나 그 과단성에 놀라 고개를 돌렸다.

"아직 집에 안 갔네. 여기서 뭐 해?"

복성재. 미나의 클래스메이트. 그답게 맑고 부드러운 목소리는 미나를 향했지만, 그답지 않게 차가운 눈빛은 그녀를 둘러싼 남학생 무리를 향했다.

"야. 이만하면 됐으니까, 가자."

건물주 아들이 성가시다는 듯 손을 내저었다. 그것을 신호로 남학생들은 미나에게 드리운 위협적인 그림자를 거두었다.

"저기, 미나야."

성재가 조심스레 부른 순간, 미나는 몸을 휙 돌려 집으로 내달렸다.

"어, 잠깐만!"

등 뒤에서 새된 소리가 들렸지만 미나는 이를 악 물었다.

❖ ❅ ❖

　문을 여니 온 집 안이 쓸쓸한 낙조에 폭 잠겼다.

　부연 먼지가 낀 현관 벽 거울에 미나의 얼굴이 비쳤다. 아버지
는 그 얼굴이 세상에서 가장 예쁘다고 늘 말해 줬고, 자신도 한때
는 그 얼굴이 봐 줄 만하다 생각했다. 그리고 언젠가는 미래의 남
편이 예쁘다 해 줄 거라 생각했다.

　하지만 지금은 정말, 재수 없어 뵈는 면상일 뿐이었다.

　냉장고 홈바 문을 열자 병 하나가 눈에 띄었다. 미나는 그것을
꺼내 목말랐던 듯이 벌컥벌컥 마셨다.

　그 저녁, 미나는 독초 밭에 누운 사람처럼 의식을 놓았다.

❖ ❅ ❖

　"저기, 괜찮아요?"

　"안 되겠다. 여기 앉아 봐요."

　꿈결에 누군가의 목소리가 들렸다.

　자잘한 배려심이 묻어나는, 양처럼 온화한 목소리. 언젠가 들어
본 적 있는 목소리인데, 누구더라?

　"아, 깨어났다. 좀 어때요? 혹시 머리 아프진 않아요?"

　맞아, 이 여자 목소리였어.

　홍대 칵테일 바 아젤리아 오너, 금유리.

　"뭐야……. 꿈인가?"

　"꿈 아닌데요? 정신 좀 차려 봐요."

　여자가 빙긋 웃으며 미나의 양 볼을 손가락으로 콕 눌렀다. 약

388

간 서늘한 손끝 덕에 정신이 번쩍 났다.

"뭐, 뭐야? 여기 어, 어디야!"

"어디긴요. 홍대 아젤리아죠."

"아니, 그러니까 내가 지금 왜 홍대에 와 있냐고요!"

분명 강남의 썰렁한 우리 집 냉장고 앞에서 필름이 끊겼는데?

손바닥으로 제 뺨을 찰싹찰싹 때리는 미나를 보며 유리는 난감한 미소를 지었다.

"손님이 2시간 전에 여기 오셨어요. '마티니 내놔! 그냥 마티니 말고 애플 마티니! 젓지 말고 흔들어서!'라고 말하셨던 거 같아요. 정확하진 않지만."

정확하지 않았다는 건……. 혀 꼬부라진 소리를 냈단 말이겠지?

미나는 한 줌의 재로 화하고픈 창피함을 억눌렀다.

이성이 서서히 돌아오니 아차 싶었다. 미나는 제 옷차림을 살폈다. 분명 교복을 입은 채 잠들었는데, 저도 모르게 갈아입은 모양이다.

다행히 학생인 걸 들키지는 않았지만, 기억도 없이 벌어진 일이 섬뜩하게 느껴졌다.

"아, 옷은 별로 안 더러워졌을 거예요. 저희 매일 바닥 청소 깨끗이 하거든요."

나긋나긋 웃으며 말하는 유리는 위태로울 만큼 순진해 보였다.

미나는 바 카운터에 있는 직원들을 살폈다. 처음 여기 왔을 때 탐탁잖은 시선으로 저를 보던 남자 매니저는 안 보였다. 오늘은 화장도 안 했으니, 그가 있었다면 진즉 끌어내졌을지 모른다.

어쨌든 오래 머물러 봐야 좋을 게 없을 것 같다.

"추태를 부려서 미안해요. 저 가 볼……."

자리에서 일어나려다 미나는 머리를 움켜잡은 채 도로 주저앉았다.

"아오, 머리야……. 왜 이렇게 쪼개질 거같이 아프지……."

"좀 쉬었다 가세요."

"아뇨, 됐어요. 주문할 것도 아닌데……."

"주문 안 하셔도 괜찮아요."

"그치만."

"전에도 말씀드렸죠? 저희 바는, 손님 한 분 한 분 무사히 귀가하셔서 다음에도 서로 웃는 얼굴로 뵙길 바란다고."

미나는 유리를 빤히 보며 연신 눈을 깜박거렸다.

"뭐예요. 설마 저 기억해요?"

"그럼요. 오늘은 화장을 안 하셔서 긴가민가했는데. 목소리 들으니까 알겠더라고요. 되게 친근한 느낌이 들어서."

자신도, 꿈결에 들려온 그녀의 목소리를 되게 친근하게 느꼈던 거 같다.

맙소사. 의식을 죽여 놨더니, 무의식이 그 친근함을 좇아 여기까지 와 버렸다.

오늘 같은 날 왜 하필 여기일까? 왜 하필…… 당신인 걸까?

"내가 여길 왜 또 온 거지? 가장 재수 없는 사람의 얼굴이 떠오르기라도 했나."

머잖아 집은 넘어갈 판이고 오늘은 돌아가신 아버지까지 싸잡혀 거지근성 어쩌고 하는 소릴 들으니, 당장 내일을 걱정하지 않아도 되고 돈이 썩어 나기까지 하는, 그녀 같은 사람들에게 시기심이 치솟는 건 사실이다.

하지만 자신은 단지 그녀에게 원망만 늘어놓으려고 여기 온 걸까? 진심으로 그녀가 재수 없다고 생각하는 걸까?

아니. 제아무리 그녀를 보며 눈살을 찌푸려 봐도, 마음만은 찌푸려지지 않는다.

난바다처럼 깊은 눈빛으로 저를 보아 주는 그녀를 미워하는 건, 도저히 불가능했다.

"농담이에요."

미나는 자조적으로 입꼬리를 당겼다.

"뭐 눈엔 뭐만 보인다고, 진짜 재수 없는 사람 눈에 괜히 모든 게 재수 없어 보이는 거겠죠."

"손님. 손님은 예뻐요. 절대 재수 없게 생기지 않았어요."

눈을 치뜬 미나에게 유리는 확신을 심어 주듯 말했다.

"그리고 손님의 인생도 충분히 값지고 고귀해요. 지금 상황이 많이 어렵지만, 손님이라면 분명히 이겨 낼 수 있을 거예요."

"……아까, 제가 정말 마티니 달란 얘기만 했나요?"

미나의 손끝이 떨려 왔고 유리는 말을 아꼈다.

"나…… 구질구질 다 얘기했나 봐. 와…… 진짜 무섭네……."

다시는, 내가 숨기고 싶은 일이 다시는 내 기억 밖에서 활보하는 일이 없기를.

"진상 부려서 미안해요. 이제 진짜로 그만 올게요."

견딜 수 없는 수치심에 미나가 자리에서 일어나려는 순간. 유리의 희고 보들보들한 손이 미나의 고된 손을 덥석 눌렀다.

"저도 들은 얘긴데, 술은 불과 같대요."

"……불이요?"

"술을 마시면 몸이 따뜻해지잖아요. 실제로는 오히려 체온이 떨어지기 때문에 주변이 따뜻하게 느껴지는 거라지만. 술이 목구멍으로 넘어가는 순간, 가슴에 불씨가 하나 떨어지게 되죠."

불씨의 모습을 가늠하듯 유리는 가슴에 손을 모았다.

"술을 마실수록 그 불씨는 점점 커지며 마음을 밝아지게 하죠. 한 달 넘게 시달린 일이 내일 당장이라도 해결될 거 같고. 그토록 미워하던 사람도 오늘 당장 용서할 수 있을 거 같고. 심지어는, 10년 넘게 짝사랑해 온 사람에게 고백도 할 수 있을 거 같고……."

유리의 얼굴에 미소가 떠올랐다가 금방 사그라졌다.

"문제는 그 불이 생각보다 빨리 꺼진다는 거예요. 모처럼 뜨거워진 가슴이 식는 게 싫어서, 사람들은 술을 더 많이 마시게 돼요. 그것이 과음으로 이어지고 심하면, 중독되어 버리죠."

꼴깍. 미나는 무거운 침을 삼켰다.

"술을 지나치게 마시면, 불이 몸을 몽땅 태워 버린 다음 바깥으로 번져 나가, 그 사람이 이룬 모든 일들과 인간관계까지 태워 버리죠. 그래서 술은 불과 같은 거래요."

"그렇게 무서운 걸 왜 팔아요?"

굳이 그런 거 안 팔아도 잘 먹고 잘 살 수 있으면서.

"이 얘길 들려준 바텐더님께 저도 비슷한 질문을 했어요. 혹시 내가 몹쓸 가게를 차린 건가 싶어서. 그랬더니 그분이 웃으며 말씀하셨어요. 적당한 밝기를 지킬 줄 안다면, 술은 살아가는 내내 인생의 등불이 되어 줄 것이라고."

"아……."

"술이 인생의 힘든 일들을 직접 해결해 주진 않지만, 실마리를 찾기 편하게 주변을 밝혀 준다나요."

"뭔가…… 어렵네요."

"사실 저도 그래요. 아무튼 제가 손님께 드리고 싶었던 말씀은

음…….”

유리가 멋쩍게 볼을 긁었다.

“오늘 일은, 자신을 알아 가는 과정이라 생각하셨으면 좋겠어요. 그리고 여기 그만 오겠다는 말도, 취소해 주시면 좋겠는데…….”

“왜요. 그다지 반가운 손님도 아닐 텐데…….”

불퉁하게 중얼거리는 미나에게 유리가 수줍게 속삭였다.

“실은…… 손님이, 저희 바의 첫 재방문 손님이거든요.”

“……네? 여기 오픈한 지 좀 되지 않았나요?”

“맞아요. 근데, 진짜로 손님이 처음이에요. 저희 바 또 와 주신 분이.”

바 카운터에 놓인 LED 시계가 새벽 2시를 가리켰다. 저번에 비슷한 시간에 여길 왔었는데, 그때보다 손님이 다소 줄어든 듯 보였다. 가게가 넓은 만큼 휑한 느낌도 더했다.

“우리 바의 첫 재방문 손님께 웰컴 드링크라도 한 잔 드려야겠다.”

적막한 분위기를 채우는 방법으로 유리는 소소한 베풂을 택했다.

“아, 아뇨. 됐어요. 술은…….”

“그럼 논 알코올로 드릴게요. 혹시 우유 싫어하세요?”

“좋아해요.”

“그러면, 핑크색은 좋아해요?”

“어…… 네.”

“잠깐 기다려 주세요.”

잠시 뒤 유리는 미나 앞에 코스터를 깔고 칵테일을 내려놓았다.

둥근 샴페인 글라스에 담은 우유 거품 가득한 핑크빛 음료. 여자의 눈에 희열을 주는 빛깔이었다.

"우와…… 예쁘다. 이 칵테일 이름이 뭐예요?"

"핑크레이디예요."

"아, 이 칵테일 웹툰에서 본 거 같아요. 어떤 맛인지 되게 궁금했는데."

"핑크레이디에는 진이랑 계란 흰자가 들어가기 때문에 의외로 맛이 독특해요. 그래서 취향을 좀 타는 칵테일이죠."

"진이라면, 마티니에 들어가는 그 솔 향 나는 술 맞죠? 으……. 그건 별로던데."

"네, 그래서 손님 건 진을 빼고 논 알코올로 만들어 달라 했어요."

미나는 잔과 입을 맞추었다. 폭신한 거품이 입술에 노크를 하고 달달한 음료가 입안으로 흘러들었다.

"칵테일마다 이야기가 있던데. 이것도 그런가요?"

"네. 이 칵테일은 핑크레이디라는 연극의 주연 여배우를 위해 만들어진 거래요."

고운 핑크빛을 눈에 담으며 미나는 쓴웃음을 머금었다.

"저하고는 별로 안 어울리는 거 같네요."

"아뇨. 세상에 이 칵테일이 어울리지 않을 여자는 없어요."

유리는 유한 얼굴로 꽤나 강경하게 주장했다.

"저희 바에 유다희 바텐더님이라고 있는데, 오리지널 핑크레이디도 맛있게 만드시거든요. 오늘은 오프시지만, 다음에 꼭 드셔 보세요. 분명 마음에 드실 거예요."

또 오라는 말을 유리는 그렇게 한 번 더 했다.

미나는 핑크레이디를 홀짝였다. 술이 한 방울도 안 들어갔다는데 몸이 따스해지는 기분이었다.

완전히 잿더미가 된 줄 알았던 내 가슴속에 불씨가 살아난 걸까? 이대로 영영 어두컴컴할 것 같았던 내 마음, 다시 환해질 수 있을까?

최대한 아껴 마셨는데도 칵테일 잔은 금방 바닥을 드러냈다. 왠지 아쉬운 마음에, 미나는 유리에게 말 붙일 거리를 찾았다. 그러다 그녀의 목에 걸린 스코티 목걸이를 발견했다.

"저번에도 그 목걸이 하지 않았어요?"

"그랬을 거예요. 맨날 하고 다니니까."

"그 목걸이, 어지간히 많이 아끼시나 봐요."

"네……."

목걸이를 매만지는 그녀의 얼굴에 일순 서글픈 빛이 어렸다. 별생각 없이 던진 질문이 그녀의 가슴 깊이 고인 한을 건드려 놓은 것 같다.

"저…… 영업 종료 몇 시에 하세요? 괜찮으시다면 설거지라도 좀 거들고 갈게요."

"3시 마감이에요. 그러고 보니 정리할 시간이 됐네요. 집에 같이 가실까요? 아, 설거지는 안 도와주셔도 돼요."

"저……."

못 미더우면 바닥 청소라도 하겠다고 덧붙이려는데.

또각또각.

둔중한 걸음소리와 함께 문이 벌컥 열렸다.

"실례합니다. 잠깐 사장님 좀 뵐 수 있을까요?"

"네? 전데요. 저기, 무슨…… 일이신가요?"

유리가 당황한 얼굴로 기어들어 가는 목소리를 냈다. 예고도 없이 들이닥쳐 공무원증을 들이미는 경찰을 보면 누구라도 그러리라.

"미성년자 출입에 대한 신고가 접수돼서요. 잠깐 확인 좀 할 테니 협조 부탁드립니다."

동행한 경찰이 출입구를 지키고 섰다.

'너 요새 홍대에서 논다며? 거기 내 친구들 많거든?'

'밤길 조심해라.'

낮에 건물주 아들이 한 말이 뒤늦게 떠올라 미나는 손으로 입을
틀어막았다. 그 순간, 매의 눈을 한 경찰과 시선이 얽혔다.

"실례합니다만, 아가씨. 잠깐 신분증 좀 보여 주실까요?"

무언가를 확신한 듯 말하며 다가오는 경찰. 아연한 표정으로 이
쪽을 보는 유리.

짧은 순간 열 번도 넘게 그들을 번갈아 보며 미나는 생각했다.

자신은 정말, 재수 없는 기집애라고.

❖　✳　❖

− 성진아. 미안한데……. 지금 아젤리아로 와 줄 수 있어?

새벽 5시. 유리의 울먹임에 성진은 잠이 완전히 달아났다.

줄지어 엎어 놓은 컵들. 정돈된 바 기물. 새벽녘 아젤리아는 얼
핏 보기엔 평화롭기까지 했다.

그러나 맨바닥에 주저앉은 유리를 발견한 순간, 성진은 심장이
덜컥 내려앉았다.

"성진아. 우리…… 어떡해."

어디서 피라도 빨리고 온 듯, 가뜩이나 하얀 얼굴이 푸른빛이
돌 만큼 질렸다.

성진은 한눈에 알아챘다. 자신이 없는 새 아젤리아에 폭탄이 떨어졌음을.

"유리야, 대체 무슨 일이야."

"……안해."

"뭐?"

"미안해, 성진아. 정말…… 미안해."

더 말을 붙이면 그녀가 앉은 채로 산산조각 날 것 같았다.

"괜찮아. 내가 왔잖아. 자, 내 손 잡아."

유리는 성진이 내민 손을 잡았다. 원체 서늘한 편이긴 했지만 그녀의 손은 얼음장처럼 차가웠다. 그 감촉에 마음이 한 움큼 부스러져 내렸다.

"무슨 일이 있었는지 천천히 말해 봐. 그쪽 손도 줘."

성진은 깁스한 오른손까지 내밀었다.

탈진한 유리를 일으켜 의자에 앉힌 뒤, 성진은 가게 한구석에 몸을 완전히 구겨 넣은 미나를 뒤늦게 발견했다.

"누구시죠?"

"죄송합니다. 정말 죄송합니다……."

미나는 고개를 푹 숙인 채 죄송하다는 말만 연신 반복했다.

"아니, 무슨 일이 있었길래 다들 밑도 끝도 없이 사과부터 하냐고. 어, 잠깐. 그러고 보니 당신은."

미간을 구긴 채 그녀를 보던 성진이 눈썹을 치켜올렸다.

"전에 한번 왔었죠? 드라이 마티니 주문했다가 애플 마티니로 바꾼 분."

"네. 마, 맞아요……."

"근데 이 시간에 여긴 어떻게."

397

"······죄송합니다."

"죄송하다 하기 전에 무슨 일인지 좀 압시다. 네?"

성진이 답답하다는 듯 채근하자 미나는 입술만 달싹였다.

"내가 설명할게 성진아. 실은······ 아까 전에 경찰이 다녀갔어."

"경찰이 왜?"

"그게······. 신고가 들어왔대. 우리가 미성년자를 받았다고. 그
래서 경찰 두 분이서 손님들 신분증 검사했어."

"미성년자 단속은 전에도 몇 번 받아 봤잖아. 지금까지 별일 없
이 넘겨 왔고."

"어······. 그랬지. 근데 저······ 그게······."

유리의 목소리는 다시 동력을 잃었다. 그것만으로도 성진은 차
고 넘칠 만큼 사태를 파악했다.

"학창시절 추억 남기기는 저번 한 번으로 충분하지 않았나 싶은
데."

"아, 아뇨! 오늘은 일부러 술 마시려고 여기 온 게 아니고요······.
저도 모르게······."

"이해가 되게 말을 해요. 술 마시려는 목적이 아니면 달리 바에
올 이유가 뭔가요."

"속상한 일이 있어서 집에서 조금 먹고 잠들었는데, 깨어나 보
니까 여기였어요. 사장님은 제가 정신 차릴 때까지 여기서 쉬게 해
주셨을 뿐이에요."

"하······."

"사장님은 정말 저에게 술을 팔지 않으셨어요. 제가 여기서 마
신 건 사장님이 주신 논 알코올 칵테일 딱 한 잔뿐인데, 그렇게 설
명해도 그 경찰들은······. 죄송합니다."

미나의 입에서 또다시 죄송하다는 말이 울컥 튀어나왔다.

"성진아. 경찰관님이 쓰라고 하셔서……. 진술서를 썼어. 일단 우리는 술을 팔지 않았다고 쓰려 했는데 너무 당황스러워서……. 제대로 썼는지 기억이 안 나. 나 지금 머릿속이 하얘……."

"어떻게 내가 빠지자마자 이런 일이."

"며칠 뒤에 경찰서에서 연락이 올 테니, 그때 조사받을 날짜를 정하래. 내가 직접 가야 한다고……."

"너무 걱정하지 마. 나랑 같이 대응 방법을 찾아보자."

성진이 유리의 차가운 손을 힘주어 감쌌다. 그의 온기를 느낀 그녀가 입술을 꼬옥 문 채 고개를 끄덕였다.

"죄송합니다. 저 때문에……."

미나는 입이 열 개라도 할 말이 없었다. 미성년자 주류 판매 단속에 걸린 가게가 어떻게 되는지 누구보다 잘 알았다.

청소년보호법 위반으로 업주는 물론 직원까지 벌금형에 처해질 수도 있고, 그보다 더 무서운 건 구청에서 날아오는 영업정지 통보였다. 제 잘못을 무고한 사람이 뒤집어쓰게 된 상황이 너무 무섭고, 수습할 방법이 거의 없는 현실이 너무…… 막막했다.

"너……."

성진이 미나를 노려보며 살벌한 목소리를 터트렸다.

죄송하면 다야? 왜 하필 우리 가게야? 왜 네 일탈에 유리까지 휘말려야 돼? 따져 물을 말이야 차고 넘쳤다.

그러나 처분을 기다리듯 고개를 떨군 미나 앞에서 성진은 말문이 막혔다.

사실 지금 가장 욕을 퍼붓고 싶은 상대는 저 자신이다. 감정에 휩쓸려 합정역에서 손을 망가트리지 않았다면. 평소대로 바에 출근해 신분증 검사라도 했다면!

자신이 속 편하게 자는 동안 유리 혼자 경찰관 앞에서 벌벌 떨며 단속 보고서를 받아 드는 일은 일어나지 않았을 텐데.

"성진아, 됐어. 그만해."

유리가 성진의 팔을 잡아당겼다. 그 미약한 손길에 그의 눈 힘이 탁 풀렸다.

"너무 화내지 마. 어른이 돼 가지고 제대로 확인 안 한 내 잘못이 더 커."

그녀의 말에 불같은 감정이 사그라지고, 가슴이 꽉 막혀 왔다.

방금 유리가 저를 막아 주지 않았다면 자신은 이 어린 여자애한테 눈먼 분노를 퍼부었을 테고. 그 뒤에 분명, 극심한 자기혐오에 시달렸으리라.

"집이 어디에요?"

"청담동이요……."

"이런 우연이. 나도 거기 살았었는데."

유리는 미나의 볼을 부드럽게 어루만졌다.

"성진아. 집에 데려다주고 올게. 이 시간에 혼자 택시 태워 보내면 위험하니까."

"그러면 같이 가. 돌아올 땐 너도 혼자잖아."

성진이 텁텁하게 말하자 유리는 미나와 그를 번갈아 보았다.

"알았어. 걔한테 더 이상 뭐라 안 할게. 일단 다녀오고 나서, 앞으로 어떻게 할지 의논 좀 해 보자."

"응……."

앞으로의 일. 유리의 목소리 끝이 살짝 떨렸다.

❖ ❄ ❖

'가게에 CCTV가 없다고요? 허어, 신분증 검사를 했다는 입증이 가장 중요한데.'

'영세업자라고 선처를 구하는 방법도 있지만, 그러기엔 가게 규모가 좀 되시고⋯⋯.'

'그 미성년자한테 탄원서나 진술서라도 받아 두면 참작이 될 수는 있습니다만.'

행정사무소를 찾아가 봤다가 가슴만 더 갑갑해졌다. 유리는 처참할 정도로 말수가 줄었다.

뾰족한 대응 방법을 찾지 못한 채 경찰 조사일을 맞았다.

유리가 조사를 받는 동안 성진은 경찰서 1층 로비를 정신 사납게 배회했다. 오늘 처음으로 자신이 변호사가 아니라는 사실이 아쉬웠다. 그리고 오늘만큼, 자신이 술 만드는 놈인 게 싫었던 적도 없었다.

1시간 뒤. 다가오는 구두 소리에 성진은 번개같이 고개를 돌렸다.

"성진아. 많이 기다렸지?"

유리는 오늘 무채색 투피스 정장을 입었다. 스코티 목걸이도 컬렉션 중 가장 심플한 걸 하고 나왔다. 평소에 비해 수수한 복장 때문일까, 오늘따라 그녀가 더욱 작아 보인다.

"나 얼마나 있었어?"

"한 1시간 정도 걸린 거 같아."

"그래? 의외로 오래 걸렸네. 시간이 되게 빨리 지나간 느낌이야."

유리는 개운하다는 듯 웃었다. 1시간 만에 나온 그녀는 양 볼까지 홀쭉해진 느낌이었다.

"이렇게 경찰서에 다 와 보네. 성진이 너도 경찰서는 처음이지?"

"수사관은 뭐래? 별다른 말은 없었어?"

"행정 사무소에서 상담받았을 때랑 거의 비슷한 질문을 하시더라. 처음엔 무서웠는데 생각보다 편안하게 대해 주셨어. 막 혼날 줄 알았는데."

"요즘 세상에 그러면 큰일 나지."

"나중엔 오히려 죄송스러웠어. 내가 처신을 잘 못해서, 바쁘신데 번거롭게 해 드린 거 같고."

수사관들이 피의자를 편안하게 대하는 건 어디까지나 조서를 명료하게 꾸미기 위해서다. 그들의 친절이 반드시 좋은 결과로 이어지진 않는다는 건 공공연한 사실이다.

성진은 그 사실을 굳이 지적하지 않았다. 유리가 웃는 건 그걸 정말 몰라서가 아닐 테니까.

"그건 결국 제출 안 한 거야?"

성진은 유리의 핸드백에 든 대봉투를 가리켰다. 미나가 A4용지에 빽빽하게 쓴 탄원서가 들어있었다.

"그냥 내지 그랬어. 물론 별 도움은 안 되겠지만, 걔도 나름 열심히 써 온 걸 텐데."

"조사받아 보니까 네 말대로 어차피 도움이 안 될 거 같더라. 그래서 그냥 내가 간직하고 있으려고."

성진은 먹먹하게 중얼거렸다.

"정말…… 너 혼자서만 다 떠안으려고?"

실은 변호사 사무실도 찾아갔었다. 변호사는 행정사랑 비슷한

402

전망을 하면서도 과격한 방안을 제시했다. 손해배상청구 등으로 미나에게 압박을 줘서 최대한 책임을 전가하자고 했다.

유리는 그 말을 끝까지 듣지 않고 나와 버렸다. 그렇게 혼자 조사받는 길을 택했다.

"벌써 2시 반이네. 유리 너 아침도 안 먹었잖아. 점심 먹으러 갈까?"

"어…… 미안, 성진아. 나 지금은 속이 별로 안 좋아서."

유리는 손을 내저었다. 그녀의 손가락에 뭔가 묻어 있었다.

"유리야, 너 손에 그거."

"아, 이거. 수사관님이 신문조서에 내 지문 찍어야 한다고 하셔서. 물티슈로 한번 닦은 건데 잘 안 지워지네. 집에 가서 비누로 씻어야겠다."

퍼런 잉크 자국이 그녀의 가슴에 난 멍 자국 같다.

"성진아, 정말 미안해. 나 때문에……."

이 와중에 또 사과하는 그녀 때문에 성진의 가슴에도 멍이 들었다.

"네가…… 미안할 게 뭐가 있어. 누가 뭐래도 넌 무죄야."

성진의 자책은 시간을 한없이 거슬러 올라갔다.

자신이 술 만드는 놈이 아니었다면. 저 때문에 유리가 아젤리아를 차리지 않았더라면…….

경찰관 앞에 앉아 피의자 취급당하는 그녀도, 저 자국도, 이 생에 존재하지 않았을 텐데.

"아, 맞다. 성진이 넌 배고플 텐데. 내가 생각이 짧았어. 점심 먹으러 가자."

"아니, 괜찮아. 나도 지금 먹으면 얹힐 거 같아."

성진은 고개를 돌렸다. 그녀와 이대로 계속 눈을 마주치면, 수영의 배신을 알아차린 날에도 흐르지 않았던 눈물이 나올 것 같아서.

❖ ❋ ❖

그날 밤도 유리는 아젤리아의 포스기를 지켰다. 손님들 앞에서 최대한 미소 지으려 노력했지만, 얼굴의 수심을 완전히 지워 내진 못했다.

오른손을 다쳐 바텐딩을 할 수 없는 성진은 테이블 정리를 하면서 그 모습을 지켜봤다.

"매니저 님, 잠깐만."

다희가 그를 불렀다.

"이쪽 백 바 말야, 앞으로 좀 기울어진 거 같지 않아?"

그녀 말대로 맨 왼쪽 백 바의 상태가 위태위태했다.

"정말 그러네요. 언제부터 이랬지?"

"이대로 방치하면 앞으로 넘어갈지도 몰라."

"당장 AS 받죠. 석 달밖에 안 됐는데 벌써 이렇게 되다니, 시공을 대체 어떻게 한 거야."

"지금은 영업 중이니까 내일 낮에 불러. 건들지만 않으면 당장은 안 무너지겠지."

다희의 말대로 큰 충격을 받지 않는 이상 백 바가 당장 무너질 거 같진 않았다. 그러나 약간 앞으로 기운 술병들이 하필이면 유리의 뒤편에 있었다.

"그래도 위험하니까 일단 술병이라도 뺄게요."

"같이 할까?"

"아뇨, 제가 할 테니 바텐더님은 일 보세요."

성진은 유리와 가까운 쪽에 있는 술병부터 아래로 내렸다.

"아가씨가 여기 사장이야?"

고급 슈트 차림의 중년 남성이 유리에게 불쑥 접근했다.

"아, 네…… 맞습니다."

"뭐 안 좋은 일이라도 있나 보지? 예쁜 얼굴로 왜 그런 시무룩한 표정을 짓고 있어."

남자는 아예 유리 앞에 의자를 끌어다 놓고 추파를 던졌다.

"그렇게 보이셨다면 죄송합니다……."

"괜찮아. 예쁘니까 용서해 줄게."

유리의 뒤편에서 성진은 입술을 굳혔다. 딱 들어도 목소리에 취기가 실렸다. 그 여자애도 그렇고 왜 다들, 딴 데서 술 처먹고 진상은 여기 와서 부리는 건지.

"아가씨 기분 좋아지게 이 아저씨가 술 한 잔 사 줄까?"

"……네?"

"여기서 제일 독하고 비싼 거 마셔. 이 아저씨가 사 줄게. 한잔하면 기분 좋아질 거야."

남자가 법인카드를 보란 듯 꺼내며 비죽 웃었다.

"손님. 죄송합니다만, 저희들은 손님과 술을 마시면 안 됩니다."

성진이 분연히 유리 앞으로 나섰다.

"아니, 왜 안 돼? 다른 바 아가씨들은 좋아라 하며 잘만 받아 마시던데."

남자의 삿대질에도 아랑곳 않고 성진은 목청을 돋우었다.

"유흥업소가 아닌 음식점에서는, 손님과 함께 술을 마시거나 노래와 춤으로 손님의 흥을 돋우는 접객행위를 해서는 안 된다고 식품위생법 제44조제3항에 나와 있기 때문이죠. 저희 바는 유흥업소가 아니고, 저희 사장님도 유흥종사자가 아닙니다."

법 조항까지 거침없이 얘기하자 중년남자의 얼굴이 시뻘게졌다.

"거 되게 까탈스럽네. 사업을 좀 융통성 있게 해야지. 특히나 이런 물장사는."

성진은 대꾸하는 대신 제 몸으로 유리를 꼼꼼히 가렸다. 의자에서 일어나 봤자 체격으로는 상대가 안 될 걸 깨달은 남자는 고개를 팩 돌렸다.

"싫음 관둬."

"즐거운 시간 되십쇼."

들으란 듯 씩씩하게 말하고 성진은 다시 백 바의 술병을 옮기는 작업을 했다.

미운 놈 보려면 술장사 하라는 말이 있다.

바 운영 3개월 하면서 이런 진상 보는 게 하루 이틀 일이 아니다. 오늘 같은 날이라도 어느 정도의 선은 참고 넘겨야 했다.

그러나 중년 남자는 점점 그 선을 넘기 시작했다.

"뭐야. 여긴 싱글 몰트 종류가 이거밖에 없어? 팔아 주려고 해도 메뉴 리스트 참 부실하네."

"여기 잔에 먼지 앉은 거 안 보이나? 다시 만들어 와."

심지어 남자는 이곳저곳에 전화를 걸어 고성을 내질렀다.

"배 주임. 내일 미팅 장소 예약 제대로 해 놨지? 아니아니, 거기가 아니라니까!"

안절부절못하던 유리는 결국 참지 못하고 남자를 제지했다.

"손님, 죄송합니다만 목소리 조금만 낮춰 주시면 안 될까요? 다른 손님들도 계시고 하니……."

"아, 이런. 내 목소리가 그렇게 컸나? 근데 여기 원래 조용히 해야 하는 장소야? 도서관도 아니잖아."

중년 남자가 작정한 듯 비아냥댔다.

"됐고, 이번엔 뭐로 마셔 볼까? 아, 그래! 남자라면 역시 드라이 마티니지. 그 최근에 나온 프리미엄 진 알지? 그거 베이스로 깔아 주고 버무스는 알아서 말아 와 봐."

"손님, 죄송한데……. 그 진의 이름을 정확하게 말씀해 주시면, 저희 바에 입고된 술인지 확인해 드리겠……."

"에라이, 바 사장이 손님보다 최신 술 정보에 깜깜해서야 쓰나?"

간혹 가다 잡지에서 본 신상 술을 찾는 손님이 있다. 그러나 정식 수입된 술이라도 실제로 유통되기까진 상당 시일이 걸리는 경우가 많다.

무엇보다, 바의 메뉴 리스트에 원하는 술이 없다고 비아냥대는 건 명백한 비매너다.

"아가씨가 없으면, 술 서비스라도 똑바로 하든가."

"저, 손님……."

"그래, 사장님 얼굴 봐서 딱 한 잔만 더 팔아 줄게. 하우스 진으로 알아서 말아 와."

중년 남자가 유리에게 얼굴을 들이밀며 낮게 느물댔다.

"아가씨를 붙여 주는 것만큼 정성스럽게."

성진은 하마터면 손에 든 술병으로 남자를 후려칠 뻔했다.

"이보세요, 손님. 듣자듣자 하니……."

이성의 끈을 간신히 붙들어 술병부터 내려놓고, 유리 앞에 다시 나서려는 순간.

"손님 죄송합니다만, 이만 나가 주세요. 계산은 안 하셔도 됩니다."

유리가 먼저 내뱉었다.

"뭐야? 내가 진상이라도 된다는 거야?"

"손님께선 다른 손님께 너무 피해를 주고 계십니다. 차라리 술을 팔지 않겠습니다."

"하, 예쁘게 봐 줬더니 맹랑한 년이네. 아가씨, 내가 누군지 알아? 맘만 먹으면 이딴 바 통째로 살 수도 있어."

"당장 나가 주십시오."

유리는 강경하게 말했다.

자신의 실책 때문에 곧 있으면 아젤리아가 문을 닫게 생겼다. 너무 늦었지만 단 하루라도 제대로 사장 구실을 하고 싶다. 그 마음 하나로, 아버지뻘 되는 남자 앞에서 졸아드는 심장을 간신히 지탱했다.

남자는 핏발 선 눈으로 유리를 훑으며 욕설을 지껄였다.

"하. 싸구려 인형처럼 생긴 년이 시건방지게."

개자식 진짜. 당장 안 나가면 경찰 부를 거야. 아니, 그 전에 내 손에 죽기 싫으면 썩 꺼져.

성진이 남자를 향해 외치려던 찰나.

"진짜 진상 맛 좀 볼래?"

남자가 자신이 주문한 위스키 병을 쳐들어 바 카운터를 후려갈겼다.

"꺄앗!"

엉겁결에 뒤로 밀려난 유리의 몸이 고장 난 백 바에 쾅 하고 부딪쳤다.

408

강한 충격을 받은 백 바는 벽에서 떨어져.

"안 돼!"

다희의 다급한 외침과 함께 무너져 내렸다.

쨍그랑!

갖가지 술병들이 깨져 나가며 술 냄새가 뒤엉켰다. 바닥에 넘어지는 찰나 유리는 직감했다. 여기서 살아남더라도 자신의 몸은 흉하게 망가질 것이라고.

그러나 눈을 떴을 때, 그녀를 덮어 누른 건 백 바나 깨진 술병이 아니었다.

"서, 성진아……."

저를 감싸 안은 채 얼굴을 일그러뜨린 성진을, 유리가 겁먹은 목소리로 불렀다.

성진은 신음조차 낼 수 없었다. 생각할 겨를도 없이 몸을 내던진 보람은 있는데, 아무래도 오른쪽 어깨가 어떻게 된 거 같다.

이 와중에 금유리가 제 품에서 숨 막혀 죽지는 않을지, 그게 더 걱정이었다.

❖ ❀ ❖

많은 것이 무너져 내린 그날로부터 일주일이 흘렀다.

아젤리아 안으로 들어가기 전 성진은 숨을 깊게 들이마셨다. 여기 오기 전에 팔걸이라도 벗어 낼 수 있었으면 좋았으련만. 의사는 전치 4주짜리 진단서를 끊어 주며 당분간 어깨 붕대를 풀 생각은 꿈도 꾸지 말라 했다.

"하아."

거리의 수많은 사람들이 이 꼬락서니를 보고 뭐라 생각하건 상관없다. 그러나 이 모습을 안에서 기다리는 사람에게 보여야 한다 생각하니 마음이 무거웠다.

생각 같아선 차라리 모습을 감추는 게 나을까도 싶지만, 수습해야 할 일이 너무 많았다.

할 수 있는 일이라고는.

"유리야. 나 왔어!"

잠잠했던 시간을 깨부수듯 활기차게 그녀를 부르는 것뿐이었다.

유리는 문 쪽에서 가장 가까운 테이블에 앉아 있었다. 수시간 동안 오만 가지 감정에 시달리고 절여졌던지, 머리를 감싸 쥔 채 성진을 맞는 그녀의 낯빛이 검었다.

"하하, 왜 또 그래. 나 진짜 아무렇지도 않다고 했잖아."

"그게…… 아무렇지도 않은 거야?"

예상대로 그녀의 시선은 가장 먼저 그의 팔걸이에 꽂혔다.

"진단서는 뗐지? 몇 주 나왔어?"

"어……. 진단서상으로는 4주 나왔는데 그보단 빨리 나을 거야. 원래 살짝 스치기만 해도 병원 가면 전치 2주는 예사로 나오잖아."

사실 의사는 재활기간까지 포함하면 완전히 회복하는 데 4주보다 더 걸릴 수 있다고 했다.

"일단 어깨 골절이긴 한데, 조직 손상이 심하진 않아서 치료 잘 받고 주의사항 지키면 회복하는 데 아무 문제 없을 거래."

"당분간 무리하지 마. 절대로."

유리는 억눌린 목소리로 당부했다. 평소처럼 밝은 톤의 파우더를 바르고도 눈 밑의 그늘이 감춰지지 않았다.

"그래도 너는 안 다쳐서 천만다행이다."

그 말에 유리는 더 움츠러들었다. 성진은 탄식을 삼키고 쓰게 웃음 지었다.

"미안해하라고 한 말 아니거든? 난 진짜 괜찮으니까 기운 좀 차려."

허나 유리의 표정은 금방이라도 울음을 터트릴 듯 불긋해졌다.

사람 마음 숭숭하게 하는 그 얼굴빛을 보며 성진은 아찔했던 그 순간을 떠올렸다.

미련할 정도로 어깨를 세게 부딪치긴 했지만, 민첩하게 몸을 날린 덕에 백 바에 깔리거나 머리를 다치는 사태는 면했다. 만약 자신이 그 순간 아주 조금이라도 망설였다면, 유리는 중상을 면치 못했을 것이다.

그걸 막아 낸 자신이 대견스럽기도 하면서, 한편으로는 소름이 돋았다.

그날 어떻게 그런 초인적인 반응 속도가 나왔던 걸까?

만약 그녀의 몸에 조금이라도 흉이 남으면, 차라리 저 한 달 아프고 말 상처가 평생 지워지지 않을 마음의 흉으로 남으리라고, 극히 짧은 순간 자신은 판단을 내렸던 걸까?

심지어 무탈한 유리의 모습을 보고 있으려니, 몇 번을 다시 그 순간으로 돌아간대도 기꺼이 몸을 날리리란 생각까지 든다.

성진은 소리 없이 숨을 마셨다. 그날 이후 제 자신이 왠지 낯선 사람처럼 느껴졌다.

그리고 어쩌면…… 앞으로 더 낯설어질지도 모른다는 예감이 들었다.

"유리야, 이제부터 정신 바짝 차려야 돼."

어지러운 상념을 지우고 화제를 바꿨다.

"받아 낼 건 받아 내고 조질 놈은 확실히 조져야지?"

성진은 테이블 위에 상해 진단서를 탁 소리 나게 내려놓았다.

"백 바 시공업체도 순순히 보상해 준다는데. 정작 그 폭행범 자식은 왜 이렇게 조용하지? 어디 믿는 구석이라도 있나."

어떻게 하면 형사적 책임을 최대한 면피하면서 합의금을 더 깎을지, 탄내가 나도록 대가리를 굴리는 모습이 눈에 선하다.

"보상은 천천히 한다 쳐도 사과까지 늦을 이유가 있나?"

안 그래도 요새 기분 참 더러웠는데, 울고 싶은 사람 제대로 뺨 때려 준 격이다.

"나한테 맡겨, 유리야. 내가 네 몫까지 다 받아 내고 만다."

때마침 유리의 핸드폰이 울렸다.

"여보세요."

전화를 받으며 유리는 눈을 깜박거렸다.

"아……. 그분이 제왕금형 사장님이시라고요? 전화 주신 분은…… 비서님이고요."

곁에서 몇 마디 주워 들은 것만으로도 꼭지가 돌았다.

"유리야 나 좀 바꿔 줘 봐."

성진은 핸드폰에 대고 험악한 목소리를 냈다.

"여보세요. 지난주 일 때문에 전화한 거죠? 근데 본인은 대체 뭐 하길래 비서가 대신 전화하는 겁니까?"

― 저희 사장님이 워낙 바쁘셔서요. 오늘도 중요한 일정이 있는 관계로 제가 전화 드렸습니다.

딱 듣기에 고압적인 음성이었다.

― 근데, 거기 직원이십니까? 저희 사장님이 그쪽 사장님하고 얘기하면 된다고 하셨는데.

이 상황에서도 비서가 호기를 부리는 걸 보니. 제왕금형 사장이라는 작자는 그쪽 업계에선 나름 목에 힘을 주고 다니는 모양이다.

"그쪽 사장님 덕에 오른쪽 어깨가 나간 사람입니다만."

성진은 비꼬듯 느른하게 말했다.

"어차피 저하고도 합의하셔야 할 테고, 그쪽 사장님도 본인이 전화하신 거 아니니, 이쪽도 제 선에서 상대하면 될 거 같군요."

유리가 아젤리아의 사장이기 전에 선량하게 생긴 여자니까 저들 딴엔 적당히 구슬리면 우물쭈물 합의해 줄 것 같아 보였겠지. 그녀가 이런 비열한 족속이랑 말 섞게 두기 싫다.

— 그러시군요. 진단 몇 주 나오셨나요?

"4주 나왔습니다."

— 아, 4주 나오셨다고요. 흠……. 치료비는 일단 보험 처리하시면 될 거고.

뒷감당하는 입장에서 4주 정도는 그리 골치 아픈 수치가 아닌 모양인지, 비서는 한결 가볍게 입을 놀렸다.

— 기물 파손된 부분은 견적 나오는 대로 보상해 드리죠. 위로금은, 원하시는 선을 제시해 주시면 최대한 맞춰 드릴까 합니다.

"한마디로 합의금 얼마냐 이 말씀이신지?"

— 저희 사장님이 워낙 공사다망하신 분이고, 그쪽도 이런 일에 오래 매여 있길 원치 않으실 테니. 좋게 좋게 가시죠.

성진의 얼굴에 싸느란 빛이 돌았다.

"좋게 좋게라. 그럼 내가 한 1억 5천 요구하면 그 돈 다 줄 겁니까?"

— 1억 5천만 원요? 하하…… 농담이시죠?

비서가 싱거운 웃음을 흘리는 순간.

"지금 웃음이 나와?"

성진은 핸드폰을 으스러뜨릴 기세로 쥔 채 격노를 퍼부었다.

"고작 4주짜리 어깨골절이니까 푼돈 좀 쥐여 주고 합의하면 될 거 같아? 우린 까딱하면 진짜 병신이 될 수도 있었어. 근데도 웃겨?"

— 저기, 선생님. 잠깐만요. 진정 좀 하시고.

"바는 당신네 사장처럼 술 처먹고 추파나 던지러 오는 곳이 아냐. 술을 사랑하는 사람들의 아지트 같은 곳이라고. 언제라도 안심하고 들어올 수 있는 공간이어야 하는데, 당신 사장은 우리 손님들한테도 최악의 기억을 남겼어."

그 일을 계기로 손님들은 물론이고 유리도 술의 존재 가치를 회의적으로 여기게 될지 모른다 생각하니, 자신의 존재 이유가 뿌리째 뒤흔들리는 듯했다.

"우리가 받은 정신적 피해까지 돈으로 환산하려 하지 마. 정 돈으로 때운다면 당신들 회사 팔아 치워도 감당 못 할 액수니까."

맘만 먹으면 이딴 바쯤 통째로 살 수 있다고 외치던 사장에게 직접 말해야겠단 생각이 절실해졌다.

"이런 전화로 때우지 말고 본인이 직접 오라 하시죠. 저랑 우리 사장님한테 진정성 있게 사과하셨으면 합니다. 제 몫은 그 정도면 될 거 같습니다만."

성진이 단호하게 덧붙였다.

"우리 사장님 몫은 우리 사장님이 결정할 겁니다."

고작 이 정도 요구도 곤란한지, 저쪽에서 불편한 헛기침 소리가 터졌다.

— 뭐, 선생님 심정 충분히 이해합니다. 저희 사장님이 백번 잘못하신 거

맞고요. 근데, 너무 그렇게 감정적으로만 나오시면 저희도 어쩔 수 없겠는데요.

"어쩔 수 없다는 게 어떤 의미신지?"

– 제가 파악하기론, 선생님이 다친 게 저희 사장님 탓만은 아니라던데요.

"아하, 내가 어깨 다친 건 사장님이 휘두른 술병에 직접 맞아서가 아니라 내 멋대로 벽에 부딪친 거니 그쪽이 굳이 보상할 이유가 없으시다?"

상대의 도를 넘은 뻔뻔함에 이젠 화가 나기 보단 감탄이 절로 나온다.

– 그러니 좋게 좋게 가자고요. 1억 5천은 당연히 안 되고요. 좀 더 합리적인 선에서…….

상대가 또다시 좋게 좋게를 운운한 순간.

"성진아. 이제 나 좀 바꿔 줘."

유리가 손을 내밀었다.

무기질처럼 죽은 눈동자. 정적으로 굳어진 입술. 성진은 그녀의 얼굴에서 무시무시한 이질감을 느꼈다.

핸드폰을 넘겨받은 유리는 믿기지 않을 만큼 냉랭한 목소리를 쏟아 냈다.

"제왕금형이라 하셨죠. 거기 황금글라스의 협력 업체인 걸로 아는데, 맞나요?"

유리는 고개를 삐딱하게 기울였다.

"제 이름은 금유리입니다. 황금글라스 금규석 회장님이 제 아버지 되시고요."

그 말을 한 직후, 유리는 따분한 표정으로 기나긴 말을 들어 줘야 했다.

"못 믿겠으면 확인해 보고 다시 연락 주세요. 그쪽이 확인하기
편하게 저도 집에 미리 얘기해 놓겠지만."

"……저기, 유리야?"

"그쪽 사장님이 평소에 사람 깔아뭉개길 참 좋아하시는 거 같더
라고요. 덕분에 우린 진짜로 깔릴 뻔했죠."

성진이 만류할 새도 없이 유리는 얼음송곳을 빼 들어 상대를 마
구 찔렀다.

"그쪽 아니어도 황금글라스가 믿고 일 맡길 만한 금형 업체는
얼마든지 있겠죠? 저 원래 이런 거 별로 안 좋아하는데요. 상식적
으로 대해선 진심 어린 사과 한 마디 듣기 힘들 거 같아서요."

유리는 또 한참 동안 핸드폰을 귀에 대었다.

"필요 없어요. 저는 그쪽 사장님 얼굴 두 번 보기 싫습니다."

"……."

"비서님이 와서 무릎 꿇을 필요도 없어요."

"……."

"그런 싸구려도 딱히 필요 없는데요."

유리가 무참히 쏘아붙일 때마다 성진은 무거운 침을 삼켰다. 오
늘처럼 밉상이 반나절도 안 되어 불쌍해지는 날이 또 올까?

"그쪽이 어떤 보상을 하건 전 관심 없어요. 사과도 받아도 그만
안 받아도 그만이고요. 근데요."

유리의 목소리 끝이 탁하게 갈라졌다.

"성진이, 우리 직원 다치게 한 건 절대 합의 안 해요. 본인이 용
서한대도 제가 못 해요. 아시겠어요?"

한껏 날을 세우고도 여리기 그지없는 목소리가, 성진의 가슴에

묵직하게 떨어져 내렸다.

"저희 변호사 선임할 테니 앞으론 그쪽하고 얘기하세요. 이만 끊어 주세요. 피곤하네요."

통화가 끝난 뒤, 유리의 분기는 발효가 끝난 빵처럼 폭삭 꺼졌다. 그녀가 성진을 돌아보며 간신하게 웃었다.

"성진아. 내 멋대로 해서 미안해."

"어, 음. 아냐. 덕분에 속이 다 시원해졌어."

손을 내저은 다음 성진은 그녀를 달랬다.

"그래도 웬만하면 합의는 하는 게 좋을 거 같아. 저쪽이 우리한테 강요할 자격은 없긴 하지만, 이런 일에 오래 묶여 봐야 우리만 손해인 건 맞아."

"네가 원하는 대로 할게. 저쪽에 받고 싶은 건 없어?"

"흠, 합의금은 두둑이 받는 걸로 하고. 사과는…… 나도 그 사장 놈 면상은 보기 싫으니까, 친필 반성문 정도 받으면 좋겠다. A4용지 앞뒤로 해서 깜지 10장 정도?"

분위기를 환기하려 성진이 농담처럼 말하는 순간, 그들을 비추던 조명 하나가 깜박깜박하며 말썽을 부렸다.

"바 카운터 아작 나고 백 바까지 무너진 마당에, 이젠 조명까지 말썽이네."

천장을 올려다보며 성진은 허탈하게 웃었다. 바도 사람도 성한 데가 없다.

"사람 불러서 고쳐 달라 할까?"

"아냐, 저건 전구만 갈아 끼우면 될 거 같아. 내가 할게."

성진은 창고에서 여분의 전구를 꺼내 와 의자를 끌어다 놓았다. 손은 너끈히 천장에 닿았지만, 바닥의 수평이 살짝 맞지 않아 디딘 의자가 덜컹거렸다.

"성진아, 그냥 이따가 다른 직원한테 해 달라고 하자. 너 손이랑 어깨도 아픈데……."

"아냐, 할 수 있어."

자세를 다 잡아 놓은 상황이라 그런지 오기가 났다. 하지만 한 팔을 묶인 상태에서 균형을 잡기 어려웠다.

"유리야, 미안한데 의자 좀 잡아 줄래?"

"응."

유리는 성진이 디딘 의자를 꽉 붙잡았다. 하지만 그가 조금만 움직여도 의자가 덜컹거렸다.

"저, 성진아. 의자만 잡으니까 계속 흔들려. 네 몸을 좀 잡아야 할 거 같은데……."

"알아서 잡아 줘."

성진은 정신 사납게 깜박이는 조명에 집중하느라 무심결에 대답했다.

왼손으로 고장 난 전구를 틀어쥔 순간, 배에 와 닿는 온기에 성진은 흠칫했다.

"이제 좀 덜 흔들리지 않아?"

유리가 의자 등받이와 함께 그의 하반신을 부둥켜안고 있었다.

"내가 힘이 약해서…… 이렇게 할 수밖에 없어서……."

"……."

성진은 서두르는 손길로 고장 난 전구를 빼냈다. 의자는 더 이상 흔들리지 않았지만 대신 심장이 마구 뒤흔들렸다. 그 편이 훨씬 더 위태로웠다.

"이거 받고 새 전구 좀…… 줄래?"

"여기."

손끝에서 이루어지는 작업보다, 배에 연신 파묻히는 더운 숨결이 더 선연했다.

"성진아, 말 시켜도 돼?"

"얘기해. 안 그래도 심심했는데."

전구 하나 갈아 끼우는 게 심심함을 느낄 짬이 날 만큼 오래 걸리는 작업은 아니다. 그러나 성진은 다 끼운 전구에 손만 갖다 댄 채 그녀의 말에 귀 기울였다.

"우리 저번에 경찰 조사 받은 건 어떻게 될까?"

"미성년자 주류 판매 사건은 보통 재판까진 안 가고 담당 검사가 약식기소 한다더라. 벌금형인지 기소유예인지……. 검찰에서 통지서 날아올 거야."

"영업정지 통보는 구청에서 하는 거지? 언제쯤 나올까?"

"빠르면, 다음 달쯤."

"그렇구나……."

온화한 목소리에 초조함이 묻어 나왔다.

"영업정지 당하면, 직원들은 다 그만두겠지? 다희 바텐더님도……."

"그분들도 두 달 동안 손가락만 빨 수는 없을 테니까."

가뜩이나 일손 부족하고 이직률 높기로 유명한 F&B 업계. 고작석 달간의 정 때문에 평판이 땅에 떨어진 바에 남아 줄 직원은 없겠지.

"다른 직원분들에게도 미안하지만, 성진이 너한테 정말 면목이 없어."

"……."

419

"사업의 사 자도 모르는 주제에 일만 크게 벌리고. 너까지 끌어 들여 놓고 이게 뭔지."

"그렇지 않아."

성진은 천장에서 손을 내렸다.

"지난 세 달 동안 넌 이보다 더 잘할 수 없을 만큼 했어."

"아니야. 신분증 검사 하나 제대로 못 하는 사장인데……."

"이번 일은 외식업계 업주라면 누구나 한 번쯤 겪을 일이야. 넌 단지 운이 나빴던 거고."

유리를 위로하다가 문득 이런 생각이 들었다.

아가타 스코티 목걸이를 컬렉션별로 사 모으는 그녀. 화려하고 값비싼 오더메이드 드레스로 옷장을 가득 채운 그녀. 안하무인격 으로 구는 중소기업 사장 하나쯤은 발아래 둘 수 있는 그녀. 황금 글라스 회장의 고명딸 금유리는 원래 마땅히 그런 모습이어야 한 다.

하지만 지난 석 달간, 그녀는 팔자에도 없는 일을 잔뜩 겪었다.

그녀의 진짜 불운은 저 같은 놈과 엮인 건지도 모른다.

"참, 성진아. 이번 달엔 황금글라스에 보낼 보고서 안 꾸며도 돼."

"……."

"본사에는 내가 알아서 설명할게."

어색한 미소를 꾸며 내는 유리를 보고 성진은 가슴이 턱 막혔다.

그녀는 여전히 불편한 가면을 벗지 못했다. 제가 이미 모든 사 실을 알아 버렸다는 걸 아직도 모른다.

이 지경까지 와서도 진실을 밝히지 않는 건, 두려워서인 걸까? 사업 파트너라는 관계 설정이 사라지면 자신이 떠나기라도 할까 봐? 거짓말했다는 원망이라도 들을까 봐?

"황금글라스의 이미지를 실추시켰다고 아버지께 많이 혼나려나."

이 거짓말이 언제 들킬까 싶어 나날이 좋아붙었을 그녀의 속도, 감히 그 마음고생을 헤아리는 자신의 속도, 더는 곪아 터질 데가 없으리라.

"유리야. 미안한데, 나 이제 다 알아."

진실이 다소 따갑더라도 이제는 고름을 씻어 내야 할 시간이다.

"……뭘?"

"네가 이 바를 차린 거, 황금글라스하고는 전혀 관계없잖아."

"성진아, 그걸 어떻게……."

"강두현과의 혼담이 깨진 것도, 네가 집에서 나와 이 고생 하는 것도 다…… 나 때문이잖아."

"……."

"쓸데없는 자존심 세우는 날 어떻게든 도와주려다, 여기까지 와 버린 거잖아."

그녀 덕에 자존심은 다치지 않았지만, 대신 심장이 터지려 했다.

"성진아, 저기 난 그게…… 너한테 일부러 거짓말하려 한 건 아니고……."

공황 상태에 빠진 유리는 애처로울 만큼 횡설수설했다.

"이제 와서 변명으로밖에 안 들리겠지만. 정말 미……."

"나 때문에 너는."

묵직한 음성이 그녀의 사과를 끊었다.

"석 달 동안 밤낮이 바뀌고. 한여름에 감기몸살 걸려서 응급실도 실려 가고. 세상의 온갖 진상 다 겪고."

그녀가 한 고생을 일일이 열거하며 성진은 아랫입술을 꾹 씹었다.

"돈뿐만 아니라, 시간이랑 마음까지 다 퍼 줬잖아, 나한테."

연예인 스폰서든 후견인이든. 명칭여하를 불문한 모든 후원자 중에, 금유리처럼 마냥 다 퍼 주는 이가 세상 어디에 있을까?

"사람을 왜 이렇게 미안하게 만들어."

캄캄한 천장이 먹구름 가득 낀 하늘인 듯, 성진은 망연히 올려다보며 말했다.

"사람 가슴을 왜 이렇게…… 먹먹하게 만들어."

유리는 그저 말없이 성진의 몸을 꽉 끌어안았다.

한참 동안 두 사람은 그렇게 맞붙은 나무처럼 서 있었다.

❖ ❖ ❖

「식품위생법 위반업소 행정처분 사전통지 알림.

위반 내용 : 청소년 주류제공

예정된 처분내용 : 영업정지 2개월.」

"올 것이 왔네."

구청에서 온 공문을 보며 유리는 평온한 미소를 지었다.

"그러게."

성진은 눈을 내리깐 채 짤막하게 말을 받았다.

"대체 이게 언제 오려나 싶어 맨날 우편함도 쳐다보고 꿈까지 꿨는데. 막상 받으니까 별 감흥이 없네."

사형 선고나 마찬가지라는 통보를 받고도 이렇게 초연할 수 있는 건, 주변이 잠잠해서인지도 모른다.

이미 지난주에 모든 직원들이 떠났다. 하루라도 빨리 가게 사정을 알려 이직할 시간을 확보하도록 유리는 그들을 배려했다.

유다희 바텐더도 떠났다. 문을 나서기 전 묘한 눈빛으로 유리를 돌아보면서.

개점 휴업 상태인 아젤리아엔 이제 유리와 성진 단둘이 남았다.

"왠지 후련하기까지 해. 간만에 잠이나 실컷 자야겠다. 한강에서 저녁 달 구경도 하고."

긴 휴일을 맞은 사람치고 설렘이 전혀 안 느껴지는 목소리였다.

"유리야. 오늘은 우리 둘이서 한잔하러 갈까?"

성진은 오늘만큼은 유리가 이곳을 잊게 하고 싶었다.

"좋지. 지난 석 달간 만 잔도 넘게 팔아 놓고, 정작 우린 한 잔도 못 마셨잖아. 오늘은 나도 마음껏 마셔 볼래. 그러고 보니 성진이 너랑 술 마시는 거 처음이네. 완전 신난다."

신나는 사람치고 들뜬 기색이 없는 목소리였다.

"그러고 보니 직원들이랑 회식도 한 번 못 해 봤네. 이럴 줄 알았으면 송별회라도 할걸. 잔 한 번 못 부딪쳐 보고……."

그녀의 목소리가 촉촉하게 젖었다.

"유리야. 이제 그만 참아도 돼."

"무슨 말이야……."

애써 시침 떼는 그녀에게 성진은 목멘 소리로 말했다.

"불편하면 나도 나가 있을게. 그러니까 힘들게 참지 말고…… 마음껏 울어."

"내가 왜 울어? 울 이유가 하나도 없는데, 왜?"

유리는 숨도 안 쉬고 뇌까렸다.

"내가 돈이 없어, 집이 없어. 몇 달 장사 못 한다고 생활고에 시달리는 서민도 아니고."

"……."

"10년 넘은 문화공간을 빼앗아 차린 가게라, 벌 받은 거지 뭐."

"······."

"여차하면 집에 다시 들어가면 돼. 까짓 거 며칠 무릎 꿇으면 되겠지. 얼마나 다행이야. 나는 돌아갈 데라도 있으니."

"······."

"난 진짜 괜찮아. 아무렇지 않아. 울 이유가 진짜로 없어······."

급기야 그녀의 입에서 열 살 때 큰오빠에게 들은 말까지 역류했다.

"나는, 죄인 같은 마음을 가져야 해······."

거기까지 말했을 때, 유리의 눈가는 이미 흥건히 적셔져 있었다.

그녀는 동화 속에 나오는 행복한 왕자 같았다. 모든 걸 다 가진 줄 알았는데, 알고 보니 제 모든 걸 뜯어다 주고 만신창이가 된 왕자.

두 눈에 박힌 사파이어와 온몸의 금박을 내어 준 왕자처럼, 평화로운 눈빛을 잃었고 지난 석 달 새 살결까지 바랬다.

이제 술이라면, 바라면, 그리고 복성진이라면 진저리가 날 법도 한데. 여전히 그녀는.

"성진아. 염치없지만······. 너라도 남아 주면 안 될까?"

울먹이는 목소리로 성진부터 찾았다.

"나, 쉬는 기간 동안 열심히 준비할게. 술 공부도 제대로 하고, 인테리어도 더 예쁘고 튼튼하게 바꿔서 아젤리아를 새로 태어나게 하고 싶어. 그러니 한 번만 더······ 기회를 주면 안 돼?"

성진은 가슴이 몽글거렸다. 이젠 그 기회, 오히려 내가 부탁하고 싶어.

"말했잖아. 너 놔두고 아무 데도 안 간다고. 1억 5천 갚아야지."

1억 5천보다 더 무거운 네 눈물까지 갚아야지.

"이자까지 쳐서 갚을 거야."

이자로, 행복한 웃음을 얹어 줄 거야.

"네 가슴에 불씨가 남아 있는 한, 나는 얼마든지 장작을 패 올 거야. 그 불이 절대 꺼지지 않게 한시도 네 곁을 안 떠날 거야."

그간 참아 온 설움까지 더해져, 유리의 눈에서 홍수 같은 눈물이 쏟아졌다.

성진은 손수건을 꺼내려다 말았다. 고작 그걸로 닦아 줄 수 있는 눈물이 아니기에.

대신 온 힘을 다해 그녀를 감싸 안았다.

14년 전 성진의 손수건으로 눈가를 훔쳤던 유리는, 20대의 마지막 가을날엔 그의 품 안에서 눈물을 쏟았다.

10월. 아젤리아 1기는 그렇게 추억 속에 묻혔다.

❖　❀　❖

미나는 교실 책상에 멍하니 엎드렸다. 주변 애들은 수능 모의고사 문제집과 씨름하며 막판 스퍼트를 올렸다. 그 틈새에서 저만 길을 잃은 것 같다.

사실 길이 있어도 외면하고 싶은 심정이었다. 남의 신세 망친 주제에 뻔뻔하게 제 갈 길을 갈 수는 없으니.

"강미나."

상냥한 음성에 고개를 드니, 장난스럽게 웃는 복성재가 보였다.

"이거 먹어."

그의 손이 닿은 자리에 파란 은박 키세스 초콜릿이 하나 생겼다.

"이걸 왜 나 줘?"

"왜긴. 이제 교실 문 잠가야 하니까 집에 가라고 주는 거지."

"아……."

정신을 차리고 보니 종례 시간이 지나고 교실 청소까지 끝났다. 텅 빈 교실에 남은 건 오늘 주번인 성재와 저뿐이었다.

"옆에서 쓸고 닦고 난리를 쳐도 모르다니. 내가 여태까지 본 거 중 최강의 멍 때림이었다."

미나는 엄지를 척 올린 성재의 얼굴을 뚫어지게 보았다.

"왜 그래? 내 얼굴에 뭐 묻었어?"

"아니, 그냥……. 네가 누굴 좀 닮은 거 같아서."

"진짜? 나름 흔하게 생기진 않았다고 자부해 왔는데!"

이 녀석한텐 신경 쓰일 말이긴 하다. 곧 있으면 대형 소속사의 연기자 연습생으로 들어간다 하니.

"이럴 수가! 이 세상에서 날 닮은 건 복성혁이나 우리 형 정도인 줄 알았는데."

"너 형도 있었어?"

"어. 나보다 열 살 위야."

성재를 보니 저를 원망스럽게 바라보던 아젤리아의 남직원이 떠올랐다. 부드럽게 웃으면 눈앞의 성재처럼 준미하게 빛났을 얼굴.

"요새 무슨 일 있지?"

성재가 그 남자랑 너무 닮은 탓일까, 미나는 얼결에 털어놓게 되었다.

"나 때문에 크게 상처받은 분들이 있어. 금전적 손해도 막심할 거고."

"아······."

"제대로 사과드리고 싶은데, 그분들은 나 꼴도 보기 싫으시겠지. 내 마음만 편해지자고 멋대로 들이대는 게 아닌가 싶고. 폐 끼친 걸 어떻게든 갚고 싶은데, 난 아무런 힘이 없어."

"흐음."

성재는 앞자리에 앉아 미나와 마주 보았다.

"우리 형이 한 얘긴데, 세상에 웃는 얼굴에 침 뱉을 사람은 없고, 진심으로 사과하는 사람 내칠 사람은 없대. 넌 지금 진심이지?"

"당연하지! 심장이라도 꺼내서 보여 드리고 싶을 정도야."

미나가 격앙된 목소리를 내자 성재는 진지하게 고개를 끄덕였다.

"나도 너처럼 아무 것도 못 하는 학생이야. 성인이 돼도 당분간 크게 달라지는 게 없을 거고. 그래도 내년 1월 1일이 되자마자 하고 싶은 일이 있어."

"뭔데?"

"알바 뛰어서 설날 전까지 30만 원 정도 벌 생각이야."

"30만 원으로 뭐 하게?"

"조니워커 블루라벨이 마트에서 이삼십만 원쯤 한대. 그걸 우리 형에게 선물하려고."

성재의 눈빛이 애틋해졌다.

"우리 아버지는 내가 세 살 때 돌아가셔서, 형이 사실상 우리 아빠였거든. 술 관련된 일을 하는데, 직장에 안 좋은 일이라도 있는지 요새 얼굴이 어두워서······. 그래서 내가 직접 번 돈으로 좋은 술을 사서 형에게 한잔 따라 주고 싶어. 기운 차리라고."

"그러면 진짜 기뻐하시겠다."

"응. 우리 형 술 진짜 좋아하니까."

미나의 입가에 희미하게 떠오른 미소를 보고 성재는 기분 좋게 따라 웃었다.

"너도 일단 그분들을 찾아가 봐. 직접 만나 보면, 네가 그분들을 위해 할 수 있는 일이 뭔지 떠오르지 않을까?"

"……."

"지금 당장 안 된다면, 우리가 성인이 되는 내년부터라도."

성재의 조언을 듣고 나니, 지난 한 달간 차갑게 식어 있던 몸에 더운 피가 돌았다.

"고마워. 이거 잘 먹을게."

성재가 준 초콜릿을 품고, 미나는 힘차게 달려갔다.

12.

활기를 주는, 맛있는 음료

유리는 바 카운터에 앉아 성진을 기다렸다.

성진은 아버지의 기일을 맞아 어제 고향으로 내려갔다. 서울 오자마자 곧장 이리로 온댔다.

앞으로의 일을 이야기하기 위해.

'너 시골 다녀오느라 피곤할 텐데…….'

'괜찮아, 내 마음이 앞서서 그래.'

성진은 유리가 잔걱정을 키울 틈을 주지 않으려 했다.

약속 시각은 저녁 8시지만 유리는 7시쯤 와서 성진을 기다렸다.

7시 50분 즈음 성진에게서 전화가 왔다.

— 미안해. 퇴근 시간대라 도로가 너무 막혀서 좀 늦을 거 같아. 더 일찍 출발했어야 하는데.

"난 괜찮아. 아버님 성묘는 잘 다녀왔지? 산 위라 좀 추웠겠다."

– 든든하게 입고 가서 괜찮았어. 너야말로 거긴 안 추워?

"으응, 여긴 괜찮아."

서로가 있는 공간의 온도를 헤아리는 순간, 유리의 입가에 미소가 걸렸다.

– 1시간은 더 걸릴 거 같은데……. 그냥 내일 만날까?

너무도 미안해하는 그에게, 유리는 할 수 있는 한 가장 푸근한 목소리를 냈다.

"괜찮아. 천천히 와."

– 최대한 빨리 갈게.

통화가 끝난 후, 유리는 전등 스위치를 모조리 눌렀다. 빛이라도 밝으면 황량한 분위기가 조금은 나아지지 않을까 싶어서.

1분, 2분, 10분……. 아무도 없는 바에 하릴없이 앉아 있으니 제 자신과 마주하는 시간이 열렸다.

본가에서 나온 지도 어느덧 반년이 되어 간다.

화수분처럼 넘쳐 나는 재물. 마법을 부리듯 살림을 척척 해내는 사용인들이 가득 딸린 집. 청담동 본가는 생활하는 데 조금도 부족함이 없었고 오히려 차고 넘쳤다.

그럼에도 자신은 늘 혼자 살길 희망해 왔다.

집에서 나오면, 생활은 다소 불편하더라도 마음만은 편해질 줄 알았다. 아버지의 실망 가득한 표정, 사용인들의 마뜩잖은 시선. 그리고 큰오빠의 눈동자에 비친 잔혹한 과거와 더는 마주하지 않아도 될 테니까.

하지만 여전히, 가슴에 무거운 돌이 하나 얹어진 기분이었다.

'너 혼자 살 수 있을 것 같았으면, 애비가 이럴 거 같으냐?'

아버지가 마지막으로 하셨던 말이 가슴에 콕 박혔다.

당신은 꿰뚫어 보셨던 건지도 모른다. 자신이 혼자 살기를 희망한 건 성인으로서 어엿하게 독립할 준비가 되어서가 아니라, 저 혼자 해결할 수 없는 것들로부터 도망치고 싶어서였음을.

"평생 날 용서 안 하시겠지."

후회는 없다.

29년 동안 애물단지 딸을 끝까지 포기하지 않으셨던 아버지의 기대를 저버린 대신, 1시간이든 2시간이든 성진을 기다릴 수 있게 됐으니까.

"성진이가 빨리 왔으면 좋겠다."

미래가 더욱 불확실해져도 괜찮다. 그의 곁에 있으면 마음만은 확실해지니까.

그와 복도에서 마주치는 것만으로도 행복했던 소녀는 조금도 변하지 않았다. 그의 얼굴만 보면 어떤 상황이든 안심이 되고, 무슨 일이든 헤쳐 나갈 수 있을 것 같은 용기가 샘솟는다.

자신이 이렇게까지 의지한다는 걸 그가 알면. 극단적으로 말해, 그 없이는 아무것도 못 한다는 걸 알아 버린다면.

"내가 부담스럽겠지……."

그에게 언제까지고 돈만 많은 여자여선 안 되는데.

"내가…… 수영이의 반만 따라갔어도."

머릿속으로만 해 온 한탄이 불쑥 입 밖으로 튀어나왔다.

학창시절부터 수영은 공부도 잘하고 제 할 일도 잘 챙겼다. 성진과 같은 회사에 다닐 땐 더 멋지고 의지가 되는 여자였을 테지.

그래서 성진이 결혼까지도 생각했던 거겠지.

"하아……."

유리의 애잔한 입술에서 앓는 듯한 한숨이 새어 나왔다. 그가 결혼까지 생각하는 여자로 거듭나는 건 아직은 꿈같은 이야기지만, 적어도 제가 할 일이 뭔지 아는 사람이 돼야 할 텐데.

성진에게는 차마 털어놓기 부끄러운 이런 고민 들어 줄 사람, 어디 없을까?

"나 진짜 친구 없구나."

굳게 닫힌 아젤리아의 문 앞에서 유리는 쓸쓸하게 웃었다. 이 앞에 누군가 짠 하고 나타나는 기적을 바라고 문을 열어 봤자, 찬 바람만 들어오겠…….

똑똑.

"……어?"

유리는 눈을 크게 떴다.

똑똑.

방금 전보다 다소 소심해진 노크 소리가 울렸다. 그러나 환청이 아님을 실감하기엔 충분했다.

"저기…… 혹시 계세요?"

문을 여니, 다짜고짜 90도 각도로 허리를 팍 숙이는 사람이 보였다.

"아, 안녕하세요!"

"아…… 강미나 씨?"

"갑자기 찾아와서 죄송합니다. 다행히 계셨네요."

한 달 전에 만났을 때보다 수척해진 얼굴로, 미나는 유리와 시선을 마주쳤다.

"모처럼 왔는데 미안해서 어쩌지. 가게는 당분간 쉬어 가게 됐어요."

"알아요, 그건……. 인스타에 올리신 공지 봤어요."

미나는 눈을 내리깔았다.

"죄송합니다. 저 때문에……."

"괜찮아요. 일부러 그런 건 아니잖아. 어른인 내가 잘 챙겼어야 하는데."

"저어……. 죄송하다는 말씀도 드리고 싶지만, 실은 꼭 드릴 말씀이 있어서 염치 불고하고 찾아왔습니다."

입김을 내뿜으며 미나는 비장한 눈빛으로 말했다. 극도로 깍듯해진 말투가 안쓰러울 정도라 유리는 난감하게 웃었다.

"너무 그렇게 어렵게 말하지 않아도 되는데. 추운데 일단 들어와서 얘기할래요?"

"저, 정말 그래도 될까요……."

차라리 문전박대를 당하길 바랐던 걸까. 미나는 망설이는 눈빛을 했다. 유리는 미나의 얼어붙은 손을 부드럽게 감싸 안으로 이끌었다.

"지금 줄 만한 게 이거밖에 없네."

유리는 오렌지 주스를 내왔다.

"핫 토디나 뱅쇼같이 따뜻한 거라도 마시면 좋을 텐데."

"아, 아니에요! 정말 감사합니다. 정말…… 죄송해요."

"이제 죄송하단 말은 그만해도 돼요. 한 달 전에 충분히 했잖아. 근데, 꼭 해야겠단 말은 뭔지 궁금하다."

"저기, 그게……."

미나는 손을 꼭 맞잡은 채 입술을 달싹였다. 한순간 흩어진 용기를 다시 그러모으려는 듯.

"일단 그거 마시고 천천히 얘기해 봐요."

"저, 저기. 금유리 님!"

니, 님?

뜻밖의 존칭에 유리는 아연해졌다.

미나는 숨도 안 쉬고 뇌까렸다.

"혹시라도 폐가 안 된다면, 저 앞으로 여기서!"

쾅쾅!

노크라기보다 부수는 듯한 소리가 미나의 말을 끊었다.

"금유리! 안에 있는 거 다 알아! 문 열어!"

안 나오면 쳐들어간단 말이 생략된 외침이었다. 유리가 문을 연 순간, 누군가 기차 화통 삶아 먹은 소리로 외쳤다.

"너! 왜 이 지경이 되도록 나한테 말 한마디 안 한 거야!"

"경민아……."

"복성진 이 자식하고도 절교하든가 해야지, 원! 어떻게 나하고 한마디 상의를 안 해! 그쪽으로 빠삭한 변호사 소개시켜 줄 수 있었는데! 경찰서 한 번 안 가 본 순둥이끼리 괜히 쉬쉬하다가 가게 파리나 날리고! 꼴좋다 정말!"

"이제 파리는 없는데……."

유리의 소심한 말대답을 싹 무시하고, 경민은 눈에 불을 뿜으며 물었다.

"그 고삐리 언년이야? 고3이라며?"

"아……."

"머리에 피도 안 마른 게 술 마실 거면 방구석에서 얌전히 처먹지 남의 가게까지 조져? 어디 학교 다니는 년이야?"

"저기, 경민아……."

굳이 돌아보지 않아도 뒤에 있는 미나의 간이 얼마나 졸아붙었을지 알 만했다.

"이 나라 개법이 미성년자에게 죄를 안 묻는다고 배째라 식으로 나오면 곤란하지. 인생이 그렇게 호락호락하지 않다는 걸 이 몸이 함무라비식으로 가르쳐 주고 오련다. 3반 국수장인 아직 안 죽었다. 그러니 신상 좀 까 봐."

분을 주체 못 한 경민이 팔까지 걷어붙였다. 그러다 그녀의 예리한 레이더망에 목을 잔뜩 움츠린 미나가 포착되었다.

"근데 앤 누구야?"

이 상황에 미나는 하필 교복 차림이었다.

"어, 그게……."

유리가 변명거리를 생각해 내기 전에 경민의 눈이 가느스름해졌다.

"설마 당사자가 뻔뻔하게 예 와서 기웃대다가 나한테 딱 걸린 상황인 거냐."

"오늘은 이만 돌아가는 게 좋겠어! 얘기는 나중에 들을게."

유리는 황급히 그 자리에서 미나를 빼내려 했다. 그러나 미나는 숨을 흐읍 들이마신 다음, 온 힘을 다해 외쳤다.

"절 무급 알바로 써 주세요!"

유리는 물론 경민까지 눈이 휘둥그레졌다.

"아직 미성년자라 당분간은 안 된다는 거 알아요. 그래도 앞으로 두 달만 더 있으면 저, 만 19세가 돼요."

미나는 열띤 목소리를 냈다.

"중학생 때부터 식당 일을 했어요. 물론 제가 이곳에서 도움이 되려면 칵테일 공부도 해야겠죠. 다음 달부터 학원 끊어서 열심히 공부할게요. 민폐 안 끼치게 최선을 다할게요. 제가 할 수 있는 일이라면 뭐든 할게요."

유리는 촉촉한 눈길로 미나를 보았다. 할 수 있는 일. 그 한마디가 뭐라고…… 가슴이 쿵쿵 울린다.

"제가 손해를 끼친 몫만큼 돈 안 받고 일할게요. 그러니까 제발 저에게…… 보상할 기회를 주시면 감사하겠습니다."

"이봐. 요 맹랑한 꼬맹아."

가만히 듣던 경민이 딱 잘랐다.

"이 나라에는 청소년보호법뿐만 아니라 근로기준법이란 것도 있거든? 이유가 어찌 됐든 고용주 입장에서 최저 시급이란 걸 준수하지 않고 무급 알바를 쓰는 건 불법 행위야. 나중에 네가 노동부에 임금 체불로 신고하기라도 하면, 유리 입장은 지금보다 훨씬 더 난처해져."

"저, 절대 안 그럴 거예요! 제가 어떻게……."

"안 그런다는 보장이 어디 있지? 이미 남의 가게 한번 내려앉힌 너의 어디를 믿고?"

"경민아, 그 애도 나름 고민해서 한 말일 텐데, 너무 그렇게 심하게……."

"심하긴 뭐가. 난 충분히 개연성이 있는 경우를 말하는 거야."

경민은 고개 숙인 미나에게 냉정하게 말했다.

"식당 일을 얼마나 해 봤는지는 모르겠다만, 어쭙잖은 경험 가지고 쉽게 덤빌 일이 아냐. 칵테일을 손님에게 내놓을 정도의 레벨로 만들어 내려면, 학원에서 한두 달 배운다고 될 게 아냐. 일본 긴자의 바들은 반년 넘게 바 헬퍼에게 화장실 청소만 줄창 시키기

436

도 해."

화장실 청소만 더러우면 다행이게.

"바 직원을 제 감정의 쓰레기통 취급하는 손님. 자기가 원하는 술 없다고 후진 바 취급하는 손님. 여성 바텐더가 유흥업소 아가씨랑 동급인 줄 아는 몰상식한 인간들. 그리고 너 같은 골칫거리 미성년자. 갖은 편견과 진상에 가루가 되도록 까이다 한 달도 못 버티고 그만두는 사람 이 바닥에 널렸다."

조목조목 이르집는 말에 미나는 완전히 할 말을 잃었다.

"넌 나름 각오가 되어 있다고 말하고 싶겠지. 하지만 몸이 고단하면 사람 마음은 얼마든지 변해."

경민은 미간에 잡힌 주름을 손가락으로 꾹꾹 눌렀다.

"특히나 유리는 황금글라스 회장 딸이야. 일반적인 고용주하고는 비교도 안 되는 사회적 책임을 요구받는 입장이지. 만약 네가 뒤통수를 깐다면 엄청난 지탄을 받게 될 거야."

"……."

"네 마음 편해지려고 책임지지 못할 말은 하지도 마. 그거도 일종의 먹튀다. 감정 먹튀."

신랄한 충고를 마친 경민이 묵직하게 덧붙였다.

"난 내 친구가 또다시 상처받는 꼴, 절대 못 본다."

"경민아……."

내 친구라는 말 한마디에, 유리의 가슴에 또 한 번 훈풍이 불었다.

한참을 심사숙고한 뒤, 미나는 경민과 유리를 번갈아 보며 정중하게 말했다.

"제가 생각이 짧았어요. 잘 몰라서……. 죄송해요. 이런 무리한 부탁을 드리는 것도 솔직히 결국은 제 마음이 편해지고 싶어서인지도 모르죠.”

그리고 어쩌면 유리…… 언니의 따스함에 기대고 싶은 건지도 몰라요.

“하지만 저도 사람이에요. 남에게 피해 준 건 반드시 보상하고 은혜받은 건 꼭 갚아야 한다고, 그게 사람 사는 도리라고 돌아가신 아버지께 배웠어요. 저를 한 번만 믿어 주신다면 절대 배신하지 않을게요. 최소한 사람답게 살겠다는 게 제 각오고 진심이에요.”

미나는 유리를 절박하게 보았다.

“적당한 밝기를 지키면 술은 살아가는 내내 인생의 등불이 되어 줄 거라고, 저번에 말씀하셨죠? 사장님 말씀이 아직도 제 가슴속에 깊숙이 박혀 있어요.”

가슴에 손을 얹어 다시 한 번 간청했다.

“저도 그 등불을 찾을 수 있게 해 주시면…… 안 될까요?”

이성적인 헤아림만으로는 감히 폄하할 수 없는 진심이 미나의 눈빛에 담겨 있었다.

“나 참. 어쩌다 여기가 신입사원 면접장이 된 거냐.”

경민은 공연히 툴툴거리며 유리의 눈치를 살폈다. 결정은 어디까지나 사장의 몫이다.

유리는 잠시 생각해 보고 말했다.

“미안. 역시 곤란할 거 같아.”

미나는 시무룩한 표정을 지으려다.

“무급으로는 말야.”

곧바로 얼굴이 폈다.

“경민이 말대로 법적인 문제도 있고 사회적 책임도 있거든. 황

438

금글라스 회장의 딸 금유리가, 너처럼 착하고 믿을 만한 아이를 정당한 대가 없이 고용할 수는 없지."

"가, 감사합니다! 정말 열심히 할게요!"

"다른 건 크게 걱정 안 해. 다만 내가 보기보다 외로움을 많이 타거든. 가능하면 오랫동안 함께해 줬으면 하는데."

사근하게 미소 짓는 유리를 보며 미나는 주먹을 불끈 쥐었다.

"물론이에요. 언니가 아젤리아 계속하시는 한 끝까지 일할게요. 저 어차피 갈 데도 없어요."

"하……. 돌겠다, 정말. 어떻게 지 가게 영업정지 먹인 애를 거두냐. 정말이지 금유리 넌 역대급 호구야."

경민은 늦가을에 손부채질을 했다.

"아, 술 땡겨. 여기 제빙기 아직 돌아가지? 나 진토닉 한 잔 주면 안 되냐? 베이스는 탱커레이 넘버 텐으로."

탱커레이 넘버 텐은 세계 4대 진으로 꼽히는 탱커레이 진의 프리미엄 라인이다. 제조과정에 들어가는 감귤류 과일과 캐모마일이 내는 향긋한 풍미 덕에, 여성 손님들이 많이 찾는다.

"알았어. 잠깐만 기다려."

"물론 꼬맹이 넌 안 된다. 얌전히 주스나 마셔."

경민이 괜히 미나를 째렸다.

"줘도 안 마셔요. 그 안 달고 솔 향 나는 걸 무슨 맛으로……."

"쯧쯧. 진의 매력을 모르다니. 완전 어린애 입맛이구만. 너 내년에 성인 되고 보자. 이 언니가 친히……."

똑똑.

누군가가 또 아젤리아의 문을 두드렸다.

"성진이 왔나 보다."

"복성진! 들어와!"

경민이 경쾌하게 외쳤다.

그러나 전혀 예상치 못한 인물이 바 안으로 들어왔다. 키 크고 호리호리한 여자를 보며, 유리는 믿기지 않는다는 듯 중얼거렸다.

"유다희 바텐더님······."

"하, 문 잠겨 있으면 돌아가려 했는데. 왜 열려 있는 거야."

다희는 바 카운터 쪽으로 멋쩍게 시선을 돌리며 중얼거렸다.

아젤리아가 영업정지 처분을 받은 뒤, 그녀가 떠난 건 지극히 자연스러운 수순이었다. 헌데, 손님 하나 없는 이곳에 왜 돌아온 걸까? 설마······.

"금유리 씨. 나 미치도록 궁금한 게 있어서 돌아왔는데. 뭐 하나만 물어봐도 돼?"

유리가 입을 열기 전에 다희가 먼저 물었다.

"대체 아젤리아를 차린 목적이 뭐야?"

"······."

"아니, 누굴 위해 차린 거냐고 물어보는 게 정확하려나."

이미 많은 걸 읽어 낸 사람에게 굳이 진실을 숨기지 않기로 했다.

"복성진을 위해 차렸어요. 어떻게든 그 애를 제 옆에 두고 싶어서."

"역시 내 짐작이 맞았네. 그래도 본인한테 직접 듣지 않고선, 에이 설마 싶어서 말이지."

유리의 순순한 대답이 썩 마음에 드는 듯 다희는 시크한 웃음을 머금었다.

"그래, 막상 해 보니까 양쪽 다 호락호락하지 않지?"

일도 사랑도 말이야.

"전 여전히 성진이와 함께하고 싶어서 아젤리아를 계속 운영하고 싶어요. 그 애를 더 잘 알고 싶어서 술을 배우고 싶은 거고요."

솔직히 한 소리 들을 각오 하고 말했다. 유다희 바텐더는 술에 조예가 깊고 바에 깊은 애정을 가진 사람이니까, 이런 동기를 불순하게 생각할지도 모른다.

하지만 예상과 달리 다희는 쿨하게 말했다.

"원래 술은 사람을 알려고 배우는 거잖아. 달리 얼마나 거창한 철학이 필요하지?"

유리는 넋 놓고 다희를 바라보았다. 처음이었다. 그녀가 이토록 호의적인 미소를 지어 주는 건.

"나 참, 한 토씨라도 배배 꼬인 말을 하면 바로 집으로 돌아가려 했더니만. 흐음, 내 바 스푼 여기 있네. 원래 이거 찾으러 온 건데……."

그러나 다희는 바 스푼을 끄집어내기는커녕 그토록 아끼는 핸드 스퀴저까지 꽂아 넣었다.

"근데 이 학생 손님은 누구?"

"아, 이쪽은 미나예요. 내년부터 우리 바에서 일해 주기로 했어요."

"오호, 벌써 구인하는 거예요? 근데 그 아이……."

"미나야. 우리 바의 캡틴이신 유다희 바텐더님이셔. 칵테일을 정말 맛있게 만드시는 분이지."

"처, 처음 뵙겠습니다! 강미나입니다!"

다희의 나른한 미소에 실린 카리스마에 압도된 미나는 90도 인사를 했다.

"뭐, 사람 쓰는 건 어디까지나 사장님 권한이지만."

다희는 어쩔 수 없다는 듯 웃음 지었다.

"정말이지 당신은, 낳지도 않은 애를 물가에 내놓은 기분이 들게 한다니까."

"바텐더님."

유리는 비장한 표정으로 다희 앞에 나섰다.

"저, 내년에 아젤리아를 리뉴얼 오픈하려 해요. 그땐 저도 포스기만 지키는 사장은 되지 않을 거예요. 아젤리아도 저도 새롭게 태어나려면 바텐더님 도움이 절실해요. 다시 한 번 아젤리아의 선장이 되어 주시면 안 될까요?"

"원래 나는 제대로 트레이닝 되지 않은 사람이 작업대에 서는 걸 용납지 않아. 그게 설령 가게 오너라 할지라도."

다희는 팔짱을 낀 채 유리를 떠보았다.

"카운터에 서기까지 반년이 걸릴지 1년이 걸릴지 모르는데, 그래도 괜찮겠어요?"

유리는 마른침을 한번 삼키고 그 말의 무게를 가늠해 보았다.

"마음에 안 드시면 가차 없이 쫓아내 주세요."

당찬 대답이 성에 찼던지 다희는 선뜻 악수를 청했다.

"좋아요. 어디 잘해 봅시다."

"저, 전 선원으로 써 주세요. 그럼!"

다희는 미나와도 악수를 나누었다.

"거참 훈훈하니 보기 좋네. 언니도 온 김에 한잔하시죠!"

경민이 진토닉 잔을 쳐들며 호기롭게 외쳤다.

"탱커레이 넘버 텐 새 병을 오픈했네. 그럼 오늘은 진 베이스로 쭉 갈까요?"

"완전 좋죠! 싱가포르 슬링도 만들어 줄 거죠?"

"근데 경민아, 네 딸은?"

"당연히 울 엄마한테 맡기고 왔지! 오늘 요 꼬맹이 콱 죽여 버릴 각오로 왔는데 내가 먹고 죽게 생겼네?"

"아하하……. 너무 과음하면 안 돼."

다희는 눈 깜짝할 새 칵테일 네 잔을 내왔다.

"자, 싱가포르 슬링 한 잔 하시죠. 래플스 호텔 오리지널 레시피입니다."

"우와……. 정말 예뻐요."

허리케인 글라스를 소담히 채운 붉은 칵테일을 보며, 유리의 얼굴도 발그레해졌다. 다희는 미나에겐 진노랑빛 칵테일을 건넸다.

"여기 꼬마 손님 건 논 알코올로 만들어 봤어."

"이 칵테일은 이름이 뭐예요?"

"신데렐라. 오렌지, 레몬, 파인애플 주스가 들어가. 술을 못하는 사람들을 위한 칵테일이지."

"이름을 들으니까 왠지, 12시까지 집에 들어가야 할 거 같네요."

"맞아. 하지만 12시 넘어서 들어갈지 말지는, 네 자유야."

유리의 말에, 미나는 아주 오랜만에 짜릿한 웃음을 지었다.

"자, 아젤리아 2기를 위하여! 짠!"

"짜안!"

경민의 힘찬 건배 제의와 함께, 네 잔의 칵테일이 쨍 부딪쳤다.

다희는 20분 간격으로 새 칵테일을 만들어 냈다. 칵테일파티는 2시간 만에 네 여자를 십년지기로 엮어 주었다.

간단한 자기소개와 재미있는 농담이 오가고, 무거운 인생 이야기도 나왔다.

"마음고생이 심했겠구나."

미나의 딱한 사연을 들은 다희가 등을 토닥여 주었다. 경민도 토닥임을 보태며 한탄했다.

"하……. 성진이도 아버지가 어릴 때 돌아가셔서 중학생 때부터 소년 가장 노릇 했는데."

"우리가 뭔가 도울 만한 건 없을까?"

"말씀만으로도 정말 감사해요. 아직은 막막하지만 제 힘으로 다시 일어설 거예요. 남 탓 세상 탓 해 봤자 결국 더한 수렁에 빠진다는 걸 이번에 확실히 배웠으니까요."

"우리 같이 힘내자."

유리는 미나의 손을 힘주어 잡았다. 그 훈훈한 광경을 지켜본 경민이 기분 좋게 외쳤다.

"자, 짠 한 번 더 하자고!"

"근데요……. 여기 47.3프로라 써 있는데, 그럼 이 술 47도 넘는 거 아니에요?"

"맞는데, 왜?"

"으……. 이 독한 걸 그렇게 많이 마셔도 돼요? 아무리 주스나 소다를 타서 마셔도……."

미나가 질린다는 표정을 짓자 다희가 쿡쿡 웃었다.

"그 정도는 독한 것도 아니야. 바카디 151이라는 75도짜리 술은 불도 붙어."

"지, 진짜요?"

미나는 입을 딱 벌렸다. 앞으로 몸담을 세계가 벌써부터 거대하게 느껴졌다.

"주문 얼마든지 받습니다. 또 마실 수 있다면야."

"그럼 이번엔 진피즈 주세요!"

다희에게 주문한 뒤, 경민이 유리에게 작게 속삭였다.

"그 녀석의 시그니처 칵테일이지."

유리는 빈 칵테일 잔을 만지작거리며 달달한 웃음을 머금었다.

호랑이도 제 말 하면 온다고 했던가. 마지막으로 한 번 더 아젤리아의 문이 열렸다.

"유리야. 정말 미안해! 오래 기다렸……."

지하철에서 내리자마자 숨도 안 쉬고 달려온 탓에, 성진은 숨이 넘어갈 지경이었다. 수시간째 혼자서 차가운 외풍을 견디며 기다리는 유리의 모습을 생각하며 왔다.

그러나 막상 아젤리아의 문을 열어젖히니, 예상과는 전혀 다른 광경이 펼쳐졌다.

싱크대에 수북이 쌓인 유리잔들. 바 카운터 위로 끌려 나온 술병들. 테이블에 모여 앉아 게슴츠레한 눈으로 일제히 저를 보는 네 명의 여인들.

눈앞에 펼쳐진 진풍경에 성진은 헐떡이는 법마저 잊었다.

"이게 다 어떻게 된 거야……."

성진의 시선이 경민과 다희를 차례로 거쳐 미나에게 머물렀다. 어떤 표정을 지어야 하나 고민하는 찰나, 경민이 성진의 등을 팍 떠밀었다.

"잔말 말고 너도 이리 와서 한잔해! 언니! 얘도 진피즈 한 잔요."

"뭐라고? 잠깐만! 왜 나까지?"

성진이 군말을 하기 전에 다희는 경이로운 속도로 진피즈를 내왔다.

"우리 모두의! 행복을 위하여!"

445

얼결에 네 여자의 하이텐션 술자리에 휘말린 성진은 새벽 3시까지 붙들려 있을 수밖에 없었다.

❖　❖　❖

"언니는 저 술들 다…… 아세요?"

"글쎄. 하우스로 쓰던 증류주랑 자주 쓰는 리큐어 몇 가지 빼고는……."

미나랑 기린처럼 목을 빼어 백 바에 진열된 술병들을 올려다보다가, 유리는 한숨을 푹 쉬었다.

"한심하지. 지금까지 대체 뭘 한 건지."

"그래도 언니는 알아보는 거라도 있잖아요. 전 아는 거라곤 꼴랑 소맥밖에……."

각양각색의 술들은 그야말로 미지의 영역이었다. 라벨은 하나같이 꼬부랑 영어투성이고, 심지어 그 외의 언어로 쓰인 것도 있었다.

"우리가 정말 저 술들을 다 외울 수 있을까요?"

"우리가 정말 저 술들로 칵테일을 만들 수 있게 될까?"

서로를 바라보는 두 사람의 미소에 경련이 일었다.

"우리 진짜…… 열심히 배워야겠다. 다희 언니랑 성진이한테."

아젤리아의 영업정지가 풀리는 건 12월경이지만.

'기왕 새 단장 하는 거 충분히 준비하는 게 어때? 튼튼한 묘목을 심어야 훌륭한 진달래나무가 될 테니.'

유리는 다희의 충고를 받아들이기로 했다.

"내년 4월쯤 아젤리아를 재오픈하려 해."

그때까지 약 반년. 아주 혹독한 계절이 가로놓여 있다.

여름에도 에어컨 바람을 견디지 못해 긴팔을 입는 유리는 겨울이 두려웠다. 청담동 본가에 살 적엔 뜨끈한 제 방에 칩거하다시피 했고, 밖에 나가도 열선 시트까지 갖춰진 고급 세단으로만 이동했다.

하지만 올 겨울은 이 악물고 견뎌야 한다. 혹독한 추위도, 새로운 세계로의 도약을 앞둔 막연한 두려움도.

이번 겨울을 무사히 나면, 내년 봄엔 풍성하고 아름다운 진달래 나무가 될까?

"우리 힘내요, 언니! 내년 4월에는 여기서 뽀대 나게 칵테일을 만드는 바텐이 되자고요."

미나가 당당하게 바 카운터로 입성했다. 백 바 아래 다양한 유리잔이 엎어져 있었다.

"와아……. 예쁜 컵이 많네요! 뭔가 종류도 엄청 많고. 어? 이건 그냥 소맥 잔 아냐?"

미나가 하이볼 글라스를 집어 든 순간.

"컵 만질 땐 림 부분 건들지 말고 밑쪽을 잡아. 손님의 입이 직접 닿는 부분이니까."

언제 왔는지, 성진이 미나의 손을 쪼듯이 보고 있었다.

"어머, 성진아. 한창 얘기하느라 온 줄도 몰랐네."

"다희 누님도 곧 오실 거야. 그리고."

성진의 엄격한 시선이 다시 미나를 향했다.

"요새 아무리 줄임말이 유행하는 추세라지만, 바텐이라는 말은 쓰지 않도록 해."

"아……. 바텐이 그렇게 안 좋은 말인가요?"

"바텐더의 바bar는 막대를 뜻해."

성진은 팔짱을 낀 채 차분히 설명했다.

"서부개척시대 선술집에선 만취한 손님들이 멋대로 술통을 건드리는 일이 잦았어. 술집 주인은 술을 사수하기 위해 횡봉을 걸쳤는데, 그것이 이런 대면식 술집, 바Bar로 발전한 거야."

성진은 바 카운터를 스윽 매만졌다.

"텐더tender는 망보는 사람이란 뜻의 영단어야. 말 그대로 바텐더는 원래 술통을 지키는 사람이었지만, 시간이 흐르면서 주류 관련 지식으로 주장을 관리하며 술을 판매하는 전문직으로 발전한 거지."

"아……."

"그리고 텐더에는 한 가지 뜻이 더 있어. 바로, 상냥함."

성진은 아젤리아의 메뉴 리스트를 펼쳐 보였다.

"칵테일 한 잔 가격엔 재료 원가뿐만 아니라 무형의 서비스도 포함되어 있어. 바에 오는 손님들은 자신이 주문한 칵테일에 얽힌 스토리를 듣기도 하고, 개인적인 고민을 상담하기도 해."

"바텐더는 술 전문가면서, 상냥한 상담가가 될 수도 있는 거구나."

유리가 열심히 듣던 중 한마디 거들었다.

"손님이 잘 몰라서 그러는 건 할 수 없지만, 앞으로 이 업계 종사자가 되겠다는 사람이 바텐이란 말은 쓰지 않도록. 오케이?"

"넵! 알겠습니다!"

"나도 명심할게, 성진아."

유리는 내심 뜨끔했다. 자신도 컵 쥘 때 종종 림 부분을 건드린

448

적이 있었다. 그때마다 성진이 한 소리 하고 싶은 걸 얼마나 참았을지.

"어머나, 벌써 교육 시작한 거야?"

다희가 바 카운터에 비스듬히 기대어 선 채 나른한 웃음을 머금고 있었다.

"이제 본격적으로 시작해 볼까요."

성진과 다희는 바 카운터 뒤에 자리를 잡고, 유리와 미나는 그 앞에 모여 앉았다.

"어제 다희 누님과 의논한 결과, 여러분이 내년에 아젤리아의 어엿한 바텐더로 거듭나려면 조주기능사 자격증 공부부터 하는 게 좋겠단 결론을 내렸어."

"그 자격증이 있어야 칵테일을 만들 수 있는 건가요?"

"조주기능사는 면허 개념이 아니라 국가기술자격증이야. 바에서 일하면서 배워도 칵테일을 만들어 팔 수는 있어."

실무에선 해당 바의 자체 레시피대로 칵테일을 만들게 된다. 그래서 자격증이 실익이 없다고 말하는 사람도 종종 있지만.

"입문 레벨에서 이만큼 체계적인 공부도 없어. 업계 종사자로서 국가기술자격증을 취득하면 자기 스펙을 높이는 길이기도 하고."

"어떻게 따면 되죠?"

"필기시험 점수가 60점 이상 나와야 실기시험 응시자격이 주어져. 그리고 실기는."

"40가지 칵테일 중에 랜덤 출제되는 세 가지 칵테일을 7분 내로 (2019년 시험부터는 고객서비스 항목이 추가되어 제한시간 11분으로 변경) 만들어야 하지?"

"정답!"

유리의 말에 성진이 손뼉을 마주치며 호응했다.

"사, 사십 개나 돼요? 혹시 시험 칠 때 레시피 봐 가면서 만들 수 있나요?"

미나가 겁에 질린 표정으로 묻자 성진이 짐짓 근엄한 표정을 지었다.

"당연히 안 되지. 40가지 전부 다 암기한 상태로 시험장에 들어가야 해. 그리고 레시피를 봐 가며 해야 할 정도로 숙달이 안 되어 있으면, 7분 안에 세 가지 다 만들지도 못해."

내심 겁먹은 건 유리도 마찬가지였다.

40가지 칵테일 레시피를 암기하는 것보다 두려운 건, 실제 시험에서 느낄 긴장감이었다. 학창시절 시험 볼 때도 문제 자체의 난도보단 시험장 특유의 압박적인 분위기 때문에 틀려 나간 문제가 부지기수였다.

문제 못 풀면 못 나간다는 과외 선생님의 말에 토까지 한 적이 있는데, 과연 자신이 7분짜리 작업형 시험의 긴박감을 감당할 수 있을까?

"벌써부터 겁먹지들 마. 두 사람 다 딸 수밖에 없는 몸으로 만들어 줄게."

호언장담을 하며 여유롭게 웃는 다희에게, 유리와 미나는 선망의 시선을 보냈다. 가죽매듭 팔찌를 두른 가무잡잡한 팔이 새삼 위대해 보였다.

"그 전에 필기부터 무사히 패스하자고. 60문제 중에 36개 맞으면 딱 60점이거든. 24개 틀려도 된다고 방심했다간 35개 맞고 떨어지는 수가 있다."

"저기, 성진아."

유리가 머뭇머뭇 입을 열었다.

"나 실은 저번에 조주기능사 필기시험 쳐 봤는데…… 운 좋게 붙었어."

"진짜? 언제?"

성진이 금방이라도 바 카운터를 뛰어넘을 기세로 몸을 기울였다.

"지난 9월에. 근데 그때 감기몸살 걸리는 바람에 시간이 촉박해서 기출문제 답만 외워서 턱걸이로 겨우 붙은 거라……. 필기라도 붙으면 뭔가 도움이 되지 않을까 했는데……."

작게 중얼거리는 유리를 성진은 안쓰럽게 바라보았다.

그녀가 아젤리아를 차린 경위를 안 지금, 그녀가 앓았던 격렬한 감기몸살이 단지 생활패턴이 바뀐 탓만은 아니라는 걸 알아 버렸다.

이런 고민까지 그녀의 가녀린 몸에 열을 보태었을 걸 생각하면…….

"처음부터 차근차근 해 보자. 실기도 충분히 붙을 거야. 너라면."

"그럼 유리는 얼른 실기시험 접수부터 해야겠는데? 12월에 마지막 시험이 있어."

핸드폰으로 시험 일정을 확인한 다희가 말했다.

"우리도 수업 준비를 해야 하니 오늘은 여기까지 하자. 집에 갈 때 서점에 들러서 내가 적어 준 교재 사 놔."

"난 세팅 좀 해 놓고 갈게. 주스 몇 가지를 보충해야겠는데."

집에 갈 준비를 마친 유리가 미나에게 말했다.

"홍대입구역 근처에 대형 서점 있는데, 같이 교재 사러 갈까?"

"네!"

"성진이도 같이 갈래?"

성진의 얼굴에 약간 떨떠름한 기색이 감돌았다.

"아……. 맞다. 다희 언니랑 수업 준비해야 하지?"

"나 혼자 해도 충분하니 셋이 같이 가."

다희가 냉장고를 열어 보며 손을 휘휘 저었다.

"서로 친해지기도 할 겸."

유리는 데면데면한 얼굴로 제각기 딴 데를 보는 성진과 미나를 번갈아 보았다. 누구더러 친해지라는 건지 굳이 설명 안 해도 알 것 같았다.

❖ ❋ ❖

"성진아. 데려다줘서 고마워."

"뭘 새삼스럽게."

"그러면…… 미나도 좀 부탁할게."

성진의 눈치를 보며 유리는 조심스럽게 덧붙였다.

"걱정 마. 방향도 비슷하니 집 앞까지 모셔다 주지, 뭐."

성진은 유리하고만 눈을 맞추며 경직된 미소를 지었다.

"미나야, 내일 보자. 조심히 들어가고."

"네. 언니도 들어가서 쉬세요."

미나도 유리만 보며 억지로 웃었다.

"둘 다 내일 봐."

천사 같은 유리가 아파트 정문 너머로 사라진 뒤. 남겨진 두 사람 사이에 싸한 바람이 불었다. 흡사 한밤중에 사 온 치킨을 굶주린 가족 앞에서 엎지른 듯한 분위기였다.

"택시 타고 가자."

성진이 호두까기 인형처럼 딱딱거렸다.

도로의 가로등 불빛이 비처럼 들이쳤다. 온갖 불빛이 요란스레 미끄러져 내리는데도, 성진의 굳은 얼굴은 미동도 없었다. 미나는 한마디도 말을 붙이지 못했다.

이윽고 두 사람은 아파트 단지에 도착했다.

집집마다 새어 나오는 불빛을 본 순간, 미나는 울컥했다. 저 중에 거실 TV앞에 모여 앉아 웃음꽃을 피우는 아빠와 딸도 있겠지.

자신은 지금 집에 들어가면 아무것도 없다. 지난날의 상처, 앞으로 살아갈 걱정, 비참함에 도저히 눈이 감기지 않는 밤 말고는.

"데려다주셔서 감사합니다."

미나는 성진에게 꾸벅 인사한 다음, 생각만 해도 숨 막히는 어둠을 향해 한 발짝 나아갔다. 그 순간, 성진이 오랜 침묵을 깨트렸다.

"내 아버지는 내가 열세 살일 때 돌아가셨어. 이웃사촌 아저씨의 음주운전 차량에 치여서."

미나는 가던 걸음을 멈추고 성진을 물끄러미 보았다.

"그 사람은 판사 앞에선 친형제 같은 사람을 실수로 죽게 해서 자기도 죽도록 괴롭다는 식으로 동정심을 유발했어. 뼛속 깊이 뉘우친다는 반성문을 몇 장이고 써 냈지. 우리 가족한텐 사과 한마디는커녕, 옛 정을 생각해 탄원서나 써 달라고 강요했어."

감정의 불씨를 한차례 뚝 잘라 내고 성진은 실소를 흘렸다.

"어머니는 서울로 온 게 우리 형제의 교육 때문이라 하셨지만, 실은 고향에서 도망친 거나 마찬가지야. 난 정든 동네 친구랑도 이별해야 했고."

"무척 힘드셨겠네요. 그래도 무려 S대 가셨다면서요. 대기업도 다니셨고."

불량 학생이 된 저하곤 다르게요.

"내가 그렇게 살아왔으니 너도 그랬어야 한다는 식으로 말하려는 건 아니야. 다만 비슷한 일을 겪어 본 입장으로서, 네 심정이 어떨지 어느 정돈 짐작이 가."

성진의 목소리는 달무리처럼 너그러웠다.

"어디에든 화를 풀고 싶었던 심정까지도 충분히 이해해. 하지만 저번엔 어쩔 수 없이 너한테 화가 났어. 어떤 이유에서든 네가 한 일로 유리가 상처받았으니까."

"정말 죄송해요……."

고개를 푹 숙이는 미나 앞에서 성진은 허탈하게 웃었다.

"죄송하단 말은 이제 됐다. 내 동생 보는 거 같아서 따끔하게 몇 마디 하려 했는데, 이미 경민이한테 한 소리 들었다며? 오히려 심심한 위로를 하고 싶을 정도다."

"그 언니 진짜 핵오진 팩폭러더라고요."

"하하, 말싸움으로는 중1 때의 걔랑 붙어도 내가 질걸?"

성진은 비로소 미나와 똑바로 눈을 마주했다.

"내일부터는 다른 생각 안 날 정도로 빡세게 진도 나갈 테니 각오해. 조주기능사 딸 때까지 절대 도망가기 없기다. 네가 옆에 있으면 유리에게도 큰 힘이 될 거야."

"결국은 다 유리 언니를 위해 하시는 말씀이군요."

"물론 널 위해서기도 하거든? 이거 배워 두면 나중에 식음료 업계 취직할 때 도움 돼."

그 말에 미나는 두 주먹 불끈 쥐고 외쳤다.

"전 아젤리아에서 평생 일할 거거든요? 벌써부터 딴 데 가 버릴 것처럼 말하지 마세요!"

"그래, 그래. 나의 스파르타 커리큘럼부터 다 소화하면 인정해 주지."

성진이 미나의 작은 머리 위에서 짓궂게 손을 휘적거렸다.

"근데 아저씨 원래 이렇게 까칠해요?"

"원래 이 정도는 아닌데 넌 당분간 특별관리가 필요해 보여서. 넌 요주의 인물이야."

"와나, 누가 들으면 나 완전 까진 앤 줄 알겠네!"

미나는 꽃다운 나이 열아홉에 뒷목을 잡았다. 성진 역시 수초 뒤 이건 아니라는 듯 뒷목을 잡았다.

"근데 난 왜 아저씨냐? 유리는 꼬박꼬박 언니라 부르면서. 하다 못해 선생님이라고 불러라."

정말로 선생님이 된 듯 성진은 연타로 잔소리를 날렸다.

"학교도 열심히 좀 다녀라. 듣자하니 출석일수가 간당간당하다 며?"

"복성재 이 자식. 남의 프라이버시를 얻다…….'

"크하하, 원래 형제 사이엔 비밀이 없는 법이지."

의기양양하게 웃고 난 뒤, 성진은 다시 생각해도 기가 차다는 듯 중얼거렸다.

"사람 인연 참 얄궂기도 하지. 나의 신성한 직장을 펑한 녀석이 동생의 클래스메이트라니."

"그러게 말이에요."

모종의 진실은, 지난번 술자리에서 서로 통성명을 한 순간 밝혀 졌다. 강미나라는 이름은 흔하다 쳐도, 대한민국 서울에서 또 다른 복 씨랑 마주칠 확률은 거의 없다고 봐도 무방하니까.

이 얄궂은 인연은 지난날의 앙금을 빠르게 풀어 준 대신, 족히 10년 치 놀림감을 적립한 듯했다.

"어려운 일 있으면 혼자서만 끙끙대지 말고 우리랑 상의를 해. 너 혼자서 감당하기 힘든 상황인 거 다들 잘 아니까."

앞으로 잘 지내보자는 말을 에둘러 하며, 성진은 활짝 웃어 보였다.

그렇게 웃으니 역시나, 성재처럼 환한 빛이 나는 사람이었다. 맑은 영혼의 진가를 두고두고 확인하게 될 것 같다.

모든 걸 걸고 이 남자를 잡으려는 유리의 심정이 가슴 깊이 이해되었다.

"유리 언니하고는 중학교 1학년 때 처음 만나셨다면서요. 그럼 두 분이 만난 지 무려 15년이나 된 거네요."

"그렇게 되지."

지난 세월을 가늠해 보듯, 성진은 별이 총총 빛나는 밤하늘을 먹먹하게 올려다보았다.

"쌤은…… 여친 있어요?"

"있었는데, 헤어진 지 좀 됐어."

"앞으로 다시 연애하실 생각은 없어요?"

"글쎄. 지금은 우리 사장님 보필하기도 바쁘거든. 유리가 앞으로 아젤리아에서 본격적인 바텐딩을 하길 원하니까. 조주기능사란 산을 하나 넘게 도와주면 자신감이 붙을 거야. 당분간 그거 말고는 생각할 여력이 없을 거 같다."

한마디로 지금 유리 언니 생각으로 가득 찼단 말이네요. 미나는 성진을 넌지시 찔러 보았다.

"유리 언니도 남친 없는 걸로 아는데. 언니의 이상형은 어떻게 될까요?"

"왜, 누구 좋은 사람 소개해 주게?"

농담처럼 받아치는 그 한순간, 성진은 진지한 생각에 푹 잠겼다.

"일단은 경제적인 수준도 맞아야겠고, 인상도 좋아야겠고, 그 모든 게 뒷받침되면서."

제가 아는 현실의 조건을 전부 댄 다음.

"진심으로 유리를 사랑하고, 그만큼 유리에게 최선을 다하는 남자여야겠지."

가장 중요하게 생각하는 조건을 용접하듯 덧붙였다.

"솔직히 누가 되든 아까울 거 같다. 세상에 금유리 같은 여자는 또 없거든."

한 걸음 물러나며 성진은 씁쓰레하게 웃었다.

"이만 들어가. 학교 가려면 일찍 자야지. 내일 보자, 강미나."

성진은 가볍게 손을 흔들고 아파트 단지를 나섰다.

그의 모습이 끝까지 사라지는 걸 확인한 뒤, 미나는 입술을 삐죽 내밀었다. 잘 아네. 이 세상에 유리 언니 같은 여자 또 없는 거.

"흥, 근데 빼기는!"

집 안으로 들어가는 걸 잠시 미루고, 미나는 며칠 전 아젤리아에서 오간 대화를 떠올렸다.

❖　✻　❖

"유리야. 일어나."

성진은 의자에 앉아 꾸벅꾸벅 조는 유리의 어깨를 살살 흔들었다.

457

"으응……."

유리가 흐느적흐느적 헤드뱅잉을 했다. 이제야 알게 된 그녀의 주사는 수면형이었다.

"이제 그만 마셔. 너 취했어."

"난…… 괜찮아. 안 취했어……."

정말로 취한 사람의 18번 멘트가 유리의 입술에서 흘러나왔다.

"저희는 이만 일어나 볼게요. 유리 좀 집에 데려다줘야겠어요. 우경민 넌 안 가?"

"난 쫌만 더 마시고 가려고. 내가 알아서 갈게."

"작작 마셔. 너 그러다 새벽에 용가리 된다."

성진과 유리가 퇴장한 뒤, 술자리의 화두는 자연스레 그 두 사람이 되었다.

"우리 사장님 말이야."

가장 먼저 다희가 허심탄회하게 내뱉었다.

"한마디로 말해, 또라이야. 순정 또라이."

"하하, 언니. 자리에 없다고 너무 노골적인 거 아니에요?"

"저 정도 되는 집안이면 한 살이라도 더 어릴 때 좋은 데 시집보내려 극성이었을 텐데. 저 나이 되도록 버텼다는 게 보통내기가 아니거든."

유리의 인형 같은 옷차림과 스코티 목걸이를 떠올리며 다희는 의미심장하게 중얼거렸다.

"내가 봤을 땐 시집을 못 간 게 아니라, 요리조리 잘 빠져나갔다는 느낌이랄까."

"호오, 나도 요새 언니랑 비슷한 생각이 들던데."

두 언니 사이에 껴서, 미나는 빈 칵테일 잔을 연신 입술에 갖다

458

붙였다.

'감히 범접할 수 없는 대화다…….'

이윽고 그녀들의 대화는 은근한 방향으로 전개됐다.

"언니도 봤죠? 좀 전에 유리 챙길 때 그 녀석 눈빛 말이에요."

"나도 곁에서 쭉 지켜봤는데, 유리야 뭐 말도 안 되게 티가 나고. 성진이가 유리를 그토록 끔찍이 챙기는 것이 단지 동창이라서일까? 내 생각은…… 글쎄."

"꼬맹이 네가 보기엔 어떻더냐?"

경민이 기습적으로 미나에게 물었다.

감기몸살로 쓰러진 유리를 둘러업을 때의 그 절박한 표정. 유리의 부름 한 번에 애틋한 빛을 띠던 눈빛.

"아마도…….'

열아홉 미나도 충분히 알아챌 수 있었다. 복성진과 금유리. 두 사람 사이에 흐르는 기류가, 일방적이지만은 않다는 걸.

"우물쭈물하기엔 쟤들도 그리 어린 나이는 아니거든? 내일모레도 아니고 내일 서른이니."

"그렇지만 이대로 놔두면 겁나 우물쭈물하겠죠. 금유리 이 기집애는 퍼 줄 줄만 알았지 가져오는 법을 모르고, 복성진 이 자식은……."

경민이 진피즈가 담긴 하이볼 글라스를 탁 소리 나게 내려놓았다.

"아오! 뭔 생각을 할지 안 봐도 비디오네! 유리가 황금글라스 회장 딸이니까 지가 쳐다도 못 볼 나무라는 전제부터 깔고 들어가겠지!"

"심리적인 신분 차부터 극복해야 하는 사랑인가."

"또, 설마 그러랴 싶긴 한데……."

경민은 아주 오랜만에 재수 없는 기집애의 저주스러운 발언을 떠올렸다.

'막말로 내가 지금이라도 전화해서 복성진, 우리 다시 잘해 볼래 하면, 좋다고 꼬리 흔들며 달려올 애야.'

"그래, 말 그대로 막말이지. 네년이 인간이면 설마 이제 와서……."

"어떤 년 말야?"

"하하, 아뇨. 잠깐 말도 안 되는 생각을 좀."

경민은 고개를 가로저었다. 만에 하나 그런 일이 있을까 싶어 유리에게 종용하지 않았던가. 성진이 1억 5천만 원 갚을 때까지 연애도 결혼도 하지 않는 조건을 달라고.

하지만.

"설마 유리한테까지 곧이곧대로 하는 건 아니겠……. 휴, 됐다."

"어쨌든 두 사람은 주변에서 푸시를 좀 해 줘야 할 거 같아. 일 단 둘이 함께 있는 시간을 최대한 늘려야 하는데."

다희가 경민의 어깨에 팔을 착 두르고 속삭였다.

"직빵으로 먹히는 건 아무래도, 동거지."

핵폭탄급 발언에 경민과 미나의 눈이 동시에 튀어나왔다.

"유리가 아플 때 성진이가 며칠간 집에 머무르면서 간호도 해 줬잖아."

경민이 알기로 성진은 그 윤수영의 집에서도 잔 적이 없었다. 부득이한 상황이었다곤 해도 유리가 선례를 만든 셈이다.

"안 그래도 유리랑 같이 지낼 사람이 있으면 좋겠더라고요. 평생 집에서 공주님처럼 떠받들어지다 나온 애가 집안일은 제대로 하는지…… . 아무리 아파트라도 이대로 여자 혼자 쭉 살아도 괜찮을까 싶고."

"성진이 집이 강남 쪽이잖아. 유리랑 홈셰어 하면 출퇴근하기도 편하지 않을까?"

"하하, 언니. 우리 너무 진지해진 거 같은데요."

"난 처음부터 진담인데."

경민의 어깨에 둘린 다희의 탄탄한 팔에 힘이 들어갔다.

"유리 본인은 좋다고 해도, 복성진 그 고지식한 놈은 말도 꺼내기 전에 성낼걸요? 멀쩡한 처녀 혼삿길 막을 일 있냐고. 자기가 어디 그럴 파렴치한으로 보이냐고."

"잘 들어. 복성진 같은 놈은 뿌리째 뽑아 짤짤 흔들어 줘야 해."

다희가 골반에 손을 착 걸친 채 일장연설을 늘어놓았다.

"그런 범생이 타입은 사회통념을 무척이나 의식하는 편이지. 그렇다면? 사회를 바꾸면 돼."

"하, 하지만 어떻게 사회를 바꾸죠?"

미나가 떨떠름하게 묻자 다희는 전혀 문제없다는 듯 대꾸했다.

"거창하게 생각할 거 없어. 평생 갈 일 없는 아프리카 원주민 사회까지 바꾸자는 게 아냐. 대한민국 전체가 바뀔 필요도 없어. 복성진 주변의 아주 작은 사회만 바뀌면 충분해."

"흐음."

경민은 뾰족한 턱을 긁으며 예리하게 눈을 반짝였다.

"가족이나 친구. 복성진의 신념과 의사결정에 중대한 영향을 끼치는 최측근들을 포섭해서 밑밥을 깔면, 일사천리로 진행될 거야."

"한마디로 그놈이 유리랑 안 살면 오히려 천하의 나쁜 놈이 되게 몰아가자는 거네요."

"본인이 NO 할 때 모두가 YES를 외치면, 지가 YES로 안 바꾸고 배겨?"

본인이 NO할 때 모두가 YES. 경민은 감을 잡았다.

"해 볼 가치는 있네요. 일단 판 깔리면 정신 못 차리게 볶아치는 게 관건이겠어."

"그치. 열 번 찍어 안 넘어가면 아예 지진을 일으키면 돼."

"우후후, 복성진. 딱 기다려라. 우리가 29년 차 텐션비인 네놈을 어떻게든 타락시키고야 말겠다. 네놈이 고자가 아닌 이상, 한 지붕 아래 지한테 대놓고 하트 뿅뿅 하는 미인 앞두고 한 마리의 늑대가 안 되고 배겨?"

상상만 해도 꼬소롬하구나.

"간만에 인생 흥미진진하지? 그런 의미에서 우리 와인 한 병만 더 딸까?"

"좋죠! 어머나, 오늘 어쩜 이렇게 기분이 좋니!"

두 여자는 백 바 맨 아랫단 구석에 숨어 있던 와인을 찾아내며 걸쭉하게 웃었다.

코르크 마개에 오프너를 꽂아 끼릭끼릭 돌리는 소리가 묘하게 소름이 돋았다. 지금 그녀들한테 걸리면 29년 차 선비가 아니라 50년 차 수도승이 와도 파계당할 기세였다.

그 작태를 지켜보며 미나는 목을 움츠렸다. 와, 이 언니들 진짜 사람 잡겠네.

근데, 가만히 듣고만 있자니 나도 왠지…… 근질근질해지는데?

"일단 협력할 만한 사람을 찾아야겠군. 다른 누구보다 성진이 어머님을 끌어들이면 일이 훨씬 쉬워질 텐데. 흐음, 내가 마지막으로 어머님 뵌 게…….”

모종의 작전회의를 미나는 귀를 쫑긋 세우고 들었다.

별이 빛나는 밤. 미나는 성진이 사라진 쪽을 바라보며 핸드폰을 꺼냈다.

“언니들 말대로 주변의 푸시가 시급해 보이는 상황이군.”

미나는 카톡에서 복성재를 찾아냈다.

“먹힐지는 모르겠지만, 한번 시도해 볼 가치는 있지.”

‘크하하. 원래 형제 사이엔 비밀이 없는 법이지.’

성진의 얄미운 웃음을 떠올리며, 미나는 입꼬리를 실쭉 올렸다. 다희의 사악함과 경민의 과단함이 고스란히 옮아 온 미소였다.

“복성재. 나야, 강미나.”

형제간의 비밀, 지금부터 만들어 드리죠. 우리의 날개 없는 천사, 유리 언니를 위해.

“너 죽을래? 왜 남의 출석일수 얘길 멋대로! 어?”

일단 따질 건 따지고.

“우와…….”

유리와 미나는 바 안을 둘러보며 병아리처럼 입을 벌렸다.

하룻밤 새 아젤리아가 진짜 학원처럼 변했다. 널찍한 화이트보드가 한가운데 떡하니 자리 잡고, 구석 자리에 있던 사각테이블이 책상처럼 배치됐다.

스피드레일과 조주작업대에 칵테일을 만드는 재료들이 즐비하게 놓였다.

"술들이 종류별로 두 병씩 있네. 우리 두 사람 실습하라고 준비하신 건가 봐."

"주스도 없는 게 없네요. 오렌지, 레몬, 파인애플, 크랜베리…….콜라랑 소다까지! 편의점 차려도 되겠다!"

체리, 올리브 절임과 레몬, 오렌지 같은 생과일도 있었다.

"과일들은 주로 칵테일 장식할 때 쓰죠?"

"응. 레몬은 장식으로도 쓰지만 레몬즙이 들어가는 칵테일도 많아서……. 한창 영업할 땐 레몬을 엄청나게 사들였어. 그렇게 해도 가끔 떨어져서 난리가 났었지."

인근 마트로 헐레벌떡 달려가 레몬을 샀던 일을 떠올리며 유리는 설핏 웃었다.

식자재뿐만 아니라 잔, 얼음, 기물도 빠짐없이 준비되었다. 열가지 남짓 되는 유리컵이 마른 천 위에 엎어져 있었다.

"이런 조그만 잔에 들어가는 칵테일도 있어요?"

미나가 컵을 하나 집어 올렸다. 용량이 50ml나 채 될까. 소인국에 온 느낌을 주는 잔이었다.

"푸스카페라고, 무지갯빛 칵테일 만들 때 썼던 거 같아. 아주 가끔 주문하는 손님이 있었어."

셰이커나 스트레이너 같은 기물들도 세척된 채 엎어져 있었다.

"칵테일 만드는 데 이렇게 많은 도구들이 쓰이는 줄 몰랐어요."

"이렇게 한꺼번에 모아 놓은 걸 보니 나도 새삼 그런 생각이 들어."

"으잉? 이건 또 뭐야."

미나는 식자재를 둘러보다가 이질적인 재료를 발견했다.

"핫소스, 우스터소스, 후추? 니들이 거기서 왜 나와? 품, 다희 언니가 장 봐 놓은 건가."

미나가 피식 웃는 찰나.

"거기 학생들, 이제 그만 자리에 앉아 주시죠! 곧 수업 시작하겠습니다."

성진이 물개박수를 치며 나타났다.

"성진아, 진짜 학원 같아."

"최대한 조주기능사 시험장처럼 꾸며 봤어. 자, 이거 한 부씩 받아."

성진이 나눠 준 프린트물에는 한 달간의 커리큘럼과 수업 내용이 깔끔하게 정리되어 있었다.

"이런 거까지 다 준비한 거야? 너 진짜 선생님 같아."

"이래 봬도 선샤인주류 다니면서 온갖 자료 정리와 발표에 이골이 난 몸이다. 기업 강의도 몇 번 나가 봤어. 나름 반응도 괜찮았고."

짐짓 재듯이 말하는 성진을 보며 유리는 학창시절 그의 모습을 떠올렸다.

중학생 때부터 그는 발표를 참 잘했지. 조별과제를 할 땐 언제나 당당하게 발표자로 나섰고, 수업시간에 교과서를 읽을 땐 맑은 울림을 담은 목소리가 그렇게나 듣기 좋았다.

그 목소리를 듣게 되는 날이 다시 올 줄이야. 정말…… 꿈같다.

'그래도 오랜만에 하려니 역시 좀 긴장되네.'

나란히 앉아 어제 산 교재를 꺼내는 두 사람을 보며 성진은 생각했다.

유리는 새 공책의 첫 장을 펼쳐 놓았다. 미나와 세트로 산 큐빅 볼펜이 조명을 받아 앙증맞게 반짝였다.

만반의 준비를 한 채 삼킬 듯이 저를 보는 그녀와 마주한 순간, 성진은 그 빛나는 눈에 빨려들 뻔했다.

순진하다 못해 맹해 보이는 인상은 평소대로의 그녀지만. 눈동자 너머로 내비치는 열의는 제 심장까지 단숨에 살라 버릴 듯 뜨겁다.

가르쳐 주는 사람이 다른 누구도 아니고 성진이니까, 1초도 허투루 보내지 않겠다는 다부진 마음이 느껴졌다.

성진은 보드마카를 들고 힘찬 목소리로 수업을 시작했다.

"여러분이 앞으로 술에 대해 공부하려면, 가장 먼저 이 공식을 머릿속에 넣어야 합니다."

당 + 효모 => 알코올 + 이산화탄소

"일반적으로 미생물이 분해한 음식물은 썩어서 먹을 수 없게 되지만, 특정 미생물이 특정 물질을 분해하면 인간에게 이로운 물질이 얻어지는 경우가 있어. 전자는 '부패'라고 하고, 후자는 '발효'라고 해."

미나는 속기사처럼 맹렬하게 필기를 했고, 유리는 반추하듯 고개를 끄덕였다.

"효모라는 미생물이 당을 분해하면 알코올이 나와. 이걸 '알코올

발효'라고 해."

성진은 알코올 발효 공식에 밑줄을 쫙 그었다.

"옛날 사람들은 이런 공식까진 몰랐겠지. 하지만 술은 고대부터 존재했어. 여기서 문제 하나. 최초의 술은 뭐였을까?"

"으음…… 포도주?"

유리는 그리스로마신화에 나오는 술의 신 디오니소스를 떠올리고 말했다.

"하나는 최초의 술이 벌꿀술 '미드'였다는 설. 꿀에 빗물과 자연효모가 들어가 저절로 술이 된 거지. 혹은 원숭이가 나무 구멍에 저장해 놓은 과일이 자연 발효돼서 과실주가 된 걸 사람들이 우연히 발견한 게 술의 기원이라는 설도 있어."

성진은 설명하면서 보드마카로 그림을 슥슥 그렸다. 허나 원숭이얼굴이라고 그린 게 아무리 봐도 곰돌이에 가까워 보였다.

"……."

저도 이건 아니라는 걸 깨달았는지 성진은 그리던 걸 슬그머니 지워 버렸다.

"미안하다. 이래서 내가 학교 다닐 때 미술 실기점수 A 이상 받은 적이 없다."

"그림 꼬라지를 봐선 A가 아니라 C도 못 받았을 거 같은뎁쇼."

"어쨌든!"

미나의 타박에 성진은 괜히 목소리를 높였고 유리는 쿡쿡 웃었다.

"사람들은 처음엔 과실주를 만들었어. 과일이 자연에서 가장 쉽게 구할 수 있는 당이었으니까. 과일 껍질에도 자연효모가 있다 보니 으깨 놓기만 하면 술이 됐거든. 그러다 농경시대로 접어들면

467

서, 곡식으로도 술을 만들기 시작했어. 미나, 곡식으로 만드는 술이 뭐가 있지?"

"어……. 일단 맥주요. 막걸리도 있고."

"맞아. 여기서 뭔가 의문이 생기지 않아? 효모가 당을 분해해야 알코올이 얻어지는데, 곡식의 주성분은 전분이거든. 근데 어떻게 술을 만들까?"

말문이 막힌 유리와 미나는 성진을 말똥말똥 바라보았다.

"전분은 당이 복잡하게 뭉친 덩어리라 효모가 분해하기 힘들어. 그래서 곡식으로 술을 만들려면, 전분을 잘게 잘라 주는 과정이 선행되어야 해."

성진은 알코올발효 공식 앞에 또 다른 공식을 추가했다.

전분 + 효소 => 당 + 효모 => 알코올 + 이산화탄소

"미나, 밥을 씹으면 단맛이 나는 이유가 뭔지 과학 시간에 배운 적 있지?"

"녹말이 침 때문에 당으로 변해서요. 그 뭐더라, 아밀라아제 때문이었나?"

"아밀라아제가 바로 효소의 일종이야. 음식을 소화하려면 몸 안에서 쪼개져야 하잖아. 그래서 사람의 침에는 영양분을 분해하는 전용 가위인 효소가 있는 거야."

성진은 문득 생각난다는 듯 허공을 보며 중얼거렸다.

"그래서 옛날에는 미인주란 술도 있었지. 여인들이 씹어서 뱉은 밥으로 술을."

"으웩……."

미나가 어깨를 움츠려 헛구역질을 했다.

"하하, 다행히 사람의 침 말고도 효소를 얻는 방법이 있어. 맥주를 만들 땐 보리의 싹에 있는 효소를 이용하고, 막걸리 만들 땐 곰팡이 효소가 든 누룩을 넣지. 이렇게 전분을 효소로 잘라 당으로 만드는 과정을 '당화'라고 해."

"그러니까 곡식을 당으로 만든 다음에 효모를 투입해야 알코올이 나오는 거…… 맞지?"

유리가 나름 정리해서 말해 보자 성진은 보람찬 웃음을 지었다.

"맞아. 꿀이나 과실처럼 당이 있는 재료에 효모를 넣어 발효하는 걸 '단발효'라 하고, 곡식의 전분을 당화한 다음에 발효하면 '복발효'라고 해."

세계사 시간 같기도 하고 과학 시간 같기도 한 이론 수업은 1시간 정도 이어졌다.

"오늘 배운 거 중에 알코올발효랑 당화만큼은 꼭 기억해 둬. 내일 돼서 다 까먹으면 안 돼. 제발 얘들아……."

성진은 미나와 유리를 불안한 시선으로 바라보았다. 눈을 퀭하게 부릅뜬 두 사람은 딱 봐도 용량 초과였다.

"간만에 공부 머리 쓰느라 힘들지?"

다희가 화이트보드 앞으로 불쑥 모습을 드러냈다.

"앗, 언니. 언제 오셨어요?"

"뒤에 계속 서 있었는데 몰랐어? 너희 진짜 열심히 들었구나."

다희는 기특하다는 듯 두 사람을 보며 방싯 웃었다.

"이제 재미있는 실습을 시작해 볼까? 오늘은 첫날이니까 가볍게 개념 잡고 넘어가자."

다희는 성진에게서 보드마카를 넘겨받았다.

"여러분이 칵테일을 만들려면, 세 가지 술을 기억해야 합니다."

1. 발효주 2. 증류주 3. 혼성주(리큐어)

"발효주는 방금 성진 쌤한테 배웠듯 과일이나 곡식을 발효한 술이야. 맥주나 와인이 대표적인 발효주지. 그리고 증류주는…… 우리 미나 과학 시간에 증류 배웠지?"

"네. 끓는점의 차이를 이용해서 원유를 다양한 기름으로 분리하는 거……였나요."

희미한 기억을 되짚으며 미나는 식은땀을 삐질 흘렸다. 현역 고등학생이라는 이유로 과학 얘기만 나오면 유독 저한테 질문이 쏟아지는 거 같다.

"잘 아네. 증류기에 발효주를 넣고 끓는점의 차이를 이용해 에탄올을 뽑아낸 술이 증류주야."

성진이 역사적인 설명을 곁들였다.

"아랍에는 '아람빅'이란 증류기가 있었는데, 원래 향수를 만드는 연금술 도구였어. 이런 증류기가 십자군 전쟁이랑 몽골의 정복 활동으로 전파되면서, 전 세계의 발효주들이 증류주로 거듭나게 돼. 현재 칵테일 베이스로 쓰는 위스키, 브랜디, 보드카, 진, 럼, 테킬라가 증류주야."

"세월이 흘러, 증류주에 과일이나 약초 등을 첨가한 알록달록한 술이 등장하지. 그게 바로 혼성주, 리큐어고."

해변의 모래처럼 많아 보이기만 하던 술들이 머릿속에서 3열로 정돈되었다.

"내일부터 조주기능사 실기시험의 40가지 레시피를 이루는 위

470

스키, 브랜디, 보드카, 럼, 테킬라, 리큐어, 전통주 베이스 칵테일을 차례로 만들어 볼 거야. 그 전에."

다희가 유리에게 기습적으로 물었다.

"사장님, 칵테일이란 어떤 음료라 생각하시죠?"

"어…… 술에 주스나 탄산을 섞은 음료요."

"미나는?"

"저도 비슷하게 생각해요."

"섞어 마시는 거라면 소맥도 있잖아. 그러면 소맥도 칵테일이라 할 수 있을까?"

유리는 깍지를 꽉 쥔 채 깊이 생각했다.

말주변이 없어 논리정연하게 설명하긴 어렵지만, 지난 4개월간 아젤리아의 바텐더들이 칵테일을 만드는 모습을 곁에서 쭉 지켜봐 온 경험이 분명한 답을 주었다.

칵테일은 소맥과는 분명 다르단 걸.

"1806년 미국의 한 신문에서 최초로 칵테일의 정의를 제시한 적이 있어. 성진이가 나눠 준 프린트물에 있는데, 한번 읽어 볼래?"

유리는 프린트물의 글귀를 또랑또랑 읽어 내렸다.

"칵테일이란 증류주와 설탕, 물, 비터로 구성된 활기를 주는 술이다."

다희의 설명이 이어졌다.

"위스키 같은 증류주는 독해서 그냥 마시긴 힘들지. 그래서 먹기 편하게 물, 설탕, 비터(여러 약초를 배합한 혼성주) 등을 가미해서 마신 것이 칵테일의 원형이 됐어. 나중에 제빙기가 발명되면서 물이 얼음으로 대체된 거야."

다희는 바 카운터 뒤로 들어가 싱크대의 수도꼭지를 틀었다.

"현대에는 논 알코올 칵테일도 있고 비터가 아예 안 들어가는 칵테일도 많아. 어쨌든 1806년 기사가 시사하는 점은, 칵테일이란 모름지기 활기를 주는 음료여야 한다는 거지."

콸콸 흐르는 물에 손을 씻으며 다희는 나직이 중얼거렸다.

"활기를 주는 음료란 무엇일까? 일단 하루의 피로를 싸악 가시게 할 만큼 맛있는 음료여야겠지?"

어떻게 만들어야 더 맛있어질까?

작업대 앞에 선 바텐더가 스스로에게 끊임없이 던지는 질문이다.

"칵테일의 용량과 콘셉트에 맞는 글라스를 골라, 얼음으로 칠링을 하고."

다희는 하이볼글라스에 큐브아이스를 채우고,

"주류, 주스, 탄산 등의 최적의 배합을 찾아, 정확한 양을 주입하고."

셰이커 바디에 진, 레몬즙, 설탕을 지거로 계량해 넣고 얼음을 채우고 캡을 닫아,

"재료를 골고루 혼합할 수 있는 '기법'을 채택하고."

신속하고 노련하게 셰이커를 수십 번 흔든 다음, 하이볼글라스에 주르르 따라 냈다. 탄산수로 8부를 채우고 바 스푼으로 빙그르르 저어 주었다.

"예쁜 가니시로 마무리하여, 보는 재미를 더해 주고."

탄산 방울이 자글거리는 무색투명 칵테일에 빠진 레몬슬라이스가 상큼한 느낌을 증폭시켰다.

"바텐더가 숙련된 기술로 정성을 다해 서비스하는, 활력의 음료."

유리의 자리에 코스터를 깔고 진피즈를 내려놓으며, 다희는 치명적인 미소를 지었다.

"이게 바로 칵테일입니다, 여러분."

2분도 채 안 되는 시연. 유리의 심장은 남김없이 녹아내렸다.

❖ ✻ ❖

"나랑 살자!"

상남자도 울고 갈 거침없는 제안이었다.

"정말…… 그래도 괜찮을까요?"

"안 그래도 요새 적적했거든. 혼자 산 지 너무 오래돼서 그런가."

다희와 미나는 논스톱으로 동거를 결정했다.

"언니, 저 요리 잘해요! 집안일도 완전 자신 있고요."

"요리는 나도 좋아해. 집안일은 적당히 나눠서 하면 되고. 그보다 나랑 살려면 체력이 좋아야 하는데, 자신 있어?"

"체력은 왜요?"

"내가 운동을 좀 많이 좋아해서."

다희의 나른한 목소리에서 풍기는 요염한 기운 탓일까. 순간 미나는 야시시한 긴장감을 느꼈다.

"댄스스포츠 말하는 거거든? 너 설마 이상한 운동 생각한 건 아니지?"

다희가 팔로 몸을 감싸는 시늉을 하며 놀리듯 웃었다.

"아, 아니에요!"

미나는 얼굴을 붉힌 채 마구 도리질을 했다.

성진과 유리는 서로의 얼굴에 떠오른 무안함을 확인하고 살풋 웃었다. 다행이다. 나만 이상한 상상한 거 아니라서.

"저 완전 몸치인데 괜찮을까요?"

"걱정 마. 잘 출 수밖에 없는 몸으로 만들어 줄게."

군살 없는 팔뚝을 내보이며 다희가 자신 있게 웃었다. 그 모습을 보고 미나는 감격했다.

이 언니, 천사다, 진짜. 같이 살아 주는 것도 모자라 댄싱퀸으로 만들어 주신다니!

"넵! 열심히 할게요. 이래 봬도 식당 일로 단련된 몸이라고요!"

험난한 미래를 조금도 예상 못 한 미나는 호기롭게 말했다.

"누님 말 잘 들어라. 속 썩이지 말고."

"아저씨는 걱정 붙들어 매시죠."

"너, 한 번만 더 아저씨라 부르면 파문이다!"

"네. 아. 저. 씨. 이걸로 시즌 5호 파문인가옘?"

투닥거리는 와중에도 성진의 입술엔 안도의 웃음이 걸렸고, 미나의 얼굴엔 사무칠 정도의 기쁨이 묻어났다.

"오늘은 이만 해산하도록 할까? 미나야, 오늘은 네 집으로 가자. 옮길 짐이 얼마나 되는지 보게."

"네!"

"우리 집에도 가끔 놀러 와."

유리가 나긋나긋 웃으며 말한 순간 미나가 불쑥 물었다.

"그러고 보니 유리 언니도 혼자 살잖아요. 혼자 자면 무섭거나 그러진 않아요?"

"어…… 아파트라서 괜찮긴 한데. 내가 집안일을 너무 못해서 어수선하긴 해."

유리는 기어들어 가는 목소리로 중얼거렸다.

"독립한 지 반년이나 됐는데…… 부끄럽다."

"집안일을 제대로 배울 기회가 없어서 그런 거야. 그러니까, 당

474

분간 누가 같이 살면서 집안일도 가르쳐 주고 하면 참 좋을 텐데."

다희가 성진 쪽을 흘끗 보며 들으란 듯 말했다.

"지금 같아선 남자랑 살아도 딱히 상관없을 거 같지 않아?"

"……네?"

유리의 눈이 뚱그레졌다. 미나가 짓궂은 웃음을 물고 한몫 거들
었다.

"오히려 남자면 개이득 아닌가요? 출퇴근도 안심이고. 밤에 같
이 나가서 산책하거나 운동할 수도 있고."

"성진이는 어떻게 생각해?"

"글쎄요."

성진의 눈동자에 차오른 감정은 다분히 불편해 보였다.

"아무리 그래도, 그건 좀."

순진하게도 저를 두고 하는 말이라고는 미처 생각 못 하고, 다
른 남자가 유리와 동거하는 상황을 상상해 버린 듯.

"오늘 비 올 거라더니 진짜 오네."

문밖을 내다보며 성진은 말을 돌렸다.

"유리야 우산 챙겼어? 안 가져왔으면 내 거 같이 쓰자."

"어…… 고마워. 성진아."

급작스레 끌려나온 문제와 함께 철철 넘쳐흐르는 생각들 때문
일까. 두 사람은 평소보다 서두르는 기색으로 바를 나섰다.

다희는 미나에게 찡긋 윙크했다.

"오늘의 진도는 여기까지."

13.
뒤돌아보려는 여자, 나아가는 여자

수영은 창밖에 내리는 겨울비를 멀거니 보았다. 빗방울이 유리창에 툭툭 부딪치며 사선으로 미끄러진다.

'비가 너무 많이 오는데.'

오늘처럼 얼음 채찍 같은 겨울비가 오던 날. 집까지 바래다준 성진이 조심스레 물었다.

'나 오늘만 여기서 자고 가면 안 돼?'
'말했잖아. 결혼하기 전까진 같이 자는 건 안 된다고.'

수영의 매몰찬 거절에 성진은 약간 무안한 듯 웃었다.

'그냥 해 본 말이야. 그럼 나 간다.'

한밤중에 수영의 아파트를 나선 성진은 얼어붙은 길을 되돌아 갔다.

15년 동안 겨울비 한번 피하게 해 주지 않는 그녀에게 정을 떼고도 남았을 길인데, 다음 날 성진은 오히려 싱글벙글 웃으며 말했다.

'수영아. 주말에 시간 돼? 나, 너한테 진지하게 할 말이 있어.'

그렇게 수영은 프러포즈를 받았다.

그는 얼어붙은 길을 가면서 생각했던 모양이다. 하루빨리 결혼해서 이런 궂은 날에도 수영과 함께이고 싶다고.

"지금 무슨 생각 해?"

두현이 수영의 등 뒤로 탄탄한 몸을 겹쳐 붙였다.

"쌀쌀하네. 이 집은 난방을 해도 좀체 따뜻해지지를 않는군."

"싫으면 오지 말든가."

수영은 자기 집 얘기만 나오면 늘 예민해졌다. 집 안에 있을 때 조차.

"그러게 내 오피스텔로 들어오라니까. 필요한 건 다 갖춰 놨으니 몸만 오면 돼. 이 집은 내가 알아서 처분할게. 어차피 더 이상 여길 찾을 사람도 없을 텐데."

두현의 오피스텔은 단순히 난방만 잘 되는 곳이 아니다. 세계적인 건축디자이너가 인·아웃테리어를 특급 호텔 수준으로 빚어 놨고, 회원제 수영장에 피트니스센터까지 갖춰진 하이엔드 오피스텔이다.

드디어 이 낡아 빠진 주공아파트를 나와 고고한 일상을 누릴 수 있게 됐건만. 상상해 왔던 것에 비해 마음이 동하지 않는 건 왜일까?

"당신 배다른 형이 우리 회사 임원으로 올지도 모른단 소문이 있던데."

"소문이 아니라 거의 확정된 거 같더군."

두현이 빈정대듯 중얼거렸다.

"내가 과장 승진하기 무섭게 선샤인주류에 손을 대려 하다니. 무슨 심보인지 뻔하지 않아?"

'모난 돌을 쳐냈더니, 모난 돌이 된 거구나.'

수영은 눈을 지그시 감았다. 유예해 왔던 과실을 이제야 여유롭게 맛보나 싶었는데. 세상 쉬운 일이 없다.

"하, 고작 선샤인주류 과장직이 그렇게 눈꼴시었나. 지들은 알짜배기 계열사만 골라 낙하산을 닳도록 탔으면서."

두현이 다른 세계에서 원망을 늘어놓는 동안, 수영은 혼자만의 생각에 잠겼다.

만약 성진이 과장이 되었더라면 어땠을까?

강두현은 이렇게 전전긍긍하지 않아도 되었을 거고, 오히려 성진에게 이 문제를 상담할 수 있었을지도 모른다.

"지금 무슨 생각 해?"

"아무 생각 안 했어."

수영은 얼른 고개를 가로저었다.

"내일 간만에 저녁 데이트나 하지. 먹고 싶은 거 말해 봐."

과장을 단 이후, 강두현의 저녁 스케줄은 단 하루도 비즈니스를 벗어난 적이 없었다. 내일 저녁 식사도 로맨틱한 데이트보다는 작전 회의의 장이 되리라.

"조용한 데서 와인 한잔하면 좋겠네."

뻔히 알면서도 수영은 장단을 맞췄다. 강두현의 근사한 껍데기를 가지기로 한 이상, 그의 야심과 지속적으로 잔을 부딪쳐야 하니까.

"그럼 네가 전에 괜찮다고 했던⋯⋯."

두현이 레스토랑 이름을 대려는 찰나, 핸드폰이 울렸다.

"무슨 일이야?"

수영의 뒤에 바짝 붙은 자세로 두현은 한밤중에 걸려 온 전화를 받았다. 공을 들여 조성한 무드가 싱겁게 깨졌다.

"그 얘길 왜 이제야 하는 거야! 머저리 새끼. 일을 이따위로밖에 못 해?"

두현이 내지른 고함소리를 온몸으로 맞으며 수영은 눈을 질끈 감았다.

폭압적인 외침. 인격을 깔아뭉개는 말. 너무나도 익숙한 이⋯⋯.

"하! 김두빈이가 선샤인주류 부사장이란다. 내일 바로 취임식한다네."

두현이 옷걸이에 축 늘어져 있던 코트를 챙겨 입었다.

"설마 맞이할 준비하러 가는 거야? 이 한밤중에?"

수영이 허망하게 중얼거리자, 두현은 그녀를 서늘하게 흘겼다.

"윤수영. 너도 정신 바짝 차려. 그 인간은 네가 내 라인인 거 이미 파악하고 있을 거야."

"⋯⋯."

"이제부턴 앞만 봐도 모자라. 뒤돌아봤다간 본전도 못 건지는

480

수가 있어."

두현은 횅한 바람을 일으키며 떠났다.

재벌가 왕자님 고래 다툼에 등 터지지 않으려면 더욱 악독한 여자가 되어야 하건만, 한순간 수영은 위태로운 회상을 했다.

'네가 있는 곳이면 어디가 되든, 나한텐 꿀단지 숨겨 놓은 곳인데?'

똑같이 백허그를 해도, 속삭이는 말의 온도가 정반대였던…….

"구질구질한 생각 좀 하지 마, 윤수영."

구질구질. 가장 진저리 나는 단어까지 읊조려 가며 수영은 애써 생각을 지웠다.

차가운 외풍이 휘몰아치는 낡은 주공아파트에서의 마지막 밤. 수영은 창밖에 내리는 겨울비를 오래도록 바라보았다.

제동장치 없는 열차에 몸을 실은 기분이었다. 뒤돌아보는 순간 목이 꺾여 나갈 만큼 무시무시한 속도로 내달리는.

❖ ❀ ❖

Long Island Iced Tea

Skill : build

Glass : Collins glass

Recipe : Gin 1/2oz, Vodka 1/2oz, Light Rum 1/2oz, Tequila 1/2oz, Triple sec 1/2oz, Sweet&Sour Mix 1.1/2oz, Top with Cola

Garnish : A Wedge of Lime or Lemon

"저기요, 쌤. 이 책 뭔가 이상해요. 한글이 1도 없는뎁쇼?"

칵테일 레시피를 보고 황당함을 호소하는 미나에게 성진이 덤덤하게 말했다.

"칵테일 자체가 서양에서 발전되어 들어온 문화라, 대다수 용어가 영어로 되어 있어. 실기시험 칠 때도 심사위원이 칵테일 세 개를 칠판에 영어로 써서 출제한단다."

"아니, 대한민국에서 왜 멀쩡한 한글 놔두고!"

"아, 내가 이거도 말했던가? 조주기능사 필기시험 60문제 중 10문제는 기초영어 문젠데."

"아뇨? 완전 처음 들어요!"

"질문은 물론이고 선택지까지 통으로 영어로 되어 있지."

"으악! 그런 게 어딨어요!"

"나한테 항의해 봐야 소용없다. 실무상으로도 바텐더는 영어랑 뗄 수 없는 관계야. 외국인 고객도 응대해야 하고, 트렌드에 뒤처지지 않으려면 해외 자료를 끊임없이 접해야 하거든."

알면 알수록 왜 이리 어려운 것들투성이야! 미나가 입술을 쀼로통하게 물자 성진이 하하 웃으며 달랬다.

"그래도 조주기능사 시험에 나오는 영어는 중학생 수준이니까, 너무 걱정하지……."

유리 쪽을 본 순간, 성진은 말끝을 흐렸다. 그녀는 책을 보는 척 고개를 숙여, 쥐구멍으로 들어가고픈 심정을 어떻게든 감추려 애쓰고 있었다.

'유리야. 너까지 그런 표정 지으면…….'

하긴, 우리 수능 친 지 10년 됐잖아. 그치?

"자꾸 보다 보면 익숙해질 거야. 미나야, 한번 쭉 읽어 봐. 'oz'는 온스라 읽으면 돼."

성진은 슬그머니 미나에게 발표를 떠넘겼다.

"어, 음. 진 2분의 1 온스, 보드가 2분의 1온스……."

미나가 투박한 영어 발음으로 레시피를 쭉 읽어 내린 후, 본격적인 수업이 시작됐다.

"1온스의 용량은 30ml. 1샷shot이라고도 해. 바의 메뉴 리스트를 보면 위스키 같은 양주의 가격은 1샷 단위로 책정되어 있어. 예를 들어 위스키 온더록 1샷 주문이 들어오면, 바텐더는 30ml를 계량해서 얼음 잔에 담아 서비스하는 거지."

성진이 물컵에 담가놓은 지거(Zigger, 두 개의 고깔을 접붙인 모양의 계량기구)를 꺼내 올렸다.

"지거의 작은 쪽은 1온스고, 큰 쪽은 1과 2분의1 온스야. 레시피에 1온스라 적혀 있으면 지거의 작은 쪽을 꽉 채워 넣으면 되는 거지. 유리야, 잠깐 이리로 와 볼래?

성진이 물로 채운 술병과 지거를 유리에게 건넸다.

"이걸 술이라 생각하고 1온스를 계량해 봐."

아주 단순한 작업인데, 막상 작업대 앞에 서니 정신이 멍해졌다.

"오른손으로 술병의 라벨이 보이게 술병을 잡고, 왼손으로 병뚜껑을 열어. 왼손 검지와 가운뎃손가락 사이에 지거를 끼워서 작은 쪽을 가득 채우면 돼."

한 손으로 술병을 잡아 올리려니 제법 무겁게 느껴졌다. 지거를 잡은 왼손도 부들부들 떨렸다.

"앗……."

아차 하는 사이 지거 밖으로 물이 콸콸 흘러넘쳤다.

성진이 마른 행주로 유리의 손가락에 묻은 물을 슥 닦아 주었다.

"이렇게 술이 넘치면 술 손실 감점이 있겠습니다. 미나도 나와서 해 봐."

성진은 작업대 앞에 선 미나에게 또 다른 미션을 내렸다.

"1/2온스를 계량해 봐. 작은 쪽 지거를 2/3정도 채우면 돼."

미나는 자신만만하게 덤벼들었다. 이래 봬도 다년간 식당 짬을 쌓은 몸이니 이런 단순 작업쯤은 껌이지!

그러나 지거는 생각했던 거보다 빠르게 차올랐다.

"으왓?"

미나는 지거의 물을 살짝 따라 버려 양을 조절했다. 곁에서 보던 성진이 지적했다.

"물론 그렇게 해도 술 손실 감점이 주어진다."

"이거 의외로 어렵네요."

한 손에 들어오는 작은 기물이 두 사람의 진땀을 빼놓았다.

"방금 해 봤듯 조금만 실수해도 10ml 정도가 왔다 갔다 하거든. 계량 실수한 칵테일은 손님에게 내놓을 순 없으니 통으로 버리게 돼."

"실수하면 안 되는 이유는 맛 때문도 있지만."

매의 눈으로 수업을 지켜보던 다희가 한 소리 했다.

"손님이 보는 앞에서 만들던 칵테일을 싱크대에 버리면 그만한 쪽이 없겠지? 또한 원가 손실도 무시할 수 없는 요소지. 1온스에 10만 원이 넘는 술도 있으니."

그런 오지게 비싼 술을 한 방울이라도 흘린다면……. 상상만 해도 끔찍하여라.

"그러니까 계량 연습 열심히 해야 돼. 알겠지, 얘들아?"

"넵!"

유리와 미나는 군대 캠프라도 온 사람처럼 각을 잡고 대답했다.

"레시피 보는 법 마저 알려 줄게. 칵테일 레시피는 크게 글라스, 기법, 베이스, 주스와 탄산 등의 부재료, 가니시로 구성되어 있어."

성진은 콜린스글라스에 얼음을 가득 채워 넣었다.

"재료를 주입하는 순서도 중요해. 레시피 맨 앞에 드라이 진이라 적혀 있지? 그럼 이 칵테일은 진 베이스인 거야. 일반적인 주입 순서는 기주, 그 외의 술, 주스, 탄산 순으로 되어 있어."

"재료 넣는 순서가 틀리면 안 돼?"

"당연하지!"

유리는 성진에게 물어봤다가 다희의 칼 같은 대답에 찔려 움찔거렸다.

"실무에선 실수로 인한 위험부담을 줄이기 위해 단가가 높은 술을 나중에 넣기도 하지만, 자격시험에선 주입 순서도 채점 요소야. 실제로 맛에도 영향을 주고. 예를 들어 청량음료를 초반에 넣으면 탄산이 금방 빠지겠지."

1~2분 내에 만들어지는 칵테일이지만, 손님이 첫 모금을 머금는 순간을 위한 세심한 안배가 조밀하게 담겨 있었다. 미나는 바텐더란 술과 주스를 적당히 섞어 파는 직업이라 생각했던 한때의 자신을 꽁 때리고 싶어졌다.

"재료 혼합 방식인 '기법'도 칵테일의 맛을 좌우해. 롱티의 기법은 빌드build니까, 이렇게 컵에 재료를 직접 넣으면 돼."

유리의 시선은 성진의 유려한 손에 흠뻑 빨려들었다. 저 손은 어쩜 저렇게 무거운 술병을 흔들림 없이 받쳐 들고, 지거를 물 흐르듯 다룰까.

"가니시는 칵테일을 예쁘게 보이게도 하지만, 어떤 재료가 쓰였는지 암시하는 역할도 해."

성진은 카운터에 코스터를 깔아 완성된 칵테일을 올렸다.

"여기까지 하면 롱 아일랜드 아이스티 서비스 완료."

"우와, 이렇게 보니까 홍차 같아……."

"실제로 홍차 같은 비주얼 때문에 아이스티란 이름이 붙은 거야. 롱티는 실무 레벨에선 콜라 비율이 특히 중요해. 너무 많이 들어가면 홍차가 아닌 그냥 콜라가 되어 버리니까."

세련된 동작과 복잡한 순서로 완성된 예쁘고 먹음직스런 결과물. 유리와 미나는 감탄을 금치 못했다.

"바텐더 하면 흔히들 떠올리는 기물이 셰이커지? 이번엔 셰이킹 기법으로 롱티를 만들어 볼게."

성진은 셰이커 바디에 얼음과 재료를 채워 넣었다. 셰이커가 그의 손아귀에서 진자 운동을 하듯 흔들렸다. 다희가 유리와 미나에게 귀띔했다.

"잘 봐 둬. 셰이킹을 할 땐 안의 얼음이 부서지지 않게 완급을 조절해야 해. 거칠게 흔들면 음료에 얼음 조각이 섞여 나오니까."

빌드와 셰이킹. 서로 다른 기법으로 만든 두 잔의 롱티가 유리의 테이블에 놓였다.

"둘 다 조금씩 마셔 봐. 미묘하게 다른 점이 있을 거야."

유리는 두 가지 타입의 롱티를 한 모금씩 마셔 보았다.

"음…… 뭐랄까. 셰이킹으로 만든 쪽이 좀 더 부드러운 거 같아."

"음료가 공기 방울이랑 섞여서 그래. 롱티의 공식 기법은 빌드지만, 실무에선 셰이킹 기법을 채택하는 바도 많아."

"그럼 바에선 전부 다 셰이킹으로만 칵테일을 만드나요? 빌드는 어떤 점이 좋은 거예요?"

"좋은 질문이야."

미나의 물음에 성진이 기다렸다는 듯이 대답했다.

"두 롱티를 잘 관찰해 봐. 뭔가 다른 점이 보이지 않아?"

"아, 셰이킹으로 만든 쪽이 좀 뿌옇긴 하네요. 거품도 있고."

"셰이킹은 부드러운 맛을 내면서 설탕이나 크림 같은 재료를 잘 섞이게 하지만, 대신 음료가 뿌옇게 되고 거품이 올라오지. 칵테일을 맑게 표현하고 싶으면 빌드 기법이 나은 거야."

"그렇구나……."

"빌드. 셰이킹. 믹싱글라스에 재료 넣고 바 스푼으로 젓는 스터링. 믹서기로 가는 블렌딩. 액체의 비중 차이를 이용해 층을 내는 플로팅. 이런 기법들의 장단점을 숙지하는 게, 바텐더의 기본 소양이야."

불현듯 성진이 유리를 보며 입술을 부드럽게 말아 올렸다. 그 미소를 본 순간, 유리는 자신이 내내 심각한 표정으로 수업에 임하고 있었음을 깨달았다. 열심히 들은 보람은 있는데 살짝 부끄러워졌다.

그 뒤로도 1시간 동안 유리와 미나는 계량 연습을 했다.

"다희 언니. 저 이것들 집에 가져가도 돼요?"

"집에 가서 연습하게? 오늘은 이만하면 충분히 한 거 같은데."

"그래도 해 보려고요."

유리는 가방에 빈 술병과 지거를 챙겨 넣었다.

"너무 무리는 하지 마. 앞으로 차차 연습해도 괜찮은데."

성진이 유리의 손을 덥석 잡아 올렸다. 1시간 내내 기물을 만진 탓에 손끝이 살짝 부어 있었다. 그보다 그의 손에서 전해지는 온기가 더 신경 쓰이는 듯, 유리의 얼굴이 살짝 발개졌다.

"무리 안 할게. 저녁 먹고 30분만 더 해 보려고."

"처음부터 너무 힘이 들어갔어, 너."

자신을 챙기려 드는 성진을 보며 유리는 웃음을 머금었다.

"난 힘이 좀 들어가도 돼. 그동안 너무 힘없이 살았으니까."

"그럼 저도 가져갈래요!"

유리의 의욕에 전염된 미나도 덩달아 기물을 챙겼다. 성진이 어쩔 수 없다는 듯 웃었다.

"그럼 둘 다 집에 가서 딱 30분만 하기야."

자신이 그려 보는 아젤리아 2기의 어엿한 오너 바텐더 금유리는, 아직 1온스도 계량하지 못해 쩔쩔매는 지금의 자신과는 하늘과 땅 차이가 난다. 그 간극을 피 나는 노력과 연습으로 채워야 하리라.

그래도 유리는 어마어마한 양의 숙제가 마냥 두렵지만은 않았다.

가야 할 길이 보이는 것, 갈 길이 열린 것, 폐쇄된 철길에 오래도록 주저앉아 녹슬어 가던 열차에겐, 그보다 감사한 일이 없었다.

이제는 가슴에 뜨거운 연료를 싣고 힘차게 달릴 때다.

❖ ✳ ❖

"자, 다들 일어나세요. 신임 부사장님 오셨습니다."

빛을 삼키는 다크블루 슈트를 입은 남성이 수행비서와 함께 모습을 드러냈다.

약간 위로 쳐들린 턱에서 엿보이는 드높은 프라이드. 그룹의 미래를 거시적으로 내다보는 천리안. 눈높이 자체가 차원이 다른 인종.

"여기가 바로 대한민국의 술 문화가 시작되는 곳이군요."

오늘부로 선샤인주류 부사장이 된 김두빈은 슈트 입은 호랑이였다.

다른 부서에선 가벼운 목례만 했다던 부사장은, 기획개발팀 사무실에서 본격적인 훈시를 했다.

"지난 40년간 첫이슬은 꾸준히 변화해 왔지요. 소주의 마지노선이라는 20도의 벽을 깨고 점점 더 순하고 부드러운 소주가 되었습니다. 우리는 그것이 저도주 열풍이라는 시류를 따른 결과라 자평합니다. 하지만."

하지만 그 한마디에 무던하던 분위기가 나락으로 떨어졌다.

"그것이, 알코올 도수를 낮춰 원가를 절감하려는 꼼수에 불과하다는 외부의 비판도 적지 않습니다."

뼈 있는 말로 부사장은 이 자리의 모두를 죄인으로 만들기 시작했다.

"맥주 시장에선 수입 맥주가 맹위를 떨치고, 보드카, 진 같은 증류주도 프리미엄 라인이 출시되고 있어요. 전통주 시장도 통신판매 허용에 힘입어 분기별로 수백 퍼센트 매출 신장세를 보인다지

489

요? 뭐, 그쪽이야 워낙 침체되어 있었던지라 상대적인 수치긴 합니다만, 이런 현상들이 시사하는 바는 분명합니다. 지금, 대한민국 술 문화가 변하고 있습니다."

부사장이 총총한 눈빛을 휘둘렀다.

"소위 '스몰럭셔리'라 부르는 트렌드가 식음료 업계에 지대한 영향력을 행사하고 있습니다. 소비자들은 단 한 잔, 단 한 입을 먹더라도 보다 다채롭고 고급스러운 먹거리를 지향하지요."

매년 한정판을 출시해 적당한 반향을 일으키면 되겠지. 해마다 알코올도수를 낮추어 수익 구조를 찔끔찔끔 개선하면 되겠지. 지금까지 그래 왔듯 40년 역사를 자랑하는 메가브랜드 첫이슬의 아성에 기대면 되겠지.

그런 안일한 생각들을 꾸짖듯 두빈이 칼칼한 목소리를 내었다.

"부동의 점유율 1위라는 타이틀에 안주했다간, 날개 없는 추락을 할지도 모르는 세상이 왔습니다."

직원들은 누가 등 뒤에서 칼춤을 추는 듯 모골이 송연해졌다. 이걸로 신임 부사장의 의중은 확실히 알았다.

그는 변화를 원했다. 누군가는 휩쓸려 목이 잘려 나갈 변화.

"기획개발팀 여러분의 책무가 더욱 막중해진 시점입니다. 온 팀원이 합심하고 스스로를 돌아보아야 합니다."

표면상 모두에게 하는 말이지만, 부사장의 시선은 화살보다 정확하게 한 사람에게 꽂혔다.

모두가 머리를 조아린 가운데, 혼자만 고개를 뻣뻣이 든 강두현.

"나, 김두빈은 여러분이 의욕을 가지고 일할 수 있는 환경을 만들겠습니다."

두빈의 입꼬리가 비죽 올라갔다.

"그러기 위해, 인재들이 적재적소에 배치되는지 부사장으로서 관심을 가지고 지켜볼 것임을 약속합니다."

부사장의 순시가 끝난 후, 두현은 전 직원 중 가장 먼저 13층 부사장실로 불려갔다.

두빈은 통유리창 너머로 펼쳐진 빌딩숲을 관망하고 있었다. 두현은 그의 등에 대고 형식적으로 인사했다.

"부사장으로 영전하신 거 축하드립니다."

"술이 뭔지도 모르는 작자가 어머니 힘으로 부사장 직함을 달았으니, 밑바닥부터 열심히 올라온 네가 보기엔 모양새가 별로겠지."

"형님이라면 잘하실 겁니다. 아까도 말씀하시는 거 들어 보니 나름 공부 많이 하신 거 같던데요."

"복성진 대리라 했던가."

두빈이 불쑥 꺼낸 말에, 두현은 준비해 둔 시건방진 조롱을 까맣게 잊어버렸다.

"개인적으로 첫이슬 참꽃 기획안 흥미롭게 봤다. 예정대로 봄에 출시됐다면 첫이슬 엘더플라워보다 대박을 쳤을지 모르지."

"글쎄요. 어쨌든 매출액 150억 원 돌파라는 실제의 성과를 낸 건 첫이슬 엘더플라워니까요."

두현이 비꼬는 말에도 아랑곳 않고 두빈이 중얼거렸다.

"그 횡령 사건, 그런 유능한 직원 머리에서 나왔다기엔 허무할 정도로 허술하던데. 사건 조사도 주먹구구식으로 이뤄졌고. 선샤인주류 감사팀 수준이 고작 그 정도였다니 실망이야. 그 친구가 부당해고 소송이라도 제기했다면 우리 회사가 깨졌을지 몰라."

"그 친구, 향후 이의제기를 하지 않겠단 서약서까지 쓰고 나갔습니다. 본인이 정말 결백했다면 과연 응했을까요? 그만둔 지 반년이 다 돼 가는 직원 얘긴 그만하시죠. 그 친구 아니어도 우리 회사에 유능하고 정직한 인재 넘쳐 나니까요."

두현이 '정직'을 강조하듯 말했다. 그러나 죄다 한 귀로 흘린 듯 부사장은 계속 성진 얘기를 했다.

"그 직원, 회사 나간 뒤로 홍대의 한 술집에서 일한다고 들었다. 개발하던 친구가 얼마나 갈 데가 없었으면 그런 데서 일하는 걸까. 설마 네가 손을 쓴 건 아니겠지."

"글쎄요. 복 대리의 불운이 우연찮게 저의 기회로 작용해서 그런지, 그런 의혹을 품는 사람들이 있는 거 같더군요."

"그러게. 우직하게 일만 할 게 아니라 주변을 잘 살폈어야 하는데. 혹시나, 수풀 속에 숨겨진 뱀이 있지는 않은지. 능력 있는 사람 샘내고 헐뜯는."

처음부터 이 말이 하고 싶어 불러낸 게 분명하다. 두현은 이를 한 번 사리문 다음, 감쪽같이 얼굴을 펴며 말을 돌렸다.

"어쨌든 형님께서 오셨으니 저도 더욱 분발해야겠군요. 보다 긴요한 위치에서 형님을 보필할 수 있도록 말이죠. 밑바닥부터 시작하려니 시간이 좀 걸리고 있지만."

낙하산 주제에 언제까지 그렇게 맘 놓고 등을 드러내나 보자. 이 거리가 충분히 좁혀지는 날, 당신 모가지를 뜯어 낼 테니.

뒤돌아선 배다른 형의 오만함만큼, 등 뒤에 쏘아지는 두현의 눈빛과 생각은 매서웠다.

"든든하구나. 어머니는 다르지만 그래도 형인데. 변변하게 뭘 해 준 게 없어 너에겐 늘 미안한 마음이 든단다."

두빈은 여전히 뒤돌지 않고 말했다.

"나도 널 위해 한마디 하마. 왜 아직, 황금글라스 금유리하고 진전이 없는 거냐."

"……."

두현의 입술이 안쪽으로 바짝 빨려 들어갔다.

"개성 있는 차림새가 약간 흠이 된다고 들었다만, 황금글라스라는 이름만으로도 충분히 격이 있는 여자다. 그런데 너랑 혼담이 오가자 가출을 감행했다면서?"

금유리가 가출한 게 마치 제 탓인 양 매도당해도, 변명할 말이 없었다.

"내가 나서서 더 좋은 혼처를 찾아 주려 해도 글쎄. 정재계에 그 이상 좋은 자리가 떠오르지 않는구나."

사생아인 네 주제에 감히 넘볼 수 있는 신붓감이.

"넌 오랫동안 유학생활을 해서 잘 모를 수도 있는데, 대한민국에선 남자가 하루 빨리 안정된 가정을 이루는 것도 경영인으로서의 능력을 가늠하는 중요한 척도가 된다. 그래서 회장님께서도 네가 성혼한 연후에 널 입적하려 하셨던 거고."

상처를 까뒤집는 말이 반박의 여지마저 없었다. 두현의 얼굴은 구둣발로 꾸욱 밟힌 알루미늄 캔처럼 와작 구겨졌다.

표정 관리가 도저히 불가능한 그때.

"그렇게 김두현이 되고 싶었으면 금유리부터 잡았어야지."

배다른 형이 뒤를 돌아,

"선샤인주류 과장 따위에 에너지 쏟을 게 아니라."

역습을 가했다.

"어리석은 놈."

13층 부사장실에서 5층 기획개발팀 사무실까지 두현은 비상계단으로 내려왔다. 한바탕 걷고도 끓어오르는 모멸감이 식지 않았다.

'기획개발팀 과장 강두현'

요란스런 자개 명패가 공연히 마음의 불씨를 키웠다.

[오늘 저녁 같이 먹는 거 맞지?]

PC 화면보호기를 해제하니, 수영으로부터 메신저가 와 있었다. 제가 먼저 약속을 잡아 놓고, 두현은 성가심이 밀려오는 걸 느꼈다.

계단을 내려오는 동안 배다른 형에게 대적할 만한 패들을 떠올려 보았다.

특히, 황금글라스 회장의 고명딸 금유리는 더욱 시급한 패가 됐다. 배다른 형이 제가 탄 배를 해적처럼 덮쳐 칼을 뽑아 든 작금의 상황에서.

[미안, 오늘 급한 볼일이 생겼어. 다음에 먹지.]

금유리에 비하면, 윤수영은 나중에 밥 줘도 되는 어망 속 물고기였다.

❖ ❊ ❖

바 카운터에 놓인 호박색 술을 보고 미나가 대뜸 말했다.

"양주다."

"그러하다. 정확히는 위스키지만."

성진이 고개를 끄덕였다.

"드라마 보면 재벌 3세가 고급 바에서 이런 술에 얼음 타서 마시던데."

"그쪽 사람들은 한 병에 수백만 원짜리 위스키나 코냑을 마시겠지. 유리에게 한번 물어볼까?"

미나와 서민적인 대화를 나누던 중 성진은 무심코 유리에게 물었다.

"유리야, 너희 아버님은 어떤 술 좋아하셔?"

부자들은 대체 어떤 술을 마시냐는 물음이었다.

"글쎄…… 진열장에 선물 받은 양주가 몇 병 있긴 한데 집에서는 잘 안 드셔."

"하긴, 너희 아버님 정도 되면 비즈니스 술자리도 엄청 많으시겠다."

성진의 추측과 같은 이유로, 금 회장은 사적인 음주는 자제하는 편이었다.

그토록 자기 관리가 철저한 아버지도, 집에 귀한 손님이 오면 불콰한 얼굴로 술을 즐기셨다. 그 귀한 손님은 주로 큰오빠 규진이었고, 유리는 단 한 번도 그 자리에 낀 적이 없었다.

"이젠 진열장에 뭐가 있었는지도 가물가물해. 도움이 못 돼서 미안."

유리의 입가에 걸린 웃음은 지극히 희미했지만, 이 이상 이야기하길 원치 않는 쓰디쓴 기운을 분명하게 풍겼다.

"어, 아냐. 그냥 궁금해서 한번 물어봤어."

눈치 빠른 미나가 얼른 화제를 바꿨다.

"근데 재벌 3세는 꼭 여주랑 잘 안 될 때 양주 마시더라고요. 한마디로 궁상용 소품이랄까."

"하하, 맞아. 유리가 여주인공이라 치면."

성진은 양주 옆에 온더록스 잔을 하나 가져다 놓았다. 그는 이마를 짚고 유리를 흘겨보며 연극조로 말했다.

"하, 금유리. 감히 돈도 더럽게 많고 집안도 짱짱한 이 나를 거부해? 두고 봐. 반드시 널 갖고 말겠어!"

"……."

나름 다운된 분위기를 환기하기 위한 콩트였는데, 더럽게 노잼이었던 모양이다. 그러니 유리가 저렇게 눈을 크게 치뜨고 아무 말도 안 하는 거겠지.

"워워, 아저씨."

미나가 정색하며 수습에 나섰다.

"발연기라 하기엔 내 발꼬락에도 미안해지는 연기군요."

"알았어! 다신 안 할게. 유리야, 미안. 내가 무리수를 뒀다."

성진이 유리를 보며 실없이 웃었다. 그냥 수업 진도나 나가야겠다.

"위스키는 맥아나 옥수수 같은 곡식 발효주로 만든 증류주야. 쉽게 이해하자면 맥주를 증류한 술이랄까."

증류기에서 갓 뽑아낸 술은 무색투명한 알코올 물에 지나지 않지만, 오크통에 넣어 오랜 기간 숙성하면 독특한 향을 입은 호박색 술이 된다.

"한번 마셔 볼래? 40도짜리니까 다 마시진 말고 살짝만."

유리는 난생처음 위스키를 맛보게 되었다. 그 소감은…….

"으……."

"왜 그래요 언니? 맛이 이상해요?"

"맵고 독해. 맛은…… 잘 모르겠어."

처음 맛본 위스키는, 나무 냄새가 뒤섞인 알코올 같기만 했다.

496

마니아들은 과일 향, 꽃 향, 심지어 꿀맛까지 느낀다고들 하던데. 맛을 느낄 겨를도 없이 혀가 알알했다.

"옛날사람들도 위스키를 처음 맛봤을 때 이런 반응이었을 거야. 유리야, 지난 시간에 배운 칵테일의 최초의 정의 기억나?"

"칵테일이란 증류주에 설탕, 물, 비터를 넣은 활기를 주는 음료라는 거…… 말이지?"

"오, 정확히 기억하고 있네? 너 복습 되게 열심히 했구나."

성진의 흐뭇한 미소에 유리는 날아갈 듯했다. 오늘 아침에 한 번 더 보길 잘했다…….

"옛날 사람들이 이 독한 위스키를 좀 더 맛있게 먹을 방법을 찾다가 탄생한 칵테일이, 올드패션드야. 칵테일의 시조 격이랄까. 미나야, 레시피 읽어 봐라."

미나는 어제보단 한결 여유롭게 레시피를 읽어 내렸다.

"올드패션드 글라스. 빌드 기법. 버번위스키 1.1/2온스, 각설탕 1개, 앙고스투라 비터스 1dash, 클럽 소다 1/2온스. 오렌지 필 가니시."

"우리가 흔히 온더록스 잔이라 부르는 컵이, 원래 올드패션드 전용 글라스야."

성진은 온더록스 잔을 작업대에 놓고 각설탕을 까 넣었다.

그가 꺼낸 핫소스 크기의 병을 본 순간, 유리는 강한 기시감을 느꼈다.

아젤리아 개업한 지 얼마 안 됐을 때. 작업대에 놓인 핸드 스퀴저에 무심코 손댔다가 다희에게 주의를 들은 날. 그녀가 손님에게 만들어 준 칵테일에 저게 들어갔던 기억이 난다.

저 핫소스 크기 병 안에 든 정체불명의 흑갈색 액체의 정체가 무얼까, 은근히 가려운 데처럼 궁금했는데.

"이건 앙고스투라 비터야. 44.7도짜리 약초술이지."

아, 뭔가 재미있다. 이렇게 하나씩 알아 가는 거.

"1dash는 5~6방울 정도인데, 컵 안에 한 줄기 뿌려 주면 돼."

비터를 뿌린 각설탕에 소다를 붓고 얼음을 채운 다음, 위스키를 계량해 넣고 바 스푼으로 저어 주었다.

"마무리로 오렌지필 가니시."

오렌지껍질을 비틀어 잔에 넣은 후, 성진은 저를 빤히 쳐다보는 미나에게 씨익 웃었다.

"뭐 하러 여기다 오렌지껍질을 넣는 거지? 하는 표정이군."

"굳이 비트는 이유도 궁금하고요."

"이거 향 한번 맡아 볼래?"

미나는 성진이 내민 올드패션드에 코를 가져다 댔다.

"음! 약초 냄새 같은 것도 나고, 오렌지 향이 물씬 나네요?"

"과일의 향기 성분은 주로 껍질 안에 있어. 레몬이나 오렌지 껍질을 살짝 비틀면 안에 있는 에센스가 분사되지."

"아…… 칵테일에 향을 입히려고 비트는 거였군요."

"그치? 난 음료의 맛의 8할은 향이 좌우한다고 생각해."

확신에 가득 차서 말하는 성진을 유리는 씁쓸하게 바라보았다. 성진은 첫이슬 참꽃을 개발할 때 에센스에 가장 큰 공을 들였다고 했지.

그가 한 말에 자신도 문득 첫이슬 참꽃을 떠올리게 되는데, 본인의 속은 오죽할까 싶다.

우리가 함께하는 시간이 그 아픈 기억을 조금이라도 되살리지 않았으면 좋겠는데.

"유리야."

"응?"

성진이 내민 올드패션드가 유리의 상념을 비집고 들어왔다.

"한번 마셔 볼래?"

그가 설명을 곁들였다.

"올드패션드는 매년 전 세계 칵테일 판매량 10위 안에 이름을 올릴 만큼 인기가 좋아. 클래식의 힘이랄까."

유리는 고개를 주억거리며 올드패션드를 맛보았다.

난생처음 맛본 위스키 베이스 칵테일의 맛. 그 소감은.

"소화제 맛 나……."

❖ ✳ ❖

"오늘도 재밌었어."

택시에서 내린 유리는 뿌듯하게 기지개를 켰다. 공부가 재미있다는 말, 평생 이해 못 할 줄 알았는데. 이런 충만감은 처음이다.

물론 갈 길은 아직 한참 멀다.

'술을 따를 땐 손님에게 라벨이 보이게 해.'

'기물은 정면에 놓고 써. 그래야 자세가 안정되지.'

작업대에서 손가락 하나 까닥해도 다희의 호된 지적이 벌새처럼 날아들었다. 그녀의 엄격함은 유리의 초등학교 시절 과외 선생님보다 덜하지는 않았다.

그래도 그때와는 모든 것이 확연히 다르다. 가르쳐 주는 사람들의 눈빛도. 받아들이는 제 가슴도.

따스하니까.

'금유리. 감히 돈도 더럽게 많고 집안도 짱짱한 이 나를 거부해? 두고 봐. 반드시 널 갖고 말겠어!'

과열된 머리를 식히려 머릿속에서 공부를 몰아내 보니, 아까 성진이 한 콩트가 떠올랐다. 심각한 발연기인데도, 순간적으로 표정 관리가 안 되게 한 말.

유리는 피식 웃으면서도 조금은 씁쓸하게 혼잣말을 했다.

"실제 상황이면 얼마나 좋을까."

너 하나면 돈이 더럽게 많을 필요도 없고, 집안이 짱짱할 필요도 없는데.

살을 에는 겨울바람도 어딘가 아늑하게 느껴지는 밤. 큼직한 핫팩을 품은 듯 훈훈하던 유리의 얼굴이, 아파트 단지에 도착한 순간 얼어붙었다.

"유리 씨. 오랜만이에요."

앞집 돌담을 단숨에 허름해 보이게 하는 벤츠.

소름 끼칠 만큼 이 동네와 이질적인 강두현이 유리에게 손짓했다.

14.
생명의 물

"그동안 잘 지냈어요?"

늘 그랬듯 강두현의 목소리는 말끔히 정돈되어 있었다. 그러나 유리는 그를 보자마자 마음이 어수선해졌다. 소중한 자신의 아지트가 발각된 기분에 차가운 목소리가 나왔다.

"여긴 어떻게 알고 오셨어요? 따로 가르쳐 드린 기억이 없는데요."

"오햅니다. 설마 내가 감히 유리 씨 뒷조사를 했겠어요."

딱딱하게 굳은 유리의 얼굴에 대고 두현은 달래듯이 말했다.

"단지 금 회장님께 유리 씨 근황을 좀 여쭤봤을 뿐이에요."

아버지……. 유리는 입술을 먹먹하게 벌렸다.

이 못난 딸의 거취를 알아보신 건, 애물단지 딸이라도 난자리가 아프게 느껴지셔서일까? 아니면 여전히 딸이 굽히고 들어오길 벼르고 계실까.

"회장님이랑 유리 씨 근황 얘기를 나누다 보니, 제 가슴에 못이 박히더군요. 내가 좀 더 잘 했더라면, 유리 씨에게 충분한 믿음을 줬다면, 우린 이미 부부가 되어 있을 텐데……."

두현은 참 대단한 남자였다. 섬뜩한 스토커에서 애타는 순정남으로 감쪽같이 저를 포장해 버리니.

"하지만 아직 늦지만은 않은 것 같은데. 나만 그렇게 생각하는 걸까요?"

자연스럽게 본심을 꺼내는 솜씨도 여전했다.

추위와 함께 밀려드는 위기감에 유리는 흠칫 몸을 떨었다.

"맞다. 유리 씨 원래 추위 잘 타죠?"

두현이 안쓰럽다는 눈빛을 쏟아 냈다.

"이러지 말고, 안에 들어가서 얘기하는 게 어때요?"

그 말에 유리는 정신이 번쩍 났다.

지금 이 순간 말 한마디 잘못하면, 이 밤에 강두현과 단둘이 남겨지는 수가 있다.

올 여름 성진이 감기 몸살에 걸린 제 곁을 밤새도록 지켜 주었던 날을 떠올렸다. 그 밤, 그에게 미안할 정도로 단잠이 들었었지.

그 자리를 강두현이 대신한다고 상상해 보니, 뜬눈으로 악몽을 꾸는 기분이었다.

이런 상황에서도 유리는 뼈저리게 체감했다. 복성진과 다른 남자의 단꿈과 악몽 같은 차이를.

"강두현 씨. 돌아가 주세요."

분위기가 이 정도로 매정하게 휘어질 줄은 몰랐던 걸까. 두현의 젠틀한 가면에 살짝 금이 갔다.

"갑자기 찾아와서 당황스러웠다면 미안합니다. 단지 제 마음이 좀 급해서. 유리 씨가 이런 데서 지내니까…….."

"이런 데가 어떤 데죠? 망원동이 얼마나 핫플인데요. 심지어 제
가 사는 층은 한강도 보여요. 아버지 잘 둔 덕에 능력에 비해 차고
넘치는 호사를 누리고 있죠."

"하지만 여자 혼자선 무서울 텐데요. 거기다 이젠 업장마저도
영업정지 상태라면서요. 굳이 여기서 버틸 이유가 더 남아 있나?"

"……."

"난 유리 씨의 의사를 최대한 존중하려 했어요. 근데 이젠 내가
안 되겠어요. 이대로 지켜보기 조마조마해서."

강두현이 어떤 사람인지 잘 몰랐던 올해 봄만 되었어도, 그 말
을 진정성 있게 받아들였을지도 모른다.

"나랑 함께 가면 금 회장님도 금방 마음 푸실 겁니다."

직장 동료이자 친우가 피나는 노력 끝에 얻은 결실을 가로챈 남
자. 심지어 15년 연인마저 앗아 간 남자. 그러고도 만족할 줄을 몰
라 여기까지 찾아오는 정도의 탐욕.

얄팍한 가면 뒤로 비치는 추악한 속내를 유리는 냉정하게 꿰어
보았다.

"이제 그만 돌아가요. 유리 씨가 있어야 할 자리로요."

"내가 돌아가면."

유리는 혀가 아릴 만큼 달콤한 목소리를 냈다.

"강두현 씨는 날 이 벤츠에 태우고 다닐 거고. 예쁜 옷이랑 명품
주얼리로 날 감싸 줄 거고. 문자 그대로 손에 물 한 방울 안 묻히
게 해 줄 거죠?"

"물론이죠, 유리 씨. 그러니까 나랑…….."

"근데 누가 그러던데. 두현 씨 진짜 나쁜 놈이라고."

"……."

"내가 두현 씨랑 결혼하겠다면 도시락 싸 들고 말리겠대요."

차고 맑은 겨울바람이 유리의 목소리에 힘을 실어 주었고, 두현의 얼굴은 완연히 굳었다.

"성진이한테 대체 왜 그랬어요?"

반은 진심으로 궁금해서 물었다.

"유리 씨, 그건."

"전부 다 오해라고요?"

"유리 씨, 내 말 좀 듣고 얘기를."

"싫어요. 안 들을래요."

유리는 양손으로 귀를 막아 버렸다.

"두현 씨는 말을 참 잘해서, 보석을 돌멩이라 해도 저도 모르게 휩쓸릴 거 같거든요."

워낙 말주변이 없어서 남에게 휩쓸리는 데는 이골이 났다. 하지만 성진을 흠집 내는 말을 속수무책으로 경청하는 상황만은 피하고 싶다.

"앞으로도 이런 식으로 찾아오면, 난 이렇게 귀 막고 나 하고 싶은 말만 할 거예요. 그리고 지금 내가 하려는 말은요."

귀를 막았지만 유리의 목소리는 쏜살처럼 정확하게 두현에게 꽂혔다.

"나는 절대로 강두현 씨와 결혼하지 않겠다는 겁니다."

"그 말은, 평생 금 회장님 얼굴 안 보겠다는 말로밖엔 안 들리는군요."

두현이 냉혹하리만치 나른한 어투로 반격했다.

"유리 씨가 집을 나온 경위를 생각하면 어쩔 수 없는 현실이죠."

유리는 서글프게 눈을 내리깔았다. 아버지와 딸 사이에 사랑 없는 결혼이 가로놓이다니. 우리 부녀 관계가 그 정도밖에 안 된다는 걸, 이리도 맥없이 납득하게 되어 버리니.

"두현 씨 말이 맞아요. 아마 전 아버지께 평생 용서받지 못하겠죠."

전부 다, 못 미덥게 살아온 제 탓 같았다.

그렇다 할지라도.

"다시는 애물단지 딸로 돌아갈 일은 없을 거예요."

자신의 선택에 후회는 없다.

"정말 이해가 안 되는 결정이군."

두현이 신경질적으로 호흡을 골랐다.

"금유리 씨 지금 재정 상태로 원래 씀씀이가 감당이 되겠어요? 그리고 유리 씨의 눈물겨운 순정을 생각해서 이 말만은 안 하려 했는데, 복성진 그 녀석이 얼마나 순수한 마음으로 유리 씨를 대할지 의문이군요. 살아온 환경도 완전히 다르고."

잔혹한 눈빛을 한 두현이 보란 듯 입매를 비틀며 유리를 헤집었다.

"그 자식이 평생 당신을 여자로 안 보면, 어쩔 겁니까?"

❖　✳　❖

두현과의 저녁 약속이 파투 났을 때 수영은 적당히 납득했다. 갑자기 생긴 급한 일이 뭔지 묻지도 않았다.

강두현만큼 부와 권력의 냄새에 민감한 작자도 없으니, 어련히 급한 일이려니 했다.

헌데 일이 잘 안 풀렸는지 이 새벽에 전화해 다짜고짜 나오란다.

밤잠을 설친 수영은 꼭두새벽에 청담동 고급 몰트 바로 나왔다. 고분고분 나와 줬더니만 30분 넘게 사람을 혼자 기다리게 했다.

카운터에 턱을 괴고 앉아 수영은 실낱같은 한숨을 내쉬었다. 성진과 사귈 땐 짜증스러울 정도로 양보를 많이 받았는데. 날이 갈수록 순응하고, 참아 넘기는 때가 많아졌다.

'비교할 걸 해야지, 윤수영.'

수영은 온몸에 두른 것들을 죽 훑었다.

성진과 헤어진 뒤로, 동대문산 보세옷은 백화점 마네킹이 입는 신상으로 변했다. 손목에 찬 다이아몬드 테니스 팔찌는 예전 결혼반지보다 비싼 거다. 화장품도 명품으로 싹 갈아엎으니 이 새벽에 찍어 바르는 보람은 있더라.

후. 수영은 억대 바비 인형의 웃음을 흉내 내 보았다. 묘하게 만족이 안 되는 건, 이 호사에 익숙해지지 않은 탓일 거야.

차차 나아질 거야.

"나 왔어."

오랜 기다림 끝에 나타난 두현의 얼굴은 사나웠다.

"나는 코냑 한잔 하려는데."

두현은 제 갈증부터 드러냈다. 이 시간에 풀메이크업까지 하고 나온 수영에게 부드러운 미소 한 번 없이. 그녀의 새 옷이나 주얼리에 대한 언급도 없이.

"나도 그냥 당신이랑 같은 거 마실게."

작은 실망을 피곤함으로 가장하듯 수영은 눈을 게슴츠레 떴다.

50만 원이 넘는 코냑을 보틀째로 시키고 스트레이트로 내리 세 잔. 두현은 40도가 넘는 술을 짓씹듯 넘겼다.

"지독한 년."

수영을 꿰다 놓은 보릿자루처럼 앉혀 두고 저 혼자 분을 삭이던 두현의 입에서 불쑥 욕지거리가 튀어나왔다.

"년? 설마 여자 만났어?"

"왜, 내 거래처 상대 중에 여자도 있을 수 있지. 맨날 노친네만 만나는 줄 알아?"

일순 과민하게 물은 게 민망하여 수영은 제 미간을 꾹 눌렀다.

"어쨌거나 얘기가 잘 안 됐나 봐? 답지 않게 횟술이라니."

두현은 네 잔째 술을 따르는 걸로 대답을 대신했다.

"이 여자를 어떻게 하면 되지? 목줄을 채울 수도 없고."

그가 악의적인 혼잣말을 했다.

"일단은, 혼자 사는 게 얼마나 위험한지 깨닫게 해야지."

"지금 무슨 말을 하는 거야?"

"사람을 쓰려고."

"뭐? 대체 무슨 짓을 하려고?"

얼굴도 모르는 여자를 두고 하는 말이라도 그냥 들어 넘길 수준이 아니었다.

"걱정 마. 겁만 살짝 줄 거니까. 중요한 거래 상대인데 내 손으로 가치를 훼손해선 안 되지."

이 남자의 심기를 거스른 게 저라면, 과연 겁만 살짝 주는 정도로 끝낼까? 문득 드는 생각에 손마디가 오싹 저렸다.

"어서 와요, 자기. 늦은 시간에 불러서 미안."

"아니야, 나도 마침 한잔하고 싶었어. 우리 뭐 마실까?"

옆자리에 퍽 다정해 보이는 연인이 앉았다. 험악한 얘기를 이어 가서는 안 되었고, 더 이상 하고 싶지도 않았다.

수영은 조곤한 목소리로 화제를 바꾸어 보았다.

"두현 씨. 그거 알아? 나 처음엔 위스키랑 브랜디도 구분 못 했어. 술도 별로 안 좋아하고, 전공도 식품 쪽이 아니고."

그럼에도 자신이 선샤인주류 기획개발팀 수시 충원 면접을 통과할 수 있었던 건 일차적으론 S대 네임밸류 덕이었고, 성진이 뽑아 준 예상 질문이 족집게였던 덕도 있지만.

면접관들이 자신이 성진의 연인이라는 걸 사전에 알고 있었고, 그것이 가점 요소가 되었음을 후에 알았다.

"입사한 뒤에 모르는 게 많아 망신도 많이 당했어. 예를 들어, 난 꽤 오랫동안 코냑이 별개로 존재하는 주종인 줄 알았거든? 프랑스 코냑 지방의 브랜디를 지칭하는 말인 줄도 모르고."

당연하게도 수영의 술 스승은 성진이었다.

'위스키가 맥주를 증류한 술이라면, 브랜디는 와인을 증류한 술이라 이해하면 돼.'

언젠가 성진은 수영을 바에 데려가 위스키와 브랜디를 비교 시음하게 했다. 40도가 넘는 증류주는 현실처럼 독하고 썼다.

'대체 이런 게 뭐가 좋다고 마시는 거야?'

성진에게 업히다시피 선샤인주류에 입사하기까지 대기업은커녕 중소기업 면접조차 못 뚫은 자신.

기본도 안 된 채 비전공 부서에 들어오니 때때로 창피해 죽을 것 같은 순간이 닥쳐왔다. 당장 아파트 월세 치를 돈도 없어 그만

두지도 못하고.

수영의 괜한 짜증과 푸념을 받아 주는 건 고스란히 성진의 몫이
었다.

'사람은 어째서 독한 증류주를 마시는 거야?'

호기심보단 빈정거림에 가까운 수영의 질문에, 성진은 상냥한
미소로 답했다.

그가 해 주었던 설명은…….

"두현 씨는, 우스개바하랑 오드비가 뭔지 알지?"

두현은 연거푸 코냑을 마셨다. 수영은 벽에 말을 건 듯 허하게
웃었다.

우스개바하uisge beatha는 위스키의 어원이고, 오드비Eau-de-vie는
브랜디의 다른 말.

"둘 다, 생명의 물이라는 뜻이잖아."

수영이 독백하듯 중얼거렸다.

"처음엔 도무지 이해할 수 없었어. 독한 증류주가 왜 생명의 물
이라 불린 건지."

두현이 탁 소리 나게 잔을 내려놓았다.

뭐지? 내 얘기가 그렇게나 시답잖았나? 당혹스러워하는 수영에
게 두현이 씹어뱉듯 말했다.

"그것도 복성진한테 배운 건가?"

수영을 쏘아보며, 두현은 1시간 전 금유리에게 호되게 당한 순
간을 떠올렸다.

※　❋　※

유리는 두현의 도발에 넘어가는 대신,

"두현 씨는 우스개바하랑 오드비가 뭔지는 아시죠?"

뜻밖의 질문으로 허를 찔러 왔다.

"저 요새 성진이한테 술 배워요. 본격적으로."

유리는 벙찐 두현 앞에서 다소 의기양양하게 웃었다.

"독한 증류주가 생명의 물이라고 불린 이유는요."

14세기경. 페스트의 창궐로 이루 헤아릴 수 없이 많은 사람이 죽어 나갔다. 뚜렷한 치료법도 약도 존재하지 않아 유럽 대륙이 바닥없는 절망에 빠져든 무렵.

"유럽인들은 위스키나 브랜디 같은 증류주를 마시면 죽지 않는다고 믿었대요."

미생물은 알코올 도수 15도 이상의 환경에서 사멸하기 시작한다. 40도가 넘어가는 증류주는 썩지 않으며, 환한 불이 붙기도 한다.

증류주를 마시면 몸도 영혼도 썩지 않으리란 믿음이 급속도로 퍼져 나간 건, 그 때문이었을까.

"지금 관점에서 보면 그저 플라시보 효과일지도 모르지만, 당시 사람들에겐 증류주가 절실한 희망이었던 거죠."

"지금 그 얘기를 나한테 하는 이유가 뭔가요?"

"난요, 아주 예전부터…… 복성진 아니면 죽을병에 걸려 있는 거 같아요."

썩둑 잘린 심장을 감추듯 유리는 초연하게 웃었다.

"반년 정도 같이 일해 보니 성진이가 진짜 일밖에 모르긴 하더라고요. 옆에 있으면 좋아 죽을 거 같으면서도, 한없이 막막해지기도 해요. 언젠가 나를 봐 주는 날이 오기는 할까 싶고. 수영이를 완전히 잊는 것도 무리라는 건 알지만……."

예전엔 그의 옆에만 있어도 더 바랄 게 없겠다 생각했는데. 옆에 있게 되니, 더욱 그를 원하게 되었다.

그래서 나는.

"오늘도 노력했고, 희망했고…… 행복했어요."

증류주가 정말로 페스트를 낫게 해 주진 않을지라도. 생명의 물을 머금은 순간 가슴속에 희망의 불씨가 피어올랐을 중세 유럽인처럼.

"그러니까 내일도, 내일 모래도 노력하면서 희망을 걸어 보려고요."

유리의 얼굴에서 피어난 결연한 미소에 두현은 일전과 같은 섬뜩함을 느꼈다. 오로지 한 남자한테만 반짝임을 품는, 고결한 샛별눈을 한 여자.

아파트로 들어서기 전, 유리는 두현에게 핸드폰을 내밀어 보였다.

"강두현 씨. 한 번만 더 찾아오면 여기다 전화할 거예요. 농담 아니에요."

화면에 심플한 숫자가 찍혀 있었다.

112.

❖ ❀ ❖

"혹시 아직도 복성진한테 미련이 남은 건가?"

두현이 떠보듯 묻는다. 설령 그렇더라도 자기는 크게 아쉬울 거 없다는 듯.

"말이 되는 소릴 해. 너 취했구나."

수영이 정색하자 두현이 풀린 눈으로 가살스레 웃었다.

"그런 거 같군. 이제 슬슬 들어가야겠다."

두현이 옷매무새를 정돈하는 동안 수영은 비스듬히 턱을 괸 채 요지부동이었다.

"집에 안 가? 당신도 내일 출근하잖아."

"이 비싼 생명수 조금만 더 마시고 가려 그런다."

"그럼 보틀은 당신 이름으로 키핑해. 아예 집에 가져가도 상관 없고."

반 이상 남은 값비싼 코냑을 짐 떠넘기듯 하고 두현은 먼저 떠났다. 옆자리 연인은 여전히 다정다감한 기운을 풍기고 있었다.

"자기야, 나 한 잔만 더 하고 싶어."

"그럼, 셰리 와인은 어때?"

남자가 여자에게 다정하게 속삭이는 순간, 수영의 귓가에 성진의 목소리가 엉겨들었다.

'옛날엔 와인을 배에 실어 수출했는데, 오랜 항해 기간 동안 반 이상이 상했어. 그래서 와인에 브랜디를 조금 넣어서 알코올 도수를 인위적으로 높여 술이 상하지 않게 한 거지. 그게 바로 주정 강화 와인인 셰리와 포트야.'

'알면 알수록 신기하고 재미있지? 술이란.'

"아 진짜······."

수영은 머리를 마구 흔들었다.

암벽 같은 인생을 토 나오도록 기어올라 S대도 가고 대기업에도 취직했다. 사람들은 저더러 우수한 재원이니 커리어우먼이니 추켜세웠다.

그러나 윤수영의 실체는.

되도 않는 사업으로 재산을 축내는 아버지와 그 앞에서 무력한 어머니를 지켜보면서, 강남토박이에서 최빈곤층으로 전락할지 모른다는 불안에서 한시도 자유롭지 못했다.

그 간극을 비웃는 세상 사람들의 시선을 매일같이 의식하고 상상한 결과, 물건 하나 사면서도 단 몇 백 원 차이에 머리를 굴리게 된 구질구질한 여자다.

다른 사람이 되고 싶었다. 다른 사람으로 만들어 줄 사람이 필요했다.

그래서 성진을 버렸다.

저와 비슷한 형편의 서민인 그와 결혼하면, 물에 물 타는 격이 될 테니까.

운명을 바꾸려면, 태생이 다른 사람과 손을 잡아야지.

그런 의미에서, 강두현은 값비싼 브랜디 같은 남자였다.

평범한 와인에 불과한 내가 그라는 브랜디를 얻어 셰리 와인으로 거듭날 수 있다면, 이따금 감정의 쓰레기통이 되는 일쯤은 감내할 수 있어.

그런 기대와 각오로 두현을 선택했다.

자신의 선택은 지극히 이상적이었으니, 후회할 이유 따윈 없는데.

'난 이 세상에서 세 가지를 사랑해. 술, 우리 가족 그리고 나머지

하나는…… 누굴까?'

비싼 코냑을 들이켤수록, 성진의 자상한 얼굴이 지독하리만치 떠올랐다.

❖　❉　❖

"내일은 대망의! 이삿날이다아."

미나가 양팔을 쭉 뻗어 올리며 외쳤다.

"드디어 다희 언니 집에 들어가는구나. 이삿짐센터 불렀니?"

"아뇨, 딱히 가지고 갈 것도 없고. 몸만 가면 되거든요."

"내가 뭐 도울 만한 건 없을까?"

"괜찮아요, 유리 언니. 나중에 집들이 할 때 오세용. 아, 수업 전에 저 잠깐 장실 좀."

미나는 명랑한 미소를 뿌리고 화장실로 달려갔다.

유리는 바 카운터에서 마른 행주로 술병을 닦는 다희에게 다가붙어 나지막이 물었다.

"미나네 집은 결국 경매로 넘어간 건가요?"

"응."

다희는 맑은 술병을 탁한 눈으로 보았다.

"집에 있는 가구랑 가전도 조만간 차압 들어올 거야."

"아……. 본인이 그 모습을 직접 보면 얼마나 충격이 클까요?"

"그래서 이사를 앞당겼지."

다희는 미나의 보호자로 나서서 치사스러운 어른들의 셈을 대신 갈무리해 주었다.

"언니가 미나에게 정말 큰 힘이 되어 주고 계시네요."

"말은 안 해도 돌아가는 사정은 대강 알 거야. 워낙 애가 또릿또 릿해서."

다희는 먼지도 없는 술병을 어딘가 마음에 차지 않는 듯 닦으며 덧붙였다.

"내가 해 줄 수 있는 건 고작 이 정도뿐이라."

"그래도 미나 혼자만 겪어야 했다면 도저히 견디기 힘들었을 거 예요."

"그러니 우리 집에 오면 딴 생각 못 하게 실컷 놀아 줘야지."

"어떻게 놀아 주시려고……."

다희가 대답하기 전에 미나가 문을 벌컥 열었다.

"저 왔어용. 수업 시작합시다!"

이사를 앞둔 미나는 씩씩해 보였다. 그 모습을 보고 어른들이 마냥 처질 수는 없었다.

"성진 쌤의 개인사정으로 오늘 수업은 내가 풀로 진행하겠다. 왜 안 나왔는지는 들었지?"

"수능 앞두고 가족끼리 한우 먹으러 간다매요. 부럽다, 복성재 짜식."

"저도 성진이한테 들었어요. 두 동생 수능 전에 고기 사 먹인다 고."

쌍둥이 동생에게 고기를 구워 주고 있을 성진의 모습을 떠올리 며, 유리는 살풋 웃었다. 성진의 마음은 늘 따스해서, 누구에게 향 하든 자신도 그 온기를 나눠 받는 느낌이 든다.

유리를 보고 미나와 다희가 짓궂게 한마디씩 했다.

"유리 언니 엄마 미소 짓는 거 보세요."

"나는 쓴웃음으로 보이는데? 아주 하루 안 봐도 아쉽지?"

"아, 아뇨!"

유리는 홍조를 띤 채 고개를 푹 숙였다.

"유리 언니도 좋은 사람이랑 같이 살면 좋을 텐데!"

"좋은 사람이란 어떤 사람이야?"

은근슬쩍 거드는 다희의 질문에 미나는 짐짓 고개를 갸웃대며 나불거렸다.

"흐음, 일단 요리 좀 하고, 무거운 쓰레기도 버려 주고. 무엇보다 유리 언니를 든든하게 지켜 줄 수 있는 사람이면 좋겠죠?"

"아니, 나는 그런 건 괜찮아……."

유리는 눈을 내리깔고 손사래를 쳤다. 한 걸음 빼듯 난감하게 웃는 그녀를 보고 다희와 미나는 소리 없는 한숨을 내쉬었다.

"끝나고 우리도 여자들끼리 삼겹살이나 먹으러 가자."

"우와, 다희 언니 짱짱!"

이윽고 여인들만의 화기애애한 수업이 진행되었다.

"술을 접할 땐 뒷면의 라벨부터 살펴 봐. 술의 주종, 도수, 용량 등 주요 정보가 있거든. 일차적으로 술의 색이 어떤지 관찰해 보면 좋지."

다희의 말대로 두 사람은 술의 라벨을 읽어 보았다.

"보드카. 도수 40도. 역시 증류주라 꽤 독하네요."

"술의 색은 물처럼 맑아요."

"미나 말대로 보드카는 물과 같은 술이야."

다희의 본격적인 설명이 이어졌다.

"위스키나 브랜디는 장기간 통나무 숙성으로 호박색을 띠고, 진이나 럼은 투명해도 특유의 향이 있지. 하지만 보드카는 최대한 맑게 여과를 하는 무색, 무미, 무취의 증류주야."

"스트레이트로 마시면 소주처럼 심심하겠네요."

"하지만 심심하다는 점이 강력한 장점이기도 한데. 그게 뭘까?"

다희의 물음에 유리가 눈을 빛내며 답했다.

"어느 재료와도 잘 어울려서이죠?"

"맞아. 위스키나 브랜디는 고가인데다 특유의 풍미가 강해서 칵테일로 만들어 먹기보단 그 자체를 즐기는 경우가 많아. 하지만 보드카는 상대적으로 저렴하고 어느 재료와도 잘 어울려서 칵테일 베이스로는 최고지. 오렌지주스하고만 섞어도 스크류 드라이버라는 칵테일이 되고."

다희는 보드카 베이스 칵테일을 하나 만들어 냈다.

보드카, 애플리큐어, 트리플섹을 셰이킹하고 사과 슬라이스 가니시로 마무리하니, 익숙한 녹빛 칵테일이 나왔다.

"애플 마티니. 우리 미나가 가장 좋아하는 칵테일이지?"

"아, 이거도 보드카 베이스였군요! 언제 봐도 예뻐."

돌아가신 아버지와의 추억. 갖은 우여곡절을 거쳐 좋은 사람들과 함께하는 오늘.

정든 집을 떠나는 서글픈 마음을 잠시 접어 두고 미나는 활짝 웃어 보였다.

"보드카는 무색 무취 무미다 보니 주스나 리큐어의 색과 향을 그대로 담아낼 수 있어. 그래서 보드카 베이스 칵테일 중엔 예쁘고 상큼 달달한 게 많지."

"보드카야말로 여자들을 위한 베이스 같네요."

"그래서 손님 입장에선 다소 주의가 필요한데."

다희는 사뭇 진지하게 두 사람과 눈을 맞췄다.

"레이디킬러 칵테일이라고 들어 봤어?"

"레이디킬러 칵테일……이요?"

딱 듣기에도 어감이 좋지 않았다.

"보드카가 겉보기엔 맹물 같아도 엄연히 40도가 넘는 증류주거든. 이게 주스나 우유랑 조합되면 술이라는 느낌이 거의 안 나다 보니, 홀짝홀짝 마시다 훅 가는 거야."

주스 같은 칵테일, 초코우유 같은 칵테일…… 소위 작업주로 통하는 '술 같지 않은 술' 말이다.

"칵테일은 분위기의 음료니까, 누군가의 연애 사업에 쓰이는 걸 무조건 삐뚤게 볼 건 아니지만."

다희는 어두운 미소를 지었다.

"칵테일의 격을 떨어트리는 짓거리를 하는 놈이 가끔가다 있지."

살벌한 이야기가 믿기지 않게, 테이블 위의 애플 마티니는 먹음직스럽기만 했다.

❖　❉　❖

써늘한 바람이 불어와도, 온 가족과 나란히 거니는 늦가을 거리는 훈훈하였다.

한우로 포식을 한 쌍둥이 형제가 흡족하게 배를 문질렀다.

"아, 배부르다. 형, 진짜 잘 먹었어."

"무려 한우를 먹었으니 최소 올 1등급은 찍어야 하겠는데?"

"크윽, 복성혁. 그 막중한 책무는 너에게 일임하마."

"어허, 한우 먹은 값은 하셔야죠, 작은 형씨."

언제나처럼 시시껄렁한 만담을 주고받는 두 동생을 보며 성진은 너털웃음을 흘렸다.

"그런 부담은 가질 필요 없어."

성진은 동생들과 차례로 눈을 맞추었다.

"전국의 수험생들 모두 열심히 했겠지만, 난 너희들이 그 누구한테도 지지 않을 만큼 열심히 해 왔다고 자부하니까. 평소대로만 하면 후회 없는 결과 얻을 거야."

수험생 열에 아홉이 극도의 긴장감 때문에 평소 실력의 반도 발휘 못한다지만, 굳건한 지지대 같은 맏형의 응원을 떠올리면 그 어떤 떨림도 이겨 낼 테니까. 쌍둥이들은 디데이가 오히려 기다려졌다.

"난 꼭 큰형의 후배가 될 거야."

"나도 다음 주 2차 실기고사 잘 치를게."

쌍둥이 형제는 더할 나위 없이 충실한 고3을 보냈다. 성재는 재능을 연마하면서 학생부 관리도 성공적으로 한 덕에 톱스타를 다수 배출한 대학 연기연극학과의 첫 관문을 통과했다.

성혁 역시 전국구 수준의 성적을 유지하여 수험생들의 로망인 최상위권 대학들의 수시전형 1차 합격 통지를 받아 놓은 상황이다. 하던 대로만 하면 최상의 시나리오가 완성될 터다.

"형 덕분에 우리가 마음 놓고 고3을 보낸 거 같아."

성재가 산뜻한 가을바람을 맞으며 말했다.

"올해 힘든 일도 참 많았잖아."

결혼 앞두고 15년 연인한테 배신당하고. 열심히 다니던 회사에서 잘리고. 가족이고 뭐고 그대로 주저앉고 싶을 만큼 힘들었을 텐데.

"어딜 가도 열심히 하는 형을 보면서, 역시 우리 형이란 생각을 했어."

아틀라스보다 강한 형이 받쳐 든 지구에서 우리가 열심히 안 하면 말이 안 되지.

"만약 수능 만점자 인터뷰하게 되면, 복성진의 등을 보며 자란 덕이라 말할 거야."

보다 큰 영광을 얻어서, 그만큼 형에게 듬뿍 돌려줄 거야.

"고마워 형."

약속이라도 한 듯, 두 동생은 성진에게 뜨거운 마음을 전했다.

"자식들, 똑같은 얼굴로 10년 늙은 형 협공 좀 하지 말라니까……."

눈시울에 뜨거워지는 차에 스쳐 가는 가로등이 고장나 있어 다행이었다.

"정말 다행이다. 한창 중요한 시기에 내가 너희들한테 안 좋은 영향 주지 않아서."

성진은 눈시울을 식히려 차가운 공기를 깊게 마셨다.

두 동생이 하던 대로 할 수 있었던 건, 우리 집이라는 기반을 잃지 않은 덕이 크다. 자칫하면 가여운 미나처럼 될 수도 있었다.

"안 좋은 영향은 무슨! 완전 좋은 영향만 줬거든?"

성재가 성진의 등짝을 찰싹 때렸다. 장난치고 제법 힘이 실렸다.

"큰형 덕에 오늘이 있는 거야."

성혁의 말에 성진은 한순간 생각에 잠겼다.

자신 덕에 오늘의 두 동생이 있다고 치고. 오늘의 복성진은 누구 덕에 존재하는가? 신?

아니. 전부 다, 금유리 덕이다.

신께 정녕 감사드려야 할 부분이 있다면, 그녀와 만나게 해 주신 거다.

하늘을 감회롭게 올려다보는 성진에게 성재가 넌지시 말했다.

"큰형. 두 동생 다 키워 놨으니 슬슬 형의 자식을 키워 보는 건?"

"하하, 뜬금없이 뭔 말이야."

성진이 고개를 가로젓자 성재가 눈썹을 휘었다.

"설마 유리 누나가 내건 조건 때문에 그래?"

"내가 너한테 그런 얘기까지 했던가? 난 그런 기억이 전혀 없는데."

"앗, 아아……."

성재가 아차 싶은지 머리를 긁적였다.

"누구한테 들었는지는 대충 짐작이 간다."

"아, 형. 미나한텐 비밀로 해 줘. 미나한테 들은 거 비밀로 하기로 했단 말야."

"이놈 자식. 이젠 형한테도 비밀을 만들 정도로 그 녀석하고 각별해졌어?"

성진은 기가 차다는 듯 웃으며, 이브닝에메랄드호텔 라운지 바에서의 밀약을 상기했다.

'나와 함께 일하는 동안 절대, 결혼하면 안 돼. 그리고 가벼운 연애도.'

유리가 자신의 모든 걸 걸면서 요구해 온 유일한 대가. 그것이 제아무리 황당한 특약이어도.

"난 유리가 한 말 꼭 지킬 거야."

성진이 마음을 다지듯 말하자 쌍둥이들이 툴툴거렸다.

"난 왠지 형이 그 조건의 참뜻을 모르는 거 같은데."

"나도 큰형이 법리해석을 단단히 잘못했다에 한 표."

"시끄럽다, 이것들아. 똑같은 얼굴로 협공은 이제 그만."

성진이 손을 양쪽으로 뻗어 쌍둥이의 머리에 올지게 알밤을 먹였다.

"악! 큰형, 수능 앞둔 동생들 뇌세포 죽이시면 어캅니까!"

"잠자코 집에나 가자."

성진이 한숨 섞인 소리로 말했다. 삼형제는 그 뒤로 잠잠해졌지만, 한 발짝 내디딜 때마다 성진의 생각은 무성해졌다.

금유리랑, 결혼이라.

정말이지, 머리에 피도 안 마른 두 동생의 농담으로나 가능할 법한 일이다.

엄밀히 말해 성역이다. 제가 감히 범할 수 없는.

황금글라스 회장님과 금유리의 천륜이 언제까지고 베여 있지는 않을 터. 유리는 언젠가 반드시 까마득하게 높은 남자와 결혼할 터다. 지당한 미래를 뻔히 알고도 착각하면 곤란하다.

그럼 자신의 '언젠가'는 어떨까?

언제가 될지는 모르지만, 유리가 특약을 철회하는 날이 온다면.

연애할 여자건, 결혼할 여자건. 내 주제에 맞건, 맞지 않건. 굳이 찾아 나설 의향이 있는가?

집에 거의 도착했을 때쯤 성재가 입을 열었다.

"형도 얼른 좋은 여자 만나 결혼해야지. 수영 누나 같은 사람 때문에 평생 결혼 안 할 거야?"

"아니, 나는 괜찮아."

한 걸음 빼듯 미소 짓는 성진을 보고 쌍둥이 형제는 소리 없는 한숨을 내쉬었다.

"근데 유리는 요즘 잘 지내는 거 같니?"

집에 오는 내내 묵묵히 삼형제의 대화를 듣던 어머니가 불쑥 물었다.

"그럼요. 요새 뭐든지 열심히 해요. 매일 2시간씩 일찍 와서 기법 연습도 하고."

"아니, 나는 다른 부분이 염려돼서."

"어떤 부분이요?"

"아가씨 혼자 나와서 사는 게 말야. 네 친구라 그런지 친딸을 내놓은 기분이 들어."

"그렇……긴 하죠."

성진은 말끝을 흐렸다.

"아까 낮에 뉴스를 봤는데, 어휴……. 세상이 왜 이리 흉흉한지."

혼자 사는 20대 여성이 표적이 된 강력 범죄. 딸 가진 부모가 자취하는 딸의 안위를 근심케 하는 내용이었다.

"괜찮을 거예요. 그 주변엔 CCTV도 많고, 동네가 그 정도로까지 으슥하진 않거든요."

"그렇다면 다행이지만. 오늘따라 자꾸 마음에 걸려. 왠지 예감이 영……."

어머니가 성진의 눈치를 보며 덧붙였다.

"뉴스를 괜히 봐 가지고……."

"에이, 설마 별일 있겠어요."

집에 도착한 성진은 소파에 앉아 읽던 책을 마저 보았다. 그러나 페이지는 한 장도 넘어가지 않았고, 그의 얼굴엔 책 그림자보다 짙은 그늘이 드리워졌다.

10분도 채 되지 않아 성진은 소파에서 몸을 일으켰다.

"저 잠깐 나가서 산책 좀 할게요. 속이 좀 부대껴서."

아까도 소화시킨다고 길을 빙 돌아와 놓고 또 산책이라니. 평소 같으면 그 점을 지적했겠지만 성재는 등 떠밀듯 외쳤다.

"형, 잘 다녀와!"

"조심히 다녀와라."

어머니 역시 이 밤에 또 어딜 가냐고 굳이 묻지 않으셨다.

"잠깐 다녀오겠습니다."

부정 타는 상상 때문에 굳은 얼굴로 나서는 폼이, 잠깐 만에 돌아올 거 같진 않다.

성진이 집을 나선 뒤, 성재는 어머니와 의미심장한 미소를 주고받았다. 이윽고 성재는 핸드폰을 꺼내 누군가에게 카톡 보고를 했다.

❖　❋　❖

"하아……. 속이 왜 이리 부대끼지."

길을 걸으며 유리는 연신 답답한 숨을 뱉어 냈다.

온종일 먹은 거라곤 학습 차원에서 마신 보드카 베이스 칵테일 몇 모금, 아까 고깃집에서 깨작깨작 먹은 삼겹살 몇 점과 미나가 내민 쌈 하나가 전부다.

그럼에도 둘이 뭐가 안 맞았는지, 한밤중에 속이 메슥거리고 손발이 차게 식어 갔다.

과식을 한 것도 아니고, 과음을 한 것도 아닌데.

뭐가 잘못되었는지. 뭐가 잘못되려는지.

유리는 야심한 시각에 아파트를 나섰다.

소화제 사러 편의점 가는 길. 자정이 가까운 시각이라 그런지 사람이 안 보였다.

대로변처럼 훤하진 않아도 그렇게 으슥한 골목은 아니었는데.

일찌감치 불을 꺼트린 인근 빌라들. 벽에 줄지어 붙은 속이 어두컴컴한 차들. 다희에게서 들은 레이디킬러 칵테일 이야기.

그 모든 것들이 자아내는 괜한 상상 때문인지, 반년 가까이 다닌 골목길이 새삼 무섭다는 생각이 들었다.

'얼른 소화제 사서 들어가자.'

유리는 전방에 보이는 편의점을 향해 내달리다시피 했다.

돌아가는 길에 활명수를 까서 마시며 속을 가라앉혔다. 저만치에 아파트 단지 정문이 보였다.

"휴우……."

아늑한 빛을 발하는 가로등을 보고 마음이 놓여, 유리는 숨을 길게 내쉬었다. 10분 남짓 되는 밤길을 무섭게 생각한 자신이 바보 같다.

'난 쓸데없는 걱정이 너무 많아서 탈이야.'

가슴을 쓸어내리며 짧게 자책하는 순간.

저벅저벅.

땅속에서 솟아난 듯한 발소리가 다가왔다.

유리는 뒤이어 벌어질 일을 상상도 못 했다. 아니, 그럴 겨를조차 없었다는 편이 정확할까.

'어……. 내 뒤에 누가 있었나?'

피상적인 인지가 본능적인 경계심으로 이어진 찰나, 큼지막한 손이 유리의 얼굴을 휘감았다.

"우읍!"

입을 틀어막은 손은 쇳덩이 같았고.

"조용히 해. 소리 내면 죽여 버린다."

남자에게서 훅 끼쳐 오는 음습한 냄새는 협박에 진정성을 부여했다.

온 사고가 마비된 수초간 유리는 이 상황을 전혀 이해하지 못했다.

"흐읍, 향기 죽이네. 샴푸 뭐 써?"

남자의 코가 목덜미에 스치듯 닿은 순간, 유리는 딱 죽고 싶었다. 뱃속이 통째로 까뒤집히는 메스꺼움. 구더기가 기어가는 느낌이란 표현만으론 턱 없이 부족했다.

"잠깐만 이리로 얌전히 따라와."

'왜…… 이 밤에 밖에 나와서…….'

"오래 안 걸릴 테니까."

'왜…… 뭔가를 먹고 체해서…….'

역겨운 폭력을 가하려는 건 이 사내인데, 유리의 원망은 점점 제 안으로 향했다.

남자는 유리를 인근 골목으로 잡아끌었다. CCTV 사각지대를 따로 봐 둔 모양이다.

"그래, 착하지……. 험하게 안 다뤄."

유리가 저항하지 않자 남자의 목소리도 누그러졌다. 키도 작고 여리여리한 게 고분고분 잘 따라오니 작업하기 수월하다. 남자의 방심에 유리의 입을 틀어막은 손힘이 살짝 풀렸다.

그 틈을 타 유리는 온힘을 다해 외쳤다.

"꺄아아악! 살려 주세요!"

"아이, 이년이!"

남자는 당황한 나머지 유리를 벽으로 내던지듯 밀쳤다.

"으윽!"

유리는 벽에 몸을 세차게 부딪쳐 바닥에 쓰러졌다.

타다다닥.

극단적인 결과를 불사한 최후의 저항이 헛되지 않은 걸까? 누군가의 발소리가 무서운 속도로 가까워졌다.

"아오, 씨발!"

사내가 쌍욕을 하며 황급히 유리에게서 떨어졌다. 골목 밖으로 뛰쳐나가려다 막 뛰어든 누군가와 격렬하게 부딪쳤다.

퍽!

양쪽 다 하마터면 뒤로 나동그라질 뻔했다.

그러나 남자는 범행 현장에서 벗어나야 한다는 다급함 때문에, 상대는 비명 소리의 주인에게 닥친 위험을 확인해야 한다는 절박함 때문에, 악착같이 몸을 가누며 서로를 보았다.

"너 뭐 하는 놈이야?"

하늘에서 떨어진 듯 나타난 성진이, 주먹을 쥔 채 흉흉하게 사내를 노려보았다. 놈이 쓴 선글라스와 마스크만 봐도 초면에 험악한 말이 나오기 충분했다.

사내는 성진의 어깨를 팍 밀치고 죽을힘을 다해 달아났다.

"야, 이 새꺄!"

빠른 속도로 사라져 가는 남자를 향해 성진이 욕설을 퍼부었다. 당장 뒤쫓지 않으면 놈은 이 어둠 속에 영영 묻힐지 모른다. 그러나 당장 급한 건 그게 아니었다.

비명 소리를 낸 여자. 내가 잘못 들은 게 아니라면…….

"유리야."

성진의 부름에, 벽에 구겨진 유리가 서서히 고개를 들었다.

"성……진아."

"괜찮아?"

성진이 얼른 유리를 부축했다. 팔에 안긴 그녀는 인형처럼 축 늘어졌다.

"유리야, 나 왔어. 이제 괜찮아…….."

망원동에 오면, 집에서 편안히 쉬는 유리를 보게 될 줄 알았는데. 이 시간에 웬일이냐고 물으면, '그냥.' 하고 얼버무리고 집에 돌아갈 참이었는데.

오밤중에 어이없게라도 만나서, 가족과 오붓하게 함께인 자신과 다르게 오늘도 혼자서 밤을 보낼 유리를 향한 미안한 마음과 안쓰러운 감정을 가라앉히려 했는데.

괜한 기우 같던 불안감이 예언처럼 적중하고 말았다.

최악의 상황을 막은 것이 천만다행이긴 하지만. 성진은 다행이란 말은 차마 할 수 없었다.

서로의 눈이 마주친 순간. 구멍 뚫린 수통처럼 눈물을 쏟아 내는 유리를 본 것만으로 성진은 죽도록 안도했고, 죽을 만큼 참담해졌다.

―다음 권에서 계속